Une héritière en danger

*

Séduction sous tension

*

Secret de famille

DANI SINCLAIR

Une héritière en danger

éditions HARLEQUIN

Cet ouvrage a été publié en langue anglaise
sous le titre :
THE FIRSTBORN

Traduction française de
KARINE GUERRE

Ce roman a déjà été publié en février 2005

HARLEQUIN®
est une marque déposée par le Groupe Harlequin

Photos de couverture

Château : © MARIE HICKMAN/GETTY IMAGES
Femme : © FAMKE BACKS/GETTY IMAGES
Ciel : © SLAWEEK/FOTOLIA/ROYALTY FREE

Réalisation graphique couverture : M. GOUAZE

83-85, boulevard Vincent-Auriol, 75646 PARIS CEDEX 13.
Service Lectrices — Tél. : 01 45 82 47 47
www.harlequin.fr
ISBN 978-2-2802-8654-1

1.

Elle était presque arrivée.

Helen Thomas réprima un frisson. Elle était rarement revenue à Blackrose depuis la mort de sa mère, sept ans auparavant. Située sur les bords de l'Hudson, dans l'Etat de New York, cette vaste propriété d'apparence cossue attisait pourtant bien des convoitises…

La vieille Ford traversa à vive allure les quartiers assoupis de Stony Ridge et s'engouffra sous l'épaisse voûte forestière qui assombrissait la dernière étape du voyage : plus que quelques kilomètres à parcourir, songea-t-elle avec une soudaine impatience. A mesure qu'elle s'éloignait de la ville, le paysage changeait, les bâtiments laissant place à des champs vert tendre, baignés dans la douce lueur du couchant. Les vagues de chaleur du mois de juin, d'ordinaire assez intenses, commençaient tout juste à déferler sur la région, mais elles ne tarderaient pas à transformer l'herbe des collines alentour en un foin sec et pâle.

Helen exécuta quelques mouvements de tête pour détendre son cou et ses épaules ankylosés. Et ce fut presque avec soulagement qu'elle s'engagea dans l'allée qui menait à Blackrose… Mais à peine eut-elle aperçu le portail d'entrée qu'elle donna un violent coup de frein.

Qu'avait-*il* fait ?

Incrédule, la jeune femme coupa le moteur et sortit de voiture. Elle contempla les grands piliers de brique qui avaient remplacé les anciens, plus bas et à demi effondrés, sur lesquels étaient postés deux lions de pierre, gardiens du domaine depuis plus de soixante ans. Les lions avaient disparu. Et un gigantesque portail de fer forgé, très travaillé, reliait les nouveaux piliers, protégeant la propriété d'éventuels intrus.

Marcus croyait-il qu'une simple grille, aussi massive soit-elle, suffirait à le couper de sa propre famille ? Peut-être…

Furieuse, Helen s'approcha à grands pas. L'amatrice d'art qu'elle était, doublée d'une femme d'affaires avisée, ne put s'empêcher d'admirer l'ouvrage qui s'offrait à sa vue. En d'autres circonstances, elle aurait sans doute vanté le talent artistique et le savoir-faire de son créateur : ce portail ne ressemblait à rien de ce qu'elle avait vu jusqu'alors. Mais, pour l'heure, sa présence faisait naître en elle une rage indicible.

Où étaient ses lions ? Qu'en avait fait Marcus ?

Il n'avait pas le droit !

Elle secoua violemment la grille, et constata qu'elle n'était pas verrouillée. Pour faire coulisser le lourd battant, il suffisait de soulever la barre qui le retenait. Elle actionna le mécanisme sans attendre, et le portail s'ouvrit doucement. « Allons ! » s'intima-t-elle, s'exhortant au calme. Elle n'était plus une enfant, maintenant. Elle ne se laisserait pas intimider par son père, malgré la mainmise qu'il tentait d'exercer sur *sa* propriété !

Car Marcus était désormais son hôte à Blackrose, et il était grand temps de le lui rappeler. Par respect pour sa mère, Helen n'avait jamais réclamé l'usufruit de la propriété, pas même lorsque son père s'était remarié. Mais, cette fois-ci, il était allé trop loin. Ce portail était une véritable provocation. En revendiquant ce qu'il croyait être son dû, il la poussait à un affrontement direct !

Soit : elle relèverait le défi, et sortirait victorieuse de la bataille ! Elle était propriétaire du domaine, après tout. Dès qu'elle aurait repris possession de son bien, elle ferait démolir ce portail et remettre en place les lions de pierre.

De nouveau installée derrière le volant, elle s'engagea sur l'allée bordée de marronniers qui menait à la vaste demeure. Si Marcus s'était enfin décidé à rénover la propriété, pourquoi ne commençait-il pas par des travaux plus urgents ? L'allée était dans un état pitoyable. A chacune de ses visites, les ornières étaient plus nombreuses. Pourvu qu'elle ne brise pas un essieu, espéra-t-elle sans pour autant ralentir l'allure. Déjà, elle appréhendait la confrontation à venir.

Elle et Leigh, sa sœur jumelle, avaient passé leur vie à ménager celui qui était leur géniteur, et appris très tôt à l'éviter. Helen ne savait plus quand elle avait commencé à l'appeler Marcus, mais du plus loin qu'elle s'en souvenait, jamais elle ne l'avait considéré comme un père.

D'ordinaire, lorsqu'elle franchissait le dernier virage, la vue de l'imposante demeure de briques rouges la rassérénait. Mais ce soir, la maison qui se découpait sur l'horizon déclinant n'avait plus rien d'accueillant : elle semblait abandonnée. Et loin d'évoquer des souvenirs heureux, elle semblait mettre le visiteur en garde contre ce qui l'attendait à l'intérieur…

Helen secoua la tête avec dépit. Jadis, Blackrose était un havre de paix. Mais tout avait changé sept ans auparavant. Et ce soir, aucune lumière ne brillait pour lui souhaiter la bienvenue. La bâtisse ressemblait au décor en carton-pâte d'un film d'épouvante.

Helen et sa sœur s'y sentaient si mal accueillies qu'elles limitaient leurs visites au strict minimum. Depuis qu'elles étaient parties étudier à l'université de Wellesley, quelques années plus tôt, elles n'avaient quasiment plus mis les pieds sur les terres de leur enfance.

Comment avait-il osé retirer ses lions ?

La question revenait, tournait en boucle dans son esprit. C'était pourtant elle et Leigh qui étaient propriétaires de Blackrose, pas Marcus ! En tant qu'aînée, Helen hériterait de cette maison et de toutes ses dépendances le jour de son vingt-cinquième anniversaire. Son père l'ignorait-il ?

Bien sûr que non, trancha-t-elle rageusement. D'ailleurs, c'était sans doute *parce qu*'elle approchait de ses vingt-cinq ans que Marcus avait fait construire ce portail. Elle n'était pas dupe : ni lui ni Eden, son épouse, ne se réjouissaient de sa visite. Mais, tout de même, elle était loin de s'attendre à un tel accueil !

Pas question, pourtant, de céder à leur provocation : même ivre de rage, elle ne les mettrait pas à la porte. Elle n'avait certes aucune affinité avec Marcus. Mais, comme sa mère avant elle, elle acceptait le lien de sang qui les unissait. Pourquoi Marcus ne faisait-il pas de même de son côté ? Bien que Helen n'ait pas encore fêté ses vingt-cinq ans, il n'était plus le maître à Blackrose. Elle était majeure désormais, et libérée de sa tutelle !

Bien sûr, la présence de Leigh à son côté l'aurait rassurée. Mais à quoi bon imposer à sa sœur les affrontements à venir ? La jeune femme s'était envolée pour l'Angleterre la semaine précédente, et pour rien au monde Helen ne lui aurait demandé d'abréger ses vacances. D'autant qu'elle se sentait parfaitement capable d'essuyer seule la colère de leur père. Après tout, il ne pouvait rien contre elle !

A moins de la faire disparaître, comme il l'avait fait pour leur mère…

Helen chassa vite cette pensée morbide de son esprit. Se concentrant sur sa conduite, elle s'appliqua à éviter les ornières qui lui barraient la route. En dépit de son intime conviction — qu'elle partageait avec sa sœur —, personne n'avait jamais prouvé que Marcus était impliqué dans la disparition de leur mère.

Comme elle contournait le terre-plein aménagé devant la maison pour aller se garer près de la porte de derrière, la jeune femme réprima un frisson. Inutile de le nier : son père lui inspirait une peur secrète, depuis toujours. Tant que son grand-père maternel était encore en vie, elle ne s'en était pas souciée. Marcus n'ayant jamais daigné s'intéresser à leur sort, c'était le vieil homme qui leur avait servi de père, à sa sœur et à elle. Lorsqu'elles étaient petites, leur mère avait tenté de justifier l'attitude de son mari à leur égard, mais elle avait vite cessé. Et toute la famille s'était accommodée de la situation.

Vers l'âge de onze ans, Helen, convaincue que Marcus n'était pas son vrai père, avait cherché son extrait de naissance… et pleuré toutes les larmes de son corps en découvrant qu'elle était bien la fille de cet homme froid et inaccessible.

Comment un père pouvait-il se montrer si distant ? Il était médecin, tout de même, et pas n'importe quel médecin ! Gynécologue obstétricien de renom, il soignait une clientèle huppée. Personne n'avait jamais pu expliquer l'indifférence avec laquelle il traitait sa propre famille… Mais très vite, Helen et Leigh s'étaient accoutumées à la situation. Il arrivait qu'elles restent des jours entiers sans voir Marcus — ce qui ne les importunait pas le moins du monde, d'ailleurs.

Bien qu'il n'ait jamais proféré la moindre critique à son égard, Dennison Hart, le grand-père des jumelles, partageait leur antipathie à l'égard de Marcus. Il avait cependant fait aménager un cabinet médical dans l'aile avant de la demeure, pour épargner à son gendre les longs trajets jusqu'à l'hôpital du comté. Un geste généreux… A moins qu'il n'ait voulu éviter que Marcus n'oblige sa famille à quitter Blackrose ? Leigh en avait toujours été persuadée. Et sans doute n'avait-elle pas tort…

Tout avait changé quand Dennison avait été victime d'une attaque cardiaque. Le vaste domaine s'était comme assombri du jour au lendemain. Les querelles qui opposaient Marcus et Amy, déjà vives avant le décès du vieil homme, s'étaient multipliées. Plus que jamais, Helen et sa sœur s'étaient efforcées d'éviter leur père. L'une comme l'autre espéraient secrètement qu'Amy se résoudrait enfin à demander le divorce. Et ordonnerait à Marcus de quitter les lieux.

C'était exactement l'inverse qui s'était produit : quelques mois après le décès de son père, Amy Thomas avait quitté Blackrose pour se rendre à New York. Un simple voyage d'agrément, avait-elle assuré. Mais en constatant que leur mère ne les appelait pas pour les informer de son arrivée, Helen et sa sœur avaient imaginé le pire.

Elles ne se trompaient pas. Interrogé, le voiturier de l'hôtel où Amy était descendue avait constaté la disparition de son véhicule, le lendemain de son arrivée. Ni la voiture ni sa propriétaire n'avaient jamais été retrouvées. Et bien que leur mère ait laissé ses bagages à l'hôtel, Helen et Leigh avaient toutes deux compris que la malheureuse femme ne reviendrait jamais les récupérer…

Ce fut en remuant ces tristes souvenirs qu'Helen s'approcha de la porte de la cuisine – fermée à clé et désormais protégée par une grille de fer forgé.

Interdite, elle pressa longuement la sonnette. Sans succès : à l'intérieur, tout était silencieux. Où étaient donc Mme Walsh et sa fille Kathy ? Les deux femmes logeaient derrière la cuisine, et sortaient rarement le soir.

De plus en plus intriguée, Helen recula d'un pas pour mieux distinguer la façade, à demi plongée dans l'obscurité. Elle remarqua alors que toutes les portes et les fenêtres étaient munies de barreaux. Une vive inquiétude l'envahit. Que se passait-il ici ? Marcus préparait-il le siège de Blackrose ?

Tournant les talons, elle se dirigea vers l'ancienne grange, transformée en garage. Un coup d'œil à l'intérieur lui fournirait peut-être un indice ? Elle était à mi-chemin, lorsqu'une lumière tremblante attira son attention. Le petit bosquet, à quelques mètres de là, semblait traversé d'éclairs rougeoyants. Un incendie ?

Lâchant son sac de voyage, elle s'élança, puis ralentit en constatant que les flammes ne grossissaient pas. Un étrange bruit de marteau, très rythmé, se faisait entendre... Helen avança prudemment. Et s'arrêta à l'entrée de la clairière.

Le domaine de Blackrose datait du dix-neuvième siècle. Au tournant du siècle, un incendie avait ravagé le bâtiment principal : la maison actuelle avait été bâtie sur les décombres de l'ancienne. Quelques dépendances avaient néanmoins échappé aux flammes, dont une forge restée inoccupée depuis. Jusqu'à aujourd'hui...

En poussant la porte, Helen constata que la forge était vide. La lumière provenait d'un autre foyer — improvisé, celui-là : à l'extérieur du bâtiment, un homme était penché sur un feu qu'alimentait un gros réservoir de propane. De profil, ses traits durcis par la chaleur intense se découpaient nettement dans la lumière des flammes. Des mèches de cheveux bouclés, noirs et épais, tombaient sur sa nuque trempée de sueur. Vêtu d'un jean et d'un débardeur blanc, il possédait le genre de musculature qui doit davantage au travail physique qu'à la fréquentation des salles de gym.

Sa main gauche disparaissait sous un gant lourd et épais, semblable à une pince. Il s'en aida pour saisir un morceau de métal rougi dans la forge, qu'il posa sur une enclume. De sa main droite, nue celle-là, il abattit un énorme marteau sur le morceau de métal — et répéta son geste, encore et encore, avec une régularité qui déformait étrangement son tatouage, au biceps droit. Fascinée, Helen l'observa en silence. Bien que violents, ses gestes étaient empreints d'une indéniable sensualité. Tout à son effort, il semblait enchaîné à son enclume, qu'il frappait comme s'il s'était agi d'un obscur démon, visible de lui seul.

Helen s'avança à pas de loup, captivée par l'étrange beauté

qui se dégageait de la scène. Une nouvelle fois, l'homme posa la barre de fer dans les flammes. Curieuse de découvrir l'objet qu'il fabriquait, elle fit quelques pas supplémentaires…

Elle était sûre de n'avoir fait aucun bruit. Pourtant, l'homme se retourna brusquement.

— Qui diable êtes-vous ? interrogea-t-il d'un ton bourru en ôtant ses lunettes de protection à l'aide du manche de son marteau.

Son regard, d'une intensité magnétique, appelait le respect. Mais Helen ne se laissa pas intimider.

— A votre place, répliqua-t-elle en relevant le menton, je me garderais d'invoquer le diable. Vous avez vous-même l'air de sortir tout droit des flammes de l'enfer !

Surpris, l'inconnu cligna des yeux. Les commissures de ses lèvres se soulevèrent… mais cette esquisse de sourire céda immédiatement place à un rictus sévère, qui durcissait ses traits.

— Raison de plus pour vous sauver, petite fille.

Helen sentit un étrange frisson courir le long de sa nuque. Qui était cet homme ? Et que faisait-il ici ?

— Primo, je ne suis pas du genre à prendre la fuite. Et secundo, il y a longtemps que je ne suis plus une petite fille.

L'inconnu s'adoucit, trahissant un amusement qu'il s'empressa de cacher.

— Combien de temps, au juste ? rétorqua-t-il.

D'impérieux, il s'était fait malicieux, s'exprimant d'une voix suave et douce comme du velours.

Helen se détendit à son tour. Pourtant, elle aurait dû rester sur ses gardes… mais cet homme, malgré ses regards insistants, ne la menaçait pas. Il dégageait même une certaine mélancolie, qui piquait sa curiosité.

— Je suis assez grande pour savoir que vous violez une propriété privée, assura-t-elle d'un ton qu'elle voulait léger.

— Vous croyez ?

Elle décida de le provoquer.

— Alors, vous rendez les armes ou vous pensez avoir besoin d'un marteau et d'un tison pour me repousser ?

Un autre sourire plissa ses lèvres, si furtif qu'elle douta de l'avoir aperçu. Puis, avec un soin étudié, il posa son marteau.

La pièce de métal rougi qu'il tenait dans son autre main émit un chuintement sonore lorsqu'il la plongea dans un grand bac d'eau.

— Je prends le risque, dit-il.

— Dans ce cas, prenez aussi celui de décliner votre identité, rétorqua-t-elle du tac au tac. Car je ne sais toujours pas qui vous êtes ni ce que vous faites ici.

— Vous êtes bien mal placée pour poser ce genre de question. Jc travaille ici, moi. Et vous, qui êtes-vous ?

— Marcus…, commença-t-elle.

— Je présume que vous connaissez le propriétaire de cette demeure ?

— Très bien, en effet, puisque c'est moi !

Il baissa les yeux pour retirer ses gants, mais elle eut le temps de lire la surprise sur son visage.

— Vous êtes un peu jeune pour posséder un endroit pareil, vous ne trouvez pas ?

— Décidément, vous semblez très intéressé par mon âge.

Elle sentit son regard se poser sur elle.

— C'est vous qui m'intéressez, lâcha-t-il d'une voix égale.

Estomaquée, Helen ne répondit rien. Puis elle se reprit, tenta de chasser le trouble qui l'avait saisie et décida d'ignorer cette réplique.

— Ecoutez, il se fait tard et… j'ai besoin de me reposer, énonça-t-elle vivement. Marcus est-il là ?

— Je n'en ai pas la moindre idée.

— Dans ce cas, vous avez bien une clé de la grille que vous avez installée à l'entrée de la cuisine ?

— De *votre* cuisine, rectifia-il doucement, en glissant ses pouces dans les passants de la ceinture de son jean.

— Tout à fait. Je m'appelle Helen Hart Thomas et depuis deux semaines, ma sœur et moi sommes propriétaires de Blackrose.

Elle exagérait à peine. Il y avait deux semaines que le décès de leur mère avait été officiellement prononcé. Depuis lors, seules Helen et sa jumelle étaient en droit de revendiquer la propriété du domaine dont Amy avait hérité de son père.

Le forgeron la considéra quelques instants en silence. Il faisait nuit noire, désormais. Elle distinguait à peine son visage dans l'obscurité. Quand il reprit la parole, elle tressaillit comme s'il l'avait touchée.

— Je n'ai pas de clé, madame Thomas. Il faudra que vous les réclamiez à M. Thomas.

— Oh, mais j'y compte bien ! Désolée de vous avoir dérangé.

D'un mouvement vif, elle tourna les talons, fit deux pas… puis jeta un coup d'œil par-dessus son épaule : l'étranger n'avait pas bougé.

— Et j'exige qu'on remette mes lions en place !

Il fronça les sourcils.

— Vous voulez parler des lions de pierre qui gardaient l'entrée principale ? M. Thomas voulait que je m'en débarrasse.

Elle se raidit.

— Vous ne les avez tout de même pas… ?

— Détruits ? acheva-t-il. Non. Je les ai mis en dépôt dans mon atelier.

Un profond soulagement l'envahit. Ses lions existaient toujours !

— Et où se trouve votre atelier ?

— A Murett Township, un village perdu dans les collines, à environ une heure de voiture d'ici. L'endroit ne figure pas sur toutes les cartes.

Il avait raison : elle n'en avait jamais entendu parler.

— Je veux que vous remettiez ces lions à la place exacte qu'ils occupaient auparavant. Et maintenant, je vous prie de m'excuser : je vais tâcher de trouver mon père. Bonne soirée, monsieur… ?

— Myers, répondit-il. Bram Myers.

— Très bien, monsieur Myers, j'ai été ravie de discuter avec vous. Désolée de m'éclipser ainsi, mais je crains d'être obligée d'enfoncer l'un de vos chefs-d'œuvre pour entrer dans ma propre maison.

Une fois de plus, elle sentit qu'il retenait un sourire.

— Je ne sais pas pourquoi, mais j'ai l'impression que vous en êtes capable.

— Vous avez raison ! rétorqua-t-elle.

— Essayez la porte de devant, suggéra-t-il. Je n'y ai pas encore installé de grille.

Helen acquiesça.

— Merci du conseil… Au fait, si j'étais vous, je ne perdrais pas mon temps à forger des grilles supplémentaires : j'ai l'intention de les retirer une à une !

Sans attendre sa réponse, elle s'engagea dans le petit chemin qui menait à la maison. Bram Myers la troublait — ce qui n'avait rien d'étonnant : il était incroyablement sexy. Dommage qu'elle n'ait pas besoin d'employer un forgeron…

Elle contourna la maison pour atteindre l'entrée principale, et gravit les marches du perron. Bizarrement, elle n'eut même pas besoin d'utiliser sa clé. La poignée de cuivre terni céda sous ses doigts. La porte s'ouvrit, révélant une pièce sombre et profonde peu engageante. Franchissant le seuil d'un pas hésitant, Helen chercha l'interrupteur à tâtons, et se sentit soulagée de le sentir sous ses doigts. Elle l'enclencha fermement… mais rien ne se produisit.

Pourtant, un lustre majestueux pendait au-dessus de sa tête. Il était possible qu'une des ampoules ait grillé… Mais toutes à la fois ? Certainement pas. Le courant avait dû être coupé, décida-t-elle.

Quant à la maison, elle semblait vide, abandonnée. Où donc Marcus et Eden étaient-ils partis ?

— Il y a quelqu'un ?

Seul un faible écho lui répondit.

Devant elle se dressait l'escalier monumental qui menait aux deux étages supérieurs. Derrière l'escalier se trouvait le salon, aux dimensions impressionnantes. A sa droite, la bibliothèque et, à sa gauche, l'étroit fumoir que son grand-père avait fait transformer en salle d'attente pour les patientes de Marcus.

Helen eut un léger choc en découvrant que la porte du fumoir était grande ouverte : en dehors des heures de consultation, Marcus la fermait toujours soigneusement à clé.

Décidément, quelque chose ne tournait pas rond… mais quoi ? Elle s'avança vers le cabinet de son père et constata que de lourds rideaux occultaient les fenêtres. Ils n'y étaient pas, lors de sa dernière visite… Quant à la salle d'attente, elle était plongée dans l'obscurité la plus complète.

— Hé ! Il y a quelqu'un ?

Un léger bruit se fit entendre. Là, tout près d'elle… Mal à

l'aise, Helen faillit rebrousser chemin — avant de se l'interdire fermement. Elle était ici chez elle, et elle n'avait rien à craindre.

— Qui est là ? interrogea-t-elle d'une voix forte.

Aucune réponse. Helen remit en place une longue mèche échappée de sa queue-de-cheval, puis elle s'avança résolument vers un des coins les plus sombres de la pièce.

— Il y a quelqu'un ?

Toujours rien — sauf un léger glissement qui lui glaça les sangs.

Impossible de déterminer d'où venait ce bruit... mais quelqu'un se trouvait près d'elle. Quelqu'un qui n'avait manifestement pas l'intention de révéler sa présence.

Comme Helen s'avançait avec précaution dans la pièce, elle se heurta à un objet dur. Baissant la main, elle le toucha du bout des doigts et comprit qu'il s'agissait du bureau de la secrétaire. Un peu rassurée, elle se redressa et s'exhorta à continuer son exploration — malgré les images angoissantes, droit tirées de films d'épouvante, qui s'imposaient à son esprit. Il régnait dans ces lieux une atmosphère étrange, lourde de menaces.

Soudain, un courant d'air la fit frissonner, et elle perçut plutôt qu'elle ne vit un mouvement dans l'obscurité. La porte de la salle d'attente ouvrait sur un couloir, très étroit, qui menait lui-même à un bureau.

Helen retint sa respiration. Aucun doute possible : quelqu'un était tapi dans ce couloir, et l'observait en silence. N'y tenant plus, elle regagna le hall en courant...

Et se heurta de plein fouet à la haute silhouette qui se dressait devant elle.

Le cri jaillit du plus profond de son être. Des mains lui empoignèrent fermement les épaules, la secouant violemment pour la faire taire. Malgré sa terreur, elle décocha un coup de pied à son agresseur. Manifestement surpris, il poussa un cri étouffé et la lâcha.

— Calmez-vous, grommela-t-il. Je ne vous veux pas de mal !

Bram... C'était Bram ! comprit-elle, le cœur battant encore la chamade. Soulagée, elle se tourna vers lui, et il braqua sur elle le puissant faisceau de sa lampe torche. Aveuglée, elle l'écarta de son visage, et distingua ses traits sévères.

— Désolé de vous avoir effrayée, dit-il d'un ton calme.

— Effrayée ? répliqua-t-elle, furieuse. J'ai failli avoir une attaque, oui !

— Vraiment ? C'eût été fort regrettable.

Son impertinence l'agaça.

— Que faites-vous ici ?

— Je suis venu m'assurer que vous n'aviez pas enfoncé la porte, comme vous aviez menacé de le faire.

— Très drôle…

Elle tremblait malgré elle. La journée avait été longue, et son interlocuteur était dangereusement proche d'elle.

— Et les lumières ? demanda-t-il.

— Elles ne fonctionnent plus.

— J'avais remarqué.

Il dirigea le faisceau de sa lampe vers le hall, faisant jaillir et se tordre des ombres aux formes étranges.

— Ça va ? Vous tremblez.

— Bien sûr que je tremble ! Vous m'avez flanqué la trouille de ma vie.

— Vu la manière dont vous avez surgi de cette pièce, j'ai l'impression que je ne suis pas le seul.

Troublée, elle afficha une assurance qu'elle était loin d'éprouver.

— Il y a quelqu'un là-dedans. Mais personne ne m'a répondu quand j'ai appelé.

Il se raidit.

— Attendez-moi ici !

Bram s'élança vers la salle d'attente. Elle lui emboîta le pas, secrètement rassurée par sa présence. Sa puissante torche éclairait toute la pièce. Devant les épais rideaux de damas, ils découvrirent une rangée de chaises.

— Très accueillant ! J'espère que vous avez l'intention d'engager un décorateur, commenta-t-il avec ironie.

— C'est charmant, en effet…

Le faisceau de la lampe glissa derrière le bureau, révélant la lourde porte de bois sombre à double battant qui menait au repaire de Marcus. En constatant qu'elle était fermée, Helen sentit son estomac se serrer.

— Cette porte était ouverte il y a un instant, murmura-t-elle.

Sans la regarder, Bram se dirigea vers la porte et tendit la main vers la poignée.

— Vous en êtes sûre ?

— Evidemment !

Il actionna la poignée.

— Elle est fermée à clé, constata-t-il.

« Il y a quelqu'un dans le bureau ! » eut-elle envie de crier, mais les mots ne parvinrent pas à franchir ses lèvres.

— Je peux essayer d'enfoncer la porte, reprit Bram. Mais êtes-vous bien certaine que votre imagination ne vous joue pas des tours ? Ce serait compréhensible. Sans lumière, cette pièce est sombre comme un cercueil.

Pour appuyer ses dires, il éteignit sa lampe, les plongeant dans une obscurité totale. Helen étouffa un cri.

— Vous voyez… Je ne peux même pas distinguer la porte, et encore moins vous dire si elle est ouverte ou fermée, continua Bram avec la patience d'un maître d'école. Ce serait dommage de l'enfoncer si vous n'êtes pas absolument sûre qu'il y a quelqu'un derrière. De nos jours, on ne fabrique plus d'aussi belles portes en merisier massif.

Helen s'efforça de réfléchir. Cette porte avait-elle été ouverte, ou son imagination lui jouait-elle des tours ? Ce n'était pas impossible. D'autant qu'elle était fatiguée par les longues heures de voyage, et troublée par ce qu'elle avait découvert en arrivant à Blackrose. Qui savait ce dont Marcus serait capable s'il apprenait qu'elle avait enfoncé la porte de son bureau ?

Mais pourquoi pensait-elle à Marcus ? Elle était ici chez elle ! lui souffla une petite voix intérieure. Rien ne lui interdisait d'enfoncer une porte si elle le jugeait nécessaire… Pourtant, elle hésitait. Et si elle s'était trompée ?

— Les plombs ont sauté ? reprit Bram.

Il ralluma sa lampe électrique.

— Je ne sais pas.

Elle parvint à réprimer le tremblement de sa voix, mais pas les frissons qui lui secouaient le corps.

— Vous ne sentez rien ? s'enquit-elle malgré elle.

Il la regarda fixement.

— Sentir quoi ?

« Le parfum du mal », murmura-t-elle tout bas, avant de hocher la tête.

— Non, rien. La maison a l'air… vide.

— Vous venez juste de dire qu'il y avait quelqu'un dans le bureau.

— Laissez tomber.

Gênée, elle se tourna vers le hall principal.

— Ecoutez, je crois que nous devrions essayer de rétablir la lumière, suggéra Bram. Savez-vous où se trouve le panneau électrique ?

Elle hocha la tête avec reconnaissance.

— Dans la cuisine.

— Vous pouvez m'y conduire ?

Il s'avança vers elle. Elle le savait imposant, mais le sentir si proche lui donna l'impression d'être petite et vulnérable.

— Ne me traitez pas comme une gamine ! le prévint-elle.

— Telle n'était pas mon intention. Préférez-vous que je vous laisse ?

— Non ! Non, répéta-t-elle d'un ton radouci, avant de prendre une profonde inspiration. Je suis un peu paniquée. Je ne comprends pas ce qui se passe… Où sont-ils tous ? Mme Walsh ? Kathy ? Il devrait y avoir quelqu'un. La porte principale était ouverte.

— Ah bon ?

Il paraissait un peu surpris.

— Puisque je vous le dis !

Il leva la main.

— Calmez-vous. Etes-vous toujours ainsi, sur la défensive ?

— Juste depuis…

Depuis qu'elle avait reçu la lettre du notaire qui lui demandait de venir à Blackrose pour discuter de questions importantes. Mais elle pouvait difficilement expliquer cela à un parfait étranger. Aussi reprit-elle :

— Depuis que je suis arrivée ici et que j'ai découvert que tout avait changé.

— Je comprends que cela vous agace, et j'en suis désolé, mais je n'ai vu personne depuis plusieurs jours déjà. Je suis resté dans la vieille forge pour terminer les pièces que votre père m'a commandées. Je ne connais aucun des noms que vous venez de mentionner. Depuis que je suis arrivé, vos parents sont les seules personnes auxquelles j'aie parlé.

— Mon père et sa femme, rectifia-t-elle.

Elle se détourna vivement pour échapper à son regard inquisiteur.

— La cuisine est par ici.

Ils s'engagèrent dans le hall enténébré. Bram pointa le faisceau de sa torche sur le plancher pour guider leurs pas. Normalement, la lumière de la lune aurait dû éclairer l'intérieur de la maison, mais ce soir, les nuages obstruaient le ciel et la maison ressemblait à une grotte déserte.

Bram était-il entré ici auparavant ? se demanda Helen. Et si oui, qu'en avait-il pensé ?

— Votre père vous attendait-il ? interrogea-t-il.

— Je ne l'ai pas appelé pour lui dire que je prenais la route, si c'est ce que vous voulez savoir.

Bram ne fit aucun commentaire. S'il se posait des questions sur la relation qu'elle entretenait avec Marcus, il n'en laissait rien paraître. Il ne lui avait même pas demandé de prouver son identité, se rappela-t-elle soudain. Elle aurait pu lui mentir, après tout ! Mais il s'en souciait peu, manifestement... Il n'était pas payé pour garder la propriété — seulement pour en armer toutes les ouvertures de barreaux en fer forgé. En fait, elle aurait dû le remercier de sa présence mais, trop troublée par leur proximité, elle n'y avait pas songé.

La cuisine était sombre et silencieuse. Helen actionna l'interrupteur, sans résultat.

— Le compteur électrique est dans le garde-manger, dit-elle en désignant une porte fermée.

C'était étrange... Enfant, elle n'avait jamais trouvé ces boiseries lugubres. La maison était pour elle un havre de paix, un foyer chaleureux. Mais ce sentiment avait disparu, en même temps que sa mère et son grand-père.

Ouvrant la porte du garde-manger, Bram pénétra à l'intérieur.

— C'est grand, dit-il simplement.

Difficile de le contredire : la demeure était immense. Les chambres, les cabinets de toilettes, tout était gigantesque. Elle l'observa tandis qu'il examinait le panneau électrique. Il finit par actionner une grande manette. Mais il ne se passa rien.

— Des lignes à haute tension ont dû sauter.

— Cela arrive quand il y a de l'orage, mais ce n'est pas le cas aujourd'hui, souligna-t-elle. Du moins, pas encore.

— C'est vrai, approuva-t-il, mais une voiture a pu heurter un poteau électrique, par exemple. C'est peut-être pour ça que tout le monde est parti. Cette maison n'est pas très accueillante, sans électricité… Avez-vous un autre endroit où passer la nuit ?

Blackrose, situé au nord-est de Saratoga Springs, était un endroit plutôt isolé. Les plus proches voisins et la petite ville de Stony Ridge étaient assez loin. Helen aurait pu appeler des amis, mais elle n'avait pas envie de s'imposer chez des gens qu'elle n'avait pas vus depuis des mois.

— Pas vraiment, mais je ne risque pas de mourir de froid, vous savez. Et puis, je peux allumer des bougies.

— Vous voulez rester ici toute seule ? Je ne suis pas sûr que ce soit une bonne idée. Et s'il y avait quelqu'un d'autre dans la maison ? insista-t-il.

— Je préfère ne pas y penser, répondit-elle, sentant la peur lui nouer l'estomac.

— Avez-vous mangé ?

Etonnée, elle dévisagea Bram.

— Comment ?

— Je n'ai pas encore dîné et mon steak est assez gros pour deux. Si ça vous tente, vous êtes la bienvenue chez moi.

— Vous savez cuisiner ?

Elle s'interrompit, et s'imagina assise en face de lui, partageant son repas.

— Essayez, et vous verrez, répondit-il, les yeux pétillant de malice.

— Mais… l'électricité est coupée. Comment allez-vous cuisiner ?

— J'ai une forge.

— Vous l'utilisez pour faire cuire votre viande ?

Ses dents brillèrent quand il sourit — d'un sourire plutôt sexy, se dit Helen.

— J'ai une bouteille de propane et un camping-gaz dans mon campement. Alors, vous avez faim ?

L'en-cas qu'elle avait avalé dans la voiture, après avoir quitté l'appartement bostonien qu'elle partageait avec sa sœur, lui parut soudain bien lointain.

— Oui, plutôt. Si vous m'éclairez, je peux aller chercher du vin.

Il braqua le faisceau de sa lampe sur les casiers à vin, installés au fond du garde-manger.

— Je n'y connais pas grand-chose, poursuivit-elle. Vous voulez choisir une bouteille ?

Fascinée, elle ne put détacher son regard du tatouage qu'il portait sur le biceps alors qu'il tendait le bras pour s'emparer d'un flacon.

— C'est un dragon ?

— Oui. Vous avez un tire-bouchon ?

Sa question l'avait-elle gêné ? Il ne paraissait pourtant pas embarrassé... mais il s'était bien gardé de lui fournir la moindre précision sur son tatouage — ni sur quoi que ce soit d'autre, d'ailleurs. Si bien qu'elle ne savait rien du dénommé Bram Myers. Commettait-elle une imprudence en allant dîner avec lui au fond du parc ? Son intuition lui affirmait le contraire. Au fond, comprit-elle en le suivant dans la maison, le tire-bouchon à la main, c'était d'elle-même dont elle devait se méfier.

Car l'attirance étrange qu'elle éprouvait pour ce parfait inconnu ne cessait de croître.

Il s'arrêta pour ramasser le petit sac de voyage qu'elle avait laissé près de la porte d'entrée.

— Au cas où, dit-il.

— Au cas où quoi ? s'enquit-elle nerveusement.

— Au cas où il y aurait *vraiment* quelqu'un dans cette maison.

Ils sortirent et il l'attendit pendant qu'elle tentait d'introduire sa clé dans la serrure grippée de la porte d'entrée.

— Au moins, il n'a pas changé les serrures, murmura-t-elle. Croyez-vous que je devrais appeler la police ?

Aussi étrange que cela puisse paraître, elle n'y avait pas pensé plus tôt.

— C'est vous qui voyez. C'est votre maison, madame Thomas.

— Helen.

Il hocha la tête.

— Joli prénom.

— Merci.

Une fois encore, elle se sentit décontenancée.

— Le problème, avec la police, c'est qu'il leur faudra une brigade entière pour fouiller la maison. Le temps que l'agent de service appelle des renforts, votre intrus aura décampé depuis longtemps.

— C'est juste, approuva-t-elle. Mais s'il y a réellement un rôdeur, il aura quartier libre pendant que je dînerai avec vous… Il y a tout de même des objets de valeur dans cette maison, vous savez !

— Décidez-vous. Vous pouvez rester ici si vous le souhaitez. Moi, je vais dîner.

Helen hésita… Etait-ce une bonne idée de suivre cet homme ? Indécise, elle jeta un coup d'œil anxieux par-dessus son épaule. Et vit distinctement bouger le rideau d'une des fenêtres de l'ancienne salle de réception.

2.

— Etes-vous certaine d'avoir vu quelqu'un à la fenêtre, tout à l'heure ? demanda Bram.

La jeune femme se raidit sur sa vieille chaise de camping et le regarda droit dans les yeux.

— Oui.

Cette maison lugubre l'avait sans doute effrayée, estima-t-il. Pour être franc, lui-même s'y était senti mal à l'aise. Blackrose n'avait rien d'une gentilhommière douillette et accueillante…

— Il faisait déjà nuit noire, remarqua-t-il. Peut-être avez-vous vu une lumière se refléter dans la fenêtre ?

— Quelle lumière ?

— Celle de ma lampe ?

Comme elle lui lançait un regard incrédule, il ajouta :

— J'aurais dû retourner à l'intérieur pour vérifier qu'il n'y avait personne.

— Non. La maison est trop grande pour être fouillée sans lumière. Vous auriez pu vous blesser.

— Vous croyez ?

Elle haussa les épaules, avant de porter son gobelet de carton à ses lèvres pour boire une gorgée de vin. Elle semblait mi-amusée, mi-ennuyée, et jetait des regards nerveux en direction de la clairière. Privé de la clarté de la lune, l'endroit aurait donné la chair de poule à n'importe quelle jeune femme normalement constituée. La seule lumière dont ils disposaient provenait du camping-gaz et des bougies à la citronnelle que Bram avait allumées pour éloigner les moustiques affamés.

Mais Helen se préoccupait sans doute peu de ces petits insectes, songea-t-il. Elle se trouvait seule avec un homme qu'elle ne connaissait pas, entourée d'arbres gigantesques et d'animaux nocturnes qui l'épiaient dans le noir. Si elle appelait au secours, personne ne l'entendrait. Il aurait fallu être inconsciente pour ne pas se sentir mal à l'aise… Or Helen n'avait pas l'air d'une écervelée. Soit elle avait décidé de lui faire confiance, soit elle dominait très bien sa peur.

Mais une chose était sûre : sa nervosité n'enlevait rien à son charme. Son pantalon serré et son chemisier de coton blanc révélaient une silhouette mince et souple à laquelle il n'était pas insensible… Sa réaction l'étonnait, d'ailleurs. Il y avait si longtemps qu'il n'avait pas éprouvé de désir physique !

Peut-être était-ce là le problème, songea-t-il avec ironie. Sevré depuis des mois, son appétit se réveillait à la vue de cette biche égarée…

Elle releva la tête et il suivit des yeux le mouvement de ses mèches d'un brun doré, qui reprirent sagement leur place sur ses épaules. Oui, elle suscitait quelque chose en lui, et il n'y pouvait rien. Tendue, sur ses gardes, elle continuait pourtant de faire bonne figure, et il ne put s'empêcher d'admirer son courage et son intelligence.

— Vous vous sentez mieux ? demanda-t-il d'un ton plus rude qu'il ne l'aurait voulu.

Sans se laisser impressionner, Helen pencha la tête.

— Oui. Désolée d'avoir été si gourmande. J'étais affamée, en fait ! Et c'était absolument délicieux.

— Je vous en prie. J'étais heureux de vous voir manger avec appétit. Je n'aime pas les gens qui chipotent dans leur assiette.

Après avoir englouti la moitié du steak, Helen en était à son second verre de vin, qu'elle sirotait à petites gorgées.

— Même si je dois faire une heure de gym demain, ce dîner en valait la peine, affirma-t-elle avec gourmandise.

Il n'avait aucune envie de s'imaginer la jeune femme en tenue de sport, en train de faire des étirements et des abdominaux. Comme il cherchait un sujet de conversation plus anodin, il sentit son regard se fixer sur son torse. Et s'y attarder juste assez pour attiser le feu qui brûlait dans ses reins.

— Méfiez-vous : ce genre de regard peut valoir de sérieux ennuis à une femme, commenta-t-il d'une voix douce.

Elle leva les yeux vers lui. Il était presque certain de l'avoir vue rougir, mais elle n'était pas du genre à se laisser intimider.

— Désolée. Je cherchais la cape et le T-shirt avec un grand « S ».

— Pardon ?

— Vous savez bien : les collants bleus, la cape rouge et le gros « S » rouge sur la poitrine ?

Il esquissa un sourire en comprenant son allusion.

— Eh non, je n'ai pas de costume de Superman dans ma garde-robe.

— Quel dommage !

— Cela ne m'empêche pas de me porter volontaire pour vous raccompagner chez vous et inspecter la maison.

Elle secoua la tête et, une fois de plus, il ne put détacher son regard de sa chevelure soyeuse.

— Non, merci, dit-elle. Même si ce dragon tatoué sur votre bras a l'air redoutable, je doute qu'il crache de vraies flammes en cas de danger. Et je n'aimerais pas vous mettre en difficulté.

Pour la troisième fois de la soirée, il réprima un sourire. Avec son humour ravageur, elle avait le don de le prendre au dépourvu.

— Ce que j'aurais dû faire, poursuivit-elle, c'est suivre mon instinct et appeler la police dès que j'ai vu le nouveau portail.

— J'ignorais que mon travail puisse me valoir une descente de police… mais, je vous en prie, faites comme bon vous semble !

Elle le regarda entre ses longs cils recourbés.

— Ce n'est pas ce que je voulais dire. Votre travail est magnifique, et vous le savez. Mais mon père et moi ne partageons pas les mêmes idées sur l'aménagement du domaine. De toute façon, il est un peu tard pour appeler la police… Même s'il y avait un intrus dans la maison tout à l'heure, il est certainement loin, à l'heure qu'il est !

— Raison de plus pour que j'y retourne. Il n'y a plus de danger, maintenant !

— Non, ce n'est pas la peine.

Bram n'aurait su dire pourquoi son refus l'ennuyait à ce point, mais il ressentit soudain le besoin impérieux de se pencher vers elle pour la toucher. Au lieu de cela, il se leva vivement et alla chercher un sac pour y jeter les déchets.

Helen sursauta, surprise par ce mouvement brusque. Puis, pour tenter de dissimuler sa nervosité, elle se leva de sa chaise basse avec une grâce que peu de femmes auraient eue en ces circonstances. En la voyant fouiller du regard l'obscurité qui les entourait, il réalisa qu'il n'était pas la seule cause de son malaise.

— Il est tard, dit-elle. Il faut que j'y aille.

Comme elle lui tendait son assiette en carton, leurs doigts se touchèrent. Ce contact fit à Bram l'effet d'une décharge électrique.

Helen ne prononça pas un mot, mais ses yeux s'écarquillèrent comme si elle ressentait la même chose. Et il ne put s'empêcher de jubiler intérieurement quand elle renversa son verre de vin dans sa hâte à retirer sa main.

Elle s'excusa. La consternation se lisait dans ses grands yeux bleus.

— Excusez-moi. D'habitude, je ne suis pas si maladroite…

D'un geste qui trahissait sa nervosité, elle chassa une mèche rebelle, l'invitant sans le savoir à la dévisager. Sa peau semblait douce, et aussi tentante que sa chevelure. Il serra plus fort l'assiette en carton pour ne pas tendre la main vers son visage et le caresser.

Bon sang, mais que s'imaginait-il ? C'était une *jeune* femme ! Et une jeune femme fortunée, qui plus est. Il n'avait aucune envie d'avoir des ennuis. Or Helen était précisément le genre de personne qui attire les ennuis…

— Asseyez-vous et finissez votre verre, dit-il d'un ton vif. Je me charge de débarrasser la table.

Il perçut une étrange lueur dans ses yeux lorsqu'elle recula.

— J'ai assez bu pour ce soir, et il faut que je retourne à la maison. Je suis sûre que Marcus et sa femme sont rentrés, à l'heure qu'il est.

Bram se ressaisit.

— Vous n'aimez pas beaucoup votre belle-mère, n'est-ce pas ?

Elle releva immédiatement le menton.

— Ça ne vous regarde pas. Mais sachez que le remariage de mon père avec Eden ne me pose aucun problème.

Soit… Il aurait pu la croire s'il n'avait vu ses poings se serrer et ses jolies lèvres se pincer jusqu'à ne plus former qu'un trait dur sur son visage. Après tout, se dit-il, de nombreuses familles se déchiraient, de nos jours, et les problèmes de cette jeune femme ne le concernaient pas. Il était temps de calmer le jeu.

— Vous avez raison, ce n'est pas mon affaire.

— Désolée, je ne voulais pas vous blesser. Disons qu'Eden peut parfois se montrer… difficile.

— Peut-être ne l'avez-vous pas rencontrée dans les circonstances les plus favorables qui soient ? hasarda-t-il.

— Oh, je l'ai toujours connue ! Elle était l'infirmière de Marcus pendant des années.

— Je n'avais pas remarqué que votre père était malade.

— Il n'est pas malade. Il était médecin, et Eden travaillait pour lui.

Bram haussa les sourcils.

— Il *était* médecin ?

— Je crois qu'il n'exerce plus désormais. Comme vous l'avez sans doute deviné, je n'entretiens pas de relation suivie avec Marcus. Et je n'ai pas hâte de le revoir. D'ailleurs, je ne l'ai même pas prévenu de ma visite.

Elle haussa les épaules pour signifier son indifférence, mais ses doigts restèrent crispés.

Bram la dévisagea avec perplexité. Décidément, la situation n'était pas très claire….

— Ainsi, vous avez hérité Blackrose de votre mère ? se risqua-t-il à demander.

— Oui. Cette propriété appartient à ma famille maternelle depuis la Guerre Civile.

— Impressionnant. Mais je ne comprends pas très bien : si ce domaine vous appartient, pourquoi est-ce votre père qui en est responsable ?

— Il ne l'est pas. C'est ce qu'il s'imagine.

Elle secoua la tête, attirant une fois de plus son attention sur sa chevelure.

— C'est une longue histoire…

— Je n'ai aucun rendez-vous urgent, ce soir.

L'espace d'un instant, il crut qu'elle allait le planter là… Mais elle haussa légèrement les épaules, et il se détendit. Au fond, il n'avait pas envie de la voir partir. Elle suscitait en lui une curiosité croissante, que seule sa conversation pouvait apaiser.

— La tradition familiale veut que le domaine revienne à l'aîné des enfants. Ma mère était fille unique, mais mon grand-père n'aimait pas Marcus. Alors il a rompu la tradition et a fait du premier enfant de ma mère son héritier direct.

— Et ce premier enfant, c'est vous ?

— Oui. Mais comme ma sœur et moi étions mineures à l'époque, mon grand-père a ajouté à son testament une clause stipulant que nous ne pourrions pas hériter avant l'âge de vingt-cinq ans.

— N'est-ce pas vingt et un ans, d'habitude ?

— C'est au testamentaire de décider. Mon grand-père était cardiaque, et il savait que si un malheur lui arrivait avant que nous soyons assez âgées pour être autonomes, Marcus nous créerait des difficultés.

De nouveau, elle haussa les épaules. Malgré tous ses efforts, Bram n'avait pu s'empêcher de regarder sa poitrine se soulever et s'abaisser au rythme de son récit. Lorsqu'il s'aperçut qu'elle l'avait remarqué, il tourna le dos et entreprit de débarrasser la table.

— Comment avez-vous commencé à vous intéresser au fer forgé ? demanda-t-elle, changeant délibérément de sujet.

— Mon père et mon oncle étaient tous les deux forgerons. Quand j'étais enfant, je passais beaucoup de temps à la forge à les observer.

Il devina qu'elle souhaitait en savoir plus, mais préféra se soustraire aussitôt à sa curiosité. Son père était gravement malade — et il n'avait pas envie d'en parler.

— Et vous, Helen, que faites-vous dans la vie ? reprit-il vivement.

— Je travaille au service des acquisitions dans une galerie d'art de Boston.

— Ah oui ?

— Il n'y a rien de mal à faire ce métier, vous savez. Je suis diplômée des Beaux-Arts du Wellesley Collège, ajouta-t-elle en posant les mains sur ses hanches.

— Ai-je formulé la moindre critique ?

Elle releva le menton.

— Je suis également titulaire d'un MBA.

— Impressionnant.

— Vous vous moquez de moi.

— Pas du tout. Mais pourquoi quelqu'un d'aussi diplômé que vous se défend-il d'exercer le métier d'acheteur d'art ?

Elle hocha la tête.

— Marcus et Eden pensent que je me suis trompée de voie, mais j'apprends mon métier. Plus tard, j'ouvrirai ma propre galerie.

— C'est une bonne idée. Etes-vous artiste vous-même ?

— Oh, non !

— Vous en semblez convaincue. Est-ce aussi l'avis de Marcus et d'Eden ?

Elle éclata d'un rire inattendu, qui résonna dans la clairière alentour.

— Non, mais c'était celui des enseignants de la faculté des Beaux-Arts. Mme Sang, mon professeur de dessin, est même allée jusqu'à me conseiller de me reconvertir dans la peinture en bâtiment !

— Elle n'était pas tendre avec vous…

Helen sourit, nullement décontenancée.

— Elle avait entièrement raison : je n'ai aucun talent artistique. J'ai un certain sens des couleurs et du style, et je repère les vraies œuvres d'art de loin, mais pour ce qui est de dessiner, un enfant de quatre ans se débrouille mieux que moi.

— Vous êtes nulle à ce point ?

— Tout à fait, oui. C'est vous qui avez créé le design du portail ? s'enquit-elle à brûle-pourpoint.

— Oui.

— C'est une véritable œuvre d'art, vous savez… Et cela se vendrait certainement très bien.

Dans sa bouche, cela sonnait comme une évidence.

— Vraiment ? Je suis flatté, mais…

— Ma remarque vous gêne ?

— Un peu, avoua-t-il. Après tout, ce n'est qu'un portail.

Un portail dont il avait peaufiné le décor pendant des mois.

— C'est de l'art, répéta-t-elle d'un ton catégorique.

— Pourtant, je crois me souvenir que vous avez menacé d'emboutir cette œuvre avec votre voiture.

Il n'en aurait pas juré, mais il crut la voir s'empourprer de nouveau.

— J'étais très énervée.

— Je sais. Ecoutez, ce n'est pas pour changer de sujet mais… Qu'avez-vous l'intention de faire si votre père n'est pas rentré ?

— Je n'y ai pas encore réfléchi. Et vous, où dormez-vous ?

Son corps se tendit de désir, mais il parvint à prononcer d'un ton neutre :

— Ici. Je vous inviterais volontiers, mais je n'ai qu'un sac de couchage.

Elle écarquilla les yeux, puis secoua la tête en souriant.

— Merci, mais un bon lit confortable m'attend dans la maison.

— Sans courant et en compagnie d'un éventuel intrus, êtes-vous sûre de bien dormir ?

Il ignorait ce qui l'ennuyait le plus : l'idée qu'elle retourne seule dans cette maison ou le fait qu'elle ne paraisse plus le considérer comme une menace. C'était la première raison qui était la bonne, se dit-il. Même s'il était persuadé qu'elle ne courait aucun danger, la savoir seule dans cette grande demeure lui déplaisait.

— Ne vous inquiétez pas, dit-elle comme si elle avait lu dans ses pensées. Il doit y avoir quelqu'un, maintenant. Marcus se couche avant la tombée de la nuit. Pour lui, il est très tard.

Le ton glacé qu'elle adoptait pour évoquer son père ne laissait pas de le surprendre, et il eut du mal à réfréner sa curiosité.

— Votre père s'est peut-être absenté pour quelques jours, suggéra-t-il. Vous m'avez dit qu'il ne vous attendait pas.

— Marcus quitte rarement Blackrose et ses chers rosiers. Pas depuis…

Elle s'arrêta net, avant de reprendre :

— Peu importe. Vous n'avez aucun souci à vous faire : je connais cette maison comme ma poche. Et si j'ai peur, je fermerai la porte de ma chambre à clé, voilà tout !

Bram n'était pas dupe : son ton bravache dissimulait à peine les craintes qui l'habitaient.

— Je viens avec vous, annonça-t-il fermement.

Helen garda le silence. Devinant son appréhension, il se hâta de préciser :

— Dans la maison. Je me sentirai mieux quand j'aurai inspecté un peu les lieux.

— Ce n'est pas nécessaire.

— Peut-être pas, mais il n'y a pas non plus de lettre « S » plaquée sur votre poitrine.

— Je vous remercie, mais…

— Ecoutez, Helen : si j'avais décidé de m'en prendre à vous, il y a longtemps que je serais passé à l'acte. Je ne suis pas du genre à agresser les jeunes femmes.

Elle leva le menton d'un air de défi :

— Vous les préférez plus âgées, c'est ça ?

— C'est cela, acquiesça-t-il d'un ton brusque, vous ne faites pas l'affaire. Allons, venez…

Sans plus attendre, il s'empara de son sac de voyage et s'engagea sous les arbres. Pour un peu, il aurait regretté son offre. Se porter au secours des demoiselles en détresse ne lui ressemblait guère. Il était un solitaire, et s'il voulait le rester, mieux valait éviter de fréquenter la fille de son patron…

La haute demeure se dressa soudain devant lui, balayant ses doutes. Une étrange menace semblait planer sur Blackrose. La vieille bâtisse, qui ressemblait davantage à un château hanté qu'à une maison de famille, lui fit froid dans le dos. Non vraiment, pas question de laisser Helen dormir seule là-dedans !

Helen dut allonger le pas pour pouvoir suivre Bram, qui semblait l'ignorer totalement. Comment pouvait-il se montrer charmant, puis complètement odieux l'instant d'après ? Dieu merci, il ignorait tout des fantasmes qui l'avaient assaillie durant leur paisible dîner. C'était parfaitement ridicule, bien sûr, mais elle n'avait jamais été aussi attirée par un homme.

Ni aussi irritée…

Il l'intriguait, aussi. Alors qu'il affirmait être indifférent à son charme, il avait clairement partagé son émotion lorsque leurs doigts s'étaient frôlés. Pour elle, qui avait l'habitude de séduire les hommes sans être séduite elle-même, ce moment avait été extrêmement troublant… Jamais elle n'avait éprouvé une telle réciprocité. D'autant qu'il n'était pas son type d'homme. Elle préférait les blonds bon chic bon genre aux bruns ténébreux.

La maison se dressa devant ses yeux, ravivant ses craintes. La présence de Bram à son côté la rassurait, pourtant. Elle réprima un frisson en songeant à ce qu'elle aurait éprouvé s'il lui avait fallu entrer seule dans le hall plongé dans l'obscurité… Son regard se porta vers la fenêtre où elle avait cru apercevoir un mouvement, plus tôt dans la soirée. Et de nouveau, un profond malaise l'envahit.

Ouvrant la porte, elle entra d'un pas décidé et chercha l'interrupteur du bout des doigts. Cette fois, le grand lustre s'illumina… révélant une impressionnante couche de poussière et plusieurs ampoules manquantes. Une nouvelle fois, Helen appela. Personne ne répondit.

— Vous ne pouvez pas rester ici, dit Bram d'un ton ferme.

Elle aurait voulu acquiescer, mais elle s'entêta :

— Personne ne me chassera de ma propre maison. Quant à vous, si vous avez envie de changer d'ambiance, rien ne vous empêche de passer la nuit ici avec moi.

Elle se mordit la langue — trop tard : Bram la regardait fixement, une lueur chaude au fond des yeux.

— Je ne voulais pas dire *avec* moi, rectifia-t-elle en butant sur les mots. Je voulais dire, euh… dans un lit. Il y a plusieurs chambres vides, ici, et vous pourriez en choisir une. Cela vous changerait de votre sac de couchage sous la tente. Puisque vous vous inquiétez de me savoir seule ici…

Voilà qu'elle bégayait comme une collégienne à son premier rendez-vous ! S'il lui restait encore une once de bon sens, elle aurait dû se précipiter vers sa voiture et démarrer. Que lui prenait-il, d'inviter un parfait étranger à passer la nuit avec elle ? Malgré sa gentillesse et son indéniable sex-appeal, elle n'était même pas sûre de l'apprécier vraiment.

Non, ce n'était pas tout à fait juste. Elle l'aimait bien, en fait. Peut-être même trop. Et aussi étrange que cela puisse paraître, elle se sentait en sécurité avec lui.

— Je ne suis pas sûr que votre père approuverait, objecta Bram.

Elle se raidit.

— Pourquoi ? Je ne suis plus une enfant. Et comme je vous l'ai dit, cette maison est à moi, pas à lui.

— Peut-être, reprit Bram sans se départir de son calme. Mais c'est lui qui m'a embauché.

Helen hocha la tête. Devait-elle rester ou partir ? Mal à l'aise, elle promena un regard autour d'elle. Jamais elle n'avait été seule entre ces murs. Même quand sa mère ou son grand-père s'absentaient, Kathy ou Mme Walsh étaient là. Où étaient-elles, aujourd'hui ? La gouvernante et sa fille faisaient pratiquement partie de la famille. Tout cela était si étrange…

Le mieux était peut-être de partir. Mais pour aller où ? L'hôtel le plus proche était à vingt minutes de route. Or, son long voyage en voiture depuis Boston l'avait épuisée, et elle venait de boire deux verres de vin. Que ferait-elle si l'hôtel, le seul à des kilomètres à la ronde, était complet ?

Allons ! se reprit-elle vivement. Elle ne devait pas laisser son imagination prendre le dessus. Son père serait sans doute bientôt rentré : il quittait rarement la propriété et détestait se coucher tard.

La sonnerie du téléphone rompit brusquement le silence. Soulagée par ce son familier, Helen adressa un léger sourire à Bram.

— Excusez-moi un instant…

Elle traversa rapidement le salon pour se rendre dans la bibliothèque. En ouvrant à la volée la lourde porte de bois massif, elle actionna par mégarde l'interrupteur. Soulagée de constater que les lumières s'allumaient ici aussi, elle retrouva avec plaisir cette pièce familière. Si le reste de la maison lui semblait froid et étrange, la bibliothèque, elle, ne lui rappelait que des souvenirs heureux.

Elle accéléra le pas, craignant que son interlocuteur ne raccroche avant que le répondeur ne se déclenche. Bram, qui l'avait suivie, se tint sur le seuil de la porte, examinant la pièce tapissée d'opulentes boiseries et de livres anciens.

— Allô ?

A l'autre bout du fil, elle entendit un souffle court, puis une voix de femme résonna à son oreille.

— Qui est à l'appareil ?

Helen reconnut sans peine la voix nasillarde de sa belle-mère.

— Eden, c'est moi, Helen.

— Que fais-tu là ?

— Mais enfin, je suis chez moi, que je sache !

Eden travaillait déjà avec Marcus avant la naissance d'Helen. Elle ne s'était jamais montrée particulièrement aimable, mais jusqu'à la disparition d'Amy, elle n'avait pas non plus cherché à lui nuire.

— Je voudrais parler à Mme Norwhich, dit Eden.

— Qui ça ?

— A la nouvelle gouvernante.

— Où donc sont Mme Walsh et Kathy ?

Eden soupira.

— Elles ont démissionné. Mme Norwhich est-elle là ?

— Quand ont-elles démissionné ? Et où sont-elles parties ?

— Je n'ai pas le temps d'en parler, Helen. Elles ont accepté une autre place, voilà tout ! Passe-moi Mme Norwhich.

Helen s'efforça de garder son calme.

— Elle n'est pas là. Je suis seule ici.

— Où est ta sœur ?

— Leigh est encore en Angleterre.

De nouveau, Eden poussa un soupir.

— Je suppose que le courant est rétabli ?

— Oui.

— Enfin une bonne nouvelle… Marcus est couché, et je ne veux pas le réveiller. J'ai déjà eu beaucoup de mal à le convaincre de venir passer la nuit à l'hôtel. Ces maudites coupures de courant sont incessantes, en ce moment… Un problème de transformateur, si j'ai bien compris. Comme l'hôtel dispose d'un groupe électrogène, je suis assurée d'avoir de l'eau chaude et du café demain matin. Nous avons été très ennuyés sans courant, crois-moi. Odette a dû décider de passer la nuit en ville, elle aussi.

— Qui est Odette ?

— Mme Norwhich, expliqua Eden d'un ton brusque. Ton père et moi rentrerons après le petit déjeuner.

— Un instant… Y a-t-il quelqu'un d'autre, dans la maison ?

— Non. Mme Kerstairs, la femme de ménage, ne vient que quelques heures par jour. Evidemment, sans électricité, elle n'a pas pu beaucoup travailler cette semaine !

Jetant un œil à l'épaisse couche de poussière qui recouvrait la table, Helen estima que le ménage n'avait pas été fait depuis *très* longtemps, mais elle se garda bien d'en faire la remarque à sa belle-mère.

— Ah, si : il y a le forgeron que Marcus a embauché pour installer les nouvelles portes, ajouta Eden. Je ne me souviens plus de son nom, mais il campe à côté des anciennes écuries.

— M. Myers. J'ai fait sa connaissance.

— Ecoute, si tu ne veux pas dormir seule à Blackrose, tu devras rouler jusqu'à Saratoga Springs. A Stony Ridge, tout est complet. Le village entier s'est installé à l'Auberge, à cause de cette histoire de courant. Si Mme Norwhich revient, dis-lui qu'elle n'aura pas besoin de préparer le petit déjeuner demain matin. Je préviendrai ton père de ton arrivée.

Eden raccrocha.

— Comme c'est aimable, murmura Helen dans le combiné, avant de le reposer sans ménagement sur son socle.

Très embarrassée, elle leva les yeux. A l'autre bout de la pièce, Bram l'observait en silence. Appuyé contre le chambranle de la porte, les chevilles croisées, il était trop sexy pour qu'elle s'attardât à le contempler. Soudain, elle sentit son estomac se serrer et l'air lui manquer. Seigneur ! Comment pouvait-elle désirer un homme à ce point ?

— Tout va bien ? demanda-t-il.

— Oui. Marcus et Eden sont allés passer la nuit à l'hôtel à cause des coupures d'électricité.

Il fronça les sourcils. Puis s'approcha, d'une démarche féline qui fit accélérer son cœur.

— Vous allez les rejoindre ?

Non, répondit-elle sans pouvoir réprimer un frisson.

— J'ai l'impression que j'ai de la chance de ne pas être un patient de votre père.

Helen esquissa un sourire ironique.

— En effet, car vous seriez un cas rarissime : mon père est gynécologue obstétricien.

Il sourit, d'abord avec les yeux, puis avec les lèvres, qui s'étirèrent en un sourire si ravageur qu'une nouvelle fois, Helen sentit son pouls s'emballer.

— Comme vous dites ! Venez avec moi. Je vais chercher mes affaires au campement, puis nous reviendrons ici choisir une chambre.

Cette proposition était délibérément ambiguë, et le rouge lui monta aux joues. Quel effet cela lui ferait-il de l'embrasser ?

Cette question lui occupa l'esprit tandis qu'ils regagnaient les écuries d'un pas moins soutenu. En le regardant éteindre sa forge et ranger ses outils, elle admira ses gestes, savamment étudiés. Faisait-il l'amour de la même manière ?

Quelle impertinente pensée ! Elle aurait aimé le connaître davantage, mais un dîner lui avait suffi pour comprendre qu'il n'aimait guère s'épancher. Il avait adroitement éludé toutes ses questions… Si bien qu'elle ignorait tout de lui — hormis qu'il était trop sexy pour être honnête et faisait des merveilles avec un peu de métal rougi par les flammes.

Il enfila une veste, avant de lui ouvrir la voie, sa torche à la main.

Lorsqu'ils arrivèrent dans le jardin, Helen stoppa net. Les lumières qu'ils avaient laissées allumées étaient de nouveau éteintes.

— Une nouvelle coupure ?

Bram observa la maison.

— Je vais voir. Attendez-moi ici.

Sans l'écouter, elle lui emboîta le pas. Libre à lui de la traiter de peureuse… puisqu'elle en était une ! L'idée de rester seule dans le parc lui donnait la chair de poule.

Comme Bram balayait le hall avec le faisceau de sa torche, Helen garda les yeux rivés en haut de l'escalier obscur, convaincue que des yeux invisibles les épiaient. Quand Bram lui effleura l'épaule, elle sursauta.

— Eh, c'est moi…

Suivant son regard, il braqua sa torche en haut de l'escalier : rien. Elle ne fut pas soulagée pour autant, hélas.

— Que diriez-vous de dormir dans la bibliothèque ? lança-t-il d'un ton qui se voulait rassurant. Les canapés m'ont paru très confortables. Cela nous évitera de visiter les étages dans le noir…

— Excellente idée, acquiesça-t-elle, remisant sa fierté aux oubliettes. D'autant que nous pourrons utiliser la salle de bains qui se trouve près de la salle d'attente.

Elle ne mentionna pas les deux chambres d'amis qui jouxtaient la salle de bains. Si partager une pièce avec deux canapés ne lui posait aucun problème, elle pouvait difficilement lui demander de partager une chambre à un seul lit.

— Il y a des bougies dans le placard de la bibliothèque, indiqua-t-elle. Nous pourrions même faire du feu, si nous manquons de lumière.

— Laissez tomber. Il fait au moins vingt-huit degrés dehors : je doute que vous ayez froid pendant la nuit.

Amusée malgré elle, Helen laissa échapper un petit rire. Fallait-il qu'elle soit troublée pour proposer de faire du feu en plein été ! Guidée par la torche de Bram, elle prit le chemin de la bibliothèque. Par chance, les bougeoirs se trouvaient à leur place, et la jeune femme en disposa plusieurs sur la table basse qui séparait les deux canapés. Elle trouva même une grosse bougie pour la salle de bains. Les couvertures tricotées par sa grand-mère étaient rangées dans une armoire, et même si la température ne l'exigeait pas, elle en prit quelques-unes pour s'emmitoufler dans leur douceur.

Elle plia une des couvertures en guise d'oreiller et s'étendit sur le canapé en s'efforçant de ne pas observer son compagnon. Etrangement, elle était presque déçue de constater qu'il n'avait aucun mal à se comporter en parfait gentleman : déjà, il fermait les yeux, happé par le sommeil… A la lueur tremblotante des bougies, les traits de son visage s'adoucirent, le rendant plus séduisant encore.

Elle se força à fermer les yeux à son tour, et tâcha de se détendre. Au fond, elle était plus fatiguée qu'elle ne le pensait… La route, sans doute. Et les émotions qui avaient marqué son arrivée à Blackrose. Dès demain, elle tenterait de comprendre ce qui s'était passé. Mais ce soir… ce soir, elle devait se reposer. Le visage de Bram s'estompa peu à peu, et elle s'endormit profondément.

*
* *

Des murmures la tirèrent d'un sommeil lourd et sans rêve. La pièce était plongée dans une obscurité totale.

On avait éteint les bougies.

Sans bouger, elle tendit l'oreille. Les murmures qu'elle avait entendus faisaient-ils partie d'un rêve ? Elle n'entendait plus rien, désormais. Tournant les yeux, elle s'aperçut que le canapé voisin du sien était vide.

Bram était parti !

Repoussant sa couverture, elle s'assit, puis tendit la main vers la bougie. La cire était encore chaude. Bram venait sans doute de la souffler, mais pourquoi ?

De nouveau, elle entendit des murmures étouffés. Il y avait quelqu'un dans le bureau de son grand-père, à côté de la bibliothèque. En silence, elle se leva et tendit l'oreille, mais elle ne parvint pas à distinguer le sens des paroles. Elle n'aurait pas su dire non plus si les voix étaient féminines ou masculines. A pas de loup, elle s'avança vers la porte du bureau qui, elle en était sûre, était fermée quand elle s'était couchée.

Dans le bureau, il faisait à peine moins sombre que dans le reste de la maison. Où donc était le clair de lune ? Les rideaux étaient à demi tirés, et elle aurait dû distinguer quelque chose. Brusquement, les murmures cessèrent.

Elle eut envie d'appeler Bram, mais la prudence lui dicta de se taire. Elle sentait d'instinct qu'il valait mieux que l'on ne devine pas sa présence. Si Bram avait soufflé les bougies, c'était précisément pour qu'elle ne voie pas son interlocuteur. Soudain, le malaise qu'elle avait ressenti la veille s'empara de nouveau d'elle.

Quand elle se cogna l'orteil contre le pied du bureau de son grand-père, elle se mordit les lèvres pour ne pas crier.

L'avaient-ils entendue ?

Elle retint son souffle. Le silence total qui régnait désormais dans la pièce était plus oppressant encore que les murmures. Elle sentait le danger si proche, si palpable, qu'elle eut envie de s'enfuir en courant. Son cœur battait si fort qu'elle avait l'impression qu'on l'entendait résonner jusque dans le hall.

Quelqu'un savait qu'elle était là.

Elle tâtonna, cherchant le bureau, mais ses doigts ne rencontrèrent que le vide. « Reste calme » s'exhorta-t-elle. Elle connaissait cette maison, tout de même ! Il suffisait de faire demi-tour et de continuer tout droit. La porte de la bibliothèque se trouvait juste devant elle.

Tout comme la silhouette qui, soudain, lui barrait le passage.

3.

— Mais enfin qu'est-ce qui vous prend, de déambuler comme ça dans le noir ? demanda Bram en l'empoignant fermement par les épaules.

Ivre de soulagement, elle se mit à lui marteler la poitrine de coups de poing.

Il relâcha immédiatement sa pression.

— Cessez donc de me surveiller ! dit-il d'un ton de reproche. C'est la deuxième fois que je vous y prends. Vous croyez que ça m'amuse ?

— Je ne vous surveillais pas, je vous cherchais. Pourquoi avez-vous éteint les bougies ? Il fait noir comme dans un four, ici !

— Ce n'est pas moi qui ai soufflé les bougies. C'est vous !

— Pas du tout ! Elles ont dû s'éteindre toutes seules, marmonna-t-elle. A qui parliez-vous ?

Elle le sentit se crisper.

— A personne, Helen. Vous avez dû rêver. Je suis allé aux toilettes, c'est tout.

— Ne me dites pas ça. Je vous ai entendu !

— Je ne sais pas ce que vous vous imaginez avoir entendu, mais ce n'était pas moi.

Un frisson lui glaça la nuque : il disait la vérité, et elle le savait.

— Alors, nous ne sommes pas seuls ici. J'ai très distinctement entendu deux personnes parler à voix basse. Et ce n'est pas moi qui ai éteint les bougies, je vous assure.

Bram marmonna quelque chose qui ressemblait à un juron, puis il lança :

— Allons-y. Je vais chercher ma lampe torche.

— Pourquoi ne l'avez-vous pas sur vous ?

— Quand j'ai voulu la prendre, tout à l'heure, elle était

tombée de la table, et je n'ai pas voulu vous réveiller en la cherchant. Je ne croyais pas en avoir besoin pour me rendre jusque dans la salle de bains, mais j'ignorais que nous ferions une promenade nocturne. Venez, vous m'aiderez à la chercher !

Bram lui prit la main. Puis, aussi à l'aise dans le noir qu'un chat, il la raccompagna jusqu'à la bibliothèque sans hésiter une seule fois sur l'itinéraire. Pas étonnant qu'il n'ait pas eu besoin de sa lampe pour traverser le vestibule !

Elle se sentait tellement en sécurité, sa main dans la sienne, qu'elle regretta presque qu'il la lâche.

— Je crois que ma lampe a roulé sous la table, dit-il.

Elle se baissa pour inspecter la moquette sous la table basse, tandis qu'il faisait de même de l'autre côté. Quelques instants plus tard, alors que ses doigts ne rencontraient que le vide, elle entendit un cri de satisfaction :

— Je l'ai trouvée !

Le faisceau qu'il projeta sur les murs de la pièce avait perdu de sa puissance.

— J'imagine que vous n'avez pas de piles de rechange ? demanda-t-il.

— Dans la cuisine, peut-être.

Bram posa sa lampe torche sur la table et ralluma les bougies.

— Je vais jeter un coup d'œil. Attendez-moi ici.

— Non ! Nous ne sommes pas seuls. Et les intrus sont peut-être armés !

— J'en doute.

Son ton sceptique l'agaça.

— Vous ne me croyez pas, c'est ça ?

— Je n'ai pas dit cela.

— Mais vous le pensiez, je le sens bien.

— Ecoutez…

— Il y avait deux voix, dit-elle d'un ton ferme. L'une d'elles était la vôtre, n'est-ce pas ? Oui, il n'y a pas d'autre solution. Pourquoi me mentez-vous ? Avec qui étiez-vous ?

— Calmez-vous.

Furieuse, Helen contourna le canapé et posa un doigt menaçant sur son torse.

— Ne me dites pas de me calmer. Je veux savoir ce qui se passe ici !

Ecartant sa main, il alla chercher sa chemise, qu'il avait posée sur le dossier du canapé.

— Pour l'instant, je l'ignore. Mais j'ai bien l'intention de le découvrir.

Il n'avait pas élevé la voix, mais ses propos avaient des accents d'autorité qui suffirent à la rassurer.

— Alors, quelle explication pouvez-vous me donner ? demanda-t-elle avec une pointe de sarcasme.

Il enfila sa chemise, puis gratta sa joue bleuie par la barbe de la nuit.

— Vous est-il jamais arrivé de réaliser que vous rêviez sans parvenir à vous réveiller, puis de vous réveiller sans parvenir à sortir complètement de votre rêve ?

— Je n'ai rien rêvé du tout ! Croyez-vous que j'ai éteint les bougies en rêve ?

Il la dévisagea avec gravité.

— Les bougies étaient allumées quand j'ai quitté la bibliothèque. En sortant de la salle de bains, j'ai retrouvé mon chemin à tâtons. En arrivant devant la bibliothèque, je vous ai entendue bouger dans la pièce voisine, alors je suis allé voir…

Helen frissonna. Il semblait sincère. Etait-il possible qu'elle ait rêvé ?

Un son étouffé en provenance du vestibule les pétrifia tous deux. Vif comme l'éclair, Bram s'élança vers le grand salon. L'instant d'après, Helen entendit un bruit de lutte. S'emparant de la lampe torche, elle se précipita sur le palier. Braquant le faisceau sur la porte, elle distingua deux silhouettes enchevêtrées.

— Jacob ?

Bram avait plaqué le jeune homme contre le mur, et lui bloquait la gorge avec son avant-bras. Le dragon tatoué sur sa peau semblait sur le point de cracher des flammes.

— Vous le connaissez, Helen ? demanda-t-il d'une voix rauque.

— C'est Jacob, le fils d'Eden. Lâchez-le, Bram.

Il obtempéra, non sans lancer au jeune homme un regard

dur. Il semblait sur ses gardes, prêt à bondir de nouveau à la moindre provocation.

Jacob se frotta le cou d'un air furibond.

— C'est toi, Helen, articula-t-il, s'avançant dans la lumière.

Afin de ne pas l'éblouir, elle abaissa le faisceau de la torche.

— Que se passe-t-il ? reprit le fils d'Eden. Qui est cet homme ?

— C'est Bram Myers. Marcus l'a embauché comme…

— Comme cerbère, je suppose ? coupa le jeune homme en gratifiant son agresseur d'un regard mauvais.

— Non, comme forgeron. C'est lui qui fabrique et installe les barreaux en fer forgé dans la propriété.

— Ah ! J'ai remarqué le nouveau portail. Mais pourquoi avoir ôté les lions ?

Helen lança un regard entendu à Bram, mais ce dernier ne lui accorda aucune attention. Tel un prédateur prêt à fondre sur sa proie, il ne quittait pas Jacob des yeux.

— Peut-on savoir ce que vous fabriquez ici au beau milieu de la nuit ? maugréa-t-il.

— Ma mère habite ici.

S'adressant à Helen, Jacob poursuivit :

— Mais que se passe-t-il ici ? Où sont-ils tous, et pourquoi n'y a-t-il plus de lumière ?

Tandis qu'Helen lui expliquait rapidement la situation, Bram lança :

— Vous n'étiez pas attendu, n'est-ce pas ?

— Euh… non, je voulais faire une surprise, répondit le jeune homme en les dévisageant tour à tour.

— Tu tombes mal, déplora la jeune femme, et tu nous as fait une belle frayeur. Je crois que quelqu'un se cache dans la maison.

— Tu plaisantes !

— Helen a entendu des voix, précisa Bram d'un ton neutre.

— Vous avez appelé la police ?

— Non, répondit Helen.

— Cette maison est trop grande pour être fouillée dans le noir, ajouta Bram.

— Oui, mais les policiers ont sans doute un groupe électrogène… S'il y a vraiment quelqu'un ici, nous ferions mieux de les appeler, non ?

— C'est à Helen d'en décider, répliqua Bram.

Ennuyée, la jeune femme haussa les épaules.

— Je doute qu'ils nous soient d'un grand secours.

— Ecoute, Helen, je sais que tu n'apprécies pas les policiers du coin mais, si un intrus s'est introduit dans la maison, il faut les avertir, bon sang ! protesta Jacob.

Bram le gratifia d'une œillade perplexe, avant de se tourner vers la jeune femme. Il cherchait manifestement à comprendre le sens de sa remarque… mais Helen estima que le moment était mal choisi pour lui expliquer ce qu'elle avait contre la police locale.

— Je ne suis pas de ton avis, répliqua-t-elle. De toute façon, s'il y avait un rôdeur ici, notre petite scène l'a sûrement fait déguerpir ! Nous devrions retourner dans la bibliothèque et attendre que le jour se lève ou que le courant revienne.

Jacob regarda Bram, qui haussa les épaules.

— On fait comme Madame a dit…

Ils regagnèrent la bibliothèque en silence. Helen se laissa tomber sur un des canapés, et Bram prit place à côté d'elle. Jacob les observa tour à tour, puis il s'enquit, manifestement intrigué :

— Vous vous connaissez, tous les deux ?

— Pas vraiment.

— Oui, répondit Bram en même temps qu'elle. Nous passions une soirée tranquille quand tout ce cirque a commencé…

— Ah, répondit Jacob, perplexe. Et euh… où est ta sœur ?

— Elle passe des vacances en Angleterre.

— Ah, oui, maman m'en avait parlé, dit Jacob. Une dernière escapade avant de commencer un nouveau travail, c'est ça ?

Il s'installa sur l'autre canapé, et laissa échapper un bâillement. Il avait l'air fatigué, presque indifférent à ce qui se passait autour de lui.

— Dis-moi, Helen, reprit-il, as-tu rencontré les nouveaux domestiques de maman ?

— Non. Je ne savais même pas que Mme Walsh et Kathy étaient parties !

— Vraiment ? Je pensais que tu étais au courant.

— Non, je viens juste d'apprendre leur départ. J'ai eu ta mère au téléphone, qui m'a dit qu'elles avaient récemment accepté une proposition.

Jacob fronça les sourcils.

— Ah bon ? Je croyais qu'elles avaient démissionné quand toi et Leigh aviez cessé de venir à Blackrose ! En tout cas, maman a un mal fou à les remplacer… Cette Mme Norwhich est la cinquième ou sixième gouvernante qu'elle embauche, je crois. Elle ressemble un peu à ton ami Bram, en plus vieux. Il ne lui manque que le tatouage. Elle est un peu bizarre, mais ce n'est rien à côté de la nouvelle femme de ménage : attends de faire sa connaissance… Remarque, c'est peut-être Mme Norwhich et Paula Kerstairs que tu as entendues rôder dans la maison…

Helen secoua la tête.

— Ça m'étonnerait. Ta mère m'a dit que Mme Norwhich passait la nuit en ville. Et puis, ne crois-tu pas qu'elle m'aurait réveillée si elle m'avait trouvée endormie sur le canapé en rentrant, alors qu'elle ne me connaît pas ?

— Sans doute, convint Jacob.

— Elle a peut-être essayé, suggéra Bram. Vous avez le sommeil très profond, vous savez. Vous ne vous êtes même pas retournée quand je me suis levé.

Les paroles de Bram suggéraient une telle intimité entre eux qu'elle frissonna malgré elle. A l'entendre, ils avaient partagé le même canapé ! Avant qu'elle puisse le reprendre, Jacob bâilla à s'en décrocher la mâchoire.

— Excusez-moi. Je suis resté bloqué des heures sur l'autoroute à cause d'un carambolage. Je suis trop fatigué pour me soucier des rôdeurs, ce soir. Qu'ils fassent ce qu'ils veulent, du moment qu'ils me laissent dormir ! Ça vous dérange si je m'installe en haut ?

— Prenez le canapé, l'invita Bram d'un ton ferme. Helen préfère que nous restions ensemble.

— Mais il n'y a que deux canapés, ici, répliqua Jacob.

— Ce n'est pas grave. Helen et moi, nous pouvons en partager un, n'est-ce pas, Helen ?

Elle ouvrit la bouche pour protester, mais une flamme impérieuse dans le regard de Bram l'en empêcha. Il avait raison :

Jacob ne pouvait pas s'isoler tant qu'ils ne savaient pas ce qui se passait dans la maison.

— Installe-toi sur le canapé, Jacob. Je ne suis plus fatiguée, et je sens que Bram a envie de me raconter sa vie dans les moindres détails — à commencer par les circonstances qui lui ont valu l'apparition de ce tatouage. N'est-ce pas, Bram ? lança-t-elle avec une douceur feinte.

Son compagnon ne put retenir un sourire.

— Je ne souhaite infliger à personne le récit de ma vie, mais je suis sûr que nous trouverons des sujets de conversation passionnants, rétorqua-t-il d'un ton jovial. Que diriez-vous de commencer par ce que nous avons en commun ? Ne vous inquiétez pas, Jacob, nous parlerons tout bas.

— Euh… oui, bien sûr, répondit ce dernier, visiblement perplexe.

Helen s'étendit sur le canapé, et Jacob l'imita avec un soupir de contentement. Il semblait sincère… mais son irruption paraissait trop à propos pour être due au hasard, et Bram soupçonnait que si Helen avait entendu des voix, l'une d'elles pouvait bien être la sienne…

— N'hésitez pas à me réveiller si vous entendez le moindre bruit suspect, exhorta le jeune homme en réprimant un nouveau bâillement.

— Vous pouvez compter sur moi, promit Bram.

Il s'allongea à son tour, lovant son corps contre celui d'Helen. Pour chasser le trouble qui l'envahissait, il rompit aussitôt le silence.

— Parlez-moi de la galerie où vous travaillez…

— Je préférerais que vous me parliez de vous.

— Vous m'en voyez flatté, mais…

— Pas du tout, coupa-t-elle. Je fais la conversation, rien de plus. Alors, où vous êtes-vous fait tatouer ce dragon ?

— Vous voulez le même ?

— Décidément, vous faites exprès d'être désagréable !

— Des années de pratique…

— Ce dragon cache-t-il un secret ? Votre appartenance à un gang, par exemple ?

— Un gang ! Vous êtes bien romanesque, mademoiselle Thomas, ironisa-il pour changer de sujet.

Mais l'expression déterminée de la jeune femme lui indiqua qu'il avait échoué.

Il soupira.

— Si vous voulez absolument le savoir, j'ai découvert ce tatouage à mon réveil, après une soirée bien arrosée.

Il détestait évoquer cette période de sa vie. Pourtant, il ne se rappelait pas grand-chose, et surtout pas la manière dont ce tatouage s'était retrouvé sur son bras, ni pourquoi. A cette époque, il passait son temps à boire.

— Je vois, souffla-t-elle en effleurant du doigt l'aile du dragon.

Sa caresse légère fit courir un frisson dans tout son corps. Il fit un effort désespéré pour penser à autre chose, mais les grands yeux innocents de la jeune femme, qui ne quittaient pas les siens, lui compliquaient considérablement la tâche. Si seulement il avait pu s'empêcher de regarder ses lèvres si douces, qui semblaient attendre un baiser !

— Vous m'avez dit que votre père et votre oncle étaient tous deux forgerons. Est-ce avec eux que vous avez appris votre métier ? demanda-t-elle soudain.

Ce n'était pas non plus son sujet favori, mais si cela pouvait lui permettre de se ressaisir, il serait ravi de lui parler de son travail.

— Oui. Mon oncle travaillait le fer pur, comme cela se faisait avant que les industriels de l'automobile inventent des métaux plus malléables.

Il continua ses explications, puisant dans ses souvenirs pour se remémorer certains détails. Enfant, il passait des heures à regarder forger son père et son oncle, et à écouter leurs histoires.

Il constata avec surprise que Helen se montrait attentive à son récit. Même après avoir fermé les yeux, elle posa quelques questions pour signifier qu'elle l'écoutait toujours. Mais bientôt, sa respiration se ralentit, et Bram sentit sa tête basculer doucement contre son épaule.

Incapable de résister, il effleura ses cheveux du bout des doigts. Il ne s'était pas trompé : ils étaient doux comme de la soie. Humant son shampooing, il constata avec plaisir qu'elle n'aimait pas les parfums trop capiteux. Décidément, cette jeune femme avait presque tout pour lui plaire !

En face d'eux, Jacob dormait. Saisissant la couverture, Bram l'étendit sur Helen, puis il se blottit de nouveau contre elle. Elle remua dans son sommeil et sa tête vint se nicher contre son torse, tandis que ses longs cheveux caressaient sa peau nue.

Troublé, Bram laissa échapper un soupir. Comment avait-il pu oublier le plaisir incomparable qu'il y avait à tenir une femme dans ses bras ? Pourtant, il ne pouvait rien se permettre avec Helen : il était bien trop vieux et trop désabusé pour se laisser aller aux sentiments qu'elle lui inspirait.

Son père le lui avait bien dit : il ne trouverait pas la liberté tant qu'il n'aurait pas vaincu les fantômes qui le hantaient. Longtemps, il avait craint que ce moment ne vienne jamais… Mais cette nuit, aussi étrange que cela paraisse, il pressentait confusément que l'heure était peut-être venue d'affronter son passé.

Des grains de poussière dansaient dans le soleil quand Helen s'éveilla. Elle était étendue sur le canapé, la couverture remontée sur les épaules. Dans une pièce vide et silencieuse.

Où était Bram ? Avait-elle fini par s'endormir dans ses bras ? Elle avait cru sentir ses lèvres l'effleurer quand il l'avait allongée sur le canapé. L'avait-il vraiment embrassée, ou était-ce l'effet de son imagination ? En regardant autour d'elle, elle constata que son petit sac de voyage n'était plus là. Jacob avait dû le monter, estima-t-elle, puisque Bram ignorait où se trouvait sa chambre. Intriguée malgré tout, elle décida de se lever. Rejetant sa couverture, elle la plia, puis se rendit dans le hall.

La porte menant au cabinet de Marcus était restée ouverte. Incapable de réfréner sa curiosité, Helen jeta un œil à l'intérieur. Même à la lumière du jour, la pièce dégageait une atmosphère sinistre.

— Vous cherchez quelque chose ?

Bram ! Elle pivota sur ses talons — et son cœur manqua un battement. Si l'obscurité masquait ses traits la veille au soir, ce matin, rien ne venait adoucir le dessin de sa mâchoire et l'éclat profond de ses yeux noirs. Il était plus séduisant que véritablement beau. Maintenant qu'elle le voyait en pleine lumière, elle comprenait mieux pourquoi Jacob l'avait écouté, la nuit précédente. Doté d'un charisme indéniable, il inspirait une confiance immédiate, presque instinctive.

Changé, rasé de près, il avait enfilé un jean et un T-shirt noirs. Malgré les fines ridules qui marquaient les coins de sa bouche et de ses yeux, il paraissait plus jeune que la veille. Ses cheveux encore humides après sa douche bouclaient légèrement sur sa nuque. Naturellement sexy, il semblait inconscient de son charme…

Mais il ne tarderait pas à le mesurer si elle continuait à le dévisager ainsi ! comprit-elle avec embarras. Brisant le silence, elle désigna la pièce d'un grand geste du bras.

— Je… je voulais voir cette pièce de jour.

Joignant le geste à la parole, elle s'avança à l'intérieur.

Une rangée de chaises poussiéreuses étaient alignées devant les fenêtres tendues de lourds rideaux de velours. Le bureau de la secrétaire, de style danois contemporain, semblait totalement déplacé dans cette pièce plutôt classique, mais il avait pour fonction de barrer l'accès à la lourde porte à double battant qui menait jadis à la grande salle de réception, et donnait désormais sur la salle d'examens de Marcus.

C'était là que l'observateur invisible était tapi, la veille au soir.

— Hitchcock aurait adoré cet endroit, murmura Bram dans son dos.

Il avait raison. Même en plein jour, cette pièce inspirait le malaise. Contournant le bureau, Helen tendit la main vers la poignée de la porte. Elle était fermée à clé, ainsi que Bram le lui avait dit la veille.

— Que faites-vous ? demanda-t-il.

— Je ne sais pas. Je cherche peut-être la preuve que je n'ai pas rêvé, cette nuit.

Quand Bram lui toucha l'épaule, elle sentit son cœur s'emballer.

— Avez-vous rêvé ?

— Non.

Il hocha la tête. Que pensait-il ? La prenait-il pour une jeune femme trop émotive et un peu crédule ?

— J'ai monté votre sac.

— Ah oui ?

— Mme Norwhich m'a montré où se trouvait votre chambre.

Ainsi, il avait vu sa chambre, où étaient encore accrochés des posters datant de ses années de lycée ! Qu'en avait-il pensé ?

— Vous avez donc rencontré Mme Norwhich ? lança-t-elle pour chasser cette question de son esprit.

— Oui. Elle est arrivée vers 6 heures ce matin. Elle n'a pas semblé surprise de trouver la maison occupée. Elle m'a suggéré de prendre une douche et a proposé de me préparer un petit déjeuner.

— Comment se fait-il qu'elle sache où se trouve ma chambre ? Je n'ai jamais rencontré cette femme…

— Je ne sais pas. J'ai déposé vos affaires dans la troisième pièce, à droite du couloir.

— C'est bien ma chambre, confirma-t-elle. Où est Jacob ?

— Il est sorti, après avoir suggéré à Mme Norwhich de compter l'argenterie !

Il pinça les lèvres, puis ajouta :

— Je doute que votre ami m'apprécie beaucoup.

— Ce n'est pas étonnant… Un peu plus, et vous lui cassiez la figure, hier soir ! souligna Helen en replaçant une mèche rebelle derrière son oreille. Bon… Je vais monter prendre une douche, moi aussi.

— J'ai mis des serviettes propres dans votre chambre, énonça une voix dans son dos.

Helen se retourna. Une femme se tenait sur le seuil. Entre deux âges, vêtue d'un chemisier à fleurs et d'un pantalon ample qui semblait flotter sur sa silhouette osseuse, elle paraissait droit sortie d'un film d'épouvante. Ses cheveux blonds striés de blanc étaient rassemblés en un chignon lâche sur le sommet de sa tête. Son visage allongé, au teint cireux, était ridé et comme figé dans un rictus permanent. Elle tenait un plumeau à la main, et un seau plein de produits ménagers était posé à ses pieds.

— Personne ne doit entrer ici, reprit-elle d'un ton sévère. C'est ce qu'ils m'ont dit : personne dans le cabinet.

Une nouvelle fois, Helen songea à ces vieux films d'horreur où les gouvernantes surgissaient de nulle part.

— Mme Norwhich ? risqua-t-elle.

Les petits yeux se durcirent.

— Elle est à l'office.

La femme tourna les talons et, sans ajouter un mot, s'éloigna dans le couloir, le dos raide.

— Je comprends pourquoi Jacob nous a mis en garde contre la femme de ménage, lui souffla Bram à l'oreille.

— Elle se déplace comme un fantôme.

— Elle en a l'allure, aussi, ajouta-t-il. Un vrai squelette... Voulez-vous que je vous accompagne à l'étage ?

— C'est inutile. Je connais le chemin.

Il était si près d'elle... « Trop près », rectifia-t-elle aussitôt. Elle ne souhaitait pas renouveler l'expérience de la veille, quand le désir l'avait enflammée comme un feu de paille...

— Dans ce cas, je vais retourner travailler, annonça-t-il.

Sa voix douce et profonde s'insinua en elle, faisant courir un délicieux frisson dans tout son corps.

— Merci. Pour cette nuit...

Il baissa la tête, et elle sentit son cœur battre à tout rompre : il allait l'embrasser...

Quand, du bout du doigt, il lui souleva légèrement le menton, elle retint son souffle, prisonnière de son regard.

— Tout le plaisir était pour moi..., assura-t-il.

Il déposa un chaste baiser sur le bout de son nez et sortit sans se retourner.

Helen eut toutes les peines du monde à monter l'escalier. Les jambes molles, elle se sentait aussi exténuée que si elle venait de courir un marathon. Si un simple baiser sur le nez lui inspirait une telle réaction, que se passerait-il quand il l'embrasserait vraiment ?

Cette question l'accompagna jusque sous la douche. Bien que l'électricité fût rétablie, le cumulus d'eau chaude était quasiment vide. Aussi, loin de prendre une longue douche froide – qui eût sans doute été tout indiquée –, elle se lava rapidement, puis passa un short et un débardeur. Le jour était à peine levé, mais, déjà, la chaleur et l'humidité mettaient le climatiseur à rude épreuve.

Sa brosse en main, Helen entreprit de lisser ses longs cheveux clairs. La tâche, répétitive, l'incita à la rêverie — et ce fut tout naturellement que ses pensées se tournèrent de nouveau vers Bram. Il ne ressemblait à aucun des hommes qu'elle avait rencontrés jusqu'alors. Et, pour être franche, il la fascinait au-delà du raisonnable. Elle brûlait de savoir qui se cachait derrière le masque impassible qu'il offrait au monde. Sa carapace semblait aussi dure que les morceaux de métal qu'il transformait en œuvres d'art… Que découvrirait-elle, si elle parvenait à l'entamer ?

Sa toilette achevée, elle gagna la cuisine, où elle rencontra la fameuse Mme Norwhich. Un coup d'œil lui suffit pour constater que le portrait qu'en avait brossé Jacob était bien en deçà de la réalité : Odette Norwhich était une femme grande, dure et taciturne, qui s'exprimait d'un ton sec et hautain. Elle manqua s'étouffer quand Helen lui dit préférer un café et quelques toasts au copieux petit déjeuner qu'elle s'apprêtait à lui servir — œufs au bacon, porridge et lait chaud.

Manifestement vexée, elle ne lui adressa plus la parole. Et ce fut dans un silence glacial qu'Helen avala son repas sur un coin de table. Elle venait de terminer, et déposait sa tasse et son assiette dans le lave-vaisselle, quand Eden fit son entrée.

— Le courant est rétabli dans tout le village, déclara-t-elle sans préambule, mais nous devrions vraiment faire installer un groupe électrogène. Cette situation ne peut plus durer ! Ah, madame Norwhich. Paula est-elle arrivée ?

— Oui. Elle travaille à l'étage.

— Je veux que la chambre du milieu soit prête ce matin. Combien de temps as-tu prévu de rester, Helen ?

Cette dernière se composa une mine agréable, avant d'énoncer :

— Indéfiniment, Eden. Où est Marcus ?

L'expression déjà amère d'Eden se durcit encore. Elle pinça si fort les lèvres minces que celles-ci ne formèrent bientôt plus qu'un trait au bas de son visage.

— Dans le jardin, finit-elle par articuler. Mais ne sois pas surprise par ses propos.

— Que veux-tu dire ?

— On a diagnostiqué chez lui un début de démence.

— Comment ?

Eden ne prit pas la peine de lui répondre : tournant les talons, elle quitta la pièce aussi brusquement qu'elle y était entrée.

En poussant un étrange grognement, Mme Norwhich mit le lave-vaisselle en marche, tandis qu'Helen allait chercher une bouteille d'eau dans le garde-manger. Comme son père, elle s'hydratait continuellement au cours de la journée — un de leurs seuls points communs, d'ailleurs.

— Il y a de l'eau fraîche au réfrigérateur, précisa Mme Norwhich d'un ton désapprobateur.

— Merci.

— Je ne vois pas ce qu'on reproche à l'eau du robinet, maugréa la gouvernante. Moi, je la trouve tout à fait buvable. Si elle est assez bonne pour faire la cuisine, elle est assez bonne à boire !

Ignorant ces commentaires, Helen saisit une bouteille fraîche dans le réfrigérateur, et sortit par la porte latérale qui donnait sur le parc.

C'était bien le genre d'Eden, de livrer une telle nouvelle et de disparaître sans autre forme d'explication ! Comment Marcus pouvait-il être atteint de démence, alors qu'il entrait tout juste dans la soixantaine ? Une foule de questions se pressaient à l'esprit de la jeune femme… mais Eden ne lui serait d'aucun secours, hélas. Sa belle-mère n'avait jamais répondu à ses interrogations, quelles qu'elles soient. Helen devrait traquer seule la vérité…

Vraiment, elle aurait mieux fait d'attendre le retour de Leigh pour se rendre à Blackrose : à elles deux, elles auraient triomphé des obstacles. Seule, elle n'arriverait peut-être à rien… Allons ! s'exhorta-t-elle. Pas de défaitisme. Certaines explications s'imposaient d'elles-mêmes : ainsi, la maladie de Marcus était sans doute à l'origine de sa lubie sécuritaire. Pris d'une idée fixe, et totalement paranoïaque, il avait décidé de faire poser des barreaux aux fenêtres. Mais pourquoi personne n'avait tenté de l'en dissuader ?

Elle en était là de ses interrogations lorsqu'elle arriva près de l'entrée du troisième jardin. Sa mère et son grand-père avaient beaucoup travaillé pour créer trois labyrinthes différents, plantés de topiaires et de fleurs ornementales. Jadis, les haies arrivaient à peine à la taille des visiteurs, mais Marcus les avait laissées pousser, si bien qu'elles étaient maintenant à hauteur d'homme. Se déplacer dans ce dédale de verdure, où les motifs formés par les plantes sculptées avaient disparu faute d'entretien, se révéla plus compliqué qu'elle ne l'imaginait…

Alors qu'elle venait jadis se réfugier dans cet endroit, Helen n'y trouvait plus aujourd'hui aucun apaisement : si la mort de son grand-père lui avait fait beaucoup de peine, la disparition soudaine de sa mère lui avait infligé une souffrance dont elle n'était pas sûre de triompher un jour. Tant qu'elle ne saurait pas ce qui était vraiment arrivé à Amy Thomas, elle ne connaîtrait pas de répit.

Elle ne remarqua pas la flaque qui s'était formée dans l'allée avant de marcher dedans. Contrariée, elle secoua légèrement le pied. Manifestement, le système d'arrosage souterrain fonctionnait toujours ! Des gouttelettes d'eau parsemaient les pétales et les feuilles, et la terre était mouillée.

Cet incident lui rappela sa mère. Le système d'irrigation – le dernier cadeau qu'elle ait fait à son cher jardin – avait été installé le jour de sa disparition. Constater que son père négligeait cet endroit mettait Helen en rage. Seule la roseraie était entretenue ; le reste était laissé à l'abandon. Les parterres auraient eu besoin d'un bon désherbage, et le lierre menaçait d'envahir les arbustes environnants.

L'intérêt que Marcus témoignait aux roses que sa femme avait tant aimées aurait pu passer pour un hommage à sa mémoire, mais Helen n'y croyait pas. Bien au contraire : cet engouement, survenu juste après la disparition d'Amy Thomas, avait éveillé ses soupçons.

Aujourd'hui pourtant, sans doute parce qu'elle avait mûri, Helen percevait la situation sous un autre angle. Marcus avait peut-être toujours aimé la roseraie… mais il s'en était senti exclu du vivant de sa femme et de son beau-père.

Au fond, ses parents n'avaient rien en commun. Leurs divergences étaient si flagrantes que Leigh et Helen s'étaient souvent demandé ce qui les avait réunis… et ce qui les retenait ensemble. Chacun d'eux vivait sa vie sans se soucier de l'autre, ne partageant qu'un toit et quelques obligations sociales.

En fait, Helen supposait que c'était par fidélité à sa parole que sa mère était restée mariée. Même si elle avait eu des regrets, elle avait tenu à honorer jusqu'au bout le serment fait à son mari.

Mais Marcus, lui, qu'en avait-il pensé ? Mystère. Helen ne savait rien de l'auteur de ses jours. C'était Dennison Hart, leur grand-père, qui les avait élevées, elle et sa sœur jumelle. Marcus, qui n'avait jamais manifesté le moindre intérêt pour la fonction paternelle, n'avait joué qu'un rôle mineur dans leur existence.

Avait-il seulement *essayé* d'assumer ses fonctions paternelles ? Helen en doutait… mais la vérité était peut-être ailleurs. Il n'était pas impossible, par exemple, que Marcus se soit senti de trop à Blackrose, et…

Non. Helen repoussa vivement cette pensée gênante de son esprit. Son père n'avait jamais manifesté le moindre intérêt pour sa famille. Malgré tous ses efforts, elle ne parvenait pas à se l'imaginer dans le rôle d'un éternel incompris.

Dennison, lui, n'avait pas feint l'amour qu'il portait à ses petites-filles ! S'il était encore en vie aujourd'hui, il continuerait à se soucier d'elles — contrairement à Marcus, qui n'avait suivi ni l'évolution de leurs études ni celle de leur carrière. Charismatique, très chaleureux, Dennison leur avait toujours paru invulnérable… jusqu'au terrible matin où il ne s'était pas réveillé.

Un murmure tira Helen de ses pensées. Obliquant au bout d'une allée, elle se trouva dans une impasse. Désorientée, elle se dressa sur la pointe des pieds pour tenter de comprendre où elle se trouvait… et aperçut Marcus dans l'allée qui jouxtait la sienne. Agenouillé devant un massif de splendides roses rouges, il parlait tout seul.

— Tes roses se portent à merveille, Amy, rassure-toi. Pas la moindre tache…, dit-il en passant sa main gantée sur les feuilles.

Dissimulée derrière la haie qui les séparait, Helen déglutit péniblement. Jamais Marcus ne lui avait paru si vieux, si vulnérable… Se pouvait-il que Leigh et elle se soient trompées sur son compte ? Pleurait-il sa femme ? Ou la démence évoquée par Eden était-elle à un stade plus avancé qu'elle ne l'avait imaginé ?

Il était méconnaissable. Très amaigri, les cheveux plus sel que poivre, il avait perdu la prestance qui faisait de lui l'une des figures les plus respectées du village. Pour un peu, Helen l'aurait pris en pitié…

Bouleversée, elle rebroussa chemin. Pas question d'affronter son père maintenant… Elle ne s'en sentait plus la force. Tête baissée, elle emprunta quelques allées au hasard et déboucha devant une petite fontaine circulaire. Elle s'arrêta net, le souffle court. Amy avait fait installer cet ouvrage en même temps que le système d'arrosage.

Sept ans auparavant, Helen et Leigh, certaines que leur père avait tué leur mère, avaient convaincu le chef de la police locale de déplacer la fontaine pour chercher le corps. Les hommes avaient retourné la terre, sous le regard implacable de Marcus… sans succès. Une fois l'opération terminée, et les hommes rentrés bredouilles au commissariat, Marcus avait ordonné au paysagiste de remettre la fontaine en place. Depuis, il n'avait plus adressé la parole à ses filles.

— Un sou pour vos pensées, même les plus sombres, énonça une voix sur sa droite.

Helen tressaillit. Bram s'avançait vers elle.

— Quelque chose ne va pas ? reprit-il d'un air soucieux.

La question était inutile : déjà, elle se sentait mieux. Son irruption avait suffi à chasser ses pensées — pour les remplacer par d'autres, nettement plus futiles, celles-là. Les cheveux en bataille, les bras nus, Bram était plus sexy que jamais. Son T-shirt noir, trempé de sueur, lui collait à la peau, et la saleté maculait son jean qui moulait outrageusement ses cuisses. Helen sentit un désir inopportun l'envahir.

— Gardez votre argent, lui conseilla-t-elle. Que faites-vous ici ?

— Je m'apprêtais à poser une grille sur une fenêtre quand je vous ai vue approcher.

— Ah…

D'un geste qui trahissait sa nervosité, elle saisit sa bouteille d'eau et en but une gorgée.

— Il fait chaud, ce matin, commenta-t-il en fixant sa bouche.

Helen hocha la tête, incapable d'énoncer un mot.

— Vous m'en donnez un peu ? demanda-t-il soudain.

La jeune femme tenta de refréner les battements de son cœur et de chasser les pensées inavouables qui l'envahissaient. Il avait soif, c'est tout. Rien de plus normal avec cette atmosphère chaude et humide, surtout pour quelqu'un qui passait son temps penché sur une forge…

— J'ai bu dans cette bouteille.

Il haussa les épaules.

— Aucune importance. J'ai trop soif pour me soucier des microbes.

Le ton de sa voix n'avait rien de sensuel et pourtant, elle sentit une vague de désir la submerger. Quand elle lui tendit sa bouteille, leurs doigts se frôlèrent, et elle frémit malgré elle.

— Merci.

Il posa ses lèvres sur le goulot et, sans se presser, prit une longue gorgée. Fascinée, Helen le regarda boire et s'essuyer la lèvre supérieure d'un revers de la main.

Soudain, ses yeux d'un noir de jais se plantèrent dans les siens.

— Vous ne devriez pas me regarder comme ça, dit-il doucement.

Le souffle court, elle demanda :

— Comment ?

— Vous savez bien ce que je veux dire. Je suis trop vieux pour ce genre de petit jeu, Helen.

Le reproche fit mouche. Elle ne l'avait pas volé ! Mais comment avait-il deviné ses pensées ?

— Qu'allez-vous vous imaginer ? répliqua-t-elle, cinglante.

— La même chose que vous, dit-il en lui rendant sa bouteille.

Ils en étaient là de leur échange quand une voix familière les interrompit.

— Que faites-vous ici ?

4.

La bouteille ouverte s'écrasa au sol, éclaboussant leurs pieds. Bram s'interposa entre Helen et son père. Le ton agressif de Marcus Thomas avait réveillé en lui l'instinct de protection qu'il avait déjà ressenti la veille au soir.

— Je ne vous paie pas pour flâner dans le jardin !

— C'est moi qui lui ai proposé de l'eau, précisa Helen en poussant Bram sur le côté. Il fait chaud dehors.

— Je le paie pour travailler, pas pour se reposer, répéta Marcus.

— Son travail est terminé. Je ne veux pas de barreaux aux fenêtres de Blackrose.

Bram se raidit, de nouveau prêt à s'interposer entre eux.

Sans ciller, Helen soutint le regard de son père. Leur hostilité était presque palpable, et ils semblaient avoir oublié sa présence.

— Ce que tu veux ne m'intéresse pas !

— Ce n'est pas nouveau, mais cela n'a plus d'importance aujourd'hui. Blackrose est à moi, pas à toi.

Comme Marcus, furieux, s'avançait vers sa fille, Bram lui barra le chemin. L'espace d'un instant, il crut qu'il allait le frapper mais, sans doute conscient qu'il ne ferait pas le poids face à un adversaire à la fois plus jeune et plus robuste que lui, Marcus desserra les poings. Cela n'atténua en rien sa colère, et il darda sur sa fille un regard noir.

— Tu n'hériteras pas avant ton vingt-cinquième anniversaire ! aboya-t-il.

— C'est exact. Mais tu sais aussi que le décès de maman vient d'être officiellement prononcé. Le notaire de grand-père respectera ses volontés, qui me désignaient seule héritière du domaine à la mort de maman.

— C'est ce que nous verrons.

— C'est tout vu, répliqua-t-elle d'un ton ferme.

Marcus jeta à Bram un regard mauvais.

— Vous la draguerez pendant vos heures de loisir. Nous avons signé un contrat. Retournez travailler !

Ce n'est que lorsque Helen lui saisit le bras que Bram s'aperçut qu'il avait serré les poings, lui aussi. Comprenant enfin qu'il était allé trop loin, Marcus recula d'un pas puis, drapé dans sa dignité, il tourna les talons et s'éloigna sans ajouter un mot.

— Cet homme est votre père ? lâcha Bram en s'efforçant de reprendre son calme.

— C'est difficile à croire, n'est-ce pas ? répliqua Helen, toute tremblante. Désolée de vous avoir infligé cette scène. Marcus est mon père biologique, mais sa contribution s'arrête là.

En songeant au lien étroit qui l'unissait à son propre père, Bram fronça les sourcils.

— Quel dommage !

— Pas vraiment. Au cas où vous ne l'auriez pas remarqué, Marcus n'est pas très sympathique... S'il n'était pas mon père, je me serais gardée de le compter parmi mes relations, croyez-moi !

Bram lui lança un regard perplexe. Il n'appréciait pas Marcus, certes... mais l'hostilité que lui témoignait sa fille le chagrinait.

— Gardez votre pitié pour vous, reprit Helen. Ma sœur et moi n'avons pas manqué d'affection. Notre grand-père était un homme formidable, qui nous a prodigué tout l'amour dont nous avions besoin.

Ses yeux se voilèrent l'espace d'un instant, puis elle planta de nouveau son regard outremer sur Bram.

— Je suis désolée, mais je vais devoir interrompre votre contrat. Nous vous paierons ce que nous vous devons.

Il se raidit. La veille au soir, déjà, Helen avait laissé entendre qu'elle n'appréciait pas son travail — ou plutôt le travail que Marcus lui avait confié. En toute logique, elle prenait maintenant ses dispositions pour le renvoyer... mais la situation n'était pas aussi simple qu'elle semblait le croire.

— Je ne peux pas cesser de travailler, remarqua-t-il.

— Bien sûr que vous le pouvez.

— J'ai signé un contrat avec votre père, insista-t-il.

— Ce contrat n'est pas valable. Marcus n'a pas le droit de vous faire travailler. Je suis désolée, mais il faut s'arrêter là.

Bram étouffa un juron. Il était certain qu'Helen était bien propriétaire de Blackrose, mais il ne pouvait pas se permettre d'être congédié. Il avait besoin de ce travail.

— Vous ne pouvez pas me remercier, Helen. Ce n'est pas vous qui m'avez embauché.

— Je suis chez moi, ici !

Il soupira intérieurement. Leur discussion était sans issue.

— Ecoutez, je suis forgeron, pas avocat. Tout ce que je sais, c'est que j'ai été embauché pour effectuer un travail précis. J'ai investi beaucoup de temps et d'argent dans ce projet !

— Je vous répète que vous serez dédommagé pour ce que vous avez fait, mais Blackrose m'appartient. Marcus n'a pas le droit de le dégrader ainsi.

— *Dégrader ?* répéta Bram, offensé.

— Voulez-vous voir la lettre de l'avocat de ma mère ?

Bram secoua la tête.

— Malheureusement, cette lettre n'a pas le pouvoir de rompre le contrat que j'ai signé avec votre père.

— Que suggérez-vous, alors ?

Il haussa les épaules. A quoi bon se battre avec elle ? Il n'en avait aucune envie.

— Helen, commença-t-il.

— Si vous voulez une mise en demeure en bonne et due forme, je peux vous en envoyer une !

Elle se retourna d'un mouvement vif et se dirigea vers la maison. Bram étouffa un juron. Helen finirait certainement par gagner la bataille : il n'avait ni le temps ni l'argent pour s'engager dans un conflit juridique. Les honoraires réclamés par les médecins de son père augmentaient à mesure qu'évoluait son cancer… Si Helen ne le payait que pour le travail déjà effectué à Blackrose, il devrait travailler davantage pour gagner un maximum d'argent avant la fin de son contrat.

Ou parvenir à convaincre la jeune femme de le laisser finir.

Helen essuya des larmes de colère et de frustration. Pourquoi cet homme se montrait-il si borné ? Pour lui, ce n'était qu'une simple commande ! Ne comprenait-il pas ? S'il achevait de grillager toutes les issues de la maison, Marcus tiendrait sa victoire : il aurait enfin réussi à bafouer la mémoire d'Amy et de Dennison…

Elle n'avait qu'une envie : s'asseoir et pleurer. Elle qui ne pleurait jamais…

Et si Bram avait raison ? Après tout, comment pouvait-elle être certaine que le notaire la soutiendrait ? Hormis le fait qu'elle était l'héritière légale de la maison et des terres, elle ignorait la nature de ses droits sur la propriété.

Elle essuya d'un geste rageur la larme qui roulait sur sa joue. Que lui arrivait-il ? Depuis qu'elle était arrivée à Blackrose, elle avait perdu le contrôle de ses émotions. Etait-elle épuisée, tout simplement. ? Ou couvait-elle une maladie ? Elle espérait que non : elle aurait besoin de toutes ses forces pour affronter Marcus et Eden – sans parler de Bram, qui avait le don de la faire sortir de ses gonds.

Le mieux, à l'avenir, serait d'ignorer l'attirance qu'il exerçait sur elle, au lieu de l'encourager, comme elle l'avait fait depuis leur rencontre. Dormir avec lui avait été une terrible erreur… mais qui ne se reproduirait pas. Quant au stress qui l'accablait, elle s'en débarrasserait après une bonne nuit de repos.

Rassérénée, elle gagna la cuisine, et fut soulagée de la trouver vide. L'air conditionné diffusait une douce fraîcheur, infiniment appréciable après la fournaise qui régnait au-dehors. Helen se dirigea droit vers le réfrigérateur, y saisit une bouteille d'eau fraîche et la vida d'un trait.

La maison était plongée dans un profond silence. Elle ignorait où se trouvaient Mme Norwhich ou Paula Kerstairs, et elle s'en moquait, mais elle aurait bien aimé voir Mme Walsh. A elle, au moins, elle aurait pu parler ! Elle avait un besoin impérieux de se confier à quelqu'un. Le calme qui régnait dans la maison lui semblait étrange, presque menaçant.

L'eau avait étanché sa soif, mais une lassitude croissante la gagnait. Elle devait quasiment lutter pour garder les yeux ouverts… Pourtant, elle venait de se lever ! Elle n'avait pas beaucoup dormi la nuit dernière, certes. Mais cela suffisait-il à expliquer un tel coup de fatigue ?

Inutile de lutter davantage, décida-t-elle en prenant une autre bouteille d'eau. Le mieux était d'aller s'allonger, même pour quelques minutes. Ensuite, elle appellerait le notaire de Dennison et lui demanderait conseil. Peut-être avait-il cherché à la contacter pour l'informer que Marcus, qu'il savait malade, avait passé à Bram une commande importante ?

Elle faillit trébucher en montant l'escalier de service, dont les marches étroites menaient à un palier proche de la chambre de Marcus. D'ordinaire, elle évitait de passer devant ses appartements, mais ce matin, elle n'avait pas le courage de faire le détour nécessaire pour rejoindre l'escalier principal. Et tant pis si elle croisait son père ! Bien que vieilli, celui-ci n'avait rien perdu de sa hargne. Nul doute qu'il la mettrait à profit s'il la croisait sur le palier... Mais non, constata-t-elle avec soulagement. La porte de sa chambre était fermée. Elle longea le couloir et gagna sa propre chambre.

Là, elle se laissa tomber sur le canapé et ferma aussitôt les yeux. Elle tendit la main pour poser sa bouteille d'eau sur la table de nuit, mais manqua son but : la bouteille tomba au sol avec un bruit sourd. Mais Helen l'entendit à peine ; elle dormait déjà.

Ce fut la voix de sa mère qui la réveilla. Helen laissa échapper un gémissement. Elle était encore si fatiguée...

Mais la voix persista jusqu'à ce que la jeune femme entrouvre un œil, et que son regard soit attiré vers le pied de son lit. Son cerveau embrumé lui renvoya l'image déformée d'une silhouette qui se reflétait dans le cadre accroché au mur. La silhouette était penchée vers son sac de voyage, posé par terre à côté du lit.

Helen voulut tourner la tête et parler, mais elle était trop fatiguée. Ses yeux se refermèrent, et elle n'émit qu'un faible gémissement. Soudain, quelque chose s'abattit sur son visage.

Se réveillant d'un coup, elle tira d'un geste sec sur le morceau de tissu et bondit hors du lit, pour tenter de comprendre ce qui se passait.

Tout devint flou autour d'elle tandis qu'elle était prise de nausée. Elle entendit plutôt qu'elle ne vit claquer la porte de sa chambre.

Quelqu'un était entré dans sa chambre !

Helen se leva brusquement, un peu vacillante, et découvrit le contenu de son sac éparpillé au sol. Le grand T-shirt qu'elle aimait porter pour dormir était roulé en boule sur le lit… Quelqu'un le lui avait jeté sur le visage quand elle avait commencé à se réveiller. L'intrus avait passé un moment dans sa chambre, à fouiller dans ses affaires ! Que se serait-il passé si elle n'avait pas rêvé que sa mère l'appelait… ?

Contournant le lit, elle fonça vers la porte et l'ouvrit : le couloir était vide, ce qui n'avait rien d'étonnant. Son visiteur avait eu largement le temps de prendre la fuite pendant qu'elle tentait de recouvrer ses esprits !

Qui cela pouvait-il bien être ? Que cherchait-il – ou elle ? Soudain, la peur prit le pas sur l'hébétude. Soit elle n'avait pas rêvé, la veille au soir, et c'était l'intrus qui se cachait dans la maison qui était venu fouiller dans ses affaires, soit il s'agissait d'un des occupants de Blackrose.

Dans tous les cas, si cette personne cherchait des objets de valeur, elle en était pour ses frais : Helen n'avait apporté que quelques vêtements et sa trousse à maquillage.

Elle s'appuya au chambranle de la porte pour réfléchir. Marcus ferait un scandale si elle appelait la police, mais elle ne pouvait passer cet incident sous silence. Hélas, la dernière fois qu'elle lui avait parlé, l'inspecteur Crossley l'avait expressément priée de ne plus l'appeler. Et même s'il dépêchait un policier pour enquêter, l'homme ne se montrerait sans doute pas très zélé : aucun membre de la brigade locale n'ignorait le conflit qui l'opposait à leur supérieur.

Helen tenta de se remémorer l'image qu'elle avait aperçue de l'intrus… en pure perte, hélas. Elle ignorait même s'il s'agissait d'un homme ou d'une femme ! Elle retourna dans la chambre et, comme elle observait de nouveau ses vêtements éparpillés, son regard tomba sur le réveil. Elle eut un sursaut : presque 4 heures de l'après-midi ! Si l'heure était exacte, elle avait dormi quasiment toute la journée. Pas étonnant qu'elle se sente un peu groggy…

Son malaise s'accrut encore lorsqu'elle aperçut le T-shirt sur le dessus-de-lit froissé. Elle avait besoin de parler à quelqu'un de ce qui venait de se produire, mais elle ne pouvait se résoudre à appeler la police. Mieux valait contacter le notaire. Après tout, c'était sur sa requête qu'elle était venue à Blackrose.

Mais comment s'appelait-il ? Elle fouilla sa mémoire, sans succès. Une douleur sourde lui martelait les tempes, à présent. D'ordinaire, elle n'était pas sujette aux migraines, mais il semblait qu'elle se préparait à en subir une... Où avait-elle mis la lettre du notaire ? Ah oui : dans son sac à main.

Mais où était son sac à main ?

Elle parcourut la pièce du regard. Son petit sac en croco vert avait disparu. Le voleur l'avait emporté !

Helen se précipita dans le couloir. La maison baignait toujours dans un silence inquiétant. Où étaient passés les autres occupants du domaine ?

Comme elle s'approchait de l'escalier principal, elle perçut des bruits étouffés de conversation. Intriguée, elle s'accouda à la balustrade et tendit l'oreille. Quelques instants lui suffirent pour reconnaître la voix de sa belle-mère. Cette dernière se tenait près de la porte d'entrée, et paraissait sermonner quelqu'un. Mais qui ? Une voix légèrement rauque, très masculine, se fit entendre. Bram !

— Descendez ou laissez-moi passer !

Helen sursauta. Paula Kerstairs, qui venait de surgir dans son dos, la fixait d'un air franchement hostile.

— D'où venez-vous ? s'enquit Helen, mal à l'aise.

Paula désigna de la tête la chambre proche du palier, qu'avait occupée la mère d'Helen autrefois, quand elle et Marcus avaient fait chambre à part. La porte était ouverte.

— Je faisais le ménage, dit-elle d'un ton brusque. Je suis payée pour ça.

Peut-être la peur déformait-elle son jugement, mais Helen eut l'impression que cette femme la détestait.

— Etes-vous allée dans ma chambre, à l'instant ? demanda-t-elle.

— Non, répondit Paula d'un ton méprisant. Si elle est en désordre, vous attendrez. J'ai terminé pour aujourd'hui.

Avec son seau et sa blouse ample, elle ressemblait à ces femmes de ménage qu'on ne voit que dans les films publicitaires... Mais dans une blouse pareille, il était facile de dissimuler de petits objets, songea Helen dans un éclair. Un petit sac en croco, par exemple ?

D'un mouvement vif, Paula s'avança vers Helen, qui lui bloqua le passage.

— Laissez-moi jeter un coup d'œil dans votre seau.

Elle inspecta le seau que Paula lui tendait : il ne contenait rien d'autre que des produits ménagers et une serpillière.

— Vous croyez que je vole l'argenterie ?

Helen ignora la question. Pas question de se laisser intimider par cette mégère.

— Avez-vous croisé quelqu'un, à l'étage ?

— Personne, à part vous.

Sur ce, elle la bouscula si rudement qu'Helen faillit tomber, puis elle descendit l'escalier sans se retourner.

Stupéfaite, la jeune femme ouvrit la bouche pour crier à Bram d'arrêter la femme de ménage… mais il avait disparu, ainsi qu'Eden. Avaient-il assisté à la scène qui venait de l'opposer à Paula ?

Non. Il ne serait pas parti s'il avait relevé sa présence. Mais où était-il allé ? Et quel était le motif de son altercation avec Eden ? Pensive, Helen s'engagea dans l'escalier. Elle parvenait au rez-de-chaussée quand son regard fut attiré par un mouvement dans la bibliothèque. Elle s'approcha et vit distinctement une silhouette disparaître derrière la porte. Mme Norwhich, à coup sûr. Mais pourquoi la gouvernante l'épiait-elle ?

Son cœur battait si fort qu'elle ne parvenait plus à réfléchir. S'agrippant à la rampe, elle s'efforça de rassembler ses esprits. Surtout, ne pas sombrer dans la paranoïa ! se répéta-t-elle en prenant une profonde inspiration.

Le mieux était encore de monter dans sa voiture et de se rendre en ville, chez le notaire. Comment s'appelait-il ? Pourquoi ne parvenait-elle pas à se rappeler son nom ?

Peu importe. Les notaires ne devaient pas être très nombreux à Stony Ridge. Elle finirait bien par le trouver !

Restait un problème — de taille, celui-là : les clés de sa voiture se trouvaient dans son sac…

— Bonjour, Helen !

Jacob sortait de la cuisine, une pomme à la main. Il semblait si détendu qu'elle se demanda si elle n'avait pas rêvé ce qui venait de se produire.

— Tu as bien dormi ? demanda-t-il.

— Non. Euh... oui.

Désorientée, elle hocha la tête.

— Quelque chose ne va pas ?

Elle le rejoignit d'un pas incertain.

— Quelqu'un est entré dans ma chambre pendant que je dormais, et m'a volé mon sac.

Jacob cessa de mâcher sa pomme.

— Ah bon ? Je viens de voir ton sac dans la bibliothèque. Il est posé par terre, à côté du canapé. Tu as dû l'oublier hier soir.

Sans attendre, Helen se précipita vers la bibliothèque. Jacob n'avait pas menti : son sac se trouvait exactement là où il l'avait dit, bien en vue. Pourtant, elle était sûre de l'avoir monté le matin même.

A moins que... En était-elle vraiment certaine ? Bon sang ! Elle n'en savait plus rien, à présent.

D'une main tremblante, elle attrapa son sac.

— Helen, ça va ?

— Non. Je t'ai dit que quelqu'un était entré dans ma chambre, énonça-t-elle en tentant de surmonter la panique qui s'emparait d'elle.

— On a fouillé dans ton sac de voyage ? s'enquit Jacob, incrédule.

Elle ouvrit son sac à main.

— Je... je ne suis pas sûre. Je n'ai vu qu'un reflet. La personne m'a jeté un T-shirt sur le visage avant que je puisse me retourner pour la voir.

Jacob plissa le front.

— Un T-shirt ? Es-tu vraiment sûre que tu n'as pas rêvé ? Tu étais très inquiète hier soir. Je comprends, mais...

— Elle n'est plus là !

— De quoi parles-tu ?

— De la lettre du notaire. Mes clés, mes cartes de crédit, mon porte-monnaie, mes papiers, tout est là, sauf la lettre !

— Attends un peu... Tout à l'heure, tu croyais qu'on t'avait volé ton sac. Peut-être que la lettre est tombée...

Jacob s'accroupit et commença à chercher autour du canapé.

— Non, il n'y a rien ici. Dans ta voiture, peut-être ?

— Où est Mme Norwhich ? Elle était là il y a une minute. Je l'ai vue ! C'est elle qui a pris la lettre.

Jacob la dévisagea d'un air soucieux.

— Calme-toi. Mme Norwhich est dans la cuisine. Je viens juste de lui parler.

— Je sais ce que j'ai vu !

— Moi, je vois surtout que tu n'as pas l'air dans ton assiette.

Il avait raison. Le souffle court, elle serrait son sac contre sa poitrine comme si sa vie en dépendait… Mais les faits étaient là : elle était sûre d'avoir vu Mme Norwhich quelques instants plus tôt ! La gouvernante était-elle entrée dans la bibliothèque pour lui dérober la lettre du notaire ? Difficile à prouver. Si son sac était resté là depuis la veille, n'importe qui avait pu examiner son contenu. Paula Kerstairs aussi, d'ailleurs.

— On m'a jeté un T-shirt sur le visage, j'en suis certaine, répéta-t-elle d'un ton plus calme. Quelqu'un a éparpillé mes affaires par terre, dans ma chambre.

Visiblement perplexe, Jacob se gratta la tête.

— Paula Kerstairs était à l'étage, reprit Helen.

— Cette sorcière ! Je m'en méfie comme de la peste. Tu crois qu'elle est allée dans ta chambre ? Il manque quelque chose ? De l'argenterie, de l'argent ?

— Je ne sais pas.

— Viens, allons vérifier. Si le moindre objet a disparu, nous appellerons la police.

En pleine confusion, Helen suivit Jacob dans les escaliers, le poing serré sur l'anse de son sac à main.

— Et ton travail, ça va ? demanda ce dernier.

— Ce n'est pas mon travail qui me stresse, rétorqua-t-elle d'un ton sec.

Il leva les mains en signe d'apaisement.

— Je ne prétends rien de tel. Je te pose une question, c'est tout ! Tu es tendue comme une corde à violon, aujourd'hui…

Il n'avait pas tort. Elle se sentait au bord de la crise de nerfs… Parvenue en haut des marches, elle fixa la porte de la chambre que Paula disait avoir nettoyée.

— Attends un instant, Jacob.

Il la suivit tandis qu'elle entrait dans ce qui était désormais une chambre d'amis. Les meubles de merisier brillaient, et il n'y avait pas un grain de poussière dans la pièce, propre et nette tout comme la salle de bains attenante.

— Paula m'a affirmé qu'elle avait fait le ménage ici, dit Helen.

— En effet. Veux-tu que je vérifie le dessus des portes ?

Embarrassée, Helen détourna les yeux.

— Je ne comprends pas ce qui se passe.

Jacob secoua la tête d'un air navré.

— Moi non plus.

Ils se dirigèrent vers la chambre d'Helen. Qui fronça les sourcils, troublée.

— La porte de ma chambre est fermée ! s'écria-t-elle.

Jacob lui lança un regard perplexe.

— Et alors, ça ne te convient pas ?

— Je l'ai laissée ouverte, j'en suis sûre. Il y a quelqu'un à l'intérieur.

Passant devant elle, Jacob ouvrit la porte avant qu'elle ne puisse l'en empêcher. Elle le suivit… et se figea sur le seuil. Son sac de voyage était près du lit, soigneusement fermé. La pièce était en ordre, elle aussi. Seuls l'oreiller et le dessus-de-lit froissés indiquaient qu'elle y avait passé l'après-midi.

— Quelqu'un est venu pour tout remettre en place ! s'exclama-t-elle, la gorge nouée. C'est à n'y rien comprendre…

Jacob examina la pièce d'un air suspicieux.

— Es-tu sûre que tu n'as pas rêvé ?

— Evidemment !

Mais en était-elle si sûre, justement ? Sa tête lui faisait si mal qu'elle peinait à réfléchir.

— Ecoute, marmonna Jacob d'un ton embarrassé. Je ne veux pas te vexer, mais il faut que je te pose une question : tu prends des trucs, en ce moment ? Peut-être qu'on t'a vendu de la mauvaise marchandise. Depuis combien de temps… ?

— Je ne me suis jamais droguée de ma vie, interrompit-elle, furieuse, dès qu'elle comprit ce qu'il insinuait.

Puis, le bousculant, elle s'élança vers l'escalier.

— Attends ! cria Jacob, alarmé. Où vas-tu ?

— Voir si ma voiture est toujours là, répondit-elle sans se retourner.

Ainsi, Jacob pensait qu'elle se droguait ! Elle ne pouvait guère lui en vouloir, après tout : elle agissait de façon si étrange, depuis la veille… Pourtant elle avait tous ses esprits. Et elle n'avait pas rêvé – sauf lorsqu'elle avait cru que sa mère l'appelait.

Oui, elle rêvait, alors… mais elle s'était réveillée en sursaut dès l'instant où elle avait senti le T-shirt sur son visage.

Jacob continua de l'appeler tandis qu'elle dévalait l'escalier, mais elle l'ignora et sortit de la maison en courant. Une bonne surprise l'y attendait : contrairement à ce qu'elle craignait, sa voiture n'avait pas bougé.

Elle s'appuya en chancelant contre le capot. Il faisait une chaleur écrasante… Pourtant, elle tremblait de tous ses membres. Pour s'être évanouie une ou deux fois dans sa vie, elle en connaissait les symptômes. Et ceux qui l'assaillaient en cet instant lui semblaient dangereusement annonciateurs d'un malaise… Elle ferait mieux de rentrer à l'intérieur pour s'allonger… Mais avant cela, elle devait retrouver la lettre du notaire, se rappela-t-elle faiblement. Elle n'en avait pas vraiment besoin, certes. Mais ce document lui fournirait ce qui lui manquait si cruellement depuis ce matin : un objet concret, tangible, auquel se raccrocher. Rassemblant ce qui lui restait d'énergie, elle entreprit de fouiller sa voiture.

La lettre n'y était pas.

Sortant péniblement du véhicule, elle ferma les yeux. Avait-elle mis l'enveloppe dans son sac, hier, avant de quitter son appartement ? Oui. Elle avait même relu le contenu de la lettre pendant le trajet… Mais alors, pourquoi ne parvenait-elle pas à se remémorer le nom du notaire ? Que lui arrivait-il ? Pourquoi se sentait-elle si bizarre ?

— Vous avez perdu quelque chose ?

Elle ouvrit brusquement les yeux. Bram approchait, un sourire engageant aux lèvres. Vêtu d'un pantalon ajusté et d'une chemisette ouverte, il était plus sexy que jamais.

— Oui, ma tête, répondit-elle sans plaisanter.

Il haussa les sourcils.

— Cela vous arrive souvent ?

Bien qu'elle fût au bord des larmes, elle le remercia intérieurement : il avait trouvé le ton juste pour la rassurer. Prenant une profonde inspiration, elle acquiesça de la tête.

— Je crains que oui.

— Expliquez-moi ça…

Elle hésita. A quoi bon lui raconter ses mésaventures ? Jacob, qui la connaissait bien, ne l'avait pas crue. S'il la soupçonnait à son tour d'avoir ingéré des substances hallucinogènes — ou pire : s'il la prenait pour une illuminée, elle ne le supporterait pas.

— Avez-vous mangé ? s'enquit-il tout à trac.

Elle leva les yeux, interdite.

— Comment ?

— Je m'apprêtais à aller dîner. Il est un peu tôt mais vous pouvez m'accompagner, si ça vous tente. J'ai remarqué qu'on voyait les choses différemment après un bon repas.

Les deux toasts qu'Helen avait pris au petit déjeuner étaient déjà loin, et la seule évocation de nourriture suffit à faire gargouiller son estomac. Elle sourit malgré elle. N'était-il pas incongru de penser à son dîner alors que tout semblait s'écrouler autour d'elle ?

Et alors ? Bram lui offrait une chance de fuir cette maison de fous, et de prendre le recul nécessaire pour réfléchir.

— D'accord. Mais je dois aller me changer.

Bram la regarda de la tête aux pieds.

— Je vous trouve très bien comme ça.

Son cœur s'emballa, et elle s'empressa de se convaincre qu'il avait prononcé ces mots sans arrière-pensée.

— Cela ne me prendra qu'une minute.

— Aucune femme au monde n'est capable de se changer en une minute.

Elle esquissa une moue ironique.

— Vous parlez d'expérience ?

— Pas besoin d'expérience. Tous les hommes savent ça !

— Vraiment ? Alors, je suis prête à relever le défi !

Il se redressa. Sa seule présence suffisait à la calmer, constata-t-elle avec étonnement.

— Qu'à cela ne tienne ! acquiesça-t-il avec le plus grand sérieux. Mais je vous accompagne : j'ai oublié mon mètre enrouleur près de la porte principale. La chaleur ne me réussit pas… Je ne laisse jamais traîner mes outils, d'habitude.

Comme ils approchaient de la maison, Helen aperçut Mme Norwhich par la fenêtre de la cuisine. Elle était seule, apparemment.

— Je supporte mal la chaleur, moi aussi. J'ai fait une longue sieste cet après-midi. Mais pendant que je dormais, quelqu'un s'est introduit dans ma chambre pour fouiller dans mon sac de voyage, déclara-t-elle soudain.

Bram s'arrêta net.

— Qui était-ce ?

— Je l'ignore. Je n'ai vu que son reflet. Il m'a jeté un T-shirt sur la tête avant de prendre la fuite.

— Vous a-t-on volé quelque chose ?

— Je ne crois pas. J'ai cru qu'on m'avait pris mon sac à main, mais Jacob m'a permis de le retrouver dans la bibliothèque.

En voyant Bram froncer les sourcils, elle regretta d'avoir entamé son récit. Mais elle ne pouvait plus s'interrompre, à présent : autant tout lui raconter, non ?

— Je suis allée chercher mon sac, poursuivit-elle. Puis Jacob m'a accompagnée à l'étage. Je voulais lui montrer le désordre qu'y avait laissé l'intrus… Mais quand nous sommes arrivés, tout avait été remis à sa place ! Jacob pense que j'ai rêvé cette histoire d'intrus, mais je suis sûre du contraire.

Bram demeura impassible. La croyait-il ?

— Que veniez-vous chercher dans votre voiture ? interrogea-t-il.

— La lettre du notaire de mon grand-père. J'étais certaine de l'avoir laissée dans mon sac à main, mais elle n'y est plus.

— Est-ce un document important ?

— Euh… non, pas vraiment, en fait. Du moins, je ne vois pas qui cela pourrait intéresser. Le problème c'est que je suis censée appeler ce notaire, et que je ne me souviens plus de son nom.

— Il est 17 heures passées, remarqua Bram. Les bureaux sont sans doute déjà fermés…

Elle hocha la tête, et il se remit en marche.

— Vous avez raison. Son étude se trouve à Stony Ridge. Je

suppose que je n'aurai aucun mal à le retrouver. Il ne doit pas y avoir foule de notaires dans une petite ville comme celle-là !

— Je ne crois pas, en effet.

Comme ils arrivaient près de la maison, Jacob s'avança à leur rencontre.

— Tu as trouvé ce que tu cherchais, Helen ? demanda-t-il.

— Non. Je dois l'avoir laissée à Boston, répondit-elle simplement.

Puis, pour couper court à la conversation, elle se tourna vers Bram.

— Entrez. Je ne serai pas longue.

Jacob la considéra avec étonnement.

— Vous allez quelque part ?

— Bram m'a invitée à dîner.

— Quelle bonne idée ! approuva Jacob. Je peux vous accompagner ?

— Une autre fois, rétorqua Bram, en tendant la main vers la poignée de la porte pour laisser passer Helen.

— C'était un peu… cavalier, remarqua-t-elle dès qu'ils furent dans le vestibule.

— Peut-être. Mais on m'a appris qu'il était impoli de s'imposer.

Il s'était exprimé d'un ton si catégorique qu'elle jugea inutile de discuter. Et de toute façon, elle préférait dîner seule avec lui.

— Cela vous dérange de venir avec moi à l'étage ? demanda-t-elle d'un ton qu'elle espérait neutre. Si une mauvaise surprise m'attend là-haut, je préfère la partager avec vous.

C'était en partie vrai, qu'il la croie ou non.

Bram se contenta de hocher la tête, et s'engagea derrière elle dans l'escalier. Une fois dans sa chambre, il examina calmement les lieux, promenant son regard sombre sur les meubles et les posters, avant de reporter son attention sur elle.

— Vous êtes sûre qu'il ne vous manque rien, à part la lettre du notaire ?

— Il faut que je vérifie…

Elle ouvrit son sac de voyage. Le T-shirt était sur le dessus, soigneusement plié.

— Je ne plie jamais mes vêtements comme ça, marmonna-t-elle, l'estomac noué.

Un pli d'inquiétude barra le front de Bram.

Helen repoussa le T-shirt d'un geste brusque. Elle aurait du mal à le porter, désormais.

— Je ferais mieux d'aller me changer, décida-t-elle en se redressant. Si nous arrivons trop tard, il faudra patienter pour avoir une table.

Elle saisit un débardeur vert sur un cintre, attrapa une paire de sandales et s'enferma dans la salle de bains. Une fois devant son miroir, elle se demanda pourquoi Bram l'avait invitée. Elle était encore plus mal coiffée qu'elle le craignait ! Ses yeux étaient cernés, elle ne portait pas une once de maquillage et ses vêtements étaient tout fripés. Difficile d'être moins séduisante !

Renonçant à la douche dont elle avait pourtant cruellement envie, elle s'habilla à la hâte. Arrivait-il souvent à Bram d'attendre une femme — la sienne, par exemple ? S'il était marié, cela expliquerait la lutte qu'il semblait livrer contre lui-même pour nier leur attirance mutuelle. A moins qu'il ne soit divorcé ? s'interrogea-t-elle en passant quelques coups de brosse dans ses cheveux dénoués.

Après avoir appliqué une légère touche de maquillage sur son visage nu, elle sortit de la salle de bains. Bram se leva aussitôt.

— Vous êtes prête ?

Si elle ne l'avait pas observé avec attention, elle aurait sans doute manqué le coup d'œil approbateur, typiquement masculin, qu'il lui décocha lorsqu'elle pivota pour enfiler ses sandales.

— Je suis prête, confirma-t-elle un instant plus tard.

Il se dirigea vers la porte.

— Impressionnant…

Le cœur d'Helen s'accéléra.

— Sept minutes chrono, ajouta-t-il en consultant sa montre.

— La prochaine fois, je me passerai de maquillage.

Il sourit, et elle sentit une délicieuse chaleur l'envahir. Même s'il refusait le désir qui les poussait l'un vers l'autre, Bram l'éprouvait avec une force égale à la sienne. Sa lutte intérieure n'y changerait rien…

Sûre de son charme, elle le suivit d'un pas léger. Le temps d'un dîner, une femme avisée pouvait en apprendre beaucoup sur l'homme qu'elle convoitait.

5.

Bram avait oublié à quel point l'auberge de Stony Ridge était un lieu romantique. Lambrissée du sol au plafond, la salle du restaurant évoquait les grandes maisons d'autrefois, où il faisait bon oublier les soucis de la journée auprès d'un robuste feu de cheminée… Les serveurs évoluaient discrètement entre les convives, qui savouraient leur repas avec un plaisir évident, à la lueur des chandeliers de cuivre patinés par les ans. Véritable institution locale, l'auberge accueillait l'élite du comté avec une courtoisie dénuée d'affectation qui faisait tout son charme.

Les prix étaient calculés en conséquence, bien sûr, mais Bram n'avait aucun regret. S'il menait une existence frugale, il aimait aussi s'accorder quelques plaisirs… Et la soirée à venir lui en promettait plus d'un, estima-t-il en contemplant Helen à la dérobée. Un sourire radieux aux lèvres, cette dernière devisait gaiement avec les dirigeants de l'auberge, manifestement ravis de la revoir. Quelques minutes plus tôt, elle l'avait présenté comme « un artiste rare », compliment qui l'aurait embarrassé s'il n'en avait perçu la profonde sincérité. Helen appréciait son travail, et elle n'hésitait pas à le faire savoir — avec l'espoir de le voir décrocher un contrat lorsqu'elle aurait mis fin au sien.

Il retint un sourire à cette pensée. La jeune femme regrettait de devoir le renvoyer, c'était évident. Mais il n'avait pas encore dit son dernier mot : il avait l'intention d'avoir une sérieuse discussion avec elle… dès que le flot des connaissances qui affluaient à leur table se serait tari. Car pour l'heure, *tous* les clients du restaurant semblaient vouloir échanger un mot avec Helen. A moins qu'ils ne souhaitent observer de plus près son mystérieux compagnon, rectifia-t-il avec ironie en interceptant quelques regards curieux.

Oui, les amis d'Helen s'interrogeaient sur leur compte — mais elle s'en souciait comme d'une guigne. Ainsi, lorsqu'une charmante vieille dame se risqua à lui demander si Bram et elle étaient fiancés, ce fut d'un ton résolument neutre qu'elle assura n'être « que son amie ».

Bram sentit ses nerfs se tendre. La remarque n'avait rien d'insultant, mais elle impliquait une tiédeur de sentiments qu'il était loin d'éprouver à son égard. Il dissimula son irritation sous un silence poli, se contentant de sourire au couple suivant. Mais lorsqu'un jeune dandy de province s'avisa d'approcher sa compagne, l'enveloppant d'un regard ouvertement lascif, son sang ne fit qu'un tour.

Les cheveux savamment décoiffés, l'œil bleu outremer, le dénommé Sean — Helen avait fait les présentations — avait tout d'un séducteur. Avait-il compté la jeune femme parmi ses conquêtes ? Son attitude semblait l'impliquer : il la couvait d'un air de propriétaire et s'apprêtait à passer un bras autour de ses épaules… Helen s'écarta d'un mouvement vif.

— Eh bien, on n'est plus amis, toi et moi ? s'offusqua-t-il. Tu réserves tes faveurs à d'autres, c'est ça ?

C'en était trop. Irritée, Helen ouvrit la bouche pour répondre… mais Bram la devança.

— Ecoute, mon vieux, Helen n'a manifestement pas envie de te supporter. Soit tu lui fiches la paix, soit je me charge de t'apprendre les bonnes manières.

Sean écarquilla les yeux.

— Eh… Pas la peine de vous énerver : j'étais sur le départ, de toute façon. Et puis, Helen et moi, c'est de l'histoire ancienne. Pas vrai, ma douce ?

La « douce » en question leva les yeux au ciel.

— Bon sang, Sean… Fiche-nous la paix, marmonna-t-elle entre ses dents.

— C'est compris ? renchérit Bram d'un ton menaçant.

L'importun ne se le fit pas dire deux fois : il regagna sa table sans demander son reste.

Bram se renversa contre le dossier de sa chaise avec satisfaction.

— Enfin débarrassés de ce raseur !

— Je n'avais pas besoin de vous pour le faire, répliqua

Helen d'un ton rageur. Un peu plus, et je vous mettais *tous les deux* dehors !

— Vraiment ?

— Vraiment, assura-t-elle. Je déteste les machos et les esclandres. Or, vous étiez sur le point de vous donner en spectacle, non ?

— Je l'aurais fait si cela avait été nécessaire… Quant au spectacle, c'est vous qui l'offrez à nos voisins, ajouta-t-il avec un sourire en coin. Si vous ne baissez pas la voix, la salle entière connaîtra les raisons de votre courroux.

— Vous êtes impossible…

— Vous me l'avez déjà dit. Aïe !

Elle venait de lui donner un méchant coup de pied sous la table.

— Désolée. C'était votre jambe ? s'enquit-elle, une lueur espiègle dans le regard.

Bram eut peine à garder son sérieux.

— Oui. Mais c'est entièrement ma faute : j'ai fait un faux mouvement.

— Ah oui ? Vous n'avez pas mal, au moins ?

— Je souffre le martyre.

— Parfait. C'était mon intention. Et ne vous plaignez pas : je ne porte pas de talons hauts, ce soir…

Elle cherchait à le provoquer, bien sûr. A le séduire, aussi. Et Bram avait de plus en plus de peine à feindre l'indifférence. Il brûlait d'effleurer sa joue veloutée, de perdre ses doigts dans la soie de ses cheveux… Il n'en ferait rien, bien sûr. Cette femme était le danger même, il l'avait su dès le premier instant. Elle dégageait une vitalité qui la rendait unique… et terriblement envoûtante. Tantôt espiègle et enjôleuse, tantôt douce et posée, elle ne se départait jamais de l'étonnante force intérieure qui la caractérisait.

Il la regarda coincer une mèche rebelle derrière son oreille — un geste machinal, qu'elle répétait du matin au soir avec la même grâce inconsciente.

— Vous seriez bien ennuyée si vous perdiez cette oreille, remarqua-t-il malicieusement.

Elle lui lança un regard interloqué. Puis un sourire lent étira ses lèvres.

— Pas du tout. Je me ferais couper les cheveux, et le problème serait réglé.

— Dans ce cas, j'espère que vous garderez vos oreilles jusqu'à la fin de vos jours. Ce serait un crime de couper de si beaux cheveux…

Elle s'empourpra, signe qu'elle appréciait le compliment.

— Etes-vous marié ? reprit-elle à brûle-pourpoint.

— Non.

Elle haussa un sourcil.

— Le bonheur conjugal ne vous tente pas ?

— Je n'y crois pas, répliqua-t-il sobrement.

— Ah… Le genre désabusé. J'aurais dû…

Elle laissa sa phrase en suspens pour accueillir le couple de personnes âgées qui s'approchait de leur table, un sourire enchanté aux lèvres.

— Helen ! Nous ne savions pas que tu étais en ville.

— Monsieur et madame Walken… Quel plaisir de vous voir ! Je suis arrivée la nuit dernière. Puis-je vous présenter Bram Myers ? Il a effectué plusieurs ouvrages en fer forgé pour Marcus. Bram, je vous présente Emily et George Walken. Ils habitent la maison voisine de la nôtre. Nos familles sont amies depuis des générations !

Bram échangea une vigoureuse poignée de main avec George Walken, qui lui plut aussitôt. Sa femme, vive et pétillante, paraissait aussi sympathique que lui.

— Bram… Quel prénom inhabituel, commenta-t-elle en lui serrant la main à son tour. Est-ce le diminutif d'Abraham ?

— Ça l'était pour mon arrière-grand-père, expliqua-t-il. Mes parents, eux, m'ont appelé Bram tout court.

— Je vous ai aperçu la semaine dernière, à l'entrée de Blackrose : vous installiez le nouveau portail, reprit Emily. Est ce vous qui l'avez dessiné ?

— Oui.

— Toutes mes félicitations ! C'est absolument magnifique.

— C'est réussi, en effet, approuva George. Mais je regrette un peu la disparition des lions…

Helen lui décocha un regard triomphal.

— Les lions n'ont pas disparu, rectifia-t-elle. Bram les a mis en dépôt dans son atelier. Il m'a promis de les réinstaller.

Sa voix vibrait d'une détermination si farouche que Bram eut peine à retenir un sourire.

— Ne faites pas attention à George : il n'aime guère le changement, intervint Emily avec une ironie mêlée de tendresse. Mais notre vieille maison aurait besoin d'un coup de jeune... Si vous en êtes d'accord, je serais ravie de recourir à vos services lorsque vous aurez terminé votre travail à Blackrose.

— Avec plaisir, acquiesça-t-il. Je vous contacterai dès la fin de mon contrat.

— Entendu.

Ils bavardèrent encore quelques instants, puis les Walken prirent congé et rejoignirent leur table, où les attendaient deux belles parts de charlotte aux fraises.

— Ces gens sont charmants, commenta Bram. Ils me plaisent beaucoup.

Helen acquiesça avec chaleur.

— Je partage votre avis. Ils ont toujours été adorables avec Leigh et moi... Ils sont la mémoire de la communauté, vous savez ! Leurs familles sont installées dans la région depuis des générations... Le père de George était un ami intime de mon grand-père, et nos relations de voisinage ont toujours été excellentes. Comme Emily ne pouvait pas avoir d'enfants, ils ont compensé en élevant une ribambelle de gamins en difficultés. C'était la meilleure famille d'accueil de tout le comté !

Bram sourit, gagné par son enthousiasme.

— Je veux bien vous croire. A votre avis, Emily envisage-t-elle sérieusement de me confier du travail ?

— Certainement. Elle n'aurait pas formulé une telle d'offre à la légère. Je suis ravie pour vous, d'ailleurs.

Sans réfléchir, Bram posa une main sur la sienne. Elle avait la peau douce, délicieusement souple... Leurs regards se cherchèrent, mais lorsqu'ils se rivèrent l'un à l'autre, Bram sentit une crampe d'appréhension lui nouer l'estomac.

Car dans les yeux d'Helen brillait un désir identique au sien.

Bouleversé, il lâcha sa main et détourna les yeux.

— Bram... Il faut que je vous parle.

Parler ? songea-t-il avec ironie. Ils auraient mieux fait de partir, oui ! S'ils ne quittaient pas cet endroit au plus vite, s'ils ne se séparaient pas aussitôt après, ils commettraient certainement l'irréparable.

Et le regretteraient l'un comme l'autre au petit matin.

Un serveur s'approcha, leur offrant une distraction bienvenue. L'air gêné, Helen porta son verre à ses lèvres tandis que le jeune homme débarrassait rapidement leur table, avant de leur proposer la carte des desserts. Elle fit non de la tête.

Bram l'observa en silence. Cette femme l'intriguait au-delà du raisonnable. Il avait été étrangement nerveux toute la journée, et son travail s'en était ressenti. Bien sûr, il aurait pu mettre son manque de motivation sur le compte des lourdes chaleurs qui s'étaient abattues sur la région, mais il n'était pas dupe : c'était Helen qui le plongeait dans cet état. S'il ne mettait pas très vite le holà aux tentatives de séduction de la jeune femme, la forte attirance qu'il éprouvait pour elle tournerait à l'obsession. Alors, il ne répondrait plus de rien…

— De quoi parliez-vous avec Eden, tout à l'heure ? s'enquit-elle tout à trac lorsqu'ils furent de nouveau seuls.

Il se raidit, déconcerté. Et dut se faire violence pour chasser les images sensuelles qui dansaient devant ses yeux.

— Pardon ? marmonna-t-il. Vous m'avez vu parler avec Eden ?

— Oui, cet après-midi, quand je descendais l'escalier. C'était juste après… ce qui s'est passé dans ma chambre, acheva-t-elle d'une voix moins assurée.

Elle avait blêmi, signe que l'agression dont elle avait été victime était encore très présente à son esprit.

— Vous nous avez vus, mais vous n'avez pas entendu notre conversation ? s'enquit-il, dubitatif.

Elle secoua la tête.

— J'étais trop loin pour discerner le sens de vos propos. Mais j'ai cru comprendre que vous vous disputiez…

— En effet, acquiesça-t-il sans déguiser son amertume. Eden m'avait convoqué dans le hall pour me remettre à ma place.

Elle fronça les sourcils.

— Que voulez-vous dire ?

Il laissa échapper un soupir. A tout prendre, il aurait préféré éviter de lui raconter son altercation avec Eden. Mais puisqu'elle insistait...

— Votre belle-mère ne voit pas nos relations d'un très bon œil, Helen. Elle m'a demandé de cesser tout contact avec vous.

Un regard perplexe accueillit son explication.

— Je ne comprends pas...

— Ce n'est pourtant pas compliqué : je suis un simple employé, vous êtes la fille de mon patron. Et comme l'a fait remarquer Eden, « on ne mélange pas les torchons et les serviettes ».

La jeune femme poussa une exclamation outrée.

— Elle a osé dire *ça* ?

« Ça, et bien plus encore », acheva-t-il intérieurement. Car Eden, non contente de chercher à l'humilier en lui rappelant sa position sociale, lui avait également demandé de « renoncer à tout espoir concernant l'héritière de Blackrose » afin de laisser le champ libre au seul courtisan digne de son rang : son propre fils, Jacob.

La tirade avait été énoncée d'un ton pincé, comme s'il s'agissait d'une évidence. Bram en aurait ri... s'il n'avait été dévoré de jalousie. Jacob lui avait déplu dès le premier instant. Et il n'avait aucune envie de laisser ce type faire des avances à Helen sous prétexte qu'ils appartenaient au même monde. De plus, si Helen et Jacob n'avaient certes pas une goutte de sang en commun, ils étaient tout de même frère et sœur culturellement. Et envisager leur union avait quelque chose de choquant.

Mais il ne connaissait la jeune femme que depuis quarante-huit heures, à peine, et n'était guère en position de la conseiller sur ses choix matrimoniaux... Quant à ses dissensions avec sa famille, il préférait éviter le sujet. Helen semblait déjà très en colère contre Eden et Marcus. Inutile de mettre de l'huile sur le feu en lui racontant les projets que sa belle-mère nourrissait à son égard !

— Essayez de vous mettre à sa place, enjoignit-il doucement. Je sais que vous ne l'appréciez pas beaucoup, mais Eden est tout de même votre belle-mère... A sa façon un peu maladroite, elle cherche peut-être à assurer votre bonheur ?

— Mon *bonheur* ?

Les yeux de la jeune femme étincelaient de mépris.

— Cette femme n'agit que dans ses propres intérêts, reprit-elle avec hargne. Elle ne s'est jamais souciée de moi et ne s'en souciera jamais. Sauf si elle a quelque chose à y gagner…

Elle laissa sa phrase en suspens, avant de poursuivre :

— Mais j'y pense : c'est peut-être elle qui est venue fouiller dans ma chambre ! Combien de temps est-elle restée dans le hall avec vous ?

— Dix minutes environ. Mais elle se trouvait dans la cuisine quand je suis arrivé.

— Autrement dit, elle n'était pas dans ma chambre…

— J'en doute, en effet. A propos…

Il s'interrompit, cherchant ses mots. Helen n'apprécierait sans doute pas ce qui allait suivre, mais il souhaitait être le plus sincère possible avec elle.

— Pendant que vous étiez dans la salle de bains, tout à l'heure, je me suis allongé sur votre lit et j'ai essayé de voir le reflet de votre chambre dans le sous-verre qui…

— Vous avez *essayé* ? interrompit-elle.

Ses yeux lançaient des éclairs.

— Je n'ai rien vu, acheva-t-il d'un ton navré. Mais je n'étais peut-être pas au bon endroit, ou le soleil était trop bas, ou…

— Ou cette pauvre Helen souffrait d'hallucinations, c'est ça ? acheva-t-elle d'un ton cinglant.

— Ne parlez pas à ma place.

— Pourquoi pas ? Je ne fais que dire tout haut ce que vous pensiez tout bas.

Bram jura intérieurement. Helen se pencha, lui offrant une vue plongeante sur son décolleté. Etait-ce un geste innocent ou délibéré ? Il n'aurait su le dire — mais le spectacle était trop troublant pour qu'il s'y attarde. Il releva vivement les yeux.

Et croisa son regard furieux.

— Vous êtes d'accord avec Jacob, n'est-ce pas ? Vous pensez que j'ai imaginé cette histoire ?

— Je n'ai pas dit ça, insista-t-il.

— Peut-être. Mais vous l'avez pensé si fort que je l'ai entendu !

Elle jeta sa serviette sur la table et se leva brusquement.

— Je vous attends dehors.

Vif comme l'éclair, il lui saisit le poignet pour l'empêcher de partir.

— Quitte à faire une scène, Helen, autant en faire une bonne. Je n'aime pas les demi-mesures.

Elle écarquilla les yeux.

— Vous me faites mal.

— C'est faux.

Il desserra son étreinte et fit signe au serveur de lui apporter l'addition. Contrairement à ce qu'il avait laissé entendre, il n'avait aucune envie de se donner en spectacle avec une jeune héritière au beau milieu du restaurant le plus chic de Stony Ridge.

Helen se laissa choir sur sa chaise, raide comme la justice.

— Je suis désolée, murmura-t-elle. Mon mauvais caractère finira par me jouer des tours.

Il lui lança un regard surpris. Il ne s'attendait pas à des excuses de sa part.

— Ce n'est rien.

— Non, ce n'est pas « rien », protesta-t-elle. Je n'aurais pas dû m'emporter ainsi… mais j'avais tellement envie de vous convaincre ! Je sais que cette histoire d'agression vous paraît rocambolesque — surtout après les événements de la nuit dernière. J'étais si persuadée qu'un intrus…

— Merci, monsieur, intervint le serveur en prenant le billet que Bram lui tendait. Je vous rapporte la monnaie tout de suite.

— C'est inutile, décréta-t-il en se levant. Gardez-la pour vous.

Le jeune homme acquiesça en souriant, puis il tira la chaise d'Helen, qui le remercia d'un petit geste de la main. De la colère qui déformait son visage un instant plus tôt, il ne restait rien. Et ce fut avec une grâce souveraine qu'elle traversa la vaste salle du restaurant, sous les regards curieux et admiratifs des convives. Difficile de résister à son charme, en effet… et Bram, qui la suivait à courte distance, dut se forcer à regarder droit devant lui pour ne pas être surpris à fixer sa délicieuse chute de reins. « Cette femme n'est pas pour toi », se répéta-t-il comme un mantra. Superbe, oui. Divinement drôle et spirituelle. Intense et imprévisible. Mais sa fortune faisait d'elle une femme à part.

Un fruit qu'il s'était promis de ne plus jamais goûter.

En débouchant sur le trottoir, ils furent tous deux surpris

par la fraîcheur de l'air nocturne. Un vent glacé s'engouffra sous leurs vêtements d'été, les faisant frissonner. Au loin, le tonnerre grondait.

— Je ne pensais pas qu'il y aurait de l'orage, remarqua Helen.

— Moi non plus. La météo annonçait une belle soirée.

Elle haussa les épaules.

— Ces types feraient bien de jeter un œil par la fenêtre, au lieu de rester collés à leurs écrans !

Il ne put retenir un sourire.

— Venez. Je vous raccompagne.

Ils avaient emprunté la voiture d'Helen pour se rendre en ville, délaissant sa camionnette bringuebalante pour la confortable berline de la jeune femme. Elle lui avait demandé de conduire alors, se déclarant trop fatiguée pour affronter les nids-de-poule qui creusaient l'allée de Blackrose. Il avait toujours les clés en poche, et ce fut tout naturellement qu'il contourna le véhicule pour ouvrir la porte passager à sa compagne.

Mais elle demeura dehors, un pli buté sur son joli front.

— Merci pour le dîner, déclara-t-elle d'un ton abrupt.

— Tout le plaisir était pour moi.

Elle n'avait pas bougé.

— Voulez-vous conduire ? s'enquit-il, incertain.

— Non.

— Alors, montez. Je préférerais rentrer avant la pluie.

Elle balaya sa requête d'un revers de main.

— Vous croyez *vraiment* que j'ai tout imaginé ? s'enquit-elle d'une voix sourde.

Il laissa échapper un soupir.

— Montez dans la voiture, Helen.

Autant parler à un mur : elle ne remua pas le petit doigt. Et la détermination qui brillait dans son regard en disait long sur son entêtement : elle ne bougerait pas tant qu'il n'aurait pas consenti à lui répondre.

Vaincu, il affronta résolument son regard.

— Vous m'avez dit qu'il n'y avait aucun objet de valeur dans votre sac. L'intrus est donc reparti bredouille.

— En effet.

— Dans ce cas, pourquoi se serait-il donné la peine de revenir pour tout mettre en ordre ?

— Je ne sais pas ! s'écria-t-elle rageusement. C'est peut-être un maniaque de l'ordre. Ou bien c'est un pervers qui veut me rendre folle… Et avouez qu'il s'y prend plutôt bien ! Mais je vous assure que je n'ai pas imaginé le T-shirt que ce type a plaqué sur mon visage !

Elle semblait absolument, intimement persuadée de ce qu'elle avançait. Et Bram ne demandait qu'à la croire… mais son histoire présentait tant d'invraisemblances ! Si seulement ils disposaient d'éléments plus concrets… Les seules « impressions » d'Helen n'étaient guère convaincantes, hélas.

Comme il ne répondait pas, elle s'engouffra vivement dans la voiture — si vivement que sa jupe remonta haut sur ses cuisses, dénudant sa peau dorée par le soleil. Bram, qui s'était assis derrière le volant, n'aurait eu qu'à tendre la main pour la caresser…

Il détourna les yeux en serrant les dents. Elle se trompait : c'était *lui* qui devenait fou… A ce rythme-là, il hurlerait bientôt avec les loups à la nuit tombée !

Une chose était sûre, songea-t-il en s'efforçant de reporter son attention sur la conversation : Blackrose n'était pas une maison comme les autres. Helen avait raison d'avoir peur : lui-même s'y était senti mal à l'aise, la veille au soir. Il n'en avait pas fallu davantage pour éveiller le chevalier qui sommeillait en lui. Mais il n'avait pas l'intention de dormir chaque soir auprès d'elle pour la protéger… sauf si le danger était bien réel.

Ce qui restait à prouver.

Helen observait Bram à la dérobée. Grand, les épaules larges, le regard droit, il la rassurait plus qu'elle ne voulait l'admettre. Dans l'univers inquiétant et mouvant qui était le sien depuis la veille, cet homme était sa bouée d'ancrage. S'il ne croyait pas à son récit, qui la croirait ? Certainement pas les occupants du château, tous plus hostiles les uns que les autres !

Elle sentit son estomac se nouer à cette pensée. Quelle étrange surprise l'accueillerait à son retour, ce soir ? Un fantôme, caché dans le placard de la salle de bains ? Ou une araignée géante dans son lit, ou…

« Du calme », s'intima-t-elle. La réalité serait sans doute plus banale qu'elle ne le craignait : après un sobre bonsoir, Bram la laisserait au pied des marches. Et elle rentrerait se coucher. Sans avoir éclairci aucune des questions qu'elle se posait à son sujet : la raison de son aversion pour le mariage, par exemple. Ou ce qui le poussait à nier le désir, pourtant éclatant, qu'il éprouvait pour elle.

Il démarra sans un mot et s'avança vers la sortie du parking.

— Vous feriez mieux de rentrer à Boston, déclara-t-il tout à coup.

Rentrer à Boston ? Sa suggestion était si vexante qu'elle dut retenir un cri de colère.

— Je vous dérange tant que ça ?

Il lui décocha un regard noir.

— C'est votre situation qui me dérange, pas vous.

— Je pensais que vous ne croyiez pas à mes histoires.

Il parut chercher ses mots, avant de répondre :

— Vous êtes trop seule dans cette maison.

— Elle est pleine de monde, pourtant.

— C'est vrai. Mais ces gens ne vous aiment pas, reprit-il avec gravité. Vous avez besoin d'un allié.

— Vous oubliez Jacob. Et vous…

Il crispa les mains sur le volant.

— Je sais que je vous attire…

— Parfait, interrompit-elle. Je sais que vous éprouvez la même chose à mon égard.

— Je suis trop vieux pour vous, trancha-t-il.

— Vraiment ? J'ignorais que vous aviez soixante-cinq ans !

Il ne sourit pas. Et sa voix ne trahit aucune émotion lorsqu'il répliqua :

— A partir de soixante-cinq ans, les hommes ne vous intéressent plus ?

— Tout dépend de ce que je veux en faire.

Elle avait délibérément joué la carte de la provocation, et fut satisfaite de le voir tressaillir.

— J'ai trente-cinq ans, Helen.

— Mon Dieu… Vous êtes si vieux que ça ? ironisa-t-elle, l'air faussement horrifiée. Entendez-vous vos os craquer quand vous vous mettez au lit ?

Son impertinence lui valut un autre regard, plus noir encore que le précédent.

— Arrêtez ce petit jeu. J'ai dix ans de plus que vous.

— Je sais compter, merci. Mais ça ne m'impressionne pas. Les filles mûrissent plus vite que les garçons. Nous avons donc à peu près le même âge mental, vous et moi.

— Arrêtez, répéta-t-il. Dans quelle langue faut-il vous le dire ? Vous ne m'intéressez pas.

— Menteur, rétorqua-t-elle avec superbe.

Il l'avait blessée… mais il n'en saurait rien, se promit-elle rageusement. Il la traitait de gamine ? Libre à lui. Mais elle ne s'abaisserait pas à pleurer dans ses basques !

— Vous jouez avec le feu, affirma-t-il d'une voix étrangement suave.

— La chaleur ne me fait pas peur… Et vous, que craignez-vous ?

— Personne. Etes-vous toujours si directe ?

— Quand je veux quelque chose, oui.

— Ce soir, c'est moi que vous voulez, c'est ça ?

Une profonde amertume avait durci sa voix, et Helen ne put s'empêcher de se demander s'il ne s'agissait pas d'une blessure ancienne.

— Votre ego vous perdra, répliqua-t-elle avec une légèreté délibérée. Vous m'intriguez… J'aimerais mieux vous connaître, c'est tout. Est-ce donc un crime ?

La pluie qui tombait depuis quelques minutes s'intensifia brusquement. Les gouttes s'écrasaient comme autant de larmes sur le pare-brise, en un parfait reflet de la triste scène qui se jouait dans la voiture. Bram tendit la main vers l'essuie-glace, puis il reporta son attention sur la route.

Déconcertée, Helen attendit en vain qu'il réponde à sa question. Mais ce fut dans un profond silence qu'ils franchirent le portail de Blackrose. Bram s'avança devant la maison, dont la haute façade se découpait nettement sur le ciel sombre, offrant un spectacle des plus lugubres.

— Rentrez chez vous, Helen, murmura Bram en coupant le contact.

Elle sursauta comme s'il l'avait giflée.

— Je suis chez moi, ici.

— Je parlais de Boston, insista-t-il avec un calme d'autant plus irritant qu'elle avait les nerfs à vif.

— Je n'ai aucune envie de rentrer. Je viens juste d'arriver !

Il se tourna vers elle, cherchant son regard.

— Je ne plaisante pas, Helen. Ces gens vont vous faire du mal… Rentrez chez vous et laissez votre notaire régler vos affaires.

Serrant la mâchoire, elle plongea ses yeux dans les siens.

— Merci du conseil. Puis-je avoir mes clés ?

Elle tendit la main — et constata avec plaisir qu'elle ne tremblait pas.

— Je m'inquiète pour vous, insista-t-il en lui rendant son trousseau.

Il avait veillé à ne pas l'effleurer, comme s'il redoutait de raviver son désir en sentant sa peau sous ses doigts… Il avait follement envie d'elle, lui aussi. Mais Helen ne parvint pas à s'en réjouir.

— C'est gentil, mais n'en perdez pas le sommeil, répliqua-t-elle sèchement. Je n'ai pas besoin d'un ange gardien.

Elle ouvrit la portière et sortit sous la pluie battante.

— Bonne nuit, ajouta-t-elle en se penchant vers la fenêtre. Merci pour le dîner.

Elle courut jusqu'au perron, espérant tout de même qu'il allait la suivre.

Mais il n'en fit rien. Et ce fut seule qu'elle poussa la lourde porte d'entrée. Des larmes de désespoir et de rage mêlées affluaient à ses paupières. Par chance, personne n'était là pour les voir : le vaste hall était désert. Tant mieux ! Elle n'était pas en état d'affronter qui que ce soit — pas même Jacob. Elle s'élança vers l'escalier en retenant un sanglot et se précipita vers sa chambre… avant de se rappeler qu'elle y avait été agressée quelques heures plus tôt.

Le cœur battant, elle s'arrêta sur le seuil de la porte. Elle tendit la main vers l'interrupteur et l'enclencha d'un coup sec.

La lumière inonda la pièce… qui était exactement telle qu'elle l'avait laissée : vide. Et parfaitement en ordre…

A cette différence près : il y avait un morceau de papier sur sa table de nuit.

L'angoisse lui noua l'estomac. Puis elle se rappela que Bram avait posé quelque chose sur la table avant de quitter la pièce, tout à l'heure. Elle n'y avait pas prêté attention, alors. Mais maintenant…

Elle s'approcha d'un pas vif. L'objet était une photographie. Elle s'en empara… Et reconnut son propre visage ! L'arrière-plan était flou, mais les bâtiments ne lui évoquaient rien.

Elle se mordit la lèvre, troublée. Qui avait pris ce cliché ? Elle n'en avait aucun souvenir. Il s'agissait sans doute de Leigh… à dix-sept ou dix-huit ans, estima-t-elle en observant l'image avec plus d'attention. Sauf que Leigh n'avait jamais eu les cheveux si courts.

A moins que… Elle secoua la tête. Au fond, elle n'en était pas certaine. Leigh avait peut-être eu les cheveux courts, après tout.

Où Bram avait-il trouvé cette photo ? Et pourquoi l'avait-il posée sur sa table de nuit sans rien lui dire ?

Comme elle se penchait vers la lampe pour y voir plus clair, le cliché lui échappa et glissa sous le lit. Etouffant un juron, Helen s'agenouilla pour le récupérer… et saisit sa bouteille d'eau dans le même mouvement. Elle l'avait laissée tomber en s'endormant dans l'après-midi, et avait oublié jusqu'à son existence.

Elle se redressa, posa la photographie sur la table et ouvrit la bouteille. L'eau était désagréablement tiède, mais elle en avala une longue gorgée par principe. La journée avait été chaude, et elle ne s'était pas désaltérée autant qu'elle avait coutume de le faire. D'ailleurs, elle…

Une porte claqua violemment dans le couloir, interrompant ses pensées. Helen sursauta. Qui était là ? Personne ne dormait dans cette partie de la maison… à part Eden et elle.

Autant en avoir le cœur net : posant la bouteille à terre, elle s'avança vers la porte, qu'elle ouvrit en grand. Le couloir était plongé dans l'obscurité la plus complète. Pourtant, lorsqu'elle était montée, un instant plus tôt, une lumière brûlait toujours sur le palier. Quelqu'un l'avait éteinte… « Pour me faire peur ? » se demanda-t-elle, la gorge nouée.

Eden ne l'avait jamais aimée. Mais de là à claquer les portes et à éteindre les lumières pour l'effrayer… N'était-ce pas un peu puéril ?

Puéril *et* totalement inutile, décida-t-elle en s'avançant à tâtons dans le couloir enténébré. Elle n'était pas une mauviette, tout de même ! L'interrupteur se trouvait à cinq mètres, entre deux portes. Il lui suffirait de rallumer la lumière pour que tout redevienne normal. Et puis, elle n'avait rien à craindre : il n'y avait *personne* dans ce couloir, n'est-ce pas ?

Chassant les pensées grotesques qui se pressaient à son esprit, elle franchit les quelques pas qui la séparaient de l'interrupteur et tendit la main. Mais rien ne se produisit quand elle appuya sur le bouton.

De mieux en mieux, grommela-t-elle pour elle-même. Les plombs du couloir avaient sauté ! Mais qu'à cela ne tienne : elle descendrait dans la cuisine pour rétablir le courant. Ce n'était pas une panne de courant qui allait l'abattre, tout de même !

Elle regagna sa chambre et ouvrit le tiroir de la table de nuit. Un vif soulagement l'envahit : la lampe de poche qu'elle y avait laissée lors de son dernier séjour s'y trouvait encore. Elle venait de s'en emparer quand un bruit de pas se fit entendre dans son dos.

Quelqu'un venait d'entrer dans sa chambre.

6.

— Helen ! Tu es déjà rentrée ? s'exclama Jacob. J'ai vu de la lumière dans ta chambre… Tout va bien ?

Elle lui offrit un pâle sourire.

— Oui. Tout va bien, mentit-elle.

— Ton dîner s'est bien passé ? Tu sais, je ne voulais pas m'imposer, tout à l'heure…

— Ne t'inquiète pas, répliqua-t-elle avec lassitude. Ce n'est vraiment pas grave.

— Pourtant, Bram semblait furieux que j'essaie de troubler votre tête-à-tête…

— Ce n'était pas un « tête-à-tête », objecta-t-elle un peu sèchement. Il m'a proposé de partager son dîner : j'ai accepté, rien de plus. Nous avons parlé de son travail, si tu veux tout savoir.

Jacob haussa les sourcils.

— Ah ? Tu veux exposer ses œuvres dans ta galerie, c'est ça ?

Elle acquiesça. Sa conversation avec Bram n'avait pas exactement roulé sur ce sujet, mais elle n'était pas d'humeur à faire des confidences à Jacob.

— C'est un de mes projets, oui. Certaines de ses pièces méritent une exposition à elles seules.

Son compagnon eut une moue dubitative.

— Puisque tu le dis… C'est toi l'expert, après tout ! Mais… tu pars en expédition, ou quoi ? ajouta-t-il en désignant la lampe torche qu'Helen tenait à la main.

— L'électricité ne fonctionne plus dans le couloir. Je m'apprêtais à descendre à la cuisine. Les plombs ont dû sauter, une fois de plus.

— Ah bon ? marmonna-t-il, étonné. Je n'avais rien remarqué. Comme tu avais laissé ta porte ouverte, je n'ai pas eu besoin d'allumer la lumière en venant. Et chez moi, tout fonctionne… Mais je t'accompagne. A nous deux, nous réussirons peut-être à identifier la panne !

Elle accepta avec soulagement. Jacob à son côté, les couloirs seraient moins sinistres.

— Ecoute… Je ne voudrais pas paraître indiscret, reprit-il en lui emboîtant le pas dans l'obscurité, mais… qu'y a-t-il entre toi et ce forgeron, au juste ?

Helen ralentit le pas. La question de Jacob avait le mérite d'être claire. La réponse ne pouvait guère y prétendre, hélas… Comment définir la nature de ses relations avec Bram ? Ils n'étaient ni amis, ni amants — et ne le seraient sans doute jamais, songea-t-elle en rougissant au souvenir de ce qui s'était passé dans la voiture. Jamais elle n'avait dragué un homme avec une telle effronterie… et jamais elle n'avait été rejetée avec une telle fermeté.

— Je sais que ce ne sont pas mes oignons, mais… ce type n'est vraiment pas ton genre ! ajouta Jacob avec embarras.

— Parce que tu connais mon genre d'homme, à présent ? ironisa-t-elle, heureuse d'esquiver la question qu'il lui avait posée.

— Pas vraiment, non, mais… disons que Bram me semble un peu… bizarre.

— Que lui reproches-tu, au juste ?

— Je ne sais pas, moi… Une certaine nervosité, peut-être. Oui, c'est ça, reprit-il avec plus d'assurance. Je le trouve vraiment nerveux, en fait. Quand je repense à la façon dont il m'a plaqué contre le mur, hier soir…

— Il t'a pris pour un intrus, interrompit vivement Helen. Il était normal qu'il cherche à te neutraliser, non ?

— A me *neutraliser* ? Il m'aurait envoyé à l'hôpital, si tu n'étais pas intervenue ! Enfin, admettons… Mais cela n'explique pas ce qu'il faisait dans la maison cet après-midi.

Helen sentit son cœur s'accélérer.

— Maman l'a surpris en train de monter l'escalier, poursuivit Jacob d'un ton accusateur. Il a dit qu'il te cherchait, mais elle n'en a pas cru un mot, naturellement ! Tu ne lui avais pas demandé de venir, n'est-ce pas ?

Elle fronça les sourcils. Jacob paraissait ignorer que c'était

Eden qui avait convoqué Bram à l'intérieur... Pourquoi avait-elle menti à son fils ?

— Maman s'est inquiétée, bien sûr, continua Jacob. Et pour une fois, je suis d'accord avec elle. Après tout, ce type n'a rien à faire dans la maison : il est payé pour travailler à l'extérieur ! Et puis... pour être franc, elle craint qu'il n'en ait après ton argent, Helen.

— Comment ça ? marmonna-t-elle, interloquée.

— Eh bien... Tu vas hériter dans peu de temps, non ? Avoue que cela peut susciter certaines convoitises...

Il paraissait extrêmement gêné, comme si le sujet mettait sa pudeur à rude épreuve.

— En un mot, vous pensez que Bram est un coureur de dot ? conclut-elle abruptement.

— Je... Oui, c'est ça, concéda-t-il. Nous ne savons rien de lui, au fond : il a peut-être besoin d'argent. Mais je ne voudrais surtout pas t'effrayer. Il s'agit sans doute d'un flirt parfaitement innocent de sa part...

Un *flirt* ? Elle se raidit. Si Jacob savait à quel point il se trompait !

— Je te répète qu'il n'y a rien entre nous. Et si Bram avait essayé de me draguer, je m'en serais aperçue, tu peux me croire ! assura-t-elle avec une secrète amertume.

La conversation prenait un tour douloureusement ironique. Bram n'avait jamais cherché à la séduire — bien au contraire : il avait repoussé sans ménagement les avances qu'*elle* lui avait faites !

Néanmoins, la sollicitude de Jacob lui allait droit au cœur.

— Merci, dit-elle en posant une main sur son bras.

— De quoi ?

— De te faire du souci pour moi. Mais tu n'as aucune raison de t'inquiéter : je sais reconnaître un coureur de dot à cent kilomètres ! Quant à Bram... c'est un type intéressant, mais je n'ai pas l'intention de dîner avec lui tous les soirs.

— Bon... Je suis désolé d'avoir abordé le sujet. Les mauvais garçons attirent tellement de filles que j'ai eu un peu peur pour toi... Mais j'aurais dû savoir que les beaux ténébreux n'étaient pas ton genre.

Là encore, il se trompait : Bram était tellement plus qu'un « beau ténébreux » !

— Sans compter qu'il est trop vieux pour toi, ajouta Jacob d'un ton sentencieux.

— Tu exagères : il n'a que trente-cinq ans ! protesta-t-elle, choquée par sa remarque.

— Vraiment ? Je lui en aurais donné beaucoup plus. Il a l'air d'un vieux motard, avec son tatouage sur le bras !

Helen secoua la tête. Ce n'était pas son sentiment — le tatouage de Bram éveillait sa curiosité, au contraire — mais à quoi bon argumenter ? Jacob semblait déterminé à dénigrer le forgeron par tous les moyens. Autant changer de sujet, décida-t-elle.

— Nous avons rencontré une foule de gens, à l'Auberge, déclara-t-elle. Tout Stony Ridge était de sortie. Il y avait même nos voisins, les Walken !

— Nos voisins ? Ces gens habitent à trois kilomètres d'ici ! remarqua Jacob avec bonhomie.

Elle lui adressa un regard amusé.

— Et alors ? Techniquement, ce sont nos voisins, non ?

— Je sais bien… mais avoue que l'expression prête à sourire !

— Tu n'es pas un campagnard, hein ?

— Et je n'en serai jamais un, acheva-t-il. Je n'ai jamais compris ce que ma mère trouvait à cet endroit… Vivre au milieu de nulle part dans un manoir caverneux, franchement, très peu pour moi !

Helen s'apprêtait à tourner sa remarque en dérision quand une ombre glissa près d'eux pour se figer en haut de l'escalier. Jacob, qui s'était arrêté lui aussi, s'empara vivement de son bras pour lever la torche à hauteur de leur visage.

Le faisceau de la lampe éclaira le visage cireux de Paula Kerstairs.

— Baissez c'te lampe, ordonna-t-elle. Vous m'aveuglez.

— Que faites-vous ici ? répliqua Jacob en lâchant le bras d'Helen.

— J'avais perdu mon portefeuille, expliqua Paula en leur agitant l'objet sous le nez. J'ai dû le laisser tomber en faisant les chambres, cet après-midi… J'ai téléphoné à Odette pour lui demander de vérifier, mais elle m'a envoyé sur les roses. Alors, j'ai dû refaire la route en sens inverse pour le chercher moi-même. Sous la pluie, en plus ! J'allais sortir quand vous m'êtes tombés dessus. Mais qu'est-ce que vous fichez dans le noir ?

Tendant la main vers l'interrupteur, elle ralluma la lumière d'un geste sec.

— Mais… qu'est-ce que vous faites ? bredouilla Helen, stupéfaite.

— Vous préférez vivre dans le noir ? rétorqua la femme de ménage d'un ton hautain. Comme vous voulez…

Et, sans laisser à Helen le temps de répondre, elle éteignit le plafonnier.

— Rallumez-le, intima la voix de Jacob dans l'obscurité. Et je vous prie d'adopter un autre ton.

Elle enclencha de nouveau l'interrupteur, en maugréant, puis tourna les talons et s'engouffra dans l'escalier. Sa maigre silhouette disparut, comme happée par la pénombre du hall.

— Cette bonne femme me fiche la frousse, commenta Jacob.

— A moi aussi…, murmura Helen.

Tendant la main vers l'interrupteur que Paula venait d'utiliser, elle éteignit puis ralluma la lumière. Tout fonctionnait. C'était à n'y rien comprendre !

— Ça ne marchait pas il y a cinq minutes, affirma-t-elle, troublée.

Jacob se mordit les lèvres, l'air déconcerté.

— Tu en es sûre ?

— Evidemment !

— Ma mère a peut-être rétabli le courant avant nous.

C'était possible, en effet. Mais cette hypothèse ne suffit pas à rassurer Helen, de plus en plus mal à l'aise. Quelque chose ne tournait pas rond, c'était évident.

— Jacob… As-tu entendu une porte claquer, tout à l'heure ?

Il lui lança une œillade incrédule.

— Personne ne claque jamais les portes, ici : ce n'est pas le genre de la famille !

Il avait raison. C'était bien ce qui l'avait alertée, d'ailleurs.

— Je sais. Mais une porte a claqué tout à l'heure, près de ma chambre, insista-t-elle.

Il secoua la tête.

— Désolé, je n'ai rien entendu. Euh… Helen ? ajouta-t-il, l'air soucieux.

— Oui ?

— Tu te sens bien ?

Elle laissa échapper un profond soupir.

— Non, je ne me sens pas bien ! s'écria-t-elle, exaspérée. Je suis fatiguée, stressée et j'entends des bruits… Avoue qu'il y a de quoi être nerveuse, non ?

Les lèvres de Jacob s'étirèrent en un sourire si navré qu'elle regretta aussitôt son accès de colère.

— Pardonne-moi. Je n'aurais pas dû crier comme ça… Je ne suis vraiment pas dans mon assiette, ce soir.

Il écarta ses excuses d'un revers de main.

— Ne t'en fais pas. C'est déjà oublié… Si nous allions regarder un bon film, tous les deux ? Ton père est déjà monté se coucher : la salle de télévision était vide quand je suis passé devant, tout à l'heure. Et j'ai apporté quelques DVD…

Elle n'hésita pas longtemps. La perspective de regagner sa chambre la plongeait dans une angoisse inexprimable.

— Excellente idée, acquiesça-t-elle avec enthousiasme.

Le visage de son compagnon s'éclaira.

— Génial. Je le laisse choisir le film. Moi, je m'occupe du pop-corn !

— Je viens de manger, protesta-t-elle.

— Aucune importance, assura-t-il d'un air malicieux. Je suis sûr que tu en auras envie quand je te mettrai le plat sous le nez !

Il avait raison : elle fut absolument incapable de résister à la tentation lorsque Jacob lui présenta une assiette de pop-corn dorés et caramélisés à point, vingt minutes plus tard. Elle avait profité de l'interlude pour choisir un film parmi la dizaine de DVD qu'il avait empilés sur le tapis de la petite salle de télévision. Jacob approuva son choix — une comédie d'aventure tournée au Mexique — et s'installa près d'elle sur le canapé, un verre de soda à la main. Helen se cantonna à sa bouteille d'eau, qu'elle vida d'un trait avant d'en entamer une seconde dès les premières minutes du film. Elle avait terriblement soif… La chaleur, sûrement. Bien sûr, le pop-corn n'arrangeait rien, mais tout de même… elle était si fatiguée !

Quelques instants plus tard, elle dormait à poings fermés, la tête renversée contre l'épaule de Jacob.

— Helen ?

— Hmm ?

Quelqu'un la secouait doucement par les épaules. Elle ouvrit les yeux. Penché sur elle, Jacob l'observait d'un air bienveillant.

— Réveille-toi, dit-il. Le film est terminé.

Elle se frotta les paupières.

— Déjà ? Je suis désolée… Je ne sais pas ce qui m'arrive. Je suis vraiment épuisée en ce moment.

— Ne t'excuse pas. C'est normal, avec la vie que tu mènes… Tu as besoin de vacances, c'est tout ! Allons, viens. Je te raccompagne jusqu'à ta chambre. Veux-tu que je prenne ta bouteille d'eau ?

— Volontiers. Je meurs de soif.

Elle s'efforça de sourire, sans y parvenir complètement. Le moindre geste lui semblait insurmontable. Une étrange langueur s'était emparée de ses membres, et elle ne parvenait pas à rassembler ses pensées.

— Désolée de m'être endormie, répéta-t-elle. Je te revaudrai ça.

— Hmm… Quand tu veux, ma belle.

Helen tressaillit. Avait-elle bien entendu ? Elle se redressa mais ses jambes la tenaient à peine, et elle manqua de trébucher sur le tapis.

— Attention ! s'écria Jacob.

— Merci. Ça devient gênant…

Il la devança pour lui tenir la porte.

— Mais non, assura-t-il. Ce qui serait gênant, c'est que je te propose de te porter jusqu'à ta chambre : contrairement à ton ami Bram, qui soulève des barres d'acier toute la journée, je te laisserais sûrement tomber avant d'arriver à l'escalier !

Bram…, songea-t-elle. Bram qui la soulevait dans ses bras pour l'emmener jusqu'à son lit… Elle secoua la tête pour échapper à la vision érotique qui lui traversait l'esprit — et faillit manquer la première marche de l'escalier.

— Eh ! s'écria de nouveau Jacob en lui attrapant la main. Doucement…

— Dois-je comprendre que tu me compares à une tonne d'acier ? répliqua-t-elle d'un ton faussement léger.

Elle échappa à son emprise et gravit quelques marches supplémentaires.

— Pas du tout, protesta-t-il. Tu es légère comme une plume. C'est moi qui ne sais pas m'y prendre…

Elle fronça les sourcils. Jacob était bizarre, ce soir… Pour un peu, elle aurait juré qu'il essayait de la séduire. Mal à l'aise, elle monta un peu plus vite, et pressa le pas dans le couloir qui menait à sa chambre.

— Bonne nuit, dit-elle en s'arrêtant sur le seuil. Merci pour le film. La prochaine fois, je tâcherai d'être plus attentive !

— Ne t'inquiète pas pour ça… Ce n'était pas un très bon film, de toute façon.

Il lui caressa la joue d'une main hésitante. Helen sentit un cri monter dans sa gorge… Mais avant qu'elle ait pu protester, Jacob déposait un chaste baiser sur son front — à la manière du frère aîné qu'il avait toujours été pour elle.

— Dors bien. A demain.

— O-oui. Toi aussi.

Elle recula d'un pas et verrouilla la porte. Puis elle s'adossa contre le battant avec un soupir tremblant. Que lui arrivait-il, bon sang ? Depuis quand Jacob lui apparaissait-il comme une menace ? Elle avait mal interprété ses propos, voilà tout. Demain, à la lumière du jour, ses frayeurs lui sembleraient grotesques, se promit-elle en traversant la chambre à pas lourds.

Elle se dévêtit rapidement et saisit un vieux T-shirt dans sa commode, qu'elle enfila en bâillant à s'en décrocher la mâchoire. Puis, incapable de rassembler l'énergie nécessaire pour se brosser les dents, elle se laissa tomber sur son lit et s'endormit aussitôt.

Il faisait grand jour lorsqu'elle s'éveilla, le lendemain matin. Sa gorge était si sèche qu'elle faillit s'étouffer en avalant une longue gorgée d'eau, achevant de vider la bouteille que Jacob avait posée sur sa table de nuit la veille.

Elle venait de remettre la bouteille à sa place, quand une

impression étrange l'assaillit. Elle se redressa pour jeter un coup d'œil autour d'elle… et sentit un frisson glacé lui raidir la nuque.

La photographie de Leigh avait disparu !

Ecartant vivement les couvertures, elle se pencha pour regarder sous le lit. Rien. Rien non plus sur le tapis ni derrière la table de nuit. Pourtant sa porte était toujours verrouillée, et celle qui ouvrait sur la salle de bains qu'elle partageait avec Leigh l'était également.

Autrement dit, quelqu'un s'était introduit dans sa chambre la veille au soir, pendant qu'elle regardait le film au rez-de-chaussée.

Bram ?

Non, c'était absurde. Pourquoi dérober la photographie qu'il avait lui-même placée sur la table de nuit ?

— Calme-toi, s'enjoignit-elle à voix haute. Il y a forcément une explication.

Le son de sa propre voix ne suffit pas à chasser son angoisse, mais il agit comme un baume sur ses nerfs à vif. Et ce fut en respirant plus posément qu'elle se força à considérer la situation de la façon la plus rationnelle possible.

Qui se trouvait dans la maison hier soir ? Eden et Marcus, bien sûr. Mais ils étaient couchés. Mme Norwhich ? Elle dormait au rez-de-chaussée, près de la cuisine. Si elle était montée, Jacob l'aurait vue traverser le hall. Restait Paula… Certes, elle avait regagné le rez-de-chaussée après leur rencontre sur le palier. Mais qui prouvait qu'elle avait bien quitté la maison ? Au fond, rien ne l'avait empêchée de se cacher dans un coin — Blackrose n'en manquait pas ! — et d'attendre que Jacob et elle soient installés devant la télévision, pour regagner discrètement le premier étage… et subtiliser la photographie.

Mais pourquoi se donner tant mal pour une vieille photo de Leigh ?

Quelle importance avait donc ce cliché ?

Elle secoua la tête. Les questions se pressaient dans sa tête, toutes plus impénétrables les unes que les autres. Seule, elle ne parviendrait pas à y répondre, décida-t-elle en se dirigeant vers la salle de bains. Le mieux était d'en parler à Leigh. Oui, excellente idée : Leigh saurait lui dire, elle, où le cliché avait été pris !

Elle l'appellerait dès qu'elle aurait terminé sa toilette. L'après-midi commençait en Angleterre : avec un peu de chance, Leigh ne serait pas encore sortie se promener avec ses amis. Un sourire joyeux s'épanouit sur ses lèvres à la perspective de bavarder avec sa sœur… Il n'y avait qu'une semaine qu'elle était partie, mais elle lui manquait tant !

Après avoir pris une douche rapide, elle revêtit un pantacourt et un T-shirt sans manches, donna un coup de peigne à ses cheveux mouillés et s'empara de son téléphone portable. Il était à peine 9 heures… Pourvu que Leigh soit encore à la maison, pria-t-elle en composant le numéro que cette dernière avait griffonné sur un bout de papier avant son départ.

Sa prière ne fut pas exaucée : à l'autre bout de la ligne, une dame au fort accent anglais lui annonça que Leigh était partie visiter Cambridge tôt dans la matinée, et ne serait sans doute pas de retour avant la fin de la journée. Ravalant sa déception, Helen la remercia, puis raccrocha sans laisser de message.

Que faire, à présent, se demanda-t-elle, un peu désemparée. Parler à Bram ? Il pourrait lui expliquer où il avait trouvé la fameuse photographie… si elle parvenait à lui arracher un mot après leur altercation de la veille, songea-t-elle avec un soupir. Bah ! Elle ne perdrait rien à l'interroger, de toute façon. Ensuite, elle passerait l'annuaire au peigne fin pour tenter de localiser le notaire de Dennison. Il aurait peut-être quelques réponses à lui fournir, lui aussi…

Elle en était là de ses réflexions quand un mouvement attira son attention, dans le jardin. Elle s'approcha de la fenêtre… et se figea, interloquée : accroupie derrière une haie, à l'entrée du labyrinthe, Eden venait de se redresser pour jeter un œil dans l'allée voisine. Pourtant, il n'y avait personne dans le jardin…

Quelle mouche l'avait donc piquée ?

Déjà étrange, la scène devint franchement bizarre lorsque Eden prit son élan pour aller se cacher derrière un arbre… avant de disparaître au détour d'une allée.

Helen ne s'accorda pas un instant de réflexion. Le comportement d'Eden était trop insolite pour ne pas la pousser à agir. Quittant sa chambre en courant, elle dévala l'escalier quatre à quatre et traversa la cuisine en trombe, sous le regard exaspéré de Mme Norwhich.

— Et votre petit déjeuner ? lança-t-elle.

— Pas le temps ! cria Helen en franchissant la porte qui menait au jardin.

Il ne lui fallut que quelques secondes pour atteindre l'entrée du labyrinthe. A bout de souffle, elle ralentit devant l'arbre qui avait servi de cachette à Eden. La chaleur était accablante, et l'air curieusement immobile. Helen leva les yeux vers le ciel : pas un nuage à l'horizon… mais l'orage semblait rôder comme une menace invisible, renforcée par le silence feutré, presque pesant, qui régnait sur le parc.

Eden, quant à elle, n'était nulle part en vue. Helen reprit sa course, s'élançant à toutes jambes sur le sentier qu'avait emprunté sa belle-mère quelques minutes auparavant. Très vite, elle parvint à un carrefour : l'allée de droite s'enfonçait plus avant dans le parc pour se terminer abruptement au-dessus du fleuve Hudson. L'allée de gauche suivait des méandres compliqués avant de ramener le promeneur à l'entrée du labyrinthe. Tirant mentalement à pile ou face, Helen choisit d'obliquer sur la droite.

Il y avait des années qu'elle ne s'était pas rendue dans cette partie du labyrinthe… et pour cause : les sentiers méticuleusement entretenus par sa mère et son grand-père n'étaient plus qu'un lointain souvenir. Envahis par les ronces et les mauvaises herbes, ils n'invitaient guère à la promenade. C'était d'autant plus dommage que la vue sur l'Hudson y était magnifique… Décidément, un sérieux nettoyage s'imposait ! jugea Helen avec agacement. Dès qu'elle aurait repris les rênes du domaine, elle embaucherait une équipe de jardiniers pour redonner au parc sa splendeur disparue et…

Aïe ! Un juron lui échappa : elle venait de s'égratigner la jambe contre une ronce. Elle détacha la branche coupable, qui s'était agrippée à son pantalon, et reprit sa course — plus lentement, cette fois. La chaleur commençait à lui peser, le souffle lui manquait. D'un revers de main, elle essuya les gouttes de sueur qui perlaient à son front. Plaqué contre son buste moite, son T-shirt lui collait à la peau. Les branches des arbres balayaient ses épaules nues sans lui apporter la moindre fraîcheur. Il faisait terriblement lourd.

A quoi bon chercher Eden dans cette fournaise ? La femme de son père avait sans doute rebroussé chemin pour s'abriter à l'intérieur. Elle-même ferait mieux d'en faire autant avant de fondre sur place ! décida-t-elle en tournant les talons.

— Non !

Helen se figea, interdite. La voix de Marcus venait de briser le silence.

— Je ne paierai pas un centime de plus ! tonna-t-il, très en colère.

A qui parlait-il ? Elle s'avança prudemment vers le petit sentier d'où semblait venir la voix de son père…

Qui résonna de nouveau, brisée par un rire sans joie.

— Ah ! Fini, les menaces. Ça ne prend plus avec moi !

Ce n'était pas la première fois qu'Helen assistait à une des colères de son père… mais jamais elle n'avait perçu tant de hargne dans sa voix. Elle s'approcha encore et se hissa sur la pointe des pieds pour jeter un œil par-dessus la haie qui bordait l'allée : là, le labyrinthe se terminait en impasse, ouvrant sur une clairière plantée de roses rouges.

Vêtu d'une blouse maculée de terre, Marcus se dressait près d'un banc vide.

Il paraissait totalement seul.

Les épaules courbées, le cheveu rare, il semblait plus chétif encore que la veille. Du géant qui l'intimidait enfant, il ne restait qu'un homme trop grand, comme encombré de son corps amaigri.

Eden se tenait-elle de l'autre côté de la haie qui fermait la clairière ? Helen se pencha discrètement… Non. Rien n'indiquait que Marcus ait de la compagnie. Même les oiseaux et les insectes semblaient avoir disparu.

Le vieil homme se tourna vers le massif de roses.

— Tu ne me fais pas peur, tu sais, déclara-t-il d'un ton presque courtois en caressant les pétales veloutés d'une fleur rouge sang.

Helen se raidit. Etait-ce à elle qu'il parlait ?

— Si je voulais, je pourrais te tordre le cou, continua-t-il. Comme ça.

Refermant les doigts sur la tige, il décapita la fleur d'un geste sec. Horrifiée, Helen dut retenir un cri. Puis, un sourire cruel aux lèvres, Marcus jeta la rose à terre et l'écrasa d'un coup de talon avec une sauvagerie délibérée.

La scène ressemblait à un meurtre.

Une lueur assassine brillait dans le regard de Marcus. Avec une détermination implacable, il continuait à s'acharner sur la fleur, qui gisait à ses pieds comme une flaque de soie rouge.

Helen s'affaissa sur elle-même.

Etait-ce ainsi que Marcus avait tué sa mère ?

La question l'atteignit comme une balle en plein cœur. C'en était trop… Hébétée par la violence du spectacle auquel elle venait d'assister, elle tourna les talons et s'enfuit en courant.

Pour s'arrêter presque aussitôt, prise de nausée. Hagarde, la nuque baignée de sueur, elle se courba en deux et vida son estomac d'une bile amère.

Elle se redressa, les yeux pleins de larmes, et s'engagea en chancelant sur le sentier qui partait à sa gauche. Tout ce qu'elle avait à faire, se répéta-t-elle, c'était de mettre un pied devant l'autre jusqu'à la maison. Là, elle pourrait s'allonger dans la fraîcheur bénie de l'air conditionné… Elle devait y arriver. Ce n'était pas compliqué — seulement très, très fatigant. Et la maison était si loin…

— Helen ?

Bram ? Etait-ce lui ? Il semblait si loin, lui aussi… Rassemblant ce qui lui restait d'énergie, elle tenta de se retourner pour l'apercevoir…

Et s'effondra dans ses bras.

— Helen ! cria-t-il, effaré.

Il lui agrippa fermement les épaules pour l'empêcher de tomber. Elle ferma les yeux, soulagée. C'était si bon de se reposer sur lui ! Mais il fallait qu'elle lui dise — il fallait qu'il sache ce que Marcus avait fait !

Crispant les doigts sur sa chemise, elle chercha son regard.

— Il l'a tuée, Bram. J'en suis sûre, maintenant !

*
* *

Bram enlaça la jeune femme plus étroitement contre lui. Que lui arrivait-il ? Ses joues étaient rouges de fièvre, son front baigné de sueur... Une minute de plus sous cette chaleur, et elle allait se trouver mal ! Il la souleva dans ses bras et se dirigea à pas vifs vers la maison.

— Lâchez-moi, protesta-t-elle en se débattant faiblement. Ce n'est pas grave !

— Ça peut le devenir, répliqua-t-il d'un ton ferme. Cessez de gigoter. Vous n'êtes pas en état de marcher toute seule.

Déjà, ils approchaient de la cuisine. La gouvernante lui lança un regard noir quand il poussa la porte, et il se raidit, prêt à subir un sermon déplaisant... mais elle s'abstint de tout commentaire, se contentant de lui indiquer la voie à suivre.

— Deuxième porte sur votre droite, déclara-t-elle en pointant son couteau vers le couloir.

Bram obtempéra — et découvrit avec soulagement qu'elle l'avait guidé vers une chambre d'amis. Un grand lit trônait au milieu de la pièce, près d'un climatiseur qui tournait à plein régime.

— Jacob avait raison, murmura Helen. Vous ne m'avez pas laissée tomber.

Jacob ? Bram fronça les sourcils. Il ne voyait pas ce qu'elle voulait dire... mais il l'interrogerait plus tard. Pour l'heure, l'essentiel était de l'empêcher de s'endormir. Il la déposa doucement sur le lit et écarta les mèches trempées de sueur qui lui collaient aux joues.

— Helen ? Restez avec moi... Faites un effort !

Odette Norwhich fit irruption dans la pièce, un linge mouillé à la main.

— Alors ? La petite fait une insolation ? grommela-t-elle.

— J'en ai bien peur, acquiesça Bram.

— Mettez-lui ça sur le front, conseilla Mme Norwhich en lui tendant le linge. Ça devait arriver, vous savez... Elle est sortie en courant sans rien manger. Avec la chaleur qu'il fait, vous imaginez ! Je vais lui préparer un en-cas, ça devrait la remettre sur pied.

— C'est gentil. Pendant ce temps, je vais la mettre sous une douche froide. C'est le seul moyen de faire tomber sa température…

La gouvernante hocha la tête.

— Vous pouvez utiliser la salle de bains. Derrière cette porte, ajouta-t-elle en désignant la pièce en question d'un coup de menton.

Bram la remercia. Il fallait agir vite : les yeux fermés, Helen semblait respirer avec difficulté. Il glissa un bras sous sa taille pour l'entraîner vers la salle d'eau.

— M-malade, bredouilla-t-elle en grimaçant.

— Je sais. Vous vous sentirez mieux dans une minute.

Calant la jeune femme contre son épaule, il ouvrit en grand le robinet d'eau froide et ferma la bonde de la baignoire. Puis il souleva Helen et l'étendit contre la porcelaine blanche sans prendre le temps de la dévêtir.

— Qu'est-ce que vous faites ! s'écria-t-elle dans un sursaut. C'est froid !

— Je sais. C'est exprès… Vous avez une insolation, Helen. Il faut absolument faire baisser votre température.

Sourd à ses protestations, il l'aspergea d'eau glacée à l'aide du pommeau de douche. Elle se débattit encore, éclaboussant sa chemise… si bien qu'ils furent aussi mouillés l'un que l'autre, à la fin de l'opération.

Il entreprit alors de lui ôter ses vêtements dégoulinants d'eau.

— Il n'y a qu'un homme pour faire un truc pareil, maugréa-t-elle entre ses dents. Je suis à l'article de la mort, et vous ne pensez qu'à me déshabiller !

Ravi de la trouver si combative, avec un sens de l'humour intact, Bram lui offrit un sourire taquin.

— Exactement, reconnut-il en lui enlevant son T-shirt. Je ne pouvais tout de même pas laisser passer une occasion pareille !

Le vêtement atterrit au sol dans un grand claquement mouillé, et Bram reporta son regard sur Helen. La dentelle de son soutien-gorge ne laissait rien ignorer du galbe parfait de ses seins qui frissonnaient sous l'eau froide, appelant les caresses… Mais il s'interdit de céder à la tentation. Et baissa la main vers la braguette de son pantacourt.

Devinant son intention, elle lui tapa doucement sur les doigts.

— Laissez-moi faire !

— Et vous laisser ce plaisir ? répliqua-t-il. Pas question !

Elle ne résista pas longtemps. Quelques instants plus tard, son pantacourt rejoignait son T shirt sur le carrelage de la salle de bains. Bram sentit son souffle se bloquer dans sa gorge. Elle n'était plus vêtue que de son soutien-gorge et d'une culotte de coton blanc qui dévoilait plus qu'elle ne cachait sa splendide anatomie.

— Cessez de me regarder comme ça, murmura-t-elle avec un sourire langoureux. Vous allez me faire rougir.

Il détourna les yeux, vexé d'avoir été surpris à la contempler. Mais comment résister à un tel spectacle ? Son regard était plus vif, à présent ; ses joues avaient retrouvé leur carnation naturelle, et ses longs cheveux dénoués drapaient ses épaules nues comme une mantille de velours... Elle était la sensualité faite femme. Et son corps d'homme brûlait de la faire sienne.

Ce à quoi sa raison opposait son veto le plus strict.

— C'est vous qui me faites rougir, bougonna-t-il. Je sais parfaitement à quoi vous pensez... mais ce n'est ni le lieu ni l'heure pour ce genre d'activités. Vous ne voulez tout de même pas choquer cette pauvre Mme Norwhich ?

Elle haussa les épaules.

— Rien ne peut choquer une femme pareille. J'ai froid, ajouta-t-elle.

— Parfait. C'est le but du jeu.

— Et me faire mourir d'une pneumonie, ça fait partie du jeu ?

Elle était adorable.

— Il fallait que je fasse retomber votre température, Helen. Je n'avais pas le choix.

— Vous y êtes parvenu, non ? Est-ce que je peux sortir, maintenant ? J'ai déjà pris ma douche, moi !

Elle repoussa une mèche qui lui tombait dans les yeux

— Avez-vous la moindre idée du temps qu'il faut pour faire sécher des cheveux pareils ? poursuivit-elle d'un ton accusateur.

— Arrêtez de vous plaindre. Vous pourriez être à l'hôpital à l'heure qu'il est.

— Ça m'étonnerait. Je ne suis pas restée dehors assez longtemps pour attraper une insolation, objecta-t-elle d'un air buté.

— Ah oui ? Votre corps en présentait tous les symptômes, pourtant.

— Je suis très fatiguée, c'est tout.

— J'avais remarqué.

Mme Norwhich réapparut, un pâle sourire sur ses lèvres minces.

— Faites-lui boire ça, ordonna-t-elle en tendant un grand verre de jus d'orange à Bram. Et qu'elle n'en laisse pas une goutte ! Elle a besoin de s'hydrater et de reprendre des forces, cette petite !

Elle déposa une pile de vêtements propres sur le bord du lavabo et quitta la pièce.

— Vous avez entendu ? dit Bram en donnant le verre à Helen.

— Je n'aime pas le jus d'orange.

— On dirait le fils de mon frère. Dois-je préciser qu'il a trois ans ?

— Je ne savais pas que vous aviez un frère.

— J'en ai trois. Buvez.

— J'imagine que vous êtes l'aîné, autoritaire comme vous êtes, marmonna-t-elle avant d'obtempérer.

Elle avala une petite gorgée, fit une grimace... et but le reste d'un trait.

— Je ne fais pas souvent l'enfant, vous savez. Seulement quand je suis malade.

Là, elle était carrément irrésistible. N'écoutant que son désir, il lui ôta le verre des mains et lui prit le menton entre le pouce et l'index, la forçant à lever les yeux vers lui.

— Vous n'êtes pas une enfant, objecta-t-il d'une voix qui tremblait un peu.

Il déposa un chaste baiser sur son front, espérant contenir son désir... mais elle réduisit ses espoirs à néant en effleurant son torse du bout des doigts. Le geste lui sembla d'autant plus érotique qu'il était relayé par l'invitation sans équivoque qui s'affichait dans ses yeux clairs.

— Arrêtez. Mme Norwhich peut revenir d'un instant à l'autre.

— Laissez cette femme tranquille. Et regardez-moi.

Il haussa les sourcils.

— Je vous regarde. Vous damneriez tous les saints du Paradis.

— Vraiment ? Et que faudrait-il pour *vous* damner ?

Cette fois, elle allait trop loin, décida-t-il en se redressant. S'il l'écoutait une seconde de plus, il ne répondrait plus de lui.

— Venez, dit-il en lui tendant la main. La recréation est finie.

Il l'aida à sortir de la baignoire et l'enveloppa dans une grande serviette de toilette.

— Habillez-vous, ordonna-t-il. Je vous laisse.

L'étonnement se lut sur son joli visage.

— Pourquoi ?

Il fit brutalement taire le désir qui rugissait dans ses veines.

— Parce que je ne suis pas un saint.

7.

Bram venait de regagner la chambre quand Mme Norwhich entra, pour lui remettre une chemise propre, cette fois.

— Tenez. La vôtre est trempée, n'est-ce pas ?

Il baissa les yeux vers sa chemise entrouverte : elle dégoulinait d'eau glacée.

— En effet, acquiesça-t-il, un peu gêné. Merci.

La gouvernante se contenta de hocher la tête, et sortit sans ajouter un mot. Avait-elle surpris la scène qui venait de se jouer dans la salle de bains ? Impossible de le savoir : sous son masque sévère, ses émotions demeuraient indéchiffrables.

Bram haussa les épaules. Que lui importait, après tout ? Il n'avait que faire de l'opinion d'autrui. Et ce qui se passait entre Helen et lui ne regardait qu'eux.

Il ferma la porte, puis troqua sa chemise mouillée contre celle que Mme Norwhich lui avait donnée : encore tiède et imprégnée d'un léger parfum de lavande, elle paraissait sortir du sèche-linge. Etait-ce une des chemises de Marcus ? se demanda-t-il, mal à l'aise.

« Il l'a tuée. J'en suis sûre, maintenant ! »

L'accusation qu'avait formulée Helen, juste avant de se trouver mal, lui revint en mémoire. Etait-ce Marcus qu'elle accusait ainsi ?

— Bram ? appela-t-elle depuis la salle de bains. Auriez-vous un peigne à me prêter ?

— Non. Désolé.

Poussant la porte, elle entra dans la chambre. Vêtue d'une robe de coton fleurie, les cheveux en bataille, elle était plus sexy que jamais.

— Ce n'est pas grave. Je me coifferai dans ma chambre.

Il la dévisagea avec attention. La séductrice qui avait tenté de l'enjôler dans la salle de bains avait disparu, remplacée par une version plus sérieuse d'elle-même. Une sourde inquiétude voilait son regard, comme si elle redoutait les heures à venir.

Le moment paraissait bien choisi pour l'interroger, décida-t-il.

— Helen… Que s'est-il passé dans le parc, tout à l'heure ? Vous sembliez bouleversée quand je vous ai trouvée.

Elle se laissa choir sur le lit.

— Franchement, je préférerais oublier ce que j'ai vu… Mais la scène est gravée dans ma mémoire. Mon père a tué cette rose comme il a tué ma mère.

Bram sentit sa gorge se nouer.

— Etes-vous en train de me dire que votre père… a tué votre mère ? s'enquit-il doucement.

— Oui. Leigh et moi en avons toujours été persuadées, mais nous n'avons jamais trouvé la moindre preuve contre lui.

— Je ne comprends pas…

Il hésitait à lui demander des explications, par peur de paraître indiscret. Mais elle lui offrit d'elle-même le récit de la disparition de sa mère — un drame qui avait fait la une des journaux locaux, à l'époque. Bram n'y avait prêté qu'une attention distraite alors, et c'était sans faire le moindre rapprochement avec cette histoire qu'il avait accepté l'offre de Marcus, quelques semaines auparavant. Mais il comprenait mieux, à présent. L'obsession quasi paranoïaque de son employeur pour les issues grillagées, le comportement étrange qu'adoptait parfois Helen, son aversion pour Eden et Marcus… Tout avait commencé sept ans plus tôt, quand Amy Thomas avait disparu sans laisser de traces.

Avait-elle pour autant été assassinée par son mari, comme Helen l'affirmait ? Cette pensée lui glaça les sangs. Et quand la jeune femme lui décrivit la scène à laquelle elle venait d'assister dans le jardin, il sentit une sourde appréhension le gagner.

— Vous pensez que…

Il ne put aller plus loin : Paula Kerstairs venait d'entrer dans la chambre. Un plateau-repas dans les mains, elle arborait un sourire mauvais. De là à penser qu'elle venait d'écouter leur conversation, l'oreille collée contre la porte… il y avait un pas que Bram franchit sans hésiter. Il se méfiait de cette femme comme de la peste.

— Je n'ai pas faim, avertit Helen.

Paula l'ignora avec un mépris évident, et se tourna vers lui.

— Vous êtes prié de la faire manger, déclara-t-elle. C'est Mme Norwhich qui l'a dit.

Elle posa le plateau sur le bord du lit et sortit en refermant la porte derrière elle.

Bram se tourna vers Helen.

— Mangez, suggéra-t-il. Mme Norwhich sera vexée si vous ne faites pas un effort.

Elle baissa les yeux vers l'omelette, la pile de toasts beurrés et le bol de soupe qui l'attendaient.

— Je n'y arriverai jamais, gémit-elle.

— Prenez un peu de tout, ça suffira.

Elle s'adossa contre la tête de lit avec un soupir.

— Puisque vous insistez…

Il l'aida à caler le plateau sur ses genoux, et lui tendit ses couverts. L'omelette sentait divinement bon et les toasts étaient grillés à point.

— Un peu d'eau, pour faire passer tout ça ? proposa-t-il en désignant la bouteille d'eau minérale que la gouvernante avait jointe au plateau.

— Oui, merci.

Elle avala une grande gorgée, avant de se décider à entamer son omelette… qu'elle engloutit en moins de temps qu'il ne fallait pour le dire.

— C'était délicieux, conclut-elle en reposant sa fourchette. Mme Norwhich avait raison : je me sens déjà mieux.

Il sourit. Ses joues avaient repris des couleurs, en effet. Mais son regard n'avait rien perdu de sa gravité.

Se sentant observée, elle leva les yeux vers lui.

— Je ne suis pas folle, vous savez, déclara-t-elle tout à trac.

Il la dévisagea avec stupeur.

— Bien sûr que non ! Pourquoi dites-vous ça ?

Elle porta une cuillère de soupe à ses lèvres, avant de répondre :

— Parce qu'hier soir, vous ne m'avez pas crue. Et que Jacob

ne me croit pas non plus. Mais je sais ce que j'ai vu, et ce n'était pas un rêve, croyez-moi.

Elle avait sans doute raison. Toute la nuit, d'ailleurs, il avait regretté de ne pas lui avoir accordé plus de crédit lorsqu'elle lui avait raconté ses mésaventures.

Il s'apprêtait à lui confier ses remords, quand elle reprit la parole :

— Pourquoi avez-vous posé la photo de Leigh sur ma table de nuit, hier soir ?

Il fronça les sourcils.

— Quelle photo ? Celle que j'ai trouvée par terre, dans votre chambre ?

Ce fut au tour d'Helen de paraître surprise.

— Vous l'avez trouvée par terre ?

Il haussa les épaules.

— Oui. J'ai cru que vous l'aviez laissée tomber... Alors, je l'ai remise sur la table de nuit. Pourquoi ?

— Parce qu'elle n'y était plus quand je suis rentrée du restaurant.

L'appréhension qu'il avait réussi à juguler l'envahit de nouveau.

— Comment cela ?

— Je n'en sais pas plus que vous... La photo ne m'évoquait rien de précis. J'ai essayé d'appeler Leigh ce matin pour lui en parler. Mais elle était déjà sortie.

— Vous vous ressemblez beaucoup, remarqua-t-il. J'ai cru que c'était vous, sur cette photo.

— Oui. Pourtant, nous ne sommes pas de vraies jumelles.

Il esquissa un sourire taquin.

— Je préfère ça. Je n'aurais pas survécu à une seconde Helen...

Il s'interrompit : on frappait la porte.

— Oui ? lança Helen.

Paula Kerstairs poussa le battant.

— Votre sœur, au téléphone, bougonna-t-elle.

— Leigh ? s'exclama la jeune femme. Merci. Passez-moi l'appel dans le bureau.

Paula s'esquiva sur un hochement de tête. Rayonnante, Helen sauta à bas du lit.

— Excusez-moi, Bram. Je ne veux pas la faire attendre !

— Allez-y. Je dois retourner travailler, de toute façon.

Elle s'arrêta sur le seuil.

— Merci. Si vous n'aviez pas été là, tout à l'heure…

— De rien. A plus tard.

Elle avait déjà disparu. L'appel de sa sœur lui donnait des ailes, manifestement… Il emporta le plateau-repas et quitta la pièce à son tour. Il trouva Mme Norwhich dans la cuisine, un livre de recettes à la main.

— Laissez ça, dit-elle en le voyant poser le plateau près du lave-vaisselle. C'est à moi de le faire.

— Entendu. Merci pour le repas. Helen s'est régalée.

Si la gouvernante apprécia le compliment, elle n'en laissa rien paraître. Et replongea le nez dans son livre sans faire le moindre commentaire.

Un peu dépité, Bram sortit dans le parc. Adossé au capot d'une voiture de sport garée au beau milieu de l'allée, Jacob lui lança un regard noir — que Bram se fit un plaisir de lui retourner. A quoi bon jouer la comédie ? Ils ne s'aimaient guère, tous les deux. Question de rivalité masculine, sans doute…

Comme il se penchait pour ramasser ses outils, abandonnés en vrac sur le perron, un mouvement attira son regard. Au bout de l'aile est, un observateur indiscret venait de laisser retomber un rideau.

Paula, Eden ou Marcus ?

A moins que quelqu'un d'autre ne hante les lieux…

— Leigh ?

— Helen ? C'est toi ?

Elle sourit, ravie. La voix tendre et familière de sa sœur l'emplissait de joie.

— Oui, c'est moi ! Je te croyais à Cambridge… La visite ne t'a pas plu ?

— Au contraire : c'est magnifique ! Mais nous avons essuyé une averse, ce matin… J'ai insisté auprès de Kate pour revenir me changer. J'étais trempée de la tête aux pieds ! Et toi… tout va bien ?

— Bien sûr, mentit Helen. Je voulais avoir de tes nouvelles, c'est tout.

— Ah ? C'est gentil. Mais je t'entends mal. Et toi, tu m'entends ?

— Très bien.

— Bon… Ça doit être de mon côté de la ligne, alors. Alors, quoi de neuf, à Blackrose ?

— Eh bien… Connais-tu un certain Bram Myers ?

Un bref silence s'installa sur la ligne, puis Leigh répondit :

— Non, ça ne me dit rien. Pourquoi ? Il est mignon ?

Helen rougit malgré elle. Bram était sensuel, viril, sexy… mais *mignon* ? Certainement pas !

— Ce n'est pas l'adjectif que j'emploierais pour le décrire, répondit-elle évasivement.

Trop évasivement au goût de Leigh, qui s'alarma aussitôt :

— Helen ? Tu as l'air bizarre… C'est qui, ce type ?

— Oh, c'est… c'est un des employés de Marcus. Il est forgeron dans la région. Il a installé le nouveau portail. C'est superbe !

— Mais… ? insista Leigh.

— Il n'y a pas de « mais ». Je me demandais si tu le connaissais, c'est tout.

— Zut… je t'entends de plus en plus mal ! Tu disais qu'il travaille pour Marcus ?

— Oui. Il… Il installe des barreaux aux fenêtres, avoua-t-elle enfin, la gorge nouée.

— Marcus fait *barricader* la maison ? s'exclama Leigh, incrédule.

Helen se mordit la lèvre, regrettant déjà son aveu.

— Ce n'est pas tout à fait une barricade, tempéra-t-elle, mais…

— Qu'est-ce que c'est que cette histoire ? interrompit Leigh. Si tu as besoin de moi, je prends le premier avion.

— Bien sûr que non… Tout va bien, je t'assure, affirma-t-elle d'un ton qu'elle espérait convaincant. Tu me manques beaucoup… mais je survivrai, ne t'inquiète pas !

— Tu me manques aussi. J'aurai une tonne de photos à te montrer !

— Génial ! A propos... je suis tombée sur une vieille photo de toi, hier soir, et...

— Helen ? Tu es toujours là ?

— Oui. Je t'entends très bien.

— Helen ? Tu m'entends ? Zut ! Ça grésille de plus en plus... Je n'entends plus rien, maintenant ! Ecoute, je vais raccrocher, d'accord ? Kate m'attend. Je te rappellerai ce soir, la connexion sera peut-être meilleure. Je t'embrasse très fort. A tout à l'heure.

— A tout à l'heure, répéta Helen d'une voix tremblante.

Elle raccrocha, le cœur serré. Elle se sentait si seule, tout à coup !

— C'était ta sœur ?

Elle fit volte-face. Jacob se tenait sur le seuil de la pièce.

— Oui, répliqua-t-elle sèchement.

Il eut un mouvement de recul.

— Je te dérange, peut-être ? Tu n'as pas l'air bien...

Elle l'avait blessé, comprit-elle. Mais pourquoi avait-il surgi sans prévenir ?

— Ce n'est rien. Leigh me manque, et nous avons été coupées. Maintenant, si tu veux bien m'excuser...

Elle fit mine de sortir, mais il la retint d'un geste.

— Attends ! Je voulais te parler, en fait.

— Ce n'est pas le moment, Jacob.

— Je t'en prie... C'est important.

Acquiesçant à contrecœur, elle se laissa tomber dans un fauteuil tandis que Jacob prenait place en face d'elle, sur la chauffeuse en velours élimé qu'affectionnait Dennison.

— Je t'écoute, dit-elle.

— C'est... c'est à propos de Bram Myers. Je me mêle sans doute de ce qui ne me regarde pas, mais... je viens de le voir sortir de la maison.

— Et alors ? répliqua-t-elle sans déguiser son agacement. Je l'ai rencontré dans le jardin, et nous sommes rentrés à l'intérieur pour discuter. Il faisait trop chaud pour rester dehors.

— Ah bon ? A-t-il mentionné sa femme pendant votre « discussion » ?

Sa *femme* ? Bram était marié ?

Il lui avait affirmé le contraire, pourtant. Lui avait-il menti ?

La stupeur dut se lire sur son visage, car Jacob reprit — d'un ton presque victorieux, à présent :

— Il ne t'a rien dit, n'est-ce pas ? J'en étais sûr ! Je suis allé en ville ce matin, et j'ai posé quelques questions à son sujet… J'avais envie d'en savoir plus, tu comprends. Maman m'a approuvé, d'ailleurs.

— Et qu'as-tu découvert, au juste ? s'enquit Helen avec un sourire forcé.

Jacob était indiscret, certes… mais au moins agissait-il avec les meilleures intentions du monde — ce qui n'était pas le cas du reste de la famille.

Il haussa les sourcils, manifestement surpris de la trouver si conciliante.

— Eh… Tu ne m'en veux pas, alors ? J'avais tellement peur que tu sois fâchée, que tu me reproches de me mêler de tes affaires… Mais ce type m'a déplu dès le début et… je n'aime pas la façon dont il se comporte avec toi. Alors, quand j'ai découvert…

— Qu'il était marié…, compléta Helen d'un ton morne.

Une étrange torpeur s'emparait d'elle. Ses émotions, si intenses un instant plus tôt, l'avaient abandonnée, la laissant étrangement vidée. Nul doute qu'elles reviendraient la hanter ; mais pour l'heure, elle se sentait prête à entendre les révélations de Jacob.

Dont la liste était longue, apparemment.

— … J'ai compris que j'avais eu raison de mener ma petite enquête, acheva le jeune homme avec satisfaction. D'autant que ton ami n'a pas épousé n'importe qui : sa femme était une Pepperton, figure-toi !

Bram avait convolé avec une riche héritière, conclut-elle en se remémorant la fortune dont disposaient ces membres éminents de l'élite locale — célèbres sur toute la côte Est pour leur écurie de pur-sang.

Mais ce n'était pas tant le nom de la mariée qui avait retenu son attention que la façon dont Jacob y avait fait référence.

— Sa femme *était* une Pepperton ? répéta-t-elle, troublée.

— Elle est morte. Son bébé aussi.

Helen ne cria pas. Tout juste sentit-elle un léger tremblement gagner sa main droite, qu'elle crispa sur l'accoudoir du fauteuil.

Bram ne lui avait pas menti. Mais il avait été mari *et* père… Cela semblait si difficile à croire !

— Selon mes sources, continua Jacob, Jane, la femme de Bram, s'était installée à l'Auberge de Stony Ridge quelques jours avant la fin de sa grossesse. Accompagnée d'une cousine, elle a pris rendez-vous avec un obstétricien des environs.

— Marcus ? lâcha Helen dans un murmure.

— Personne n'a pu me le confirmer, mais ce ne serait pas étonnant. C'était le seul gynécologue à dix kilomètres à la ronde… et ça expliquerait les rumeurs qui circulent sur son compte. Enfin… tu sais de quoi je parle, n'est-ce pas ?

Il s'était fait hésitant, tout à coup. Helen retint un soupir. Quelle autre révélation allait-il sortir de son chapeau ?

— Non : je n'ai jamais prêté attention aux rumeurs… Mais rien de ce qui concerne Marcus ne peut me surprendre, ajouta-t-elle d'un ton qui se voulait rassurant.

— Puisque tu le dis… Voilà : Marcus a mauvaise réputation, dans la région. Il paraît qu'il a perdu plus d'un bébé en couches. Des accidents, bien sûr… mais, manifestement, le pire aurait pu être évité.

— Es-tu en train de me dire que Marcus a causé la mort de la femme et du bébé de Bram ? souffla Helen, horrifiée.

— Bien sûr que non ! Jane Myers a accouché à l'hôpital, dans des conditions normales. Les gens du village faisaient plutôt référence aux accouchements que Marcus aurait pratiqués au domicile de ses patientes, et qui auraient tourné au drame… Je ne sais pas s'ils ont raison, Helen, mais une chose est sûre : ton père n'est pas en odeur de sainteté par ici. A les entendre, c'est un mauvais médecin, sorti bon dernier de la faculté… qui n'a jamais réussi à soigner qui que ce soit. Si c'est vrai, j'imagine qu'il est incapable de gérer un accouchement difficile. Or, la femme de Bram présentait toutes les complications possibles. Après des heures de travail, ils ont dû pratiquer une césarienne en urgence. L'intervention a été mal faite, elle a perdu beaucoup de sang… et elle est morte dans la soirée.

Un frisson s'était emparé d'Helen, qui tremblait de la tête aux pieds.

— Bram n'était pas avec elle ? s'enquit-elle du bout des lèvres.

Jacob secoua la tête.

— Il est arrivé trop tard… La nouvelle l'a rendu fou. Il était tellement hors de lui qu'il a fallu cinq hommes pour le maîtriser.

— Et l'enfant ?

— Elle est morte trois jours plus tard. Bram ne l'a pas quittée un instant. Il veillait sur elle nuit et jour… Quand son cœur a fini par lâcher, le personnel a craint le pire. Mais Bram n'a rien dit. Il a gardé le bébé dans ses bras jusqu'à l'arrivée des pompes funèbres, puis il s'est levé et il est parti sans un mot. Personne ne l'a jamais revu… jusqu'à ce qu'il vienne travailler ici, le mois dernier. Avoue que c'est bizarre, tout de même !

Elle ne répondit pas. Son esprit était tout entier tourné vers la scène que Jacob venait de lui dépeindre : Bram, berçant le corps sans vie de sa fille, trois jours après la disparition de sa femme… Un froid glacé lui serra le cœur. Quelles terribles souffrances avait-il endurées, alors ?

— Je n'aurais jamais deviné qu'un drame pareil lui était arrivé, murmura-t-elle pour elle-même.

— Oui, c'est affreux, acquiesça Jacob d'un air absent. Mais tout n'est pas clair, dans cette histoire.

— Comment cela ?

Il parut hésiter.

— Tu veux vraiment le savoir ?

Elle le gratifia d'une œillade irritée, qui balaya ses — faibles — résistances.

— Bon… Le couple de Bram et de Jane n'était pas très solide, apparemment. La jeune femme s'était enfuie avec lui contre l'avis de ses parents, et ils s'étaient installés à New York. Mais leur différence d'âge et de milieu social avait fini par avoir raison de leur amour… Il faut dire qu'elle n'avait que dix-huit ans, à l'époque ! Si j'ai bien compris, il n'est même pas sûr qu'elle ait voulu garder le bébé. Certains de mes informateurs prétendent qu'elle avait peur de Myers — ce qui expliquerait son arrivée à Stony Ridge, enceinte jusqu'aux yeux. Elle aurait voulu lui échapper en s'installant à l'hôtel sous la protection d'une cousine, tu comprends ?

Helen serra ses mains l'une contre l'autre pour les empêcher de trembler.

— Mais ce qui a le plus marqué les esprits dans cette histoire, c'est que personne n'a porté plainte, affirma Jacob. Ni Bram ni les Pepperton. Apparemment, la famille de Jane a reporté la faute sur Bram au lieu d'accuser l'équipe médicale... Chester Pepperton a même fait un scandale à l'hôpital le soir de la mort de sa sœur. Il menaçait de tuer Bram pour la venger... Les types de la sécurité ont été obligés de le jeter dehors.

Il marqua une pause, le temps de lancer un regard soucieux à Helen.

— Si je te raconte tout ça, c'est parce que je m'inquiète pour toi. Rien ne prouve que ce soit bien Marcus qui ait accouché la femme de Bram, mais... depuis que j'ai entendu cette histoire, je ne cesse de me poser des questions. Les coïncidences sont troublantes, tout de même...

Helen fronça les sourcils.

— Que veux-tu dire, exactement ?

Jacob lui offrit un sourire embarrassé.

— Eh bien, je me demande si... Bram n'est pas revenu pour se venger. C'est pour ça que tu dois faire attention : il essaie peut-être de te séduire pour atteindre Marcus !

Le souffle court, la jeune femme s'agrippa plus fermement aux bras du fauteuil.

— Helen ? Je n'aurais peut-être pas dû t'en parler... Tu as l'air bouleversée, remarqua Jacob d'un ton alarmé.

Bouleversée ? Anéantie, plutôt. Mais ce n'était pas la faute de Jacob si elle était tombée sous le charme d'un homme probablement en quête de vengeance contre un père qu'elle détestait. L'ironie de la situation était accablante.

— Oui, je suis sous le choc, admit-elle. Mais je ne t'en veux pas. Tu as bien fait de m'en parler. Sais-tu à quand remonte le drame ?

— A une dizaine d'années, je crois.

Elle secoua la tête, incrédule.

— Dix ans ? Personne n'attend si longtemps pour se venger...

— Détrompe-toi. Certaines personnes sont capables de planifier leur vengeance pendant des années.

Elle haussa les épaules.

— Seulement dans les films, Jacob.

Malgré les dénégations qu'elle lui opposait, son interlocuteur avait semé le doute dans son esprit. Bram était réfléchi, méticuleux… tout à fait le genre d'homme capable d'organiser une vengeance de ce type. Avait-il pour autant attendu dix ans pour venger la mort de sa femme et de sa fille ?

Impossible. Elle n'y croyait pas. Parce que tout en elle faisait confiance à cet homme. Et que c'était elle qui s'était jetée dans les bras du forgeron, pas l'inverse.

— Bram n'est pas venu ici pour se venger, assena-t-elle d'un ton ferme.

Jacob se pencha vers elle.

— Bon sang, Helen… Tu prends systématiquement sa défense ! Ce type ne te le rendra pas, crois-moi… Il te fera du mal, si tu n'y prends pas garde.

— Il ne m'arrivera rien, je t'assure.

Un léger craquement la fit sursauter. Elle leva les yeux… et distingua la maigre silhouette de Paula Kerstairs dans la pénombre.

— Que faites-vous là ? s'écria-t-elle, saisie d'effroi.

Jacob se retourna vivement.

— Sa mère le demande, répondit Paula en désignant le jeune homme d'un signe de tête.

Avant de disparaître aussi silencieusement qu'elle était entrée.

— De pire en pire, celle-là ! maugréa Jacob. Un vrai spectre…

— Je suis d'accord avec toi, acquiesça Helen en frissonnant. Bon… Tu ferais mieux d'aller rejoindre Eden.

— Oui. Tu ne m'en veux vraiment pas ? ajouta-t-il d'un air inquiet.

— Pas du tout.

— Tout va bien, alors ?

— A merveille, mentit-elle.

D'inquiète, l'expression de Jacob se fit… enjôleuse.

— C'est toi qui es merveilleuse, rectifia-t-il d'une voix rauque. Tu es si belle, Helen… A plus tard.

— C'est ça, murmura-t-elle, mal à l'aise. A plus tard.

Le plus tard possible, ajouta-t-elle intérieurement en le regardant quitter la pièce. Jamais il ne l'avait regardée ainsi. Avec une étincelle de désir au fond des yeux.

Non. Elle se trompait, elle se trompait forcément ! Jacob et elle avaient toujours entretenu des rapports fraternels. Il ne lui avait jamais témoigné le moindre intérêt… sentimental.

Sauf la veille, quand il lui avait caressé la joue.

Et que dire de son hostilité envers Bram ? N'était-ce pas la preuve qu'il éprouvait pour elle des sentiments amoureux ? Oui, il se comportait en amant jaloux, dénigrant son rival par tous les moyens possibles… Allant jusqu'à la mettre en garde contre d'éventuels projets de vengeance de Bram !

Là, elle ne le suivait plus. Certes, Jacob n'avait pas inventé le drame qu'il venait de lui conter. Mais elle ne pouvait se résoudre à voir en Bram un être froid et calculateur, assoiffé de vengeance.

Le mieux à faire, décida-t-elle, était d'en parler à Bram lui-même. Si Marcus avait été l'obstétricien de sa femme, il finirait bien par le lui avouer, non ?

Mais avant cela, elle avait une tâche encore plus urgente à accomplir : retrouver les coordonnées du notaire de son grand-père. Elle saisit l'annuaire qui se trouvait sur une étagère à l'autre bout de la pièce, et le posa sur le bureau. Les pages consacrées à Stony Ridge se révélèrent plus nombreuses que prévu. Quant aux notaires, ils comptaient une dizaine d'études dans la petite bourgade ! Réprimant le découragement qui l'envahissait, Helen passa leurs noms en revue, de A comme « Anderson et associés » à T comme « Trévor et fils »… en passant par R comme « Rosencroft, étude notariale ». Un sourire plissa ses lèvres. *Maître Ira Rosencroft…* C'était lui qui avait signé la convocation reçue à Boston la semaine précédente !

S'emparant d'un stylo, elle tendit machinalement la main vers le tiroir du bureau — celui où son grand-père rangeait ses bloc-notes. Une exclamation de surprise lui échappa : le désordre le plus complet régnait dans le tiroir à papeterie. Enveloppes froissées, stylos sans capuchons, trombones sortis de leur boîte… rien n'était à sa place. Quant aux bloc-notes, ils avaient purement et simplement disparu.

Qui avait pu se livrer à un tel saccage ? se demanda-t-elle, choquée. Eden et Marcus s'étaient toujours montrés si ordonnés… Comment expliquer une telle désinvolture ?

Elle secoua la tête. Un mystère de plus à élucider ! En attendant, il fallait bien qu'elle note les coordonnées de Me Rosencroft quelque part… Une vieille enveloppe ferait l'affaire, décida-t-elle en jetant son dévolu sur l'une d'elles.

Comme elle refermait les doigts sur le papier blanc, un document cartonné s'en échappa : une photographie. Intriguée, elle la retourna… et laissa échapper un halètement de stupeur.

C'était une autre photo de Leigh !

Nettement plus récente que la précédente, constata-t-elle en reconnaissant le visage de sa sœur. A un détail près : Leigh n'avait pas — et n'avait jamais eu — les cheveux si courts. C'était joli, certes… mais ce n'était pas coiffée ainsi qu'elle avait quitté Boston la semaine précédente.

S'était-elle fait couper les cheveux en Angleterre ?

Helen examina le cliché plus attentivement. Assise à la terrasse d'un café, Leigh souriait à un homme qui tournait le dos à l'objectif. Derrière elle se dressait un bâtiment familier. Une banque devant laquelle Helen était passée des centaines de fois… à New York, comprit-elle soudain. Oui, elle reconnaissait très bien l'endroit, à présent : c'était un petit café d'angle, où sa sœur et elle aimaient s'arrêter lors de leurs visites à Manhattan. La façade de la banque disparaissait sous un grand panneau publicitaire équipé d'un écran où s'affichaient la date, l'heure et la température extérieure.

La date était donc parfaitement lisible sur la photographie. Helen se pencha encore, plissant les yeux…

— Impossible, marmonna-t-elle, prise de vertige.

Le cliché avait été pris deux jours plus tôt.

8.

« Ce n'est donc pas une photo de Leigh », décida Helen en se redressant. Cette dernière était en Angleterre, pas à New York.

N'est-ce pas ?

Bien sûr que oui ! s'insurgea-t-elle, repoussant fermement le doute qui s'insinuait dans son esprit. Elle avait conduit sa sœur à l'aéroport la semaine précédente. Certes, elle n'avait pas *vu* Leigh embarquer dans l'avion, mais… elles n'avaient aucun secret l'une pour l'autre. Pourquoi Leigh lui aurait-elle menti ?

Des larmes de confusion lui montèrent aux yeux. Le monde semblait basculer autour d'elle. Si elle ne pouvait même plus croire sa sœur jumelle… Vers qui se tourner, désormais ?

Bram ? Tout en elle brûlait de lui faire confiance. Mais il lui avait caché une partie de la vérité, lui aussi.

Jacob ? D'ami fidèle, il s'était mué en admirateur jaloux et empressé. Difficile de lui faire confiance, à présent… Quant à Eden, elle n'avait jamais caché son aversion à son égard. Mme Walsh et Kathy, ses seules vraies amies à Blackrose, avaient démissionné ; leurs remplaçantes lui étaient ouvertement hostiles. Restait Marcus…

Elle haussa les épaules. De tous les occupants du domaine, son père était sans doute celui qui la détestait le plus. N'avait-il pas passé vingt-quatre années à les mépriser, Leigh et elle ?

Submergée de désespoir, elle enfouit sa tête au creux de ses bras.

— Je deviens folle, murmura-t-elle pour elle-même.

— Je ne pense pas, répondit une voix dans son dos.

Elle se redressa, écrasant d'une main tremblante les larmes qui avaient roulé sur ses joues. Bram se dressait dans l'embrasure de la porte.

— Que se passe-t-il ? s'enquit-il d'un air soucieux. Votre sœur ne va pas bien ?

— Je vous croyais parti.

— Je suis revenu, dit-il en s'avançant dans la pièce. Que se passe-t-il, Helen ?

Trop émue pour s'expliquer, elle fit glisser la photographie vers lui. Il s'assit en face d'elle, de l'autre côté du bureau de son grand-père.

— C'est Leigh, n'est-ce pas ? devina-t-il en examinant le cliché. Où est le problème ? Vous n'aimez pas le type avec qui elle est ?

— Je ne connais pas ce type. Et apparemment, je ne connais pas ma sœur non plus. Elle est censée être à Londres, pas à New York. Je viens juste de lui parler. Elle est ravie de son séjour.

Bram fronça les sourcils.

— Qu'est-ce qui vous tracasse, alors ?

— *Ça*, dit-elle en pointant le doigt sur la date qui s'affichait à l'arrière-plan.

Bram se pencha sur l'image, l'air intrigué. Et se redressa presque aussitôt, l'air plus soucieux encore.

— Comment savez-vous que cette photo n'a pas été prise à Londres ? Des cafés comme ça, il y en a partout !

— Sans doute. Mais comment expliquez-vous qu'une photo prise avant-hier à Londres ait atterri aujourd'hui dans le tiroir de ce bureau ? Et de toute façon, je reconnais ce café : il se trouve à Manhattan, près de Times Square. Leigh et moi y avons déjeuné des dizaines de fois.

Bram la dévisagea pensivement, puis il se tourna vers l'ordinateur installé dans un angle de la pièce.

— Est-ce qu'il fonctionne ?

Elle suivit son regard. Dennison, grand amateur de technologie moderne, avait consacré les dernières années de sa vie à l'informatique. Passionné par le sujet, il s'était équipé avec soin et avait passé des journées entières assis derrière l'écran. Si Helen s'était montrée rétive à ses explications, Leigh avait vite partagé son enthousiasme. C'était elle qui avait insisté pour conserver l'équipement de Dennison après sa mort… à la plus grande joie de Jacob, qui l'avait modernisé et l'utilisait à chacune de ses visites.

Sans attendre sa réponse, Bram se leva pour allumer la machine.

— Qu'est-ce que vous faites ? marmonna-t-elle.

— Vous allez comprendre…

Elle le rejoignit à contrecœur.

— Vous vous y connaissez, en informatique ? s'enquit-elle comme il prenait place derrière l'ordinateur.

— Ce n'est pas compliqué, vous savez… Et pour un artisan comme moi, c'est un excellent moyen de se faire connaître. Depuis que j'ai créé un site Internet pour présenter mon travail, le nombre de mes commandes a été multiplié par trois. C'est comme ça que votre père m'a trouvé, d'ailleurs…

Elle écarquilla les yeux. Difficile d'imaginer Marcus surfant sur la toile à la recherche d'un forgeron…

— Ne faites pas cette tête, reprit-il, amusé. Aujourd'hui, tout le monde sait se servir d'un modem.

— Tout le monde, sauf moi, bougonna-t-elle en le regardant pianoter sur le clavier avec dextérité.

Il avait ouvert plusieurs programmes à la fois, et jonglait de l'un à l'autre avec une rapidité qui ne laissait aucun doute sur l'étendue de ses connaissances informatiques.

— Vous êtes bien équipés, remarqua-t-il en désignant le scanner et l'imprimante couleur qui jouxtaient l'unité centrale.

— Je suppose que oui. Eden et Jacob en sont assez fiers… mais je ne me suis jamais vraiment intéressée à la question.

— J'avais deviné, confia-t-il gentiment. Bon… Regardez bien, ajouta-t-il. Je vais vous montrer comment Leigh peut se trouver simultanément à Londres et à New York.

Il plaça la photo sur la vitre du scanner, avant de préciser :

— Si j'avais le temps, je chercherais l'image dans le disque dur. Elle doit forcément s'y trouver… mais nous irons plus vite en la numérisant.

— Je ne comprends pas.

— Attendez.

L'image scannée s'affichait maintenant sur l'écran. Bram

positionna le pointeur de la souris sur la date qui s'affichait dans le dos de Leigh.

— Quel jour vous plairait ? demanda-t-il alors.

Elle lui lança un regard perplexe. Soit elle était victime d'un gros coup de fatigue, soit Bram s'était mis à parler chinois... car elle ne comprenait strictement rien à sa question.

— Que diriez-vous de demain ? suggéra-t-il comme elle ne répondait pas.

Il ne lui fallut que quelques secondes pour modifier la date inscrite sur la photo. Helen ouvrit des yeux ronds : modifier une image était donc aussi simple que cela ?

Une minute plus tard, la réplique de la photo émergeait de l'imprimante couleur. Hormis la date, elle était strictement identique à celle qu'Helen avait trouvée dans le tiroir du bureau un quart d'heure plus tôt.

— Vous comprenez, à présent ? interrogea Bram. La photo que vous m'avez montrée a été trafiquée en utilisant la même technique, c'est évident.

Elle hocha lentement la tête. Oui, elle comprenait... mais elle n'était pas plus rassurée pour autant.

— Et la coiffure de Leigh ? Pensez-vous qu'ils l'aient modifiée aussi ? remarqua-t-elle en réprimant un frisson.

Bram lui décocha un regard interrogateur.

— Pourquoi ? Votre sœur n'est pas coiffée comme sur la photo ?

— Non. Elle a les cheveux mi-longs — à moins qu'elle ne soit allée chez le coiffeur depuis la semaine dernière.

Bram secoua la tête.

— Je crois plutôt que le coiffeur informatique s'en est chargé pour elle... Restez là. Je vais vous montrer.

Il lança une recherche sur l'ordinateur, et localisa ainsi un petit fichier baptisé « Helen », qu'il ouvrit d'un clic de souris. La jeune femme reconnut aussitôt la photo que Jacob avait prise le soir de son anniversaire, l'hiver précédent. Leigh, elle et lui s'étaient retrouvés dans un restaurant de New York pour l'occasion, et Jacob avait étrenné son nouvel appareil numérique en les mitraillant tout au long du repas. Par bonheur, il n'avait conservé que la meilleure image... C'était sur celle-ci que Bram travaillait, à présent. Zoomant sur ses cheveux, il les effaça d'un coup de curseur, pour les remplacer par une coupe plus courte, identique à celle de Leigh sur la photo.

— Voilà, conclut-il. Le résultat n'est pas parfait, mais il le serait si je prenais le temps d'affiner l'image. Au final, vous n'y verriez que du feu… exactement comme tout à l'heure, quand vous avez trouvé la photo dans l'enveloppe.

Les yeux rivés sur l'écran, elle sentit une sourde angoisse s'emparer d'elle.

— Qui peut bien avoir fait une chose pareille ? murmura-t-elle.

— C'est la question que je me pose, renchérit-il. Qui sait se servir d'un ordinateur, ici ?

Elle lâcha un soupir désabusé.

— Jacob, Eden, Marcus… C'est à la portée de tout le monde, vous l'avez dit vous-même ! Mais pourquoi auraient-ils fait une chose pareille ? Ça n'a pas de sens !

— Si, objecta-t-il avec gravité. Cela alimente la guerre des nerfs qu'ils ont lancée contre vous…

Portant nerveusement une main à ses cheveux, elle fut surprise de les trouver encore humides. L'épisode de la matinée — son malaise dans le labyrinthe, la douche froide que Bram lui avait administrée — lui semblait si loin à présent !

Sa conversation avec Jacob, en revanche, revenait en boucle dans son esprit. Etait-ce le bon moment pour en parler à Bram ?

— Quand vous tortillez vos cheveux comme ça, c'est que vous avez une idée derrière la tête, remarqua-t-il. Je me trompe ?

Elle se mordit la lèvre, hésitant encore… puis décida de se jeter à l'eau.

— Avez-vous été marié ?

Il tressaillit, visiblement surpris. Puis une lueur d'amertume dansa dans ses yeux sombres.

— Est-ce Jacob qui vous a mise sur la voie ?

Comme elle hochait la tête, il précisa :

— Ma femme est morte il y a dix ans.

— En couches ?

Leurs regards se rivèrent l'un à l'autre. Une douleur insondable assombrissait celui de Bram — une douleur qu'Helen ressentit aussi vivement que si elle avait été sienne.

— Tout à fait, dit-il. J'imagine que Jacob vous a également informée de la mort de ma fille ?

Il s'exprimait d'un ton détaché, comme s'il s'agissait d'un dossier administratif… mais elle n'était pas dupe. L'homme qui se tenait devant elle n'avait pas fait son deuil. Et ne le ferait peut-être jamais.

— Oui, il m'en a parlé, admit-elle. Je suis profondément désolée.

— Moi aussi.

— Bram… Est-ce Marcus qui a supervisé l'accouchement de votre femme ? s'enquit-elle, le cœur battant.

Il la dévisagea avec une intensité troublante.

— Que vous a raconté Jacob, au juste ?

Bien que gênée, elle fit l'effort de ne pas détourner les yeux.

— Jacob m'a dit que vous avez épousé la fille des Pepperton, et que vous êtes parti vivre avec elle à New York. Quelques mois plus tard, votre femme est arrivée à Stony Ridge, seule et enceinte. Elle s'est installée à l'Auberge avec une cousine, et elle a pris rendez-vous avec un gynécologue des environs. C'est lui qui a procédé à l'accouchement lorsqu'elle a été transportée à la maternité. Là… les choses se sont mal passées, et votre femme a souffert d'une terrible hémorragie. Jacob n'a pas su me dire si Marcus était ce médecin. C'est pour cela que je vous pose la question, Bram. J'ai besoin de savoir.

Il serra les dents.

— C'est très louable de votre part, Helen… mais ôtez-moi d'un doute : votre cher Jacob ne vous a tout de même pas convaincue que je suis un maniaque décidé à venger ma femme et ma fille dix ans après leur mort ?

— Je… Non, bien sûr que non, protesta-t-elle faiblement.

— Vraiment ? L'idée ne vous a même pas traversé l'esprit, alors ? interrogea-t-il avec un cynisme rageur. Vous n'avez accordé *aucun* crédit à ces théories fumeuses ?

Elle se tordit les mains.

— Je vous assure que non, répéta-t-elle avec plus de fermeté. Jacob a effectivement mentionné cette idée… mais j'ai refusé de le croire.

— Et vous avez bien fait, souligna-t-il. Parce que je ne suis pas un homme assoiffé de vengeance, vous entendez ?

— Je sais, Bram.

— Voulez-vous savoir pourquoi ma femme est venue ici au lieu de rester avec moi à New York ? reprit-il comme s'il ne l'avait pas entendue.

— Vous ne me devez aucune explication.

— Jane est venue accoucher ici parce qu'elle voulait me donner une leçon. Je travaillais tellement que je passais des journées sans la voir… Je m'épuisais à lui offrir le luxe auquel elle était habituée. Je croyais bien faire, mais elle avait le sentiment que je l'avais abandonnée à elle-même.

Il ferma brièvement les yeux, avant de poursuivre :

— Alors elle est morte loin de moi, entre les mains d'un médecin incompétent qui avait négligé de consulter son dossier médical. J'ai voulu me venger, bien sûr… mais savez-vous ce que j'ai découvert ?

Elle secoua la tête, trop émue pour énoncer un mot.

— J'ai découvert qu'il est très complexe de se venger de soi-même. Ce n'est pas facile de boire à en mourir, vous savez ! J'ai essayé pendant plus de quatre ans…

— Je vous en prie, interrompit-elle, la mort dans l'âme. Je ne veux pas le savoir.

— Peu m'importe ce que vous voulez, répliqua-t-il brutalement. Je vous donne *ma* version des faits pour que vous puissiez la comparer à celle que des tas de personnes bien intentionnées ne manqueront pas de vous fournir.

— Arrêtez !

— Ce n'est pas votre père qui a accouché Helen. C'était un obstétricien proche de la retraite, dont j'ai oublié le nom. Mais l'important n'est pas là, Helen. L'important, c'est… ma fille. Ma petite fille trop épuisée pour vivre. J'ai prié, moi qui n'ai jamais été croyant, j'ai prié pour qu'elle reste avec moi… Mais elle n'avait plus la force de respirer. Je suis resté près d'elle jusqu'à la fin, j'essayais de lui murmurer des mots doux à l'oreille, de faire comme s'il n'y avait pas tous ces tubes, toutes ces machines entre nous… Je l'ai regardée lutter pour respirer jusqu'à… jusqu'à ce qu'elle ne puisse plus lutter. Je ne me le pardonnerai jamais, acheva-t-il en secouant la tête.

Helen écrasa les larmes qui perlaient à ses paupières.

— L'heure est peut-être venue de vous pardonner, au contraire.

Il lui lança un regard dur.

— Jamais, répéta-t-il, avant de quitter la pièce.

Muette de douleur, elle le regarda s'éloigner. Et fondit en larmes dès que la porte se fut refermée sur lui. Elle était tombée amoureuse d'un père de famille trop tôt privé des siens. Un homme fier et brisé, qui avait fermé son cœur à l'amour.

Helen se réveilla en sursaut, la gorge sèche et la tête lourde. Elle se redressa, désorientée. Où était-elle ? Plissant les yeux, elle reconnut le décor familier du bureau de Dennison.

Tout lui revint en mémoire : elle s'était endormie sur le canapé, ivre de chagrin et de fatigue. Après le départ de Bram, elle avait fermé les trois portes du bureau à clé pour éviter d'être dérangée puis, recroquevillée sur elle-même, elle avait versé toutes les larmes de son corps — un comble, pour elle qui ne pleurait jamais ! Bercée par le son de ses propres sanglots, elle avait fini par s'endormir.

Bref, elle avait été pa-thé-tique. Comment avait-elle pu céder, même un instant, aux sirènes des rumeurs malicieusement colportées par Jacob ? Si elle avait écouté sa raison, elle n'aurait pas passé son après-midi à pleurer comme une gamine. Et surtout, elle n'aurait pas contraint Bram à revivre le drame qui avait coûté la vie à sa femme et à son bébé.

Certes, elle lui faisait totalement confiance, à présent. Mais à quel prix ?

Allons ! s'exhorta-t-elle en se levant. Le mal était fait… à elle de le réparer, au lieu de se perdre en regrets inutiles. Pour commencer, elle allait remettre de l'ordre dans la pièce et…

Une exclamation de surprise lui échappa. Sous la lumière crue du plafonnier qu'elle venait d'allumer, le bureau était parfaitement en ordre.

L'ordinateur, l'imprimante, le scanner ? Eteints. La corbeille à papier ? Vidée, et remise à sa place sous la table. Quant à l'annuaire qu'elle avait laissé ouvert à la page des études notariales, il avait purement et simplement disparu !

Le cœur battant, elle s'approcha de l'ordinateur. Les photos de Leigh n'y étaient plus ! constata-t-elle, effarée. Une recherche rapide — sous l'armoire, derrière les machines, dans les tiroirs du bureau — ne fit que confirmer ses craintes. Les photos s'étaient bel et bien volatilisées.

Quelqu'un s'était introduit dans la pièce pendant son sommeil.

Mme Norwhich ? Elle avait peut-être tenu à faire le ménage… mais pourquoi aurait-elle emporté les photos ?

Par chance, sa bouteille d'eau était toujours là, remarqua-t-elle en l'apercevant sur une console. Elle la vida d'un trait, puis s'approcha de l'ordinateur. Tout à l'heure, Bram lui avait expliqué que la photo de Leigh avait sans doute été enregistrée sur le disque dur. Si elle parvenait à la localiser, elle pourrait l'imprimer… et la récupérer !

Ses espoirs furent de courte durée : à peine allumée, la machine lui réclama un mot de passe.

Helen sentit sa gorge se nouer. Bram n'avait pas eu besoin de mot de passe, lui !

S'enjoignant au calme, elle éteignit l'ordinateur, puis le remit sous tension. Peine perdue : la fenêtre exigeant le mot de passe s'afficha de nouveau à l'écran.

Un juron lui échappa. Bram avait raison : quelqu'un s'amusait à jouer avec ses nerfs… mais elle ne craquerait pas. Pas encore. Pas dans sa propre maison.

D'autant qu'il lui restait encore des cartes à jouer : le notaire de Dennison, par exemple. Il saurait peut-être l'aider, la conseiller… Puisqu'elle se souvenait de son nom, à présent, elle n'avait pas besoin d'annuaire. Un coup de fil aux renseignements suffirait ! Tendant la main vers le téléphone, elle souleva le combiné… mais il demeura obstinément silencieux. La ligne avait été coupée.

Le semblant de calme qu'elle était parvenue à rassembler vola en éclats. Les mains tremblantes, le souffle court, elle se laissa tomber sur le canapé. C'en était trop. Elle allait devenir folle…

Levant les yeux, elle promena un regard hébété sur la pièce. Qui était entré pendant qu'elle dormait ? Qui avait subtilisé les photos de Leigh, l'annuaire ? Qui avait installé un mot de passe sur l'ordinateur et coupé le téléphone ?

Une colère froide l'envahit. Elle n'était pas folle — seulement victime d'un agresseur invisible. « La meilleure défense, c'est l'attaque », aimait à répéter Dennison. Il avait entièrement raison. En cédant à la panique, elle se rendait sans combattre.

— Pas question ! lâcha-t-elle à voix haute. Vous voulez la guerre ? Vous l'aurez !

Traversant la pièce d'un pas résolu, elle déverrouilla la porte et sortit dans le hall.

Un profond silence régnait sur les lieux, plongés dans la pénombre. Helen fronça les sourcils, décontenancée. Quelle heure était-il ? Comme elle se dirigeait vers la cage d'escalier, elle aperçut un rai de lumière sous la porte de la cuisine. Mme Norwhich préparait le dîner, sans doute. Son estomac bondit à cette pensée, émettant un gargouillement des plus explicites. Elle sourit malgré elle. Un petit en-cas ne lui ferait pas de mal, décida-t-elle en obliquant vers l'office.

Une mauvaise surprise l'y attendait : ce n'était pas la gouvernante qui se tenait devant les fourneaux. Mais Marcus.

En robe de chambre, il faisait réchauffer une part de tarte aux pommes dans le micro-ondes.

— Je... Je ne savais pas que tu étais là, marmonna-t-elle. Je pensais trouver Mme Norwhich.

— Elle est montée se coucher.

— Déjà ? Quelle heure est-il ?

Il jeta un œil à sa montre.

— Bientôt 21 heures.

Elle sursauta. Elle avait dormi tout l'après-midi et toute la soirée ? Cela ne lui ressemblait pas... Etait-elle en train de tomber malade ? Une vive inquiétude s'insinua en elle... mais elle la repoussa fermement : la peur faisait le jeu de ses ennemis, à coup sûr.

Son père sortit une bouteille du réfrigérateur et remplit un grand verre d'eau, qu'il posa près de son assiette. Réprimant un soupir, Helen se servit à son tour. Son père n'avait manifestement pas l'intention de lui proposer quoi que ce soit...

— Il faut que nous parlions, déclara-t-elle en ouvrant une bouteille neuve.

— Je n'ai rien à te dire, répliqua-t-il sèchement.

Elle secoua tristement la tête.

— Ce n'est pas nouveau. Mais cette fois, je ne te laisserai pas le choix. J'ai rendez-vous avec le notaire pour régler la succession de maman. Et je veux que tu mettes fin au contrat de Bram. Blackrose n'est pas une prison.

— C'est hors de question.

— Tu n'avais pas le droit de faire poser ces barreaux aux fenêtres sans me demander mon avis. C'est ma maison, pas la tienne.

Il lui décocha un regard si haineux qu'elle ne put réprimer un mouvement de recul.

— Tu crois ça, petite peste ?

Il fit un pas vers elle, la toisant de toute sa hauteur.

— Tu es une vraie Hart, toi ! Aussi arrogante que ta mère... Tu devrais avoir retenu la leçon, pourtant !

Le cœur d'Helen battait à tout rompre. Jamais Marcus ne lui avait paru si menaçant.

— Méfie-toi, reprit-il en baissant la voix. Je pourrais te briser la nuque, si je le voulais.

Un sourire cruel aux lèvres, il se pencha vers elle... Terrifiée, Helen ouvrait la bouche pour appeler à l'aide quand un bruit de pas se fit entendre dans son dos.

— Que se passe-t-il, ici ? lança Eden. Je vous ai entendus crier. Marcus ?

Tandis qu'Helen reprenait son souffle, il se tourna vers son épouse.

— C'est bien ce que je te disais : j'aurais dû me débarrasser d'elles ! tonna-t-il d'une voix frémissante de rage.

Eden posa tranquillement l'assiette de tarte et le verre d'eau sur un plateau, avant de lever les yeux vers lui.

— Ton émission commence dans cinq minutes.

— J'y vais, acquiesça-t-il. Débrouille-toi avec elle !

— Tu peux compter sur moi, assura-t-elle.

Marcus sortit en jurant entre ses dents. Aussitôt, Eden lança un regard noir à Helen.

— Cesse d'importuner ton père, maugréa-t-elle d'un ton lourd de reproches. Il est fatigué.

— *Fatigué ?* répéta-t-elle, stupéfaite. Il est fou, oui ! Fou et dangereux.

— Certainement pas. Il allait très bien avant ton arrivée.

— Comment peux-tu dire une chose pareille ? Marcus a transformé Blackrose en forteresse. Il a perdu la tête, je te dis !

Eden haussa les épaules avec un dédain manifeste.

— C'est toi qui perds la tête, ma pauvre enfant ! Tu deviens aussi paranoïaque que ton père… Ce n'est pas surprenant, au fond. Il paraît que certaines pathologies sont héréditaires !

L'attaque était frontale, mais Helen s'interdit de se laisser décontenancer.

— Tu es mal placée pour me donner des leçons, répliqua-t-elle. Je t'ai aperçue ce matin, dans le labyrinthe, et tu n'avais pas l'air très normale, crois-moi !

— Je ne vois pas de quoi tu parles, objecta sa belle-mère avec un calme olympien. Je n'ai pas mis les pieds dans le jardin depuis hier soir : il faisait bien trop chaud pour sortir.

— Inutile de mentir, Eden. Je t'ai suivie ! Et j'ai surpris ta conversation avec Marcus. Tu le fais chanter, c'est ça ?

— Pardon ? se récria-t-elle, stupéfaite. Qu'as-tu entendu, exactement ?

— Marcus disait qu'il ne paierait pas un centime de plus.

De surprise, l'expression d'Eden se fit pensive. L'espace d'un instant, elle sembla oublier la présence d'Helen… puis, redressant la tête, elle plongea son regard dans le sien.

— Laisse-nous tranquilles, Helen. Ou tu le regretteras, je t'assure.

Elle saisit le plateau qu'elle avait préparé pour Marcus et quitta la pièce. Le bruit de ses pas s'évanouit peu à peu. Et dans le silence retrouvé, la porte du garde-manger se referma dans un murmure.

Helen se retourna vivement.

Quelqu'un se cachait à l'intérieur !

9.

Helen prit une profonde inspiration. Et ouvrit la porte du garde-manger d'un coup sec.

Il n'y avait personne.

Pourtant, elle avait entendu la porte se refermer, un instant plus tôt !

Etait-elle victime d'hallucinations, à présent ?

— Ah, te voilà ! s'exclama Jacob en entrant dans la cuisine, un large sourire aux lèvres. Je t'ai cherchée partout… Je commençais à m'inquiéter : tu n'es pas venue dîner, et ta voiture…

Il s'interrompit pour la dévisager avec attention.

— Mais… Que t'arrive-t-il ? Tu es si pâle…

Elle lui offrit un sourire qui se voulait rassurant.

— Ce n'est rien. Je viens d'avoir une explication avec Marcus et ta mère et…

— Ça t'a retournée ? acheva Jacob d'un air compatissant. Je te comprends ! Ma mère me fait souvent cet effet, à moi aussi… Tu veux m'en parler ?

Elle secoua la tête.

— Non, merci. Je crois que je vais aller me coucher.

— Sans manger ? Franchement, ce n'est pas très raisonnable. Je peux te préparer quelque chose, si tu veux.

Il s'avança, une lueur sensuelle au fond des yeux.

Non, gémit-elle intérieurement. Pas maintenant !

— Je suis plutôt bon cuisinier, ajouta-t-il. Et puis… j'aime te rendre service, Helen. D'ailleurs, je pourrais faire *beaucoup* de choses pour toi…

Sa voix s'était faite plus langoureuse, son regard plus insistant… Elle eut un mouvement de recul involontaire.

— Jacob, je t'en prie. Je ne suis pas en état de…

— Et si on se mariait, Helen ?

La question lui fit l'effet d'une bombe. Elle n'avait jamais rien entendu d'aussi absurde.

— P-pardon ? marmonna-t-elle, sous le choc.

— Mais oui ! Nous avons tellement de points communs, assura-t-il. Nous partageons les mêmes goûts, et nous nous entendons à merveille. Je suis sérieux, Helen, très sérieux. Ecoute-moi, je t'en prie ! Il y a si longtemps que je voulais t'en parler, mais je n'arrivais jamais à me décider. Et puis, ces jours-ci, à te voir si… stressée, j'ai compris que tu avais besoin de soutien. Je sais que ce n'est pas facile à admettre pour une femme comme toi, si forte, si déterminée… mais j'aimerais vraiment m'occuper de toi.

Elle prit une inspiration tremblante.

— Tais-toi, Jacob. C'est de la folie.

— Pas du tout. Il y a des années que j'y pense.

— Non. *Non !* répéta-t-elle comme il tentait de l'enlacer.

Il laissa retomber ses bras, l'air dépité.

— Pardonne-moi, dit-il. Je ne voulais pas te brusquer… C'est juste que… J'attends ce moment depuis si longtemps ! C'est sans doute un choc pour toi, mais… promets-moi d'y réfléchir, d'accord ?

Elle soupira. Non, elle ne voulait pas y réfléchir. De toute façon, elle ne *pouvait* même plus réfléchir. Les pensées s'entrechoquaient dans son esprit sans ordre logique.

— Je… J'ai besoin d'être seule, Jacob. Bonne nuit. A demain.

— Attends ! protesta-t-il comme elle s'élançait vers le couloir. Tu n'as rien mangé. Helen, attends !

Elle ne l'écoutait plus. Courant à toutes jambes, elle s'engagea dans l'escalier, le gravit quatre à quatre, et longea le couloir jusqu'à sa chambre. Là, ouvrant le battant à la volée, elle s'engouffra à l'intérieur et verrouilla la porte à double tour.

Elle attendit, l'oreille collée au battant, persuadée que Jacob ne tarderait pas à la rejoindre… mais le couloir demeura silencieux. Aussi amoureux soit-il, il avait compris qu'il devait la laisser tranquille.

Elle se laissa choir sur son lit, le souffle court. Elle n'arrivait pas à le croire. Jacob venait de la demander en mariage ! Pire, il affirmait être amoureux d'elle depuis des lustres. Elle secoua la tête. Cela n'avait aucun sens. Comment avait-elle pu grandir à son côté sans jamais rien soupçonner ? Et puis… qu'allait-il advenir de leur relation, à présent ? Devrait-elle sacrifier leur amitié sur l'autel de cette proposition ridicule ?

Mais comment lui annoncer son refus sans le heurter ?

Bah ! Elle finirait bien par trouver les mots justes… Les hommes n'étaient pas si compliqués à comprendre, n'est-ce pas ?

Un sourire las au coin des lèvres, elle se força à se redresser. Elle était trop fatiguée pour aborder la question ce soir, de toute façon. Demain, peut-être… Oui, demain, elle trouverait le courage d'aller parler à Jacob.

Pour l'heure, une bonne douche s'imposait. Elle était si crispée que ses épaules lui faisaient mal, comme après une séance de sport. Quant à ses cheveux, une bouteille entière d'après-shampooing ne suffirait pas à les dompter ! estima-t-elle en jetant un coup d'œil à son reflet dans le miroir de la salle de bains.

Elle ne se trompait pas : l'eau chaude lui fit du bien. Pour la première fois de la journée, elle parvint à se vider la tête des soucis qui l'assaillaient. Laissant le jet brûlant ruisseler sur sa nuque, elle se contenta d'enchaîner les gestes familiers : verser une dose de gel-douche au creux de sa main, se savonner, se rincer… Ensuite, enveloppée dans un grand drap de bain propre, elle entreprit de démêler les longues mèches blondes qui lui retombaient dans les yeux. Un peigne à la main, elle se posta devant la glace…

Alors, lentement, le visage tourmenté de Bram s'imposa à son esprit. Elle avait besoin de lui, admit-elle avec une lucidité presque douloureuse. Il était son ancre, son point de salut dans la tempête qu'elle traversait. Accepterait-il de la croire ? Il la pensait gagnée aux théories de Jacob… Quel gâchis ! Si elle ne parvenait pas à le convaincre de la confiance qu'elle lui accordait, leur relation ne s'en relèverait pas.

Il fallait qu'elle lui parle. Et le plus tôt serait le mieux.

Elle tressa ses cheveux encore mouillés puis, saisissant une jupe vert anis et un T-shirt assorti, elle s'habilla rapidement. Le couloir semblait désert, estima-t-elle en jetant un regard prudent sur le palier. Elle referma la porte de sa chambre derrière elle, et s'élança vers l'escalier. A son grand soulagement, le hall comme la cuisine étaient vides. Elle prit le temps de grignoter un morceau de fromage — son estomac venait de se rappeler à son bon souvenir —, puis elle emballa une part de tarte, saisit une bouteille d'eau et sortit par la porte de derrière.

Un calme apaisant régnait sur le parc, baigné dans la douce clarté d'une grosse lune ronde. Guidée par la lumière rougeoyante de la forge, qui ondulait à travers les branches des arbres, Helen s'engagea sur le sentier qui menait au campement de Bram.

Elle s'arrêta au seuil de la petite clairière qu'il avait investie, derrière les bâtiments délabrés de l'ancienne forge. Comme le soir de son arrivée, Bram se dressait devant un grand brasier, un marteau dans ses mains lourdement gantées. Elle l'observa un long moment, fascinée par le spectacle qu'il lui offrait... mais, comme le soir de son arrivée, il finit par deviner sa présence. Et leva un regard irrité vers elle.

— Que faites-vous là ?

— Je... Je suis venue vous parler, expliqua-t-elle en faisant un pas vers lui.

Il l'enveloppa d'un regard las, s'arrêtant un instant seulement sur le galbe de ses seins, souligné par le T-shirt moulant qu'elle avait choisi.

En toute conscience, il fallait l'admettre.

— Je n'ai pas envie de « parler », Helen. Rentrez chez vous. Je ne suis pas d'humeur à bavarder ce soir, croyez-moi.

— Je sais, renchérit-elle. C'est ma faute. Pardonnez-moi.

Il posa son marteau sur l'établi de fortune qui se dressait à sa droite, et ôta ses gants.

— Qu'attendez-vous de moi, au juste ?

Tout, songea-t-elle.

Elle posa son sac de provisions sur une chaise pliante, et traversa la petite clairière. Bram lui opposait une résistance aussi tenace que le métal qu'il travaillait. Mais fléchirait-il, lui aussi, si elle le soumettait à une forte chaleur ?

— J'ai besoin de vous, déclara-t-elle simplement.

— De moi, ou de mon corps ? répliqua-t-il du tac au tac.

— Les deux. Mais avant tout, j'ai besoin de votre aide.

Elle déglutit péniblement. Cette conversation se révélait plus compliquée qu'elle ne l'avait imaginé. Si seulement Bram y mettait un peu du sien, au lieu de la fixer d'un regard noir !

— J'ai peur. *Vraiment* peur, avoua-t-elle soudain, optant pour la sincérité.

Bram ne cilla même pas.

— De quoi ?

— De ce qui m'arrive. Je me sens tellement bizarre depuis quelque temps ! Je suis exténuée du matin au soir, je ne parviens pas à me concentrer, j'entends des bruits, je...

Elle se mordit la lèvre pour retenir le sanglot qui enflait dans sa gorge.

— Le pire, c'est que j'ai tout le temps envie de pleurer, poursuivit-elle d'une voix tremblante. Eden a raison ; je suis en train de devenir aussi folle que Marcus.

— Consultez un médecin, répliqua Bram d'un ton sec.

Il cherchait manifestement à la décourager... mais elle ne se démonta pas.

— Pourquoi me racontez-vous tout cela ? reprit-il.

« Parce que je suis tombée amoureuse de vous », voulut-elle répondre — mais elle se retint. A quoi bon s'humilier davantage ? Il ne voulait pas d'elle, c'était évident.

A défaut de tendresse, accepterait-il de lui accorder son amitié ?

— Parce que vous êtes le seul en qui j'ai confiance, déclara-t-elle. Vous l'avez dit vous-même : quelqu'un s'amuse à jouer avec mes nerfs... et je ne sais pas comment lutter.

Son estomac émit un gargouillis plutôt déplaisant. Et assez sonore pour rompre le silence nocturne.

— Bon sang, Helen ! bougonna Bram. A quand remonte votre dernier repas ?

— Je n'ai pas dîné, avoua-t-elle. J'ai dormi tout l'après-midi.

Il la dévisagea en silence. « Pas un mot de réconfort », songea-t-elle, de plus en plus dépitée. Elle allait devoir tourner les talons et regagner la maison... Cette perspective lui sembla si insupportable qu'elle ferma les yeux — et manqua de tituber.

— Asseyez-vous, ordonna-t-il. Vous allez tomber.

Il avait posé une main sur son bras pour la retenir.

— Vous tremblez, constata-t-il d'un ton radouci.

— Ça m'arrive souvent, ces temps-ci.

D'inflexible, son expression se fit soucieuse. Etouffant un juron, il la fit asseoir sur une chaise pliante avec une sollicitude qui l'émut aux larmes.

— Vous devriez manger.

— Je viens de prendre un bout de fromage. Et j'ai apporté deux parts de tarte aux pommes.

— J'ai déjà dîné, répliqua-t-il d'un ton bourru, et il lui tourna le dos.

Pouvait-il être plus clair ? Sa présence le gênait, et il ne la supporterait plus très longtemps… Elle baissa les yeux pour dissimuler son amertume.

Et ne les rouvrit que bien plus tard, lorsqu'il lui secoua doucement l'épaule.

— Helen ? Réveillez-vous !

Elle sursauta. Bram se dressait devant elle, en chemise et en jean propres. Il avait fait réchauffer des pommes de terre rissolées, qu'il lui tendait sur une assiette. Combien de temps avait-elle dormi ? s'interrogea-t-elle, déconcertée. Il lui semblait pourtant qu'elle avait fermé les yeux dix secondes plus tôt…

— Je ne comprends pas ce qui m'arrive, marmonna-t-elle. Ce n'est pas normal de dormir autant… Et j'ai tellement soif ! Pouvez-vous me donner ma bouteille d'eau ? Je l'ai mise dans le sac, avec les parts de tarte.

Il lui lança un regard inquisiteur.

— Prenez-vous des somnifères ?

— Non. Je ne prends aucun médicament.

— … mais vous buvez beaucoup d'eau, ajouta-t-il.

Elle haussa les épaules.

— C'est bon pour la santé.

— Mangez ça, dit-il en posant l'assiette de pommes de terre sur ses genoux. Je vais chercher votre bouteille.

Elle obtempéra, portant distraitement la fourchette à ses lèvres, tandis qu'il s'emparait de son sac à provisions, abandonné sur une chaise à l'entrée de la clairière.

Il examina la bouteille à la lueur de la lampe à pétrole, avant de s'éloigner de nouveau. Lorsqu'il lui tendit un gobelet en carton, quelques instants plus tard, elle avait pratiquement terminé son repas improvisé.

— Buvez ça, dit-il.

— Qu'est-ce que c'est ?

— De l'eau gazeuse.

Elle eut une grimace de dégoût.

— Désolé, s'excusa-t-il. Je n'ai pas d'eau plate.

— Mais… et ma bouteille ? Vous ne l'avez pas trouvée ?

— Si. Mais je n'ai pas très envie de vous la donner…, marmonna-t-il.

Il approcha de nouveau la bouteille encore scellée de la lampe, et la fit pivoter sur toutes ses faces. Quand il accentua la pression de ses doigts autour du goulot, un filet d'eau s'en échappa.

Helen poussa une exclamation de stupeur.

— C'est bien ce que je pensais, commenta-t-il. Lorsque je l'ai prise dans le sac, tout à l'heure, elle m'a glissé des doigts… Quand sont apparus vos premiers symptômes ?

Un frisson lui parcourut la nuque. Etait-il possible que l'eau soit à l'origine du mal étrange qui l'assaillait ?

— Le lendemain de mon arrivée ici, répondit-elle.

Bram hocha la tête.

— L'autre jour, j'ai bu à votre bouteille ; vous vous souvenez ? J'ai passé l'après-midi à m'assoupir… Sur le moment, j'ai cru que c'était dû à la chaleur, mais…

— Attendez, intervint-elle. Etes-vous en train de me dire que cette eau est empoisonnée ?

— C'est la seule explication possible. Regardez, intima-t-il en lui tendant la bouteille. Le bouchon est intact, mais le goulot a été percé, tout près du pas de vis. A l'aide d'une seringue, manifestement.

Les protestations moururent sur ses lèvres : il avait raison, constata-t-elle en passant son doigt sur le récipient.

— Combien de bouteilles avez-vous bues aujourd'hui ?

— Je… Je ne sais pas. Deux ou trois, peut-être.

Elle était terrifiée, à présent. Quelle substance avait-elle ingérée, au juste ? Et qui lui en voulait assez pour lui infliger un tel traitement ?

Bram, lui, ne se perdit pas en conjectures.

— Venez, enjoignit-il. Je vous emmène à l'hôpital.

— Non !

Le cri lui avait échappé — assez violemment pour que Bram la dévisage avec stupeur.

— Si les analyses sont positives, je serai obligée de porter plainte, expliqua-t-elle. Et le commissaire de Stony Ridge m'accusera d'avoir monté toute l'affaire pour le forcer à rouvrir l'enquête sur…

Elle laissa sa phrase en suspens. Le souvenir des événements qui l'avaient opposée à la police locale, sept ans plus tôt, suffisait à réveiller ses rancœurs enfouies.

— L'enquête sur la disparition de votre mère ? acheva Bram d'un air sombre.

— C'est ça. Le commissaire et moi sommes en froid, depuis ce temps-là… Il n'a jamais cru aux accusations que j'ai portées contre Marcus. Plus je lui reprochais son inertie, moins il s'intéressait au dossier. J'ai fini par renoncer — mais je le tiens pour responsable de l'échec de l'enquête. Vous comprenez, n'est-ce pas ? ajouta-t-elle en lui décochant un regard plein d'espoir.

Comme il acquiesçait, elle reprit aussitôt :

— Et si nous faisions analyser l'eau par un laboratoire indépendant ?

Il réfléchit un instant, avant de répondre :

— C'est une bonne idée. Pensez-vous que vos voisins puissent nous être utiles ?

— Les Walken ? Pourquoi ?

— Ils connaissent tout le monde, si j'ai bien compris… Ce n'est pas mon cas, Helen. En plus, il est bien trop tard pour appeler un cabinet médical. Les Walken nous orienteront peut-être vers un de leurs amis.

La solution n'était pas mauvaise. Même si les Walken ne pouvaient les aider, leur soutien moral lui serait précieux.

— D'accord, dit-elle. Il faut juste que j'aille chercher mon sac à la maison…

— Pas question, objecta-t-il fermement. C'est trop dangereux.

Elle le dévisagea sans répondre. La situation échappait à son contrôle… Comment accepter de ne plus mettre les pieds dans la maison qui l'avait vue naître ? Bram avait raison, pourtant. Déjà, l'eau qu'elle buvait avait été empoisonnée… Le pire était peut-être à venir.

Helen était terrorisée. Et la fatigue qui l'accablait ne l'aidait guère à faire face, comprit Bram en lui prenant la main. Dieu savait quelles substances elle avait ingérées sans le savoir ! Un traitement se révélerait peut-être nécessaire. Et plus tôt un médecin pourrait le lui prescrire, mieux ce serait.

— Installez-vous dans la camionnette, suggéra-t-il en l'entraînant vers son véhicule, garé à l'orée de la clairière. Je range mon matériel, et je vous rejoins.

Elle hocha la tête et monta sur le siège passager sans ajouter un mot. Elle paraissait exténuée, tout à coup, comme si la drogue avait repris ses droits après lui avoir accordé un peu de répit.

Lorsqu'il se hissa derrière le volant, dix minutes plus tard, elle était profondément endormie.

Il la secoua gentiment.

— Helen ? J'ai besoin de vous. Il faut que vous m'indiquiez le chemin.

A son grand soulagement, elle ouvrit les yeux presque aussitôt.

— Hmm ? D'accord, acquiesça-t-elle d'une voix ensommeillée.

Elle le guida sans trop d'encombres, luttant manifestement pour ne pas céder à la torpeur qui l'envahissait.

La propriété des Walken, moins vaste que celle des Thomas, était nettement plus accueillante. Et ce fut sans la moindre appréhension que Bram s'engagea dans l'allée centrale. Il se rangea à côté de deux autres voitures, et contourna la camionnette pour aider Helen à descendre.

Mme Walken répondit presque aussitôt à leur coup de sonnette. Bien que surprise, elle mit toute sa courtoisie naturelle dans le sourire de bienvenue qu'elle leur adressa.

— Quelle joie de vous voir ! Entrez donc.

Bram s'exécuta sans lâcher la main d'Helen, qui tenait à peine debout.

— Bonsoir, madame Walken. Désolés de vous déranger si tard, mais nous avons besoin de votre aide, annonça-t-il avec gravité.

Comme George Walken faisait irruption dans le vaste hall, il résolut d'aller à l'essentiel :

— L'eau minérale que boit Helen depuis son arrivée à Blackrose a manifestement été droguée. Nous venons de le comprendre… et nous aurions besoin d'un médecin.

— Quels sont les symptômes ? s'enquit Emily avec un calme rassurant.

— Fatigue excessive, somnolence, confusion mentale…, énuméra Bram, avant d'ajouter à l'adresse d'Helen : Quoi d'autre ?

— J'ai très soif. Et j'entends des bruits.

Sa voix n'avait été qu'un murmure. George lança un regard inquiet à Bram.

— L'hôpital…

— Non, objecta-t-elle. Je préfère laisser les autorités en dehors de cette histoire.

Le vieil homme hocha la tête.

— Je comprends. Dans ce cas… nous pouvons sans doute en parler aux Levinson : ils sont venus dîner, justement. Saul est pédiatre, et sa femme Rhea est chimiste. Venez. Je vais vous présenter.

Les Levinson se révélèrent aussi sympathiques que leurs hôtes. Agé d'une quarantaine d'années, Saul était jovial et généreux ; sa femme, plus discrète, déploya des trésors de douceur pour mettre Helen à l'aise et l'inciter à raconter ses troubles dans le détail.

Cette dernière s'était installée près de Bram sur un des canapés du grand salon, et ce fut tout naturellement qu'il passa un bras autour de ses épaules pendant la conversation. La savoir en danger l'incitait à la protéger, bien sûr… mais ce n'était pas tout. La confiance qu'elle lui avait témoignée l'avait touché. En l'aidant dans l'épreuve qu'elle traversait, il souhaitait lui témoigner sa reconnaissance.

En espérant qu'elle ne se méprendrait pas sur son geste…

— Bien sûr, vous êtes un peu plus âgée que mes patients habituels, déclara Saul Levinson avec un sourire quand Helen eut terminé son récit. Mais je peux sûrement vous aider. Je vais vous examiner, puis vous me fournirez un échantillon d'urine.

Je l'enverrai dès demain matin à mon labo habituel et nous serons fixés dans la journée.

Helen acquiesça avec reconnaissance. Saul partit chercher sa mallette dans sa voiture, puis il rejoignit son épouse et la jeune femme à l'étage pour l'examiner. Bram demeura au salon, faisant les cent pas pour déguiser son impatience… L'attente fut de courte durée, heureusement : les Levinson redescendirent un quart d'heure plus tard — sans Helen, qui se reposait dans une des chambres d'amis.

— Alors ? s'enquirent George et Bram à l'unisson.

— Sa tension est basse, mais rien de catastrophique, assura Saul. L'effet de la drogue commence à se dissiper. Nous en saurons plus demain. Dès que le labo aura identifié le produit, nous pourrons lui prescrire un traitement adéquat.

Ils prirent congé, laissant Bram seul avec ses hôtes.

— Quelle sale histoire ! marmonna George. En tout cas, je vous remercie de nous avoir amené Helen. Nous l'aimons beaucoup, vous savez… Il y a plusieurs années, j'ai promis à son grand-père de veiller sur elle et sa sœur jumelle. Alors, ce soir, j'ai un peu l'impression de remplir ma promesse…

— Vous nous ferez l'honneur de rester cette nuit, n'est-ce pas ? intervint Emily avec chaleur.

Il secoua la tête.

— Ne vous souciez pas pour moi. Je peux rentrer dormir à Blackrose.

— Ce n'est peut-être pas une bonne idée… Et puis, Helen sera plus rassurée si vous êtes là, j'en suis sûre. Je vais vous installer dans la chambre en face de la sienne, d'accord ?

Difficile de résister à tant de gentillesse… Vaincu, Bram accepta. Il partit chercher ses affaires de toilette et des vêtements de rechange dans la camionnette, puis il suivit Emily au second étage, dans une partie apparemment inhabitée de la maison.

— C'est ici que dormaient nos pensionnaires les plus âgés, expliqua-t-elle. A l'adolescence, on a besoin d'autonomie…

Sur ces paroles pleines de malice, elle le laissa devant la porte de la chambre qu'elle lui avait attribuée.

Après avoir posé ses vêtements sur le bord du lit, il décida de prendre une douche. La salle de bains était au bout du couloir… Il s'y enferma et se dévêtit rapidement.

Si l'eau chaude détendit agréablement ses muscles crispés par la fatigue et l'inquiétude, elle ne fit rien, en revanche, pour apaiser le flot tumultueux de ses pensées. Avec Helen, il jouait un jeu dangereux, et il le savait. Bientôt, très bientôt, il ne saurait plus lutter contre les émotions qu'elle éveillait en lui. Des émotions qui le terrifiaient. Et auxquelles il ne pouvait répondre.

Car Helen n'était pas le genre de femme à se contenter d'une aventure. Entière et passionnée, elle exigerait de lui un engagement aussi total que le sien.

Il se raidit. Le mariage, les enfants… Il n'aurait pas la force d'emprunter ce chemin une seconde fois.

Mais où trouver celle de résister à Helen ? En trois jours, elle avait miné plus sérieusement ses défenses que la poignée de femmes qu'il avait fréquentées en sept ans. Exacerbant le désir qui les poussait l'un vers l'autre, elle lui avait prouvé qu'il était encore un être de chair et de sang. Un homme intensément vivant, capable d'aimer et d'être aimé.

Alors, n'était-ce entre eux qu'une question d'attirance physique ? Il aurait voulu s'en convaincre : faire l'amour avec elle tournait à l'obsession… Mais il se connaissait trop pour s'étourdir de mensonges. Il désirait Helen, bien sûr. Mais il était *aussi* en train de tomber amoureux d'elle.

Il noua une serviette autour de sa taille et sortit dans le couloir, soulagé de le trouver vide.

Sa chambre, elle, ne l'était pas.

10.

Assise sur l'un des deux lits jumeaux qui occupaient la petite chambre, Helen paraissait nerveuse, mais déterminée. Les cheveux lâchés sur ses épaules nues, elle dégageait un érotisme d'autant plus enivrant qu'il n'avait rien d'affecté. La nuisette de satin fuchsia qu'Emily lui avait prêtée pour la nuit épousait habilement ses courbes sensuelles sans rien dissimuler de leur perfection.

Ainsi vêtue, les joues colorées d'une légère impatience, elle avait tout d'une femme amoureuse, attendant l'arrivée de celui qui faisait chavirer son cœur.

Sauf qu'il n'était pas son amant. Et n'avait pas l'intention de le devenir.

— Que faites-vous ici ? s'enquit-il rudement.

— Je vous attendais.

Son regard se fit brumeux, voilé d'un désir qu'elle ne cherchait pas à réprimer. Les mots étaient inutiles. Bram savait parfaitement ce qu'elle avait en tête.

Puisque les mêmes pensées le hantaient sans relâche.

— Ce n'est pas une bonne idée.

Ses lèvres s'étirèrent en un sourire coquin.

— Pourquoi pas ?

— Parce que je n'ai pas changé d'avis. Je ne vous ferai pas l'amour, Helen. Ni maintenant ni plus tard.

Elle haussa négligemment les épaules.

— Tant pis.

Tant pis ? Il se consumait de désir pour elle, et c'était tout ce qu'elle trouvait à dire ?

— C'est moi qui vous ferai l'amour, alors…

Il crut que son cœur s'arrêtait de battre. C'était la phrase la plus érotique qu'il avait entendue de sa vie.

— … mais pas maintenant, acheva-t-elle tranquillement. Parce que ce n'est pas pour cette raison que je suis venue.

Il s'arracha à la contemplation de ses seins, lovés dans un savant entrelacs de dentelle rose. Que disait-elle ? Il avait perdu le fil de la conversation. Un feu brûlant s'était emparé de lui, balayant toute pensée rationnelle.

— Si vous continuez à me regarder ainsi, je finirai peut-être par changer d'avis, avertit-elle.

Lui aussi. Ses résolutions ne tenaient plus qu'à un fil. Il devait se faire violence pour ne pas tendre la main vers elle, suivre d'un doigt tremblant la ligne délicate de sa nuque, effleurer le galbe de ses seins pour les sentir gonfler sous sa caresse…

— J'ai bien réfléchi, dit-elle tout à trac.

— C'est mauvais signe.

— Je vous remercie. Je ne sais pas si c'est le sandwich d'Emily ou la piqûre de vitamine B du Dr Levinson, mais je me sens pleine d'énergie. Vous aussi, non ? ajouta-t-elle en lançant un regard malicieux à la serviette qu'il avait nouée autour de sa taille.

Et qui ne laissait aucun doute sur le désir qu'elle lui inspirait.

— Nous sommes à moitié nus dans une chambre à coucher, Helen. Vous êtes très désirable. Et je suis un homme…

— En effet, interrompit-elle, plus mutine encore. Je suis ravie que vous ayez envie de moi. Parce que j'ai *très* envie de vous.

Bram jura intérieurement. Il s'était promis de rester sur le seuil de la chambre… mais sa raison l'avait trahi. De sorte qu'il se trouvait maintenant devant Helen, penché sur la soie de ses épaules nues.

— Je suis trop vieux pour ce petit jeu, je vous l'ai déjà dit.

— Alors, essayons le grand jeu.

Sa voix n'avait été qu'un murmure lascif. Elle tendit la main vers la serviette… Il l'arrêta d'un geste sec.

— Non.

Elle laissa retomber sa main sur ses genoux.

— Désolée. Je ne sais pas comment m'y prendre.

Elle semblait si vulnérable, à présent… Son refus l'avait

désarmée, débarrassée de son audace de façade. Et c'était sans artifice, dans la violence de son désir pour lui, qu'elle le dévorait d'un regard suppliant.

A court d'arguments, il se réfugia sous le chapiteau des conventions sociales.

— Nous ne sommes pas chez nous, ici. Les Walken nous ont attribué des chambres différentes. Et je doute qu'ils approuvent ce que vous avez l'intention de faire sous leur toit.

Elle secoua la tête, attirant son regard sur ses cheveux dénoués. Dieu, qu'elle était jolie !

— Vous vous trompez. Je connais la maison : les chambres d'amis sont au premier étage. Emily nous a installés ici *précisément* pour nous laisser tranquilles. Elle voulait me laisser le choix… Et mon choix est fait, Bram. Je ne veux pas dormir seule. Puis-je rester avec vous ?

Il ferma les yeux. Ses résistances l'abandonnaient une à une. En lui s'ouvrait un abîme qu'elle seule pouvait combler.

— Si vous attendez plus qu'une partie de jambes en l'air, vous serez déçue, lâcha-t-il brutalement. Je n'ai pas l'étoffe d'un mari.

Elle se leva avec une grâce qui n'appartenait qu'à elle.

— Et alors ? Je ne me souviens pas d'avoir demandé votre main.

C'était la phrase qu'il attendait. En assurant qu'elle ne cherchait rien d'autre qu'un peu de plaisir entre ses bras, elle venait d'emporter sa décision. A quoi bon lutter davantage ? Il était fatigué de jouer les martyrs. Une femme superbe s'offrait à lui. La vie ne lui ferait peut-être plus d'aussi beaux cadeaux.

Glissant une main sous sa nuque, il l'attira contre lui, frôlant ses lèvres entrouvertes de son souffle brûlant.

— Nous sommes d'accord, si je comprends bien ?

— Tout à fait d'accord, acquiesça-t-elle.

… Avant de s'emparer de sa bouche en un baiser violent, exigeant, le suppliant d'interrompre l'attente, l'insupportable torture qu'il lui avait imposée. Mais, submergé de plaisir, Bram ne pouvait se rassasier d'elle, de la douceur de ses lèvres, de sa bouche impérieuse. Leurs souffles se mêlaient, s'épousaient dans le silence de la petite chambre.

Enfin, n'y tenant plus, il la renversa sur le lit, caressant du regard la douceur satinée de sa peau, à peine dorée par le soleil de juin. Tête renversée, yeux clos, Helen s'abandonna à ses mains fébriles qui, déjà, se refermaient sur la rondeur de ses seins.

Un soupir lui échappa tandis qu'il se penchait vers elle, traçant du bout des lèvres un chemin brûlant sur sa gorge nue. Les pointes de ses seins se dressèrent sous sa langue, lui arrachant un cri de plaisir. Elle plongea les mains dans ses cheveux, le serrant contre elle… Elle avait attendu si longtemps, avant de s'abandonner enfin à ce désir impérieux… Enfin, lui aussi y cédait, et elle sentait une ivresse délicieuse l'envahir. Rien ne lui avait jamais paru aussi juste. Jamais non plus il n'avait éprouvé un sentiment aussi naturel, aussi évident, que celui qu'il éprouvait pour Helen.

Il se redressa, souleva doucement les jambes de la jeune femme. Puis il se pencha pour déposer un baiser sur sa peau fine, juste au-dessus de son pied. Cette peau veloutée, aussi douce et sucrée qu'un fruit, excitait ses sens… Un long frisson la parcourut lorsqu'il souleva sa nuisette pour laisser ses lèvres glisser le long de ses longues jambes galbées, remonter vers son genou, puis l'intérieur de la cuisse, là où la peau est si fine… Un gémissement s'étrangla dans sa gorge comme elle cambrait les reins pour mieux s'offrir à sa caresse. Alors, il s'enhardit, effleurant la délicieuse moiteur de son intimité d'un baiser aussi tendre qu'audacieux. Helen gémit et sentit son bassin balancer presque malgré elle ; oui, elle le voulait, son corps exigeait ses caresses…

Ivre de désir, elle se redressa, fit tomber la serviette qui lui ceignait encore les reins, et posa une main sur son sexe dressé. Il eut un gémissement de plaisir — mais il arrêta sa main quand elle voulut le caresser.

— Non… Je ne tiendrai plus très longtemps… J'ai tellement envie de toi…

— Moi aussi, murmura-t-elle. Viens.

Il souleva ses hanches à sa rencontre et pressa la vigueur de son désir contre le sien.

— Viens, répéta-t-elle. Je t'en prie.

Alors il entra en elle. Doucement. Et plus rien ne compta

que cette infinie douceur dans laquelle il se perdait, follement heureux de la faire sienne en même temps qu'il s'offrait à elle, de toute son âme.

Leurs corps semblaient se connaître depuis toujours, comme s'ils avaient été destinés à devenir des amants et à progresser ensemble vers l'extase. Pourtant la sensation qui le brûlait, qui le consumait tout entier, ne ressemblait à rien de ce qu'il avait connu jusqu'alors. Dans les bras d'Helen, il avait l'impression de faire l'amour pour la première fois.

Elle se cambra, ivre de plaisir, répétant son prénom à l'infini… Et lorsque la jouissance l'envahit tout entière, Bram la rejoignit dans un cri, avant de lui voler l'ultime gémissement qui s'échappait d'entre ses lèvres.

Comblés, épuisés, ils demeurèrent immobiles un long moment, bras et jambes emmêlés dans le désordre des draps froissés.

Puis, se redressant à demi, Helen vint caler sa tête contre son épaule avec un soupir de contentement.

— Hmm. On est si bien…

Bien ? Le terme était un peu faible. Gagné par une douce torpeur, Bram aurait voulu étirer cet instant à l'infini. Mais une longue liste de problèmes s'affichait déjà sous ses paupières closes.

— Tu sais ce qui serait encore *mieux* ? reprit Helen d'une voix ensommeillée. Ce serait de faire venir ce drap jusqu'à moi…

— Pourquoi ? Tu as froid ?

Elle eut un petit rire espiègle.

— Après notre séance d'échauffement ? Certainement pas ! Je n'aime pas dormir sans rien, c'est tout.

Il émit un grognement de protestation.

— Il faut se lever, alors ?

— J'en ai peur. Mais ne bouge pas, dit-elle en lui déposant un baiser sur le bout du nez. Je m'en charge. Il faut que j'aille aux toilettes, de toute façon. Où est passée ma chemise de nuit ? Ah, la voilà !

Amusé, Bram se dressa sur un coude pour la regarder enfiler sa nuisette. Les joues roses, les yeux brillants, elle était plus sexy que jamais.

— Tout va bien ? demanda-t-il.

Elle lui décocha un sourire radieux.

— Divinement bien. Nous tenons le traitement idéal contre les méfaits de l'eau minérale de Blackrose !

Elle quitta la pièce d'un pas dansant. Demeuré seul, Bram remit de l'ordre dans la literie. A peine partie, Helen lui manquait déjà… Cette découverte, loin de l'inquiéter, l'emplit d'une étrange satisfaction. N'était-il pas grisant de sentir de nouveau la passion brûler dans ses veines ? Il avait éprouvé des sentiments similaires pour Jane, autrefois.

Ce qui n'avait pas empêché la mort de l'emporter.

Helen revint à cet instant. Elle se glissa entre les draps, lovant son corps chaud contre le sien avec un ronronnement de chaton satisfait. Bram sentit son cœur se serrer. Elle semblait si confiante en l'avenir… Tendant le bras, il éteignit la lampe de chevet. L'obscurité l'aiderait peut-être à trouver les mots justes ?

Il les cherchait encore quand la voix de sa compagne brisa le silence.

— Tu dors toujours nu ?

— Oui. As-tu d'autres questions à me poser ?

— Sûrement. Je veux tout savoir de toi.

La mort dans l'âme, il se résolut à parler. Il l'aimait trop pour la laisser se bercer d'illusions.

— Helen… Moins tu en sauras sur moi, mieux cela vaudra. Je n'ai rien à donner, je te l'ai déjà dit.

— A cause de ce qui est arrivé à ta femme et à ta fille ?

— Oui.

Etrangement, l'évocation du drame lui sembla moins pénible que d'habitude. Il se risqua même à convoquer certaines images — des instantanés de bonheur, du temps où Jane et lui croquaient la vie à pleines dents. Une douce mélancolie le gagnait, infiniment plus supportable que la culpabilité dévorante qui accompagnait ses rares incursions dans l'album de son passé.

— Bram ?

— Oui ?

Il s'attendait à ce qu'elle l'interroge sur son mariage. Mais, à son grand soulagement, elle orienta la conversation sur un autre sujet.

— C'est à propos de l'eau empoisonnée. Je crois que la drogue ne m'était pas destinée.

Il glissa un bras autour de son épaule tandis qu'elle continuait :

— Je n'avais prévenu personne de ma visite. Pourtant, la bouteille que j'ai prise dans la cuisine le lendemain de mon arrivée était déjà empoisonnée. Or, Marcus est le seul à boire de l'eau minérale : Eden et Jacob préfèrent l'eau gazeuse. Quant à Mme Norwhich, elle ne jure que par l'eau du robinet. Bref, je me demande si le comportement étrange de Marcus n'est pas dû à cette drogue… Eden m'a parlé de démence précoce, mais je ne suis pas convaincue. Ses symptômes ressemblent aux miens — en plus violents, naturellement. Qu'en penses-tu ?

Il réfléchit un instant. Son hypothèse était plus que vraisemblable, en effet.

— Si c'est ton père qui est visé, ce que je veux bien admettre, qui est responsable ?

— Eden, répondit-elle sans hésitation. Elle est infirmière, ne l'oublie pas. Elle a forcément accès au laboratoire de Marcus.

— Pourquoi s'amuserait-elle à droguer ton père ?

— C'est la question que je me pose. Elle sait forcément que Blackrose n'appartient pas à Marcus, mais elle a peut-être des vues sur sa fortune personnelle.

— En a-t-il une ?

— Je n'en suis pas sûre. Leigh et moi l'avons toujours soupçonné d'avoir épousé maman pour sa fortune, mais je n'ai jamais connu sa situation financière. Comme il vit depuis trente ans à Blackrose sans rien payer, j'imagine qu'il a amassé de solides économies… Quant à Eden, si c'est l'appât du gain qui la motive, elle a sans doute fait un calcul réaliste : Marcus a encore de longues années à vivre. En le droguant jusqu'à la démence, elle espère peut-être le déchoir de ses droits et devenir son tuteur légal.

— Hmm… Ça tient debout, reconnut-il. Et puis, il y a cette histoire de chantage… Lorsque je t'ai retrouvée dans le labyrinthe l'autre jour, tu m'as dit que tu avais entendu Marcus crier qu'il refusait de payer.

— Oui. Je n'ai pas *vu* Eden à son côté, mais je l'ai suivie dans le labyrinthe. Je suis pratiquement sûre qu'elle se tenait derrière la haie. Si c'est elle qui fait chanter Marcus, cela prouve qu'elle en a après son argent, non ?

— Effectivement. Mais je ne suis pas aussi sûr que toi de sa présence dans le labyrinthe… parce que moi, j'y ai suivi Jacob ce jour-là !

Elle sursauta.

— Jacob ? Tu ne m'en avais pas parlé.

Il haussa les épaules, un peu embarrassé.

— Je ne voulais pas avoir l'air de m'acharner contre lui…

— C'est vrai que tu ne l'aimes pas beaucoup. Qu'as-tu contre lui, au juste ? Il ne t'a rien fait !

— Question d'instinct, sans doute, répondit-il évasivement.

Inutile de se ridiculiser auprès d'Helen en lui avouant la jalousie qui l'envahissait chaque fois que Jacob posait les yeux sur elle.

— Dans ce cas, l'instinct est réciproque, ironisa-t-elle. Il ne t'apprécie pas non plus.

— Vraiment ? J'en suis navré. Quels sont ses rapports avec Marcus, au fait ?

— Tu ne le soupçonnes quand même pas d'avoir drogué l'eau ?

— Bien sûr que si. Le seul fait d'habiter cette sinistre baraque le transforme en coupable potentiel, répliqua-t-il sombrement.

— C'est ridicule : Jacob est arrivé après moi !

— C'est ce qu'il dit. Mais rappelle-toi : le premier soir, tu étais convaincue qu'il y avait quelqu'un dans la maison. C'était peut-être Jacob !

Elle s'appuya sur un coude.

— Non. Il serait venu me saluer en m'entendant entrer. Et puis, j'aurais vu sa voiture dans l'allée.

— Il l'avait peut-être laissée dans le garage, insista Bram. As-tu vérifié ?

Le silence gêné qui suivit répondit à sa question.

— Tu es aveuglée par l'affection que tu lui portes, avoue-le.

— Sans doute, admit-elle.

Elle hésita, leva les yeux vers lui et lança :

— Il m'a demandée en mariage tout à l'heure.

— *Comment ?*

— J'étais aussi surprise que toi. J'étais à mille lieues d'imaginer qu'il puisse éprouver le moindre sentiment amoureux à mon égard…

Comme elle laissait sa phrase en suspens, manifestement troublée, il ne put s'empêcher de la relancer :

— Raconte-moi tout, Helen. Que s'est-il passé, exactement ?

Elle lui raconta en quelques mots sa conversation avec Jacob, insistant sur le fait qu'elle n'avait « pas la moindre intention » de l'épouser. Le sujet semblait la laisser indifférente, comme si elle avait autre chose en tête. Intrigué, il insista gentiment, et finit par obtenir le récit de l'événement qui avait précédé son entretien avec Jacob — cette histoire de porte qui se refermait dans son dos.

— Il y a de quoi s'inquiéter, non ? conclut-elle. Soit c'est un des effets de la drogue, soit… je suis en train de devenir folle !

— Arrête, Helen, intima-t-il. Ta santé mentale n'est pas en cause, et tu le sais bien.

— Dans ce cas, comment expliques-tu le bruit que j'ai entendu derrière moi ?

— Mme Norwhich dort près de la cuisine, n'est-ce pas ? C'est peut-être la porte de sa chambre que tu as entendue, pas celle du garde-manger ?

Elle parut peser le pour et le contre… avant de concéder :

— C'est possible, en effet.

— D'ailleurs, c'est peut-être Mme Norwhich qui trafique l'eau minérale. Elle passe son temps dans la cuisine !

Elle eut une moue dubitative.

— Pourquoi s'en prendrait-elle à mon père ? Autant accuser Paula, pendant que tu y es !

— Pourquoi pas ?

— Sois sérieux, Bram. Odette et Paula viennent tout juste d'être embauchées. Elles n'ont aucune raison de nous en vouloir !

— Qui sait ? Si j'ai bien compris, ton père a plutôt mauvaise presse dans la région. Vos nouvelles employées font peut-être partie de ses ennemis… à moins que l'une d'elles ne soit sa maîtresse ?

Un court silence accueillit sa remarque, et il craignit de l'avoir choquée. Mais elle éclata de rire.

— Tu plaisantes !

— Un peu, admit-il en souriant à son tour. Ce que je voulais te faire comprendre, c'est que tout le monde est suspect, dans cette affaire. Demain, quand nous aurons les résultats des analyses, nous y verrons plus clair. Pour le moment... nous devrions essayer de dormir.

Helen s'adossa aux oreillers, laissant tomber sa tête contre son épaule.

— D'accord. Mais d'abord, j'ai quelque chose à te demander.

— Je t'écoute.

— J'aimerais que tu me conduises à Blackrose tôt demain matin.

Il se raidit.

— Certainement pas. C'est trop dangereux, Helen. J'irai chercher tes affaires, si tu veux.

— Eden ne te laissera pas entrer.

— Je n'avais pas l'intention de lui demander la permission.

— Ah ! Tu sais forcer une serrure, alors ? s'enquit-elle avec satisfaction.

Il réprima un soupir.

— Oui... mais je ne vois pas en quoi cette compétence peut t'être utile.

— C'est très simple : je veux que tu m'aides à forcer la porte du cabinet médical de Marcus, expliqua-t-elle doctement. Demain, quand tout le monde dormira encore. Il y a une sacrée réserve de médicaments là-dedans. Ça vaut le coup d'aller y jeter un œil, non ?

— Tu n'espères tout de même pas y trouver la drogue qui t'a rendue malade ?

— Pourquoi pas ? A part Eden et Marcus, personne n'a l'autorisation d'entrer dans cette pièce. Paula n'a même pas le droit d'y faire le ménage ! C'est donc une assez bonne cachette... Et même si nous ne trouvons pas la drogue en question, la lecture des archives de Marcus nous mettra peut-être sur une piste. S'il est aussi mauvais médecin que le prétend la rumeur, il s'est forcément fait des ennemis parmi ses patientes.

— Je suis d'accord avec toi, mais ce n'est pas à nous de mener l'enquête. Nous ne sommes pas des flics, Helen !

Sa remarque manquait de conviction — et pour cause : il

commençait lui aussi à s'interroger sur ce qu'ils pourraient découvrir derrière les portes closes du cabinet médical.

— Et si c'était Eden, et non Marcus, qui avait trouvé tes coordonnées sur Internet ? reprit-elle pensivement. Elle aurait entendu les rumeurs qui circulent à ton sujet, et tu lui serais apparu comme la couverture idéale…

Il fronça les sourcils.

— Comment cela ?

— Admettons qu'Eden veuille se débarrasser de Marcus. Une fois son forfait commis, qui l'empêchera de te mettre le meurtre sur le dos en prétendant que tu voulais venger ta femme ?

Un frisson lui parcourut l'échine. L'hypothèse d'Helen était glaçante de cynisme. Effroyable.

Mais vraisemblable.

11.

Ils dormirent peu et se réveillèrent avant l'aube. Habillé en un clin d'œil, Bram remit la pièce en ordre tandis qu'Helen rassemblait maladroitement ses cheveux en queue-de-cheval. Elle était si nerveuse que ses doigts tremblaient.

Ils descendirent à la cuisine où ils avalèrent une tasse de café en silence pour ne pas risquer de réveiller leurs hôtes. Les mots semblaient inutiles, de toute façon : ils se comprenaient d'un geste, comme s'ils s'étaient toujours connus. Bram en avait-il conscience ? Ou demeurait-il convaincu que leur relation se limitait à une bonne entente sexuelle ?

Elle soupira intérieurement. Quoi qu'il pense, elle s'évertuerait à le persuader qu'ils partageaient plus que du désir…

— Tu es prête ? demanda-t-il.

— Oui.

Elle avait longuement insisté pour qu'il l'accompagne à Blackrose au petit matin. Las de lutter, il avait fini par accepter… sans le moindre enthousiasme.

Ils laissèrent un petit mot sur le comptoir de la cuisine pour expliquer leur départ aux Walken, et quittèrent la maison sur la pointe des pieds. La camionnette les attendait, toujours garée dans l'allée.

— Je n'arrive pas à croire que tu m'as poussé à faire une chose pareille, murmura-t-il en l'enlaçant tendrement.

— Ça ne prendra pas plus de vingt minutes, assura-t-elle. Les Walken dormiront encore quand nous reviendrons !

— N'oublie pas notre marché : tu ne t'éloignes pas et tu ne prends aucun risque inutile.

— Oui, Bram, acquiesça-t-elle d'un air docile.

Il leva les yeux au ciel.

— Ne fais pas semblant… L'obéissance te va très mal.

Elle éclata de rire.

— Je sais.

Elle souriait encore lorsqu'ils franchirent le portail de sa maison natale. Bram s'arrêta devant le campement désert et resta quelques instants bouche bée, avant de pousser un cri de colère.

— Que se passe-t-il ? l'interrogea Helen.

Il descendit du camion sans répondre. A le voir examiner son établi sans rien toucher, elle comprit qu'il avait reçu de la visite… Elle le rejoignit, la gorge nouée.

— Il te manque quelque chose ?

Il acquiesça, l'air sombre.

— Mon marteau a disparu. La pièce sur laquelle je travaillais hier a été déplacée. Et mes outils sont sens dessus dessous. Je n'aime pas ça, Helen. J'ai l'impression qu'un drame se prépare… Reste ici. Je vais chercher tes affaires et je te rejoins.

— Je viens avec toi.

Un regard noir accueillit son propos. Mais elle tint bon.

— Nous n'avons plus le choix, à présent, argua-t-elle fermement. Celui qui a volé ton marteau a une sale idée derrière la tête… Nous n'arriverons à rien si nous n'essayons pas de comprendre ce qui se passe.

Un silence s'étira, interminable… Bram plongea ses yeux dans les siens, mesurant sa détermination, cherchant la faille qu'il pourrait exploiter pour la faire fléchir. Il ne la trouva pas : elle était si persuadée d'avoir raison !

— D'accord, lâcha-t-il finalement en lui prenant la main. Allons-y.

L'air était déjà moite, annonçant les fortes chaleurs de la journée. Mais Helen n'en souffrait pas. Pour la première fois depuis son arrivée à Blackrose, elle se sentait les idées claires et marchait d'un pas alerte, pleinement consciente de l'objectif à atteindre.

Cette santé retrouvée la réconciliait avec elle-même. La torpeur qui lui avait fait perdre le contrôle d'elle-même n'était plus qu'un mauvais souvenir. Et si tout se passait comme prévu, elle connaîtrait bientôt le coupable de ces basses œuvres.

« Si tout se passe comme prévu… », répéta-t-elle intérieurement en croisant les doigts dans l'obscurité.

Ils traversèrent l'allée en veillant à ne pas trop faire crisser le gravier sous leurs pas. Comme ils s'y attendaient, les deux portes d'entrée étaient fermées à clé. Bram entraîna Helen vers les fenêtres de la salle d'attente, qu'il n'avait pas encore grillagées. Tirant un outil de sa poche, il donna un coup sec sur le carreau qui jouxtait la clenche. Helen se crispa, persuadée que le bruit avait réveillé la maisonnée… mais tout demeura silencieux. Déjà, Bram tendait la main vers la clenche à travers le carreau brisé… Et ce fut sans encombre qu'ils se hissèrent à l'intérieur par la fenêtre ouverte, quelques secondes plus tard.

La maison était plongée dans un profond silence — aussi menaçant que le soir de son arrivée, se remémora la jeune femme avec un frisson. Quelqu'un se cachait-il dans l'ombre, ce matin aussi ? Elle promena un regard inquisiteur autour d'elle… Tout semblait en ordre. La porte ouvrant sur le hall était verrouillée, ainsi que Bram le vérifia aussitôt entré. Celle qui menait au cabinet médical, en revanche, s'ouvrit sans résistance.

Ils échangèrent un regard surpris. N'était-ce pas un peu trop… facile ? Leur mystérieux ennemi ne s'y serait pas pris autrement s'il avait *voulu* les attirer à l'intérieur…

— Es-tu sûre que personne n'est réveillé ? lui chuchota-t-il au creux de l'oreille.

— Sûre et certaine. Même Marcus ne se lève pas aussi tôt.

Il s'engagea dans le couloir qui menait au cabinet de Marcus. Deux portes se devinaient face à lui ; une troisième s'ouvrait sur sa droite. Bram se tourna vers Helen, l'air interrogateur.

— Toilettes, précisa-t-elle à voix basse en désignant la porte de droite, puis, pointant les deux portes du fond : laboratoire d'analyses. Bureau de Marcus.

— Ça sent bizarre, non ? reprit-il en fronçant le nez.

Elle avait remarqué, elle aussi. Une forte odeur de produits chimiques imprégnait l'atmosphère.

— C'est peut-être un désinfectant ? suggéra-t-elle.

Il acquiesça d'un air dubitatif, et s'avança vers le laboratoire d'analyses. Là encore, la porte n'était pas verrouillée.

Helen le suivit à l'intérieur. L'odeur y était plus forte encore :

sans être nauséabonde, elle était assez écœurante pour donner envie de rebrousser chemin. Mais Helen n'en fit rien, bien sûr. Bram avait allumé les néons, qui jetaient une lumière crue sur la pièce — presque trop crue après la pénombre de la salle d'attente. Helen cligna des yeux, désorientée… avant de promener un regard attentif autour d'elle. Le matériel était en ordre, mais il semblait avoir été déplacé récemment : la fine couche de poussière qui recouvrait les équipements présentait des disparités.

— Nous ne sommes pas les premiers, murmura-t-elle en fronçant les sourcils. Pourtant, je suis certaine que Marcus a cessé de pratiquer.

Bram lui tendit des gants jetables.

— Enfile ça, ordonna-t-il, en attrapant une autre paire dans la boîte posée sur une étagère. Inutile de laisser des traces…

Elle secoua la tête ;

— Pourquoi ? Je suis chez moi, ici !

— Toi, oui. Moi, pas. Nous en parlerons plus tard. Mets-les, s'il te plaît.

Elle obtempéra tandis qu'il ouvrait les tiroirs d'un meuble à roulettes. L'un d'eux renfermait un stock de seringues stériles. Bram en choisit une, qu'il déposa dans une pochette de plastique transparent, trouvée dans une caissette de rangement.

— Elles correspondent peut-être à la perforation que nous avons remarquée sur ta bouteille d'eau, expliqua-t-il comme elle lui lançait un regard interrogateur.

Ils reprirent leurs recherches, le plus discrètement possible. Par chance, le mobilier ne grinçait pas. Tantôt hissée sur la pointe des pieds, tantôt courbée pour examiner le contenu des étagères les plus près du sol, Helen se chargea de passer les flacons de solutions médicamenteuses en revue. Bram, lui, était toujours occupé à vérifier le contenu des tiroirs… De longues minutes s'étaient écoulées, infructueuses, quand il brandit une petite bouteille remplie d'une solution parfaitement limpide.

— Qu'est-ce que c'est ? demanda-t-elle.

— Aucune idée. Mais ça ne sent rien, c'est transparent, et il n'y a pas d'étiquette…

— Où l'as-tu trouvée ?

— Derrière la boîte de compresses. Plutôt bien cachée, en fait. Rien ne prouve que c'est ce que nous cherchons, mais ça y ressemble fort…

Helen esquissa un sourire nerveux.

— C'est peut-être du chlorure de sodium…

— Je ne crois pas : la texture semble plus épaisse, remarqua-t-il en inclinant la bouteille. Rhea nous en dira plus.

Il s'empara d'une autre seringue et préleva un peu de solution, qu'il injecta dans un flacon stérile. Puis il remit la bouteille dans sa cachette et glissa le flacon dans la pochette plastique qu'ils destinaient aux Levinson.

— Merci, chuchota Helen. Je ferais mieux d'aller jeter un œil dans le bureau de Marcus : le temps passe vite.

Il hocha la tête.

— Sois prudente. Je finis ici, et je te rejoins.

Il était nerveux, lui aussi. Mais tout se passait plutôt bien, jusqu'à présent, estima-t-elle en s'éloignant. Si la solution correspondait au poison qu'elle avait ingéré, elle pourrait porter plainte sans craindre les rebuffades du commissaire de police : le dossier serait assez solide pour justifier l'ouverture d'une véritable enquête.

La porte du bureau s'ouvrit sans plus de résistance que les précédentes. Plongée dans la pénombre, la pièce dégageait la même odeur que le cabinet médical — plus puissante encore, peut-être. « Une odeur à vous donner mal à la tête », songea-t-elle, troublée. De quoi s'agissait-il ? Et pourquoi ces lieux, qu'elle pensait abandonnés depuis le départ à la retraite de Marcus, en avaient été imprégnés ?

Elle alluma la lampe qui se dressait sur le bureau. Sous-main de cuir vert, assortiment de stylos, large fauteuil recouvert de velours émeraude… Tout semblait à sa place. Un ordinateur et une imprimante laser trônaient à l'extrémité de la table, mais elle s'interdit de l'allumer : il lui faudrait des heures pour passer en revue les fichiers informatiques qu'il renfermait. Mieux valait examiner les dossiers médicaux des patientes, estima-t-elle en se tournant vers l'armoire de dossiers suspendus installée près de la fenêtre. Là aussi, elle manquerait de temps, sans doute.

Mais qui sait ? Un nom, un détail insolite attireraient peut-être son attention ?

Elle fit coulisser le panneau… et recula d'un pas, effarée. Cette odeur, encore… Les dossiers paraissaient en avoir été imprégnés récemment : ils étaient humides !

Marcus avait-il fait venir une société de décontamination ? Ou avait-il chargé Paula de vaporiser un produit contre les insectes ? Cela expliquerait l'odeur… mais pourquoi les chemises cartonnées n'avaient-elles pas séché ? Le traitement semblait remonter à quelques minutes à peine…

Quelqu'un s'était levé à l'aube pour vaporiser le bureau et le cabinet médical d'une substance inconnue… et peut-être toxique.

Prise de panique, elle faillit refermer l'armoire d'un coup sec. Mais ses yeux s'arrêtèrent sur l'un des dossiers médicaux.

Myers, Jane.

Rangé à la lettre M, en tous points identiques aux autres — hormis la couleur de l'encre employée sur l'onglet : bleue, au lieu de noire —, il semblait danser à hauteur de son regard. Elle s'en empara sans hésiter. Bram lui avait affirmé que sa femme n'avait jamais consulté Marcus, et elle le croyait. Que faisait ce dossier ici, alors ?

Un rapide coup d'œil confirma ses soupçons : c'était un faux. Il ne présentait qu'un seul type d'écriture, au lieu de deux — celle de la secrétaire médicale et celle du médecin —, et les renseignements faisaient état d'un nombre trop important de visites pour être vraisemblables. Jane Myers avait passé l'essentiel de sa grossesse à New York, pas à Stony Ridge !

Il n'y avait qu'une seule explication possible : c'était un coup monté contre Bram. Pour accréditer la thèse de la vengeance, sans doute. Et lui faire porter le chapeau, une fois le crime commis…

Qui était assez machiavélique pour imaginer un tel stratagème ? Elle n'aurait su dire si l'écriture était celle d'Eden ou de Marcus : l'une comme l'autre ne lui était pas assez familière. Elle s'apprêtait à la comparer à celles qui figuraient dans les autres dossiers, quand un choc sourd brisa le silence, aussitôt suivi d'un cri de douleur.

Bram ! Elle courut vers le laboratoire. Etendu sur la moquette, son compagnon paraissait exsangue. Blessé à la tête, il saignait abondamment. Le marteau qui lui avait été dérobé au campement gisait à ses pieds, maculé de sang.

Terrifiée, Helen se précipita vers lui. Mais il la repoussa vivement quand elle voulut l'aider à se relever.

— Ne m'attends pas. Va-t'en !

— Pas sans toi.

— Je me débrouillerai. Va-t'en, Helen, je t'en prie !

— Pas question, objecta-t-elle avec un sang-froid dont elle fut la première étonnée. Fais un effort... Je vais essayer de te soulever.

Ignorant ses protestations, elle lui passa un bras autour des épaules et l'entraîna vers la porte. Il se redressa en chancelant... et s'affaissa contre elle de tout son poids. Helen fléchit, mais tint bon. S'il perdait conscience maintenant, elle n'aurait pas la force de le porter jusqu'à sa voiture. Or, son agresseur pouvait revenir d'un instant à l'autre...

Ses yeux la piquaient horriblement, à présent. Le produit chimique s'était répandu dans la pièce, raréfiant l'oxygène. Raison de plus pour quitter les lieux au plus vite, estima-t-elle, tendant la main vers la porte.

Qui refusa de s'ouvrir.

Furieuse, elle venait de donner un coup de pied rageur contre le battant quand une puissante déflagration retentit dans son dos. Le choc fut si violent qu'il les projeta au sol. Un nuage de fumée noire s'éleva vers le plafond, l'atmosphère devint irrespirable. Et le système d'alarme se déclencha dans un grand hululement sonore.

Helen risqua un regard derrière elle : venu de nulle part, le feu se propageait à une vitesse effrayante. Déjà, les flammes léchaient les étagères encombrées de produits toxiques... Il n'y avait plus une seconde à perdre. Le laboratoire allait exploser !

— Helen ! hurla soudain Bram. Dans la salle de bains, vite !

La salle de bains ? Elle se trouvait dans le couloir, de l'autre côté de la porte verrouillée. Avait-il perdu la tête ?

Elle n'eut pas le temps de protester. Il la saisit sans ménagement et l'entraîna vers un petit cabinet de toilette, aménagé dans un renfoncement du laboratoire. Là, ouvrant le robinet en grand, il lui plongea le crâne sous l'eau.

Alors seulement, elle comprit : sa queue-de-cheval avait pris feu !

Bram éteignit les flammèches, et lui tendit une serviette, puis il se pencha à son tour sous le filet d'eau froide pour se laver le visage. Sa plaie saignait toujours, mais il semblait avoir repris des forces…

— Laisse-moi regarder, dit-elle lorsqu'il referma le robinet.

— Plus tard. Le feu ne va pas tarder : il faut bloquer la porte.

Baissant les yeux, elle constata avec horreur que la fumée s'immisçait déjà sous le battant — un mince panneau de contre-plaqué qui ne résisterait pas longtemps à l'assaut des flammes.

Ôtant sa chemise, Bram l'aspergea d'eau glacée et la jeta en boule contre le battant. Helen fit de même avec la serviette, puis elle arracha violemment un grand morceau de tissu dans le sèche-mains accroché au-dessus du lavabo.

— Ne bouge pas, intima-t-elle, et elle noua le bandage improvisé sur le front de Bram.

— Merci. Si j'arrive à te faire sortir d'ici, je te nomme secouriste en chef de Blackrose.

Ils échangèrent un pâle sourire.

— C'est gentil. En pompier, tu n'es pas mal non plus ! ajouta-t-elle en passant la main dans ses cheveux calcinés.

— Justement, dit-il, reprenant son sérieux. Qu'y a-t-il derrière ce mur ?

Il désigna la paroi de droite — la seule qui ne communiquait pas avec le laboratoire.

Elle réfléchit un instant.

— La salle de télévision, je crois.

— Ne bouge pas. Je vais chercher le marteau.

— Non ! C'est…

Trop tard : il avait déjà ouvert et refermé la porte. Un souffle d'air brûlant s'était engouffré dans la petite pièce, et la jeune femme se courba en deux, prise d'une violente quinte de toux. Elle se redressait quand Bram la rejoignit, le visage baigné de sueur.

— C'est moins grave que je ne le craignais, annonça-t-il.

Le feu n'a pas encore pris près des armoires. Mais nous devons faire vite. Ecarte-toi, je vais défoncer le mur.

Joignant le geste à la parole, il abattit un violent coup de marteau sur la paroi. Le cabinet de toilette était tout juste assez large pour eux deux. Helen se recroquevilla dans un coin pour se protéger des éclats de bois et de plâtre qu'il fit voler autour d'eux. Une brèche apparut bientôt dans le mur, mais il dut poursuivre ses efforts pendant de longues minutes encore. Enfin, Helen aperçut le parquet de la pièce voisine à travers les éclats de plâtre. Un immense soulagement l'envahit. Ils allaient échapper à cet enfer !

— Les dames d'abord, énonça-t-il d'une voix entrecoupée quand le trou fut assez large pour la laisser passer.

Elle s'agenouilla et s'engouffra dans la brèche.

— Plus vite ! cria-t-il.

Retenant son souffle, elle rampa vers le plancher du salon… mais sa jupe se prit dans un éclat de bois, interrompant sa progression.

— Je suis coincée !

Bram lâcha un juron. Elle sentit ses mains se poser sur ses hanches. Il descendit la fermeture Eclair et déchira le tissu d'un coup sec. Elle était libre ! L'instant d'après, elle émergeait de l'autre côté, couverte de poussière, les vêtements en lambeaux et les mains en sang.

Mais vivante.

— Bram ! Dépêche-toi ! intima-t-elle en se penchant pour lui attraper la main.

Il s'engagea dans la brèche… mais elle n'était pas assez large pour ses épaules. Il dut se relever et frapper la paroi, encore et encore. Derrière lui, la fumée se frayait un passage sous le battant de la porte, emplissant leurs poumons de son souffle âcre et vicié

Helen laissa échapper un sanglot. Devrait-elle assister, impuissante, à l'asphyxie de son compagnon ? Pourquoi personne n'était venu à leur secours ? L'alarme résonnait toujours, pourtant !

Elle ne s'interrogea pas davantage : Bram lui tendait la main par l'ouverture. Il pouvait passer, cette fois ! Elle le saisit fermement par les épaules et le tira vers elle de toutes ses forces…

Il s'abattit sur le plancher du petit salon, à bout de souffle. Une violente crise de toux déchira son torse nu, couvert d'égratignures.

Mais elle ne lui accorda pas un instant de répit.

— Lève-toi, supplia-t-elle en le tirant par le bras. Tu te reposeras plus tard. Nous devons partir avant…

Un craquement sinistre résonna de l'autre côté du mur : la porte du cabinet de toilette venait de céder sous les assauts des flammes.

Helen s'élança vers la porte du petit salon — celle qui ouvrait sur le hall. Il y avait bien *quelqu'un* dans cette satanée maison ! Si seulement Jacob entendait ses appels, il viendrait l'aider à transporter Bram jusqu'à la voiture…

Elle poussa un cri de terreur : la porte était fermée à clé.

Sous le choc, elle s'adossa au battant. Ses jambes ne la portaient plus. Qu'allaient-ils faire, à présent ? Les fenêtres étaient lourdement grillagées, les portes bloquées… Certes, l'air était plus respirable ici. Mais le feu ne tarderait pas à les rejoindre. Ils n'avaient fait que troquer une prison contre une autre. Si personne ne venait à leur secours, c'était ici qu'ils…

— La fenêtre, articula Bram d'une voix rauque. Ouvre la fenêtre.

— Mais… le feu se propagera encore plus vite ! se récria-t-elle, stupéfaite.

— Fais ce que je te dis.

Elle obtempéra. Au point où ils en étaient, pourquoi ne pas respirer un peu d'air frais avant de s'évanouir ?

L'aube pointait à l'horizon, mais le parc semblait désert. Si elle appelait à l'aide, qui l'entendrait ?

— Ne fais pas cette tête, énonça la voix de Bram dans son dos. Tout n'est pas perdu.

Il s'appuya au rebord de la fenêtre, fit courir ses doigts le long de la grille de fer forgé… et débloqua un à un les taquets invisibles qui la retenaient au cadre de métal coulé dans la façade.

— C'est pratique, non ? commenta-t-il avec un sourire.

Sous les yeux émerveillés d'Helen, il poussa la grille, qui pivota docilement sur ses gonds. La voie était libre !

— Qui a dit que tu n'étais pas Superman ? s'exclama-t-elle, riant et pleurant à la fois.

Il la fit taire d'un baiser, puis, l'enlaçant par la taille, il l'aida à grimper sur le rebord de la fenêtre. Ils sautèrent dans le jardin et s'affalèrent sur la pelouse humide de rosée.

Conscients d'avoir échappé de peu à une mort certaine.

12.

— Mademoiselle Thomas ?

Helen leva les yeux vers la femme qui se penchait au-dessus d'elle.

— Je suis le Dr Ravens. Vous êtes la fiancée de M. Myers ?

Elle arracha son masque à oxygène et se redressa contre la tête de lit.

— Où est-il ? Je veux le voir !

Quand Bram avait sombré dans le coma, quelques secondes après avoir sauté par la fenêtre du petit salon, elle avait perdu tout contrôle d'elle-même. La maison, le feu, le hurlement strident du camion de pompiers qui s'engageait dans l'allée… tout s'était mêlé dans un brouillard indistinct tandis qu'elle tentait en vain de réveiller son compagnon. Agenouillée près de lui, elle le suppliait encore lorsqu'un petit groupe de gens avaient couru à leur rencontre, Eden et Marcus en tête.

Son père, en pantalon et chemisette beiges, s'était penché au-dessus de Bram pour examiner sa blessure. Eden, les cheveux en désordre, sanglée dans une vieille robe de chambre, lançait des ordres brefs et contradictoires à Odette et Paula, qui observaient la maison en feu d'un air hagard. Quant à Jacob, en pantalon de pyjama et chaussettes dépareillées, il paraissait trop hébété pour être de la moindre utilité à quiconque.

— Je suis médecin, annonça Marcus aux brancardiers qui les avaient rejoints. Donnez-moi le masque à oxygène, vite ! Cet homme fait une commotion cérébrale. Il a été frappé à la tête. La blessure semble superficielle, mais il faut la suturer avant qu'il ne perde plus de sang. Occupez-vous de ma fille, aussi. Elle tousse à s'arracher les poumons.

Déchirée par une énième quinte de toux, Helen s'était

affaissée sur elle-même. Les propos de son père tournaient en boucle dans son esprit. Une commotion cérébrale ? Cela signifiait-il que Bram ne se réveillerait pas ? Ou qu'il risquait de perdre certaines de ses facultés ?

Elle s'était laissé soigner, indifférente à son propre sort. Un homme lui avait appliqué un masque sur le visage, un autre l'avait étendue sur un brancard… quelle importance, désormais ? Si Bram ne s'en sortait pas…

Le trajet jusqu'à l'hôpital lui avait semblé infiniment long. S'était-elle endormie ? Sans doute. En arrivant aux urgences, elle avait rassemblé assez d'énergie pour s'enquérir une nouvelle fois de Bram… et mentir à l'infirmière qui lui demandait son « lien de parenté avec M. Myers » :

— Nous sommes fiancés, avait-elle affirmé, en espérant que cela suffirait à le faire apparaître devant elle, comme par magie.

Mais elle avait dû subir le supplice de l'attente. Après l'avoir installée dans une alcôve au fond de la salle commune, les brancardiers l'avaient abandonnée à son sort. Entre deux quintes de toux, Helen avait tenté de persuader l'infirmière de garde de la laisser partir s'enquérir de Bram… en pure perte. Autoritaire et revêche, la femme s'était emparée d'un désinfectant, qu'elle avait appliqué sans ménagement sur ses égratignures, avant de lui faire avaler un sirop affreusement amer. Dès que l'importune l'avait enfin laissée seule, Helen avait décidé de filer, vêtue d'un pantalon et d'une blouse assez décente pour lui permettre de se glisser dans les couloirs sans attirer l'attention.

Puisque personne ne consentait à lui donner des nouvelles de Bram, elle n'avait plus qu'une solution : partir elle-même à sa recherche.

Elle s'apprêtait à mettre son projet à exécution, quand le Dr Ravens fit irruption dans l'alcôve, un sourire bienveillant aux lèvres.

« Cette fois, songea Helen avec détermination, pas question de laisser passer ma chance. »

— Est-ce qu'il va bien ? Je veux le voir ! répéta-t-elle d'un ton impérieux.

Malencontreusement brisé par une autre quinte de toux.

Le médecin remit fermement son masque à oxygène en place, avant de répondre :

— Il s'est réveillé. Et il a demandé de vos nouvelles.

Un cri de joie lui échappa.

— C'est vrai ? Il va bien, alors ?

Son interlocutrice la toisa avec sévérité.

— Pour un homme qui a reçu un coup de marteau sur la tête et failli périr dans un incendie, oui, il va bien. Savez-vous ce qui aurait pu arriver si les pompiers n'avaient pas été tout près de chez vous quand ils ont reçu votre appel ?

Ce qui aurait pu arriver ? Helen s'en fichait. Ils s'en étaient sortis, non ?

— Je veux le voir, répéta-t-elle, plus obstinée que jamais.

Le docteur leva les yeux au ciel.

— Vous *allez* le voir. Si vous vous sentez la force de me suivre, bien sûr, ajouta-t-elle avec un sourire entendu.

Elle n'avait pas terminé sa phrase qu'Helen s'élançait déjà dans l'allée centrale de la salle commune.

— Pas si vite, mademoiselle Thomas, protesta le médecin en lui emboîtant le pas. Vous surestimez vos forces. Et je ne tiens pas à vous présenter en mauvais état à M. Myers.

Helen lui offrit un regard contrit.

— Désolée. Je suis tellement impatiente de le voir, vous comprenez ?

Une résignation amusée se lut dans le regard de son interlocutrice.

— Il semble aussi impatient que vous… Venez.

Elle l'entraîna vers les ascenseurs, au fond du hall des urgences.

— Votre fiancé a été monté au cinquième étage, en service de traumatologie, expliqua-t-elle. Nous avons désinfecté et suturé sa blessure, mais il refuse de se soumettre à un encéphalogramme. Si vous pouviez le convaincre de l'utilité de l'examen…

Helen sentit sa gorge se nouer.

— Vous m'avez assuré qu'il allait bien. Pourquoi doit-il subir des examens ?

— Par mesure de précaution, répondit le docteur d'un ton apaisant. Sa blessure n'est pas profonde, mais il a perdu beaucoup de sang. Et le coup a été porté près de l'arcade sourcilière. Nous voulons nous assurer que tout est en place à l'intérieur, c'est tout.

Helen acquiesça en s'efforçant de maîtriser l'angoisse qui l'envahissait. Bram était réveillé, c'était l'essentiel.

— D'accord. Je tâcherai de le convaincre, dit-elle comme l'ascenseur s'arrêtait à leur étage.

Elle suivit le Dr Ravens dans la cabine encombrée de visiteurs et de patients de tous âges. Par chance, la plupart d'entre eux descendaient au troisième étage, où se trouvait la cafétéria, et la cabine ne marqua pas l'arrêt au quatrième. Lorsque les portes s'ouvrirent à l'étage suivant, Helen dut se retenir pour ne pas courir à l'extérieur. Calant son pas sur celui du Dr Ravens, elle se laissa docilement guider vers la chambre de Bram.

— C'est ici, déclara le médecin en se figeant devant une porte entrouverte. Je vous laisse avec lui… mais ne le fatiguez pas trop ! Je serai là dans dix minutes.

— Merci.

Elle poussa le battant et s'avança dans la pièce. Bram était seul. Il somnolait, adossé contre les oreillers, le crâne et la moitié du visage dissimulés sous un épais bandage blanc. Ses bras et son torse étaient couverts de pansements. Emue aux larmes, Helen lui prit doucement la main.

Il s'éveilla aussitôt.

— Helen ! s'exclama-t-il. Comment vas-tu ?

Il tendit la main vers son masque à oxygène pour l'enlever, mais elle arrêta son geste.

— Laisse-le où il est. Ça te va à ravir… Tu vois : je me porte comme un charme, ajouta-t-elle en souriant. Tu étais très efficace, dans ton rôle de Superman.

Elle s'était efforcée d'insuffler un peu de légèreté à son propos… mais le triste spectacle qu'il lui offrait fit trembler sa voix. Ses nerfs menaçaient de la lâcher… et Bram le devina sans peine.

— Ne pleure pas, murmura-t-il en serrant sa main dans la sienne. Je vais bien, je t'assure.

Elle esquissa un sourire bravache.

— Je serais plus rassurée si tu acceptais de faire un encéphalogramme. Le Dr Ravens m'a dit que tu avais refusé.

Il secoua la tête — ce qui lui arracha une grimace de douleur.

— Pourquoi refuses-tu cet examen ? insista-t-elle.

Il repoussa son masque d'un geste las.

— Je n'ai pas de couverture médicale, avoua-t-il avec franchise. Cet examen est hors de mes moyens.

— Pas pour moi, objecta-t-elle. Et ne t'avise pas de refuser mon offre. Tu m'as sauvé la vie. Je te dois bien ça, non ?

— Helen…

— Je t'en supplie, Bram. J'ai eu tellement peur… Laisse les médecins vérifier que tu n'as rien. Fais-le pour moi, s'il te plaît !

Une quinte de toux l'empêcha d'en dire davantage. Bram lui posa une main sur le bras.

— C'est bon, Helen. Je le ferai, cet examen. Merci de me l'avoir proposé.

Elle poussa un soupir de soulagement.

— C'est pour toi que je m'inquiète, tu sais, reprit-il en l'attirant contre lui. Cet incendie ne s'est pas déclenché par hasard. Quelqu'un avait vaporisé un accélérant dans le cabinet de ton père. J'aurais dû m'en douter, quand j'ai senti cette odeur bizarre…

— J'ai cru que c'était un insecticide, interrompit-elle pensivement. Je m'apprêtais à venir t'en parler quand je t'ai entendu crier.

— Ce type est arrivé dans mon dos. Il m'a assommé, puis il a déclenché l'incendie et il est parti en verrouillant toutes les issues. Nous étions censés y laisser notre peau, ça ne fait aucun doute !

Helen ferma les yeux, glacée d'horreur.

— Qui était-ce ?

— Aucune idée. Il s'est enfui avant que je puisse me retourner.

Un bruit de pas se fit entendre dans le couloir. Le Dr Ravens passa la tête dans l'entrebâillement de la porte.

— Eh bien, monsieur Myers ? Voulez-vous signer la décharge ou acceptez-vous de nous suivre en salle d'examens ?

— Il paraît que je n'ai pas le choix, répondit Bram en lançant un regard faussement vengeur à sa compagne.

— Parfait, dit le docteur. Je vois que votre fiancée vous

a convaincu… Je vais demander à un aide-soignant de vous accompagner avant que vous ne changiez d'avis.

— Puis-je rester encore un peu auprès de lui ? demanda Helen.

— Sans problème. De toute façon, il me faudra bien dix minutes pour mettre la main sur un aide-soignant ! Ah, j'oubliais : un officier de police va venir prendre votre déposition dès que vous serez remonté dans votre chambre.

— Entendu, acquiesça Bram. Merci, docteur.

Il attendit qu'elle se soit éloignée, pour reprendre :

— Prends la seringue et le flacon de solution dans la poche de mon pantalon, Helen. Je préfère te les donner avant l'arrivée de la police.

Il avait raison. Inutile d'informer l'officier de l'existence de ces pièces à conviction avant de les avoir fait analyser par Rhea.

— Tu leur fais aussi peu confiance que moi, si je comprends bien, commenta-t-elle en glissant les objets dans les vastes poches de son pantalon d'hôpital.

— Je te rappelle que nous sommes entrés par effraction dans le cabinet médical de ton père… Les flics ne seront sans doute pas ravis d'apprendre ce détail si nous n'avons rien de sérieux à leur mettre sous la dent !

— Bien vu. J'appellerai les Walken dès que tu seras descendu en salle d'examen. Ils viendront me chercher.

Bram se tendit.

— Promets-moi de rester avec eux, Helen. Tu ne seras pas en sûreté tant que nous n'aurons pas mis la main sur le cinglé qui a voulu nous tuer.

— Je te promets la lune — du moment que tu acceptes de faire tous les examens nécessaires.

— Marché conclu, dit-il avec un sourire malicieux. Je dois avouer que je suis curieux de connaître le résultat de ces examens… J'ai l'impression de ne plus avoir toute ma tête. La preuve : je ne me souviens même pas de m'être fiancé avec toi !

Elle s'empourpra.

— Je vais t'expliquer…

L'arrivée de l'aide-soignant lui épargna cette peine.

— Monsieur Myers, c'est vous ? s'enquit le jeune homme poussant une chaise roulante à travers la pièce.

— Oui. Je suis prêt.

Helen se leva.

— Je vais téléphoner aux Walken, puis je reviendrai t'attendre ici. As-tu un peu de monnaie ?

Il hocha la tête.

— Dans mon pantalon.

Elle tira une pièce de cinquante cents de sa poche, et le remercia d'un baiser trop bref à son goût.

— Désolé, mon vieux, lança Bram à l'adresse de l'aide-soignant. Ma *fiancée* est un peu sentimentale…

Elle tenta de le fusiller du regard, mais il lui offrit un sourire si facétieux qu'elle renonça à se prétendre vexée.

Et ce fut en souriant à son tour qu'elle quitta la chambre.

Elle atteignait le vaste hall d'entrée de l'hôpital, où elle espérait trouver des cabines téléphoniques, quand elle aperçut les Walken.

— George, Emily ! J'allais vous appeler. Que faites-vous ici ?

Emily l'étreignit chaleureusement, avant d'expliquer :

— Les nouvelles vont vite, tu sais… Nous avons rencontré Jacob en ville. Quand il nous a dit que tu avais été transportée à l'hôpital, nous avons pensé que tu serais heureuse d'avoir un peu de visite… Comment te sens-tu ?

— J'ai affreusement mal à la gorge et je suis couverte de bleus… mais ça va. Bram a été blessé à la tête. Ils viennent de le descendre en salle d'examens.

George la serra contre lui à son tour, puis il lui tendit un paquet de vêtements propres.

— J'imagine que les tiens n'ont pas résisté à l'épreuve du feu….

Elle sourit.

— Merci. Je meurs d'envie de quitter cette blouse atroce ! J'ai quelque chose pour vous, moi aussi, ajouta-t-elle en sortant la seringue et le flacon de solution de sa poche. Nous avons trouvé ça dans le cabinet médical de Marcus avant l'incendie. Il s'agit peut-être du poison qui a été injecté dans les bouteilles d'eau minérale. Bram a pris la seringue pour vérifier qu'elle correspond au trou pratiqué dans le goulot… Pensez-vous que Rhea Levinson pourra faire les analyses dans la journée ?

— Certainement, assura George Walken avec gravité. Je vais lui téléphoner tout de suite.

Il s'éloigna rapidement. Emily glissa son bras sous celui d'Helen.

— Si nous allions vous refaire une beauté pendant ce temps ? J'ai apporté tout ce qu'il faut. Les salles de bains pour femmes sont au bout du couloir. Venez.

D'abord réticente, Helen se laissa gagner par la gentillesse de sa compagne, qui lui tendit shampooing, savon et serviette, avant de la pousser vers une cabine de douche.

Lorsqu'elle en émergea, quelques minutes plus tard, elle se sentait nettement mieux. Ses multiples égratignures lui arrachaient encore des grimaces de déplaisir, mais la suie et la poussière qui maculaient sa peau n'étaient plus qu'un souvenir. Bien qu'un peu trop ajustées — sa voisine avait une taille de guêpe —, la chemisette et la jupe qu'Emily lui avait prêtées étaient infiniment plus seyantes que l'uniforme de l'hôpital. Les sandalettes, quant à elles, lui allaient à merveille.

— Formidable ! s'exclama son amie en l'examinant de la tête aux pieds. Cette jupe te va bien mieux qu'à moi.

— Hmm, marmonna Helen en jetant un regard dubitatif à son reflet dans la glace. Vous me flattez, Emily.

— Pas du tout. Ce sont tes cheveux qui me chagrinent…

La jeune femme haussa les épaules.

— Après ce qui m'est arrivé, c'est le dernier de mes soucis.

— Tu as raison. Ça repousse vite, ces choses-là… Veux-tu que je t'aide à faire un chignon ?

— Volontiers.

Emily semblait experte en la matière — et les mèches calcinées d'Helen disparurent en un clin d'œil, habilement dissimulées sous celles qui étaient demeurées intactes.

George les rejoignit lorsqu'elles sortirent dans le couloir.

— Je suis allé faire un tour au service de radiologie. Bram en a encore pour un petit moment. Il n'y a personne en salle d'attente, près du scanner…

— Allons-y, acheva Helen. J'ai besoin de m'asseoir un peu. Et j'ai l'impression que vous avez des choses à me dire.

Elle avait vu juste. Lorsqu'ils furent installés dans la petite pièce déserte, trois étages plus bas, M. Walken leur fit part de sa conversation avec Rhea.

— Elle a analysé l'échantillon d'urine que tu lui as fourni hier soir. Vous aviez raison : l'eau était effectivement droguée. Le produit utilisé est puissant, mais sans effet durable. C'est une solution de synthèse, introuvable dans le commerce. D'après Rhea, seul un chimiste qualifié peut le fabriquer de manière efficace. Les effets correspondent point par point aux symptômes que tu nous as décrits.

Helen réfléchit un instant, avant de remarquer :

— Dans ce cas, Marcus ne souffre pas de démence sénile, comme l'affirme Eden. C'est l'exposition continue à ce produit qui le met dans cet état.

— C'est probable, en effet.

— Avez-vous eu le temps d'en parler à Bram ?

— Oui. Nous avons échangé quelques mots, tout à l'heure. Il est d'accord avec moi : les faits sont assez graves pour justifier l'ouverture d'une enquête. Je sais que tu n'aimes pas beaucoup la police de Stony Ridge, assura-t-il en la voyant se tendre. Mais vous n'avez plus le choix, maintenant. On a voulu vous tuer, Helen ! La police doit faire son travail.

— Parce qu'ils ont « fait leur travail » quand ma mère a disparu, peut-être ?

Elle regretta aussitôt son accès de colère, mais le vieil homme ne parut pas lui en tenir rigueur.

— Ça ne se passera pas comme ça, cette fois-ci, objecta-t-il calmement. Vous avez des preuves tangibles à apporter au dossier.

— J'aimerais en être aussi sûre que vous.

Ce qui la troublait le plus, dans cette histoire, c'était l'apparente innocence de Marcus. Difficile de le considérer comme une victime après l'avoir regardé comme un assassin pendant des années… Pourtant, il était bel et bien la cible de leur mystérieux agresseur. Car elle n'en doutait pas : l'eau droguée lui avait été destinée.

Et puis… comment oublier qu'il avait été le premier à les secourir, ce matin ? Jouait-il la comédie pour tenter de la ramener à sa cause ? Ou s'était-il sincèrement inquiété pour eux ?

Impossible de le savoir. Mais elle devait l'avertir des tentatives d'empoisonnement dont il était victime.

— Avez-vous vu Marcus, en ville ? s'enquit-elle en se tournant vers Emily. Il faut le prévenir, pour l'eau…

— C'est juste. Mais je crois qu'il ne risque plus rien pour le moment : les pompiers leur ont interdit l'accès à la maison. L'enquête est en cours, et la zone est sous la protection de la police. Marcus et Eden ne pourront pas y retourner avant plusieurs jours, si j'ai bien compris.

— Où vont-ils loger ?

— A l'Auberge, répondit George. Jacob m'a dit qu'ils avaient réservé pour la semaine. Bram et toi êtes les bienvenus chez nous, si vous le souhaitez.

Elle leur sourit avec reconnaissance.

— Merci. Je ne sais pas ce que je ferais sans vous.

Ils rentrèrent chez les Walken en fin d'après-midi. Après une longue série d'examens, Bram avait enfin été ramené dans sa chambre, et ils avaient tous anxieusement attendu la visite du neurologue. Un jeune officier de police s'était présenté pour prendre leurs dépositions, qu'ils avaient veillé à simplifier. Prévenue par George, Rhea était passée quelques minutes plus tôt chercher l'échantillon de solution qu'ils avaient prélevée dans le laboratoire de Marcus. Il faudrait donc attendre le lendemain pour savoir si cette dernière correspondait à la drogue retrouvée dans les urines d'Helen… Pour le moment, le plus sage était de décrire l'incendie à la police comme une agression inexplicable.

Ce qu'ils firent tous deux avec un naturel confondant.

Le neurologue se présenta peu après le départ de l'officier. Les résultats de l'encéphalogramme étaient bons, affirma-t-il. Aucune lésion n'avait été détectée. Le patient pouvait donc quitter l'hôpital.

Ivre de soulagement, Helen souriait encore lorsqu'elle s'assoupit dans la voiture qui les ramenait à Stony Ridge, pelotonnée contre le torse de son compagnon. Aussi exténués l'un que l'autre, ils avalèrent un bol de soupe tiède — impossible de manger chaud, tant ils avaient toussé — et montèrent se coucher dans la chambre qu'ils avaient partagée la nuit précédente.

Helen dormait déjà lorsque Bram se glissa sous les draps après avoir tiré les rideaux.

Emily réveilla doucement Bram quelques heures plus tard pour lui donner le médicament prescrit par le neurologue. Il l'avala avec un peu d'eau, remercia la vieille dame et se rendormit aussitôt, la joue contre l'épaule soyeuse d'Helen.

Il faisait grand jour quand il ouvrit les yeux le lendemain matin. Un soleil généreux filtrait à travers les rideaux. Il se redressa sur un coude… et réprima un soupir de dépit.

Helen avait disparu.

La faim l'avait sans doute attirée dans la cuisine, estima-t-il en consultant sa montre. Et pour cause : il était près de 11 heures ! Il se leva péniblement — chaque muscle de son corps meurtri le faisait souffrir — et se dirigea d'un pas lourd vers la salle de bains. Prendre une douche se révéla plus douloureux qu'il ne le pensait : l'eau chaude et le savon lui firent l'effet d'un gant de crin sur les multiples coupures qui ornaient ses bras et son torse. Mais il persévéra, heureux de quitter enfin le costume de suie et de poussière qui lui collait à la peau depuis la veille. Après s'être séché avec précaution, il enfila ses derniers vêtements propres et descendit rejoindre ses hôtes.

George l'attendait au salon, un journal déplié sur les genoux.

— Ah, Bram ! Comment vous sentez-vous, ce matin ? Voulez-vous déjeuner ?

— Volontiers.

Il suivit le vieux monsieur jusqu'à la cuisine, où l'attendait un solide petit déjeuner : œufs brouillés, toasts, saucisses… Emily n'avait rien oublié. Joliment disposés sur une assiette, les mets ne demandaient qu'à être réchauffés. George s'y employa aussitôt, refusant catégoriquement l'aide de Bram, qu'il fit asseoir devant un bol de café fumant.

— J'espère que vous avez faim, remarqua-t-il quelques instants plus tard en déposant l'assiette devant lui. Ma femme vous a pris pour un ogre, apparemment !

— Si j'ai faim ? Je crois que oui. Pour ce qui est de mâcher, en revanche… je ne suis sûr de rien, plaisanta Bram. Mes muscles sont en grève depuis hier ! Helen et Emily sont dans le jardin ?

— Non. Elles sont parties en ville.

Son cœur manqua un battement.

— En ville ? répéta-t-il, effaré. Mais…

— Ne vous inquiétez pas. Emily m'a promis de ne pas quitter Helen des yeux. Elles sont allées chez le coiffeur… Elles seront entourées de gens, Bram. Il ne peut rien leur arriver.

Rien ? Il n'en était pas si sûr. Il repoussa son assiette d'un geste las. L'anxiété lui avait coupé l'appétit.

— Ont-elles emporté un téléphone portable avec elles ?

— Bien sûr, acquiesça George. Elles m'ont même promis d'appeler toutes les demi-heures. Je comprends que vous vous fassiez du souci… mais tout se passera bien, je vous assure.

— Je sais. Je ne devrais pas m'inquiéter pour une séance chez le coiffeur. Mais, franchement, je ne serai pas rassuré tant que la police n'aura pas arrêté le dingue qui a voulu nous tuer.

— A propos… L'inspecteur de police ne devrait pas tarder. Il souhaite éclaircir certains détails avec vous. Rhea m'a promis de passer, elle aussi.

Bram se força à terminer son café. Il reposait sa tasse sur la table quand le téléphone sonna. Emily, devina-t-il, la gorge nouée. George décrocha, échangea quelques mots avec sa femme, et se tourna vers Bram.

— Rien à signaler. Elles sont toujours chez le coiffeur.

La matinée s'acheva, rythmée par les appels d'Emily et la courte visite de l'inspecteur de police et de Rhea. Cette dernière avait apporté les résultats des analyses effectuées sur la solution suspecte : il s'agissait bien de la drogue qu'elle avait identifiée la veille. Le doute n'était plus permis, à présent — et Bram se sentit autorisé à révéler toute l'affaire à l'inspecteur Wyatt Crossley, qui nota les faits avec une extrême précision.

Agé d'une trentaine d'années, il avait été nommé à Stony Ridge l'année précédente. Et s'il avait eu vent des différends qui avaient opposé Helen à ses collègues sept ans auparavant, il n'en laissa rien paraître. Sa concision, ses manières franches et directes inspiraient la confiance.

Restait à espérer qu'il serait l'homme de la situation.

George venait de raccompagner ses hôtes, quand le téléphone sonna une nouvelle fois.

— Il ne leur reste plus qu'une course à faire, annonça-t-il après avoir raccroché. Elles seront là pour le déjeuner.

Il se trompait : une demi-heure, puis trois quarts d'heure s'écoulèrent sans le moindre appel. Finalement, les nerfs tendus à se rompre, Bram demanda à M. Walken de composer le numéro d'Emily… qui sonna dans le vide.

— C'est mauvais signe, bougonna-t-il. Ma femme n'éteint jamais son portable.

— Savez-vous où elles sont allées ?

— Non, mais la ville n'est pas bien grande… En cherchant bien, nous finirons par les trouver.

Gagné par un sombre pressentiment, Bram se laissa choir dans un fauteuil.

— Inutile d'aller en ville, George. Elles sont à Blackrose.

— Comment le savez-vous ?

— Helen voulait récupérer des affaires. Je suis sûr qu'elle a persuadé votre épouse de l'y emmener.

Son interlocuteur secoua la tête, manifestement incrédule.

— Emily n'aurait jamais accepté une chose pareille, c'est trop dangereux !

— Détrompez-vous : quand Helen a une idée en tête, elle est capable de tout.

George lâcha un juron.

— Venez. Nous y serons dans cinq minutes.

13.

— Bram est déjà en route pour nous rejoindre à Blackrose, j'imagine ? Inquiet comme il est, il doit être furieux ! remarqua Helen quand Emily la rejoignit dans le salon de coiffure.

Cette dernière venait de passer un énième coup de téléphone à son mari pour l'informer de leur emploi du temps.

— Je ne leur ai pas dit où nous allions, répliqua-t-elle avec un brin de malice.

La jeune femme éclata de rire. Ses cheveux plus courts, éclaircis d'une teinte, effleurèrent ses joues, encadrant son visage d'un halo de lumière.

— Cette coupe te va à ravir, reprit Emily. Tu es prête ? Allons-y maintenant.

Elles n'avaient pas fait dix mètres dans la rue principale qu'elles croisèrent Jacob. L'air distrait, il faillit les doubler sans les voir.

— Jacob ? appela Helen, surprise.

Il se figea, plissa les yeux… et la reconnut enfin.

— Helen ? Mais… qu'as-tu fait à tes cheveux ?

Il semblait horrifié. A croire qu'elle venait de commettre un crime en sacrifiant ses mèches blondes !

— Ils étaient complètement calcinés, lui rappela-t-elle. J'étais bien obligée de les couper ! C'est mieux, non ? Emily trouve ça très bien.

Il lança un regard hébété à la vieille dame.

— Oh ! Bonjour, madame Walken. Pardonnez-moi, je… Je suis tellement surpris par la nouvelle tête d'Helen que je ne vous ai pas saluée.

— Ce n'est rien, mon garçon. Alors, qu'en dites-vous ? Elle est ravissante comme ça, non ?

L'embarras le plus complet se lut sur le visage du fils d'Eden.

— Eh bien, je… J'imagine que oui. Il faut que je m'habitue, c'est tout.

Il reporta son attention sur Helen, forçant un sourire.

— Je suis vraiment content de te voir, tu sais. Je me faisais tellement de souci pour toi !

— C'est gentil. J'aurais dû t'appeler de l'hôpital, mais tout s'est passé si vite… Es-tu rentré à Blackrose depuis hier ?

Il hocha la tête, l'air grave.

— J'y suis allé ce matin. Les dégâts sont impressionnants : le cabinet et le laboratoire de ton père sont littéralement partis en fumée. La salle de télévision est inutilisable, et le rez-de-chaussée entier a été inondé par les pompiers. Ton père est fou de rage. Il tenait tellement à son labo… Je ne comprends pas pourquoi, d'ailleurs : il n'y mettait plus jamais les pieds.

— Je sais, acquiesça-t-elle en baissant les yeux.

Si Jacob lui demandait ce qu'elle faisait dans ce même labo à 4 heures du matin, que répondrait-elle ? Mieux valait changer de sujet avant qu'il ne s'y hasarde.

— Et toi ? Tu as entendu l'alarme à temps, tu n'as pas été blessé ? s'inquiéta-t-elle.

Il esquissa un petit sourire d'autodérision.

— Non, et j'ai eu de la chance, parce que j'étais persuadé que c'était une fausse alerte. Quand je me suis décidé à sortir dans le couloir, la fumée envahissait déjà l'escalier… Franchement, si les pompiers n'avaient pas été dans le voisinage, la maison ne serait plus debout à l'heure qu'il est.

Helen évita son regard, une fois de plus. La maison ? Debout ou non, elle ne voulait plus y séjourner. Après ce qui s'était passé, elle ne se sentirait plus jamais en sécurité entre ces quatre murs.

— Oui, vous avez eu de la chance, renchérit Emily. Je n'ose même pas penser à ce qui vous serait arrivé, à Bram et toi, s'il n'avait pas installé ces petits taquets sur les montants des barreaux…

— C'est vrai, admit Jacob, avant de couver Helen d'un regard affectueux. Je suis *vraiment* content de te voir en pleine forme.

Gênée, elle recula d'un pas.

— Merci. Bon… nous devons y aller. Nous sommes *affreusement* en retard pour le déjeuner. N'est-ce pas, Emily ?

Fine mouche, son amie avait déjà compris la situation.

— Tout à fait, renchérit-elle en la prenant par le bras. George va finir par s'inquiéter. Allons-y ! Au revoir, Jacob. Ravie de vous avoir revu !

— Mais, marmonna-t-il, interloqué. Helen, attends !

Elle lui fit un petit signe de la main.

— Il faut vraiment que j'y aille. Je t'appelle en rentrant, promis !

Il la regarda s'éloigner, sourcils froncés, comme un enfant à qui on vient de refuser un jouet. « Décidément, l'amour ne lui réussit pas ! » pensa-t-elle avec une pointe de cynisme tandis qu'Emily l'entraînait vers le parking.

— Je ne veux pas paraître indiscrète, commença cette dernière avec un sourire entendu, mais il me semble que ce garçon te fait les yeux doux… Je me trompe ?

— Si ce n'était que ça ! Il m'a demandée en mariage il y a deux jours.

Emily s'arrêta au beau milieu du trottoir.

— C'est vrai ?

— Oui. J'étais aussi surprise que vous. Dire que j'ai vécu des années auprès de lui sans me douter de quoi que ce soit !

Emily se remit à marcher, l'air songeur.

— Jacob sait-il que tu vas hériter de Blackrose dans quelques mois ? demanda-t-elle au bout d'un moment.

— Oui. Mais il déteste la propriété. Il me l'a encore dit pas plus tard qu'avant-hier !

— La maison n'est qu'une petite partie de ton héritage, Helen. Jacob s'intéresse peut-être au reste…

Jacob, coureur de dot ? Cela n'avait aucun sens. Il ne s'était jamais plaint de sa situation financière. Pourquoi se mettrait-il subitement en tête de l'épouser pour son héritage ?

Elles étaient arrivées devant la voiture. Emily déverrouilla les portières, et elles s'installèrent à l'intérieur.

— Je ne sais pas ce que vous avez tous contre Jacob, marmonna Helen en bouclant sa ceinture. Il n'avait aucune raison d'empoisonner l'eau de Marcus ni de détruire son laboratoire. Alors qu'Eden…

— Ce n'est pas non plus la coupable idéale, interrompit gentiment Emily. Je sais que tu ne l'apprécies pas beaucoup, mais réfléchis : pourquoi aurait-elle mis le feu à sa propre maison ?

Helen poussa un soupir.

— Bien vu. Ce serait d'autant plus stupide de sa part qu'elle adore Blackrose.

— Hmm. C'est à n'y rien comprendre… Es-tu vraiment sûre de vouloir y aller ? reprit-elle en lui décochant un regard inquisiteur.

— Je… Oui, dit-elle franchement. Mais nous ne sommes pas obligées de rentrer : je veux juste voir les dégâts, vous comprenez ?

Il ne s'agissait pas de faire courir le moindre risque à Emily — et encore moins d'inquiéter les deux hommes qui les attendaient, probablement avec quelque anxiété. Mais une curiosité presque morbide l'habitait depuis son réveil. Il lui semblait qu'elle serait plus à même de surmonter les terribles souvenirs de l'incendie si elle retournait sur les lieux du drame.

— D'accord, acquiesça sa compagne d'un air résigné. Mais je te préviens : ce sera la visite la plus courte de ton histoire !

Helen sourit, soulagée.

— Merci.

La propriété grouillait de pompiers et d'officiers de police, qui avaient tendu un cordon de sécurité autour des bâtiments endommagés. Helen dut décliner son identité lorsqu'elles se présentèrent devant le portail, puis Emily s'engagea prudemment sur l'allée de graviers.

Couverte de cendres mais intacte, la petite voiture de la jeune femme était toujours garée devant le perron, là où elle l'avait laissée deux jours plus tôt. Une éternité, semblait-il. L'odeur âcre de la fumée flottait dans l'air, évoquant à Helen des images qu'elle aurait préféré oublier.

— Cet homme acceptera peut-être d'aller chercher quelques affaires dans ma chambre, dit-elle en désignant le policier qui montait la garde devant l'entrée.

Emily hocha la tête à contrecœur.

— Vas-y. Je vais me garer devant la porte de la cuisine.

Elle la déposa devant le perron. Helen se présenta au jeune homme, qui refusa poliment mais fermement d'accéder à sa requête : il n'était pas autorisé à quitter son poste. En revanche, si elle souhaitait récupérer elle-même ses effets personnels, elle pouvait entrer dans la maison par la porte de derrière. Les pompiers qui s'y trouvaient avaient dégagé les gravats et sécurisé l'accès aux étages.

Helen se dirigea aussitôt vers l'arrière de la maison, où trônait la Cadillac de Marcus et d'Eden, à côté d'un énorme camion de pompiers, de plusieurs voitures de police, et de la berline des Walken. Elle soupira intérieurement. La perspective de rencontrer son père et sa femme ne l'enchantait guère.

Qu'était-elle venue faire ici — hormis remuer de sales souvenirs ? Elle n'avait plus qu'une envie, à présent : entasser quelques vêtements propres dans un sac et quitter cet endroit au plus vite.

Emily insista pour l'accompagner à l'intérieur, et poussa elle-même la porte de la cuisine. Helen lui emboîta le pas, choquée par la désolation qui régnait dans ces lieux si familiers. Des volutes de fumée grisâtre dansaient encore sous les plafonds noircis de suie, viciant l'air du dehors qui s'engouffrait par les fenêtres grandes ouvertes.

Helen dut s'armer de tout son courage pour ne pas rebrousser chemin. Une quinte de toux la plia en deux alors qu'elles atteignaient l'escalier, et ce fut en s'appuyant sur le bras d'Emily qu'elle gravit les marches détrempées.

Cette maison appartenait à sa famille depuis des générations. Mais, aujourd'hui, elle s'y sentait comme une étrangère. Rien ne lui évoquait plus les souvenirs heureux de son enfance, et la simple idée de devoir *posséder* cet endroit l'emplissait d'anxiété. Pouvait-elle renoncer à son héritage ? se demanda-t-elle soudain. Et si oui, pouvait-elle le transmettre à Leigh ? L'idée était séduisante. Elle appellerait le notaire de Dennison dès qu'elle serait rentrée chez les Walken pour l'interroger à ce sujet.

— Je n'arriverai jamais à m'habituer à cette cage d'escalier, murmura Emily d'un air dégoûté. Il fait si sombre, ici !

Autrefois, c'était différent : on pouvait voir les trois étages en levant la tête. Un vrai puits de lumière…

— Les travaux de cloisonnement ont été réalisés avant notre naissance, n'est-ce pas ? s'enquit Helen avec curiosité.

— Oui. Quand ta mère est tombée enceinte, Dennison a décidé de tout faire cloisonner. Il était persuadé qu'un accident finirait par arriver, avec tous ces balcons. J'imagine qu'il avait raison… mais quel dommage pour la maison !

Elles étaient arrivées devant la porte de sa chambre. Helen entra la première. Son sac à main était exactement là où elle l'avait laissé en partant. Elle remplit un petit sac de voyage, tandis qu'Emily se chargeait de rassembler ses affaires de toilette. Lorsque tout fut prêt, elle quitta la pièce sans un regret.

Une nouvelle quinte de toux l'arrêta sur le palier. Manifestement inquiète, Emily lui suggéra de s'asseoir pour reprendre son souffle. Elle refusa avec obstination. Et dévala presque l'escalier dans sa hâte à se retrouver dehors.

Elle faillit heurter Mme Norwhich dans le couloir qui menait à la cuisine. Une grosse valise à la main, la gouvernante semblait également sur le départ. Elle jeta un regard soupçonneux à Mme Walken, qui se tenait dans l'embrasure de la porte, avant de reporter son attention sur Helen.

— Vous semblez plutôt en forme pour quelqu'un qui a failli mourir.

Helen retint un soupir. Inutile d'attendre un peu de compassion de sa part, manifestement.

— Je vais bien, merci. Je vous présente Mme Walken, notre voisine.

Odette Norwhich décocha un regard oblique à son amie, mais se garda de lui tendre la main.

— Où allez-vous ? reprit Helen. Avez-vous un endroit où loger, ce soir ?

— Paula et Mme Norwhich viennent avec nous à l'Auberge, annonça Eden en faisant irruption dans le couloir.

Elle salua Emily d'un ton sec, mais courtois, et gratifia sa belle-fille d'un semblant de sourire.

— Bonjour, Eden, dit Mme Walken. Je suis navrée de ce qui vous arrive.

Eden se rembrunit aussitôt.

— Nous le sommes aussi, croyez-moi. Marcus a déjà contacté plusieurs entreprises pour faire établir les devis. Je n'ose même pas imaginer le prix des réparations ! Heureusement, nous avons une bonne assurance.

— Je peux vous donner les coordonnées d'un de nos anciens pensionnaires, si vous voulez. Il dirige une petite entreprise de BTP. Il pourrait peut-être vous aider !

— Pourquoi pas ? Je demanderai à Marcus de le contacter, en tout cas.

— Il s'appelle R.J. Je dois avoir sa carte de visite dans la voiture.

— Je vous accompagne, déclara Eden sans se départir de son air revêche.

Helen prit congé de Mme Norwhich, et suivit les deux femmes dans le jardin.

— Emily ? appela-t-elle. Je vais prendre ma voiture. Comme ça, je pourrai revenir avec Bram, quand il voudra récupérer sa camionnette.

Si la suggestion n'enchantait guère la vieille dame, elle ne s'y opposa pas outre mesure.

— D'accord. On se rejoint chez moi, dans ce cas. J'appellerai George pour le prévenir de notre retour.

Helen lui adressa un signe amical de la main, salua Eden, et tourna les talons. Elle s'apprêtait à monter dans sa voiture, quand elle aperçut Marcus près de la fontaine, une bouteille d'eau à la main.

Il continuait à s'intoxiquer sans le savoir, comprit-elle en le regardant avaler une gorgée d'eau. Elle haussa les épaules. Quelle importance, après tout ? Cet homme lui avait-il rendu *un seul* service dans sa vie ?

Elle lança un regard derrière elle. Eden et Mme Walken semblaient en grande conversation. Avertir Marcus du danger qu'il courait ne prendrait qu'une poignée de secondes...

Elle hésita encore, puis se décida à marcher à sa rencontre. Même détestable, Marcus ne méritait pas de sombrer dans la démence, drogué jour après jour par un de ses proches.

Il blêmit en la voyant approcher. Sa main retomba, tremblante, le long de son corps trop maigre. Et, l'espace d'un instant, elle crut voir danser une lueur d'effroi dans ses yeux glacés.

— Quelque chose ne va pas ? s'enquit-elle.

Il fronça les sourcils.

— Helen ?

Il s'était exprimé d'une voix prudente, comme s'il craignait de se tromper. Les yeux agrandis de stupeur, il la fixait comme s'il lui avait poussé des serpents sur la tête.

Alors, elle comprit : c'était sa coupe de cheveux qui l'étonnait.

— C'est moi, Marcus. J'ai dû me couper les cheveux à cause de l'incendie. As-tu pris cette bouteille d'eau dans la cuisine ? J'aimerais la voir de plus près.

Les doigts crispés sur la bouteille, il parut lutter pour retrouver le contrôle de lui-même.

— Comment l'as-tu appris ? énonça-t-il plus fermement.

Elle tressaillit, stupéfaite.

— Tu savais que l'eau était empoisonnée ?

C'était absurde. Pourquoi continuerait-il à boire cette eau s'il la savait toxique ?

Il ouvrait la bouche pour répondre, quand Paula surgit à leur côté. Mais une Paula *différente* : les joues rouges, les yeux brillants, elle n'avait plus rien d'un spectre décharné.

— Venez voir ! cria-t-elle. Vite ! On a saccagé vos roses !

Marcus poussa un hurlement de rage.

— Qui ? rugit-il. Qui a fait ça ?

— Venez avec moi ! répéta Paula en tirant Helen par la manche.

La jeune femme tenta de lui échapper, mais les doigts secs de Mme Kerstairs refusaient de lâcher prise. Elle la poussa sans ménagement vers l'entrée du labyrinthe, et l'entraîna dans sa course folle. Les yeux exorbités, Marcus les suivait de près.

Tout s'était passé si vite qu'Helen n'avait pas eu le temps de réagir.

Arrivée au second carrefour, Paula obliqua sans hésitation sur la droite, vers la partie du labyrinthe qui dominait l'Hudson. Marcus semblait connaître le chemin, lui aussi… Helen comprit confusément qu'ils se dirigeaient vers l'allée en impasse dans laquelle elle l'avait aperçu, quelques jours plus tôt. La clairière qui se trouvait là était effectivement plantée de roses superbes… mais c'était le dernier de ses soucis !

— Lâchez-moi ! protesta-t-elle en secouant vigoureusement Paula par l'épaule. Ce sont les fleurs de Marcus, pas les miennes !

— Mais c'est horrible, insista-t-elle d'une voix suraiguë. Il *faut* que je vous montre ! C'est par là !

Elle désignait la clairière de sa main libre. Marcus s'engouffra dans l'impasse sans même leur jeter un regard. Un sourire cruel étira les lèvres de Paula… qui lui emboîta le pas sans lâcher Helen.

Le spectacle qui les attendait au détour de la haie était consternant : des roses, il ne restait rien. Tiges, feuilles, pétales : tout avait été brisé, foulé aux pieds avec sauvagerie. Une forte odeur de désherbant flottait au-dessus de ce carnage.

Les traits déformés par la rage, Marcus s'élança vers le parterre… et s'affala de tout son long dans les pétales rouge sang. Helen fit un pas vers lui — et chuta à son tour.

Un fil à pêche avait été tendu en travers de la clairière.

Elle se débattit, tentant de se redresser. Les épines des fleurs coupées lui transperçaient les mollets. Près d'elle, Marcus s'efforçait de reprendre son souffle. Il se releva enfin, promenant un regard effaré sur le spectacle qui l'entourait. Puis deux sons étouffés brisèrent le silence, et il se plia en deux, les mains crispées sur son estomac.

Helen se tourna vers Paula.

— Ne bougez pas ! ordonna cette dernière d'un ton sec.

Un cri d'effroi se forma dans sa gorge. Mme Kerstairs se tenait sur le seuil de la clairière, un revolver à la main.

— Vous avez tiré sur lui !

Helen ne reconnut pas le son de sa propre voix. Quelle importance ? Elle nageait en plein cauchemar. Son père gisait à ses pieds, les mains rouges de sang. Et une femme à demi folle la visait avec une arme chargée.

— Tout à fait, acquiesça Paula avec un sourire sardonique. J'ai un silencieux, en plus… Personne n'a rien entendu. Et personne n'entendra rien quand votre tour viendra, ma jolie.

— Je ne comprends pas.

— Demandez à votre père : il comprend très bien, lui. N'est-ce pas, docteur Thomas ?

Comme Marcus ne répondait pas, elle lui donna un coup de pied dans les côtes.

— Arrêtez ! cria Helen en se penchant vers Marcus.

— Ne bougez pas, j'ai dit !

Helen se redressa. Paula la visait sans trembler. Et la lueur qui brillait dans son regard indiquait qu'elle n'hésiterait pas à tirer.

— Je n'arrêterai pas avant d'avoir détruit *tout* ce qu'il aime, reprit Paula d'un ton affreusement calme. J'ai failli commencer par vous, d'ailleurs. Le soir de votre arrivée, vous vous souvenez ? Vous avez cru entendre du bruit… C'était moi ! Je me tenais dans l'ombre, je pointais mon arme vers vous… mais votre ami est arrivé. Et j'ai renoncé. J'ai préféré attendre…

Ainsi, Helen n'avait pas rêvé cette nuit-là. Il y avait bien quelqu'un dans le salon.

— Seulement, j'ai vite compris que Marcus vous détestait. Et qu'il ne souffrirait même pas de vous voir disparaître… Il préfère son labo à vous, votre cher papa ! Alors, ça ne me servait pas à grand-chose, de vous éliminer… Je vous aurais laissée tranquille si vous et votre sale copain n'aviez pas commencé à vous mêler de ce qui ne vous regardait pas.

Helen réprima un sanglot. Elle n'allait tout de même pas mourir là, à quelques dizaines de mètres d'une escouade de policiers !

— Votre père m'a opérée d'un kyste il y a sept ans. Une opération bénigne, qui n'aurait dû poser aucun problème. Ni à moi, ni à lui. Sauf que c'est tout le contraire qui est arrivé.

Marcus poussa un râle de douleur. Il respirait de plus en plus difficilement… Il lui fallait de l'aide, et vite ! Mais à moins d'un miracle, personne ne viendrait se promener par ici… A moins qu'Emily ne remarque son sac de voyage, abandonné près de la fontaine ?

— Il a bâclé l'opération comme un malpropre, poursuivit Paula, les yeux étincelant de rage. Et m'a laissée stérile ! Stérile, tu entends, docteur ? Tu m'as volé mes bébés ! Au début, mon mari prétendait que ce n'était pas grave, qu'il m'aimait quand même… Mais il mentait ! Ils mentaient tous… A chaque fois que je voyais un bébé dans la rue, je fondais en larmes. Je n'arrivais plus à me concentrer sur mon travail. J'ai été licenciée. Ils disaient que j'avais besoin de repos… Tu parles ! Ma propre famille a essayé de me faire enfermer. Mon mari m'a quittée. J'ai tout perdu, tout !

Son cri de rage résonna dans l'air lourd du début d'après-midi. Elle baissa le bras, pointant son arme sur le corps ensanglanté de Marcus.

— Et tout ça à cause de *lui* !

— Pourquoi ne vous a-t-il pas reconnue quand il vous a embauchée ? demanda Helen pour gagner du temps.

Paula partit d'un rire méprisant.

— Ah ! Ça ne lui est même pas venu à l'esprit ! Je me suis enlaidie, j'ai changé de coiffure et de style de vêtements, j'ai modifié ma façon de parler… Comment aurait-il pu reconnaître Lydia Carpenter, la jolie blonde qu'il avait charcutée des années plus tôt, derrière Paula Kerstairs, la misérable femme de ménage que son épouse venait d'embaucher ? Il ne m'a jamais regardée en face, de toute façon. Bien trop arrogant pour ça, ce salopard.

Du coin de l'œil, Helen remarqua une brèche dans la haie qui se dressait sur sa droite. Si seulement elle parvenait à s'élancer… Non. C'était trop loin. Paula l'abattrait en la voyant s'enfuir.

— Il fallait bien qu'il paye, non ? reprit cette dernière. Alors, j'ai décidé de me venger. De lui faire subir une mort aussi lente que celle qu'il m'avait infligée. Je voulais qu'il soit conscient jusqu'à la fin. Ça m'a pris des années, de tout planifier. De mettre au point une substance inodore et incolore qui saperait ses forces jour après jour. Mais j'y suis arrivée…

— C'est vous qui avez drogué l'eau, dit Helen en faisant un pas de côté.

Paula ne s'aperçut de rien. Toute à son récit, elle n'écoutait plus qu'elle-même.

— Evidemment ! rétorqua-t-elle sur le ton de l'évidence. Je suis une excellente chimiste, figurez-vous. Sortie major de ma promotion, recrutée par les meilleurs labos de recherche… J'adorais mon métier. Et ça aussi, *il* me l'a pris ! Mais c'est fini, à présent. Il ne peut plus rien me prendre. J'ai réussi… J'aurais préféré qu'il meure dans son cher labo, bien sûr. J'avais tout prévu : j'ai même volé le marteau de votre petit copain pour assommer le docteur avec avant de mettre le feu à la baraque. Comme ça, on aurait accusé le forgeron… Bien vu, non ? Seulement, il a fallu que vous pointiez votre nez… Vous n'en seriez pas là, si vous n'aviez pas essayé de comprendre, pauvre idiote ! Maintenant, je vais être obligée de vous tuer…

— Helen !

La jeune femme crut que son cœur s'arrêtait de battre. Jacob venait à son secours !

Paula baissa son arme — un instant seulement, pour jeter un coup d'œil par-dessus son épaule. Helen ne prit pas le temps de réfléchir. Elle se tourna vers la haie et s'élança de toutes ses forces à travers la brèche. Un cri de rage retentit dans son dos.

Paula allait tirer.

14.

George franchit la courte distance qui séparait les deux propriétés en un temps record. Lorsqu'ils s'engagèrent sur l'allée cahoteuse qui menait à Blackrose, Bram comprit qu'il ne s'était pas trompé : la petite voiture d'Helen était garée devant le perron de la maison calcinée. Interrogé, le jeune policier qui montait la garde devant l'entrée leur désigna l'arrière du bâtiment. Ils se garèrent devant Emily et Eden, qui discutaient près de la berline des Walken.

Helen, elle, n'était nulle part en vue.

Bram jaillit de l'habitable sans attendre que George ait coupé le contact.

— Où est-elle ? cria-t-il à l'adresse des deux femmes.

Un sourire contrit étira les lèvres d'Emily.

— Avec son père, dans le labyrinthe. Jacob est parti à sa recherche. J'ai voulu vous appeler, mais la batterie de mon téléphone est vide.

Bram courut vers les jardins, indifférent à la douleur qui lui déchirait les poumons. Le sac de voyage d'Helen était abandonné sur le sol, près de la fontaine… Bram venait de l'atteindre, quand une voiture descendit l'allée dans un grand rugissement de moteur. Il ne lui jeta pas un regard, tout entier lancé dans la bataille qui allait suivre.

Un cri de femme s'éleva dans le silence.

Helen !

Il redoubla de vitesse. Pourvu qu'il arrive à temps !

— Helen ? Où es-tu ?

Elle courait à perdre haleine quand la voix de Jacob lui parvint aux oreilles. Il était tout près, sans doute… mais où ?

Elle n'avait plus aucune idée de l'endroit où elle se trouvait. Dans quelques instants, Paula tirerait de nouveau, se jetterait sur elle pour l'abattre. Comment lui échapper ? Le souffle court, elle poursuivit sa course, jusqu'à ce qu'apparaisse devant elle un embranchement, devant lequel elle pila net et hésita. Devait-elle prendre la voie de gauche, ou celle de droite ? Elle n'en avait pas la moindre idée. Une quinte de toux menaçait d'exploser dans ses poumons. Elle s'efforçait de la réprimer quand Jacob apparut au coin d'une allée.

— Attention ! lui cria-t-elle. Paula est armée ! Elle a tiré sur Marcus !

Il courut vers elle, les yeux agrandis d'effroi. Avait-il compris ? Ils devaient rebrousser chemin, et vite !

Trop tard : un bruissement se fit entendre dans son dos.

Et Paula traversa la haie qui les séparait.

— *Attention ! Paula est armée !*

Bram se figea, l'oreille aux aguets. Le cri provenait de l'allée qui partait sur sa gauche. Le souffle court, les jambes brisées par l'effort, il poussa son corps épuisé dans ses ultimes retranchements pour franchir les quelques mètres qui le séparaient du but.

Mais Paula l'atteignit avant lui : elle se dressait au milieu de l'allée, revolver en main, quand il aperçut enfin la femme qu'il aimait. Courbée en deux près de la haie comme une bête traquée.

Sous ses yeux agrandis d'horreur, Paula pointa son arme vers elle.

Déchiré par une nouvelle quinte de toux, Bram comprit qu'il arriverait trop tard. Il n'avait plus la force d'avancer.

Tout en lui s'insurgea contre l'inévitable. Ivre de rage, il se redressa en chancelant… et aperçut Jacob dans son champ de vision. Surgi de nulle part, le jeune homme s'élança vers Paula et la frappa violemment à l'épaule pour la faire tomber. Elle fit feu, tirant droit devant elle… manquant sa cible de peu. Furieuse, elle reporta toute sa hargne contre Jacob, qui la frappait à coups redoublés. Un second coup de feu retentit, et Jacob lâcha prise, touché au bras.

Bram venait de rejoindre Helen lorsque Paula se retourna. Un sourire haineux déforma son visage.

— Inutile de lutter, mes tourtereaux. Vous ne m'échapperez plus.

Elle posa le doigt sur la détente. A cette distance, elle ne pouvait manquer son coup.

— Eh, vous ! s'écria une voix féminine — si semblable à celle d'Helen que Bram crut être devenu fou. Par ici !

Surprise, Paula tourna la tête — offrant à Bram l'occasion qu'il attendait. Il se jeta sur elle et la plaqua au sol, pesant sur elle de tout son poids. Le pistolet tomba dans l'herbe. Et Bram comprit qu'ils avaient gagné la bataille.

Ce soir-là, Leigh, Helen et Bram s'attardèrent dans le salon des Walken après le dîner. Ils avaient encore tant à se dire ! George et Emily s'étaient éclipsés pour téléphoner à un de leurs anciens pensionnaires et l'inspecteur Crossley venait de prendre congé. Assis côte à côte sur le canapé, Bram et Helen faisaient face à Leigh, qui les observait en souriant depuis une confortable méridienne en velours.

Elle ressemblait à Helen, bien sûr… mais Bram n'avait aucune difficulté à les discerner l'une de l'autre. Leurs expressions, leurs voix, leurs gestes étaient les mêmes… Et pourtant, il n'y avait qu'une seule Helen — celle qui avait pris son cœur.

Marcus était mort de ses blessures, quelques minutes après l'arrivée des secours. Jacob, le héros du jour, avait été transporté à l'hôpital, où il se remettait des émotions de la journée, un large bandage autour du bras. Quant à Paula, elle s'était enfermée dans un mutisme total dès son arrivée en prison. Mais l'étincelle qui brillait dans son regard prouvait qu'elle se satisfaisait pleinement d'avoir atteint son but. L'homme qu'elle haïssait était mort sous ses coups.

— C'est peut-être l'effet du décalage horaire, déclara Leigh, mais je n'y vois pas encore très clair, dans cette histoire…

— Bienvenue au club ! répliqua Helen en souriant. Quand Bram m'a annoncé qu'il suspectait tous les habitants de Blackrose, y compris Paula et Odette, j'ai cru qu'il avait perdu la tête. J'étais tellement sûre qu'Eden tirait les ficelles !

Bram réprima un frisson de terreur rétrospective au souvenir des événements qui avaient failli lui arracher Helen. L'espace d'une interminable minute, il avait cru qu'il allait assister, impuissant, à la mort de celle qu'il aimait. Exactement comme dix ans plus tôt, lorsque sa fille avait rendu son dernier souffle sous ses yeux. Si Jacob n'était pas intervenu…

— J'avais peut-être raison sur le fond, mais c'est Jacob qui t'a sauvé la vie, observa-t-il en déposant un baiser sur le haut de son crâne.

— Oui. Tu lui dois des excuses.

— En bonne et due forme, renchérit Leigh.

Bram ne put retenir un sourire devant les deux paires d'yeux qui le fixaient, identiques et implacables.

— Eh ! Je l'ai *déjà* remercié, affirma-t-il. Et je le ferai chaque jour de ma vie.

— Bien, approuva Leigh. Où en étions-nous ? Ah, oui : Eden. Tu pensais qu'elle faisait chanter Marcus, c'est cela ?

Helen secoua la tête.

— Je n'en étais pas sûre. En y repensant, je ne suis même pas certaine que Marcus s'adressait à quelqu'un, ce jour-là. Il parlait peut-être tout seul, comme la première fois où je l'ai vu dans le jardin. Quand il disait à maman que ses roses se portaient à merveille.

Les deux sœurs échangèrent un regard douloureux, et Leigh changea de sujet. Manifestement, l'évocation de leur mère leur était aussi pénible à l'une qu'à l'autre.

— Et les photos que tu as trouvées ? Quel lien ont-elles avec toute cette histoire ? J'aimerais les voir, tu sais. Parce que je ne me souviens pas d'avoir pris un verre à la terrasse de ce café — en bonne compagnie, en plus ! Et je ne me suis pas fait couper les cheveux, comme tu peux le constater.

— Ça, je peux l'expliquer, assura Helen. Bram m'a montré comment modifier une image sur l'ordinateur. Je crois qu'il s'agissait d'une manœuvre de Paula pour me faire perdre pied… Elle savait que je buvais l'eau, moi aussi. Mais comme je menais ma petite enquête, elle avait peur que je finisse par la démasquer. Alors, elle a créé toute cette mise en scène — les bruits bizarres, les photos, la disparition de mon sac à main ou des annuaires — pour tenter de me faire fuir.

— Ou de te faire passer pour une illuminée aux yeux de ton entourage, ajouta Bram. Ainsi, elle était certaine que personne ne te croirait si tu venais à la dénoncer.

— Si j'ai bien compris, elle s'était levée au milieu de la nuit pour vaporiser l'accélérant dans le cabinet médical. Elle voulait sans doute attirer Marcus dans son bureau dès son réveil, sous un prétexte quelconque, observa pensivement Helen. Mais notre arrivée a bouleversé ses plans… Elle s'est cachée dans un coin pour nous espionner. Quand elle nous a vus prélever un échantillon de la mixture qu'elle injectait dans l'eau, elle a décidé de nous éliminer. Parce que tôt ou tard, nous aurions fini par remonter la piste jusqu'à elle… Elle a assommé Bram avec le marteau qu'elle avait apporté pour tuer Marcus, et elle a déclenché l'incendie. Elle est sortie en verrouillant toutes les issues, persuadée que nous n'avions aucune chance de nous en sortir…

Leigh ferma les yeux.

— Arrête, je t'en prie, dit-elle en tendant la main. Parlons d'autre chose… Je ne veux plus penser à ce qui aurait pu arriver si…

— Pardonne-moi, murmura Helen en l'étreignant tendrement. Nous sommes tous sous le choc. Ce n'est sans doute pas le meilleur moment pour évoquer ce qui vient de se passer…

George et Emily les rejoignirent à cet instant, et Bram se leva pour leur faire une place sur le canapé.

— Votre pensionnaire va bien ? s'enquit Leigh en forçant un sourire.

— Très bien, acquiesça M. Walken. Il se marie la semaine prochaine ! Ensuite, j'ai appelé l'un de mes amis, un gars qui fait partie de la brigade de pompiers de Stony Ridge… Saviez-vous que Marcus a fait aménager un bloc opératoire dans son cabinet médical ?

— Pardon ? marmonna Helen.

— Les pompiers sont tombés dessus en abattant les cloisons qui avaient flambé. La pièce était agencée de telle sorte que personne ne pouvait se douter de son existence. On y entrait par une porte dérobée, aménagée dans le bureau de Marcus. Et on sortait par une galerie qui débouche dans le jardin, derrière la maison.

— Vous plaisantez ! s'exclama Leigh. Grand-père n'aurait jamais cautionné une chose pareille !

— Il n'était certainement pas au courant. Si Marcus prenait tant de précautions, c'était sans doute pour dissimuler des activités illégales, que Dennison n'aurait pas autorisées sous son toit.

Un silence pesant tomba sur l'assemblée, comme chacun mesurait les conséquences de cette découverte.

— Décidément, la police a du travail sur les bras, commenta finalement Emily. J'imagine qu'ils commenceront par fouiller l'ordinateur de Marcus…

— Ce sera difficile, interrompit George d'un air navré. Tout ce qui se trouvait dans le cabinet médical est parti en fumée. Y compris les ordinateurs.

— Ils ne sont peut-être pas complètement perdus, objecta Bram. Il en faut beaucoup pour faire fondre un disque dur… J'ai des amis à New York, qui se sont spécialisés dans la réparation de matériel informatique lourdement endommagé. Ça coûte très cher et ça prend du temps, mais ils finissent souvent par récupérer des informations que leurs clients croyaient avoir perdues à jamais. Je leur demanderai leur avis.

— Excellente idée, approuva Helen. S'ils peuvent faire quoi que ce soit pour éclaircir les mystères qui planent encore sur Blackrose, je leur vouerai une reconnaissance *éternelle* !

Elle avait insufflé assez d'emphase comique à son propos pour détendre l'atmosphère, déclenchant un rire bienvenu dans l'assemblée.

— Moi, j'ai une question pour Leigh, déclara Emily quand chacun eut retrouvé son sérieux. Comment as-tu fait pour arriver si vite ?

La jeune femme eut un sourire entendu.

— C'es très simple : quand j'ai voulu rappeler Helen hier matin, je suis tombée sur Eden, qui m'a annoncé que la maison était partie en fumée. Alors, je me suis précipitée à l'aéroport, j'ai pris le premier avion pour New York et j'ai franchi le mur du son dans ma petite voiture de location pour venir jusqu'ici.

— Tu as dépassé les cent kilomètres à l'heure ? ironisa Helen. Pas possible !

Leigh réprima un bâillement.

— Hmm… Je crois que j'ai frôlé les cent quatre-vingts, précisa-t-elle. Mais nous en reparlerons demain, si ça ne t'ennuie pas. Je n'ai pas dormi depuis quarante-huit heures… Si je ne vais pas me coucher maintenant, je ne réponds plus de rien.

Emily se leva.

— Je crois que nous avons tous besoin de repos.

— Attendez… J'ai une dernière question à poser, reprit Leigh en se tournant vers Bram. Désolée d'être brusque, mais… quelles sont vos intentions envers ma sœur ?

— Leigh ! protesta Helen, l'air outré.

— Eh ! J'ai le droit de l'interroger, non ?

— Oui, mais c'est moi qui vais te répondre, répliqua sa jumelle avec cette obstination que Bram avait appris à aimer. Bram et moi partageons les mêmes intentions — mais elles sont bien trop impudiques pour que nous les mettions en pratique sous vos yeux. Maintenant, cesse de te poser des questions inutiles, et va te coucher.

Un lent sourire étira les lèvres de Leigh.

— Les choses sérieuses ne font que commencer, on dirait… Bonne nuit, tout le monde.

Et sur un ultime clin d'œil à Helen, elle quitta la pièce.

George se leva à son tour, et tendit la main à son épouse.

— Nous allons vous quitter, nous aussi. A demain.

— Bonne nuit, ma chérie, ajouta Emily en embrassant Helen avec tendresse. Bonne nuit, Bram.

Ils les laissèrent en tête à tête dans le grand salon.

— Ma sœur n'a pas son pareil pour mettre les pieds dans le plat, commenta nerveusement la jeune femme.

Elle voulut se lever, mais Bram la retint près de lui.

— Helen… Ce genre de question devait arriver. Je t'avais pourtant prévenue : je n'ai pas l'intention de me remarier.

— Et moi, je te répète que je n'ai pas l'intention de demander ta main.

— Mais…

— Arrête, Bram, interrompit-elle presque sèchement. La

journée a été longue. Je n'ai pas la force d'avoir ce genre de discussion avec toi. Nous en parlerons demain, si tu veux.

Elle s'arracha à son étreinte.

— Mais souviens-toi, dit-elle en se levant. L'amour n'est pas une maladie.

— C'est vrai, admit-il, la gorge nouée. Mais certaines personnes se croient allergiques.

— Qui ne tente rien n'a rien. Bonne nuit, Bram. Il vaut mieux que nous ne dormions pas ensemble, ce soir. Je vais m'installer dans la chambre qui est face de la tienne.

Debout devant la fenêtre de la petite chambre, Helen devait refréner une furieuse envie de se taper la tête contre le mur. Quelle mouche l'avait donc piquée ? Pourquoi fallait-il qu'elle refuse de dormir avec Bram ? Si elle n'avait pas fait cette stupide déclaration, elle aurait été dans ses bras, à l'heure qu'il était.

Au lieu de quoi elle tournait en rond dans une pièce vide. Pendant que Bram, livré à lui-même, échafaudait sûrement des stratégies de rupture.

Elle en était là de ces déprimantes réflexions, quand la porte s'ouvrit doucement dans son dos. Elle se retourna, persuadée de trouver Leigh sur le seuil.

Son cœur sembla s'arrêter. C'était Bram !

— Je t'aime vraiment, tu sais.

Elle trembla sous la caresse de sa voix.

— Mais tu ferais mieux de sortir avec quelqu'un d'autre, ajouta-t-il.

— Je ne veux personne d'autre que toi.

Elle le vit s'approcher dans la pénombre.

— Tu changeras d'avis. Je n'ai rien de l'homme idéal. Mon passé me hante. Je suis fauché comme les blés, mon père se meurt d'un cancer, et mes frères ne sont pas mieux lotis que moi.

— J'ai beaucoup d'argent. Je pourrais t'aider, si tu le voulais.

Il se raidit.

— Je n'accepterai plus un centime de ta part.

— Et mon soutien, tu l'accepterais ? Tes soucis te paraîtraient moins lourds si tu les partageais avec quelqu'un.

— Pas s'il s'agit d'une riche héritière, rétorqua-t-il avec amertume. Je ne ferai pas deux fois la même erreur.

Elle s'exhorta au calme.

— Tes comparaisons n'ont aucun sens. A part l'argent, je n'ai rien à voir avec Jane.

— Je sais.

— Alors, cesse de laisser parler ton orgueil. Ecoute ton cœur, Bram.

Il tendit la main vers elle, l'attirant dans le cercle de ses bras.

— Je suis perdu, confessa-t-il d'une voix qu'elle ne reconnut pas. Qu'allons-nous faire ?

— J'ai quelques suggestions, répliqua-t-elle, jouant délibérément la carte de l'humour.

Il laissa échapper un petit rire amusé.

— Je connais *toutes* les suggestions que tu pourrais être amenée à faire.

— Parfait. Qu'attendons-nous, alors ?

— Helen… Je ne veux pas te blesser.

— Je ne suis pas en sucre, pourtant… La vie n'offre aucune garantie de succès. Il faut prendre des risques, Bram ! Je suis sûre de mon amour pour toi. Le reste ne me fait pas peur. Préfères-tu renoncer à ce que nous avons, plutôt que d'essayer de le garder ?

Il resserra son étreinte, mais demeura silencieux. Elle attendit, le cœur battant. Ferait-il taire son orgueil ?

Enfin, il baissa la tête vers elle, cherchant sa bouche. Leur baiser fut le plus doux, le plus tendre, le plus amoureux qu'elle ait jamais échangé.

— Devine ce que je porte sous ma chemise de nuit ? minauda-t-elle en reprenant son souffle.

Il fit courir ses doigts le long de ses hanches.

— Rien, il me semble.

— Exactement.

Sa bouche sensuelle s'étira en un sourire résolument *heureux*. Il déposa une pluie de baisers sur son front et ses paupières closes.

— Je devrais ouvrir cette porte et m'enfuir à toutes jambes, remarqua-t-il, pince-sans-rire.

— Mais tu ne le feras pas.

Il recula d'un pas pour plonger son regard dans le sien.

— Non. J'ai l'impression que tu as besoin d'un garde du corps. Mais je te préviens : pas question de porter une cape et des collants bleus !

Elle éclata de rire. L'aider à faire la paix avec lui-même ne serait pas toujours facile, mais elle n'envisageait pas de plus grand bonheur.

Et, riant comme des collégiens, ils se laissèrent tomber sur le lit, oublieux du monde, déjà ivres du plaisir qu'ils allaient se donner l'un à l'autre, un plaisir qu'ils entendaient savourer pleinement, jusqu'à l'aube d'un lendemain plein de promesses.

DANI SINCLAIR

Séduction sous tension

éditions HARLEQUIN

Cet ouvrage a été publié en langue anglaise
sous le titre :
THE SECOND SISTER

Traduction française de
VALERIE MOULS

Ce roman a déjà été publié en avril 2005

83-85, boulevard Vincent-Auriol, 75646 PARIS CEDEX 13.
Service Lectrices — Tél. : 01 45 82 47 47
www.harlequin.fr

Prologue

Sept ans plus tôt

Leigh Thomas avala une longue gorgée du soda que venait de lui tendre Nolan Ducort, avant de chercher une issue des yeux. Elle ne connaissait personne parmi cette foule bruyante d'étudiants et même si elle avait trouvé quelqu'un d'intéressant avec qui discuter, le groupe de rock qui jouait en *live* aurait parasité toute conversation. Tout le monde ici s'enivrait et faisait ouvertement usage de diverses substances illicites. Peut-être des drogues dures. Et l'alcool coulait à flots… La bière que Leigh s'était forcée à ingurgiter en arrivant menaçait de remonter dans sa gorge et elle se sentit soudain ridicule et déplacée dans cet environnement.

Si le jean moulant et le bustier empruntés à sa sœur jumelle lui permettaient de se fondre dans cette assemblée beaucoup plus âgée qu'elle, le cœur qui battait dans sa poitrine était en fait celui d'une naïve jeune fille de dix-sept ans.

Elle n'aurait jamais dû accepter l'invitation de Nolan.

Mais l'idée d'assister à une soirée chez les illustres Pepperton lui avait semblé si alléchante ! C'était l'occasion rêvée de se débarrasser de son aura d'adolescente effacée. Bien sûr, si elle avait eu une once de jugeote, elle se serait mieux renseignée et aurait ainsi appris que les Pepperton étaient en voyage !… Et que Martin, leur fils et ses amis, Nolan Ducort et Keith Earlwood, précédés d'une réputation douteuse, risquaient fort de transformer un cocktail mondain en beuverie criarde et vulgaire. Mais Leigh n'avait pas réfléchi, pas plus qu'elle n'avait écouté les avertissements de sa sœur. Si Amy, sa mère, avait encore été de ce monde, elle aussi l'aurait mise en garde…

La disparition d'Amy Hart Thomas, survenue un an auparavant et quelques mois seulement après le décès de leur grand-père, lui avait brisé le cœur. *Disparition…* comme le terme était commode ! Comme si une mère aimante pouvait s'évanouir dans la nature, sans raison, sans explication… Amy ne se serait jamais enfuie de son plein gré, à quelques semaines de la remise des diplômes de fin d'études secondaires. Elle était si fière de la réussite de ses filles ! Non, Amy Hart était morte. Les deux sœurs le savaient, mais n'avaient aucun moyen de le prouver.

La police prétendait qu'elle avait pu être victime d'une agression qui aurait mal tourné. Les enquêteurs s'étaient empressés de faire remarquer que son goût pour les bijoux dispendieux et les vêtements de marque — sans parler de son automobile, un modèle luxueux — auraient attiré l'attention de n'importe quel voleur. De plus et alors qu'elle utilisait sa carte de crédit en toute circonstance, leur mère avait retiré de son compte bancaire une somme en espèces étonnamment importante, en vue d'un mystérieux voyage à New York.

Mais Amy Hart était loin d'être naïve. Ayant grandi dans un milieu aisé, elle savait se préserver. Même dans l'hypothèse où la situation aurait dégénéré, une agression pour vol n'expliquait en rien le fait qu'on ait retrouvé ni son corps ni son véhicule. Et contrairement aux insinuations du chef de la police locale, l'hypothèse qu'elle ait pu s'enfuir avec un éventuel amant était tout simplement absurde.

Comme Leigh vidait son verre d'un trait, Nolan lui sourit et fit courir une main possessive le long de son bras. Révulsée à ce contact, elle frissonna. Décidément, se dit-elle, accepter de sortir avec Nolan avait été une terrible erreur. Elle aurait passé une meilleure soirée dans sa chambre, plongée dans un livre. D'autant que la demeure de Blackrose était suffisamment vaste pour qu'elle évitât d'y rencontrer son père, ainsi qu'elle était devenue experte à le faire.

Mais elle était si lasse de s'interroger — si fatiguée de retenir ses larmes en songeant à sa mère — que le fait de sortir, de rencontrer de nouveaux amis, lui avait semblé une bonne idée.

Nolan était riche, séduisant. Sa voiture de sport faisait l'objet de toutes les conversations. Même Helen, sa sœur, était devenue verte d'envie lorsqu'il l'avait choisie pour l'accompagner à cette soirée : elle *raffolait* de la voiture de Nolan. Leigh était habituée à voir les garçons se presser autour d'elle parce qu'elle était la jumelle d'Helen. Mais généralement, c'était cette dernière qui les attirait. Helen savait flirter et plaisanter avec eux. Vive, ouverte et intelligente, sa sœur ne laissait personne l'impressionner, songea Leigh. Aux yeux de tous, elle était la plus réservée des deux, laissant volontiers son « aînée » occuper le devant de la scène. Voir quelqu'un s'intéresser à elle plutôt qu'à Helen avait donc été un véritable choc. Cette dernière n'avait d'ailleurs dissimulé ni sa surprise ni sa déception, s'empressant de lui faire remarquer que Nolan était plus expérimenté que les garçons avec lesquels elle avait coutume de sortir. Ce qui avait bien sûr précipité son choix en faveur de cette invitation.

Mais en cet instant, Leigh regrettait sincèrement de n'avoir écouté ni sa sœur ni son instinct. La tête commençait à lui tourner et elle se sentait bizarre. Ce devait être l'effet de cette bière, qu'elle s'était forcée à boire. Tout ce qu'elle voulait à présent, c'était fuir cet endroit et cette soirée assourdissante. De plus, elle n'aimait pas l'insistance avec laquelle Nolan et ses deux amis la regardaient.

Helen aurait su comment gérer cette situation. Ou plutôt non : Helen ne se serait jamais laissé entraîner dans un tel guet-apens, pensa Leigh avec l'impression de perdre complètement pied.

Elle profita du passage d'un groupe turbulent pour s'éclipser discrètement. A l'extérieur, la fraîcheur de la nuit ne dissipa en rien le brouillard qui envahissait son cerveau. Leigh avait l'étrange impression de fondre de l'intérieur. Elle n'avait pourtant bu qu'une bière et un soda au goût par ailleurs insipide. Peut-être que si elle avait mangé, elle ne se serait pas sentie aussi mal. S'appuyant d'une main à l'arbre le plus proche, elle lutta pour surmonter les sensations qui la submergeaient.

— Ça ne va pas ?

Une silhouette se détacha de l'ombre d'une camionnette garée non loin de là et Leigh vit le bout incandescent d'une cigarette disparaître sous la semelle d'une botte.

Elle sentit son cœur s'arrêter, puis se remettre à battre avec vigueur, à mesure que son regard remontait le long du jean serré, des abdominaux dévoilés par les pans ouverts d'une chemise noire, jusqu'au visage découpé au couteau par la lueur de la lune. Les yeux qui la fixaient étaient d'un gris profond… Et d'une intensité qui, elle le savait, mettait certaines personnes mal à l'aise. Mais des yeux qu'*elle* avait toujours trouvés envoûtants. Les cheveux bruns ondulés, aussi indomptés que leur propriétaire, semblaient avoir en permanence besoin d'un coup de ciseaux.

Leigh était face à l'incarnation de son fantasme le plus intime : Gavin Jarret le mauvais garçon du conté. Il était si près d'elle qu'en tendant la main, elle aurait pu caresser son torse musclé.

Tentant.

Très tentant, se dit-elle.

Ce qui confirma à quel point, ce soir, ses pensées étaient confuses. Gavin n'était plus un gamin. Il avait cinq ans de plus qu'elle et arborait un dangereux air de sensualité — qui ne devait rien à l'argent, aux vêtements, ou aux voitures. Elle l'imaginait, à l'époque de la conquête de l'Ouest, un revolver à la hanche et un Stetson enfoncé sur le front. Mais Gavin Jarret n'était pas prétentieux pour autant. Il n'avait pas besoin de l'être. Il avait simplement l'assurance d'un jeune homme qui n'a rien à prouver, mais ne reculerait pas non plus devant un défi.

Depuis qu'à l'âge de treize ans elle l'avait aperçu dans la station-service de M. Wickert, Gavin Jarret avait figuré en tête d'affiche de ses rêves les plus fous. La rumeur disait qu'il avait été arrêté par la police à plusieurs reprises, renvoyé de maintes écoles… et qu'il embrassait comme un dieu. Cela, elle voulait bien le croire. Elle était fascinée par sa bouche. *Tout* en Gavin Jarret la fascinait.

Il avait été un des nombreux adolescents placés par les Services de l'Enfance auprès de ses voisins, Emily et Georges Walken. Au début, tout le monde leur avait déconseillé d'accueillir ce garçon solitaire et renfrogné et dès qu'il y avait du désordre en ville, la police frappait en premier lieu à leur porte. Mais comme tant d'autres avant lui, Gavin s'était assagi sous leurs préceptes. Il allait à présent à l'université et revenait passer ses vacances chez les Walken, comme on regagne un véritable foyer.

— C'est la chaleur, qui t'incommode ? lui demanda-t-il.

Les accents nonchalants de sa voix provoquèrent un étrange fourmillement dans son bas-ventre. Le regard de Gavin sembla s'attarder sur l'échancrure de son décolleté, sur la bande de peau nue au-dessus de son jean, qui dévoilait jusqu'à son nombril. A peine sortie de sa chambre, elle avait regretté l'impudeur de sa tenue, mais avait décidé d'en assumer le choix jusqu'au bout. Si bien que depuis le début de la soirée, elle se sentait nue — spécialement quand Nolan braquait sur elle ce regard de prédateur affamé.

Curieusement, la lueur appréciatrice dans celui de Gavin eut sur elle un effet radicalement opposé. Inclinant la tête sur le côté, Leigh lui sourit.

— Oui. Il fait horriblement chaud à l'intérieur.

Etrange comme sa propre voix lui parut étouffée, comme dans du coton. Il lui tendit une bouteille de bière décapsulée. Elle était si concentrée sur d'autres régions de son anatomie qu'elle n'avait pas observé ses mains. Elles étaient grandes, solides, avec de longs doigts fuselés — des doigts de musicien.

— Tu en veux une gorgée ?

Au son de sa voix grave et rauque — aussi sensuelle que le reste de sa personne —, Leigh sentit son cœur s'emballer.

— Pourquoi pas ? Merci.

Leurs mains se frôlèrent.

Envahie par une chaleur soudaine, elle retint un frémissement au contact de ces doigts rendus calleux par le travail — si différent de celui de la peau de bébé de Nolan.

Leigh prit la bouteille et appliqua ses lèvres là où Gavin avait posé les siennes. C'était une sensation d'interdit délicieuse. Animée par un mystérieux courage, elle le regarda dans les yeux en y prenant une longue gorgée. Un filet glacé s'écoula lentement dans sa gorge asséchée.

Elle sentit le regard de Gavin glisser le long de sa gorge offerte, s'attarder sur la rondeur de sa poitrine. La pointe de ses seins se dressa et un fourmillement impatient l'enveloppa tout entière.

La disparition de la lune derrière un nuage intensifiait les ombres sur le visage de Gavin. Lorsqu'elle lui rendit la bouteille, Leigh laissa sa main s'attarder sur la sienne.

Gavin la dévisagea de son regard sombre, insondable. Avec une lenteur délibérée, il amena le goulot jusqu'à ses lèvres et renversa la tête en arrière avant d'avaler à son tour une grande gorgée de bière.

Incapable de détacher ses yeux de lui, Leigh suivit le trajet du liquide à l'intérieur de sa gorge.

Il plongea son regard dans le sien.

— Tu veux faire un tour en moto ?

Gavin désigna un engin noir et fuselé, attendant à l'ombre de la camionnette.

Une étrange énergie pulsant au cœur même de ses cellules, Leigh sentit l'onde électrique qui l'avait envahie tout à l'heure se concentrer entre ses cuisses, attisant en elle une excitation incontrôlable. Son fantasme, pensa-t-elle, devenait réalité. Mais aurait-elle le cran de s'y abandonner ?

Un sourire faussement assuré aux lèvres, elle s'efforça d'imiter le ton naturel de sa sœur :

— Pourquoi pas ?

— Je n'ai pas de deuxième casque, s'excusa Gavin. Ta superbe coiffure va être tout emmêlée.

— Dans ce cas, autant la défaire tout de suite.

Cette proposition audacieuse avait franchi ses lèvres comme à son insu. Ses mains s'élevèrent alors en direction de la pince qui retenait ses cheveux en un style si sophistiqué. Gavin observait chacun de ses gestes entre ses paupières mi-closes. Un désir presque tangible se dégageait de lui, les unissant comme deux amants dans la nuit.

Ses cheveux châtains retombèrent en cascade sur ses épaules. Il continuait de la regarder. Leigh passa une main hésitante dans leur masse aux reflets dorés et réprima un frisson. Son regard assombri par le trouble, Gavin prit une mèche entre ses doigts comme pour en tester la douceur.

Leigh n'arrivait plus à respirer.

— Allons-y, dit-il brusquement.

Elle n'était jamais montée sur une moto, mais se hissa au sommet de la selle comme si elle l'avait fait toute sa vie.

— Tiens-toi à moi, ordonna-t-il.

Lorsqu'elle enroula ses bras autour de la taille de Gavin,

la sensation de chaleur au creux de ses cuisses s'intensifia. Ils démarrèrent dans un rugissement assourdissant. Pourtant, elle avait toujours, par intermittences, cette impression de respirer non de l'air mais du coton, d'évoluer dans une atmosphère confortable mais fausse, lointaine…

Ils fonçaient à présent le long de la route tortueuse. Ses cheveux fouettaient son visage. D'abord frénétiquement cramponnée à Gavin, Leigh découvrit rapidement comment suivre le rythme que la moto imposait à son corps musclé. Le vent sifflait à ses oreilles. Les arbres défilaient à toute vitesse sur les bas-côtés. Cherchant à s'assurer une meilleure prise, elle frôla la fermeture Eclair de Gavin de la main et sentit quelque chose de dur sous la toile de son jean.

D'abord, Leigh accusa le choc, puis sa surprise fut supplantée par un désir inconnu d'elle. Ramenant une main hésitante sur cette mystérieuse éminence, elle la sentit grandir, pulser sous ses doigts.

Un vestige de raison lui hurla un avertissement. Mais son corps ne répondait plus. Comme si elle agissait sous l'influence de préceptes incontrôlables, Leigh pressa ses lèvres contre le dos de Gavin. Elle sentit alors la moto faire un écart et remarqua que Gavin bifurquait sur une route transversale.

Il s'agissait en fait d'un étroit chemin de terre. Elle n'avait aucune idée de l'endroit où ils se trouvaient, mais cela lui était indifférent. Le seul fait de le caresser était devenu pour elle comme une drogue libératrice.

Dans un nuage de poussière, ils fonçaient à tombeau ouvert. Leigh ferma les yeux et fit imprudemment remonter ses mains le long du torse de Gavin. Le souffle court, elle se dit qu'elle n'avait jamais rien ressenti de pareil : la dureté de ses muscles sous ses doigts, l'incroyable souplesse de sa peau.

Gavin ralentit, puis immobilisa la moto au pied d'un bosquet avant d'en descendre avec lenteur. Sans qu'elle comprenne ce qui se passait, il fit glisser Leigh à bas du puissant engin. Flageolant sur ses jambes, elle se laissa aller contre lui. Il la serra un instant dans ses bras, puis la bouche de Gavin s'empara de la sienne, en un baiser qui exigeait un retour.

Et Leigh lui rendit ce baiser avec une ferveur qui stupéfia

l'infime part de son cerveau qui fonctionnait encore. Sa bouche, remarqua-t-elle, avait un goût de cigarette et de bière, mêlé à… une subtile pointe de menthe.

Elle mit quelques secondes à comprendre que les petits cris d'animaux qui lui parvenaient montaient de sa propre gorge. Incapable de s'arracher à l'étreinte de Gavin, elle en voulait plus encore. Ses sens la poussaient en direction d'un mystérieux précipice, lui intimant de hâter sa chute.

Gavin s'écarta d'elle et Leigh émit un gémissement de protestation. Les yeux brillant d'une lueur sombre, sauvage, il lui sourit :

— Du calme. On a tout notre temps.

Mais elle ne pouvait réfréner son impatience. Elle voulait lui hurler de se dépêcher. Il extirpa une couverture de la sacoche suspendue à sa selle et l'étendit sur l'herbe. L'esprit embrumé, désorientée, Leigh sentit un désir insensé monter en elle, anéantissant sa conscience. Une seconde après, la tête lui tournait et l'épaisseur de ce satané coton environnant l'étouffait presque. Pourtant, le désir l'emportait.

— Tu vas me brûler vif, à me regarder comme ça, ironisa Gavin.

Exactement ! Elle *brûlait* d'un désir violent, que lui seul pouvait satisfaire.

— Fais-moi plaisir, ne me fais pas attendre, murmura-t-elle.

Il eut un sourire malicieux.

— Je vais m'efforcer de satisfaire à ces deux requêtes.

Il s'approcha et l'étreignit à l'étouffer, tout en se laissant lentement tomber sur le sol avec elle. Leigh sentit alors un feu embraser tout son être. L'herbe qui, sous la fine couverture, lui piquait la peau attisait encore l'incroyable tension qui montait en elle.

Perdue dans un flot de sensations qui la rapprochait chaque seconde du mystérieux précipice, elle ne sentit même pas les doigts habiles de Gavin dénuder sa poitrine. Mais elle sentit sa bouche se refermer sur son sein et bascula alors comme en chute libre, en laissant échapper un long gémissement.

Elle aurait dû se sentir mortifiée de perdre ainsi toute volonté sous ses yeux. Mais Gavin ne lui laissa pas le temps de recouvrer ses esprits. Lui prodiguant les baisers les plus ardents, les caresses les plus délicieuses, il alluma en elle un brasier. Il posa ensuite délicatement ses lèvres sur la peau délicate de son cou, puis mordilla le lobe de son oreille jusqu'à ce qu'elle en frissonne. Et subrepticement, au fil de ses caresses, il ouvrit de ses lèvres un chemin le long de sa gorge, de son décolleté, de sa poitrine, jusqu'à reprendre le bout dur et dressé de son sein dans sa bouche. Comme en une supplique silencieuse, Leigh cambra les reins.

Quelque part au fond de son âme, un reste de bon sens l'observait avec stupeur perdre toute retenue, arracher ses vêtements à Gavin pour couvrir sa peau de baisers et de minuscules morsures. Sans qu'elle sache comment, ils furent soudain nus tous les deux. C'était choquant, un peu effrayant... Et en même temps, intensément excitant. Gavin traça un sillon brûlant de ses lèvres sur son ventre offert, jusqu'au bas de ses hanches... puis plus bas. Là, haletant, il s'immobilisa et Leigh gémit d'anticipation. Elle renversa la tête et ferma les yeux tandis qu'elle sentait entre ses cuisses la douceur des joues de Gavin, un peu râpeuses — délicieusement râpeuses... et une exquise caresse la fit soudain frissonner. Gavin venait d'effleurer la toison moite de son entrejambe... S'enivrant de ses baisers exquis, elle écarta les cuisses et s'offrit entièrement à Gavin, à sa bouche avide, aux courants électriques qui la traversaient, lui faisant tourner la tête...

Le plaisir l'ensorcelait et elle voulut à son tour connaître, caresser la fascinante éminence qui aiguisait tant sa curiosité. Ses mains tremblaient lorsqu'elle osa les poser sur lui, mais elles s'affermirent au son des gémissements de Gavin. Leigh sentit une clameur sauvage l'envahir et crut qu'elle devenait folle au contact de cette virilité dressée contre elle.

Enfin, n'y tenant plus, gémissant, il s'étendit de tout son long sur elle. Le contact de son corps était à la fois incroyablement doux et d'une dureté inflexible. Leurs peaux humides de sueur s'épousèrent et d'un seul coup de reins, il la fit sienne, absorbant son cri de stupeur avec sa bouche. La douleur fulgurante qui la traversa fut aussitôt noyée dans une extraordinaire sensation de plénitude.

Elle crut entendre Gavin jurer entre ses dents, mais quand elle commença à onduler contre lui, avec un long frisson, il s'accorda au rythme de son souffle et entama un lent mouvement de va-et-vient en elle.

Elle avait perdu la faculté de parler, celle de penser et s'agrippait désespérément à lui, pressant son corps en rythme contre le sien en une quête toujours plus insistante. Dans un halètement court, Gavin accéléra le rythme et la puissance de ses coups de reins. Elle sentit la jouissance monter en elle, la guidant vers un but insoupçonné, jusqu'à ce que l'univers disparaisse pour ne laisser place qu'au plaisir pur, absolu, incandescent.

Et elle retomba sur un épais matelas de coton…

— Réveille-toi. Bon sang, Helen, réveille-toi.

L'esprit embrumé, Leigh tentait de comprendre à qui appartenait cette voix masculine et pourquoi — non sans une certaine brutalité — cette main s'acharnait à la secouer.

— Leigh… je suis Leigh, balbutia-t-elle, incapable de soulever ses paupières alourdies.

La sensation de tremblement s'apaisa enfin et elle sentit la dureté de la terre sous la couverture.

L'homme marmonna un nouveau juron. Elle aurait dû dire quelque chose, mais lutter contre cette fatigue qui l'empêchait d'ouvrir les yeux lui semblait insurmontable.

Un tissu mouillé recouvrait son front. Elle voulut l'écarter pour tenter de distinguer le visage penché au-dessus d'elle. Une main s'en chargea à sa place.

— C'est bien. Il faut te réveiller. Combien de verres as-tu bus ?

Cette question parvint à atteindre les nimbes embrumés de son cerveau.

— Une bière.

— Une seule ? Ne mens pas.

— … Mens… pas. Je… suis fatiguée.

— On t'a droguée, alors.

Cette fois, ce fut comme si le voile obscur de ses pensées se déchirait.

— Non.

— Bon Dieu, si, assura la voix. Ouvre les yeux et regarde-moi.

Luttant contre les résidus de brouillard disséminés dans ses neurones, Leigh entrouvrit les yeux, pour découvrir le visage de Gavin Jarret tendu au-dessus d'elle.

— C'est bien, dit-il. Ne les referme surtout pas.

Son cerveau tenta de comprendre en quoi cette situation était anormale. Epuisée par cette vaine tentative, Leigh laissa rouler sa tête sur le côté. Elle sentit la main de Gavin lui soulever légèrement la nuque et la sensation de chaleur la reprit. Le simple contact de cette main sur sa peau était si sensuel.

— Allez, redresse-toi. Encore un effort, Leigh.

Elle lutta, prête à tout pour obéir à l'homme le plus séduisant qu'elle ait jamais rencontré.

— L'homme de mes rêves, murmura-t-elle comme à son insu.

Gavin marmonna un nouveau juron, avant d'affirmer :

— Nous verrons ce que tu en diras demain. En attendant, bois ça.

Sans lui laisser le temps de protester, il lui enfonça un goulot en plastique entre les lèvres. Un liquide tiède coula le long de son menton, mais un peu d'eau fit son chemin jusqu'à sa gorge asséchée. Elle avait le goût vaguement chimique d'une eau restée toute une journée dans la chaleur d'une voiture. Leigh s'étrangla et son estomac se retourna en signe de protestation. D'une main affaiblie, elle tenta de repousser celle de Gavin.

— Bois encore.

— Je vais être malade.

— Tant mieux. Il faut évacuer cette drogue de ton système.

A sa plus grande honte, il la soutint tandis que ses entrailles mettaient leur humiliante menace à exécution et jusqu'à ce qu'elle en soit réduite à la production de spasmes stériles. Après quoi, presque avec tendresse, il ramena la masse emmêlée de ses cheveux en arrière et lui frotta le dos comme on réconforte un enfant.

Affaiblie, exténuée, elle le laissa faire, son esprit cherchant désespérément à comprendre ce qui se passait. Sa conscience oscillait dans une sorte de... *coton*. Bien sûr... On l'avait droguée...

— Prends une autre gorgée.

— Non. Je vais encore vomir.

— Tu n'as pas besoin de l'avaler. Garde un peu d'eau dans ta bouche et recrache-la. Elle est loin d'être fraîche, mais c'est tout ce que j'ai.

Leigh obtempéra, étreinte par un sentiment de honte croissant, à mesure que sa mémoire déroulait certaines images confuses de ce qui s'était passé. Gavin la lâcha pour chercher quelque chose dans sa poche. Elle entendit un bruit de papier déchiré et le vit déballer une sucrerie qu'il lui tendit.

— C'est un bonbon à la menthe. Ça ôtera le mauvais goût que tu as dans la bouche.

Il la dévisageait avec une telle gentillesse qu'elle eut envie de pleurer. Le bonbon avait une saveur bizarre dans sa bouche.

— Tu crois pouvoir remonter sur la moto ?

— La moto ?

Comme en un lent goutte-à-goutte, le souvenir de ce qui était survenu s'infiltrait peu à peu dans son esprit. La course folle en moto. Le désir insensé qui l'avait étreinte. Elle remarqua que sa poitrine était dénudée. Ses seins étaient durs, douloureux, mais cette souffrance lui paraissait douce. En fait, elle était *entièrement* nue. A travers les frondaisons, la lueur de la lune marbrait sa peau de blanc. Soudain assaillie par les images précises de ce qu'ils avaient fait, Leigh braqua un regard horrifié sur Gavin.

— Avons-nous… ? Est-ce que… ?

Elle frémit en voyant ses traits se durcir.

— Tu te demandes jusqu'où nous sommes allés ? Nous sommes allés très loin, Leigh. Aussi loin que possible.

Il fit courir son doigt le long de sa clavicule. Se souvenant que sa bouche avait emprunté le même chemin, Leigh se mit à trembler violemment.

— De quoi te souviens-tu, au juste ? demanda Gavin.

Elle sentit le nœud qui venait de s'y former menacer de lui soulever une fois de plus l'estomac.

— Je… je n'en suis pas sûre.

Lui relevant doucement le menton du bout de l'index, il la força à le regarder dans les yeux.

— Jure-moi au moins que tu n'étais pas vierge, dit-il.

A ces mots, Leigh perdit la deuxième bataille contre ses

entrailles. Gavin lui tourna la tête, à l'instant où elles se tordirent, comme si elles avaient voulu s'échapper par sa bouche. Des spasmes horribles la secouèrent. Gavin jura entre ses dents, mais la soutint jusqu'à ce qu'elle s'affaisse contre lui. Sa chemise sentait la cigarette et la lessive. Le fait qu'il soit habillé, alors qu'elle était nue, ajoutait encore à sa honte. Avec douceur, il lui essuya le visage et ramena ses cheveux emmêlés derrière ses oreilles.

— Il faut t'habiller, maintenant, dit-il.

Elle s'y efforça, mais ses doigts ne lui obéissaient pas. Dédaignant son slip et son soutien-gorge, Gavin l'aida à revêtir son bustier.

— Peux-tu te tenir debout ?

Elle n'en était pas sûre, mais il ne lui laissa pas le choix. Leigh sentit son corps vibrer au contact des mains de Gavin, tandis qu'il faisait adroitement remonter son jean le long de ses jambes et son ventre palpita désespérément lorsque ses doigts se glissèrent sous sa ceinture pour en refermer le bouton. Elle enfila ses escarpins neufs. Puis il l'aida à se redresser et la soutint jusqu'à la moto, avant de l'installer sur la selle.

— Accroche-toi bien à moi.

Le souvenir de ses mains courant sur la peau nue de Gavin la frappa avec la violence d'un éclair. Refoulant des larmes de honte, Leigh ferma les yeux. Elle ne les rouvrit que lorsque la moto s'immobilisa. Hagarde, elle considéra le bâtiment qui abritait le garage de M. Wickert.

— Qu'est-ce qu'on fait là ?

— J'ai la clé, répondit Gavin, ainsi que le code de l'alarme et j'ai pensé que tu aimerais t'arranger un peu avant de rentrer chez toi.

Chez elle. Elle n'avait plus de chez elle. Son foyer se réduisait à une maisonnée vide, condamnée à une attente sans espoir.

Leigh sentit une boule compacte se former dans sa gorge. Elle avait envie de pleurer. Mais les traits de Gavin étaient durs. Mortifiée, elle ravala ses sanglots.

Elle eut du mal à se reconnaître dans le petit miroir des toilettes. La masse emmêlée de ses cheveux pendait lamentablement autour de son visage. Ses yeux se détachaient comme deux gouffres sombres sur son teint crayeux. Les traînées de mascara qui ombraient ses pommettes lui conféraient un air de débauche et elle remarqua plus d'une marque sombre sur son cou. Se rappelant le contact des lèvres de Gavin à cet endroit, Leigh émit un gémissement sourd. Malgré la douceur de la nuit estivale, elle eut soudain froid.

Serrant dans sa main le peigne que Gavin lui avait prêté, elle se laissa glisser sur le carrelage sale et sanglota jusqu'à épuiser ses larmes. Elle était paralysée par la honte. Comment pourrait-elle ouvrir cette porte et lui faire de nouveau face ?

Il affirmait qu'on l'avait droguée, mais cela importait peu. Ni cela ni même le penchant qu'elle avait pour lui depuis ses treize ans n'excusaient son comportement. Ce qui importait, c'était qu'elle avait offert sa virginité — à un homme qui ne la distinguait même pas de sa sœur.

Offert ? Elle lui avait pratiquement supplié de la prendre.

Ce qui était le plus humiliant de tout.

Comme il frappait à la porte, Leigh se redressa sur ses jambes flageolantes et essuya son visage.

— Ça va ? demanda Gavin.

— Oui, répondit-elle, en une sorte de coassement.

D'une voix épaissie par les larmes, elle ajouta :

— J'en ai pour une minute.

— Tu as besoin de quelque chose ?

De sa mère ! En cet instant, elle aurait tout donné pour avoir sa mère à son côté.

— J'en ai pour une minute, répéta Leigh.

Elle attendit qu'il s'éloigne de la porte pour s'asperger le visage d'eau et frotter violemment les traces de mascara qui maculaient ses joues à l'aide d'une serviette au papier rugueux. Le bustier prêté par sa sœur était boutonné de travers. Ses doigts refusèrent d'abord de coopérer mais, pour finir, elle parvint à accomplir cette tâche minuscule. En revanche, apprivoiser le désordre de sa chevelure avec ce peigne se révéla impossible.

Leigh s'efforçait de ne pas songer aux marques sur son cou, ni au renflement de ses lèvres ni à l'étrange et infime douleur entre ses cuisses. Elle sentait encore son odeur sur sa peau, se souvenait d'un rythme languissant sur lequel ils ondulaient ensemble… Elle avait encore envie de lui. Réprimant ses tremblements, elle sortit des toilettes.

Gavin s'arracha au mur crasseux contre lequel il était adossé avec une grâce primitive qu'elle trouva irrésistible. Pire, une part d'elle mourait d'envie qu'il la prenne dans ses bras, qu'il la rassure. Elle avait besoin de l'entendre lui dire que tout allait bien, qu'il n'était pas dégoûté d'elle. Mais il ne fit pas un geste vers elle et son expression exprimait la colère.

Contre elle ? s'interrogea Leigh.

— Viens dans le bureau. J'ai préparé du thé.

— Du thé ?

Tout, ce soir, lui paraissait totalement surréel.

— Mme Walken affirme qu'en cas de choc, rien ne vaut un thé bien chaud. Je pense que nous en avons tous deux besoin.

— Je n'ai pas soif.

— Bois-le quand même.

L'intérieur de son être était si glacé qu'elle avait l'impression que cinq litres de thé brûlant ne sauraient la réchauffer. Et sans doute allait-elle s'humilier une fois de plus, en vomissant, à peine avalé, le contenu de la tasse qu'il lui tendait. A cette pensée, elle détourna vivement les yeux des biscuits pris par Gavin au distributeur.

— Essaie d'en manger un. Il faut faire ingurgiter autre chose à ton système que cette drogue qu'on t'a administrée.

Leigh ravala ses protestations. Le fait de boire un thé et de grignoter un biscuit lui donnerait une contenance ; elle devait avoir l'air de la dernière des idiotes, à le contempler de son regard fixe.

— Que faisais-tu à cette soirée ? lui demanda Gavin après qu'elle lui eut pris la tasse des mains.

Elle tressaillit.

— J'accompagnais Nolan.

— Nolan… Ducort ? énonça-t-il, visiblement incrédule. Qu'est-ce qu'une fille comme toi faisait avec ce taré ?

Se forçant à soutenir son regard, Leigh répondit simplement :

— Il m'avait invitée.

Gavin marmonna quelque chose entre ses dents et elle vit le pouls à sa gorge s'accélérer. Il donnait l'impression de vouloir frapper quelqu'un. Elle eut un mouvement de recul et Gavin se radoucit.

— Ecoute, Leigh, il n'y a pas de mots pour dire combien je suis désolé de ce qui s'est passé. Je te jure que si je t'avais reconnue, je t'aurais directement raccompagnée chez toi.

Leigh accusa l'affront, se refusant à éclater en sanglots devant lui. La vieille chaise recouverte de skaï grinça sous elle en signe de protestation.

— Merci beaucoup, parvint-elle à articuler avec sarcasme.

Sans sembler l'avoir entendue, Gavin affirma :

— Tu ne dois surtout pas t'en vouloir. Il faut que tu comprennes…

Elle se redressa si brusquement que sa main éparpilla les biscuits sur le plateau du bureau.

— Cesse de me traiter avec paternalisme, s'exclama Leigh. Je n'ai plus douze ans. Et tu ne m'as pas séduite *de force,* assura-t-elle d'une voix tremblante. Il s'agissait d'un acte consensuel.

— On t'avait droguée. Et tu étais vierge.

— Eh bien, voilà un problème dont je n'aurai plus à me soucier.

La lumière de phares inonda le bureau crasseux tandis qu'une voiture s'immobilisait devant le garage.

— C'est ta sœur, accompagnée des Walken.

Leigh le dévisagea avec horreur.

— Tu as téléphoné chez moi !

— Non, j'ai appelé les Walken avant de prévenir la police, afin de leur demander conseil.

Elle le considéra, bouche bée.

— La police ? Je ne veux pas qu'on prévienne la police.

— Ne comprends-tu pas qu'on t'a droguée ? Ducort a glissé quelque chose dans ton verre, dans l'intention de te violer. Sauf que c'est moi qui me suis trouvé le premier sur ton chemin, ajouta Gavin d'un air sombre.

L'espace d'une seconde, Leigh eut l'impression qu'elle allait s'évanouir. Dans un brouillard, elle entendit la porte du bureau s'ouvrir derrière elle.

— Quelle déveine pour toi, hein ! lui cracha-t-elle au visage, ivre de colère. Mais n'y pense plus. Moi, en tout cas, je n'ai aucune intention de m'attarder sur cette histoire. Et je refuse d'en informer la police. Mais si l'un d'entre vous tente de m'approcher une fois de plus, je jure que je lui ferai regretter d'être venu au monde.

Gavin s'écarta d'elle. Les traits figés par le choc et l'inquiétude, Helen et les Walken se dressaient dans l'encadrement de la porte. Son humiliation était totale.

Dix-huit heures plus tard, Gavin était assis dans une cellule, à contempler les jointures meurtries de ses poings, en se demandant ce qui le poussait à jouer ainsi les héros. Il n'avait qu'à avouer la vérité à la police… et détruire du même coup la réputation de Leigh.

Mais à quoi bon ? Les flics étaient déjà *certains* de détenir la vérité. Un appel anonyme avait signalé la présence de sa moto devant la maison de son employeur, la nuit dernière. Or le vieux M. Wickert avait été cambriolé. On l'avait frappé à deux reprises, on l'avait attaché, puis on l'avait abandonné aux affres d'une attaque cardiaque. S'il mourait, songea Gavin, le chef de la police locale se ferait une joie d'ajouter le meurtre à la liste des charges qui pesaient déjà contre lui.

On l'avait autorisé à passer un coup de fil et il avait appelé Georges Walken, en lui arrachant la promesse de tenir Leigh à l'écart de cette histoire. Avouer la vérité, avait-il argumenté, aurait eu pour unique effet de le faire plonger plus profondément encore. La police dirait alors que c'était lui qui avait drogué Leigh. Rien ne servait de traîner le nom de cette jeune fille dans la boue, avait-il ajouté, en insistant pour que Georges l'explique à Ira Rosencroft, l'avocat de la famille Walken.

Gavin ouvrit les yeux en entendant la porte de sa cellule s'ouvrir. Un policier, à peine plus âgé que lui, se dressa dans l'encadrement.

— Allez, Jarret. On y va.

— Où ça ?

— Vous êtes libre.

— Libre ? Pourquoi ?

— Vous vous plaisez tant que cela ici ?

— M. Wickert aurait-il repris conscience ?

Une lueur d'espoir l'envahit. Grincheux comme un ours, le vieux Wickert s'était montré un patron exigeant. Mais même s'il semblait avoir inventé l'art de la récrimination, le garagiste avait été le seul à lui donner sa chance et à lui offrir un travail quand tout le monde s'y refusait et avec le temps, ils avaient appris à s'apprécier mutuellement.

Le flic secoua la tête.

— Il est mort il y a environ une heure.

— Bon sang !

Leurs regards se croisèrent, emplis de la même compassion pour le vieil homme. Gavin ravala son chagrin pour demander :

— Dans ce cas, pourquoi me relâche-t-on ?

— La personne qui vous sert d'alibi est venue faire une déposition. En nous disant où vous vous trouviez la nuit dernière, vous nous auriez fait gagner un temps précieux.

Georges lui avait pourtant promis ! pensa Gavin en griffonnant son nom au bas d'un registre afin de récupérer son portefeuille, qu'il glissa dans sa poche. Vert de rage à l'idée que ce dernier avait trahi sa confiance, il s'éloignait le long du couloir, lorsque la porte de la salle d'interrogatoire s'ouvrit brutalement.

Le chef de la police locale se dressa dans l'encadrement, son regard furibond braqué sur une frêle silhouette assise en retrait sur une chaise de bois. Gavin vit alors Leigh Thomas rendre sans ciller son regard à l'inspecteur.

— Vous devriez revoir votre position, gronda ce dernier.

Ses cheveux ondulant jusqu'au milieu du dos, Leigh se leva avec une grâce de reine. Elle fit alors face à son interlocuteur — avec un sang-froid impressionnant.

— C'est vous, qui devriez revoir la vôtre.

Elle s'exprimait avec une force tranquille.

— Je sais que vous ne nous appréciez guère, moi et ma sœur. Et vous n'aimez pas non plus Gavin Jarret ni les Walken, mais si vous laissez cet a priori aveugler votre jugement, vous ne résoudrez pas ce dernier meurtre non plus. Gavin était avec moi hier soir. Je suis prête à le jurer devant une cour et tout ce que vous pourrez faire ou dire ne changera rien à la vérité.

Elle le regarda dans les yeux sans fléchir. Ce petit bout de femme — une gamine, en fait — affrontait le colosse arrogant et sûr de lui avec une telle dignité que Crossley semblait rapetisser à vue d'œil.

— Ecoutez-moi bien, ma petite. Si je découvre la moindre preuve reliant Jarret à ce crime, je vous fais aussitôt coffrer pour complicité de meurtre.

— Vous ne le ferez pas. Car pour cela, il vous faudrait fabriquer des preuves. Or vous êtes peut-être incompétent, mais je ne vous crois pas malhonnête.

— Sortez-la d'ici, vociféra l'inspecteur, rouge de colère. Otez-les tous les deux de ma vue, ordonna-t-il au jeune policier qui se tenait silencieusement en retrait.

Une fois dans la rue, Gavin régla son pas sur celui de Leigh. Elle ne le regardait pas. Le menton dressé, les épaules droites, elle fixait l'asphalte devant elle. Il posa sa main sur son épaule pour la forcer à s'immobiliser et elle tressaillit alors si violemment qu'il sentit son estomac se serrer.

— Pourquoi es-tu venue ? demanda-t-il d'un ton inquisiteur. J'avais dit aux Walken de te tenir en dehors de cette affaire !

— Ils ne savent même pas que je suis là.

Il avait besoin de voir ses yeux, de savoir ce qu'elle pensait. Le haïssait-elle pour ce qui s'était passé entre eux la nuit dernière ?

— Dans ce cas, pourquoi es-tu venue ? répéta-t-il.

Sans lever la tête, Leigh répliqua :

— Parce que quand ce cambriolage a eu lieu, tu étais avec moi.

Gavin jura entre ses dents.

— Justement. A part un coup de fil anonyme bidon, ils n'avaient aucune preuve contre moi. Je n'avais qu'à attendre tranquillement qu'ils me relâchent. Te rends-tu compte qu'en venant ici, tu as détruit ta réputation ?

A ces mots, il vit le menton de Leigh se tendre. Elle tourna vers lui un visage dénué de toute émotion.

— D'aucuns diraient au contraire que je l'ai rehaussée.

Les épaules de Leigh se soulevèrent brièvement.

— De toute façon, dit-elle, tu n'imagines pas à quel point cela m'indiffère. Ce qui importe, c'est que si je ne m'étais pas manifestée, la police aurait cessé de poursuivre le véritable criminel — comme ils l'ont fait dans le cas de ma mère. M. Wickert était un brave homme. Il mérite mieux que cela.

A présent, ôte ta main de mon épaule, avant que je ne t'envoie un coup de pied dans les tibias.

Tout en s'efforçant de lire l'expression de son regard, Gavin laissa son bras retomber le long de son corps.

— Et par rapport à ce qui s'est passé cette nuit ? Comment te sens-tu, Leigh ?

— Tu te crois redevable à mon égard, c'est cela ?

Surpris, Gavin opina lentement du chef. A cet instant, il aperçut la sœur de Leigh qui remontait la rue dans leur direction.

— Dans ce cas, fais-nous une faveur à tous les deux, Gavin. Efforce-toi de grandir et vite. Fais quelque chose de ta vie. Cette réputation de mauvais garçon a bien failli t'envoyer en prison. Et en plus, tu as fait pleurer Mme Walken qui, elle aussi, mérite mieux.

Gavin reçut cette vérité comme un coup de fouet en plein visage.

— Quand je pense que je te croyais plus effacée que ta sœur, marmonna-t-il.

— Leigh ! appela Helen en s'approchant d'eux.

Il vit les pupilles de Leigh s'étrécir.

— Je le suis. Si tu ne files pas d'ici, tu verras de quoi Helen est capable. Elle t'arrachera si bien les yeux que tu regretteras d'avoir faussé compagnie à l'inspecteur Crossley. Quant à ce qui s'est passé la nuit dernière, oublie-le, Gavin. C'est personnellement ce que j'ai l'intention de faire.

— Tu n'oublieras pas. Et moi non plus, murmura Gavin d'une voix sourde, avant de se tourner pour saluer Helen d'un geste de la main.

1.

Elle se rappelait les beaux jours de son enfance et cette nuit de ses dix-sept ans où elle avait perdu sa virginité… Sept longues années s'étaient écoulées, depuis. C'était la mort qui l'avait ramenée ici. Revenir à Blackrose pour l'enterrement du vieux Marcus…

Marcus Thomas n'était plus. Il avait été assassiné au beau milieu de ses chers rosiers, auxquels il apportait depuis des années les soins et la tendresse dont il avait privé ses filles. Leigh ne pouvait-elle puiser dans son cœur la plus petite émotion à cette idée ? Il avait tout de même été leur père, même si de l'aveu de tous, cet acte se réduisait à ses yeux à un simple accident biologique.

Légèrement à l'écart du groupe réuni devant le cercueil, Leigh se demanda comment le pasteur trouvait les mots pour faire l'éloge du défunt. Elle aurait elle-même été incapable de s'acquitter de cette tâche. Tout en se réjouissant que le bref service funèbre touche à sa fin, elle remarqua que même le visage d'Eden, la femme de Marcus, était vide de toute expression.

Au côté d'Eden, Jacob, son fils, avait l'air mal à l'aise. Bien sûr, il faisait une chaleur de four sous le soleil de juin et Jacob avait revêtu une cravate et un costume noirs. La manche gauche de son veston pendait, inutile, le long de son buste. Son bras, toujours en écharpe depuis qu'il y avait reçu une balle de revolver pour protéger Helen, semblait le faire souffrir. Leigh songea que les sinistres événements qui avaient eu lieu à Blackrose ces derniers temps et la mort de Marcus, auraient suffi à rendre cette cérémonie pénible à quiconque, mais elle eut l'impression qu'une autre raison poussait Jacob à jeter ces regards furtifs de droite et de gauche.

Helen se tenait au côté de Bram Myers, dont la grande et solide main reposait, protectrice, sur son épaule. Sa sœur avait l'air en pleine forme, pour quelqu'un qui avait aussi failli mourir sous les tirs de l'assassin de leur père.

Leigh trouvait difficile de ne pas éprouver une pointe d'envie en observant ce couple. Un lien particulier — et sans doute immuable — l'unissait à sa sœur. Mais tandis qu'elle rendait elle-même visite à des amis en Angleterre, Helen en avait tissé un tout nouveau — que pour la première fois, elles ne pouvaient partager.

Séduisant — dans un style intense et ténébreux —, Bram Myers était un grand gaillard aux traits découpés au couteau. De dix ans l'aîné d'Helen, il la couvrait de regards tendres et protecteurs. Ils allaient bien ensemble ; au premier coup d'œil, leur couple semblait... évident. Si deux êtres étaient faits l'un pour l'autre, c'était Helen et Bram.

Tout en enviant sa sœur, Leigh doutait de pouvoir jamais ouvrir aussi totalement son cœur à un homme. Elle avait beaucoup plus de mal qu'Helen à accorder sa confiance aux autres.

D'une main impatiente, elle ramena une lourde mèche de cheveux derrière son oreille, se décidant à adopter la nouvelle coupe de cheveux d'Helen. Car cette coupe au carré révélait la pureté des traits du visage de sa sœur et lui donnait peut-être cet air pétulant, malicieux. Leigh aimait l'idée d'arborer cette figure rayonnante et peut-être aussi une tenue plus décontractée qui lui conféreraient une bien meilleure image pour se lancer dans son nouveau job — un excitant poste de programmatrice informatique, pour le compte d'une jeune entreprise de communication de Boston.

Comme Helen et Bram n'avaient d'yeux que l'un pour l'autre, Leigh déporta son regard vers un autre couple, plus en retrait. Amis de la famille Hart depuis bien avant sa naissance, Georges et Emily Walken étaient également les voisins les plus proches de Blackrose. Ce couple sans enfants avait toujours accueilli chez eux des gamins en difficulté et depuis la disparition de leur grand-père, puis de leur mère, ils leur avaient ouvert grand leur porte, à elle et sa sœur.

Après l'incendie et l'assassinat de Marcus, les Walken les

avaient protégées des médias. Ils avaient fait bouclier auprès des autorités. Ils leur avaient offert un foyer et les aidaient par tous les moyens possibles. Jamais elle n'oublierait leur bonté. En dehors de l'impossible retour de sa mère et de son grand-père, leur présence à son côté était ce qu'elle pouvait rêver de mieux.

A l'extérieur du groupe, Odette Norwhich — la nouvelle gouvernante à demeure de Blackrose récemment engagée par Eden — fronçait les sourcils avec austérité. Depuis son retour de voyage, Leigh n'avait rencontré cette femme qu'en de rares occasions, mais elle en avait conclu que ce masque de sévérité était habituel chez elle. Helen assurait que Mme Norwich avait un côté plus chaleureux mais, personnellement, elle n'en avait encore entraperçu aucun indice.

Le regard de Leigh acheva de parcourir le cercle réuni devant le tombeau, avant de se poser sur les personnes qui, déjà, s'avançaient pour leur présenter leurs condoléances. Plaquant un sourire sur ses lèvres, elle remercia brièvement chacune d'entre elles, soulagée quand ce fut enfin terminé.

Leigh suivait sa sœur en direction de la sortie, quand un frisson glacé la parcourut. Se retournant lentement, elle balaya le cercueil et les tombes alentour du regard, pour découvrir une silhouette solitaire, légèrement en retrait. Elle sentit sa respiration se bloquer dans sa poitrine, son cœur se mettre à battre douloureusement.

Que faisait-il là ?

Clouée sur place, ses souvenirs se refermant sur elle comme un piège invisible, Leigh fixa avec impuissance l'homme qui se dressait à quelques mètres d'elle. C'était injuste ! Ces émotions, elle pensait les avoir surmontées des années auparavant.

— Leigh ? Quelque chose ne va pas ?

Rien n'allait. Après tout ce temps, le fait d'apercevoir Gavin Jarret n'aurait jamais dû l'affecter à ce point.

Elle abaissa son regard sur la main qu'Helen venait de poser sur son bras, puis le ramena en hâte sur la tombe de Marcus.

— Je devrais tout de même ressentir quelque chose, non ? parvint-elle à dire, d'une voix heureusement à peu près égale.

Les traits de Helen se tendirent. Sans un regard pour le cercueil, elle suggéra :

— Du soulagement ?

— C'était tout de même notre père.

— Il faut plus qu'un simple acte biologique pour être un véritable père. Tu sais bien que Marcus ne s'intéressait qu'à ses roses. Viens, allons nous abriter de cette chaleur.

Leigh laissa sa sœur la guider vers la sortie. Lorsqu'elle jeta un dernier regard par-dessus son épaule, Gavin avait disparu. Mais elle aperçut une autre silhouette dressée entre les pierres tombales. Celle de quelqu'un dont l'expression semblait plutôt célébrer que pleurer le départ de Marcus — comme si l'on était venu s'assurer qu'il était bien mort.

Tout en se réprimandant pour cette mauvaise pensée, Leigh se dit qu'il s'agissait sans doute d'un journaliste en quête d'un article à sensation. Les récents événements avaient une fois de plus propulsé les habitants de Blackrose à la une des journaux. Marcus aurait détesté cela.

En ce qui la concernait, les médias pouvaient imprimer ce qui leur chantait. Avant de monter en voiture, parcourant une dernière fois le cimetière du regard, Leigh constata avec soulagement que Gavin était bien parti. Elle n'avait aucune envie de devoir le saluer, ou pire, de discuter avec lui.

— Tu as *intérêt* à m'aider, gronda Martin Pepperton.

Réagissant à la colère qui gonflait sa voix, le cheval derrière lui fit quelques pas de côté et souffla violemment dans ses naseaux.

Nolan recula jusqu'à la porte du box afin de laisser un peu plus d'espace à l'animal, avant de jeter un regard angoissé autour de l'écurie déserte.

— Ce n'est ni le lieu ni l'heure pour en discuter, dit-il.

Il remarqua les pupilles anormalement dilatées de Martin, sa mâchoire précocement affaissée.

A vingt-neuf ans, Martin Pepperton vieillissait mal. Le plus jeune membre de l'illustre clan des Pepperton accusait l'effet d'années d'abus de produits toxiques.

— Que t'arrive-t-il, Nolan ? répliqua ce dernier d'un ton sarcastique. Tu as peur d'un malheureux cheval ? Panteena ne ferait pas de mal à une mouche. Hein, ma belle ?

Tout en tirant sur les rênes que tenait Martin, la pouliche

excitée martela le sol de son sabot. Nolan aurait voulu s'enfuir d'ici sans se retourner. Hélas, un lien que seule la mort pourrait rompre l'attachait à Martin Pepperton.

— Je dois rejoindre mes amis, dit-il. Ma réponse est non.

— Aurais-tu oublié le vieux Wickert ?

Nolan jeta un nouveau regard affolé autour de lui, afin de s'assurer que l'écurie était toujours vide.

— Tais-toi, Martin. Tu sais très bien que c'était un accident. Il n'était pas censé y passer.

— Crois-tu vraiment que la police s'intéressera à ce détail ?

— Tu as un problème, ma parole. Même ta malheureuse cervelle imbibée de drogues devrait comprendre que si l'un d'entre nous tombe, nous plongerons tous les trois.

S'écartant du cheval, Martin fronça les sourcils.

— Tu veux une part du gâteau plus importante, c'est cela ?

Nolan émit un juron.

— Je ne veux pas de ton argent, rétorqua-t-il, à présent sérieusement inquiet.

Martin était fou — et dangereux. Plus dangereux encore qu'il ne l'avait pensé.

Ce dernier fit un pas menaçant vers lui. Surprise, la jument recula violemment. Martin tira alors d'un coup sec sur le licol de l'animal, qui hennit en signe de protestation.

— J'ai déjà transféré la propriété de Sunset Pride à ton nom. Sauf que, bien sûr, ce cheval n'est *pas* la prestigieuse Sunset Pride, mais un tocard de première, précisa-t-il avec un gloussement pervers. Quoi qu'il en soit, j'ai besoin que tu me serves de couverture pour cette transaction.

— Pourquoi diable as-tu mis cet animal à mon nom ? Je t'ai expliqué au téléphone que je ne voulais pas être mêlé à tes manigances.

— Ma famille participe aux courses de Saratoga Springs depuis 1910. Un salaud s'est fichu de moi en me vendant ce cheval boiteux. Mais je vais lui montrer. J'ai une réputation à tenir, moi.

— Pas moi, peut-être ?

— Toi, tu n'as jamais été impliqué dans les courses, rétorqua Martin d'un ton méprisant.

— Justement. Personne ne croira que j'aie voulu acheter un cheval. Pourquoi le ferais-je ? Je déteste ces bestioles.

— De nombreux hommes d'affaires acquièrent des chevaux. C'est un investissement comme un autre. Tout ce que tu auras à dire, c'est que tu revends cette bête, parce que tu as besoin de cet argent pour autre chose. La légalité de cette transaction ne sera jamais mise en cause. Personne ne sera surpris d'apprendre qu'un étranger au circuit s'est fait avoir en achetant un tocard. Le seul qui passera pour un imbécile à ce moment-là, c'est Tyrone Briggs.

Nolan secoua la tête.

— Non, Martin. C'est impossible. Je t'ai déjà dit que c'était trop risqué. Je ne vendrai de cheval boiteux ni à Briggs ni à personne. De toute façon, il aura tôt fait de remonter jusqu'à toi. Tu ne réfléchis pas clairement.

Les traits de Martin s'assombrirent.

— C'est toi qui ne réfléchis pas, grogna-t-il. Soit tu fais ce que je te demande, soit je te balance aux flics pour ce qui s'est passé il y a sept ans.

La crainte accéléra le pouls de Nolan. Martin ne bluffait pas.

— Je t'en prie, Martin, écoute-toi parler ! Tu es tellement défoncé que tu dis n'importe quoi.

Un filet de sueur commençait à perler à son front.

En voyant un revolver apparaître dans la main de Pepperton, Nolan sentit sa bouche s'assécher. Martin avait toujours été un type imprévisible, mais en observant la colère qui déformait son visage, il eut vraiment peur. Ce salaud était assez cinglé pour appuyer sur la détente.

— Sois raisonnable, Martin. Si tu tires, tout le monde accourra en un éclair.

— Et si cela m'était égal ?

Ses yeux avaient la brillance que provoquent de fortes doses de drogue. Dans l'état où il était, Martin pouvait tirer, sans s'inquiéter avant demain des conséquences de son acte.

— Tu n'as que faire de ces petites vengeances, assura Nolan, dans l'espoir de lui faire entendre raison.

— Ce type m'a arnaqué. Il va payer. Personne ne fera de

moi la risée de la ville. C'est lui, dont tout le monde se moquera, quand il découvrira qu'il s'est fait avoir à son tour.

La raison se révélait vaine. La drogue avait entièrement englouti la raison de Martin. Nolan fit un pas à l'intérieur du box, se forçant à ne pas regarder l'animal qui s'agitait avec impatience.

— Bon, bon. D'accord, dit-il. Si c'est si important pour toi, je le ferai.

Martin sourit. Sentant la victoire approcher, il abaissa son arme. Nolan en profita pour se jeter sur lui. Panteena émit un hennissement aigu, tandis que Martin et lui s'empoignaient, avec le revolver pour enjeu. Soudain, le coup partit, étouffé par la masse de leurs deux corps.

Sidéré, Nolan abaissa l'arme qu'il tenait à la main. Durant une seconde, Martin le fixa avec une expression de stupeur muette. Puis, dans un grognement, il se plia en deux. C'en était trop pour l'animal affolé, qui se cabra subitement. Nolan fit un brusque écart, évitant de justesse les sabots qui s'abattirent avec une précision meurtrière sur Martin. Comme il se ruait hors du box et en repoussait la porte, il entendit les os de Pepperton se briser.

Il ne perdit pas un instant à refermer le verrou. Dans un effort insensé pour s'échapper, Panteena mettait ses six cents kilos de muscles au service des coups qu'elle infligeait à la masse informe recroquevillée à terre. Comme il courait en direction de la sortie, à l'autre extrémité de l'écurie, Nolan entendit les planches du box céder sous les puissants sabots de la jument.

D'une seconde à l'autre, ce cheval serait libre. Ce qui lui était indifférent. Tout du moins n'aurait-il plus à s'inquiéter de l'existence de Martin Pepperton, pensa-t-il avec soulagement. Ce dernier ne survivrait pas à la violence des coups qu'il avait reçus. Un regard, jeté dans sa fuite par-dessus son épaule, lui glaça les sangs.

Depuis l'ouverture opposée de l'écurie, une femme l'observait fixement. Elle se détourna vivement, à l'instant où la jument enfonçait la porte et surgissait hors de son box. Le cœur battant à tout rompre, Nolan prit ses jambes à son cou.

Elle l'avait forcément reconnu. Il n'avait pas tellement changé en sept ans, se dit-il, tout en s'apercevant qu'il tenait toujours le revolver de Martin serré dans son poing.

Interrompant sa course, Nolan glissa l'arme dans sa ceinture. Il lui fallait un alibi — et vite. S'il s'en procurait un solide, il y avait une chance pour que les flics ne croient pas les déclarations de cette garce.

Diable. Peut-être ce cheval allait-il la renverser et la tuer elle aussi, lui évitant ainsi cette corvée.

Leigh sortit du salon de coiffure et secoua gaiement sa nouvelle chevelure. Sa tête lui semblait plus légère de plusieurs kilos ! Elle n'avait jamais eu les cheveux courts auparavant, mais en aimait décidément la sensation.

Dans l'ensemble, elle se sentait bien, en descendant la rue principale pour retrouver sa sœur devant les bureaux de Rosencroft et Associés. Tout de suite après l'enterrement de Marcus, l'avocat de la famille avait appelé pour les convoquer. Helen et elle avaient alors renoncé à s'opposer à Eden, qui avait aussitôt exigé d'assister à la réunion.

— Inutile de se disputer, avait dit Helen. Laissons plutôt Me. Rosencroft lui expliquer qu'elle n'a plus voie d'autorité sur Blackrose.

Leigh avait acquiescé. Elle n'avait jamais compris la nature des liens existant entre Marcus et Eden, sa belle-mère, pas plus que ceux qui avaient uni ce dernier à sa mère. Il n'y avait jamais eu de véritable amour entre elles et lui. Pourtant, Marcus s'était marié deux fois.

Ecartant cette question troublante de son esprit, Leigh leva les yeux et vit Eden, qui attendait déjà devant l'étroit bâtiment en briques abritant le cabinet juridique. Elle avait amené Jacob avec elle, remarqua Leigh avec soulagement. Eden se sentirait-elle plus à l'aise accompagnée de son fils ? En tout cas, Leigh jugea la présence de Jacob a priori bénéfique : il aurait peut-être un effet calmant sur les nerfs de leur belle-mère.

— Salut, Jacob, lança-t-elle. Eden, bonjour.

Jacob se tourna vers elle, un sourire fendant son visage juvénile et séduisant.

— Salut, Helen ! Tu as perdu ton ombre ?

Bien qu'ils aient pratiquement grandi ensemble, Jacob n'était jamais parvenu à la différencier de sa sœur. Habituée, Leigh lui décocha un sourire impertinent.

— Tu t'es encore trompé. Regarde : voilà Helen et Bram.

En les voyant arriver, main dans la main, Jacob grommela :

— Non ? ! Toi aussi, tu as coupé tes cheveux ? Je parvenais enfin à vous distinguer l'une de l'autre.

Avec un reniflement d'impatience, Eden tapota sa chevelure blonde décolorée.

— Ne pourrait-on s'abriter de cette chaleur de four ?

Sans attendre leur réponse, elle tourna la poignée de la porte, que Jacob s'empressa de retenir à son intention, tout en levant les yeux au ciel.

Leigh sourit. Tout le monde aimait Jacob. Même Bram, qui avait abandonné ses préjugés à l'égard du jeune homme, après que Jacob eut été blessé pour protéger Helen.

Eden était l'assistante de Marcus depuis bien avant leur naissance, si bien que Jacob avait pratiquement grandi avec elles, passant toutes ses vacances scolaires à Blackrose. De quelques années leur aîné, Jacob avait toujours assumé un rôle de protecteur envers elles. Pourtant, quelque temps plus tôt, il avait fait des avances à Helen. Mais l'affaire avait été vite oubliée, d'autant plus que l'union de Bram et d'Helen était désormais scellée.

Une fois à l'intérieur du bâtiment, ils découvrirent qu'on s'était donné beaucoup de mal pour conférer un aspect accueillant au hall d'attente. Des fauteuils confortables, une cafetière et un plateau de biscuits invitaient les visiteurs à se détendre en patientant. Mais Eden semblait n'avoir nullement l'intention de patienter et elle s'avança avec raideur jusqu'à la réception. Secouant la tête d'un air moqueur, Helen adressa un petit clin d'œil à sa sœur.

— Alors, tu aimes ta nouvelle coupe ? demanda-t-elle à mi-voix, ignorant la nervosité de leur belle-mère.

Leigh lui sourit en secouant ses cheveux.

— J'adore.

— Moi aussi. Mais je crois que Bram me préférait avec les cheveux longs.

— C'est vrai, mais même si tu étais chauve, je t'aimerais.

Le pauvre garçon était bel et bien fichu, en conclut Leigh avec bonheur. Helen avait jeté son dévolu sur lui, avec la même détermination que celle dont elle usait en toute chose. Leigh regrettait parfois de ne pas posséder l'extraordinaire assurance de sa sœur. Elle était lasse de passer pour la plus effacée des deux. D'un autre côté, la seule fois où elle avait voulu faire preuve d'audace, son initiative l'avait menée au désastre. Une leçon qu'elle n'était pas près d'oublier.

— Leigh, murmura Helen en la poussant du coude.

Une réceptionniste souriante les guida le long d'un couloir. Bram s'écarta, les laissant toutes deux le précéder.

Sur le seuil du bureau dans lequel on venait de les introduire, Leigh se figea, son regard braqué sur l'homme dressé derrière le plateau d'acajou.

— Bonjour, Leigh.

Au son de cette voix rauque, Leigh sentit aussitôt les battements de son cœur s'accélérer. Depuis qu'elle avait aperçu Gavin Jarret au cimetière, elle n'avait cessé de penser à lui. Mais elle ne s'attendait certainement pas à le revoir ici.

— Ne me dis pas que tu as de nouveau des problèmes ? s'exclama-t-elle.

Elle vit la bouche de Gavin se relever en un sourire.

— Je suis de l'autre côté de la barrière, maintenant. Ne m'avais-tu pas dit de faire quelque chose de ma vie ?

Une vague de chaleur empourpra ses joues. En effet Gavin se tenait *derrière* le prestigieux bureau. Ses épais cheveux ondulés étaient coupés court, à la manière des hommes d'affaires, mais cela n'empêchait pas quelques mèches rebelles de retomber sur son front.

— Tu es homme de loi, à présent ! ?

Une ironie désabusée plissa les lèvres de Gavin.

— J'ai parfois du mal à le croire moi-même, je dois l'avouer.

Un *homme de loi* ! Associé à la personnalité de Gavin Jarret ce terme semblait absurde. Même s'il était habillé comme tel, le mauvais garçon du conté arborait toujours cette même assurance nonchalante. Et comme il étudiait sa silhouette du regard, elle eut le sentiment qu'il était toujours capable de s'immiscer dans ses pensées les plus intimes.

— Leigh ?

Protectrice, sa sœur s'était postée à sa droite et Bram, visiblement conscient du malaise qui régnait au sein de cette étrange famille, à sa gauche. Une expression ironique traversa les traits de Gavin. Même si leur attention la touchait, elle n'avait besoin de personne pour la préserver de Gavin Jarrett, pensa Leigh. Plus aujourd'hui.

— Asseyez-vous, suggéra ce dernier.

— N'est-ce pas M^e^. Rosencroft, qui devait nous recevoir ? demanda Leigh d'un ton sec.

— Leigh, s'exclama Eden. Enfin, écoute un peu ce qu'on te dit ! La réceptionniste vient de nous annoncer que M^e^. Rosencroft était décédé la semaine dernière.

Leigh cligna des yeux et tous les regards se posèrent sur la veuve de Marcus qui, après avoir jeté son dévolu dans le fauteuil faisant face au bureau, la dévisageait avec un agacement manifeste.

— Je n'ai pas entendu, répondit Leigh d'un ton posé.

— Bon, assieds-toi. J'ai beaucoup à faire aujourd'hui. M. Jarret et toi pourrez discuter entre vous après cette réunion.

Le silence de Gavin était éloquent. Il semblait considérer Eden comme un désagréable objet de curiosité. Une vision hélas peu éloignée de la vérité, songea Leigh. Elle n'avait jamais beaucoup aimé Eden et cette antipathie était mutuelle. Mais jusqu'à présent, sa belle-mère avait toujours pris soin de dissimuler cette aversion en présence d'autres personnes.

Devant le silence réprobateur de Gavin, le regard courroucé d'Eden vacilla. Jacob remua avec gêne sur son siège. Après un long moment, Gavin se tourna vers Helen.

— Mademoiselle Thomas, si…

— N'est-ce pas un peu trop formel, Gavin ? Tu peux continuer à m'appeler Helen, tu sais, affirma cette dernière.

Il inclina la tête.

— Si vous voulez bien tous vous asseoir, afin que nous puissions renvoyer au plus vite Mme Thomas à ses activités.

Le sous-entendu était adroitement dissimulé. Eden n'en saisit pas le sens. Spéculatif, le regard de Jacob allait de Leigh à Gavin.

Helen la dévisageant toujours avec la même inquiétude, Leigh rassembla un sourire signifiant que, même si la vue de Gavin éveillait en elle de folles sensations, elle était aujourd'hui en mesure de gérer ses émotions.

S'efforçant d'afficher un calme sophistiqué, elle s'installa dans le fauteuil le plus éloigné du bureau. Décidément, elle se réjouissait d'avoir fait couper ses cheveux avant de venir.

Gavin commença par leur distribuer un dossier à chacun. Lorsqu'il en arriva à elle, Leigh parvint même à produire un sourire impersonnel. Etait-ce de l'admiration, qu'elle surprit alors dans son regard, ou au contraire de l'amusement, suscité par son attitude faussement détachée ? Il regagna son bureau avant qu'elle n'ait pu le déterminer.

— M[e]. Rosencroft, affirma-t-il en braquant son regard sur elle, était souffrant depuis longtemps. Ces derniers mois, je me suis donc occupé seul des affaires du cabinet dont je suis à présent l'unique représentant. Je connais bien votre dossier, ainsi que les divers testaments qui le constituent et croyez que je serais heureux de procéder à cette succession et d'administrer votre fortune, à la suite de M[e]. Rosencroft. Mais si tel est votre souhait, je comprendrai également que vous choisissiez un autre exécuteur testamentaire.

Leigh soutint son regard sans ciller. Personne ne soufflant mot, Gavin poursuivit :

— Les dossiers que je viens de vous remettre contiennent la copie du contrat établi entre votre grand-père, Dennison Barkley Hart et cette étude. Vous y trouverez également copie de son testament et de celui de votre mère, Amy Lynn Hart Thomas.

— Et celui de Marcus ? demanda Eden avec sécheresse.

— Il est également inclus. Mais il est si ancien, ajouta Gavin, qu'il faudrait peut-être s'assurer qu'il n'en existe pas un plus récent, susceptible d'en annuler les clauses.

— C'est ridicule, s'exclama Eden avec raideur. Tous les papiers de la famille sont forcément entre vos mains.

— Je suis désolé, madame Thomas. J'ai longuement étudié nos dossiers et seul ce testament est en notre possession.

Eden se pencha en avant.

— Je vais être claire, monsieur Jarret la fortune familiale étant à présent en indivision, je n'ai pas l'intention de me laisser léser de ce qui me revient. Mon mari a été marié à Amy Hart pendant plus de vingt ans. Il n'a demandé le divorce que bien après sa disparition. Il avait donc droit à la moitié de ses biens, puisqu'ils étaient encore mariés lorsqu'elle a quitté le domicile conjugal.

— Madame Thomas…

— Si vous cherchez à me dépouiller, poursuivit Eden, je contesterai le testament d'Amy Hart.

— C'est certainement votre droit, madame Thomas. Mais je dois vous dire que ces documents ont tous été établis de manière à empêcher toute contestation. Si vous regardez…

L'expression d'Eden se fit sournoise.

— Je doute que le testament d'Amy mentionne le fait qu'elle n'avait plus toute sa tête, avant sa disparition.

Helen se dressa sur ses pieds.

— Comment oses-tu ?

— Je ne veux pas me montrer irrespectueuse, mentit Eden, mais tout le monde sait que ta mère était bouleversée par la mort de votre grand-père. La police pense que ce serait même ce qui lui aurait fait perdre toute notion de prudence.

Bram posa une main apaisante sur le bras d'Helen, tandis que la voix grave de Gavin ramenait les regards dans sa direction.

— La santé mentale d'Amy Thomas n'a aucune incidence sur la succession de Blackrose.

— Bien sûr que si. Et la moitié au moins de la propriété revenait normalement à Marcus, son époux.

— Blackrose ne fait pas partie des biens personnels d'Amy Hart Thomas, madame, déclara Gavin d'un ton détaché.

Eden pâlit.

— Qu'est-ce que vous racontez ?

— Maman ! s'exclama Jacob avec impatience. Tais-toi deux minutes et écoute ce que monsieur a à nous dire.

Surprise par cet éclat inhabituel de la part de son fils, Eden le considéra avec stupeur. Bram tira sur la manche d'Helen pour la ramener au fond de son siège et garda fermement son bras prisonnier du sien.

— Avant sa mort, déclara Gavin, Dennison Hart était suivi par un médecin, qui a fourni un certificat sur l'honneur, attestant de la parfaite santé mentale de M. Hart au moment de l'établissement de cet acte. Les clauses en sont très claires. Amy Hart Thomas a été déshéritée le jour de son mariage avec Marcus Thomas.

— C'est impossible !

— Je suis désolé, madame Thomas. Bien que M. Hart ait révisé son testament à plusieurs reprises, cette clause n'a jamais été révisée. Amy devait bénéficier toute son existence d'une rente généreuse, mais Blackrose et ses terres reviennent dans leur intégralité au premier de ses enfants. En l'occurrence, Helen Hart Thomas.

— C'est un scandale ! s'exclama Eden.

Elle bondit sur ses pieds, ses doigts potelés et courtauds resserrés en forme de poings par la colère.

— Je vais remettre ce dossier entre les mains de mon avocat.

— J'allais justement vous suggérer de faire appel à un conseiller, convint Gavin avec calme. Vous trouverez ma carte dans le dossier que je vous ai remis. Dites à votre avocat de ne pas hésiter à m'appeler, s'il a des questions.

— Maman, assieds-toi et laisse finir monsieur, dit Jacob.

Eden se tourna vers son fils, le visage écarlate.

— C'est un complot, rétorqua-t-elle d'un ton cinglant. Ils ne s'en sortiront pas comme ça.

Sur ces mots, sa pile de documents pressée contre sa poitrine, elle se rua hors du bureau. Jacob se leva à son tour, l'air profondément embarrassé.

— Je suis désolé, dit-il.

— Tu n'y es pour rien, Jacob, répliqua Helen.

— Merci, mais je ferais mieux de la rejoindre.

Il y eut un silence, tandis qu'il refermait doucement la porte du bureau derrière lui.

— Je croyais que les clauses de ce testament étaient connues de tous, affirma Gavin.

— Moi aussi, répliqua Helen. Maman et grand-père nous en

avaient fait part il y a longtemps déjà. Je suis sûre que Marcus en avait connaissance.

— Il a dû omettre d'en faire mention à Eden, assura Leigh.

Gavin soutint son regard et elle sentit son ventre se serrer.

— D'après Ira Rosencroft, le souhait de Dennison Hart était de conserver Blackrose au sein de la famille. Il s'est donné beaucoup de mal pour en protéger la propriété.

— La protéger de qui ? demanda Helen. De Marcus ?

Gavin remua légèrement sur sa chaise. Quand il reprit la parole, sa voix était étrangement douce.

— De quiconque aurait voulu se l'approprier, expliqua-t-il. Ira m'a dit que vous comprendriez les craintes de votre grand-père.

— Absolument, assura Helen. Ce que je n'ai jamais compris, ajouta-t-elle d'un ton amer, c'est pourquoi maman avait épousé notre père. Mais, dites-moi, que se passera-t-il si je refuse cet héritage ?

A ces mots, Leigh faillit s'étrangler. Bram lui-même eut l'air stupéfait.

— Qu'est-ce que tu racontes ? s'écria-t-elle.

Bram prit Helen par les épaules et la força à le regarder.

— Ne fais surtout pas ça à cause de moi, Helen.

Leigh savait que la fortune de sa sœur représentait depuis le début un handicap aux yeux de Bram. Connaissant Helen, elle aurait dû s'attendre à pareille réaction.

— Je t'assure que ce n'est *pas* à cause de toi, Bram, affirma cette dernière.

Elle haussa les épaules et regarda Leigh.

— Ce manoir a cessé d'être un foyer pour moi, le jour où maman a disparu. Je ne m'imagine pas y vivre une seule seconde. Ecoute, Leigh, je serais désolée de le voir se dégrader plus avant. Si tu n'en veux pas non plus, c'est ce qui arrivera.

— Mais bien sûr, tu ne me mets pas la pression ? ironisa Leigh. Qu'est-ce qui te fait croire que je veuille plus que toi de ce château branlant ?

S'adossant à son fauteuil, Gavin les regarda tour à tour.

— Voilà une décision à laquelle votre grand-père ne s'attendait certainement pas. Tu es sûre de toi, Helen ?

— Absolument.

— Leigh ? demanda-t-il.

— Je… ne sais pas. Je n'ai jamais imaginé posséder Blackrose. Maman m'avait expliqué que la propriété en reviendrait à Helen, ce qui me convenait. Que ferais-je d'une maison aussi grande ?

— Eden ayant déjà engagé Roger Monroe pour réparer les dommages de l'incendie, intervint Helen, je pense que dans un premier temps, nous devrions lui demander d'ôter ces affreux barreaux que Marcus a fait poser aux fenêtres, d'abattre les cloisons édifiées autour des balcons et de restaurer le manoir dans son aspect d'origine.

— Tu sembles avoir une idée très précise de ce que tu souhaiterais faire de Blackrose, la coupa Gavin. Je ne comprends pas pourquoi tu refuses cet héritage, Helen.

— J'ai pris cette maison en horreur, depuis que je me suis trouvée prisonnière des flammes, dans le bureau de Marcus.

A ces mots, Bram serra le bras d'Helen et Leigh s'arracha délibérément à ce souvenir pénible pour intervenir :

— Tu aurais pu me prévenir. Je n'en veux pas non plus.

— Dans ce cas, léguons-la à une œuvre de bienfaisance.

— Grand-père serait effondré, s'il entendait cela.

— Il est mort, Leigh. Mais tu as raison, convint Helen. Grand-père adorait Blackrose.

Leigh devinait que Bram ne serait jamais à l'aise, si Helen acceptait cet héritage. Il y avait même de fortes chances pour qu'il renonce à l'épouser. Le restant de sa fortune était déjà suffisamment pesant à ses yeux.

— Je vais te faire une proposition, dit alors Leigh. J'accepte de m'occuper de Blackrose, jusqu'à ce que ton premier enfant reprenne le flambeau.

— Vraiment ? Marché conclu !

— Tu es bien sûre de ne pas vouloir de cette propriété, Helen ? demanda Gavin. Rien ne t'oblige à y vivre.

— Tant mieux, parce que tu me paierais que je n'y habiterais pas. Je n'en veux vraiment pas, Gavin. C'est une trop lourde responsabilité.

— Leigh ?

— Ma mère et mon grand-père adoraient Blackrose. J'en prendrai soin à leur place.

— Merci, sœurette.

Gavin fronça les sourcils.

— Dans ce cas, ce sera à Leigh de s'acquitter des frais de succession relatifs à cette propriété.

— Super, répondit cette dernière avec sarcasme.

— Je paierai les frais de succession, promit Helen.

— Je vais donc devoir établir de nouveaux documents et vous faire revenir.

— Ah, je me sens déjà plus légère de quelques dizaines de kilos, s'exclama Helen.

Ce qui expliquait sans doute qu'elle ait elle-même l'impression de peser quelques tonnes de plus, songea Leigh.

— Excusez-moi, mais nous n'en avons pas encore fini, déclara Gavin.

— Le testament de Marcus, suggéra Helen.

— D'une part, oui. Mais, en ce qui vous concerne, ce sera bref. Il y est stipulé que ses filles n'ayant pas besoin de son argent, il lègue sa fortune dans son intégralité à Eden Voxx. Je précise que ce testament est vieux de quinze ans.

Leigh se laissa aller au fond de son fauteuil tandis qu'Helen affirmait :

— C'est parfait. Voilà qui devrait la satisfaire.

— Dois-je en conclure que vous ne contestez pas cette clause ? demanda Gavin.

— Pas un instant, assura Helen, après un regard interrogateur à l'adresse de Leigh, qui acquiesça d'un hochement de tête.

— Nous en avons donc fini avec la première partie de notre réunion. Si, après lecture de ces différents testaments, vous aviez d'autres questions, n'hésitez pas à m'appeler.

L'expression de Gavin se fit plus grave. Appliquant ses paumes sur son bureau, il les regarda dans les yeux.

— Je dois à présent vous exposer certains faits sérieux. Vous savez que depuis la disparition de votre mère, c'était Marcus qui avait pour charge d'entretenir Blackrose, sous le contrôle d'Ira Rosencroft. Ce que vous ignorez peut-être, c'est qu'Ira a passé les deux dernières années de sa vie dans un fauteuil roulant. Il ne pouvait donc plus se déplacer aussi facilement.

— Je le savais, répondit Helen. Et Marcus ne s'est par

conséquent jamais donné la peine d'entretenir les terres ou les bâtiments.

— Non, convint Gavin. Mais il nous a néanmoins facturé des centaines de milliers de dollars de réparations.

— Quoi ! ? s'exclama Helen.

— La copie de ces factures figure dans les dossiers que je vous ai remis.

— Marcus aurait empoché l'argent ? murmura Leigh.

Gavin hocha pensivement la tête.

— Depuis la disparition de votre mère, Ira Rosencroft a fait transférer plusieurs centaines de milliers de dollars sur le compte personnel de Marcus. Il a contresigné ces factures sans s'assurer que le travail était fait. Ce n'est qu'en passant par hasard devant la propriété que je me suis rendu compte que quelque chose ne tournait pas rond. L'allée principale pour le revêtement de laquelle nous nous étions acquittés d'une somme astronomique était complètement défoncée.

— Tu peux répéter ce que tu viens de dire ? demanda Helen d'un ton sec.

Gavin souleva une épaisse liasse de documents.

— Je soupçonne ces factures d'être intégralement fausses. Et je parierais cher que certaines de ces entreprises n'existent même pas. Il va falloir établir la somme exacte de ces malversations, mais, a priori, j'estime que votre fortune a été délestée de plus de six cent cinquante mille dollars.

Helen le dévisagea, bouche bée, tandis que Bram couvrait sa main de la sienne.

Gavin plongea alors dans celui de Leigh un regard perçant, qui la cloua littéralement sur son fauteuil.

— Toi et moi devrons travailler en étroite collaboration, Leigh, afin de redresser les finances de la propriété et d'en assurer la rénovation. Cette idée te pose-t-elle un problème ?

L'espace d'une seconde, Leigh sentit son cœur s'arrêter. Redressant le menton, elle affronta son regard :

— Aucun. Et à toi ?

2.

L'imposante silhouette du manoir se dressait contre le ciel d'azur. Leigh fixa la demeure, jadis élégante, en se demandant ce qu'il était advenu du charme accueillant qui s'en dégageait du temps de sa mère.

Des ouvriers s'affairaient à vider les décombres de l'aile endommagée par l'incendie. Un déploiement de camions et d'équipements divers encombrant l'esplanade, Leigh alla garer son véhicule à l'arrière du bâtiment. Il lui fallait trouver Roger, le conducteur des travaux, pour lui demander de combler d'urgence les ornières de l'allée principale, qui prenaient l'allure de cratères, suite au passage quotidien des engins.

Roger avait deux ans de moins que Gavin. Leigh se souvenait vaguement de lui comme d'un adolescent timide. Grand et brun, lui aussi, mais plus maigre que Gavin, il était également fort séduisant. Orphelin de bonne heure, il avait présenté de sérieux problèmes comportementaux, suite à certains abus de la part de familles d'accueil successives. Comme Gavin, il avait ensuite eu la chance d'être pris en main par Georges et Emily Walken, qui avaient su comprendre et encourager son goût du travail manuel. Leigh se félicita qu'Eden ait fait appel à sa toute récente entreprise de bâtiment pour assumer la rénovation de Blackrose.

Elle sortit de son véhicule et s'immobilisa pour observer le manoir. De l'arrière, il avait l'air encore plus sinistre, avec ces barreaux aux fenêtres, qu'il faudrait faire retirer au plus vite. Décidément, sa sœur lui devait une fière chandelle, pour avoir accepté de se charger de ce vestige en péril.

Gavin avait passé plus d'une heure hier, à éplucher avec eux les dizaines de factures fictives établies par Marcus. Elles concernaient toutes des réparations importantes… et désormais urgentes. Il fallait restaurer l'extérieur, mais également l'intérieur du manoir, ce qui exigerait un énorme investissement de temps et d'argent. Prête à faire ce sacrifice, elle avait appelé Boston ce matin, refusant le nouvel et excitant emploi qui l'y attendait. Mais qu'allait-elle faire de son diplôme en informatique et en communication, au milieu des vaches et des chevaux ? Et qu'allait-il advenir de leur appartement de Boston ? Elle voyait mal Bram accepter de s'y installer avec Helen.

Préoccupée, Leigh se détourna du bâtiment et se dirigea vers l'arrière du parc. Gavin n'arriverait que d'ici une vingtaine de minutes et elle voulait profiter de ce répit pour réfléchir en paix. La veille, elle avait assuré à Helen que le fait de travailler en collaboration avec lui ne la dérangeait en rien. Que ce qui s'était passé entre eux était oublié et qu'elle était capable d'affronter cette situation avec maturité.

Mais une année, pensait à présent Leigh. *Une année entière à œuvrer main dans la main avec lui.*

Pourquoi diable fallait-il qu'il soit toujours aussi séduisant ? Chaque fois qu'elle rencontrait son regard, son sang-froid s'effritait et elle devait lutter pour s'arracher au pouvoir de ses yeux gris. En sa présence, les souvenirs épars de cette nuit lointaine l'empêchaient de se concentrer sur quoi que ce soit d'autre. Et ce qui l'avait tenue éveillée si tard la nuit dernière, c'était la certitude que lui non plus n'avait pas oublié. Elle l'avait lu dans son regard dès qu'elle était entrée dans son bureau.

Une racine la fit trébucher. S'arrachant à ses pensées, Leigh contempla avec consternation les jardins à l'abandon.

Du temps de son grand-père, un labyrinthe s'y déployait — soigneusement taillé à un mètre du sol afin de réserver le spectacle des arbustes ornementaux qui le composaient. On y trouvait alors des impasses agrémentées de bancs ombragés et des fleurs à profusion. La fontaine centrale et le système d'arrosage automatique planifiés avant la mort de son grand-père avaient été installés la semaine qui avait suivi la disparition de sa mère.

Mais malgré les odieuses factures affirmant le contraire, aucuns travaux n'avaient été entrepris depuis. Mangeant sur les allées en certains endroits, les haies embroussaillées s'élevaient à présent à près de deux mètres. La plupart des formes d'animaux taillées dans les buis étaient méconnaissables et les fleurs étaient mortes, supplantées par les roses de Marcus.

Pourtant, Leigh parvenait à y sentir la présence de sa mère. Elle s'attendait presque à la voir apparaître, dans son chapeau de paille à larges bords, un sécateur à la main. Amy aurait été si désemparée de voir l'état de ses chers jardins. A cette pensée, Leigh plaça au centre de ses priorités le soin de contacter une entreprise paysagère.

Se rendant compte qu'elle venait de s'engager dans une impasse, elle se détournait pour rebrousser chemin, quand elle entendit un bruit de pas derrière elle. Une haute silhouette masculine se mit alors en travers de son chemin.

— Bonjour, Leigh.

Leigh ne parvint pas tout de suite à mettre un nom sur ce visage vaguement familier. Puis l'homme eut ce sourire sarcastique.

— Nolan ? demanda-t-elle, stupéfaite.

Nolan Ducort était la dernière personne qu'elle se serait attendue à voir ici. Ses cheveux blonds étaient clairsemés et il avait perdu toute séduction. Sans doute à cause de la quinzaine de kilos qu'il avait pris en sept ans, sa mâchoire s'était empâtée et affaissée. Seul son regard était inchangé. Toujours aussi froid — d'un bleu quasi surnaturel sous les verres de contact —, il la fixait d'une façon qui la fit frissonner malgré la chaleur estivale.

— Aurais-tu perdu ta langue ?

— Tu m'as surprise, répliqua Leigh d'un ton prudent, tout en prenant conscience du silence qui pesait autour d'eux.

Comme il avançait vers elle d'un air menaçant, elle fit un pas en arrière. Elle comprit aussitôt qu'elle venait de commettre une erreur. Une lueur de triomphe traversa le regard de Nolan et elle se trouva acculée dans l'impasse qu'elle venait de quitter.

— Nous avons une petite affaire à régler, toi et moi, dit-il.

Leigh sentit la frayeur lui nouer l'estomac. Nolan n'allait tout de même pas l'attaquer. Pas ici, sur son propre territoire.

Elle prit une brève inspiration, rejeta la tête en arrière et redressa le menton ainsi qu'elle avait vu maintes fois Helen le faire. Helen était bien plus douée qu'elle pour affronter la gent masculine mais, depuis sa dernière entrevue avec Nolan, elle avait elle-même appris une ou deux ruses.

S'armant de toute l'arrogance dont elle était capable, elle le dévisagea froidement de la tête aux pieds, laissant son regard s'attarder sur la panse qui apparaissait au-dessus de sa ceinture. Elle vit alors Nolan s'empourprer jusqu'au cou.

Soulagée à l'idée que ces kilos superflus le ralentiraient une fois qu'elle parviendrait à se frayer un passage entre lui et les haies embroussaillées, Leigh produisit un sourire méprisant :

— File d'ici, Nolan, si tu ne veux pas devoir régler l'affaire à laquelle tu fais allusion derrière des barreaux.

Une lueur de surprise traversa le regard de Ducort.

— Si tu avais voulu prévenir les flics, tu l'aurais fait depuis longtemps, répliqua-t-il.

Il avait raison, bien sûr. Et il savait qu'elle ne détenait aucune preuve de ce qu'il avait eu l'intention de faire ce soir-là.

— Peux-tu me dire ce que tu fabriquais à Saratoga, l'autre jour ?

— A Saratoga ? s'exclama Leigh, perplexe.

L'intensité dans le regard de Nolan la mit mal à l'aise.

— Cela fait des années que je ne suis pas allée à Saratoga.

— Tu cherches à me faire croire qu'il s'agissait d'Helen ?

Leigh n'avait aucune idée de ce dont il parlait. Et cela lui était indifférent. Tout ce qu'elle voulait, c'était lui échapper.

— Ôte-toi de mon chemin, Nolan.

Il inclina légèrement la tête et riva dans le sien un regard pénétrant. Sentant un frisson remonter le long de sa colonne vertébrale, Leigh détourna les yeux malgré elle.

— Pourquoi détournes-tu le regard ? Je serais curieux de savoir ce que tu cherches à cacher, affirma Ducort.

Enfin, de quoi parlait-il ? Leigh allait protester quand elle se ravisa. Discuter avec lui était vain et sans intérêt.

— Va-t-en, Nolan. Je suis sérieuse. Tu n'as rien à faire ici.

— C'est là que tu te trompes, rétorqua ce dernier d'un ton ravi. Sache qu'en cet instant, toi et moi sommes en affaires.

Son sourire démoniaque lui glaça les sangs.

— Ignorerais-tu que j'ai des parts dans l'entreprise de Roger ?

Contrastant avec l'inflexion doucereuse de sa voix, la froideur calculatrice du regard de Nolan accéléra le rythme de son pouls.

— J'ai des parts dans bon nombre d'entreprises locales, insista Ducort, apparemment déterminé à la tourmenter tandis qu'elle le dévisageait en silence. D'ailleurs, je vois que tu pourrais faire appel à mon entreprise paysagère.

D'une main flasque, il désigna les haies à l'abandon.

— Je m'en abstiendrai, même si c'était la seule à des kilomètres à la ronde. Je n'ai pas peur de toi, Nolan, mentit Leigh. Et je sais exactement ce que tu as fait.

Une lueur meurtrière brilla dans les yeux bleus de Nolan et Leigh enfonça ses ongles dans ses poings fermés.

— Alors pourquoi ne préviens-tu pas la police ? demanda-t-il. Nous verrons bien qui ils croiront de nous deux ?

— Je me fiche complètement de savoir si ton père et l'inspecteur Crossley sont ou non de vieux amis, ou du nombre de politiciens qu'il a pu corrompre. Tu te crois invincible, Nolan ? Mais tout Ducort que tu es, il faut que tu comprennes que tu ne peux pas *tout* acheter.

La fureur fit avancer Nolan d'un pas.

— Ne joue pas avec moi, Leigh. Tu n'as pas une chance.

— Je te dis de t'en aller.

— Nous n'en avons pas encore fini, toi et moi. Tu crois que j'ai oublié que tu m'as fait passer pour un imbécile devant mes amis ?

— Pour ça, tu n'avais pas besoin de moi, répliqua Leigh.

Ce sarcasme lui avait échappé et elle sentit aussitôt qu'elle était allée trop loin.

Nolan leva la main comme pour la frapper. Comme elle faisait un écart pour l'éviter, la voix rocailleuse de Gavin retentit derrière eux.

— Je croyais t'avoir prévenu de ce qui t'arriverait si tu tentais de nouveau de poser la main sur elle, Ducort.

Stupéfait, Nolan pivota sur ses talons.

— Jarret ?

Leigh poussa un soupir de soulagement. La cavalerie avait fini par arriver.

— Peut-être as-tu besoin qu'on te rafraîchisse un peu la mémoire ? ajouta Gavin d'une voix à la douceur menaçante.

Il n'y avait aucune bravade, mais une assurance innée, dans la manière dont il s'avança vers Nolan. Moins corpulent que ce dernier — mais bien plus intimidant — il semblait dominer tout l'espace de sa présence. Un jean délavé et un T-shirt tunisien soulignaient les muscles élancés de sa haute silhouette et sa décontraction était plus impressionnante que n'importe quelle posture d'attaque.

Nolan n'était pas stupide. S'ils en venaient aux coups, l'issue du combat était courue d'avance, entre le gosse de riches trop bien nourri et l'ex-gamin des rues. Gavin le mettrait en pièces.

— Ce n'était pas des menaces en l'air, insista celui-ci.

Malgré son ton détaché, une énergie primitive et meurtrière se dégageait de lui. Nolan commença à reculer, s'immobilisant au moment où ses genoux rencontrèrent le banc en pierre. Ses joues avaient pris une teinte rouge foncé. Braquant sur elle un regard malveillant, il menaça :

— Si ton chien de garde lève la main sur moi, je te poursuivrai en justice. Je te ferai cracher jusqu'au dernier centime dont tu viens d'hériter.

Malgré l'inquiétude qu'éveillait en elle la colère réciproque des deux hommes, Leigh ne résista pas à l'envie de le provoquer un peu :

— Quel chien de garde ?

— Je pense qu'il parle de moi, déclara Gavin. Et puisque tu envisages une démarche juridique, ajouta-t-il à l'adresse de Nolan, il faudra que tu prennes ma carte. Je suis l'avocat de la famille Hart.

Nolan les dévisagea tour à tour avant de se décider à river son regard sur elle. Sa fureur était criante, dans le silence qui venait de s'abattre sur les jardins.

— J'ignore ce que tu as derrière la tête, espèce de garce, mais sache que personne ne joue avec moi.

— Je doute que quiconque en ait envie, en effet ironisa Leigh.

Excédé par son sarcasme, Nolan fit un pas menaçant vers elle. Mais avant qu'elle n'ait le temps de dire ouf, Gavin se jeta sur lui. En un éclair, Leigh vit l'homme de loi faire place dans son cœur à l'ancien bagarreur des rues. Empoignant Nolan par le devant de sa chemise blanche, il le plaqua contre la broussaille de la haie.

— Cette fois, tu vas t'en souvenir, promit-il.

Ducort poussa un cri perçant. La silhouette imposante de Bram Myers apparut alors à l'entrée du labyrinthe, en bloquant l'unique issue. Vêtu d'un T-shirt noir et d'un jean du même ton souillé de peinture, il avait l'air parfaitement détendu. Seule l'expression de son regard révélait sa colère.

— Tu as un problème, Gavin ? demanda-t-il d'un ton détaché.

Sans le quitter des yeux et avec une lenteur délibérée, Gavin lâcha la chemise de Nolan, puis s'écarta de lui.

— J'exposais simplement quelques règles de bienséance à M. Ducort, dit-il.

Tout en remettant de l'ordre dans sa chemise, Nolan décocha un regard noir à Leigh :

— Je vais te poursuivre pour agression et voie de fait.

— Quelle agression ? demanda tranquillement Bram. On t'a frappé ? Tu n'as aucune marque.

Une rage impuissante emplit le regard de Nolan.

— Toi aussi, tu me le payeras, vociféra-t-il. Vous me le paierez tous.

— Des menaces, maintenant ? gronda Bram en s'avançant au centre du cercle qu'ils formaient.

Espérant faire redescendre le taux d'adrénaline qui chargeait l'atmosphère, Leigh s'empressa d'affirmer :

— Nolan s'en allait. N'est-ce pas, Nolan ?

— Dans ce cas, assura Bram, je vais escorter monsieur jusqu'à sa voiture. Il a assez abusé de notre hospitalité.

L'espace d'un instant, Leigh crut que la rage qui déformait le visage de Nolan allait exploser. Au lieu de cela, sans un mot, il se fraya brutalement un passage entre les deux hommes et partit sans se retourner.

Gavin et Bram échangèrent un bref hochement de tête. Puis ce dernier se détourna pour suivre Ducort, tandis que Gavin reportait son attention sur elle.

— A-t-il levé la main sur toi ?

— N… non.

Son regard la fit frissonner. Elle y entrevit la part de dureté chez lui dont elle avait entendu parler sans jamais la rencontrer. Sombre, intense, sa colère était longue à s'apaiser. Contrastant avec la fureur explosive de Nolan, une détermination glacée, inébranlable, se dégageait de lui.

Les genoux soudain flageolants, Leigh croisa frileusement ses bras sur sa poitrine.

— Assieds-toi, ordonna Gavin.

Ses mains, qui la guidèrent jusqu'au banc en pierre, étaient étonnamment tendres. Elle avait oublié qu'elles étaient si grandes, si chaudes. Dissipant comme par magie les frissons qui la parcouraient, les longs doigts qui l'avaient un jour envoyée au septième ciel caressaient à présent son épaule avec une douceur étrangement lénifiante.

— Ça va, dit-elle.

— Je sais.

L'intensité qu'elle décela dans sa voix accéléra le rythme de son pouls. Persuadée qu'elle s'imaginait des choses, Leigh secoua la tête. Gavin Jarret ne s'intéressait pas à elle.

— C'est une habitude chez toi, que de secourir les femmes en détresse ?

Les traits de Gavin se fermèrent.

— Non, pas spécialement.

— Peux-tu me dire à quoi tu faisais allusion, lorsque tu as dit à Nolan l'avoir déjà prévenu dans le passé ?

Elle vit son regard se durcir.

— A rien d'important.

Leigh cligna des yeux avec l'impression de rassembler soudain les pièces d'un puzzle.

— Tu lui as donné une leçon, à l'époque, n'est-ce pas ? C'est pour cela que tu avais les mains écorchées quand la police t'a arrêté. C'est ce qui a persuadé l'inspecteur que tu avais frappé ce pauvre M. Wickert.

Gavin pressa son épaule.

— Laisse tomber, Leigh. C'est de l'histoire ancienne.

— Mais…

— Tu refusais de porter plainte contre Ducort. Tu t'en souviens ? Il fallait bien faire quelque chose, non ?

Comme si elle pouvait l'oublier ! Le souvenir de ce qui se serait passé, sans l'intervention de Gavin, n'avait cessé de la hanter.

— Porter plainte aurait été vain. Etant donné l'influence qu'exerce sa famille dans la région, tu sais très bien que la police ne nous aurait jamais crus. Ils auraient dit que c'était toi, qui avais versé la drogue dans mon verre.

— C'est vrai, répliqua Gavin en se frottant la mâchoire d'un air pensif. Mais j'ignorais que tu l'avais toi-même compris.

— Bien sûr que si ! On n'avait aucune preuve contre Nolan. Il aurait affirmé qu'il m'avait tendu ce verre en toute innocence. Que quelqu'un d'autre y avait glissé la drogue à son insu.

Mais elle savait qu'il l'avait fait de manière délibérée. Elle l'avait vu, dans son sourire satisfait, quand elle avait vidé le soda. Même si, sur le moment, elle n'en avait pas compris la cause.

Elle savait qu'elle avait eu de la chance. Si Nolan avait réussi à verser la drogue dans la bière qu'elle avait ingurgitée en arrivant, la soirée se serait sans doute achevée de façon très différente.

A posteriori, elle aurait parié que s'il l'avait invitée à la place d'Helen, c'était parce qu'au premier regard sur cette soirée, sa sœur aurait fait un scandale pour qu'on la ramène chez elle. Leigh sentit son estomac se retourner au souvenir de cette foule avinée et des regards concupiscents des amis de Nolan.

— Après que les Walken sont venus me chercher, tu es allé voir Ducort et tu lui as cassé la figure, c'est cela ?

Elle savait que c'était la vérité.

— Disons que nous avons échangé quelques mots, corrigea Gavin d'un ton anodin. Ponctués par un ou deux coups de poing, voilà tout.

— Gavin !

L'amusement dans la voix de Gavin se dissipa.

— Ecoute, Leigh, Ducort se protège derrière sa famille et sa position sociale, mais déjà à l'époque il était dangereux et il l'est toujours. Tu n'as rien à faire avec ce type.

— Nous sommes d'accord sur ce point.

— J'en suis heureux. Tu vas donc prendre les mesures légales afin d'éviter d'être de nouveau sa victime. Avec l'appui de mon témoignage, n'importe quel juge décrétera à son encontre une interdiction de t'approcher.

— Ne pourrions-nous nous contenter de l'ignorer ?

Gavin posa sa main sur son bras et Leigh sentit son corps s'électrifier. Comme s'il avait lui aussi senti l'intensité du courant qui passait entre eux, il retira aussitôt sa main.

— Il reviendra, Leigh.

— C'est absurde. Pourquoi ? Il faudrait qu'il soit fou.

C'était non seulement absurde. C'était… effrayant.

— Ducort est tout sauf fou. Il est riche, sournois, habitué à obtenir tout ce qu'il désire, mais il n'est pas fou. Souviens-toi de ça. Il a des parts dans d'innombrables entreprises locales — bâtiment, travaux paysagers, immobilier.

Leigh haussa les épaules avec lassitude.

— Une restriction du juge ne tiendra pas Ducort à distance. Tu le sais très bien.

— Dans ce cas, je m'occuperai de lui.

— Tu es un homme respectable, à présent. Tu ne peux plus te permettre de te bagarrer comme un gamin.

Une expression amusée adoucit les traits de Gavin.

— Pour qui t'inquiètcs-tu, pour lui ou pour moi ?

— Oh, arrête. Nolan ne vaut pas la peine que tu te donnerais. De plus, tu viens d'affirmer qu'il était dangereux. Tu n'es pas non plus invincible, tu sais.

— Ton manque de confiance en moi me terrasse.

Son sourire avait disparu, mais la lueur d'amusement dans ses yeux était toujours là.

— S'il s'en pensait capable, Ducort n'hésiterait pas à me mettre en pièces, mais je crois qu'il est suffisamment intelligent pour ne pas essayer. Il préfère s'attaquer à des proies plus faciles.

— Comme moi, veux-tu dire ? Mais pourquoi ?

— N'oublie pas que tu lui as échappé de justesse, il y a sept ans. Ducort est revanchard.

Leigh sentit un frisson glacé la parcourir. Gavin tendit la main vers elle mais, à cet instant, Bram réapparut.

— Ducort est parti sur les chapeaux de roues, annonça ce dernier. Avec un peu de chance, il cassera un essieu sur une des ornières de l'allée. J'ai dit à Roger d'appeler la police s'il revenait.

Gavin reporta son attention sur Bram.

— Je vais en ville avec Leigh, demander un ordre de restriction temporaire à l'encontre de Ducort. Ça va le mettre hors de lui. Il nous faudra garder un œil sur Leigh et Helen.

Leigh prit une brève inspiration.

— Pourquoi Helen ?

— Je parierais qu'il ne sait pas vous distinguer l'une de l'autre — et que même s'il en était capable, ajouta Gavin, s'attaquer à la mauvaise cible ne le dérangerait en rien.

— Nous aurions dû lui casser la figure, affirma Bram.

Gavin leva un visage frustré.

— J'étais tenté de le faire, crois-moi. Mais en tant qu'homme de loi, je suis obligé d'en respecter les préceptes.

— Lui, ne se gênera pas pour les enfreindre, rétorqua Bram.

— Je sais.

— Mais moi, je ne vis pas sous la même contrainte que toi.

— Bram Myers, ne t'avise pas de te mêler de cette affaire ! l'admonesta Leigh. Elle ne te concerne en rien.

— Elle me concerne, rétorqua Bram, dans la mesure où Nolan représenterait une menace pour toi ou Helen.

Il consulta Gavin du regard, qui acquiesça de la tête.

Devinant qu'une conversation non verbale se déroulait une fois de plus entre les deux hommes, Leigh s'insurgea :

— Que vous arrive-t-il ? Il n'y a rien comme une malheureuse femelle en danger pour créer des liens entre mâles dominants, hein ?

Bram eut l'air stupéfait et Gavin ébaucha un sourire.

— C'est décidément la jumelle d'Helen, assura Bram.

Une lueur de malice pétilla dans le regard de Gavin.

— Et cette réputation d'être la plus réservée du duo est plus que discutable, non ?

Furieuse et à la fois inquiète, Leigh passa devant eux sans répondre avant de hâter le pas le long de l'allée. Ils la suivirent à courte distance en devisant de manière anodine, ce qui ajouta encore à sa frustration.

Avec une furieuse envie de leur hurler dessus, Leigh fut soulagée de voir sa sœur et Emily Walken garer leur véhicule à l'arrière du manoir. Dès qu'elles furent descendues de voiture, elle leur relata ce qui venait de se passer.

— Quelqu'un devrait neutraliser ce misérable ver de terre une fois pour toutes, tempêtait Bram.

— Je suis d'accord, mais je t'interdis de jouer les héros, gronda Helen. Alors tiens-toi à l'écart de Nolan.

— Tant qu'il ne vous approchera pas, toi ou ta sœur, pas de problème.

— Leigh et moi allons en ville mettre en route un processus judiciaire, annonça Gavin. J'appellerai le juge Armstrong depuis la voiture afin de la mettre au courant.

En quittant Blackrose, Nolan fulminait intérieurement. Il n'allait pas avoir peur d'un voyou de bas étage, sous prétexte que ce dernier avait fait son droit. Qui ce Gavin pensait-il être, pour s'attaquer ainsi à lui ? C'était la deuxième fois que ce bâtard marchait sur ses plates-bandes. Il méritait une leçon. Une leçon définitive.

Enfonçant désespérément la pédale de freins au détour d'un virage pour éviter un van transportant des chevaux, il maudit l'entière race chevaline.

Décidément, ces éleveurs de canassons se croyaient les rois du pays ! Une colère sourde pulsant dans ses veines, Nolan resserra l'étreinte de ses doigts autour du volant, s'imaginant qu'il s'agissait de la gorge de Gavin Jarret.

Sept ans auparavant, ce dernier l'avait fait passer pour un imbécile aux yeux de ses amis. Quand ils avaient découvert que Jarret avait disparu avec leur paquet-cadeau, Keith et Martin s'étaient montrés aussi décidés que lui à se venger. Après plusieurs joints et bières supplémentaires, ils avaient échafaudé un plan dans le but de faire arrêter Jarret pour cambriolage. Tout le monde savait à l'époque combien le chef de la police locale détestait les petits délinquants que les Walken s'acharnaient à recueillir.

Comment auraient-ils pu deviner que le vieux Wickert rentrerait plus tôt ce samedi-là et qu'il les surprendrait en train de fureter chez lui ? Il n'avait alors eu d'autre choix que de frapper le vieil homme à deux reprises.

Là, ils avaient commencé à avoir peur. Nolan n'oublierait jamais le sentiment qui s'était emparé de lui — surtout après l'annonce du décès du garagiste. Keith s'était même fait dessus de frayeur. Ils avaient perdu un temps fou à le convaincre que ce n'était pas leur faute si le vieux était cardiaque et qu'une condamnation pour meurtre serait un châtiment plus approprié encore pour Gavin. Martin était sorti passer un coup de fil anonyme signalant à la police la présence de sa moto devant le domicile de M. Wickert à l'heure du crime. Mais leur plan n'avait pas fonctionné. Ils n'avaient même pas réussi à faire accuser Gavin à leur place.

Surtout, il ne s'était pas attendu à trouver ce dernier devant chez lui à son retour. Ce salaud l'avait littéralement passé à tabac, après quoi il n'avait plus pu bouger un muscle des jours durant.

Mais quand les flics avaient arrêté Jarret il s'était dit que ses bobos n'étaient pas trop cher payés. Jusqu'à ce que cette petite garce les stupéfie tous en se proclamant son alibi.

Nolan grinça des dents à ce double souvenir. Ils lui devaient tous deux réparation. Mais d'abord, il lui fallait comprendre à quel jeu ils jouaient. De toute évidence, c'était Leigh qui l'avait vu dans cette écurie, avec Martin. Pourquoi ne l'avait-elle pas dénoncé ? S'attendant à ce qu'elle se précipite au commissariat, il s'était aussitôt créé un alibi en béton. Mais elle ne s'était pas rendue au poste de police.

Le corps de Martin n'avait été retrouvé qu'après qu'un lad eut ramené la jument échappée. Nolan avait alors passé son week-end à attendre que la police vienne l'arrêter. Une attente qui l'avait mis à cran. Pour finir, ces imbéciles ne s'étaient manifestés à son bureau que deux jours plus tard, dans le simple but de l'interroger sur les ennemis potentiels de Martin et l'usage que ce dernier faisait des drogues.

Sautant sur l'opportunité qu'ils lui offraient, il s'était empressé de satisfaire à leurs interrogations, avec maints soupirs de circonstance. Qu'ils arrêtent donc le dealer de Martin pour son meurtre, avait-il pensé. Il leur avait même volontairement confié s'être trouvé sur le champ de courses, ce jour-là, mais ne pas y avoir aperçu Martin, qu'il n'avait plus vu depuis des mois. Les flics étaient repartis, aussi satisfaits de leur interrogatoire qu'il l'était lui-même.

Sauf que Leigh Thomas *l'avait vu,* ce revolver à la main.

A cette pensée, Nolan accéléra encore la vitesse de son véhicule. Avait-elle pensé que la police ne l'écouterait pas ? Tout le monde savait ce que pensait l'inspecteur Crossley des sœurs Thomas. Ou alors, avait-elle voulu éviter que la police n'apprenne sa présence près de l'écurie ce jour-là ? Un souci de sa part, qu'il pourrait peut-être utiliser à son avantage, d'une manière ou d'une autre.

La question était de savoir ce que faisait Leigh devant cette écurie. Martin en étant l'unique propriétaire, elle se trouvait forcément là dans le but de le rencontrer. Pourquoi ?

Et Gavin, se demanda Nolan, était-il lui aussi impliqué dans cette affaire ?

Une foule d'hypothèses se bousculaient dans sa tête. Jusqu'à un quart d'heure auparavant, il se demandait laquelle des jumelles il avait vue à Saratoga. Il avait conduit jusqu'à Blackrose sous le prétexte fallacieux de parler à Roger, en espérant y trouver une des deux sœurs Thomas. Puis il avait traîné discrètement dans les parages jusqu'à l'arrivée de Leigh, qui s'était de façon si opportune dirigée seule vers les jardins.

Il devait reconnaître que c'était toujours un beau petit lot. Ce même air d'innocence se dégageait d'elle, qui donnait aux hommes l'envie de lui enseigner une ou deux leçons. Maintenant que ses deux parents étaient morts, cette garce était riche. Pas étonnant, se dit Nolan, que Gavin Jarret se remette à tourner autour d'elle.

A l'évocation de ce nom, ses doigts se crispèrent de nouveau sur le volant. Ce type allait payer, pas de doute. Mais d'abord, il lui fallait savoir ce que Leigh Thomas avait pu fabriquer avec Martin Pepperton.

Nolan s'empara de son téléphone portable en se demandant si cette sale fouine de Keith Earlwood était toujours en mal d'argent. Ces dernières semaines, Earlwood l'avait harcelé pour qu'il le sorte de l'ornière financière dans laquelle il se trouvait. Peut-être était-il temps, se dit Nolan, de proposer à ce geignard l'aide qu'il lui réclamait avec tant d'insistance.

3.

Le juge Armstrong se révéla être une femme aux traits sévères, dont la raideur apparente dissimulait une profonde humanité. Le fait d'observer Gavin dans l'exercice le plus officiel de ses fonctions fut une expérience enrichissante pour Leigh. En voyant la façon dont Ellen Armstrong semblait l'apprécier et le respecter, elle mesura le chemin qu'avait parcouru en sept ans cet ancien mauvais garçon.

Une fois cette corvée accomplie, elle fut néanmoins soulagée de quitter le tribunal. Le juge allait convoquer Ducort. Ainsi que l'avait préalablement fait remarquer Gavin, Nolan réagirait sans doute très mal à cette nouvelle.

— Tu as été parfaite, assura Gavin en retenant à son intention la portière de sa poussiéreuse conduite intérieure bleue.

— J'étais en train de penser la même chose de toi.

Un sourire aux lèvres, il se glissa à son tour avec nonchalance sur le siège conducteur. Comme il empoignait le volant, elle admira une fois de plus ses longues mains. Elle les imagina, courant sur les touches d'un piano... avec la même habileté que lorsqu'elles l'avaient caressée, des années auparavant.

Que lui arrivait-il ? Elle devait absolument s'interdire ce genre de pensées, à l'avenir.

— Ça va ? demanda Gavin en tournant la clé de contact.

Tout en espérant que la chaleur qu'elle sentait monter à ses joues n'avait pas teinté sa peau claire, Leigh occupa ses mains en brossant les plis de sa jupe et répondit :

— Oui, mais la journée a été longue. Et nous n'avons même pas eu le temps d'aborder les problèmes de la propriété.

— Veux-tu que nous nous arrêtions à l'Auberge Blanche ? Je n'ai pas déjeuné, ajouta Gavin. Nous pourrions en discuter en mangeant un morceau, puis nous rendre au manoir afin d'en faire le tour avant la nuit.

Leigh sentit son pouls s'accélérer à la pensée de dîner pour la première fois en tête à tête avec lui.

— Qu'en penses-tu ? insista Gavin.

— D'accord, acquiesça Leigh à contrecœur.

Il s'agissait d'une simple réunion d'affaire, se dit-elle. Gavin ne s'intéressait pas à elle. Elle le soupçonnait même de ne pouvoir, aujourd'hui encore, la différencier de sa sœur.

Il était atrocement séduisant. Et alors ? Elle connaissait des dizaines d'hommes séduisants. Et en ce qui concernait Gavin Jarret seul le hasard des circonstances les mettait — de nouveau — en présence.

Elle croisa son regard et sentit son ventre palpiter. Regardait-il tous ses clients de cette façon ? « Cesse de t'imaginer des choses », se dit Leigh. Pourtant, lorsqu'elle avait accepté sa proposition, le sourire de Gavin n'avait-il pas exprimé une satisfaction d'ordre tout à fait intime ?

A leur arrivée, la salle à manger n'était pas encore ouverte au public et le bar lambrissé de bois sombre était déjà bondé. Réputé pour son excellente cuisine, le restaurant attirait une clientèle d'habitués dont l'affluence ne surprit pas plus Leigh qu'elle ne la contraria. Cependant, un frisson lui fit porter machinalement la main à sa nuque.

Avec l'impression que quelqu'un les observait, elle scanna chaque visage du regard. Bien que personne ne semblât s'intéresser particulièrement à eux, cette sensation désagréable persista.

— Que dirais-tu d'un repas italien ? proposa Gavin après avoir jaugé la situation du regard.

Leigh se tourna vivement vers lui.

— Très bonne idée, s'empressa-t-elle de répondre.

— Il y a un nouveau restaurant en ville qui devrait te plaire.

— Parfait.

Qu'importe, pensa Leigh, pourvu qu'ils quittent ce lieu.

Tandis qu'ils faisaient demi-tour en direction de la ville, Leigh s'efforçait de dissimuler les regards furtifs qu'elle jetait sur la route derrière eux.

— Quelque chose ne va pas, Leigh ?

— Je suis un peu nerveuse, c'est tout.

— C'est le fait d'être avec moi qui te contrarie ?

— Non ! Bien sûr que non.

Gavin fronça les sourcils.

— Ecoute, dit-il, je ne veux pas que tu vives dans la peur à cause de Ducort. Je veux simplement que tu soies prudente.

— C'est ce que je suis. Prudente.

Elle hésitait à révéler à Gavin l'insidieux sentiment de malaise qui l'étreignait. Il allait croire qu'elle avait peur de son ombre. Déjà, il pensait que Nolan l'effrayait...

Ce qui était vrai... mais elle aurait préféré qu'il l'ignore. Décidément, Gavin Jarret lui embrouillait les idées. Si seulement elle avait mieux compris les hommes — mais elle n'avait jamais été très douée dans ce domaine.

Rappelant à Leigh qu'elle non plus n'avait pas déjeuné, le fumet qui les accueillit dès qu'ils poussèrent la porte du restaurant italien lui rendit aussitôt sa bonne humeur.

Gavin semblait connaître tout le monde, ici.

— Je mange souvent à l'extérieur, expliqua-t-il d'un air désabusé.

— C'est ce qu'il m'avait semblé comprendre.

Leur espoir d'une conversation digne de ce nom fut compromis par un groupe turbulent d'adolescents qui s'installa à la table voisine, après qu'ils eurent été servis.

— Je suis désolé, assura Gavin.

— Tu as tort, les pâtes sont fabuleuses.

— Oui, leur cuisine est excellente.

Les jeunes filles assises à côté d'eux vantaient les charmes d'un chanteur en vogue — objet de leurs fantasmes d'adolescentes. Leigh se demanda ce que dirait Gavin, s'il savait qu'il avait été le sujet principal des siens.

— A quoi penses-tu ? demanda-t-il.

Surprise, Leigh se mit en quête d'une réponse prudente.

— Au fait que je me réjouis de ne plus avoir leur âge.

A ces mots, le visage de Gavin se ferma.

— Arrête.

— Quoi donc ?

— Tu viens d'avoir ce même regard que lorsque je te voyais,

à la station-service, affirma Leigh, s'en voulant aussitôt de cet aveu. Un regard lointain, qui semblait observer chacun, tout en interdisant à quiconque de te percer à jour.

Gavin reposa sa fourchette en silence.

— Je suis désolée, s'empressa-t-elle d'ajouter. Pourquoi suis-je incapable d'apprendre à me taire ?

La main de Gavin vint recouvrir la sienne avant qu'elle ne puisse l'enlever de la table. A ce contact, Leigh sentit une chaleur instantanée se diffuser en elle.

— La franchise n'est en rien répréhensible, dit-il doucement. Et ce que tu dis n'est pas loin de la vérité. Après la mort de mes parents et de mon frère aîné, je me suis refermé sur moi-même. J'en voulais à la terre entière. Cela paraît stupide aujourd'hui, mais j'éprouvais de la colère à leur égard pour m'avoir laissé seul au monde — comme s'ils avaient eu le choix.

Il libéra sa main et détourna les yeux, mais elle eut le temps d'y déceler la vulnérabilité et la tristesse qui l'habitaient à ce souvenir.

— Comment sont-ils morts ?

Elle savait que Gavin ne parlait jamais de sa famille à quiconque. Elle ignorait même qu'il avait eu un frère.

— Dans un banal accident de voiture. J'avais treize ans.

— Oh, je suis navrée.

Gavin reprit sa fourchette, sans l'utiliser pour autant.

— Après cela, je suis devenu revêche, coléreux, bagarreur. Je ne faisais que ce qui me plaisait et en voulais à tous ceux qui tentaient de m'inculquer certaines limites.

— Un véritable dur à cuire, hein ?

Il ne lui rendit pas son sourire.

— Je devais me montrer dur. J'étais seul au monde. Quand Georges et Emily m'ont accueilli chez eux, ma vie a changé. Ce sont des gens à part.

— C'est vrai, convint doucement Leigh.

Elle comprenait sa colère mieux qu'il ne l'imaginait.

— Après la disparition de ma mère, je me suis moi-même montrée incontrôlable, avoua-t-elle. Emily et Georges nous ont également beaucoup soutenues, Helen et moi.

Leigh n'avait jamais ressenti la profondeur de son regard

avec une telle intensité. Ils partagèrent un instant de communion muette avant que Gavin ne reporte son attention sur son assiette. Le silence qui s'était installé entre eux n'avait cette fois rien d'inconfortable.

Elle surprit les regards furtifs que lançaient à Gavin deux des jeunes filles assises à la table voisine.

— Pourquoi souris-tu ? demanda Gavin.

— Tu sembles t'être fait deux nouvelles admiratrices.

Une surprise amusée brilla dans le regard de Gavin.

— La moitié des filles de la ville étaient déjà folles de toi quand tu travaillais chez M. Wickert, rappela Leigh avec un rictus espiègle.

Gavin reposa sa fourchette sur son assiette presque vide.

— Tu vas finir par m'embarrasser, dit-il.

— Ha ! Tu croyais vraiment que les filles qui s'y arrêtaient avaient besoin d'essence tous les jours ?

Un sourire mutin se forma au coin des lèvres de Gavin.

— Maintenant que tu le dis…

Puis, reprenant soudain son sérieux :

— Je pourrais affirmer que je t'avais particulièrement remarquée, Leigh, mais…

— J'étais plutôt réservée, s'empressa-t-elle de répondre. Et un peu trop jeune pour que tu me distingues du lot.

— En effet admit Gavin.

Elle devina qu'il se remémorait lui aussi la nuit où elle avait soudain été assez âgée pour faire passionnément l'amour avec lui, au bord d'un chemin de terre.

— J'ignorais que tu étais mineure, à l'époque.

Gavin secoua la tête d'un air navré.

— C'est Emily qui me l'a dit plus tard. Elle m'a expliqué qu'Helen et toi aviez un an d'avance sur vos camarades, parce que vous étiez particulièrement intelligentes.

— Nous ne l'étions pas spécialement, corrigea Leigh. Mais notre mère nous avait appris à lire et à écrire très tôt.

Le souvenir de cette nuit lointaine revenant la hanter, elle fut reconnaissante au serveur qui en interrompit le cours.

Après un café, ils regagnèrent rapidement la voiture de Gavin et se mirent en route en direction de Blackrose.

— Mais, dis-moi, il me semble me rappeler que tu fumais, à ce moment-là ? s'enquit Leigh.

Gavin hocha la tête.

— En effet mais j'ai décidé qu'en plus d'être onéreuse, cette habitude ne collait pas à ma nouvelle image.

— Bravo.

— Je savais que tu approuverais.

Leigh se rejeta au fond de son siège et ils roulèrent durant quelques kilomètres en silence.

— Tu sais, dit soudain Gavin, j'ai voulu te téléphoner, cette nuit-là, après que tu es venue déposer au commissariat.

Leigh n'avait pas envie d'en discuter. Elle ne voulait même pas se rappeler ces événements. Mais l'intensité dans la voix de Gavin semblait exiger une réponse de sa part.

— Afin de t'excuser ?

— Non, répondit Gavin, à son grand soulagement. Bien que j'aurais sans doute fini par le faire. En réalité, j'étais secoué par ce que tu m'avais dit devant le commissariat.

Elle lui avait suggéré de grandir, se souvint Leigh, mortifiée.

— Et puis j'étais si stupéfait que tu sois venue affronter seule ce fanfaron de Crossley.

Leigh fixa le profil de Gavin, tout en regrettant de ne plus pouvoir jouer avec ses longs cheveux, afin d'occuper ses mains, nerveusement resserrées sur ses genoux.

— Tu m'avais humilié. Je n'aimais pas plus cette sensation que le fait de me sentir redevable à ton égard.

— Tu aurais préféré endosser le rôle du généreux martyr ?

Lui décochant un regard acéré, Gavin fit une légère embardée. Puis, soudain, il éclata de rire. D'un rire profond et chaud, si inattendu, qu'il allégea aussitôt le poids qui oppressait sa poitrine.

— Tu as vraiment un don étrange pour aller au cœur des choses, Leigh. Sais-tu que c'est à cause de toi que je suis devenu juriste ?

— Pardon ?

— Ce que tu m'as dit cette nuit-là a fait son chemin dans mon esprit. J'allais déjà à l'université, mais je n'avais aucune vocation précise. Je le faisais uniquement pour satisfaire Georges et Emily.

Elle comprenait qu'il ait voulu récompenser les gens qui lui avaient offert la chaleur et la stabilité d'un foyer au moment où il en avait eu si cruellement besoin.

— Quand Georges m'a dit que Marcus vous avait accompagnées à Boston, toi et Helen, bien avant la rentrée universitaire, j'ai décidé de faire de même. M. Wickert étant mort, je n'avais plus de travail. Une fois là-bas, vu que je n'avais rien à faire, j'ai rencontré une conseillère d'orientation, qui m'a fait passer des tests. Lorsque la profession d'avocat en est ressortie, j'ai bien ri. Mais je me suis dit que ce serait un pied de nez à la vie. Après deux ans de droit, j'étais accro.

Cette fois, Leigh ne savait que répondre.

Gavin abaissa la voix.

— Tu vas penser que c'est la phrase bateau par excellence, mais je ne t'ai jamais oubliée, Leigh.

Leigh retint sa respiration.

— Tu as transformé mon existence.

Elle ne voulait pas entendre ces propos. Elle ne voulait plus penser à cette nuit-là. Mais elle ignorait comment clore cette conversation.

— Tu croyais que j'étais Helen, murmura-t-elle.

Cette seule pensée avait encore le pouvoir de faire mal.

— A vrai dire, je n'ai d'abord eu aucune idée de *qui* tu étais. Georges et Emily faisaient souvent allusion à vous en disant « les jumelles » et dans mon esprit, vous étiez indissociables. Mais ce soir-là, tu étais seule. Dans l'obscurité, avec cette coiffure sophistiquée, tu paraissais si audacieuse, si incroyablement sexy. Tu faisais bien plus que ton âge.

Leigh sentit une rougeur envahir ses joues. Gavin lui sourit avec douceur.

— Les hôtes de cette soirée étaient beaucoup plus âgés que toi. Je ne m'attendais pas à y trouver une adolescente de dix-sept ans.

Une petite fille déguisée en femme, songea Leigh.

— Et même si l'admettre m'est difficile, poursuivit Gavin, j'avoue ne pas avoir porté grande attention à ton visage. Ta tenue était si… je me souviens encore de ton allure.

Celle d'une femme qui savait où elle mettait les pieds et non celle d'une enfant apeurée.

— Et de mon impudence, sans doute, déclara Leigh, étreinte par une honte rétrospective.

Gavin tourna vivement son regard vers elle.

— C'était à cause de la drogue, Leigh. Si j'avais su…

— Tu ne m'aurais pas touchée avec des pincettes. Je sais.

Soudain aveuglée par la violente lumière de phares venant dans leur direction, Leigh s'écria :

— Gavin ! Attention !

Surgi au détour d'un virage, un 4x4 rouge aux vitres fumées venait de franchir la ligne jaune et fonçait droit sur eux. Gavin donna un violent coup de volant tandis que le 4x4 changeait brusquement de direction et s'éloignait en trombe. Le pied enfoncé sur le frein et dans un nuage de poussière, Gavin parvint enfin à immobiliser son véhicule sur le bas-côté de la route.

— Ça va ? demanda-t-il.

Les jointures de ses doigts étaient blanches d'avoir serré le volant.

Tremblante de frayeur, Leigh réussit à hocher la tête en signe d'acquiescement.

— As-tu pu apercevoir le conducteur ?

Elle secoua la tête.

— Non. Mais il devait être soûl.

Gavin relâcha lentement la pression de ses doigts sur le volant. La route était de nouveau déserte.

— Peut-être, concéda-t-il d'un ton sec.

Le doute qui perçait dans sa voix lui fit peur.

— Tu ne penses tout de même pas…

— Qu'il s'agisse de Ducort ?

L'expression de Gavin était sombre.

— Je l'ignore. Mais j'ai la ferme intention de le découvrir.

Leigh posa une main sur son bras. Sous ses doigts glacés, la chaleur de sa peau était rassurante.

— De quelle manière ?

— Ne t'inquiète pas, répondit Gavin en recouvrant sa main de la sienne. Cette fois, je n'irai pas l'attendre chez lui. Le barreau n'apprécie pas que ses membres s'octroient le privilège de faire la loi. Mais je pourrais faire appel à certaines de mes sources et me renseigner sur les véhicules appartenant à Ducort, ou dont il pourrait disposer.

— Et si c'est lui qui nous a foncé dessus ?

— Cesse de t'inquiéter. Je gère la situation.

Leigh n'était qu'à moitié rassurée. Son cœur battait encore la chamade lorsqu'ils remontèrent l'allée de Blackrose. Les ouvriers étaient partis depuis longtemps, mais Gavin gara tout de même son véhicule à l'arrière du manoir. Même la camionnette de Bram avait disparu. Leigh se rappela alors qu'Helen et lui avaient prévu de sortir, ce soir. Le seul véhicule garé là était un vieux modèle cabossé, qu'elle ne reconnut pas.

Gavin coupait le contact, quand la porte de la cuisine s'ouvrit brusquement sur Mme Norwhich, qui se rua dans leur direction, l'air terrifiée.

Avant même que Leigh n'ait détaché sa ceinture de sécurité, Gavin s'élança hors de la voiture. Les traits déformés par la peur, Mme Norwhich courut jusqu'à lui.

— Il y a quelqu'un dans la maison ! Je ramassais mes affaires quand j'ai entendu du bruit dans la cuisine. Je m'y suis précipitée et alors, j'ai vu la porte de l'office se refermer !

— Restez avec Leigh, suggéra Gavin à la pauvre femme affolée.

— Gavin, non !

Ignorant la supplique de Leigh, il pénétra dans la cuisine. Spacieuse, elle était éclairée par une double série de fenêtres. Apercevant deux portes sur sa gauche, Gavin se dirigea vers la plus proche.

— C'est la buanderie.

Il se retourna brusquement, pour découvrir Leigh derrière lui, avec Mme Norwhich sur ses talons.

— Je vous ai dit de m'attendre dehors.

— Non !

Comprenant à la manière dont elle avait redressé le menton que discuter ne le mènerait à rien, Gavin désigna la deuxième porte du doigt.

— Voilà donc celle de l'office ?

— Non. Elle se trouve sur le mur opposé. As-tu seulement pensé que l'intrus puisse être armé, Gavin ?

— Dans ce cas, il devra se résoudre à commettre un meurtre, rétorqua Gavin en ouvrant violemment la porte de l'office. Il n'y a personne, annonça-t-il, au grand soulagement de Leigh.

— C'est impossible. J'ai vu cette porte se fermer sous mes yeux, protesta Mme Norwhich.

Sa détresse était si manifeste que Gavin ne mit pas sa parole en doute. La porte jouxtant celle de l'office menait à un placard rempli de produits d'entretien. Lui aussi, désert. La salle d'eau et la buanderie se révélèrent également vides.

— Tu ne peux pas fouiller l'intégralité du manoir, Gavin, affirma Leigh. Tu n'as pas idée de ses dimensions. Il y a treize chambres, jouissant pour la plupart d'une salle de bains individuelle. Quelqu'un pourrait se cacher ici et t'éviter indéfiniment.

— Où se trouve le téléphone ?

— Derrière toi, répliqua Leigh en désignant un appareil suspendu au mur. Mais la police ne viendra jamais jusqu'ici.

— Elle viendra, assura Gavin, catégorique.

— Le temps qu'elle arrive, notre rôdeur sera déjà loin.

— Tant pis, nous déclarerons tout de même l'effraction.

Leigh secoua la tête avec agacement, tandis qu'il s'emparait du téléphone.

Suite à l'appel de Gavin, deux officiers de police arrivèrent sur les lieux avec une rapidité surprenante, compte tenu de l'éloignement de Heartstkeep. Ils leur demandèrent d'attendre dans la cuisine tandis qu'ils fouillaient la demeure.

— Votre voleur a dû s'enfuir par la porte d'entrée, qui n'était pas verrouillée, déclara l'un d'eux en revenant. Par contre, les portes du grenier et de la cave sont fermées à clé. Sauriez-vous les ouvrir ?

Mme Norwhich secoua la tête.

— Mon passe n'ouvre pas ces portes.

— Nous pouvons les enfoncer, si vous voulez, proposa le policier.

— C'est inutile. Personne n'a pu passer par là, expliqua Leigh. Grand-père a toujours gardé ces portes soigneusement fermées. Ainsi que vous l'avez suggéré, s'il y avait quelqu'un, il a dû s'enfuir par la porte d'entrée.

Gavin sembla en convenir et Mme Norwich acquiesça d'un fervent hochement de tête.

— Qu'y a-t-il dans cette cave ? s'enquit le deuxième agent.

— La chaudière, répondit Leigh. Quant au grenier, grand-père y entreposait du mobilier et toutes sortes de vieilleries.

— Eh bien… voulez-vous faire un tour de la maison avec nous, pour voir si quelque chose manque ?

— Je serais sans doute incapable de vous le dire, répliqua Leigh. Cela fait plusieurs années que je ne vis plus ici.

— Ne me le demandez pas non plus, déclara Mme Norwhich comme ils se tournaient vers elle. Je ne m'occupe que de la cuisine et du linge et je reste confinée dans cette partie-ci du manoir. Madame a embauché quelqu'un d'autre pour le ménage.

Suite à ces déclarations, les policiers conclurent qu'ils ne pouvaient rien faire d'autre que d'établir un rapport. Frustré, Gavin écouta leurs conseils concernant la réactivation de l'alarme — décidé à s'assurer que cette tâche serait bien accomplie dès le lendemain matin.

— J'ai quelque chose à ajouter, dit-il. Un véhicule a foncé droit sur le nôtre, ce soir, nous forçant à quitter la route.

Il leur décrivit avec précision le 4x4 et le lieu de l'incident.

— Une soirée agitée, pour vous, commenta le policier. Bien. Nous allons signaler ce véhicule à nos patrouilles, mais s'il s'agissait d'un conducteur pris d'ébriété, ce dernier cuve probablement son vin au fond de son lit, à l'heure qu'il est.

Gavin hésita à leur relater sa précédente dispute avec Nolan, mais décida de faire sa propre enquête au préalable.

Après le départ des policiers, il se tourna vers Leigh :

— Tu vas me dire que tu m'avais prévenu ?

— Du fait qu'ils ne nous seraient pas d'une grande aide ? Je suis même surprise qu'ils soient venus. Depuis la disparition de ma mère et maintenant, l'assassinat de Marcus, la police locale n'apprécie guère les habitants de Blackrose.

Mme Norwhich secoua sa tête blanche et frisée.

— C'est tout de même formidable ! Ce qui est arrivé à monsieur n'est pourtant pas votre faute.

— Merci, madame Norwhich. Mais je doute que l'inspecteur en chef Crossley voie les choses du même œil.

— Ce type est comme ces animaux empaillés. Une fois qu'on ôte le rembourrage, il ne reste qu'une coquille vide, affirma cette dernière. A présent, si vous n'avez plus besoin de moi, je vais rentrer en ville.

— Je suis désolé que vous ayez eu cette frayeur.

— Je vais porter vos effets dans votre coffre, proposa Gavin.

— Volontiers, acquiesça Mme Norwhich.

Quelques instants plus tard, la vigoureuse gouvernante s'éloignait au volant de sa voiture.

— Elle est un peu étrange, mais je la crois honnête, assura Leigh. J'espère qu'on ne va pas la perdre, elle aussi.

— J'en doute. Elle a l'air d'une personne fiable, même si elle a eu la peur de sa vie. Elle restera. Elle doit se réjouir que vous continuiez à la payer sans qu'elle travaille. En tout cas, ce policier avait raison en ce qui concerne l'alarme. Il faut la remettre en route.

— Bien sûr.

— J'aimerais faire un tour rapide de la maison, Leigh.

A ces mots, Leigh se tendit.

— Et s'il y a encore quelqu'un ? D'ici peu, il fera nuit et je crois que Roger a coupé l'électricité.

— Nous ferons vite et à l'instar de ces policiers, je doute que l'intrus soit encore là.

— Au moins, nous savons qu'il ne s'agissait pas de Nolan. Si c'était lui qui nous a foncé dessus avec ce 4x4, jamais il n'aurait eu le temps de nous précéder ici.

— Je n'ai jamais dit qu'il était lié à l'un ou l'autre de ces incidents, rectifia Gavin. Mais je serais curieux de savoir s'il possède un alibi pour ce soir. En attendant, j'aimerais vraiment comprendre l'agencement intérieur du manoir. Je n'y suis jamais entré auparavant.

— Je vais te faire faire le tour du propriétaire. Mais je te préviens, il y a onze chambres à coucher, si l'on compte la suite de grand-père comme une seule pièce.

— Onze ! ?

— Mon arrière-arrière-grand-père, Woodrow Hart, avait neuf enfants et huit employés, lorsqu'il a fait construire ce manoir.

— Woua ! C'est donc la bâtisse d'origine ?

— Pas exactement. Je crois qu'une grande partie des locaux a été détruite, puis reconstruite, mais j'ignore à quelle époque. Grand-père détenait toutes sortes d'archives relatant l'historique de Blackrose, mais nous avons dû en perdre une grande partie lors de l'incendie, regretta Leigh.

La salle à manger et le salon étaient si impressionnants qu'ils évincèrent dans l'esprit de Gavin le nombre étonnant de chambres qu'abritait la demeure. Il contempla, fasciné, les deux massives cheminées de pierre qui se faisaient face, à chaque extrémité des deux pièces. Entourées d'étagères prises dans le mur, elles en occupaient presque la totalité.

— Quelles magnifiques cheminées, dit-il.

— Il faut y voir brûler un feu ! C'est splendide.

Il en imaginait l'effet dans ces salles immenses à qui la hauteur des plafonds et une immense verrière à ciel ouvert conféraient un caractère unique. Gavin examina les imposants piliers de marbre qui séparaient le vaste salon des halls qui le longeaient.

— Ils soutiennent les coursives qui surplombent ces pièces, expliqua Leigh.

Elle évoluait avec coquetterie autour de lui. Aussi conscient qu'elle du désir qui les gagnait tous deux, Gavin ne pouvait l'en blâmer. En réalité, il n'avait cessé de penser à elle, depuis qu'il l'avait revue à l'enterrement de Marcus, si pareille au souvenir qu'il avait d'elle.

— Des années durant, dit-elle, Helen et moi avons cru que ces rambardes avaient un but purement décoratif. Mais Emily Walken nous a expliqué que ces coursives donnaient jadis au-dessus de ces deux salles. En sortant de leur chambre, chaque membre de la famille pouvait en s'y penchant observer ce qui se passait au rez-de-chaussée. Mais grand-père les a fait murer de peur que nous ne fassions une chute.

Gavin leva les yeux en direction des rambardes de bois sombre au-dessus de leurs têtes. Malgré la lumière du soleil couchant diffusée par les verrières, l'espace qui les séparait du mur érigé à un mètre en retrait était plongé dans la pénombre. Troublé, il laissa Leigh le guider le long de l'interminable couloir. Dans cette partie non endommagée du manoir se trouvaient deux chambres, deux salles de bains, le bureau du grand-père de Leigh et une pièce accueillante, qu'elle appela la bibliothèque.

— C'est ici que nous vivions la plupart du temps, lui confia-t-elle.

Avec le bureau de Dennison Hart, cette pièce était en effet le seul espace d'allure confortable. Ils regagnèrent le hall d'entrée.

— C'est un drôle d'endroit pour mettre un piano à queue, dit Gavin, avisant celui qui était partiellement repoussé sous la cage de l'escalier.

Se dirigeant vers l'instrument, il fit courir ses doigts sur les touches d'ivoire jaunies. Les notes, étonnamment fortes, semblèrent déranger le silence menaçant du manoir.

— C'est Eden qui a dû le reléguer là. Il présidait jadis au centre du salon.

— Tu sais en jouer ?

— Pas vraiment. Mais ma mère était une virtuose. Grand-père, Helen et moi l'écoutions des heures durant.

Gavin sourit à cette image, mais il n'aima pas la tristesse qui traversa les traits de Leigh à ce souvenir.

— Tout cela semble si loin, à présent, ajouta-t-elle.

La salle de bal, un boudoir et ce qui avait été les bureaux de Marcus, occupaient la partie endommagée de la demeure. Une odeur de bois brûlé flottait encore dans l'air immobile. En voyant les murs noirs de suie, Gavin comprit la terreur qu'avaient dû ressentir Helen et Bram lorsqu'ils s'y étaient trouvés prisonniers des flammes.

— Qu'y a-t-il derrière la salle de bal ?

— La chambre de Mme Norwhich, ainsi que celles de Mme Walsh, la précédente gouvernante et de Kathy, sa fille.

Reconnaissant certains des noms mentionnés dans le testament de Dennison Hart, Gavin hocha la tête.

— Nous ferions mieux de nous dépêcher si nous voulons visiter l'étage supérieur, suggéra Leigh. Il fait presque nuit.

Elle avait raison et Gavin n'avait aucune envie de se retrouver coincé dans cette maison dans le noir.

Il la suivit le long de l'escalier majestueux, s'efforçant de ne pas remarquer le léger balancement de ses hanches ou le galbe de ses jambes sous sa jupe. « Cesse de fantasmer », se dit-il. Leigh était sa cliente, rien de plus — malgré l'attraction certaine qu'il éprouvait à son égard.

— Les appartements de grand-père se trouvent au-dessus de la salle de bal et du boudoir. Ils ont été pratiquement détruits par l'incendie. J'adorais y aller quand j'étais enfant, ajouta Leigh par-dessus son épaule. Il conservait toujours toutes sortes de friandises pour nous, dans une bonbonnière en argent, qui a hélas dû elle aussi disparaître dans la tourmente.

Elle s'immobilisa au sommet des marches.

— Je pense transformer cette partie de la maison en une grande salle de sport, ou une grande salle de jeux pour les enfants.

Il n'imaginait que trop bien ceux de Leigh, s'y ébattant. Il la voyait, un bébé dans les bras. Peut-être parce qu'elle aurait pu donner naissance *au sien,* sept ans auparavant.

A l'époque, il s'était rongé les sangs jusqu'à ce qu'Emily lui assure que Leigh n'était pas enceinte. Son soulagement s'était alors mêlé à un étrange sentiment de tristesse.

Après cette nuit-là, il n'avait jamais plus abordé le sexe comme un acte anodin et jamais plus il n'avait omis de prendre ses précautions. Il se demanda comment Leigh réagirait, si elle savait à quel point cette soirée avait transfiguré son existence.

— Ne penses-tu pas que cette initiative augmenterait la valeur du manoir, en cas de vente ? demandait-elle.

Comme elle levait les yeux vers lui, sa voix s'était faite hésitante.

L'innocence de son regard raviva en lui des souvenirs troublants. Leigh abaissa ses paupières et sa respiration s'accéléra. Sa main, qui désignait l'autre extrémité du vestibule, trembla. Traversé par un désir aussi violent qu'insidieux, Gavin résista à l'envie de caresser la peau soudain légèrement rosée de son visage. Au lieu de cela, il enfonça ses mains dans les poches de son pantalon, en s'efforçant de ne pas penser à l'extrême douceur de cette peau de pêche.

— Je croyais que tu voulais garder Blackrose pour les enfants d'Helen, parvint-il à dire avec calme.

— En effet. Mais sait-on jamais ce qui peut arriver ?

Tout pouvait arriver. Il pouvait par exemple céder dans une seconde aux pulsions insensées qui l'assaillaient, pensa Gavin.

— Pourquoi ne conserves-tu pas cette propriété pour ta propre progéniture ?

Il l'entendit retenir délicatement son souffle. Les pensées de Leigh rejoignaient-elles les siennes ?

— Elle… elle doit revenir à l'aîné des enfants d'Helen.

Elle ne le regardait pas. Il étudia son profil. Elle n'avait guère changé en sept ans. Bien qu'elle fût à présent une femme, cette même aura d'innocence continuait de l'envelopper.

Leigh désigna un couloir à l'accès condamné par des cordes. Le feu en avait ouvert un des murs, exposant l'intérieur d'une pièce aux regards. Malgré cela, les dommages causés par les flammes semblaient secondaires, comparés à ceux provoqués par la fumée et par l'eau utilisée pour éteindre l'incendie.

— Derrière les appartements de grand-père, c'est la chambre de Jacob, dit-elle. J'ignore si elle a été touchée par l'incendie. A présent, il faut faire le tour par l'autre aile pour aller voir.

Leigh désigna du doigt un corridor parallèle au premier. Les murs en étaient lambrissés des mêmes panneaux de bois sombre. Une fois le soleil couché, imagina Gavin, ces couloirs allaient prendre l'aspect d'étouffants tunnels noirs.

Soudain tendu, il se rapprocha de Leigh comme pour se préparer à la défendre d'un danger invisible. Elle leva sur lui un regard interrogateur, sa voix se réduisant à un murmure :

— Tu le sens, toi aussi, hein ?

— Quoi donc ? demanda Gavin.

Mais il savait parfaitement à quoi elle faisait allusion.

— C'est comme si un esprit diabolique planait sur cette maison.

Elle avait raison. Une menace qu'il n'avait pas ressentie avec une telle intensité au rez-de-chaussée semblait emplir l'atmosphère. Il éprouvait un malaise identique à celui qui l'avait étreint en observant les coursives tout à l'heure.

— Cette maison était différente, avant, tu sais, ajouta Leigh.

Irrité par sa propre réaction, Gavin secoua la tête. Il n'avait pas coutume de se laisser ainsi déborder par son imagination.

— Comment accède-t-on aux galeries ?

— Je t'ai expliqué que grand-père les avait fait murer.

— Il a dû laisser au moins un passage, ne serait-ce que pour pouvoir y faire la poussière.

Comme lui, Leigh fronça les sourcils d'un air pensif.

— Pas à ma connaissance. Mais tu as raison, c'est logique.

— Et celles-ci ?

Il désigna une série de portes derrière la cage d'escalier.

— Ce sont des placards.

Gavin ouvrit le plus proche, dont plusieurs rangées d'étagères accueillaient d'imposantes piles de linge.

— Cette maison est immense, Gavin et d'ici une minute, il fera nuit noire. Il vaudrait mieux revenir demain. Au risque de passer pour une poule mouillée, je préférerais qu'on parte.

Une réelle anxiété sous-tendait sa voix. Il ne pouvait l'en blâmer. Qu'elle soit imaginaire ou non, une atmosphère décidément étrange se dégageait de ce manoir.

— D'accord, nous reviendrons demain.

Visiblement soulagée, Leigh se détourna vivement pour s'engager dans l'escalier. Tout en lui emboîtant le pas, Gavin aurait juré entendre une porte se fermer, à l'extrémité du long couloir obscur.

4.

Leigh se réveilla, fatiguée et nerveuse, l'esprit tourmenté par la réminiscence confuse des rêves qui avaient peuplé son sommeil. Sa mère, se souvenait-elle, avait tenté de la prévenir d'un danger. Mais lequel ? Malgré ses efforts, elle ne parvenait pas à s'en rappeler.

Gavin, aussi, avait visité ses songes. Elle sentait encore sa présence autour d'elle. Dans son rêve, il lui avait fait l'amour. Mais bien qu'elle ne sache plus en quoi, ç'avait été très différent de la première fois. Ces lambeaux de souvenirs n'en bouleversaient pas moins ses sens.

« Arrête ! se dit Leigh avec sévérité. Tu es trop vieille pour fantasmer sur Gavin Jarret ! » Mais rien n'y fit.

La maison des Walken était si silencieuse qu'elle pensa que tout le monde était sorti pour la journée mais, lorsqu'elle descendit, elle trouva Helen et Bram assis à la table de la cuisine.

— Les Walken sont partis à une réunion, expliqua Bram.

— Et Nan ? demanda Leigh en cherchant des yeux la gouvernante, si chaleureuse sous ses airs autoritaires.

Bram eut un sourire de connivence.

— Rassure-toi. Elle est partie faire des courses, dit-il. Te voilà exemptée de petit déjeuner. Ah, ajouta-t-il, Gavin vient de téléphoner. Il demande que tu le retrouves à Blackrose, aux alentours de midi.

Helen fronça les sourcils.

— Veux-tu vraiment y aller, Leigh ? Je me sens un peu coupable de me décharger ainsi sur toi.

— Tu le peux, rétorqua Leigh avec impertinence. Mais non, je plaisante. Jamais je n'aurais choisi de posséder Blackrose, mais ce n'est pas un problème. Je vais aller voir Roger et lui demander de remettre le manoir dans son état d'origine. Emily m'a dit qu'elle en conservait de vieilles photographies quelque part, qu'elle me montrerait.

— A ce propos, je me demande si les archives de grand-père ont échappé aux flammes, dit Helen. Tu pourrais peut-être le demander à Roger. Un de ces jours, il nous faudra également aller à Boston pour récupérer ta voiture et ramasser notre courrier. Mais en attendant, nous pouvons te déposer à Blackrose en chemin. Bram a une course à faire en ville, puis il veut commencer à enlever les barreaux des fenêtres.

— Et tu dois me dire ce que tu veux que je fasse des lions en pierre qui surmontaient l'ancien portail, ajouta Bram.

— Pourquoi ne pas les installer de chaque côté du porche ?

— C'est une idée, convint Bram.

Saisissant une serviette en papier, il ébaucha une esquisse.

— J'adore ! affirma Leigh, voyant où il voulait en venir.

— Ils ne feront pas chiens de faïence ? s'inquiéta Bram.

— Je ne le pense pas.

— Moi non plus, assura Helen, enthousiaste. Allons-y.

— Laisse tout de même Leigh déjeuner.

— Merci, mais je ne mange jamais le matin. Je vais juste prendre mon sac.

Le soleil matinal, remarqua Leigh, n'atténuait en rien l'apparence menaçante du manoir. Roger et son équipe suaient sang et eau pour dégager les décombres de l'incendie. Interrompant sa tâche, Roger vint vers eux tout en s'essuyant le visage à l'aide d'un mouchoir.

Après avoir étudié l'esquisse de Bram, il hocha la tête.

— C'est tout à fait faisable. Nous pourrions même habiller le porche de pierres pour harmoniser le tout.

Les regards se tournèrent vers Leigh.

— Cela me semble une riche idée.

— Je vais te dresser un devis.

— Avez-vous besoin de quoi que ce soit, en ville ? proposa Bram.

Roger et Leigh secouèrent la tête en signe de dénégation.

— Bon, dit-il. Nous serons de retour d'ici peu.

— Allons voir ces murs, que tu veux faire abattre, suggéra Roger après leur départ.

Malgré le vacarme des ouvriers et la vive lumière du jour diffusée par l'immense fenêtre de façade, un sentiment de malaise envahit Leigh dès qu'elle mit le pied à l'étage. Roger sonda longuement le mur du couloir avant d'affirmer :

— Ce sont de simples cloisons. Les enlever ne devrait pas poser de problème, mais il te faudra remplacer la moquette.

— J'avais l'intention de le faire, de toute façon.

— Très bien. Il ne me reste qu'à inspecter les coursives et la structure qui les supporte.

— Merci, Roger. Oh ! s'exclama Leigh en voyant un énorme chien noir surgir au sommet de l'escalier.

Ce dernier se secoua vigoureusement, avant de trotter dans leur direction comme s'il était chez lui.

— Assis, Lucky !

Le molosse s'assit aussitôt sur son céans et contempla Roger avec une telle adoration que Leigh eut envie de rire.

— Je suis désolé, s'excusa Roger. Il est supposé rester dehors, mais monsieur n'obéit que lorsque cela lui chante. N'est-ce pas, Lucky ?

Se dressant sur ses pattes arrière, le chien posa les deux autres sur le buste de Roger, en remuant frénétiquement de la queue.

— J'espère que sa présence ne te dérange pas. Si je le laisse toute la journée à la maison, il s'ennuie et quand il s'ennuie, il a tendance à manger les canapés, ou les pieds de meubles.

Leigh laissa Lucky renifler sa main une seconde avant de tapoter sa large tête avec prudence. En réponse à sa caresse, le chien y passa une longue langue humide.

— Quel séducteur ! Tu es plutôt du genre sentimental, hein ?

— Te voilà percé à jour, Lucky, affirma Roger en riant.

Il ébouriffa le poil de l'animal qui parut sourire en retour.

— En fait, c'est un gros bébé inoffensif.

— Où l'as-tu trouvé ?

— Sur un de mes chantiers, au fond d'un puits, où il avait dû tomber par accident. D'après le vétérinaire, il y aurait passé plusieurs jours. Il avait deux pattes cassées et de sales blessures, mais il était vivant. Comme personne ne venait le réclamer, je l'ai adopté et depuis, nous sommes inséparables. Hein, Lucky ?

Le chien acquiesça d'un bref aboiement tout en remuant sa courte queue trapue. Mais quand Roger lui ordonna de sortir, Lucky s'assit aux pieds de Leigh, avec l'air de quelqu'un qui n'a aucune intention de bouger.

— C'est bon, il peut rester avec moi, s'il en a envie.

En réalité, elle était heureuse d'avoir la compagnie de Lucky. Elle répugnait à déambuler seule dans le manoir, même si celui-ci grouillait d'ouvriers. Lucky la suivit jusqu'au bureau de son grand-père. Du temps de Dennison Hart, le vaste plateau de noyer qui occupait le milieu de la pièce était toujours soigneusement rangé mais, à présent, un amas d'objets divers s'y empilait. Leigh fouilla le désordre de plusieurs tiroirs avant de trouver ce qu'elle cherchait : un bloc de papier, un stylo qui fonctionnait et la carte du paysagiste qui avait installé la fontaine et l'arrosage automatique. Ce dernier répondit en personne à son appel et lui proposa de passer au manoir d'ici à une heure.

Leigh raccrocha et sourit à Lucky.

— Viens, camarade, allons nous dégourdir les jambes.

Munie de son bloc et de son stylo, elle entreprit d'inspecter chacune des pièces du rez-de-chaussée, en notant au passage ce qui exigeait d'être réparé ou remplacé.

Elle examinait le grand salon quand l'impression désagréable d'être observée grandit en elle. Lucky leva quant à lui brusquement la tête, comme s'il étudiait les coursives du regard. Alarmée par sa soudaine immobilité, Leigh tenta de déterminer ce qu'il contemplait si fixement.

Elle entendait les ouvriers s'interpeller par-dessus le son braillard d'une radio, mais n'en décela aucun dans son champ de vision. Pourtant, cette sensation étrange s'intensifiait. Quelqu'un l'espionnait ! Lucky poussa un petit gémissement et vint se poster contre sa jambe. Une main sur la tête de l'animal, Leigh balaya les vastes salles du regard.

Sans doute à cause des panneaux de bois érigés en retrait des rambardes et malgré la lumière diffusée par les verrières, les balcons qui les surplombaient étaient plongés dans une semi-pénombre. Y existait-il, comme l'avait supposé Gavin, un accès ? Quelqu'un était-il là, à l'épier ? Dans l'un des angles des coursives, l'obscurité était plus dense, remarqua Leigh. Avait-elle imaginé le mouvement imperceptible qu'elle venait d'y surprendre ?

Un grognement sourd monta de la poitrine de Lucky et Leigh sentit un frisson glacé la parcourir. A cet instant, la porte d'entrée s'ouvrit.

— Leigh ?

— Gavin !

Pivotant sur ses talons, elle courut vers lui, mais Lucky la battit de plusieurs longueurs.

— Lucky, non !

Leigh vit Gavin bander ses muscles à l'instant où le molosse bondissait sur lui. Chancelant sous le poids de l'animal, il ébouriffa son pelage d'une main, tandis qu'il le repoussait de l'autre.

— Salut, Lucky. Comment va ?

Leigh se figea.

— Tu connais ce chien ?

— Bien sûr. Roger et moi jouons au soft ball ensemble.

— Parce que tu joues au soft ball ?

Cette information était si inattendue qu'elle le dévisagea avec incrédulité.

— Rien ne t'autorise à avoir l'air si surprise. Tu ne m'as jamais vu sur le terrain.

— Non… je veux dire…

— C'est le fait que je participe à un jeu collectif qui t'étonne ? ironisa Gavin tout en caressant la tête de Lucky. Les gens changent, tu sais.

Leigh ne semblait plus l'écouter.

— Que regardes-tu ?

— J'ai l'impression qu'il y a quelqu'un dans la maison.

— Ils sont même plusieurs, d'après ce tintamarre, plaisanta Gavin.

Semblant soudain prendre conscience de la tension qui l'habitait, il ajouta avec gravité :

— Qu'y a-t-il, Leigh ?

Même si personne n'aurait pu l'entendre derrière le martèlement des masses et les beuglements de la radio, Leigh abaissa instinctivement la voix.

— Tu avais raison. Il doit exister un accès aux coursives. J'ai eu le sentiment que quelqu'un s'y dissimulait.

Les traits tendus, Gavin leva les yeux vers les balustrades.

— Où ça ?

— Je n'en sais rien. J'ai cru voir quelque chose bouger, expliqua Leigh. Et juste avant que tu n'arrives, Lucky grognait en fixant l'angle des deux balcons du regard.

— Lucky a toujours eu peur de son ombre, mais allons voir, si tu veux.

Anxieuse, Leigh le suivit jusqu'au salon. Le coin qui avait attiré son attention n'était plus aussi sombre que tout à l'heure et la sensation de cette présence au-dessus d'elle avait disparu.

— Je crois qu'il n'y a plus personne.

Comme soulagé lui aussi, Lucky se dirigea d'un pas tranquille vers la causeuse la plus proche, sur laquelle il sauta avec une grâce surprenante, avant de s'y installer de tout son long avec un profond soupir de satisfaction.

— Attends-moi, je reviens, dit Gavin.

— Où vas-tu ?

Il s'éclipsa sans répondre. Lucky leva brièvement la tête mais, semblant décider qu'on n'avait pas besoin de lui, il se réinstalla sur sa couche.

— Tu fais un sacré protecteur, ironisa Leigh.

Gavin revint en compagnie de Roger et d'une échelle à coulisse.

— Tu ne vas pas grimper là-haut ?

— Tu préfères que je saute ?

— Ce n'est pas drôle, protesta Leigh. Tu es fou. Il est fou, confirma-t-elle à l'adresse du chien.

Lucky poussa un soupir et referma ses paupières. Gavin avait déjà enlevé sa veste de costume et sa cravate.

— Tu vas salir ton pantalon, l'avertit-elle, tandis que les deux hommes dressaient l'échelle contre la rambarde.

— Je le ferai nettoyer.

— Leigh a raison, affirma Roger. Tu n'as ni l'entraînement ni la tenue adéquate. Je vais monter.

— Je suis tout de même encore capable de grimper à une échelle, rétorqua Gavin.

Leigh retint son souffle pendant qu'il en escaladait vivement les barreaux. Les coursives s'élevaient à plus de cinq mètres du sol. S'il tombait, Gavin se briserait le cou.

Mais il ne tomba pas. Il s'immobilisa un instant pour examiner le balcon, puis lança une jambe par-dessus les balustres, avec plus d'agilité qu'elle n'aurait pu en déployer.

— Fais attention, conseilla Roger. Je n'ai pas vérifié la fiabilité du parquet là-haut.

Gavin le sonda à l'aide de son pied.

— Il m'a l'air solide. Il y a de la poussière sur les bords de la moquette, mais elle a été aspirée récemment. Ce qui indique qu'il existe bien un passage. En tout cas, il n'y a personne ici.

Il s'éloigna de la rambarde.

— Vous me voyez encore ?

— Oui, répondit nerveusement Leigh.

Gavin s'enfonça plus profondément dans la pénombre.

— On te repère à ta chemise blanche, signala Roger. Ah, là, on ne te voit plus.

— Mais moi je vous vois, répondit Gavin. Dites quelque chose à voix basse.

— Qu'est-ce que tu veux que je dise ? murmura Leigh.

— L'effet acoustique est époustouflant. J'ai l'impression que j'entendrais une épingle atterrir sur la moquette.

— C'est la cloison qui entoure les coursives qui doit faire caisse de résonance, affirma Roger.

— Gavin ? Qu'est-ce que tu fais ? demanda Leigh.

— Je cherche une porte.

— Je te rejoins, annonça Roger. Tiens-moi l'échelle, Leigh.

Avant qu'elle n'ait le temps de protester, il atteignit lui aussi le balcon avec une rapidité et une légèreté qui la stupéfièrent, pour disparaître à son tour.

N'entendant même plus le son de leurs pas, Leigh commença à s'impatienter. Le fait que, des années durant, quelqu'un ait pu espionner depuis ces balcons ce qui se passait en bas était troublant. Les deux hommes réapparurent quelques minutes plus tard. Comme Roger posait un pied sur le premier barreau, elle retint l'échelle à son intention. Puis il la remplaça, le temps que Gavin descende à son tour.

— Il y a forcément un passage, grommela ce dernier. Personne ne grimperait jusque-là, un aspirateur à la main.

— Dans ce cas, il doit être dissimulé dans le bois d'une des cloisons. Je remonterai tout à l'heure avec une torche, promit Roger. Je ne peux pas rebrancher l'électricité avant d'avoir vidé les gravats et inspecté l'installation.

Ils se tournèrent en même temps pour voir la porte d'entrée s'ouvrir sur Helen et Bram, qui s'immobilisèrent à la vue des deux hommes ramenant l'échelle au sol.

— Que se passe-t-il ? demanda Helen.

— Ils sont montés inspecter les galeries.

— Leigh a cru y apercevoir quelqu'un, expliqua Gavin.

— Comment ce quelqu'un aurait-il grimpé jusque-là ? s'étonna Bram.

— C'est justement ce que nous cherchons à comprendre.

Se tournant vers la porte restée ouverte, Helen les interrompit :

— L'estafette d'un jardinier paysagiste vient d'arriver, dit-elle, ainsi qu'un gros camion transportant une benne.

— Je dois y aller, annonça Roger.

S'arrachant au fauteuil, Lucky secoua son imposante carcasse et vint saluer les nouveaux venus.

— Qu'est-ce que c'est que ça ? s'exclama Helen.

— Je te présente Lucky, répliqua Leigh. Le chien de Roger.

— Mais c'est un ours !

— N'aie pas peur, il ne s'attaque qu'au mobilier. Ecoute, Gavin est arrivé plus tôt que prévu et nous devons discuter. Ne pourrais-tu montrer à M. Franklin — le jardinier — ce qui doit être fait à l'arrière du parc ?

— Si, bien sûr.

— Viens, Lucky, ordonna Bram.

Le chien les suivit tous trois à l'extérieur et Leigh se tourna vers Gavin.

— Tu avais dit que tu viendrais vers midi.

— Ma cliente a annulé son rendez-vous. Tu es sûre qu'il y avait quelqu'un sur ce balcon, Leigh ?

— Je ne suis sûre de rien, mais j'ai eu l'impression qu'on

m'observait. Puis Lucky s'est mis à gronder. Pourquoi cette question ? Tu as trouvé quelque chose ?

Gavin enfonça sa main dans sa poche, dont il sortit un emballage de chewing-gum.

— Ce truc est peut-être là depuis des siècles, observa Leigh.

— Cela m'étonnerait. On sent encore l'odeur de la menthe sur le papier. Tu connais quelqu'un qui mâche des chewing-gums à la menthe ?

Leigh secoua la tête en signe de dénégation.

— Et en partant hier soir, j'ai cru moi aussi entendre une porte se fermer à l'étage, lui confia Gavin.

— Pourquoi ne m'en as-tu rien dit ?

— Parce que, sur le moment, il m'a semblé plus prudent de te faire quitter les lieux. Mais à présent, que dirais-tu d'achever notre tour du propriétaire ?

— Si tu veux, acquiesça Leigh, même si l'idée de remonter à l'étage la rendait nerveuse.

— Si ni Helen ni toi ne connaissez l'existence d'un accès à ces balcons, qui d'autre le saurait ?

— Je l'ignore. Mme Walsh et Kathy, peut-être.

— Il faudra que nous discutions avec elles. Et Eden, ou Jacob ?

— Je ne peux pas répondre à la place d'Eden. Quant à Jacob, je ne vois pas comment lui l'aurait su et pas nous.

— Leur as-tu parlé depuis notre réunion ?

— Non. Pourquoi ? Tu crois que c'est l'un d'eux qui se cachait là-haut ?

Elle détestait l'idée qu'Eden ait pu l'espionner depuis les coursives.

— Tout est possible, répliqua Gavin en gravissant le grand escalier. Mais j'y songe. Jacob doit avoir un père. Est-il toujours en contact avec lui ?

S'immobilisant au sommet des marches, Leigh hésita avant de répondre :

— C'est un peu compliqué. Jacob a dit un jour à Helen que son père était mort quand il était bébé…

— Mais ?

— Je ne sais si Jacob l'a appris entre-temps, mais il est vivant. Un jour — alors que j'avais une douzaine d'années — j'ai surpris Eden et mon grand-père en train de se disputer avec un homme dans le hall. Eden affirmait qu'elle ne lui devait rien, puisqu'il avait abandonné tout droit parental sur Jacob avant sa naissance. Et grand-père l'a fait sortir, en lui disant que s'il voulait éviter de retourner en prison, il avait intérêt à se tenir éloigné des habitants de Blackrose.

Comme Gavin fronçait les sourcils, Leigh regretta d'avoir ouvert la bouche.

— Je n'aurais pas dû te dire ça. C'est indiscret de ma part. Je n'en ai jamais parlé à personne. Pas même à Helen.

Il posa une main sur son bras.

— Je ne le répéterai pas, Leigh. J'essaie juste d'avoir une vue d'ensemble des différentes personnes en relation avec Blackrose.

— Je pense que tu peux oublier le père de Jacob. L'année où je suis entrée à l'université, j'ai entendu Eden confier à Marcus qu'il était de nouveau en prison, à vie.

— Intéressant.

Gênée d'avoir révélé à Gavin des informations aussi personnelles, Leigh s'empressa d'aborder un autre sujet :

— Gavin, que voulais-tu voir en particulier ?

— J'aimerais examiner l'intérieur des placards.

— Tu penses qu'on aurait pu y dissimuler un passage ?

— Cela me paraît en tout cas un endroit idéal pour le faire.

Cette pensée fit battre le cœur de Leigh. Elle avait vu Kathy entrer et sortir de ces placards à de si innombrables occasions, sans jamais s'interroger. Gavin ouvrit la première porte derrière laquelle s'empilait le linge de maison. La deuxième ouvrait sur un réduit rempli d'une diversité de produits d'entretien.

— Ton grand-père avait des actions dans l'industrie du papier toilette ?

— N'oublie pas que cette demeure contient treize salles d'eau, rappela Leigh.

— Ce n'est plus une maison, c'est un hôtel, clés en main.

Il fouina derrière l'aspirateur, les seaux, les serpillières et les balais. Le fond du placard était occupé par un chariot similaire à ceux utilisés… dans les hôtels et que Gavin entreprit de déplacer avec un sourire ironique.

— Tu vas me poursuivre pour avoir grandi dans un hôtel sans l'avoir déclaré au fisc ? ironisa Leigh.

— Je préférerais t'embrasser.

A ces mots, Leigh sentit son cœur faire un drôle de bond dans sa poitrine, mais Gavin ne la regardait même pas. Son attention semblait concentrée sur le mur du fond. Elle décida qu'elle avait dû mal entendre. Comment pouvait-il énoncer de tels propos et agir ensuite comme si de rien n'était ?

— Bingo.

— Qu'as-tu dit ?

Il se tourna vers elle.

— J'ai dit, bingo.

— Non, avant cela.

A cet instant, tout bascula. Elle le sentit dans chacune de ses fibres, tandis que Gavin la considérait sans ciller.

— Je ne vois pas en quoi le fait que j'aie envie de t'embrasser puisse être si surprenant.

Le placard sembla soudain bien plus exigu à Leigh. Son esprit s'arrêta de fonctionner, ses poumons de respirer.

— Jamais je n'ai embrassé des lèvres aussi douces que les tiennes, assura Gavin.

— Comment peux-tu dire ça ?

Leigh se souvenait du contact des siennes. Elles n'étaient pas douces, mais fermes et vigoureuses, comme le reste de sa personne.

— Je parie que tu en as essayé un vaste échantillon afin d'établir la comparaison.

Une lueur d'amusement brilla dans le regard de Gavin.

— Serais-tu jalouse ?

— Pas du tout.

Elle fit un pas hésitant en arrière et heurta l'aspirateur.

Lentement, délibérément et tout en se disant de ne pas faire l'idiot, de ne pas céder au désir qui le tenait éveillé chaque nuit depuis qu'il l'avait revue — un désir violent, dont il lisait le reflet dans le regard de Leigh — Gavin posa ses lèvres sur les siennes. Un simple baiser, se dit-il ; à seule fin d'atténuer la tension qui ne cessait de monter en lui. Mais dès qu'il goûta la saveur de sa bouche, son corps entier cria famine.

Les yeux de Leigh se fermèrent et elle se laissa aller contre lui, glissant ses mains autour de son cou pour l'attirer plus près d'elle. Le désir se lovant comme un serpent au cœur de son être, Gavin la sentit presser ses seins contre son torse, il sentit sa langue, invitante, chercher la sienne. Le chaste baiser qu'il avait voulu lui donner se fit alors plus insistant, plus ardent, à mesure que sa volonté fondait comme neige au soleil.

— Gavin ? Leigh ?

Couvrant la voix lointaine et impérieuse, un gémissement franchit les lèvres de Leigh tandis qu'elle lui rendait son baiser.

— Leigh ? Où es-tu ?

L'inflexion impatiente d'Helen fit voler en éclats le puissant désir qui pulsait en lui. Arrachant sa bouche à celle de Leigh, Gavin leva la tête. Ils étaient sur le point de se faire surprendre, comme deux gamins dans un placard à balais, à deux pas des ouvriers. Une complainte amoureuse montait d'une radio.

— Leigh ? Tu es là ?

Le désir perplexe qu'il lisait dans le regard de Leigh l'incitait à ignorer le reste du monde, à saisir cette occasion qu'ils avaient tous deux attendue et dont ils avaient une envie si intense.

— Elle ne doit pas m'entendre, avec ce vacarme, cria Helen à quelqu'un d'autre. Je te rejoins en bas. Laisse-moi juste vérifier qu'elle n'est pas dans cette chambre.

Gavin relâcha Leigh et vit la conscience de ce qui se passait autour d'eux supplanter le désir qui avait troublé son regard. L'air sidéré, elle laissa retomber ses bras le long de son corps et s'écarta de lui, heurtant une fois de plus l'aspirateur. Des balais tombèrent en s'entrechoquant.

Il la rattrapa à l'instant où elle allait trébucher et la ramena contre lui. Sa peau était si douce. Tremblante, elle le fixait avec de grands yeux confus.

A cet instant, Helen ouvrit en grand la porte entrebâillée du placard. Bouche bée, elle embrassa la scène du regard.

— Qu'est-ce que vous fabriquez là-dedans ?

Gavin maintint sa main sur le bras de Leigh pour l'empêcher de se retourner avant d'avoir recouvré son sang-froid.

— J'essaie d'empêcher ta sœur de s'étaler parmi les balais, dit-il, lui-même surpris d'avoir répondu avec un tel naturel.

Il sentit Leigh prendre une inspiration, avant de s'arracher à l'étreinte de sa main.

— C'est toi, qui as reculé sans prévenir, protesta-t-elle en se baissant vivement pour ramasser les objets échoués au sol.

Son visage était d'un rose révélateur, mais il salua la vivacité avec laquelle elle avait recouvré ses esprits. Avec un peu de chance, sa sœur prendrait la rougeur de ses joues pour de l'agacement.

— Mais enfin, que faites-vous dans ce placard ? insista Helen, en se penchant pour assister Leigh dans sa tâche.

— Nous sommes à la recherche d'un passage menant aux balcons, répliqua Gavin sans sourciller.

— A l'intérieur du placard à balais ?

— Réfléchis. Existe-t-il meilleur endroit pour dissimuler une porte ? riposta Leigh, au grand amusement de Gavin.

— Non. J'avoue que je n'y aurais pas songé. C'est en effet fort astucieux. Mais cela ne peut-il attendre ? M. Franklin doit s'en aller.

— Vas-y, Leigh, suggéra Gavin. Je vais finir de ranger.

Pour la première fois depuis qu'Helen avait interrompu leur étreinte, Leigh le regarda dans les yeux.

— Je reviens, assura-t-elle avec fermeté.

— Prends ton temps. Je ne bouge pas d'ici.

— D'accord. Attends-moi. Ne va pas sur ce balcon sans moi.

Ses cheveux étaient décoiffés et son regard brillait, remarqua Gavin avec une terrible envie de sourire.

Après avoir suivi leur échange d'un œil perplexe, Helen précéda sa sœur dans le corridor. Pour quelqu'un qui ne les connaissait pas, peut-être paraîtraient-elles identiques, pensa Gavin en les regardant s'éloigner. Mais lui ne les confondrait plus jamais. Elles avaient le même ovale de visage, la même peau de lait. Les mêmes cheveux châtains, coupés court. Mais ces apparentes similitudes étaient aussi trompeuses que le faux air de fragilité qui se dégageait de leurs frêles silhouettes. Un homme averti aurait décelé au premier regard la force intérieure qui habitait ces deux femmes. Helen était dotée d'une solide confiance en elle et Leigh, d'unc infinie douceur… même si elle était prompte à la colère. Il adorait voir cette lueur furibonde dans son regard, quand elle lui en voulait — comme maintenant.

Il observa le balancement de ses hanches sous son short moulant. Comme elle tournait à l'angle de l'escalier, Leigh surprit son regard sur elle. La rougeur de ses joues s'intensifia et Gavin lui fit un clin d'œil complice, tandis qu'Helen les toisait avec suspicion.

Se promettant d'éviter de se trouver seule avec cette dernière dans l'immédiat, Gavin entreprit de ranger les balais — l'odeur et la saveur de Leigh accrochées à son corps toujours tendu par le désir.

5.

— Peux-tu m'expliquer ce qui se passe ? demanda Helen en refermant la porte derrière le jardinier.

— Mais rien, répliqua Leigh, évasive. A part que Gavin a apparemment trouvé un passage menant aux balcons.

Helen ferma brièvement les yeux avant de s'exclamer :

— Enfin. Tu étais en train de l'embrasser, dans un placard. Aurais-tu oublié le mal que t'a fait cet homme ?

— Gavin ne m'a jamais fait aucun mal, protesta Leigh.

— Voyons, Leigh. Je le sais, tout de même. J'étais là. Tu étais complètement folle de ce type, à l'époque.

— Tout ce que je sais, c'est qu'il m'a sauvée d'un viol collectif et qu'il a cassé la figure de Nolan pour m'avoir droguée.

— Il a fait ça ?

— Oui et il était prêt à se laisser accuser de meurtre pour éviter de détruire ma réputation. Il a même harcelé Emily des semaines durant afin de s'assurer que je n'étais pas enceinte. C'est elle qui me l'a dit. Et à présent, en sa qualité d'homme d'affaires de la famille, il fait tout son possible pour nous aider. Je n'ai plus vingt-cinq ans, Helen et si j'ai envie d'embrasser Gavin, c'est mon affaire.

Leigh vit sa sœur ravaler sa réponse et regarder fixement quelque chose derrière son dos. Elle tourna la tête, pour découvrir Gavin, planté au milieu de l'escalier principal.

Avait-il entendu leur conversation ?

Malgré le feu qui lui monta aux joues, elle se força à soutenir son regard énigmatique.

— Sous prétexte qu'elle est l'aînée, Helen se prend pour ma mère, expliqua-t-elle.

— Absolument, convint cette dernière.

Bram pénétra dans le hall d'un pas nonchalant.

— Je te préviens, menaça Helen en pointant son index en direction de Gavin. Si tu fais souffrir ma sœur, tu auras affaire à moi.

— Tais-toi, Helen. Je suis parfaitement capable de me défendre seule.

Après les avoir dévisagés tour à tour, Bram s'adressa à Gavin qui achevait de descendre l'escalier :

— Qu'est-ce qui se passe ?

— Rien, mais au cas où tu aies besoin d'intimité, je te conseille d'éviter le placard à balais, répliqua Gavin à l'intention de Bram, qui parut se détendre.

— Je m'en souviendrai, assura-t-il avec un sourire complice.

Helen sembla s'apaiser et le téléphone portable de Bram sonna avant que quiconque ait le temps d'en dire plus.

Tandis qu'il écoutait parler son interlocuteur, les traits de Bram Myers se crispèrent et il jura entre ses dents.

— D'accord. Calme-toi. Non, tu as fait ce qu'il fallait. J'arrive tout de suite. Tu es sûr que ça va ? Bon, d'accord. Appelle les autres. A tout de suite.

— Que se passe-t-il ? s'enquit Helen.

— C'est mon père ; mon frère l'a trouvé inanimé sur le sol de sa chambre, ce matin. Il est dans le coma. Je dois partir.

— Avons-nous le temps de nous arrêter chez les Walken afin que je réunisse quelques affaires ?

— Helen, tu n'es pas obligée…

— Je viens avec toi, protesta cette dernière avec fermeté.

Bram la prit dans ses bras. Les yeux fermés, il l'y retint un instant. Une telle intimité se dégageait de cette simple étreinte que, se rapprochant involontairement de Gavin, Leigh fut soulagée de sentir sa main se poser sur son épaule. Bram et Helen semblaient quant à eux avoir oublié leur existence.

— J'aurais préféré te présenter à ma famille en d'autres circonstances, affirma Bram, les yeux fermés.

S'écartant de lui, Helen le dévisagea avec sévérité.

— Arrête. Tu crois que j'ai fait mieux ? Le jour où j'ai voulu te présenter ma sœur, nous nous sommes fait poursuivre par un assassin, qui a bien failli t'abattre sous mes yeux.

Bram esquissa un sourire et l'embrassa sur le front.

— Je devrai peut-être rester absent plusieurs jours.

— Faire mon sac me prendra deux minutes.

Le regard de Bram s'éclaira.

— Je t'en accorde cinq.

Se libérant de son étreinte, Helen tourna un regard interrogateur vers Leigh.

— Vas-y, dit Leigh. Je m'en sortirai très bien. Je suis désolée pour ton père, Bram. J'espère qu'il se rétablira rapidement.

Quelques minutes plus tard, elle regarda leur véhicule s'éloigner le long de l'allée, étreinte par un mélange d'émotions. La famille de Bram vivait à Murret un petit village perché sur les hauteurs, à une heure de Stony Ridge. Si Marcus n'avait pas embauché Bram Myers pour poser la clôture et le portail de Blackrose, Helen et lui ne se seraient sans doute jamais rencontrés.

— Est-ce à cause de Bram qu'Helen a refusé Blackrose ? demanda Gavin.

— En partie. Bram est un homme fier et elle est très amoureuse de lui.

A cet instant, un hurlement perçant couvrit le tapage des ouvriers. Avant que Leigh n'ait eu le temps de comprendre ce qui se passait, Gavin dévala les marches du porche et se rua à l'arrière du bâtiment, dans la direction d'où venait le cri.

Leigh s'élança à sa suite. Arrivée devant la porte de service, elle s'immobilisa, considérant d'un œil perplexe la scène qui se déroulait sous ses yeux. Toutes griffes dehors, Eden tentait d'arracher à Gavin un long couteau de cuisine. A quelques pas d'eux se tenait Lucky. Il montrait férocement les dents et un grondement sourd montait de sa gorge.

— Eden, arrête ! s'écria Leigh. Il va attaquer !

Eden se retourna d'un bond, les traits déformés par la colère. Puis voyant le chien prêt à bondir, elle se figea.

— Lucky, viens ici. Tout va bien. Viens, le chien, fit Leigh d'un ton cajoleur.

Le molosse ne quittait pas Eden du regard.

Un bruit de pas martela l'allée derrière eux.

— Lucky ! appela Roger. Viens ici tout de suite !

D'autres ouvriers arrivèrent sur ses talons, pour s'immobiliser à leur tour.

— Lucky ! insista Roger avec autorité.

Le chien cessa de grogner, mais il garda son regard braqué sur Eden et le couteau.

— Bon chien, Lucky. Viens, mon garçon, l'encouragea Roger avec plus de douceur.

A contrecœur, l'animal tourna la tête vers lui.

— C'est bien, mon chien. Viens, Lucky.

Durant un long et silencieux instant, personne ne bougea. Enfin, Lucky trotta en direction de son maître et Leigh relâcha l'air qu'elle avait jusque-là retenu dans ses poumons.

— Ce monstre est à vous ? demanda Eden avec agressivité.

Lucky tourna vivement la tête vers elle avant d'aboyer furieusement. Eden s'immobilisa de nouveau.

— Oui, madame, répondit tranquillement Roger.

Il empoigna le collier du chien dont il caressa la tête.

— Faites-le sortir d'ici ! Vous entendez ?

— Arrête de hurler, Eden, insista Leigh, comme l'animal recommençait à gronder. Tu l'excites. Calme-toi.

— Je l'ai vu creuser des trous dans le jardin !

— Et c'est pour cela que vous le poursuiviez avec un couteau ? s'exclama Gavin avec incrédulité.

Leigh avala sa salive. Elle sentit Roger se raidir à son côté. Les poils hérissés, Lucky émit un grognement sourd.

— Assure-toi qu'il n'est pas blessé, Roger, dit Gavin.

— Il retournait toute la terre ! hurla une nouvelle fois Eden.

Lucky fit un mouvement brusque dans sa direction, mais Roger le retenait fermement par son collier. Il lui fallut néanmoins toute sa force pour maîtriser le molosse.

— Si vous ne voulez pas qu'il vous arrache un bras, je vous conseille de ne plus dire un mot, suggéra Gavin à Eden.

— Rentrons-le dans la maison, Roger, suggéra Leigh.

Traîner les cinquante kilos d'un Lucky récalcitrant ne fut pas tâche aisée. Leigh eut l'impression d'aider à déplacer un cheval. Roger entraîna l'animal à l'intérieur de la cuisine, tandis que son équipe contournait le bâtiment pour regagner l'autre côté du manoir.

— Enfin, qu'est-ce qui t'a pris ? demanda Leigh en refermant la porte derrière eux.

— Il faisait des trous dans la roseraie, gémit Eden.

— Et alors ? La plupart des rosiers sont fichus de toute façon.

— Mais c'est là… que Marcus est mort !

Surprise, Leigh dévisagea Eden, qui tremblait de tous ses membres et dont le visage avait la blancheur de la craie.

Jamais il ne lui était venu à l'idée qu'Eden ait pu aimer Marcus. Lorsque, deux ans après la disparition d'Amy, il avait demandé à divorcer de leur mère pour épouser Eden, Leigh avait d'abord éprouvé un choc, mêlé de colère. Par la suite, la nature de leur relation semblant si dénuée d'émotion, si froidement professionnelle, elle en avait conclu que Marcus l'avait fait par commodité, pour ne plus avoir à attendre l'arrivée de son assistante chaque matin et pour qu'elle prenne soin de la maison.

Mais jamais elle n'avait pensé qu'ils s'étaient aimés. De toute évidence et au vu de la détresse qui brouillait les traits d'Eden, elle s'était trompée.

— Je ne supporterai pas que ce monstre retourne la roseraie. Je ne le tolérerai pas, tu m'entends ?

— Très bien, Eden, acquiesça doucement Leigh.

— Détendez-vous, suggéra Gavin.

S'arrachant à la main qu'il venait de poser sur son bras, Eden se rua vers sa voiture. Leigh lança un regard inquiet à Gavin.

— Laisse-la partir, conseilla-t-il.

Ils la regardèrent descendre l'allée sur les chapeaux de roues et Leigh passa une main dans ses cheveux.

— Je ne savais même pas qu'elle était là.

— Moi non plus, répondit Gavin d'un air pensif.

— Allons voir si Lucky n'est pas blessé.

— Il n'a rien, assura Roger, lorsqu'ils regagnèrent l'intérieur du manoir.

Il semblait encore secoué par l'incident.

— Je n'ai jamais vu Lucky se comporter ainsi, dit-il. Je suis navré. A l'avenir, je le laisserai à la maison.

— Je te l'interdis, protesta Leigh en se penchant vers l'animal pour caresser son pelage.

— Je montrerais moi aussi les dents, si une hystérique me poursuivait avec un couteau, affirma Gavin.

— Gavin a raison, fit observer Leigh. Lucky n'a fait que la prévenir du fait qu'il était prêt à se défendre. C'est elle qui s'est comportée comme un animal sauvage, pas lui. Lucky est un gentleman. N'est-ce pas, Lucky ?

Le chien la gratifia d'un grand coup de langue sur le nez, mais Roger continuait de se tracasser.

— Je paierai pour les dommages qu'il a occasionnés.

— Je t'en prie, Roger. Que veux-tu qu'il abîme ? Ce jardin est complètement à l'abandon. Il peut y faire tout ce qu'il veut, jusqu'à l'intervention du paysagiste que je viens d'embaucher.

Roger passa une main distraite dans ses cheveux.

— C'est étrange, dit-il. Je ne l'ai jamais vu creuser des trous dans la terre. J'ai un peu de terrain autour de chez moi et il ne l'a jamais fait. Je ne comprends pas ce qui lui a pris.

— Peut-être chassait-il une taupe, hasarda Gavin.

— C'est sans importance, Roger. Honnêtement. Eden a…

Ne trouvant pas ses mots, Leigh regarda Gavin.

— Réagi de façon disproportionnée, affirma ce dernier.

— C'est cela, renchérit Leigh. Je t'en prie, ne punis pas Lucky à cause d'elle. J'ignore ce qu'elle faisait là ; je croyais qu'elle avait déjà repris toutes ses affaires.

— Il faudrait changer les serrures, dit Gavin.

— Mais, ses effets personnels…

— Nous nous assurerons qu'elle puisse les récupérer, mais à partir de maintenant, nous devrions surveiller les allées et venues de chacun. Connais-tu un serrurier dans le coin ? demanda Gavin à l'intention de Roger.

— Oui. Tu veux que je l'appelle, Leigh ?

— Je… d'accord. Si vous pensez que c'est nécessaire.

— Je le crois, affirma Gavin. Et il faudrait également réinstaller l'alarme.

— Ce sera fait d'ici un jour ou deux, promit Roger. En attendant, je vais sécuriser les portes de manière à ce que personne ne puisse entrer ici la nuit.

— Merci, dit Gavin. Et dès que Bram reviendra, je vais lui demander d'installer un volet sur cette porte de service.

— Tu continueras d'amener Lucky, n'est-ce pas, Roger ?

Ce dernier opina de la tête, mais il semblait toujours aussi contrarié. Le chien, quant à lui, émit un acquiescement sous la forme d'un aboiement.

— Je me charge d'appeler le serrurier, promit Roger. Viens, Lucky. Et tâche de ne plus te faire remarquer.

Comme Lucky emboîtait le pas de son maître, Gavin déclara :

— J'aimerais achever ce tour des pièces du premier étage.

— Tu veux inspecter les galeries ?

— Plus tard. Maintenant que je crois savoir où se trouve le passage, cela peut attendre.

Leigh se dirigea vers l'avant du manoir.

— Où vas-tu ? demanda-t-il. L'escalier de service n'est-il pas plus proche ?

Leigh hésita, puis haussa les épaules avant de répondre :

— Nous l'empruntons si rarement que je n'y ai pas pensé.

Gavin savait reconnaître une demi-vérité.

— Pourquoi ne l'utilisez-vous pas ?

— Nous ne l'utilisons pas, c'est tout.

Il attendit.

— Pour tout te dire, finit par avouer Leigh, il débouche en face de la chambre de Marcus.

Une pensée s'insinua dans l'esprit de Gavin.

— Leigh, dit-il, Marcus a-t-il jamais…

— Non, s'empressa de répondre Leigh. Il n'a jamais posé la main sur Helen ou moi, mais nous avions peur de lui. Cela semble stupide, mais c'est ainsi.

Leigh détourna le regard. La vulnérabilité qu'il avait eu le temps d'y lire était troublante. Comment un père avait-il pu ne pas aimer une petite personne aussi adorable que Leigh ? songea Gavin en la suivant dans l'escalier qu'elle grimpait d'un pas pressé.

Après l'obscure et étroite cage d'escalier, le palier du premier étage et surtout le couloir qu'il desservait étaient d'une noirceur effrayante. Il comprenait à présent la crainte qu'avaient pu éprouver deux petites filles à l'idée d'emprunter cet accès. Intensifiée par une odeur persistante de brûlé, une atmosphère menaçante pesait décidément sur cette partie du manoir.

— Je viens de penser, dit soudain Leigh, que ce devait être Eden, qui m'espionnait depuis le balcon, tout à l'heure.

Avec un hochement de tête songeur, Gavin renchérit :

— Et si ce n'était pas également elle qui était là hier soir.

— Nous n'avons pas aperçu sa voiture… Mais cela ne prouve rien. Crois-tu qu'elle reviendrait ici dans le but de nous voler ?

— Ce que je sais, c'est que des sommes d'argent considérables ont disparu, Leigh.

— Oui, mais la faute en revient à Marcus, non ?

— Je fais vérifier ses relevés bancaires pour en décider. Mais je suis prêt à parier qu'une fois mariée à ton père, Eden a eu accès au compte afférent aux dépenses du manoir.

La stupeur agrandit le regard de Leigh.

— Où se trouve la chambre de Marcus ? demanda Gavin, pressé de quitter cet étouffant corridor.

Leigh désigna une porte sur leur gauche, au bout du petit couloir. S'en approchant d'un pas hésitant, elle en tourna la poignée, visiblement surprise de ne pas la trouver fermée à clé.

— Tu ne vas pas me croire, mais je ne suis jamais entrée ici.

— Vraiment ?

Leigh secoua la tête. Sa main trouva l'interrupteur mais, de toute évidence, Roger n'avait toujours pas rétabli l'électricité dans cette partie du manoir. Gavin pénétra dans la chambre et repoussa les épais rideaux de velours des fenêtres. La lumière du jour inonda la pièce.

Un papier vert foncé, qui n'était pas du goût de Gavin, en couvrait les murs. Mais elle était spacieuse et confortable, bien qu'encombrée d'un lourd mobilier de bois sombre. Un fauteuil usé jusqu'à la corde faisait face à une bibliothèque basse surmontée d'une télévision. Les livres qui s'y trouvaient traitaient pour la plupart de jardinage et de l'entretien des rosiers, mais il remarqua également quelques ouvrages de médecine.

— Marcus n'appréciait pas les lectures divertissantes, dirait-on ?

Leigh ne répondit pas et Gavin eut l'impression qu'elle n'avait pas entendu. Elle inspectait la pièce en silence. Un lit massif, assorti à une table de chevet et à une armoire, trônait à l'autre extrémité de la chambre. Un bureau à cylindre, ainsi même qu'un petit réfrigérateur, était accolé à l'armoire.

— On dirait que ton père passait pas mal de temps dans cette chambre, remarqua Gavin.

— Marcus était un solitaire.

Il regarda Leigh parcourir la pièce, frôler du bout des doigts le plateau de la table de nuit, dont elle ouvrit l'un des tiroirs d'une main distraite.

— C'est bizarre. Il est vide.

Gavin s'approcha d'elle et ils ne tardèrent pas à découvrir qu'ils l'étaient tous. Ainsi que ceux du bureau. Gavin entrouvrit la porte d'un dressing habillé de bois de cèdre, également vide.

— A présent, nous savons ce qu'Eden faisait ici, dit Leigh. Nous aurions dû changer les serrures plus tôt.

— D'après le testament de Marcus, elle hérite de tous ses biens, mais normalement, rien ne doit être touché tant que l'inventaire n'est pas fait. Sans doute n'a-t-elle pas eu le temps de récupérer la télévision et les livres. Elle reviendra. Il semblerait qu'elle ne tienne pas à ce que nous trouvions quoi que ce soit ici.

Leigh secoua la tête d'un air perplexe.

— Tu veux dire qu'il y aurait eu dans cette pièce quelque chose à découvrir ?

— Elle s'est montrée si consciencieuse...

Il fronça un peu plus les sourcils.

— J'aurais quelques questions à lui poser. Où se trouve sa chambre ?

— De l'autre côté du corridor.

En ressortant de la pièce, Gavin désigna la prochaine porte sur leur droite.

— Qui occupe celle-ci ?

— Jacob, quand il séjourne à Blackrose. C'est l'une des seules qui jouisse d'une salle de bains privative.

La pièce était lumineuse, presque gaie. Ses murs étaient peints en bleu clair et les meubles, bien qu'aussi lourds que ceux entassés dans la chambre de Marcus, étaient plus rares. Quoi qu'il en soit, les tiroirs de la commode et les étagères de la penderie étaient vides, eux aussi.

— Jacob, lui, a au moins laissé les cintres.

— Tu ne le soupçonnes tout de même pas d'avoir une part de responsabilité dans la disparition de cet argent ? Il n'avait aucun moyen d'y accéder.

Gavin aurait été en mesure d'en imaginer un ou deux, mais il jugea inutile de les énumérer pour l'instant. Quoi qu'il en soit, *quelqu'un* se servait dans la fortune familiale.

— Nous n'y trouverons sans doute plus rien non plus, mais allons tout de même visiter la chambre d'Eden, dit-il.

Dans celle-ci, le large lit à baldaquin, ainsi que le reste des meubles, était blanc et indéniablement féminin. Les murs étaient tendus de chintz à fleurs jaunes et bleues.

— Je n'aurais pas imaginé Eden dans ce décor, marmonna Gavin.

Le lourd mobilier de bois sombre qu'il avait vu dans les autres pièces lui semblait plus adapté aux goûts de cette dernière.

— C'était la chambre de ma mère, expliqua Leigh. Eden s'y est installée après avoir épousé Marcus.

Il n'avait nul besoin de lui demander si elle en avait éprouvé de la rancœur. Le manque d'émotion qui teintait ses propos était suffisamment explicite. Ainsi que dans les deux autres chambres qu'ils avaient inspectées, le contenu des tiroirs et celui de la penderie — elle aussi intérieurement habillée de bois de cèdre — avait été raflé.

— Que fait-on, maintenant ? demanda Leigh.

Gavin hésita.

— Finissons de visiter les étages, puis nous déciderons des mesures à prendre.

— Des mesures juridiques, veux-tu dire ? Ecoute, Gavin, je ne crois pas vouloir en arriver là. Pas tant qu'il ne s'agit que de vêtements et d'effets personnels.

— Nous discuterons de cela plus tard.

— Très bien. La chambre d'Helen est là, sur la gauche.

Comme ils s'engageaient le long d'un deuxième couloir, aussi obscur que le premier, Gavin s'immobilisa devant une porte sur leur droite, dont il tourna la poignée. Elle était fermée à clé.

— C'est la porte qui mène au grenier ?

— Oui.

— Tu y es déjà montée ?

Leigh eut un léger haussement d'épaules.

— Une fois, quand j'étais petite, mais je n'aime ni les greniers ni les caves.

— Je souhaiterais toutefois en examiner le contenu.

— C'est un grenier comme un autre, Gavin. Etouffant, rempli de poussière et de toiles d'araignées, encombré d'un tas de vieilleries, que grand-père y engrangeait.

— Fais-moi tout de même penser à demander au serrurier d'ouvrir cette porte. Ces « vieilleries » auxquelles tu fais allusion sont peut-être aujourd'hui des antiquités de valeur.

— Très bien, concéda Leigh à contrecœur.

Elle ouvrit une nouvelle porte qui ouvrait sur une chambre d'adolescente aux murs bleu pâle, tapissés de posters et au mobilier laqué de rouge. Gavin imaginait parfaitement la jeune Helen dans ce bric-à-brac haut en couleurs et en féminité.

— C'est la penderie ? demanda-t-il en désignant une porte.

— Non. C'est la salle de bains commune à nos deux chambres. La mienne est de l'autre côté.

— Je peux jeter un coup d'œil ?

— Bien sûr, acquiesça Leigh.

La salle d'eau, propre et nette, avait retenu un ancien mélange de parfums subtils. Dans la chambre de Leigh, les meubles, bien que de couleur claire, étaient de même style que ceux de sa sœur. Mais entre leurs deux univers, la similarité s'arrêtait là. Il aurait deviné sans qu'on le lui indique qu'il s'agissait de la sienne.

A la place des multiples posters de vedettes, deux aquarelles délicates ornaient les murs crème. Une série de photographies encadrées trônait sur une commode. Gavin en souleva une et l'étudia. Elle représentait les jumelles, âgées d'une douzaine d'années, en compagnie d'une femme ravissante qui devait être leur mère.

— Tu ressembles à ta maman, dit-il avant de s'intéresser à un autre cliché, sur lequel elles riaient aux éclats au côté de leur grand-père.

— C'était l'année de nos dix ans, précisa Leigh. Grand-père nous racontait une histoire. C'était un fabuleux conteur.

— Il te manque ?

— Chaque jour que Dieu fait, avoua-t-elle. Et toi, ta famille ne te manque pas ?

A regret Gavin fit appel au souvenir de ses parents et de son frère.

— Je pense rarement à eux.

— Pourquoi ?

Il réfléchit un moment avant de répondre.

— Pendant longtemps, ma colère était trop forte. Mon frère était la perfection même. Athlète accompli, élève modèle, il avait des tas d'amis et savait se rendre utile dans la maison. Alors que moi, j'étais une source constante de problèmes. Quand je m'en donnais la peine, je récoltais de bonnes notes, mais l'école m'ennuyait à tel point que je frôlais toujours l'échec scolaire.

Il s'interrompit un instant, avant de reprendre avec gravité :

— Le jour de l'accident, mes parents s'étaient rendus au tournoi de football du collège de Bryce. J'étais supposé rester à la maison pour finir un devoir. Au lieu de cela, je suis sorti avec des copains qui étaient passés me chercher. En rentrant, j'ai vu mon père arrêté à un feu rouge, à deux pas de la maison. A cet instant, un routier a perdu le contrôle de son camion et a écrasé leur voiture comme un jouet.

— Tu as assisté à la scène ! ?

Gavin hocha silencieusement la tête.

— Oh, Gavin. C'est horrible.

Il couvrit de la sienne la main qu'elle avait posée sur son bras. Ses doigts lui semblèrent fragiles, si délicats sous sa paume. Jamais sa blessure ne se refermerait tout à fait. S'il avait été plus travailleur, plus obéissant, il serait parti avec eux, ce jour-là et n'aurait pas aujourd'hui à vivre avec ce souvenir.

— Ils seraient fiers de toi, assura Leigh d'une voix douce.

— Peut-être, convint Gavin en s'écartant d'elle.

Cherchant à concentrer son attention sur autre chose, Gavin posa son regard sur la tranche bigarrée des livres de la bibliothèque. Il y avait là des classiques, des romans, des biographies. Il remarqua même quelques titres de science-fiction.

— Tu avais un goût éclectique pour une jeune fille, remarqua-t-il, soulagé de voir que Leigh avait recouvré son sang-froid.

— J'adore lire.

— Moi aussi. Je constate également que tu n'avais aucun poster sur tes murs.

— J'ai toujours trouvé idiot de fantasmer sur les vedettes.

C'était ce qu'il avait soupçonné. En revanche, il avait surpris Helen en train de dire qu'à l'époque, Leigh était folle de quelqu'un qu'elle connaissait à peine : *lui*. Cela aussi, il préférait éviter d'y penser. Du moins tant que Leigh se tiendrait aussi près de lui, avec cet air vulnérable.

Il se dirigea vers la porte.

— Il ne reste donc plus qu'une chambre, au bout de ce corridor ? dit-il vivement.

Leigh acquiesça d'un hochement de tête.

— La chambre d'amis.

Gavin y jeta un bref coup d'œil avant de ressortir. Dans l'aile opposée, les ouvriers travaillaient dur à dégager les gravats accumulés dans la suite de Dennison Hart.

— Tu as faim ? demanda-t-il. Il est 4 heures passées et je n'ai pas déjeuné. Que dirais-tu d'aller manger un morceau ?

Leigh prit un air hésitant.

— Il faut que je passe voir Emily.

Répugnant de manière étrange à se séparer d'elle, il insista :

— Nous devions discuter des mesures à prendre. Je peux te rejoindre chez les Walken, le temps de dire à Roger de fermer la maison.

— Des mesures concernant Eden ? demanda Leigh.

— En premier lieu, mais aussi relatives à l'argent qui a disparu, le système de sécurité à installer et une foule d'autres sujets.

Comme la façon dont elle s'insinuait en lui, par exemple, le menant aux confins du désir rien qu'en le dévisageant avec ces grands yeux innocents. Jamais un regard de femme ne l'avait troublé à ce point.

— Ah, répondit Leigh, comme soudain atteinte de mutisme.

Une tension telle s'élevait entre eux que l'équipe de Roger cessa d'exister. Même le son de leur radio sembla s'être tu. Détournant son regard du sien, Leigh secoua ses cheveux courts et fixa le premier bouton de sa chemise. L'espace d'une seconde, Gavin s'autorisa à l'imaginer en train de le défaire d'une main impatiente.

Elle passa sa langue sur ses lèvres, comme pour les humecter. Ce simple spectacle eut sur lui un pouvoir grisant. Il eut soudain l'envie violente d'en goûter de nouveau la saveur si douce.

Jamais il ne s'était montré aussi maladroit en présence d'une femme.

— Ne t'inquiète pas. Je n'ai pas l'intention de te sauter dessus dès que nous serons en tête à tête.

Comme il s'y attendait, Leigh redressa le menton, une lueur de défi s'allumant dans ses yeux bleus.

— J'espère bien.

— Mais cette question t'aurait occupé l'esprit, le temps de te rendre chez les Walken et de trouver une excuse pour refuser de dîner une deuxième fois en ma compagnie.

6.

Leigh avait fait preuve d'astuce. Assis en face d'elle à la table des Walken, Gavin était à présent conforté dans l'idée qu'elle n'était pas indifférente au courant qui passait entre eux. Sinon, pourquoi aurait-elle arrangé ce dîner en compagnie d'Emily et de Georges, au lieu de sortir seule avec lui, ainsi qu'il l'avait proposé ?

Elle n'avait pourtant pas à s'inquiéter. Avec n'importe quelle autre femme, il aurait parfaitement su que faire du désir grandissant qu'il éprouvait à son égard.

Mais au-delà du souvenir de ce qui s'était passé entre eux, Leigh lui posait un problème d'éthique. S'impliquer avec une de ses clientes ne pouvait le mener qu'à la catastrophe. En l'embrassant, il avait déjà transgressé cette règle. Pourtant, il ne cessait de songer à combien il aimerait recommencer.

A cette pensée, Gavin émit un grognement. Trois paires d'yeux se tournèrent dans sa direction.

— Qu'y a-t-il, Gavin ? s'enquit Emily.

— Je me suis mordu la langue, répliqua-t-il maladroitement, visiblement gêné.

Emily et Georges compatirent, mais il aurait juré que Leigh avait percé son mensonge à jour. Détournant son regard du sien, elle rougit violemment. A vingt-quatre ans et même s'il pouvait attester — sans fierté aucune — du fait qu'elle avait eu au moins un amant, une étrange aura d'innocence se dégageait d'elle.

Tu étais folle de ce garçon.

Les propos d'Helen continuaient de le hanter. Se pouvait-il que Leigh éprouve toujours les mêmes sentiments à son égard, malgré ce qui s'était passé entre eux jadis ?

Il l'observa tandis qu'elle prenait une gorgée d'eau. Elle se gardait de croiser son regard.

— As-tu eu vent de quelque information officieuse, concernant le meurtre de Martin Pepperton ? demanda Georges à Gavin.

Leigh se tourna vers Georges, l'air stupéfait.

— Un meurtre ?

— N'as-tu pas écouté les nouvelles, Leigh ? demanda Emily. Martin Pepperton est mort, piétiné par un de ses chevaux de courses.

Le visage de Leigh pâlit.

— C'est ce que la police a d'abord cru, corrigea Georges. Mais apparemment, il aurait été abattu avant cela d'une balle de revolver.

Leigh regarda Gavin en quête d'une confirmation. Il devina qu'elle repensait à cette soirée chez Martin, sept ans auparavant.

— D'après la police, il se serait bagarré avec quelqu'un dans un des box de son écurie, expliqua-t-il. Affolé, le cheval qui l'occupait l'avait tellement mutilé en tentant de s'échapper, qu'ils n'ont découvert l'existence de la balle qu'au cours de l'autopsie.

— Mon Dieu, s'exclama Emily en reposant sa tasse de café.

— Où as-tu pris ces détails sordides ?

— C'est Wyatt qui me les a fournis.

— Qui est Wyatt ?

— Wyatt Crossley, précisa Gavin. Tu ne dois pas le connaître.

— C'est le neveu de l'inspecteur en chef Crossley, expliqua Georges. Il vient du Connecticut. C'est cela, chérie ?

— Il me semble, oui.

— Je l'ai croisé une ou deux fois en ville. Il a l'air d'un jeune homme charmant.

— Il est dans la police, lui aussi ? demanda Leigh.

— Oui, confirma Emily. Mais il ne ressemble en rien à son oncle.

Leigh pinça les lèvres.

— Emily a raison, renchérit Gavin. Wyatt est un brave type. Je sais que tu n'apprécies guère notre police locale…

— Si je me souviens bien, il fut un temps où tu ne la portais pas non plus dans ton cœur.

Gavin eut un mince sourire.

— J'ai évolué, depuis.

— En rejoignant leurs troupes ? ironisa Leigh.

— Hé, je te rappelle que je suis juriste, pas flic.

— La police tient-elle un suspect pour ce meurtre ? intervint Emily, s'efforçant de calmer les esprits.

— Pas vraiment, répondit Gavin. La police de Saratoga cherche encore à retrouver les personnes présentes sur l'hippodrome ce jour-là pour les interroger.

Gavin ne pensait pas que beaucoup de gens pleureraient Martin Pepperton. Il soupçonnait toujours ce dernier d'avoir fourni à Ducort la drogue qu'ils avaient administrée à Leigh.

— J'ai entendu dire qu'il s'agissait d'un deal de drogue qui avait mal tourné, dit Georges.

Gavin haussa les épaules. Il vit les traits de Leigh se tendre et devina ses pensées.

— Tout le monde sait que Martin Pepperton en abusait, poursuivit Georges. Ses soirées d'orgies étaient légendaires.

— Pour parler d'autre chose, dit Emily, Leigh nous a confié qu'Eden avait raflé les affaires de Marcus.

— J'ai entamé une action en justice à ce sujet assura Gavin. Mais il est sans doute trop tard pour récupérer ce qu'elle a déjà emporté.

— Cela n'a pas d'importance, intervint Leigh. Helen et moi ne voulons rien conserver qui ait appartenu à Marcus. Et je crois qu'Eden l'a vraiment aimé. Tu as vu combien elle était bouleversée, cet après-midi. En ce qui me concerne, elle peut prendre ce qu'elle veut.

— Ainsi que les six cent cinquante mille dollars ? demanda Gavin.

Georges émit un sifflement surpris.

— Tant que ça ?

— Au moins. J'ai lancé un audit pour examiner les comptes. Dès qu'il sera terminé, Leigh et moi éplucherons les conclusions des experts. Je crains qu'Ira n'ait pas été à la hauteur de son rôle, ces dernières années.

Georges eut un air circonspect.

— Le soupçonnerais-tu lui aussi d'avoir tapé dans les caisses ?

— A vrai dire, je l'ignore. Cette affaire est très embrouillée.

D'importantes sommes d'argent ont disparu. J'ai passé des mois à me pencher sur ce dossier. Après le décès d'Ira, je me suis empressé de rendre sa liberté à Corinne et d'embaucher une assistante avec une formation en droit.

— Tu as renvoyé Corinne Simpson ? protesta Emily. Elle travaillait pour Ira depuis toujours.

— Je sais, convint Gavin d'un air sombre. C'est justement le problème.

Emily fronça les sourcils.

— Ce travail était devenu beaucoup trop lourd pour elle, affirma Gavin. Elle ne restait qu'à la demande instante d'Ira, mais lui aurait rendu un meilleur service en partant.

Il se frotta la mâchoire avec lassitude.

— L'un de vous sait-il qui a administré Blackrose après la disparition d'Amy ? demanda-t-il. Est-ce Marcus qui en surveillait l'entretien quotidien, ou bien Eden ?

— Marcus ne se confiait pas à nous, déclara Georges.

— Mais Livia ou Kathy Walsh pourraient sans doute répondre à ta question, assura Emily. Elles en savaient plus sur ce qui se passait à Blackrose qu'aucun d'entre nous.

— Jusqu'à ce qu'Eden les chasse, intervint Leigh.

— Le détective que j'ai embauché pour les retrouver a déniché la trace de Livia Walsh ce matin.

— Tu ne m'en avais rien dit, Gavin, protesta Leigh.

— Je voulais t'en parler au cours du dîner. Elle a acheté une maison à l'extérieur de Saratoga Springs. Je me demandais si tu accepterais de m'y accompagner demain matin. Elle sera sans doute plus communicative en ta présence.

— J'aurai plaisir à la revoir, dit Leigh. Je me sens coupable de n'avoir pas gardé le contact avec elle après qu'Helen et moi nous fûmes installées à Boston. A quelle heure aimerais-tu y aller, Gavin ?

— Mon dernier rendez-vous est à 13 heures. 15 heures te conviendrait-il ?

— C'est parfait.

— J'appellerai donc Mme Walsh demain matin pour la prévenir.

Cette expédition le laisserait en tête à tête avec Leigh plusieurs heures durant. Il se promit de maintenir leur relation sur un plan strictement professionnel, même si cela devait lui en coûter.

Lorsqu'il se leva pour prendre congé, un moment plus tard, il se tourna vers Leigh.

— Tu m'accompagnes jusqu'à la porte ?

— Si tu veux, concéda Leigh en rougissant après une brève hésitation.

— Bonne nuit à vous deux. Et merci encore pour le dîner.

— Bonne nuit, Gavin, répliqua Emily.

Au froncement de son nez, Gavin comprit qu'elle était préoccupée. Il aurait dû se rappeler qu'elle avait toujours su lire en lui comme dans un livre ouvert.

— Sois prudent sur la route, conseilla Georges.

— Toujours. Tu viens ? insista Gavin à l'adresse de Leigh.

Ils passèrent le seuil de la porte qu'elle referma délibérément derrière elle.

— Tu voulais me dire quelque chose ?

En guise de réponse, Gavin caressa sa joue du dos de l'index et elle prit une vive inspiration. Elle avait oublié d'allumer la lanterne du porche et la lune était trop discrète pour qu'elle analyse clairement l'expression de Gavin.

— Qu'est-ce que tu fais, Gavin ?

— Si seulement je le savais.

Il laissa retomber sa main le long de son corps.

— Je m'efforce de respecter une règle : ne jamais m'impliquer personnellement avec mes clientes.

Etait-ce une lueur de déception, qu'il vit traverser ses traits ?

— C'est très avisé de ta part.

— Oui. Sauf que j'éprouve soudain un terrible ressentiment contre ce précepte…

— Tu n'as jamais trop aimé te conformer aux règles.

Elle avait raison. Leigh était une personne extraordinaire, se dit-il. Il l'avait su dès qu'il avait posé les yeux sur elle — appuyée à cet arbre, sept ans auparavant, plus sexy que toutes les pin-up des magazines.

— Pourquoi as-tu insisté pour que je te raccompagne à la porte ?

Gavin sentit son esprit se vider de toute pensée tandis que

Leigh inclinait la tête en l'attente de sa réponse. Il ne voulait surtout pas la blesser.

— Je ne m'exprime pas très clairement, mais tu dois comprendre qu'il faut nous en tenir à des relations professionnelles, toi et moi. Si la situation était différente...

— Tu pourrais m'embrasser ? Ai-je seulement mon mot à dire dans cette affaire ?

Il secoua la tête avec frustration. Il l'*avait* blessée et à présent, elle cherchait la bagarre.

— Tu ne veux tout de même pas qu'on se dispute, Leigh, dit-il avec douceur.

Elle redressa le menton et malgré l'obscurité, il décela la lueur de défi qui habitait son regard.

— Pourquoi pas ?

— Parce que je suis avocat. Tu n'aurais aucune chance de gagner...

— Prétentieux, va.

— Est-il vrai que tu étais folle de moi quand tu étais adolescente ? demanda soudain Gavin à brûle-pourpoint.

— Moi, folle de toi ! ?

Il la défia silencieusement du regard. Malgré son embarras évident, Leigh ne détourna pas le sien. Au bout d'un instant, semblant se détendre, elle secoua la tête avec féminité avant de concéder :

— Le terme « cinglée », serait plus approprié.

Ces propos inattendus mirent un moment à pénétrer la conscience de Gavin. Gagné par un sourire intérieur qui s'épanouit dans chacune de ses fibres, il se dit que Leigh était *vraiment* extraordinaire. Elle était si imprévisible, si franche, si irrésistible.

— Tu ferais mieux de rentrer et moi, de partir, dit-il en sentant un désir puissant durcir soudain son être.

Mais aucun d'eux ne bougea.

— Tu deviens pour moi une tentation trop forte, Leigh.

— Suis-je supposée être flattée ? Pourquoi m'as-tu demandé de t'accompagner jusqu'ici ?

— Je voulais m'excuser d'avoir dépassé les bornes cet après-midi et t'assurer que cela ne se reproduirait plus.

— Merci. Mais ne crois pas que la chimie qui s'exerce entre nous va disparaître comme par magie.

— Je sais reconnaître une attraction mutuelle, Leigh. Mais je sais aussi l'ignorer.

— Et si nous refusions de l'ignorer ?

Tout en continuant de le fixer, le visage tendu vers lui, Leigh sentit la volonté de Gavin s'effriter.

— Si tu ne rentres pas tout de suite dans cette maison, je vais t'embrasser de nouveau, l'avertit-il.

Un frisson la traversa, mais elle ne dit rien. Leigh sentit alors ses bras se resserrer autour d'elle, son corps se tendre d'anticipation. L'intensité de leur baiser provoqua en elle une explosion trop primitive pour être contenue. Un désir insensé avait pris vie en elle, faisant pulser son être sans retenue.

Ses lèvres s'entrouvrirent, invitantes. Il n'y avait aucune hésitation dans la manière dont Gavin prit possession de sa bouche. Une main derrière sa nuque, il retint fermement son visage contre le sien tandis qu'il l'embrassait avec une profondeur étourdissante.

Leigh sentit la dureté de son être contre sa hanche. Elle se pressa contre lui, ses sens l'entraînant toujours plus haut. Le souffle court, le cœur battant à tout rompre dans sa poitrine, elle se sentait femme, comme jamais auparavant. Ce pouvoir nouveau, réuni au cœur de son être, l'enivrait.

A cet instant, la lanterne du porche s'alluma au-dessus de leurs têtes. Surpris, ils s'arrachèrent vivement l'un à l'autre.

— Je crois qu'on essaie de nous signifier quelque chose.

La voix profonde et rauque de Gavin était comme épaissie, mal assurée. Mais au moins en avait-il une. Elle, pensait avoir perdu la sienne.

— Il semblerait que je te doive de nouvelles excuses, dit-il.

Leigh lui décocha un regard furibond.

— Ai-je l'air de quelqu'un qui attend des excuses ?

— Tu as l'air… d'un fantasme qui aurait pris corps, dit-il d'une voix éraillée. A demain, à 3 heures.

Tandis qu'il se détournait vivement et dévalait les marches du porche, Leigh ne bougea pas, demeurant là, bien après que les feux arrière de sa voiture eurent disparu au bout de l'allée.

Le provoquer ainsi avait été stupide de sa part, pensa-t-elle. Il avait raison. Toute intimité entre eux serait déraisonnable et impossible. Pourtant, elle était toujours aussi folle de lui.

Que devait-elle faire ?

— Il y a un hic à nos projets, annonça Gavin lorsqu'on introduisit Leigh dans son bureau, à 15 h 7.

— Un hic, comme celui d'un hoquet ?

— Exactement.

Il y avait décidément une approbation fort masculine dans le regard avec lequel il embrassa sa silhouette. Elle fut ravie d'avoir pris le temps de se changer avant de le rejoindre.

— De quelle nature, ce hic ?

— J'ai essayé de joindre Mme Walsh à plusieurs reprises. Son téléphone ne répond pas. Donc, soit nous y allons tout de même, dans l'espoir de la trouver, soit nous attendons de la contacter et remettons notre sortie à demain.

— J'ai promis à Emily de l'aider à préparer sa vente de charité, demain. Je pense que nous devrions y aller. Livia est peut-être sortie un moment pour faire des courses.

— C'est aussi mon idée.

Tout en la guidant jusqu'à sa voiture, Gavin ôta sa veste de costume et sa cravate. Leigh fut un peu désappointée de voir qu'il ne cherchait ni à la toucher ni à l'embrasser. Au lieu de cela, il maintint la conversation sur un plan professionnel.

— J'ai réétudié les factures que Marcus nous a remises. Je suis à présent persuadé qu'elles sont toutes fictives et falsifiées par ordinateur. Etait-il doué en informatique ?

— Je n'en sais rien. Mais Eden et lui avaient un PC dans leur bureau.

— Et un scanner ?

— Grand-père en possédait un, auquel nous avions tous accès.

— Qui, dans ce manoir, avait de bonnes connaissances en informatique ?

— Jacob et moi sommes les plus initiés.

— Jacob ? demanda vivement Gavin.

— Oh, je t'en prie. Tu ne vas pas commencer à soupçonner

Jacob. De toute façon, Marcus ne l'aurait pas laissé se mêler des affaires du manoir. Il ne le portait pas dans son cœur.

— Pourquoi ?

— Marcus n'aimait personne.

— Mais Eden, elle, a pu y mêler son fils.

— On croirait entendre Bram ! Qu'est-ce qui vous déplaît tant chez lui, les gars ? D'habitude, tout le monde apprécie Jabob.

Gavin lui glissa un regard en biais.

— Je ne le connais pas assez pour l'apprécier ou non. Je cherche juste à envisager la situation sous tous ses angles. Il aurait pu montrer à sa mère comment utiliser le scanner afin de saisir de fausses factures.

— Elle peut aussi l'avoir appris sans son aide. Ainsi que Marcus. Comment le savoir ? Peut-être Mme Walsh pourra-t-elle nous renseigner. Ou plutôt, Kathy. C'est elle qui nettoyait les bureaux.

— Mon détective n'a toujours pas déniché son adresse. Peut-être s'est-elle mariée, ou a-t-elle quitté la région.

— C'est drôle. Elles faisaient tellement partie de notre vie quand nous étions enfants… Pourtant, je ne sais même pas si Kathy avait un fiancé. Enfin, nous pourrons le savoir par sa mère.

La maison de Livia Walsh était si éloignée de Saratoga Springs que Gavin s'étonna qu'elle soit située dans le même conté. La villa de plain-pied faisait partie d'un joli lotissement construit dans les années 50. Soigneusement entretenues, les pelouses étaient ombragées par de grands arbres et des treilles luxuriantes. Le quartier avait un air tranquille et prospère.

— On dirait que nous sommes venus pour rien, observa Gavin en garant son véhicule au bord du trottoir. Elle a dû s'absenter pour quelques jours.

Deux quotidiens s'entassaient en effet au-dessus de la boîte aux lettres postée à l'entrée de l'allée.

— Ce n'est pas normal, fit remarquer Leigh avec une soudaine inquiétude. Mme Walsh ne serait jamais partie sans interrompre la livraison de ses journaux. Ou sans s'assurer que quelqu'un viendrait les ramasser à sa place. Son sens de l'organisation a toujours frôlé la maniaquerie.

— Peut-être a-t-elle dû partir de manière impromptue.

Sortant en hâte de la voiture, Leigh pressa le pas en direction de la boîte aux lettres. Les rideaux de la maison étaient tous tirés et les stores, baissés. Ce qui lui sembla également étrange.

— Il y a au moins trois jours de courrier dans cette boîte, dit-elle. Quelque chose ne tourne pas rond.

Gavin aperçut une femme qui les observait depuis la fenêtre de la maison voisine.

— Cette personne saura peut-être nous renseigner.

Une femme d'une trentaine d'années leur entrouvrit sa porte. Sans se montrer hostile, elle semblait soupçonneuse et fronçait les sourcils. Bien sûr, le fait d'avoir vu Leigh fouiller dans la boîte aux lettres de Mme Walsh avait dû éveiller sa méfiance. Après s'être présenté, Gavin lui tendit sa carte de visite.

— J'ignore où se trouve Mme Walsh, déclara la femme, l'air légèrement rassurée. Je me suis moi-même inquiétée en voyant qu'elle n'avait pas ramassé son courrier. D'habitude, quand elle s'en va, elle demande à Jane, la voisine d'en face, de le faire.

— Est-ce qu'elle s'absente souvent ?

— Non, pas vraiment.

— Cette Jane a-t-elle une clé de chez Mme Walsh ?

— Je ne crois pas. Il faudrait le lui demander, mais elle est à son travail.

— Auriez-vous son numéro professionnel ?

— Hélas, non. Vous croyez qu'il est arrivé quelque chose à Mme Walsh ?

La femme sortit sur son porche et passa une main dans ses cheveux en désordre.

— C'est une dame charmante, dit-elle. J'espère qu'elle n'est pas malade ou blessée. Peut-être devrions-nous appeler la police.

— Peut-être bien, convint Gavin. Mais si vous le permettez, je vais d'abord faire le tour de la maison et tenter de voir ce qui s'y passe.

— Je peux l'appeler par téléphone, si vous voulez.

— J'ai déjà essayé. Elle ne répond pas. Allez, viens, Leigh.

— Nous devrions casser une vitre et entrer, suggéra Leigh en remontant l'allée de Mme Walsh. Cette femme a raison. Livia est peut-être enfermée là-dedans, blessée ou souffrante.

— Du calme. Nous allons d'abord regarder si une des portes ou des fenêtres n'est pas restée ouverte.

Tandis que la voisine les observait d'un œil anxieux, ils constatèrent que la porte d'entrée était verrouillée. Derrière les lourds rideaux qui obstruaient les fenêtres de façade, Gavin ne distinguait pas l'intérieur de la villa. Il en fit le tour, testant les ouvertures une à une, jusqu'à ce que le panneau d'une fenêtre se relève dans un léger grincement.

— Madame Walsh ?

Ecartant le rideau, il inspecta l'intérieur de la pièce et poussa un juron avant de se rejeter vivement en arrière.

— Que se passe-t-il ? s'inquiéta Leigh.

Sans répondre, Gavin sortit son téléphone portable de sa poche.

— Qu'est-ce que tu fais ?

— J'appelle la police.

— Pourquoi ?

— On dirait que la maison a été cambriolée. Tout est sens dessus dessous.

— Il faut entrer ! Livia est peut-être blessée !

Gavin secoua la tête tandis qu'un opérateur d'urgence répondait à son appel.

Malgré son agitation, Leigh accepta d'attendre l'arrivée de la police. Tandis que Gavin exposait la situation aux deux officiers envoyés sur les lieux, la voisine les rejoignit, expliquant qu'elle aussi, s'inquiétait pour Mme Walsh.

Après leur avoir ordonné d'attendre dans l'allée, le plus jeune des deux policiers escalada la fenêtre précédemment ouverte par Gavin. Un instant plus tard, il revint et y passa la tête afin de communiquer une information à son partenaire, qui s'engouffra à son tour à l'intérieur de la maison.

Gavin posa une main sur le bras de Leigh tandis qu'ils attendaient en silence que les deux hommes réapparaissent.

— La maison a été mise à sac, annonça un instant plus tard le plus âgé des deux. Mais rien n'indique que Mme Walsh s'y soit trouvée à ce moment-là.

Gavin sentit alors une part de la tension qui habitait Leigh se relâcher.

— Il n'y a aucun signe de lutte. La porte de derrière n'était pas fermée à clé. Quelqu'un a pu la trouver ouverte et s'introduire sans préméditation dans la maison.

La voisine intervint, visiblement affolée.

— J'aurai dû ramasser ses journaux. Une boîte aux lettres pleine est une invitation au vol.

— C'est certain, convint le policier.

— Et sa voiture ? demanda Leigh.

Sa question entraîna les deux officiers jusqu'au garage situé à l'arrière de la villa. La porte n'était pas fermée et la voiture de Mme Walsh ne s'y trouvait pas.

— C'est comme si l'histoire se répétait, murmura Leigh.

— A quoi fais-tu allusion ? demanda Gavin.

Elle braqua sur lui un regard empli de stupeur.

— Ma mère a disparu ainsi, sans laisser de traces.

Gavin secoua la tête avant de répliquer avec fermeté :

— Cela n'a rien à voir, Leigh.

— Comment peux-tu en être sûr ? Personne n'a jamais su ce qui était arrivé à ma mère.

— C'est différent, assura-t-il.

— Tu crois ?

Regrettant de ne trouver aucun autre mot de réconfort, Gavin passa un bras autour des épaules de Leigh qui frissonnait, les yeux rivés sur la porte du garage. Elle se laissa aller un instant contre lui jusqu'au retour des policiers.

— Il n'y a là non plus aucun signe de lutte, affirma aussitôt l'un d'eux. Mais nous allons ouvrir une enquête.

— Vous avez mes coordonnées, dit Gavin. Appelez-moi si vous parvenez à localiser Mme Walsh.

— Nous n'y manquerons pas.

Désormais inutiles, Leigh et Gavin regagnèrent leur véhicule.

— Nous ne savons même pas où trouver Kathy pour lui annoncer que sa mère a disparu, marmonna Leigh en se tournant une dernière fois vers la villa, comme ils s'éloignaient dans la voiture de Gavin.

— Mais nous avons appris qu'elle a un fiancé.

La voisine, Mme Millhouse, leur avait en effet fourni cette information, en précisant que la voiture de Kathy n'était pas immatriculée dans l'Etat de New York... ce qui élargissait leur piste aux quarante-neuf autres Etats du pays !

— Où vas-tu ? s'enquit soudain Leigh. Tu aurais dû tourner à gauche à ce croisement.

— Il y a un bon restaurant italien à Saratoga Springs.

— Tu as envie de manger ? Maintenant ?

— Tu peux rester dans la voiture à te ronger les ongles, si tu préfères, répliqua Gavin avec un calme délibéré. Mais cela ne nous aidera pas à retrouver Mme Walsh.

Leigh détourna la tête avec anxiété.

— Cette Mme Millhouse avait sûrement raison, ajouta Gavin. Mme Walsh a dû rejoindre sa fille quelque part et rester absente plus longtemps que prévu. Un gosse désœuvré sera alors entré chez elle pour la voler.

— Les policiers ont dit qu'on n'avait touché ni à la télévision ni au magnétoscope.

— Un voleur occasionnel ne va pas transporter un poste de télévision dans la rue.

Les yeux toujours rivés sur la route, il sentit qu'elle s'était tournée vers lui et l'observait.

— C'est l'expérience qui te fait dire ça ?

Un mince sourire ourla les lèvres de Gavin.

— Non. Mais je connaissais un type, qui connaissait un type...

— Je vois.

Leigh demeura silencieuse un instant. Jetant un bref regard dans sa direction, Gavin fut soulagé de voir que ses joues avaient repris une teinte normale.

— Tu as sans doute raison en ce qui concerne Livia, dit-elle enfin, au moment où il trouvait une place de parking non loin du restaurant.

— Je comprends que tu t'inquiètes. Mais je suis sûr qu'elle réapparaîtra d'ici quelques jours, avec une explication parfaitement cohérente à cette absence.

— Je l'espère.

— Allez, viens. Je crois que cet endroit va te plaire.

— Tu ne penses vraiment qu'à manger !

Il la dévisagea longuement et Leigh sentit son pouls s'accélérer.

— Il y a une foule d'autres choses auxquelles je pense.

Le restaurant était bondé et ils durent attendre un moment. Elle n'avait pas faim et le brusque changement d'attitude de Gavin n'aidait en rien son appétit à s'ouvrir. Qu'était-elle supposée penser, alors qu'il passait d'une minute à l'autre d'un registre professionnel à celui de la séduction ?

— Saratoga Springs est une ville pittoresque, tu ne trouves pas ? demanda Gavin tandis qu'ils attendaient dans le hall du restaurant en compagnie d'autres couples. Je n'y étais plus venu depuis plusieurs années mais, durant ma folle jeunesse, je traînais souvent autour du Lac Solitaire. Ce nom me plaisait.

Lorsqu'il lui souriait ainsi, elle avait du mal à se concentrer sur quoi que ce soit d'autre.

— Elle te manque ?

— Ma folle jeunesse ? Non. Franchement, non.

Devinant qu'il tentait de détourner ses pensées de la disparition de Mme Walsh, Leigh fit de son mieux pour s'y efforcer. Lorsqu'on les dirigea enfin vers une table, elle remarqua un homme proche de la cinquantaine, qui dînait seul. Il la fixa avec insistance, puis lui sourit brusquement comme s'il la reconnaissait. Leigh inclina poliment la tête tout en fouillant sa mémoire pour savoir de qui il s'agissait. Ni son visage rond et affable ni sa moustache grise n'éveillaient en elle le moindre souvenir. Gavin n'ayant pas semblé remarquer leur bref échange, elle ne dit rien, mais sentit le regard de l'homme rivé sur elle tandis qu'elle étudiait le menu. Elle se demanda s'il n'était pas une connaissance d'Helen. On les confondait si souvent, elle et sa sœur.

— Je m'absente un instant. Je dois consulter mes messages, s'excusa Gavin après qu'ils eurent effectué leur commande.

Leigh hocha la tête d'un air distrait tandis qu'il s'éloignait. Toujours inquiète pour Livia et absorbée dans ses pensées, elle sursauta quand l'homme qu'elle avait remarqué un peu plus tôt apparut à sa table.

— Bonjour, dit-il. Matt Klineman. Nous nous sommes rencontrés l'autre jour, vous vous souvenez ?

Elle fixa son visage buriné sans le reconnaître.

— Je suis désolée, je…

— Ne vous en faites pas. Je ne suis pas non plus très doué pour mémoriser les visages ou les noms. Mais on ne peut oublier une aussi charmante personne que vous. Je ne voudrais pas vous déranger, mais je me demandais si vous pourriez faire passer un message de ma part à votre ami vétérinaire.

Leigh secoua la tête.

— Vous devez me confondre avec quelqu'un d'autre.

L'homme eut d'abord l'air déconcerté. Puis une lueur s'alluma dans ses yeux tombants.

— Ah, vous préféreriez qu'il ne sache pas que vous êtes venue ici avec cet autre ami, c'est cela ? Je comprends. Je l'appellerai moi-même. Et ne vous inquiétez pas, il ne saura rien de votre petite escapade.

— Attendez. Vous faites erreur. Je n'ai aucun ami vétérinaire. Peut-être m'avez-vous prise pour ma sœur.

Il la toisa avec un scepticisme manifeste.

— Ce n'est pas grave, mademoiselle. Désolé de vous avoir dérangée.

Leigh le regarda s'éloigner d'un pas tranquille. En temps normal, elle aurait aussitôt sorti la photo d'elle et d'Helen qu'elle conservait dans son portefeuille, afin de prouver qu'elles étaient jumelles. Mais cette fois, c'était différent. Elle était pratiquement sûre qu'Helen n'avait aucun ami vétérinaire et ce bref échange l'avait mise mal à l'aise.

Elle tapota la table du bout des doigts avant de prendre son téléphone portable dans son sac. Détestant que les gens utilisent leur téléphone au restaurant, elle cherchait des yeux un endroit où se servir du sien, quand la serveuse apporta leurs boissons.

— Où se trouvent les toilettes, je vous prie ?

— A l'arrière de la salle, répondit la jeune femme en pointant son index dans la direction qu'avait prise Gavin.

— Ne croyez pas que nous nous esquivons. Je dois simplement passer un coup de fil.

La serveuse sourit.

— Pas de problème. J'apporterai vos salades dans un petit moment.

— Merci.

Leigh s'immobilisa dans une alcôve proche des toilettes et recherchа sur son portable le numéro mémorisé de sa sœur.

— Helen ? C'est Leigh. Je ne te dérange pas ?

— Non. Nous quittons l'hôpital, mais j'ai oublié de recharger mon téléphone, alors la communication risque d'être coupée.

— Comment va le père de Bram ?

— Il a repris conscience, fort heureusement. Il a apparemment fait une allergie très violente à l'un de ses médicaments. Mais le médecin assure qu'il va se rétablir. Bram veut me le présenter demain, dès qu'il sera sorti du service de soins intensifs. Si tout va bien, nous rentrerons après cela. Et là-bas, comment ça va ?

— Pas très bien. Mme Walsh a disparu et je voulais savoir si tu avais un ami vétérinaire.

— Mme Walsh a disparu, dis-tu ?

Avec la sensation soudaine d'être observée, Leigh balaya le restaurant du regard. L'homme qui l'avait abordée semblait avoir disparu, pourtant cette impression désagréable persista. Helen disait quelque chose, quand la ligne fut en effet interrompue.

— Zut.

Leigh referma son téléphone et leva les yeux sur Gavin qui, dressé devant elle, l'observait.

— C'était Helen ?

— Oui.

A l'autre extrémité de la salle, la serveuse disposait leurs assiettes sur leur table.

— Comment va le père de Bram ?

— Mieux. Je t'expliquerai ça à table.

Leigh scanna la vaste pièce tandis qu'ils regagnaient leurs sièges. Personne ne semblait lui porter une attention particulière, mais plusieurs femmes levèrent les yeux sur Gavin. Elle ne savait que trop ce que sa formidable assurance avait d'attirant et ce n'était pas ce genre de regards qui l'inquiétait.

Quand ils furent assis, elle se pencha vers lui pour lui parler de l'homme qui l'avait accostée.

— Il a dû me prendre pour Helen. Il semblait croire que je prétendais ne pas le connaître, parce qu'il était persuadé de m'avoir vue avec un autre homme — un vétérinaire.

Après cette déduction, Gavin se laissa aller contre le dossier de son siège, l'air plus détendu.

— Je pense qu'il n'y a pas de quoi s'alarmer. Il aura simplement fait une erreur.

— Sans doute. Mais je suis certaine qu'Helen n'a aucun ami vétérinaire.

— Tu le lui demanderas lorsqu'elle te rappellera, suggéra Gavin. Tant qu'un vétérinaire ne vient pas me mettre au défi pendant que je dîne avec ma cliente la plus importante, tout va bien.

Elle soupira, soudain fatiguée de ce petit jeu. Elle avait besoin de savoir si cette attraction entre eux était purement sexuelle, ou bien si…

C'était pourtant simple.

Sauf qu'en ce qui concernait Gavin, rien ne serait jamais simple.

Il prit sa fourchette et ébaucha un sourire.

— Peut-être Helen et toi avez-vous un sosie.

— Ne crois-tu pas que deux suffisent ?

— A vrai dire, répliqua Gavin en la regardant dans les yeux, je pense qu'il devrait y avoir beaucoup plus de gens comme toi et Helen sur cette terre.

7.

Leigh mangea comme un automate, absorbée par la pensée d'entamer une relation avec Gavin. Elle se rendait compte qu'une aventure entre eux entraînerait toutes sortes de complications. Mais ils ne pouvaient continuer à ignorer leurs sentiments.

Ils attendaient que la serveuse rapporte sa monnaie à Gavin lorsque la sensation désagréable au creux de sa nuque s'intensifia. Après avoir disparu durant un moment, elle revenait à l'assaut. Son regard glissa sur les personnes assises autour d'eux.

— Quelque chose ne va pas ? demanda Gavin.

Sur le point de nier, Leigh laissa échapper malgré elle :

— J'ai l'impression qu'on nous observe.

Le hochement de tête de Gavin fut si discret qu'elle crut l'avoir imaginé.

— Je ne pensais pas que tu l'avais repéré, dit-il. Partons.

— Repéré qui ? Et ta monnaie ?

— Laisse tomber.

Il se leva et Leigh l'imita. Le restaurant était encore plus bondé qu'à leur arrivée et Gavin lui fraya un passage à travers l'attroupement de clients qui attendaient une table.

— Reste près de moi, murmura-t-il à son oreille.

Comme si elle avait le choix ! Il empoignait son bras avec une fermeté qui la rivait littéralement contre son flanc. Une fois à la porte, il s'immobilisa un instant pour scruter la rue du regard. De nouveau, il eut ce bref hochement de tête.

— Allons-y.

Leigh obtempéra, courant presque pour suivre les grandes foulées de Gavin. Mais elle ne s'en plaignit pas. Sa hâte faisait écho à la sienne.

— Quand nous serons arrivés à la voiture, engouffre-toi à l'intérieur et attache vite ta ceinture, ordonna-t-il.

— Qui as-tu vu ?

Gavin ne répondit pas.

— Nolan ?

A cette pensée, Leigh sentit son pouls s'accélérer.

— Non.

Avant même qu'ils n'aient atteint leur véhicule, elle entendit les portes se débloquer. Contrairement à son habitude, Gavin contourna aussitôt la voiture sans retenir la portière à son intention et se glissa derrière le volant.

— Qui as-tu vu ? insista-t-elle tandis qu'il démarrait le moteur.

— Keith Earlwood.

Il fallut un instant à Leigh avant de mettre un visage sur ce nom. Elle revit alors un grand garçon efflanqué, un des amis de Nolan. Celui qui avait eu ces regards si concupiscents à son égard et un rire si irritant.

— Où se trouvait-il ?

— Il se tenait de l'autre côté de la rue pendant que nous dînions. J'ai perdu sa trace quand nous nous sommes levés.

— Il était là tout du long ? Debout, dans la rue ?

— Je ne l'ai pas vu arriver.

— Ne coupe pas les cheveux en quatre. Pourquoi ne me l'as-tu pas dit tout de suite ?

Gavin inséra son véhicule dans le flot des voitures.

— Il a autant le droit que nous d'être à Saratoga Springs.

— Dans ce cas, pourquoi nous enfuyons-nous ?

— Parce qu'il n'est peut-être pas seul.

Leigh sentit son estomac se serrer.

— Nous avons pourtant pris des mesures pour éloigner Nolan, dit-elle.

Gavin jeta un regard ironique dans sa direction.

— Tu te doutais bien qu'il n'allait pas se laisser intimider par un morceau de papier.

— Dans ce cas, pourquoi nous être donné ce mal ?

— Pour avoir un support légal sur lequel nous appuyer, au cas où il se déciderait à agir.

Une satisfaction presque animale perçait dans sa voix.

Leigh secoua lentement la tête.

— Tu n'as pas choisi la bonne branche, tu sais. Tu aurais dû être avocat général.

Toutes les autres professions juridiques étaient bien trop insipides pour un chasseur de la trempe de Gavin.

— Tu crois ? demanda-t-il avec humour.

Bien sûr. Elle percevait nettement l'excitation qu'éveillait en lui l'attente de sa proie. Il n'était pas inquiet. Elle aurait au contraire parié qu'il n'espérait qu'une nouvelle occasion d'envoyer Nolan ou ses sbires au tapis.

Il conduisait, l'œil rivé au rétroviseur, tandis que Leigh résistait à l'envie de se tourner pour surveiller elle aussi la route derrière eux.

— Je l'ai, annonça brusquement Gavin.

— Il nous suit ?

— Oui, dans une voiture vert foncé.

— Tu te régales, n'est-ce pas ?

Gavin jeta un nouveau regard dans sa direction.

— N'oublie pas que tu n'es plus un voyou des rues à présent, mais un homme respectable. D'accord ?

Gavin sourit.

— Ne t'inquiète pas, je vais l'emmener faire un petit tour du quartier.

Cette idée n'augurait rien de bon aux yeux de Leigh.

— On ferait mieux d'appeler la police.

Gavin tourna dans une artère perpendiculaire.

— Pour leur dire quoi ? A ma connaissance, ce type n'a rien fait d'illégal.

— Pas encore, marmonna Leigh.

Les lèvres de Gavin se contractèrent.

— Cesse de te tracasser et laisse-moi faire. Je veux d'abord m'assurer qu'il est seul, puis nous aurons une petite conversation avec lui.

A mesure que Gavin s'enfonçait dans un dédale de rues, des panneaux indiquaient qu'ils approchaient du champ de course, sans doute fermé au public, à cette heure tardive.

En voyant qu'il en dépassait l'entrée, Leigh fronça un peu

plus les sourcils. Où allait-il ? Inquiète, elle fixa le rétroviseur extérieur.

Gavin fit encore plusieurs circonvolutions jusqu'à ce que la voiture vert foncé fût seule à les suivre. Comme s'il s'était rendu compte qu'il était à présent facilement repérable, son conducteur ralentit. Au moins, se dit Leigh avec soulagement, il ne s'agissait pas du 4x4 rouge qui leur avait foncé dessus l'autre soir.

Des trois jeunes gens qui l'avaient dévorée du regard avant que Gavin ne l'arrache à cette soirée, sept ans auparavant, Keith lui avait semblé le moins dangereux. Il ne faisait en tout cas certainement pas le poids devant Gavin.

Leigh prit conscience que Gavin avait contourné l'hippodrome. Elle distinguait le toit des écuries à travers les frondaisons. Comme il s'engageait dans une voie déserte aboutissant à une barrière, il accéléra brusquement.

— Accroche-toi.

Ce fut le seul avertissement qu'elle reçut. Passant brusquement la marche arrière, il recula jusqu'à une ruelle bordée de buissons qu'elle n'avait pas remarquée, puis freina brutalement. Quelques secondes plus tard, elle vit la voiture verte passer devant eux.

— Je t'ai eu, marmonna Gavin avec un sourire satisfait, en s'engageant de nouveau dans la rue qu'il bloqua à l'aide de son véhicule.

L'autre conducteur ne semblait pas avoir compris son erreur. Sa voiture immobilisée à une dizaine de mètres d'eux, devant la barrière, il sembla parler au téléphone.

— Ne bouge pas de la voiture, ordonna Gavin.

Ignorant ses protestations, il sortit du véhicule, ouvrit la portière arrière et s'empara d'une batte de base-ball posée au sol. Leigh avala sa salive.

Earlwood n'avait pas encore vu le piège se refermer sur lui. S'approchant discrètement de la berline verte, Gavin attendit qu'il repose son téléphone et tende la main vers le levier de vitesse pour ouvrir brusquement la portière.

— Sors de cette voiture, gronda-t-il.

Keith s'était légèrement étoffé avec les années, mais Gavin devait peser une bonne dizaine de kilos de plus que lui. Avec l'air d'un lapin affolé, il le dévisagea, bouche bée. Puis à la vue de la batte dans sa main, ses yeux s'agrandirent de terreur.

— Qu'est-ce que tu me veux ? demanda-t-il d'une voix aiguisée par la peur.

— On va discuter un peu, toi et moi.

Earlwood eut un mouvement de recul.

— Tu ne peux pas me frapper ! Tu serais rayé du barreau !

Gavin eut un sourire qui se voulait intimidant.

— C'est ce que Ducort t'a raconté ? Arrête ton moteur si tu ne veux pas que j'explose ton…

— Je porterai plainte, bafouilla Keith.

— Ce sera dur si tu ne peux plus parler.

Gavin fit un pas en arrière et tapota d'un air menaçant sa paume ouverte à l'aide de la batte — un moyen rapide d'obtenir la coopération d'un homme comme Earlwood.

— Tu bluffes.

Gavin abaissa la voix.

— Tu veux vraiment le savoir ?

— D'accord, balbutia Earlwood en éteignant son moteur et en sortant de la voiture.

Un passé chargé pouvait parfois s'avérer fort utile. Dommage que Leigh ne soit pas aussi facile à intimider, pensa Gavin en l'entendant ouvrir sa portière. Il aurait dû se douter qu'elle ne resterait pas tranquille. Mais il réglerait cette question avec elle plus tard. Pour l'instant, il ne pouvait détourner son attention d'Earlwood.

— N'es-tu pas un peu vieux, Keith, pour continuer à faire ses commissions à la place de Ducort ?

— J'ignore de quoi tu veux parler.

L'apparition de Leigh semblant lui rendre une part de son assurance, Keith renifla avec dédain.

— Tu me baratines, Jarret. Tu ne feras rien en sa présence.

— Au contraire, assura Leigh d'un ton doucereux. Je suis venue le voir à l'œuvre. Je ne t'aime pas trop non plus, Keith.

Gavin jeta un coup d'œil surpris dans sa direction. Elle avait pris sa balle de soft ball, qu'elle faisait doucement sauter au creux de sa paume, un regard étonnamment dur et froid rivé sur Earlwood.

Décidément, Leigh le stupéfiait. Il n'aurait su dire si elle était sérieuse ou soutenait simplement son jeu, mais le coup de la balle, décida-t-il, était une idée ingénieuse.

— Je déteste qu'on m'épie, affirma-t-elle d'un air menaçant à l'adresse de leur interlocuteur.

— Moi aussi, renchérit Gavin, reprenant le contrôle de la situation. Tu ferais mieux de nous expliquer ce que ton vieux comparse t'a demandé de faire, Keith.

— Rien, répliqua d'abord Earlwood en regardant autour de lui d'un air affolé.

Constatant qu'il ne pouvait compter sur aucune aide, il haussa les épaules avant de dire :

— Nolan m'a demandé de garder un œil sur vous deux.

— Et tu fais toujours ce que Ducort te dit de faire ?

Gavin secoua la tête.

— Ce n'est pas malin, Keith. Pas malin du tout. Pourquoi nous fait-il suivre ?

— Je n'en sais rien. Je te le jure ! Ecoute, j'ai eu quelques ennuis financiers ces temps-ci. Les affaires, tu sais ce que c'est ? J'ai besoin d'un peu de cash, pour faire tourner mes commerces. Nolan m'a proposé de m'en prêter si j'acceptais de vous suivre durant quelques jours. Je suis censé l'appeler et le tenir au courant de vos déplacements, c'est tout.

Malgré l'anxiété évidente de Keith, Gavin devina qu'il disait la vérité.

Earlwood regarda Leigh en quête de soutien.

— C'est vrai, je t'assure. Je ne cherche pas les problèmes.

— Dans ce cas, tu ferais mieux de te choisir d'autres amis, répliqua Leigh avec froideur.

Voyant qu'il n'obtiendrait rien d'elle, Keith s'adressa de nouveau à Gavin.

— Je jure que je ne sais rien d'autre, mon vieux. A part que Nolan était vraiment contrarié quand je lui ai dit que vous aviez dû pénétrer dans l'hippodrome.

Gavin examina la rue toujours déserte. Ils ne devaient pas abuser de la providence. D'un instant à l'autre, quelqu'un pouvait arriver. Mais les propos d'Earlwood l'intriguaient.

— En quoi cela le contrarierait-il ?

— Je n'en sais rien. Il m'a demandé d'escalader la barrière afin de vous retrouver. J'ai refusé catégoriquement.

Earlwood leva les mains en signe de lassitude.

— Je n'allais tout de même me faire arrêter pour violation de propriété privée à cause de lui.

— Qu'étais-tu supposé faire, si nous nous séparions ? demanda soudain Leigh.

Surpris, Gavin se rendit compte qu'il aurait dû lui-même poser cette question depuis longtemps.

— Je devais continuer à te suivre, toi, souffla Keith.

Cet aveu, ainsi que l'expression sournoise d'Earlwood, mit Gavin en fureur.

— Nolan a toujours eu une attirance bizarre pour toi et ta sœur, ajouta Keith. Si tu veux mon avis, il est un peu cinglé.

— On ne te demande pas ton avis, intervint Gavin en l'empoignant par le devant de sa chemise.

Il fallait qu'il parte d'ici, avant d'oublier qu'il était membre du barreau. Ecartant Keith, il se pencha à l'intérieur de la voiture verte et arracha les clés restées sur le contact.

— Hé ! Qu'est-ce que tu fais ?

Sans répondre, Gavin traversa la rue et jeta le trousseau dans les fourrés. La fureur contracta les traits de Keith, qui s'avança de quelques pas vers lui.

Gavin le toisa d'un air menaçant et Earlwood recula.

— Je te conseille d'arrêter de nous suivre, suggéra Gavin. Il vaudrait mieux pour toi que je n'aie pas à te le rappeler.

— Et la prochaine fois que tu auras besoin d'un prêt, ajouta Leigh, adresse-toi à une banque.

— D'accord, d'accord, je ne me mêlerai plus de vos affaires. Mais si j'étais vous, je me méfierais, les avertit Keith. Cela fait des années que Nolan a une dent contre toi, Jarret. Et il se comporte de manière très étrange, depuis la mort de Martin.

A ces mots, Gavin se figea.

— Que sais-tu, concernant le décès de Pepperton, Keith ?

— Rien ! Hé, je ne sais rien du tout. Je n'avais plus vu Martin depuis une éternité. C'est la vérité ! Nous n'évoluons plus dans les mêmes cercles, tous les trois.

Ces protestations sonnaient également juste aux oreilles

de Gavin. Ducort avait peut-être demandé un service à Keith, mais il ne l'imaginait pas lui faire des confidences. Se penchant vers le siège d'Earlwood, il s'empara du téléphone portable de ce dernier.

— Eh, qu'est-ce que tu fais, encore ? J'en ai besoin !

Gavin ouvrit l'appareil, dont il ôta la carte à puce.

— Un conseil, Earlwood. Disparais quelques jours, parce qu'après ce qui vient d'arriver, Ducort va également avoir une dent contre toi, dit-il en glissant la carte dans sa poche, avant de rendre l'appareil inutilisable à son propriétaire.

— Ravi d'avoir discuté avec toi, Keith, conclut-il. Monte dans la voiture, Leigh.

Pour une fois, elle obéit. Earlwood leur lança un regard haineux avant de se hâter vers les fourrés pour y chercher ses clés.

— Epargne-moi les sermons, marmonna Leigh tandis que Gavin s'installait derrière le volant.

Elle jeta la balle sur le siège arrière et rattacha sa ceinture. Après s'être à son tour débarrassé de la batte, il l'imita, puis mit le moteur en marche et fit demi-tour dans une giclée de graviers.

— Je n'ai d'ordres à recevoir de personne, affirma-t-elle. Et au cas où tu l'aurais oublié, c'est *toi,* qui travailles pour moi.

— Tu es encore plus redoutable que ta sœur quand tu t'y mets.

— Merci.

— C'était néanmoins stupide, insista-t-il en insérant son véhicule dans le flot des voitures d'une artère principale.

— Là, nous sommes d'accord. De quoi aurions-nous eu l'air, si les vigiles du champ de course étaient venus nous demander ce que nous faisions là ?

— Je te fais confiance pour avoir trouvé une explication à leur fournir.

— Je doute que celle d'un match de soft ball improvisé ait fait l'affaire, répliqua Leigh avec ironie.

Malgré sa contrariété, Gavin eut envie de sourire. Se tournant vers Leigh, il vit qu'elle tremblait comme une feuille. Ses propos n'avaient été que bravade.

Il couvrit sa main de la sienne et elle sursauta à ce contact, ce qui confirma l'intensité de la tension qui l'habitait.

— Tout homme se réjouirait de voir une femme telle que toi voler à son secours, assura-t-il en souriant.

Leigh ouvrit la bouche, mais ne dit rien. Il lâcha sa main pour contourner un camion de livraison.

— Je trouve intéressant que Ducort se soit comporté bizarrement depuis la mort de Martin, pas toi ?

— Si, en effet.

— Il va falloir qu'on s'explique une fois de plus, lui et moi.

— Ne fais pas ça ! s'écria Leigh en agrippant son avant-bras. Je t'en prie, Gavin. Laisse la police se charger de lui.

— J'aimerais bien, mais, malheureusement, tant qu'il ne tente rien de concret la police ne peut rien contre Ducort. Et je n'ai aucune envie de lui en laisser l'opportunité.

La pensée que Nolan pourrait approcher Leigh de près ou de loin lui était intolérable.

— Même si j'apprécie ton inquiétude à mon sujet je ne te laisserai pas prendre des risques pour me protéger.

— Tu te fais du souci pour moi ?

— Oui. Je n'ai pas envie de chercher un nouvel homme d'affaires.

Les lèvres de Gavin esquissèrent un sourire, mais l'image de Nolan s'attaquant à elle le fit s'évanouir aussitôt.

— Il va falloir qu'on t'assure une protection.

— Un garde du corps, veux-tu dire ? Il n'en est pas question.

— Ne vois-tu pas à quel point Ducort peut être dangereux, Leigh ? Même Earlwood en a peur.

— Et toi, tu vas aussi prendre un garde du corps ? ironisa Leigh.

— Ce n'est pas après moi que Ducort en a.

— Rien n'est moins sûr, après ce qui vient de se passer.

— C'est toi, sa cible.

— Je pourrais emprunter le chien de Roger. Sa carrure suffirait à effrayer n'importe qui.

Gavin considéra cette hypothèse.

— C'est une bonne idée.

— Je plaisantais.

— Pas moi.

Leigh se laissa aller contre le dossier de son siège et ferma les yeux.

— Que vas-tu faire de la carte que tu as prise à Keith ?

— La déposer dans sa boîte aux lettres, avant de rentrer. Pourquoi ?

— Parce que je viens de penser que s'il allait se plaindre à la police, le fait que tu la détiennes viendrait appuyer sa déposition.

— Il ne fera aucune déposition.

Elle rouvrit les yeux et se tourna vers lui.

— Comment le sais-tu ?

— Il n'a pas envie de se ridiculiser, Leigh. De plus, il commence à se demander si Ducort n'a pas une part de responsabilité dans la mort de Pepperton et s'il n'est pas lui-même le prochain sur la liste. Je ne serais pas surpris s'il décidait de quitter la ville avec sa famille dès ce soir.

— Tu te fais des films.

— Non. J'émets une hypothèse sensée, basée sur ce que je sais de ces trois types. Et je trouve fort étrange que Ducort ait été perturbé à l'idée que nous soyons entrés dans l'hippodrome. N'oublie pas que c'est là que Pepperton est mort.

— Tu ne penses tout de même pas que Nolan a tué Martin ?

— N'importe qui peut tuer, si on le pousse à bout.

— Peut-être, mais nous ne sommes pas détectives et nous ne menons pas une enquête. En quoi notre présence sur le champ de courses inquiéterait-elle Nolan ?

— Tu m'as bien dit qu'un homme t'avait abordé au restaurant ?

— En effet mais…

— Imagine que ce type appartienne au milieu des courses ?

— Et alors ?

— Laisse-moi finir d'échafauder mon hypothèse. En partant de l'idée que Ducort aurait mauvaise conscience. Si Earlwood lui a dit qu'après avoir parlé à ce type, tu t'es directement rendue à l'hippodrome, Ducort aurait de quoi se sentir paranoïaque. Pourquoi crois-tu qu'il ait ordonné à Keith d'escalader la barrière et de nous y suivre ?

La sonnerie de son téléphone portable retentit avant que Gavin n'ait achevé son raisonnement.

— Jarret dit-il d'un ton sec.

— Gavin ? C'est Roger. Sais-tu où se trouve Leigh ?

— Avec moi. Il y a un problème ?

Leigh se redressa dans son siège.

— J'ai trouvé quelque chose au manoir. Je pense que vous devriez venir, tous les deux. Je vous attends.

Roger raccrocha et Gavin l'imita avec un froncement de sourcils.

— Roger veut que nous le rejoignions à Blackrose. Il semble avoir trouvé quelque chose d'intéressant.

— Quoi ?

— Il n'a pas voulu le dire.

Lorsqu'ils se garèrent sur l'esplanade de Blackrose, le crépuscule projetait une grande ombre grise sur l'imposante structure du manoir. Sans l'activité affairée des ouvriers, la demeure avait un air de solitude fantomatique. Seule la camionnette de Roger se trouvait encore sur le parking.

Ce dernier ouvrit la porte d'entrée avant qu'ils n'aient atteint le perron et Lucky les accueillit par un aboiement joyeux.

— Vous avez fait vite, remarqua Roger. Pardon de m'être montré aussi elliptique au téléphone, mais je voulais éviter qu'on m'entende. J'ai eu un petit accident.

Gavin l'observa de la tête aux pieds.

— Tu n'es pas blessé ?

— Non, mais j'ai fait un trou dans un mur par mégarde et j'ai découvert quelque chose qui, je pense, va vous intéresser.

Il eut un rictus malicieux qui lui donna un air juvénile.

— De quoi s'agit-il, Roger ? insista Gavin d'un ton irrité, son inquiétude faisant place à l'agacement.

Le sourire extatique de Roger ne s'estompa pas pour autant. Impénitent, il se tourna vers Leigh.

— Combien y a-t-il de passages et de cabinets secrets dans cette demeure ?

— Que veux-tu dire, Roger ?

De toute évidence, il avait peine à contenir son excitation.

— Suivez-moi.

Précédé par Lucky, il les guida en direction de l'escalier.

— J'ai déjà fait le tour du manoir. Les serrures ont été

changées cet après-midi, alors, avant de fermer la maison, j'ai voulu m'assurer que personne ne rôdait à l'intérieur.

— As-tu inspecté les coursives ? demanda Gavin.

— Oui. Tu avais raison. Il y a effectivement un passage par le placard à balais. Ceci dit, il était bien dissimulé.

Arrivé au premier étage, il les introduisit dans les appartements de Dennison Hart.

— Faites attention où vous marchez. Nous avons évacué les décombres et stabilisé le sol, mais il vaut mieux se méfier.

Le mur qui communiquait avec la salle d'eau avait été entièrement détruit par l'incendie et une odeur de brûlé flottait encore dans l'atmosphère confinée de la chambre. Roger leur indiqua un trou au bas d'une cloison.

— Je l'ai fait par accident avec une masse. Passe ta main sur ce mur, dit-il à Gavin.

Après avoir obtempéré, Gavin leva un regard stupéfait.

— Appuie dessus, suggéra Roger.

Il y eut un son presque imperceptible, puis un pan entier de mur s'effaça, révélant une entrée secrète.

Leigh avala sa salive.

— Ingénieux, n'est-ce pas ? dit Roger. Ce système a dû être mis en place à la construction du manoir. Un travail d'orfèvre. Le grand-père de Leigh a dû continuer à en huiler consciencieusement les rouages pour qu'il fonctionne encore. Il y a même l'électricité. Mais je ne l'ai pas encore mise en marche dans cette partie du bâtiment.

Roger alluma une torche au puissant faisceau lumineux. Ils distinguèrent alors un espace exigu, privé de fenêtre. Les murs étaient recouverts d'un plâtre grisâtre et le sol, de lattes de bois brut. A côté d'un meuble de classement métallique, un ordinateur complet — clavier et souris inclus — trônait sur une vieille table à jeux. Un lampadaire complétait cette installation précaire.

— J'ignorais complètement l'existence de cette pièce, affirma Leigh dans un souffle.

— A mon avis, peu de gens la connaissaient.

Roger désigna le parquet de l'index.

— Regardez. Il n'y a aucune autre empreinte que les miennes. Il semblerait que personne ne soit entré ici depuis des lustres.

— Depuis la mort de grand-père, sans doute, murmura Leigh. Il y a huit ans.

Gavin pénétra dans le réduit et fit courir son doigt sur la couche de poussière qui recouvrait le clavier.

— Ce n'est pas tout, annonça Roger.

Projetant le faisceau de sa lampe sur le mur du fond, il révéla les contours d'une seconde porte.

— Elle fonctionne comme la première et est également invisible depuis l'autre côté. J'adorerais rencontrer le type qui a conçu ce système, ajouta Roger, enthousiaste. Je n'ai jamais rien vu de pareil.

— Où mène-t-elle ? demanda Gavin.

Il s'approcha pour en examiner le mécanisme de plus près. Les empreintes de Roger dans la poussière indiquaient qu'il l'avait déjà inspecté.

— A l'intérieur d'une penderie, répondit ce dernier.

— Celle de la chambre de Jacob, précisa Leigh.

Gavin trouva la deuxième commande et ouvrit le panneau. Baissant la tête pour éviter les cintres suspendus à la barre, il traversa le dressing et pénétra dans la chambre.

— Ferme derrière moi, Roger, dit-il. Je veux vérifier si je peux ouvrir la porte d'ici.

Leigh le rejoignit.

Une fois le panneau refermé, le passage était invisible. Le bois de cèdre qui doublait l'intérieur de la penderie semblait d'une seule pièce. Gavin y fit courir ses doigts.

— J'ai déniché le bouton qui actionne l'ouverture. Une fois qu'on le sait, il est facile à trouver. Tu veux essayer ?

Leigh caressa à son tour la surface du bois jusqu'à ce qu'elle sente une légère dépression sous ses doigts. Elle y appuya son index et la porte glissa silencieusement sur elle-même, révélant Roger, qui continuait de sourire.

— Alors ? Qu'en dites-vous ?

— Je pense, répliqua Gavin, que pour l'instant nous devrions garder cette découverte secrète.

L'enthousiasme de Roger fit place à une soudaine gravité.

— Pourquoi ?

Sans lui répondre, Gavin se tourna vers Leigh.

— Ton grand-père devait avoir de bonnes raisons pour cacher cet ordinateur.

A ces mots, il vit le regard de Leigh s'agrandir.

— Je crois qu'il vaut mieux nous taire jusqu'à ce que nous ayons consulté son contenu. Sortons-le de là.

— Il ne marche peut-être plus, fit remarquer Roger. Je te conseille de bien l'épousseter avant de l'allumer si tu veux éviter de déclencher un nouvel incendie.

— Très juste.

— J'ai un diable, dans ma camionnette, proposa-t-il. Veux-tu également prendre le classeur ?

— Où allons-nous les mettre ? demanda Leigh.

— Dans la bibliothèque ?

Soudain nerveuse, elle regarda Roger :

— Es-tu certain qu'à part nous, personne ne se trouve dans le manoir ?

Roger fronça les sourcils.

— A peu près, oui. Mais dans une bâtisse de cette taille, il est difficile de l'assurer, quoique Lucky n'ait pas bronché quand je l'ai emmené faire le tour du propriétaire.

— A quoi penses-tu, Leigh ?

Elle secoua la tête, incapable de mettre son malaise en mots.

— Je crois…

Leigh haussa les épaules avec impuissance.

— Rien, je suis juste un peu anxieuse.

Gavin passa une main dans ses cheveux.

— Roger, peux-tu camoufler ce trou dans le mur ?

— Bien sûr. Je vais pouvoir arranger ça.

— Bloque également l'ouverture de la porte de l'intérieur, suggéra Gavin. Nous pourrons toujours accéder à ce cabinet par la penderie de l'autre chambre, mais cela évitera que tes gars ne le découvrent par accident, comme tu l'as fait.

8.

Ils décidèrent de laisser le classeur de documents à sa place jusqu'au lendemain matin. La nuit enveloppait à présent la propriété d'un manteau sombre et pas une étoile ne brillait dans le ciel. Tout en chargeant l'ordinateur dans le coffre de sa voiture, Gavin surprit le regard anxieux de Leigh sur la demeure.

— Qu'y a-t-il ?

Avec un imperceptible haussement d'épaules, elle se détourna. C'était comme si une centaine d'yeux invisibles les avaient observés de derrière les épais rideaux.

— Je crois que mon imagination me joue des tours, avoua-t-elle.

— Il faut dire que de nuit, cet endroit donne la chair de poule, convint Gavin. Allons déposer cet ordinateur chez les Walken et…

— On ne peut pas l'emporter chez eux.

— Pourquoi ?

— Ils ont invité les Jenkins à dîner ce soir. Tu sais quelle pipelette est Mme Jenkins. Si elle nous voit entrer avec cet ordinateur, la ville entière en connaîtra l'existence. Ne peut-on le stocker ailleurs ? Chez toi, par exemple ?

Gavin n'avait pas pensé jusqu'alors à l'appartement miteux qu'il louait en ville. Son loyer modéré, le fait qu'il soit meublé et son emplacement à deux rues de son bureau avaient suffi à orienter son choix, lorsqu'il était revenu à Stony Ridge pour assister Ira Rosencroft. Malgré l'insistance des Walken à ce qu'il se réinstalle chez eux, il avait préféré avoir un endroit à lui, en centre-ville.

— Est-ce un problème, Gavin ?

— Pas du tout. Et ce sera plus discret qu'à mon cabinet.

— En fait, je ne sais même pas où tu habites.

— En plein centre, au-dessus d'une teinturerie.

— Une de celles appartenant à Keith ?

Gavin lui rendit son regard.

— C'est possible. Je ne me suis jamais posé la question.

— Est-il le propriétaire de l'immeuble ?

— Pas à ma connaissance.

— Il ne peut donc pas savoir que tu vis là.

— Sans doute pas.

— Dans ce cas, il n'y a aucun risque. Je trouvais juste cette coïncidence étrange…

— Je vois ce que tu veux dire, mais tu sais, on ne trouve pas facilement un appartement libre à Stony Ridge.

— C'est vrai.

Ils montèrent en voiture et Gavin s'engagea dans l'allée défoncée, soudain pressé de fuir l'isolement de Blackrose.

— J'aimerais vraiment savoir ce que Ducort s'attendait à ce que nous découvrions à l'hippodrome, dit-il. Et je trouve étrange qu'Earlwood, Pepperton et lui, aient continué à se voir.

— Pourquoi ?

— Ils n'ont jamais rien eu en commun, si ce n'est d'avoir fréquenté la même école publique. Martin faisait partie du prestigieux milieu des courses. D'après la fortune et la position sociale de sa famille, il aurait d'ailleurs dû étudier dans un collège privé.

— Peut-être l'en avait-on renvoyé.

— C'est possible. Ducort, lui, s'en vantait. Je peux comprendre que ce dernier soit ensuite resté en contact avec Pepperton, à cause de ses relations. Mais Earlwood, issu d'un milieu de petits commerçants, n'avait ni la fortune ni le charisme suffisants pour se maintenir au niveau des deux autres. Le fait qu'il continue de faire les commissions de Ducort me semble décidément bizarre.

— Il a dit que Nolan lui prêterait de l'argent, rappela Leigh.

— Je sais. Mais quelque chose ne colle pas.

Ils demeurèrent silencieux un moment, puis Leigh reprit la parole :

— Pour changer de sujet je ne vois pas en quoi ni cet

ordinateur ni ce classeur de documents nous permettraient de comprendre ce qui est arrivé à l'argent disparu.

— Je sais. Mais pour les avoir si bien dissimulés, ton grand-père devait avoir de bonnes raisons. Le contenu du disque dur nous apprendra peut-être quelque chose d'intéressant.

— Crois-tu qu'il existe d'autres cabinets secrets disséminés dans le manoir ? Quand je pense à la peur que le grenier a toujours exercé sur moi, alors qu'en fait, n'importe qui pouvait m'espionner depuis les galeries, ou l'une de ces pièces dont j'ignorais l'existence.

— Ne fais pas de conclusions hâtives. Il n'en existe peut-être pas d'autres. Mais en quoi ce grenier t'effrayait-il tant ?

— Je n'en sais rien, à vrai dire. Sans doute à cause du fait qu'il était toujours fermé à clé. Tout ce qui est mystérieux n'est-il pas effrayant ?

Ils dépassèrent les faubourgs et pénétrèrent dans le centre désert de Stony Ridge.

Gavin contourna le pâté de maisons qui abritait son immeuble dans le but de se garer à l'arrière, mais tandis que ses phares balayaient l'asphalte, il aperçut un mouvement suspect, au bout du parking.

Un coteau raide et embroussaillé se dressait à son extrémité. Un lieu fréquenté par les renards et autres animaux sauvages.

Il freina, passa la marche arrière et intima à Leigh de se baisser.

— Qu'est-ce qui se passe ? demanda-t-elle tout en obtempérant.

Gavin jeta un bref regard dans sa direction.

— Peut-être rien, mais j'ai cru voir quelque chose bouger dans les fourrés. Une confrontation par jour me suffit.

Face à eux, les magasins étaient tous vides et plongés dans l'obscurité, ainsi que toutes les fenêtres des appartements nichés au-dessus de la vieille devanture de la teinturerie.

— Crois-tu que Keith ait appelé Nolan ? demanda Leigh en se redressant légèrement.

— Certainement, répliqua Gavin, catégorique.

Il fit demi-tour pour garer son véhicule en position de départ. Puis il éteignit son moteur, mais resta assis derrière le volant sans retirer les clés.

— On entre ? demanda Leigh.

— Non. Je crois qu'il vaudrait mieux retourner chez les Walken.

Il n'avait aucune intention de provoquer le destin, au cas où quelqu'un serait tapi dans l'ombre afin de guetter leur arrivée.

— Allons, Gavin. Maintenant qu'on est là, je veux voir ton appartement.

Les lèvres de Gavin se contractèrent.

— Il n'y a rien à voir, assura-t-il. Je n'y suis jamais. C'est juste un lieu où dormir, tant que je travaille à Stony Ridge.

— On dirait que tu n'as pas l'intention d'y rester ?

— Sans doute pas. Ira a eu besoin de mon aide au moment où j'avais envie de quitter la firme qui m'employait.

Pendant qu'il parlait, ses yeux continuaient de scruter la rue.

— Mais j'envisage d'ouvrir un cabinet à New York, avec un ami.

Les sourcils froncés, Leigh suivit son regard.

— Qu'est-ce que tu regardes ?

Gavin repéra une voiture verte à l'aspect familier, garée non loin d'eux. Il marmonna un juron avant d'assurer :

— J'ai trouvé ce que je cherchais.

— La voiture de Keith, murmura Leigh.

— J'aurais dû jeter ses clés plus loin.

« Beaucoup plus loin », pensa Gavin. Il ne s'était pas attendu à cela. Keith ne lui semblait pas homme à riposter, à moins, bien sûr, d'y avoir été incité. D'un autre côté, organiser une embuscade avec un ou deux comparses était tout à fait le genre de Ducort.

— Je suppose que tu refuserais de rester dans la voiture pendant que je vais jeter un coup d'œil ? demanda-t-il.

— En effet.

Emmener Leigh avec lui était hors de question. La seule chose à faire était donc de…

— Regarde ! Il y a quelqu'un dans la teinturerie !

Les yeux de Gavin se braquèrent sur le magasin situé directement en dessous de son appartement. Leigh avait raison. Une ombre se déplaçait dans l'obscurité de la boutique. Ils la suivirent tous deux des yeux, jusqu'à ce qu'elle disparaisse subitement de leur champ de vision.

— Si c'est Keith, il n'est pas très discret.

— Nous devrions appeler la police.

— C'est son magasin. Il a le droit de s'y trouver.

— Mais c'est pour t'attendre, qu'il est venu ici.

— Nous l'ignorons. Il peut avoir d'autres raisons d'être là, bien qu'à cette heure tardive, je n'en voie aucune.

— Après ce qui s'est passé tout à l'heure…

Gavin prit une inspiration.

— Je crois que je vais opter pour ta première suggestion.

Sur ces mots, il composa le numéro de la police sur son téléphone portable et déclina son identité auprès de l'opérateur avant de déclarer :

— Je souhaite rapporter l'éventualité d'un cambriolage dans la teinturerie de Roster Avenue.

Leigh eut un sourire d'approbation, son regard toujours braqué, comme celui de Gavin, sur le magasin.

A cet instant, une explosion embrasa l'intérieur de la teinturerie, faisant voler les vitres en éclats.

— Envoyez les pompiers ! hurla Gavin à l'intention de l'opérateur. Il vient d'y avoir une explosion dans la boutique !

Il laissa tomber le téléphone et tendit la main vers la poignée de sa portière.

— Reste ici !

Keith Earlwood — si c'était bien lui qu'ils avaient vu — était toujours à l'intérieur. Gavin s'y élança en courant, tout en se demandant ce qui avait pu causer une aussi violente explosion. Ce magasin n'était qu'un dépôt de linge. On n'y pratiquait pas de nettoyage à sec. Il n'y avait donc aucun produit inflammable susceptible de la déclencher.

C'était donc Earlwood qui l'avait provoquée !

La vitrine s'était en partie effondrée, jonchant le trottoir de verre, mais de gros fragments tranchants en hérissaient encore l'encadrement. Earlwood n'apparaissant pas, Gavin espéra qu'il avait pu s'échapper par l'entrée qui donnait sur la rue.

A cet instant, il vit quelque chose bouger dans la fournaise.

Une silhouette enveloppée de flammes vacilla en direction de la sortie.

Gavin se précipita vers la porte. Elle était fermée à clé. Le destin, ou la petite dimension de ses vitres, l'avait préservée de l'explosion. Il cherchait du regard un objet pour en briser un des carreaux, quand Leigh apparut, avec la batte de base-ball. Remettant l'expression de son admiration à plus tard, Gavin s'en empara et frappa la vitre renforcée qui céda au deuxième coup de batte. Une chaleur et une fumée suffocantes lui sautèrent au visage. Lâchant la batte, Gavin glissa sa main à l'intérieur pour tourner le verrou.

Tordue par la douleur, la silhouette d'Earlwood s'écroula. Gavin et Leigh pénétrèrent dans la fournaise et arrachèrent le tissu décoratif déployé derrière la vitrine afin d'étouffer les flammes qui l'assaillaient. Voyant qu'il ne bougeait plus, Gavin espéra qu'il avait seulement perdu conscience, mais il était atrocement brûlé.

— Il faut le sortir de là ! s'écria Leigh en toussant à cause de l'épaisse fumée qui leur attaquait les poumons.

Ils avaient regagné le trottoir, chargés du corps inanimé d'Earlwood, quand une deuxième explosion secoua le bâtiment. Au moment où l'onde de choc les atteignit, un attroupement affolé se formait dans la rue.

Des hurlements de sirènes annoncèrent l'arrivée de la police et des pompiers. Entraînant Leigh à sa suite, Gavin s'écarta afin de laisser les équipes d'intervention maîtriser à leur tour la situation. Eux, ne pouvaient plus rien pour Earlwood. Ce serait un miracle, s'il s'en sortait vivant.

Après les avoir salués d'un bref signe de la main, les pompiers se mirent à l'œuvre. Gavin serra Leigh contre lui tandis qu'une autre explosion ébranlait le quartier.

— Qu'est-ce qui se passe ? demanda-t-elle.

— Je n'en sais rien.

Wyatt Crossley apparut au-dessus d'un océan de visages anxieux. Il s'avança vers eux d'un pas autoritaire, se prépara à dire quelque chose, puis se tourna vivement vers quelqu'un d'autre.

— Un médecin par ici, vite.

Gavin observa Leigh. Du sang maculait son bras.

— Tu es blessée, s'exclama-t-il.

— Non.

— C'est toi qui es blessé, Gavin, dit Wyatt.

Du sang s'écoulait en effet d'une large entaille qu'il avait à la main droite.

— J'ai dû me couper en ouvrant la porte.

— Et tu es aussi brûlé, nota Leigh avec inquiétude.

De douloureuses petites ampoules apparaissaient sur le dos de sa main.

— Je n'avais rien senti jusqu'à ce que vous me le fassiez remarquer.

— Et toi, tu es sûre que tu n'as rien ?

Leigh opina de la tête à l'adresse de Wyatt.

— Oui, oui. C'est lui qui a joué les héros.

— Je n'étais pas seul à entrer dans ce magasin, corrigea Gavin.

Pendant qu'un infirmier pansait sa main, Wyatt demanda :

— Qu'est-ce qui s'est passé ?

— Je crois que Keith Earlwood a voulu mettre le feu à la boutique et que les choses ont mal tourné pour lui.

Leigh prit une vive inspiration.

— Il a voulu te tuer !

— Pourquoi aurait-il cherché à te tuer ? s'enquit Wyatt d'un ton impérieux.

— Elle veut dire que j'habite au-dessus et que si j'avais été chez moi, j'aurais pu y rester, répliqua Gavin sans regarder Leigh. Tout le monde sait qu'Earlwood avait des problèmes d'argent. Il aura voulu gruger les compagnies d'assurance.

— D'après toi, la victime serait donc Keith Earlwood ?

— Oui, affirma Gavin. J'ai reconnu sa voiture, garée un peu plus bas. Leigh et moi allions monter dans mon appartement, quand elle a vu une silhouette se déplacer dans le magasin. J'ai aussitôt appelé la police et je parlais à l'opérateur quand la boutique a explosé sous nos yeux.

Se satisfaisant visiblement de ces renseignements, Wyatt hocha la tête.

— Pardon, je ne me suis pas présenté. Mon nom est Wyatt

Crossley, dit-il à l'intention de Leigh. Vous devez être Leigh Thomas.

Leigh inclina la tête tandis que le capitaine des pompiers s'approchait de Wyatt.

— Il faut évacuer la rue. Une conduite de gaz a été endommagée. L'entier pâté de maisons pourrait sauter.

Wyatt les abandonna en hâte pour aboyer une série d'ordres à l'adresse des hommes en uniforme réunis autour de lui.

Après avoir remercié l'infirmier qui avait pansé sa plaie et apaisé ses brûlures, Gavin se tourna vers Leigh :

— Tâchons de récupérer la voiture et filons d'ici.

Ils comprirent au premier regard que ce serait impossible. La rue était bloquée par les véhicules de police et les camions de pompiers.

— Qu'est-ce qu'on fait ?

— Leigh ? C'est toi ?

A cet instant, Jacob surgit de l'attroupement que la police refoulait en direction de l'artère principale.

— Jacob, que fais-tu là ?

— Je passais en voiture quand la circulation a été bloquée par l'incendie. Hé, ça va ? A vous voir, on dirait que vous avez vous-même été pris dans la fournaise. Ce n'est pas le cas, j'espère ?

— Gavin et moi avons extrait un type de l'intérieur de la teinturerie en flammes.

Jacob regarda le bandage qui entourait la main de Gavin et le sang qui maculait le corsage de Leigh avant de secouer la tête :

— Ma parole, vous avez un truc, ta sœur et toi, avec le feu.

— Messieurs dames, dégagez la rue, s'il vous plaît, intima un jeune officier de police.

— Voulez-vous que je vous dépose quelque part, tous les deux ? proposa Jacob. Ma voiture est par là.

Leigh interrogea Gavin du regard.

— Oui, merci, dit-il après une brève hésitation.

— Où voulez-vous aller ?

— Chez les Walken.

— Tu ne portes plus ton bras en écharpe ? demanda Leigh. Ça va mieux ?

— Oui. C'est encore un peu douloureux, mais il est presque

guéri. Tu as une ou deux sales brûlures, Gavin. Ça doit faire un mal de chien. Au fait, qui avez-vous sorti de ce bâtiment ?

— Nous pensons qu'il s'agit de Keith Earlwood, répondit Gavin. Mais il était si gravement brûlé qu'il était quasiment méconnaissable.

— J'ai entendu quelqu'un dire que l'explosion avait été causée par une conduite de gaz endommagée.

— Nous aussi, convint Gavin.

En son for intérieur, il se demanda dans quelle mesure on avait pu aider à la détérioration de cette conduite, avant d'examiner avec surprise l'élégant véhicule de sport devant lequel Jacob venait de s'immobiliser.

— Jolie voiture.

— Merci. Elle m'a coûté une petite fortune. Désolé, Leigh, l'espace est assez réduit, à l'arrière.

— Ne t'inquiète pas. Je vais me serrer.

— Pousse donc tout ce fatras par terre, suggéra Jacob.

Gavin remarqua un paquet de chewing-gums parmi un assemblage d'objets divers. Ils étaient parfumés aux fruits et non à la menthe, mais il observa néanmoins Jacob d'un œil soudain soupçonneux.

— Que faites-vous dans la vie, Jacob ? demanda-t-il, alors que celui-ci engageait son véhicule dans le flot des voitures.

— Je suis dans l'informatique.

— C'est-à-dire ?

Jacob eut un bref sourire.

— Je suis programmateur, mais j'ai aussi créé des sites. J'ai un très bon job chez Via-Tech, une compagnie basée à New York. Mais je travaille beaucoup chez moi. En fait, avec un ordinateur et un modem, je peux travailler n'importe où.

— Ce doit être agréable.

— Oui. En plus, le salaire est intéressant, sans parler des avantages.

— Comment va ta mère ? demanda Leigh.

— Je n'en sais trop rien. Je ne l'ai pas appelée depuis deux jours. Je suis navré de la façon dont elle s'est comportée dans votre cabinet Gavin. Depuis la mort de Marcus, elle est bouleversée. Je crains qu'elle ne se soit un peu trop habituée à jouer les maîtresses du manoir.

Il adressa un regard confus à Leigh dans le rétroviseur.

— Tu n'as pas à t'excuser pour ta mère, Jacob, assura-t-elle.

— Ce qu'il y a surtout, c'est qu'elle venait de découvrir que Marcus avait vidé l'intégralité de leurs comptes en banque.

— Quoi ?

L'aboiement de Gavin fit se tourner vivement Jacob.

— Eh oui. Il ne lui a rien laissé. Pas un sou. Avec sa carrière de médecin, on aurait pensé qu'il aurait amassé une petite fortune personnelle, mais il apparaît qu'il était fauché comme les blés.

— Ta mère va arriver à s'en sortir ? demanda Leigh. Elle a besoin d'argent ?

Gavin parut tiquer, mais Jacob s'empressa de refuser :

— Merci, Leigh, mais elle a de quoi vivre. Elle a mis son propre argent de côté depuis des années. Cependant, le fait que les comptes de Marcus soient vides s'est révélé un véritable choc pour elle. Sans doute pensait-elle être riche après sa mort. Mais cela n'excuse en rien son attitude. Ma mère a toujours été d'une grande nervosité, expliqua-t-il à l'adresse de Gavin.

— Vous êtes sûr que Marcus était fauché à ce point ? demanda Gavin.

Il jeta un regard en direction de Leigh qui secoua la tête d'un air perplexe.

— C'est ce qu'affirme ma mère.

— C'est insensé, intervint Leigh. Il recevait une foule de patients et avait fort peu de dépenses. Vivre à Blackrose ne lui coûtait rien. Qu'a-t-il fait de tout cet argent ?

Jacob haussa les épaules

— Je n'en ai aucune idée. Tout ce que je sais, c'est que d'après ma mère, il n'y avait plus rien.

Ce qui expliquait sans doute pourquoi Eden avait fait main basse sur tout ce qu'elle avait pu trouver à Blackrose.

Ils arrivaient devant la villa des Walken. Jacob gara son véhicule et Gavin sortit le premier de la voiture.

— Merci de nous avoir accompagnés, Jacob, dit-il en aidant Leigh à s'extraire du siège arrière.

— J'ai été heureux de vous rendre service.

— Tu restes en contact, intima gentiment Leigh.

— Compte sur moi.

— Où séjournez-vous ? s'enquit Gavin.

— Chez un ami, pour la nuit. Mais je rentre à New York demain. J'ai un rendez-vous d'affaires.

— Prends soin de toi, dit Leigh.

— Toi aussi. Et cesse de te ruer dans des bâtiments en feu. Bonne nuit, les amis.

En apercevant la voiture garée devant la maison, Gavin comprit que les Walken avaient encore de la compagnie.

— Si on entrait discrètement par-derrière, suggéra-t-il.

— Riche idée, acquiesça Leigh. A ton avis, qu'est-ce qui a pu advenir de l'argent de Marcus, Gavin ?

— C'est une bonne question.

Nan, la gouvernante, n'était pas dans la cuisine. Ils se hâtèrent donc en direction de l'escalier.

Leigh se figea au milieu du hall.

— Je viens seulement de prendre conscience du fait que tu as tout perdu, au cours de cette explosion.

— Je n'avais pas grand-chose, de toute façon. Des vêtements et quelques livres, c'est tout.

Gavin haussa les épaules.

— La seule chose que je regrette est la photo que je conservais de ma famille, mais il doit en exister une copie au garde-meuble.

— Quel garde-meuble ?

— Mes grands-parents sont morts alors que j'étais au lycée. Georges a fait emballer et stocker leurs biens pour moi.

— Tu n'es jamais allé voir ce qui s'y trouve ?

Il eut un nouveau haussement d'épaules.

— Je n'étais pas très proche de mes grands-parents. C'était des gens rigides, très stricts, en matière de discipline. Tu peux imaginer notre mésentente lorsqu'ils m'ont recueilli, après que mon oncle et ma tante eurent eux-mêmes baissé les bras. Bien qu'ils aient tenté de rester en contact avec moi quand j'ai ensuite été placé en famille d'accueil, nous n'avons jamais trouvé le moyen de communiquer, ce que je regrette aujourd'hui, comme tant d'autres choses.

Il abaissa son regard sur la main que Leigh venait de poser sur son bras en signe d'empathie.

— Si tu fais référence à ce qui s'est passé entre nous, sache que tu n'as aucune raison de t'en vouloir.

— Vraiment ?

Elle ôta sa main.

— Vraiment. A moins que tu n'aimes jouer les martyrs.

Surpris, Gavin cligna des yeux.

— Tu m'as eu.

— Franchement, ai-je l'air traumatisée ?

— Pourquoi ai-je l'impression que c'est une nouvelle question piège ?

Les yeux de Leigh s'étrécirent.

— D'accord, déclara-t-il. Cartes sur table. J'accepte l'idée que ton apparence fragile dissimule en fait un tempérament d'acier, si tu m'autorises à me sentir coupable pour t'avoir traitée comme une…

— Une fille facile ?

— Quelque chose comme ça.

Leigh imaginait le terme qui était venu à l'esprit de Gavin. Elle savait également que s'ils voulaient dépasser cette histoire embarrassante, il lui faudrait lui démontrer qu'elle n'avait aujourd'hui plus aucune importance pour elle.

— Tu sais ce que je pense, Gavin ? Je pense que de nous deux, c'est toi qui as été le plus marqué par cette histoire.

Il se frotta la joue et la dévisagea d'un air pensif.

— Tu as peut-être raison. Elle a certainement représenté un tournant dans mon existence.

Soulagée, Leigh assura :

— Dans la mienne aussi, mais j'aime à penser que tout ce qui nous arrive dans la vie a un sens. Cela nous permet d'apprendre et d'avancer.

Gavin eut un sourire désabusé. Puis il haussa légèrement les épaules et son expression s'adoucit :

— Dans quelle chambre dors-tu ?

— Celle-ci, répondit Leigh en désignant une porte du doigt. En face de la chambre d'Helen et de Bram.

— Dans ce cas, je vais m'installer dans celle d'à côté.

Leigh scruta les traits de Gavin, sans parvenir à deviner ses pensées. Peut-être était-il temps d'imiter Helen et de se montrer plus audacieuse.

— Tu pourrais partager la mienne.

Gavin se figea. L'atmosphère autour d'eux sembla soudain chargée et Leigh sentit son cœur battre lourdement.

Avec beaucoup de douceur, Gavin caressa sa joue du bout des doigts.

— Rien ne me ferait plus plaisir que de partager ta chambre…

Son index effleura les lèvres de Leigh.

— … Ton lit… D'explorer ton corps…

Il descendit le long de son cou et s'immobilisa au-dessus du col en V de son corsage.

Elle sentit le désir gonfler sa poitrine, échauffer son ventre, envoyer des ondes brûlantes dans chacune de ses terminaisons nerveuses.

— Mais…

— Je déteste ce mot, protesta Leigh.

Un regret indéfinissable adoucit les traits de Gavin.

— Moi aussi. Et plus que jamais. Mais en ce qui te concerne, acheva-t-il, j'ai déjà suffisamment mis mes principes en péril.

Déterminée à ne pas lui laisser voir combien ces propos la blessaient, Leigh se mit à haïr la douceur qui animait le regard de Gavin. Elle ne voulait pas de sa gentillesse. Elle voulait…

— Aucun de nous n'a les idées claires, ce soir. En tout cas, pas moi. Il vaut mieux que nous allions dormir. Nous avons d'importantes décisions à prendre demain matin.

Avant qu'elle n'ait le temps de répondre, il déposa un baiser sur son front et se détourna. Littéralement clouée sur place, Leigh le regarda entrer dans sa chambre et en refermer la porte avec une détermination déchirante.

Elle entendit un pas dans l'escalier et pivota vivement sur ses talons.

— Ah, c'est toi, Leigh ! s'exclama Georges depuis le sommet des marches. Nan m'a dit avoir entendu quelqu'un monter.

Il considéra avec inquiétude son visage noirci par la fumée.

— Que t'est-il arrivé ? Tout va bien ?

— Oui, s'empressa de répondre Leigh tandis qu'il s'approchait d'elle.

Elle lui raconta l'explosion de la teinturerie, le feu et le fait que Jacob les avait raccompagnés jusqu'ici.

— Je vais bien, mais peut-être devrais-tu aller voir Gavin. En plus de s'être coupé à la main et brûlé, il a perdu tout ce qu'il possédait.

Tandis qu'elle n'avait laissé que son cœur dans la tourmente, se dit-elle avant d'ajouter :

— Il aura sans doute besoin que tu lui prêtes des vêtements.

— Je vais m'en occuper. Mais tu es sûre que ça va ? Tu as l'air secouée. Veux-tu que j'appelle Emily ?

— Non, non, je t'en prie.

Elle ne voulait plus s'entretenir avec quiconque, ce soir.

— Je vais prendre une douche et me coucher.

— Ta sœur a cherché à te joindre.

— Je l'appellerai demain matin.

Elle n'avait pas non plus envie de parler à Helen, ni de pressentir sous ses propos l'inévitable « je te l'avais bien dit ».

— Tu sais, Leigh, ton grand-père était mon meilleur ami.

Les yeux bleu pâle de Georges scrutèrent son visage avec insistance.

— Je ferais tout ce qui est en mon pouvoir pour toi ou ta sœur.

De manière impulsive, Leigh le serra dans ses bras, refoulant ses larmes.

— Je sais, Georges. Merci de tout cœur.

Elle renifla furtivement, s'écarta de lui et lui offrit un sourire mouillé.

— Emily et toi avez toujours été présents pour nous et je ne puis exprimer à quel point c'est important. Merci, Georges. A demain matin.

— Dors bien.

— Je vais essayer.

Lorsqu'on frappa à sa porte, Gavin ne fut pas surpris. Leigh avait en fait été plus longue à le faire qu'il ne s'y attendait. Mais il aurait préféré qu'elle ne vienne pas. La repousser une fois avait été suffisamment dur pour lui. Redressant les épaules, il saisit la poignée de la porte.

— Leigh…

— Non, c'est Georges, corrigea ce dernier en pénétrant d'autorité dans la chambre après l'avoir transpercé du regard. Leigh m'a raconté que tu avais été blessé au cours d'un incendie.

Gavin n'avait vu qu'à de rares occasions cette expression sur le visage de son père adoptif. Il avait appris qu'en ces occasions, mieux valait lui dire ce qu'il voulait savoir.

— Ce ne sont que des plaies superficielles, dit-il. J'ai été soigné sur place.

Il ponctua ses propos en soulevant sa main bandée.

Georges y accorda à peine un regard.

— Leigh n'a rien eu, d'après ce que j'ai compris.

Ah, se dit Gavin, voilà qui expliquait la tension de Georges. C'était au sujet de Leigh que ce dernier s'inquiétait.

— C'est exact. Mais ça a été une rude journée pour elle.

Il dressa un bref tableau des événements survenus à Saratoga Springs.

— Elle s'inquiète pour Mme Walsh. Mais je peux te dire qu'elle a de l'estomac. Tu aurais dû la voir affronter Earlwood.

A ce souvenir, Gavin secoua la tête avec étonnement.

— Et la façon dont elle s'est ruée à l'intérieur de la fournaise avec moi… C'est vraiment quelqu'un.

A ces mots, le vieil homme se détendit.

— Elle est comme sa mère — et comme tous les Hart. Belle, intelligente et extraordinairement loyale.

Au regard pénétrant de son vieux protecteur, Gavin eut l'impression que quelque chose lui échappait, mais avant qu'il n'ait le temps d'en savoir plus, Georges déclara :

— Je ferais mieux de redescendre. Nos invités sont sur le point de prendre congé. Après m'être débarrassé de ces formalités, je te chercherai des vêtements propres pour demain. Et ne t'inquiète pas, je raconterai moi-même ce qui s'est passé à Emily. Tu trouveras tout le nécessaire à ta toilette dans la salle de bains. Nous reparlerons demain matin.

— Merci, Georges. J'apprécie ton hospitalité.

— Tu fais partie de notre famille, Gavin.

Emily et Georges avaient toujours tout mis en œuvre pour lui inculquer cette idée, même à l'époque où il s'efforçait de les tenir à distance. Ils l'avaient accepté et aimé tel qu'il était, malgré la révolte et la violence qui l'animaient. Sans savoir à quel moment cette métamorphose s'était produite, il avait un jour fini par les considérer comme les siens.

Quelques minutes plus tard, debout sous le jet puissant de la douche, Gavin tenta d'analyser le trouble qui l'habitait. Il ne savait pas grand-chose de l'amour, mais il savait ce qu'était le désir — et il désirait Leigh plus que tout. En essayant d'agir avec sagesse ce soir, il redoutait de l'avoir blessée. Mais mieux valait quelques bleus à l'âme tout de suite, qu'un cœur brisé plus tard.

Leigh était le genre de femmes qu'un homme présente à sa mère. Sauf que lui, n'avait pas de mère. Il n'était pas non plus du genre romantique. Il n'avait rien, en fait, qui puisse convenir à Leigh — mais cela ne l'empêchait pas de la désirer.

Le grondement sourd du tonnerre au-dessus de sa tête annonça l'arrivée d'un nouvel orage d'été. Avec l'impression qu'il abordait une autre longue nuit sans sommeil, Gavin poussa un soupir.

9.

A l'instant où un coup de tonnerre ébranlait la maison, Leigh pénétra dans la chambre de Gavin après avoir frappé. Là, elle se figea. Il sortait de la douche. La peau irisée de gouttes d'eau, il était entièrement nu.

Elle ignorait lequel des deux était le plus surpris, mais Gavin fut le premier à réagir. Marmonnant un juron, il enroula autour de sa taille la serviette avec laquelle il était en train de se sécher les cheveux.

— Tu m'as dit d'entrer, protesta Leigh en évitant de ramener son regard sur son torse musclé.

— Je croyais que c'était Georges.

Les yeux de Leigh se posèrent brièvement sur la serviette, avant de remonter jusqu'au visage de Gavin. Esquissant un sourire, elle opta pour l'ironie :

— Ce n'est pas lui. A moins qu'il n'ait rétréci au lavage.

Gavin ne parut pas amusé.

— Qu'est-ce que tu fais ici, Leigh ?

— Je profite du spectacle.

Il la dévisagea avec sévérité.

— Georges va revenir d'un instant à l'autre, m'apporter des vêtements. Je préfère nous éviter l'embarras qui sera le nôtre s'il te trouve ici.

— Ne t'inquiète pas.

C'était elle qui était gênée, à présent.

— Je n'ai pas l'intention de m'attarder. Je voulais juste te dire quelque chose.

A travers la fenêtre de la chambre, des éclairs déchirèrent le ciel. Le tonnerre gronda dans leur sillage et Leigh réprima un frisson.

— Je suis venue te dire que tu étais viré. Je me mettrai en quête d'un nouveau conseiller juridique dès demain matin. Désolée de t'avoir dérangé, mais je pensais que tu aimerais le savoir.

Puis, lui décochant un sourire mielleux, elle ouvrit la porte.

— Dors bien.

Gavin jura entre ses dents.

— Leigh ! Reviens ici !

Georges arrivait dans le couloir à l'instant où, ignorant sa requête, elle refermait la porte de la chambre.

— Si j'étais toi, affirma-t-elle à l'adresse de son compagnon médusé, je déposerais ces vêtements et je passerais mon chemin. Apparemment, l'orage le rend grincheux.

Gavin ouvrit brutalement la porte.

— Leigh…

— Bonne nuit, Georges, lança Leigh avant de se réfugier dans sa chambre.

Ses jambes flageolaient et son cœur battait à tout rompre mais, au moins, elle n'avait pas perdu son sang-froid.

Les voix des deux hommes étaient étouffées par l'épaisse porte de chêne, mais tout en se demandant quelle explication il fournissait à Georges, elle perçut une nette affliction dans les accents rauques de Gavin. Après quelques minutes, ce fut le silence.

Qu'il soit ou non une bonne chose que la soirée se termine ainsi, elle était néanmoins satisfaite d'elle-même. Après avoir jeté sa robe de chambre sur une chaise, Leigh se glissa dans son lit. La balle était à présent dans le camp de Gavin. A lui de faire le prochain pas.

Elle avait longuement réfléchi avant de mettre son plan à exécution. Si elle avait fait une erreur, son ego en prendrait un sale coup, mais mieux valait savoir, que de continuer à arracher un à un les pétales d'une fleur imaginaire.

Son stratagème avait toutes les chances de fonctionner.

En effet elle tendait la main vers la lampe de chevet quand la porte de sa chambre s'ouvrit brusquement sur Gavin. Les cheveux humides, encore ébouriffés par la serviette, des gouttes d'eau toujours accrochés à sa peau, il était torse et pieds nus.

Il s'était contenté d'enfiler un jean, mais cette tenue négligée n'atténuait en rien son extraordinaire charisme.

— Tu plaisantais, j'espère ? s'enquit-il d'un ton impérieux.

La pluie battait contre les vitres.

— Non, répliqua tristement Leigh. Tu es bel et bien viré.

Comme il la dévisageait avec insistance, elle résista à l'envie de remonter les couvertures jusqu'à son menton.

— Tu sembles sérieuse.

— Je le suis.

— C'est parce que je n'ai pas voulu partager ta chambre ?

— Pas du tout. C'est parce que je ne veux pas te détourner plus avant de tes principes.

— Je t'ai blessée.

— Bien sûr que tu m'as blessée, mais là n'est pas la question. Tu as dit que tu étais trop fatigué pour réfléchir clairement. Moi pas. J'ai retourné cette question dans mon esprit et je préfère ne pas attendre à demain pour prendre ma décision. Cette situation est inextricable, poursuivit-elle. Et il vaut mieux que tu me suggères au plus vite le nom du confrère qui pourra te remplacer.

Le grondement du tonnerre vint ponctuer ses propos. Le regard inquisiteur de Gavin était indéchiffrable. Incapable de décider s'il était furieux ou amusé, elle se raidit.

— Je ne sais si je dois t'étrangler ou t'embrasser, dit-il.

A ces mots, Leigh sentit son pouls s'accélérer.

— Il existe une troisième option : tu retournes dans ta chambre et nous dormons là-dessus.

— Tu ne t'en sortiras pas comme ça, rétorqua Gavin.

L'inflexion sensuelle de sa voix diffusa de puissantes ondes de désir dans ses veines.

— Je dois dire qu'aucune femme ne s'est jamais donné autant de mal pour me mettre dans son lit.

Le tonnerre et les éclairs explosèrent simultanément dans le ciel. Leigh retint un cri tandis que la pièce était soudain plongée dans l'obscurité.

— Tu préfères le côté droit ou le côté gauche du lit ? demanda Gavin, imperturbable.

Avec stupeur, elle entendit glisser la fermeture Eclair de son jean.

— Qu'est-ce que tu fais ?

— Ce que tu attends de moi.

Son souffle était si court et si rapide que Leigh se demanda si sa cage thoracique n'allait pas exploser. Elle entendit le pantalon de Gavin atterrir sur la moquette et sentit sa bouche s'assécher.

— Tu n'as aucune idée de ce que j'attends, protesta-t-elle d'une voix tremblante.

Gavin contourna le lit, son torse dénudé illuminé par une nouvelle manifestation des cieux.

— Tu as raison. Je l'ignore. Ce qui est compréhensible, étant donné que tu es une femme et moi un homme. Au cas où tu ne le saurais pas, le cerveau masculin fonctionne différemment de celui des femmes.

Il rabattit les couvertures au moment où le tonnerre éclatait de nouveau à l'extérieur. Leigh frémit en sentant sa jambe nue glisser le long de la sienne.

— Tu es… tu es tout nu ?

— C'est ainsi que je dors habituellement, répliqua Gavin.

Un frisson d'anticipation remonta le long de sa colonne vertébrale.

— Ce n'est pas *ça,* que je veux, dit-elle.

— Tant pis. Un jour, tu comprendras que la vie ne nous offre pas toujours ce que nous désirons.

Leigh se redressa et s'adossa aux oreillers.

— Je ne suis pas une gamine, s'exclama-t-elle.

— Alors, cesse de te comporter comme telle. Il est tard et je suis crevé. J'aimerais dormir un peu.

L'étonnement supplanta en elle l'indignation.

— Dormir ? Tu as l'intention de dormir ? Ici ?

A l'extérieur, l'orage sembla exprimer son approbation par une série d'éclairs spectaculaires.

— Je reconnais que cela ne va pas être facile, si tu n'arrêtes pas de parler.

— Tu n'oserais tout de même pas faire ça !

— Si.

— Que fais-tu de Georges et Emily ?

— Ils devront dormir dans leur propre lit. Celui-ci est déjà plein.

Sur ces mots, il ajusta l'oreiller sous sa tête et roula sur le côté.

— Bonne nuit.

Durant ce qui lui sembla une éternité, Leigh demeura assise dans le noir, remarquant à peine la tempête qui, dehors, continuait de faire rage. Elle ne savait plus comment gérer la situation. Elle avait anticipé toutes sortes de scénarios. Une dispute. Une discussion. En vérité, elle s'était attendue à ce que son coup de bluff les jette dans les bras l'un de l'autre. A ce qu'ils fassent l'amour. Ou encore, à ce que Gavin refuse catégoriquement son défi. *Mais ça...*

Comment était-elle supposée dormir, avec ce corps dénudé contre le sien ? A mesure que l'orage s'éloignait, elle repoussa ces conjectures. Bien qu'elle sache qu'elle ne fermerait pas l'œil de la nuit, sa fierté lui interdisait de fuir.

Se glissant de nouveau sous les couvertures, elle se tint aussi près que possible du bord du lit et fixa l'obscurité. Sa défaite avait un goût amer, mais elle en était seule fautive. Elle aimait Gavin depuis toujours. Comment faire comprendre à cet âne bâté qu'ils étaient faits l'un pour l'autre ?

Aux confins de son esprit, elle entendait sa mère lui dire : « Tout vient à point à qui sait attendre. »

Une expression abhorrée d'Helen, mais dont Leigh avait souvent constaté la probante sagesse. Gavin avait peut-être gagné cette bataille, mais elle n'allait pas rendre les armes pour autant. Il avait un penchant pour elle. Elle le savait. Et il la désirait. Il lui suffirait de revoir plus sérieusement son plan.

Gavin s'éveilla au son du tonnerre. L'orage était revenu. A côté de lui, Leigh s'agitait dans son sommeil. Elle avait rejeté les couvertures et émettait des petits gémissements.

— Chut. Ce n'est que l'orage. Tout va bien.

Il l'attira contre lui, ajustant leur position jusqu'à ce qu'ils soient imbriqués l'un dans l'autre. Aussi confiante qu'un chaton, elle se laissa faire sans s'éveiller.

Etait-ce de l'amour ? se demanda Gavin. Une intimité basée sur la tendresse, bien plus que sur le sexe ? Il posa son menton au-dessus de la tête de Leigh, s'imprégnant de l'odeur de ses cheveux.

Dès le lendemain matin, il leur faudrait parler de la folle relation qui les unissait. Une discussion qu'il redoutait. Le seul fait de regarder Leigh embrouillait ses pensées, lui faisant perdre toute logique.

Bientôt, il devrait se lever et regagner sa propre chambre, mais il préférait attendre que l'orage passe. Il était surpris d'avoir réussi à dormir jusque-là et se demanda quelle heure il était. L'aube ne pointait pas encore. Il pouvait donc s'offrir le luxe de rester allongé là un moment de plus. C'était si bon de la tenir serrée contre lui. Il se lèverait dans une minute.

Lorsque Gavin rouvrit les yeux, le soleil inondait la chambre et sa main encerclait la rondeur ferme du sein de Leigh. Il en sentait le bout durci sous sa paume. Elle était toujours lovée contre lui, une de ses jambes emprisonnée entre les siennes et son derrière se pressait contre son membre en érection.

Elle était éveillée, comprit-il.

Relâchant aussitôt son étreinte, il roula sur le côté. Leigh tourna vers lui un visage adouci par le sommeil. Résistant à une envie pressante de l'embrasser, Gavin repoussa les couvertures et sauta à bas du lit.

Il chercha le pantalon emprunté à Georges, qu'il trouva abandonné sur la moquette.

— Il faut que nous parlions, déclara-t-il. Habille-toi. Nous discuterons en bas.

Avant de céder à une fâcheuse impulsion, comme celle de l'embrasser passionnément et de grimper de nouveau dans ce lit avec elle, Gavin ouvrit la porte de la chambre et se trouva nez à nez avec Emily qui s'apprêtait à frapper à la porte.

— Oh !

Tout en jurant en son for intérieur, il hocha la tête en guise de salut.

— Désolé, Emily. Je ne voulais pas t'effrayer.

— Euh. Eh bien…

Le regard d'Emily alla de lui au lit, dans lequel Leigh était toujours assise, les traits alanguis par le sommeil et les rêves.

— Je, euh, suis venue prévenir Leigh que sa sœur est au téléphone.

Leigh rejeta les couvertures et lança ses jambes hors du lit. Sa chemise de nuit était remontée jusqu'au haut de ses cuisses. A ce spectacle, Gavin retint un gémissement.

— Peux-tu lui dire que je m'habille, s'il te plaît, Emily ? Je la rappellerai dans un petit moment.

Emily sembla recouvrer son sang-froid.

— D'accord, ma chérie. Nan vous a préparé un petit déjeuner. Aurez-vous le temps de le prendre ?

— Je n'ai pas faim, Emily.

— Je comprends, mais tu connais Nan. Si tu ne fais pas honneur à sa cuisine, elle va rouspéter toute la journée. A tout de suite.

Gavin adressa un regard interrogateur à Leigh.

— Elle a eu l'air de prendre ça plutôt bien, non ? dit-elle.

— Emily déteste les scènes, répliqua Gavin. Elle dispose d'armes plus efficaces, comme la culpabilité et les questions insidieuses.

— Hum. Tu dresses un tableau tellement agréable du petit déjeuner, que je suis impatiente de descendre. Tout de même, Gavin, nous ne sommes plus des enfants.

Il laissa son regard s'attarder sur sa silhouette en effet très féminine.

— Une fois qu'elle en aura fini avec nous, nous en aurons pourtant l'impression, objecta-t-il.

— Enfin… Il ne s'est rien passé !

— Mm. Tu penses qu'elle va le croire ?

— C'est pourtant la vérité.

— Habille-toi, Leigh. Nous avons à faire, ce matin.

Sur ces mots, Gavin sortit et referma la porte derrière lui.

Les brûlures et l'entaille qu'il avait à la main se rappelèrent à son souvenir dès qu'il pénétra dans la salle de bains. Il se coupa à deux reprises en se rasant, mais s'habilla en un temps record et se hâta vers le rez-de-chaussée. De manière surprenante, la cuisine était déserte. Il entendit Nan et Emily en grande conférence dans la buanderie et remercia le ciel de ne pas avoir à s'expliquer.

S'emparant d'un des jeux de clés accrochés au mur, il se glissa hors de la maison et se dirigea vers la voiture d'Emily. Celle-ci pourrait à présent ajouter l'emprunt de son véhicule à la liste de ses méfaits.

Les rues étant désertes, il atteignit rapidement le centre-ville. Comme il s'y attendait, le feu avait détruit l'intégralité de son immeuble, s'attaquant même aux bâtiments mitoyens. Tout ce qu'il possédait avait disparu.

Il gara la voiture d'Emily à côté de son propre véhicule, qu'il examina avec méfiance avant de poser la main sur la portière. Mieux valait se montrer prudent et s'assurer qu'après son immeuble, sa voiture n'allait pas exploser à son tour. Rien n'indiquait que quiconque y ait touché, mais ce n'est qu'en constatant que l'ordinateur était toujours dans le coffre qu'il poussa un soupir de soulagement.

Lorsqu'il revint chez les Walken et gara son véhicule devant leur villa, Georges apparut à la porte d'entrée et s'avança sur le perron tandis qu'il sortait l'ordinateur du coffre.

— Tu veux un coup de main ?

— C'est bon, merci. J'ai dû laisser la voiture d'Emily devant chez moi. J'irai la récupérer tout à l'heure.

— Non, non, j'irai moi-même la chercher dans l'après-midi.

— Merci. Tu n'aurais pas un clavier à me prêter, par hasard ?

— Tu peux utiliser celui qui est dans mon bureau.

— Formidable.

Gavin attendit que Georges dise quelque chose concernant Leigh, mais ce dernier se contenta de retenir silencieusement la porte à son intention. Emily et Nan les attendaient dans le vestibule, l'air anxieux. Leigh était invisible.

— Leigh n'est pas encore descendue de sa chambre ? demanda Gavin.

— Je crois qu'elle est au téléphone avec sa sœur, dit Emily.

Son inquiétude était aussi tangible que sa réprobation.

— Nous allons nous marier, déclara-t-il alors à brûle-pourpoint.

Les lèvres d'Emily formèrent un « O » surpris. Gavin était lui-même légèrement stupéfait de cette assertion, même si cette pensée mûrissait en lui depuis l'instant où il s'était trouvé nez à nez avec elle ce matin.

Georges semblait pour sa part plus pensif qu'étonné. Quant à Nan, un sourire extatique fendit ses traits ravinés.

— Eh bien, dit-elle gaiement, voilà qui requiert un petit déjeuner tout à fait spécial.

— Remettons plutôt cela à demain, Nan, suggéra vivement Gavin. Je n'ai pas faim et Leigh et moi avons beaucoup à faire. Tout d'abord, je dois nettoyer cet ordinateur, ajouta-t-il en se dirigeant vers le bureau de Georges.

— Mes félicitations, dit tranquillement ce dernier en le suivant à l'intérieur de la pièce.

Gavin déposa le PC sur la table et fit face à l'homme qu'il admirait plus qu'aucun autre.

— Je sais qu'elle pourrait trouver meilleur parti…

Georges secoua la tête.

— Non, assura-t-il avec conviction. C'est faux.

Gavin avala sa salive avec difficulté.

— Les gens vont penser que je l'épouse à cause de son argent.

— Depuis quand te soucies-tu de l'opinion des gens ?

— Je m'inquiète de ce que tu penses, toi, avoua Gavin.

Le vieil homme s'assit sur le rebord de son bureau et sourit.

— Hier soir, j'ai annoncé à Emily que nous allions bientôt assister à un double mariage.

Prenant conscience qu'il dévisageait Georges, bouche bée, Gavin resserra vivement les mâchoires.

— J'ai pour principe de ne jamais fournir de conseils si on ne me le demande pas, Gavin. Mais je vais faire une exception à cette règle. Je vous ai vus grandir, toi et Leigh et devenir des adultes accomplis. Seulement vous avez tous deux un point faible. Leigh se croit inférieure à sa sœur. Quant à toi, tu vis dans la culpabilité d'avoir survécu à tes parents et à ton frère, que tu jugeais également supérieur à toi. A lui seul, ce manque de confiance en vous pourrait détruire votre union.

Gavin se dandina d'un pied sur l'autre sans répondre.

— Il ne peut y avoir d'amour sans confiance en soi et donc, en l'autre, Gavin. Bon, reprit Georges après un silence, à présent dis-moi d'où provient cet ordinateur.

Tandis qu'il lui relatait la découverte de Roger, Gavin était hanté par les propos de Georges. Il se refusait à examiner de trop près ce qui l'avait poussé à lancer cet avis de mariage de manière aussi impulsive… et stupide.

Quand il eut achevé son récit, Georges siffla doucement entre ses dents.

— Dennison ne t'avait jamais parlé de ce cabinet secret ? demanda Gavin.

— Jamais.

— Tu ignores donc s'il en existe d'autres ?

— Voilà une pensée déconcertante.

Emily pénétra dans le bureau, avec un sourire aux lèvres et une tasse de café chaud pour Gavin.

— Nan te fait dire qu'elle concocte un petit déjeuner de fête que tu as intérêt à déguster.

Un pli d'ironie désabusé se forma sur les lèvres de Gavin. Emily pensait régner sur cette maison, mais depuis toujours, c'était Nan qui était aux commandes. Son amusement s'évanouit brusquement lorsqu'il vit Leigh entrer dans la pièce.

— As-tu annoncé la nouvelle à ta sœur ? s'enquit Emily.

Leigh darda sur Gavin un regard interrogateur, avant de se tourner de nouveau vers cette dernière.

— Elle a dû être aussi surprise que nous, assura Emily en serrant Leigh dans ses bras. Nous sommes si heureux pour vous. Si heureux. Avez-vous décidé de la date ?

Le regard à présent stupéfait de Leigh se braquant dans le sien, Gavin balbutia d'un air contrit :

— Pardonne-moi, Leigh. J'aurais dû te consulter avant d'en faire part à tout le monde.

— En effet c'eût été plus sage, convint-elle, avant d'ajouter, avec un sourire à l'adresse d'Emily : Nous n'avons pas encore eu le temps d'établir un programme précis.

Tout en se demandant pourquoi elle l'avait épargné, Gavin lui était reconnaissant.

— Mais j'attends une proposition en bonne et due forme, poursuivit Leigh. Le champagne, les lumières tamisées, la musique douce, une bague, vous voyez…

— C'est bien, ma chérie. Ne rends pas les armes. Il ne faut jamais trop faciliter l'existence au genre masculin.

Tout en roulant des yeux, Georges entoura la taille de sa femme de son bras. Gavin décida pour sa part d'interrompre cette conversation avant qu'elle ne dégénère.

— Nous avons d'autres problèmes à régler avant tout cela. Comme celui de savoir ce que contient cet ordinateur.

— Après le petit déjeuner, décréta Emily avec fermeté. Vous connaissez Nan quand il s'agit de sa cuisine.

— Avec les femmes, conseilla à son tour Georges en souriant d'un air désabusé à l'adresse de Gavin, il vaut souvent mieux céder dès le début.

Gavin fut consterné de voir que Nan avait sorti le grand jeu, en disposant sur une nappe blanche le service de porcelaine et même des petits verres d'alcool pour trinquer.

— Je n'ai pas eu le temps de mettre du champagne au frais, annonça-t-elle.

— C'est l'intention qui compte, Nan, assura Leigh. Quelle jolie table. C'est très gentil, n'est-ce pas, Gavin ?

— Très.

Il subit les toasts et les vœux de bonheur, en se demandant tout du long ce que Leigh avait derrière la tête. Elle renchérissait à l'enthousiasme de Nan et d'Emily, comme si tout avait été parfaitement normal.

La sonnerie du téléphone interrompit cette scène absurde et Gavin en conçut un réel soulagement. Pressé d'emmener Leigh afin de s'expliquer avec elle, il se hâta de remercier Nan pour ses attentions.

La vieille gouvernante secoua sa tête blanche d'un air malicieux en se tournant vers Leigh.

— Tu n'as pas fini d'avoir des problèmes avec celui-là, ma petite.

— C'est déjà le cas, renchérit Leigh.

— A quoi joues-tu ? murmura Gavin à son oreille dès qu'ils purent s'éclipser en direction de la porte d'entrée.

— Je planifie ton exécution, répliqua-t-elle, moqueuse. En ce moment, je penche pour la torture — une mort lente et douloureuse. Mais je me satisferai au besoin d'une solution plus rapide comme… la strangulation.

Georges les rejoignit avant qu'il n'ait eu le temps de répondre. Gavin s'efforça donc de se concentrer sur l'ordinateur. Sous l'œil attentif de Georges et de Leigh, il ôta de son mieux la poussière et la crasse accumulées sur l'appareil, avant de le connecter au clavier et à l'écran de Georges et de le mettre en marche. L'écran s'alluma mais l'ordinateur refusait de fonctionner.

— Il est cassé ? demanda Georges.

— On dirait que le disque dur a été effacé, déclara Leigh d'un air pensif.

Gavin fit une nouvelle tentative. Sans plus de résultat.

— Je crois que tu as raison. Mais pourquoi ton grand-père aurait-il caché si soigneusement cet ordinateur, si le disque est vide ?

— Je n'en ai aucune idée.

— Peut-être n'est-ce pas Dennison qui l'a relégué dans ce cabinet suggéra Georges.

Gavin croisa le regard médusé de Leigh.

— Je n'avais pas envisagé cette possibilité, avoua-t-il.

— Moi non plus.

— Gavin ? appela Emily en se plantant devant la porte. Wyatt Crossley vient d'arriver. Il veut vous parler, à toi et à Leigh, à propos de ce qui s'est passé hier soir.

— Installez-vous dans la pièce de devant, proposa Georges. Je m'assurerai que vous ne soyez pas dérangés.

Gavin et Leigh rejoignirent Wyatt qui les y attendait.

— Comment va ta main ? demanda-t-il en souriant à Gavin.

Compte tenu de ce qu'il avait dû affronter ce matin, Gavin avait pratiquement ignoré la douleur engendrée par ses blessures.

— Ça pourrait être pire. Comment va Earlwood ?

Les mâchoires de Wyatt se crispèrent.

— Il ne s'en est pas sorti.

Comme Leigh inspirait vivement pour accuser le choc, Gavin prit sa main.

— Sait-on ce qui s'est passé, exactement ? demanda-t-il.

Wyatt secoua la tête.

— Nous continuons d'inspecter les décombres. L'explosion

aurait été causée par une fuite de gaz à l'arrière de la teinturerie. Une fois celui-ci accumulé, une étincelle — comme le simple fait d'appuyer sur l'interrupteur — aurait suffi à la déclencher.

— Keith aurait dû sentir l'odeur du gaz, objecta Leigh.

— C'est vrai, répliqua Wyatt d'un air songeur. Quant à vous deux, vous avez eu une chance incroyable, de vous trouver hors du bâtiment au moment de l'explosion.

C'était le fait de s'être garé à l'arrière de l'immeuble au lieu d'y pénétrer directement par l'entrée de la façade, qui leur avait sauvé la vie, pensa Gavin.

— A ton avis, peut-il s'agir d'un incendie volontaire ?

Intrigué, Wyatt redressa vivement la tête.

— Pourquoi ? Aurais-tu des raisons de le croire ?

— Non...

— Bien sûr que non, renchérit Leigh — avec un peu trop d'empressement, au vu de l'expression circonspecte de Wyatt qui les dévisagea tour à tour avant de braquer son regard sur Gavin.

— Aurais-tu eu une prise de bec avec quelqu'un, ces derniers temps, Gavin ?

— En dehors des membres de l'équipe de soft ball que nous avons écrasée à plate couture dimanche dernier, veux-tu dire ?

Wyatt lui lança un regard acéré, mais n'insista pas.

— Tu m'as confié qu'Earlwood avait des problèmes d'argent. Quelles sont tes sources ? demanda-t-il.

— J'ai dû l'entendre dire quelque part. J'ai d'abord pensé qu'il avait voulu faire sauter le magasin afin de percevoir un dédommagement de la part des assurances. Mais cette idée ne tient pas debout — n'étant pas propriétaire des murs, il n'aurait touché qu'une somme dérisoire.

— L'immeuble est géré par Rapide Immobilier, indiqua Wyatt. Nous en recherchons en ce moment le propriétaire.

— Il me semble que cette société appartient à Nolan Ducort, lança Gavin, en évitant le regard de Leigh. Sais-tu que lui et Earlwood étaient amis ?

Wyatt se figea.

— Non. Je l'ignorais. Est-ce important ?

— Sans doute pas, mais ils ont fréquenté la même école et traînaient souvent avec Martin Pepperton.

Le regard de Wyatt s'étrécit. Gavin devina qu'il établissait le lien entre ses propos et le meurtre de Martin.

— Serais-tu en train d'essayer de me dire quelque chose, Gavin ?

— Non. Je discute, c'est tout.

— Mm, mm. Un sujet intéressant, je l'avoue. Mais je crois comprendre que toi, en revanche, tu ne les fréquentais pas.

— Nous ne faisions pas partie du même monde.

— Je vois.

Wyatt se tourna vers Leigh, qui secoua la tête.

— Moi non plus, je ne les côtoyais pas, assura-t-elle.

— Leigh, intervint Gavin, nous devons informer Wyatt du fait que nous avons déposé une plainte contre Ducort.

Ce fut au tour de Leigh de se figer tandis que le regard de Wyatt se rivait sur elle.

— Il s'était introduit à Blackrose sous prétexte de parler à Roger, qui y travaille en ce moment, expliqua Gavin d'un ton neutre. Et je l'y ai surpris en train de harceler Leigh.

— Pour quelle raison ? demanda Wyatt en braquant dans les siens des yeux aussi froids que l'acier.

Gavin ne broncha pas. Il savait que son ami prenait son travail au sérieux et c'était tout à son honneur.

— A mes yeux, ce type est une crapule, affirma-t-il. Sans les relations haut placées de sa famille, il croupirait en prison depuis longtemps.

Wyatt se tendit de nouveau. Sans doute se remémorait-il la vieille amitié qui liait son oncle au père de Nolan Ducort.

— Quel genre de « crapule » ?

— En te renseignant un peu, tu apprendras que les femmes sérieuses le fuient comme la peste, dit Gavin. Il a toujours trouvé Leigh fort à son goût et a feint de croire que cette attirance était réciproque.

— Ce qui n'est pas le cas, déclara Leigh avec fermeté.

— Seulement ce monsieur n'aime pas qu'on lui résiste, ajouta Gavin. J'ai été contraint de lui mettre les points sur les i.

Le rictus de Wyatt s'intensifia.

— Tu m'as demandé si j'avais eu maille à partir avec quelqu'un. Je t'ai répondu, affirma Gavin.

— Moui. Penses-tu que Ducort ait été en relation avec Pepperton et Earlwood ces derniers temps ?

— Il te faudra le lui demander. Mais je parierais que oui.

— Deux d'entre eux sont déjà morts, affirma Wyatt.

— Cela donne à réfléchir, n'est-ce pas ?

Wyatt poussa un soupir frustré.

— Tu as mon numéro de portable. Appelle-moi si tu as deux ou trois *détails* intéressants comme ceux-ci à me faire partager, suggéra ce dernier avec sarcasme.

— Je serai toujours ravi de te rendre service.

Comme ils le raccompagnaient jusqu'à la porte d'entrée, Wyatt s'immobilisa.

— J'allais oublier. On n'a rien pu sauver des effets qui se trouvaient dans ton appartement, Gavin. Je suis désolé.

— Oh, je m'en doutais.

— Si tu as besoin de quoi que ce soit…

— Merci, Wy.

Gavin et Leigh le suivirent jusqu'au porche.

— Gavin… Fais attention à toi, lança Wyatt en ouvrant la portière de sa voiture.

— Je n'y manquerai pas.

— Dis-moi, demanda Leigh tandis que la voiture s'éloignait, tu crois vraiment que c'est Nolan qui a provoqué cette fuite de gaz ?

— Je n'en sais rien, mais je préfère penser que c'est lui qui a voulu tous nous faire sauter, plutôt qu'Earlwood.

Leigh replaça une mèche de cheveux sans répondre.

— Qu'est-ce qu'on fait ?

— On garde les yeux ouverts et on protège nos arrières, ainsi que l'a suggéré Wyatt. Quoi qu'il en soit, il nous faut retourner à Blackrose afin de fouiller le contenu de ce classeur de documents.

Leigh leva vers lui un regard troublé.

— Ne devrions-nous pas discuter un peu, d'abord ?

— Nous pourrions parler en chemin.

— Ce que nous avons à nous dire prendra peut-être plus de cinq minutes, tu ne crois pas ?

10.

Nolan raccrocha le combiné du téléphone. L'œil rivé sur l'acte de vente posé devant lui, il émit un chapelet de jurons en espérant que Martin Pepperton brûlait en enfer.

Ce salaud avait effectivement transféré à son nom la propriété de son satané canasson. Dès que les flics auraient vent de cette transaction, ils accourraient pour le questionner.

Ce document le ferait passer pour un menteur, puisqu'il leur avait assuré ne pas avoir vu Martin depuis des mois. Il leur avait même confié — *de son plein gré* — s'être rendu au champ de courses le jour du meurtre, sans l'y avoir aperçu. Si les flics découvraient que l'acte de vente établi par Pepperton était un faux, que ce dernier lui avait vendu un tocard à la place de Sunset Pride, ils allaient considérer cette histoire comme le mobile du crime.

Pour comble d'offense, les Ecuries Pepperton lui réclamaient à présent des frais de gardiennage…

Et comme si cela ne suffisait pas, la nouvelle de cette vente s'étant propagée, Tyron Briggs le harcelait au téléphone pour lui racheter la jument. S'il n'avait craint de se faire repérer, il la lui aurait volontiers refilée.

Furieux, Nolan appliqua son poing sur le bureau, envoyant promener stylos et documents.

Que faire ? Il était coincé.

Il poussa un grognement et fixa d'un air absent le tableau de maître suspendu au mur en face de lui.

Il ne manquait plus que son alibi s'effondre.

Ou que Leigh Thomas aille raconter à la police ce qu'elle avait vu.

A cette idée, il ressentit l'étau de la peur se resserrer en lui.

Il était en train de négocier deux marchés aussi délicats qu'importants, mettant en jeu des sommes d'argent considérables. Si cette histoire avec Martin s'éventait, il n'aurait plus qu'à faire une croix sur ces deux affaires. Il ne pouvait se le permettre. Il avait un besoin urgent de liquidité.

Nolan passa une main lasse sur ses yeux. L'effet de ces nombreuses nuits d'insomnie commençait à se faire sentir. S'il avait pu se reposer un peu, peut-être serait-il parvenu à réfléchir — avant que son univers ne s'effondre.

Il avait commis la veille au soir une grossière erreur. Il avait pourtant soigneusement calculé les risques. Connaissant la ténacité des experts en assurances, il s'était consciencieusement renseigné avant d'agir.

Un vieil immeuble n'était pas à l'abri d'une fuite de gaz… à la condition de ne laisser aucun indice sur place et que personne n'y trouve la mort.

Sauf que, d'après les nouvelles, Earlwood avait passé l'arme à gauche. Pourquoi cet imbécile n'était-il pas ressorti de la teinturerie à temps ? se demanda-t-il, pris de panique. Il ne l'avait pourtant pas frappé si fort.

Le bâtiment, provenant du rachat global de Rapide Immobilier, exigeait d'onéreux travaux. Mis en vente depuis plus d'un an, l'immeuble ne trouvait pas acheteur et représentait un véritable gouffre financier, que le maigre revenu de ses locations, teinturerie comprise, ne saurait couvrir.

Il avait pourtant tout prévu, pensa rageusement Nolan. Il s'était même assuré que personne ne se trouvait dans l'immeuble à ce moment-là.

Et si Earlwood avait parlé aux flics avant de mourir ? Violemment secoué à cette pensée, Nolan se frotta furieusement la mâchoire. Non, décida-t-il. Si Keith avait parlé, la police serait déjà venue l'interroger.

Il n'aurait jamais dû lui demander de suivre Jarret et Leigh. Il aurait dû se méfier. Mais s'interroger sur les raisons qui avaient empêché cette garce de le dénoncer pour le meurtre de Martin avait fini par le rendre fou. Des raisons qu'il avait espéré pouvoir utiliser à son avantage. Sauf qu'à présent, au lieu d'y avoir trouvé des réponses, il était confronté à de nouvelles interrogations.

Par exemple, le fait que Leigh Thomas — qui ne fréquentait jamais l'univers des courses — se soit entretenue avec un des jockeys de Martin, dans un restaurant de Saratoga Springs. Après quoi Jarret et elle s'étaient rendus directement à l'hippodrome. Qu'est-ce que cela signifiait ?

Bon sang ! Pourquoi n'avait-elle pas dit aux flics qu'il avait tiré sur Pepperton ? Qu'avait-elle à gagner, en se taisant ?

Nolan se rejeta au fond de son fauteuil et fixa l'acte de vente sur son bureau.

Qu'allait-il faire pour se sortir de ce pétrin ? Si seulement il avait été en mesure de réfléchir…

Au bout du compte, pensa-t-il, la mort de Keith pourrait peut-être tourner en sa faveur. Beaucoup de gens savaient qu'Earlwood avait besoin d'argent. Or si la police découvrait que le tuyau de gaz avait été coupé volontairement, c'est à lui qu'elle attribuerait ce crime, en le soupçonnant d'avoir voulu gruger sa compagnie d'assurance.

Nolan considéra ses jointures endolories. Il n'avait pas prémédité de frapper Keith, mais quand ce sale fouineur l'avait rejoint dans la teinturerie en lui réclamant de l'argent, il avait vu rouge. Sa confrontation avec Jarret avait donné à réfléchir à Earlwood, lui insufflant le courage de venir l'accuser du meurtre de Martin. Il devait avouer qu'il avait alors eu envie de tuer ce stupide bâtard.

Mais il ne l'avait *pas* tué ! Il ne devait pas l'oublier. Même si Earlwood s'était violemment cogné à la tête en tombant, il respirait encore. Il avait même ouvert les yeux tandis qu'il lui signifiait ce qui arriverait, s'il le dénonçait.

Nolan ferma les yeux. Une migraine intolérable pulsait à ses tempes. L'aspirine n'y faisait rien. Malgré son envie de se servir un verre, il ne pouvait prendre ce risque. Il n'était que 10 heures du matin et il devait garder la tête froide pour sa réunion de cet après-midi. Il y avait forcément un moyen de se sortir de cette histoire.

Ses muscles étaient si tendus qu'il avait l'impression qu'il allait imploser. Le cas du cheval était le premier problème à régler, décida-t-il. Le plus simple ne serait-il pas de s'en défaire ?

Se redressant dans son fauteuil, Nolan rouvrit brusquement les yeux. C'était la seule façon d'éviter que la police ne découvre l'existence de cette transaction. Voilà la solution : se débarrasser de cette bestiole et s'en tenir à sa première déclaration — il n'avait pas vu Martin depuis des mois. Il ignorait *tout* de cet acte de vente. Il n'avait jamais financé aucune des courses de Pepperton. Qu'aurait-il fait d'un cheval ?

Ça allait marcher ! Il en était sûr.

Mais comment procéder ? Mettre le feu à l'écurie était hors de question. Avec sa chance, ce satané canasson s'en tirerait.

Nolan se leva et marcha jusqu'à la fenêtre. Et si quelqu'un le volait ? Il pourrait engager un ou deux voyous pour s'emparer de la jument et la perdre dans la nature.

Tout en jetant un dernier regard à l'acte posé devant lui, Nolan sourit. Cette dernière idée lui plaisait. Elle était simple, sans complication majeure, parfaite.

Si seulement il avait pu se rappeler le nom du lad renvoyé par Martin, quelque temps plus tôt. Ce type sauterait sûrement sur l'occasion de se faire un peu d'argent, tout en se vengeant des Pepperton.

Son plan allait marcher, il le sentait. Il ne lui restait qu'à éliminer le cheval, d'abord, puis Leigh Thomas et Jarret. Dommage que leur véhicule ne se soit pas encastré dans un arbre, le soir où il leur avait foncé dessus.

Mais…, songea Nolan, il lui restait l'arme de Martin.

— Pour discuter, nous serons plus tranquilles à Blackrose, assura Gavin en démarrant son moteur.

— Avec Roger et ses gars qui entrent et sortent à tout bout de champ, c'est certain, rétorqua Leigh.

— La maison est suffisamment vaste pour que nous parvenions à nous isoler.

— Puisque tu le dis…

Il lança un coup d'œil dans sa direction, mais Leigh regardait par la fenêtre. Elle n'allait pas lui faciliter la tâche.

— Tu es en colère ?

Elle tourna la tête vers lui.

— Pour quelle raison serais-je en colère, Gavin ?

Son calme souverain le mettait à cran. Il n'arrivait pas à comprendre ce qu'elle avait derrière la tête.

— La liste de tes raisons de l'être à mon égard doit être aussi longue que le bras.

Leigh demeura silencieuse, mais il sentit qu'il avait réussi à la faire sourire. C'était un début.

— D'accord, convint-il. Je n'aurais pas dû t'accuser de bluffer, hier soir.

— Je ne bluffais pas.

Se tournant vivement vers elle, Gavin faillit quitter la route. L'expression de Leigh était aussi sérieuse que l'inflexion de sa voix. Jamais il n'aurait dû entamer cette conversation dans la voiture. Il avait besoin de toute sa concentration pour l'affronter.

— Qu'est-ce que tu fais ? demanda-t-elle, comme il engageait soudain son véhicule dans une contre-allée.

— Je me gare !

— Ici ?

— Oui.

Gavin coupa le moteur et ôta sa ceinture de sécurité.

— Tu veux vraiment engager un autre avocat ?

— C'était mon intention, jusqu'à ce que tu annonces aux Walken que nous allions nous marier.

Il s'efforça de donner un sens à ses propos. Elle était assise là, parfaitement calme. L'air tout à fait sérieux.

— Je ne comprends pas, affirma-t-il.

— Quoi ? Le fait que je ne te vire plus ?

Gavin tapota nerveusement le volant.

— Renvoyer ton propre mari serait en effet un peu gênant, déclara-t-il, sardonique.

— Sauf que nous n'allons *pas* nous marier, railla Leigh. Tu as dit aux Walken ce qu'ils avaient envie d'entendre. C'est très bien. J'aurais juste aimé que tu m'en avertisses. Cette scène au petit déjeuner a été très embarrassante, mais je comprends. Et ne t'inquiète pas, il nous suffira d'attendre quelques semaines, puis de leur dire que j'ai changé d'avis. C'est simple.

Gavin sentit une tension soudaine lui oppresser la poitrine.

— Simple ?

— N'aie pas peur, je ne te ferai pas passer pour le méchant, Gavin.

— Mais enfin, qu'est-ce que tu racontes ?

Il agrippa le volant avec impatience.

— J'aurais dû te faire l'amour, marmonna-t-il entre ses dents.

La stupeur arrondit les lèvres de Leigh.

— J'admets que ç'aurait été agréable, convint-elle d'un ton narquois, mais c'est sans doute mieux ainsi. Les banales aventures, ce n'est pas mon truc.

— Agréable ? répéta Gavin, les doigts crispés autour du volant. Tu penses que faire l'amour avec moi aurait été… agréable ?

Feignant la surprise, Leigh haussa les sourcils.

Il se pencha vers elle, mû par une forte appréhension.

— Peut-être ne te souviens-tu pas des plaisirs que nous avons connus ensemble il y a sept ans, dit-il avec douceur, mais moi, je n'ai pas oublié. Et quand je ferai de nouveau l'amour avec toi, ce sera tout sauf *banal*.

— Pardonne-moi. Je ne cherchais pas à entacher ton orgueil masculin.

— Tu ne fais que ça depuis le début et tu le sais pertinemment.

— N'est-ce pas mieux que de t'inciter à enfreindre tes principes ?

— C'est la deuxième fois que tu me jettes cela à la figure.

Il emprisonna son visage entre ses mains.

— Je ne voulais pas te blesser, Leigh. J'essayais *vainement* de me montrer objectif en ce qui nous concerne.

Sur ces mots, il posa ses lèvres sur les siennes avec douceur, tandis qu'une onde de chaleur montait en lui. Elle renversa la tête en arrière, invitante et il suivit de sa bouche la ligne délicate de sa gorge, savourant les frissons qu'il lui arrachait.

Sa main glissait jusqu'à la poitrine de Leigh, quand son téléphone portable sonna.

La musique aigrelette des notes déchira le voile de sensualité qui les enveloppait. Gavin appliqua son front contre celui de Leigh, répugnant à libérer son étreinte.

— Tu ne réponds pas ?

— J'ai plutôt envie de jeter ce téléphone par la fenêtre, affirma-t-il en se redressant.

Leigh sourit.

— Wyatt t'arrêterait pour dépôt d'ordures sur la voie publique.

— D'ici deux minutes, il l'aurait fait pour atteinte à la pudeur, rétorqua Gavin en s'emparant du téléphone.

— Allô ? Non, je suis dans ma voiture.

Ils continuaient à jouer au jeu de la douche écossaise, pensa Leigh, mais le chaud prenait décidément le pas sur le froid.

— D'accord, Susan. Remettez tous les documents qu'ils voudront aux experts. Je serai là dès que possible, mais annulez mes autres rendez-vous de la semaine, voulez-vous ? Vous pouvez communiquer mon numéro de portable au cas où il y aurait une urgence. Très bien. Merci. Vous aussi.

— C'était ton bureau ?

— Mon assistante. Marcus avait en effet donné pleins pouvoirs à Eden sur le compte afférent à l'entretien de Blackrose. D'autre part, en ce qui concerne le montant des factures fictives, il l'a transféré sur un des comptes personnels, avant de retirer en plusieurs fois l'intégralité de cet argent en espèces.

— Qu'est-ce que cela signifie ?

— Que s'il était encore en vie, ton père serait contraint de s'expliquer concernant ces fuites d'argent.

— Mais Jacob affirme qu'il était fauché.

— Peut-être avait-il un vice caché ?

— Un vice qui s'élèverait à six cent cinquante mille dollars !

Les lèvres de Gavin se contractèrent.

— Il a également pu conserver cet argent quelque part.

— Ce serait la raison pour laquelle Eden a si vite récupéré les effets de Marcus. Elle aussi cherchait cet argent.

— Evitons les conclusions trop hâtives, affirma Gavin en attachant sa ceinture et en démarrant le véhicule. En tout cas, si cet argent existe toujours, nous devons le trouver avant elle.

— Vaste programme. Nous pourrions peut-être demander à Helen et Bram de nous aider.

— Oui, c'est une bonne idée.

Leigh hésita, répugnant à poser sa prochaine question :

— Que dois-je dire à Helen ? A propos de ces fiançailles ?

Gavin se tendit.

— Qu'as-tu *envie* de lui dire ?

— Je ne comprends pas.

— Nous ne pouvons nier ce qui se passe entre nous.

Elle sentit son cœur s'emballer tandis que Gavin choisissait prudemment ses mots.

— Ce pourrait être de véritables fiançailles.

Ils arrivaient à Blackrose. Leigh sentit son être tressaillir, mais ce n'était pas à cause des ornières de l'allée défoncée.

— S'agit-il… d'une demande en mariage ?

— Je reconnais que ce n'est ni le lieu ni l'heure pour ce genre de conversation, mais c'est toi qui l'as amenée…

Gavin lui jeta un bref regard.

— Laisse-toi le temps de la réflexion, Leigh. Je sais que nous sommes faits l'un pour l'autre. Ce n'est pas ton argent qui m'intéresse. En ce qui me concerne, je préférerais même qu'on se marie sous le régime de la séparation de biens.

Leigh le dévisagea avec stupeur.

— Tu es sérieux !

— Absolument.

Les pupilles de Gavin s'étrécirent soudain et Leigh suivit la direction de son regard.

— Qu'est-ce qui se passe, encore ?

Comme Gavin freinait brusquement, elle vit des ouvriers courir vers l'arrière du manoir. Avant qu'elle n'ait le temps de réagir, Gavin était descendu de voiture et interpellait l'un d'entre eux.

— Que se passe-t-il ? Où est Roger ?

L'homme détourna la tête et s'écria :

— On s'efforce d'attraper Lucky avant que cette cinglée ne tente de nouveau de lui faire la peau.

— Eden est revenue ? s'enquit Leigh en accourant.

— Elle est à l'arrière de la bâtisse, répondit l'ouvrier. Je parie qu'on l'entend hurler depuis Stony Ridge.

Gavin partit au galop.

— Si j'étais toi, je passerais par l'intérieur, suggéra ce dernier à Leigh. C'est plus court.

Elle opina de la tête, avant d'escalader les marches du perron et de traverser la maison au pas de course. En atteignant la porte grande ouverte de la cuisine, elle s'attendit à une scène similaire à celle de l'autre fois, mais ne vit personne. Des livres étaient éparpillés sur la table, comme si quelqu'un les y avait abandonnés pour sortir en hâte.

Y jetant un bref regard, Leigh se figea. C'était les livres de Marcus. Eden était donc revenue achever son pillage. Mais pourquoi s'acharnait-elle contre Lucky ? Ne comprenait-elle pas que, poussé à bout, un tel molosse pouvait la mettre en pièces ?

Leigh se précipita à l'extérieur au moment où Eden surgissait à l'entrée des jardins. Les yeux exorbités et le visage d'un blanc crayeux, elle avait l'air terrifiée.

Lucky l'avait-il attaquée ?

Mais où se trouvait-il ? En fait, à part Eden, elle ne voyait ni n'entendait personne d'autre. Ils devaient tous être dans le labyrinthe de verdure.

— Eden ? Ça va ?

Eden trébucha, la fixa d'un air égaré, puis se précipita vers sa voiture. Leigh se rua alors dans sa direction dans le but de l'intercepter.

— Que se passe-t-il ?

Sa belle-mère s'immobilisa. Son regard était comme fou.

— Ne t'approche pas de moi. Ne t'approche pas.

— Tout va bien, Eden. C'est moi. Calme-toi. Tu n'es pas blessée ?

En guise de réponse, Eden la repoussa avec violence et monta en hâte dans sa voiture, dont elle tourna la clé de contact avant que Leigh ne recouvre son équilibre.

— Eden ! Attends !

Le véhicule disparut dans un nuage de poussière et Leigh entendit un bruit de course derrière elle avant que Gavin ne s'immobilise à son côté en émettant un juron.

— Pourquoi ne l'as-tu pas retenue ?

— Avec quoi ? Il m'aurait fallu au moins un bazooka. On aurait dit qu'elle avait vu un fantôme !

A cet instant, Roger et quelques-uns de ses ouvriers apparurent sur le parking. Une gravité alarmante marquait leurs traits.

— Que s'est-il passé ? demanda Leigh. Eden a blessé Lucky ?

Une main fermement resserrée autour du collier du chien, Roger tenait un bâton de l'autre. Leigh se tourna vers Gavin en quête d'une explication. Son expression lugubre la glaça.

— Lucky a de nouveau creusé la terre du jardin, dit-il avec douceur.

Leigh sentait une peur irrationnelle s'insinuer en elle.

— Ce n'est pas grave, affirma-t-elle. J'avais dit que cela n'avait pas d'importance.

Tout le monde la dévisageait en silence. Elle lut de la pitié sur plusieurs visages. Roger relâcha Lucky et le chien trotta vers elle en remuant la queue. Ses pattes crottées de boue révélaient clairement son forfait.

— Leigh.

Gavin la prit par l'épaule.

— Lucky n'a pas fait que creuser un trou. Il a endommagé le système d'arrosage automatique et…

— Je m'en moque. Qu'y a-t-il, Gavin ? Tu me fais peur.

— Il a déterré un os.

Du menton, il désigna la main de Roger.

— Un os humain.

Incapable de détacher son regard de celui, sombre et compatissant, de Gavin, Leigh sentit une clameur l'envahir.

— Qu'est-ce que tu racontes ? murmura-t-elle.

Mais avant même qu'il n'ouvre de nouveau la bouche, elle avait compris.

— Il y a un corps enterré là-bas.

Le cerveau comme engourdi, elle assura d'une voix blanche :

— Je veux le voir.

— Il n'y a rien à voir, Leigh, objecta Gavin avec tendresse. C'est juste un gros trou boueux…

— Je veux le voir !

S'arrachant à son étreinte, elle se dirigea vers les jardins. Son regard se posa sur ce que Roger tenait à la main. Ce n'était en effet pas un bâton. Mais un os. Un os humain.

— Leigh, n'y va pas, conseilla Roger.

— Laisse-la faire, ordonna Gavin.

Leigh détacha son regard de la main de Roger, dépassa le

groupe d'ouvriers qui commençaient à s'éclipser et se mit à courir en direction de la roseraie.

Précédée par Lucky, elle atteignit l'entrée du labyrinthe. Elle sentait la présence de Gavin derrière elle. Ni lui ni elle ne prononcèrent un mot. Malgré la chaleur estivale, elle était glacée jusqu'aux os, emplie d'une résignation horrifiée qui la laissait sans voix.

Etrangement et avant même que Lucky ne s'engage dans l'allée qui menait aux rosiers de Marcus, elle savait quelle direction prendre.

Celle où les roses avaient fleuri à profusion. L'endroit favori de leur père.

C'était là qu'il avait planté ses premiers rosiers. Des rosiers qu'il avait toujours soignés avec un fanatisme — jusqu'ici — inexplicable.

Les roses étaient toutes mortes, à présent. Autour du tuyau d'eau déchiqueté, la terre s'était transformée en boue.

Leigh s'avança au bord de la fosse creusée par Lucky.

— Attention, l'avertit Gavin. C'est glissant.

En effet il n'y avait pas grand-chose à voir — à part un trou rempli d'eau boueuse. Mais sous cette fange reposaient les restes d'un être humain.

Lucky s'assit sur son arrière-train et leva vers elle sa grosse tête qu'elle caressa d'une main distraite.

— Bon chien, Lucky.

— C'est là qu'il est mort, Gavin. Marcus a été abattu à cet endroit précis. Justice a été faite.

— Leigh…

— C'est lui qui a tué notre mère. Nous l'avons toujours su. Mais nous ignorions qu'il l'avait enterrée là. Nous aurions dû le comprendre, dès qu'il a planté son premier rosier. Maman adorait les roses.

— Rentrons dans la maison, Leigh.

— N'est-ce pas ironique ? Il est mort à l'endroit même où il l'avait enterrée.

— Viens, insista Gavin en l'entraînant à distance.

Se détournant du trou boueux, Leigh leva son visage vers lui et scruta son regard peiné.

— Au moins, tu n'essayes pas de me faire croire qu'il ne s'agit pas de la tombe de ma mère.

N'aurait-elle pas dû ressentir autre chose que ce calme effrayant qui l'envahissait ?

— Nous savions qu'elle était morte ! Nous le *savions,* mais personne ne nous a crues.

— Ce pourrait être quelqu'un d'autre, qui est enterré là, hasarda Roger, comme ils regagnaient le parking.

Elle avait complètement oublié sa présence. Son regard se posa sur l'objet qu'il tenait à la main. Au premier coup d'œil, on aurait vraiment dit un bout de bois — sali de terre.

— Ce n'est pas vraiment elle qui repose sous cette boue, de toute façon, répliqua Leigh.

Elle désigna l'os d'un signe de tête.

— Ce ne sont que les restes de ce qu'elle a été. Ma mère est là, affirma Leigh en appliquant son poing fermé sur son cœur. Pour toujours. Mais c'est un soulagement que de connaître enfin la vérité.

Sa voix se brisa et elle laissa Gavin glisser un bras autour de ses épaules.

— Rentrons dans la maison, dit-elle. Il faut que j'appelle ma sœur.

11.

Leigh n'eut pas à appeler Helen, qui venait d'arriver, en compagnie de Bram. Quelqu'un avait dû lui dire ce qu'avait découvert Lucky, car elle se précipita vers eux avant qu'ils n'aient atteint la porte de la cuisine.

Gavin regarda les deux femmes s'étreindre, presque soulagé de voir les larmes de Leigh couler enfin. Le calme étrange qui s'était jusque-là dégagé d'elle lui avait par trop cruellement rappelé son propre détachement, après l'accident qui avait coûté la vie à sa famille.

— Tu penses vraiment qu'il s'agit du corps d'Amy ? lui demanda Bram en se rapprochant de lui.

— Nous en assurer prendra un certain temps, mais c'est hélas probable.

— Helen a toujours été persuadée que Marcus avait tué sa mère.

Gavin acquiesça d'un grave hochement de tête.

— Leigh aussi.

Ils s'assirent tous les quatre autour de la table de la cuisine, tandis que le parc s'emplissait de policiers et de détectives.

Après que la police les eut interrogés, Roger et son équipe furent renvoyés chez eux. Avant de le laisser partir, Leigh et sa sœur le serrèrent dans leurs bras, en lui exprimant leur gratitude envers Lucky pour sa triste découverte.

Pendant ce temps, Gavin prévint son assistante que, finalement, il ne passerait pas aujourd'hui. Puis il appela les Walken et fut soulagé que ce soit Georges qui réponde. En réaction à son terrible récit, un profond chagrin résonna dans la voix du vieil homme, à qui il promit de le tenir au courant avant de raccrocher.

Puis il repéra Wyatt dans la cour arrière. Se réjouissant de ne pas y apercevoir l'inspecteur en chef Crossley, il alla à la rencontre de son ami.

— Comment Leigh et Helen accusent-elles le choc ?

— Avec un sang-froid impressionnant, répliqua Gavin. Il faut dire que cela fait plus de sept ans qu'elles attendent de retrouver le corps de leur mère.

Wyatt fit une grimace.

— Je sais.

— Viens. Bram a fait du café.

Le jeune inspecteur secoua la tête.

— Pas tout de suite. Crois-tu que les jumelles soient en état d'identifier certains bijoux, que nous venons de découvrir ?

— Je pense que oui, mais il ne faudrait pas que ton oncle se manifeste sur ces entrefaites.

— Ne t'inquiète pas, marmonna Wyatt, il ne viendra pas. Il sait que sa réputation va en prendre un coup. Je parie qu'il va se tenir à distance. Tu restes un moment ?

— Oui.

— Très bien. J'ai hélas d'autres mauvaises nouvelles. Je te laisse le soin de décider du moment d'en avertir Leigh et sa sœur. J'ai reçu un appel de la police de Saratoga, qui a retrouvé Livia Walsh. Elle est à l'hôpital, suite à une grave attaque cardiaque survenue il y a quelques jours alors qu'elle faisait ses courses au supermarché. Elle est paralysée et a perdu l'usage de la parole. Ils n'ont toujours pas réussi à localiser sa fille.

Gavin grommela un juron pour exprimer sa contrariété.

— Bon, je dois aller donner des ordres à mes hommes. Je vous rejoins dans un instant, promit Wyatt.

Lorsque Gavin regagna la cuisine, Helen affirmait avec consternation :

— Quand je pense que Marcus a désigné sous mes yeux l'endroit où était enterrée maman, mais que je n'ai pas su le comprendre !

— Qu'est-ce que tu racontes ? demanda Bram.

— Un jour que j'étais de retour à Blackrose, Eden m'a avertie qu'il était comme atteint de démence et je l'ai trouvé dans le jardin, agenouillé à l'endroit exact où le corps de maman a été retrouvé. Il parlait tout seul. Il a tapoté la terre et a dit quelque chose du genre : « Tes roses s'épanouissent, cette année, Amy. » J'ai cru qu'il délirait, mais lui, savait qu'elle se trouvait là, sous la terre, où il l'y avait mise.

A ces mots, Leigh frissonna et se laissa aller contre Gavin, qui venait de s'asseoir à son côté sur le banc.

— Eden aussi le savait, affirma Leigh à l'adresse de sa sœur. C'est pour cela qu'elle s'est acharnée sur Lucky. Elle avait peur qu'il ne découvre la tombe de maman.

— Tu crois qu'elle a été sa complice ! ?

— Du calme, suggéra Bram. Nous ne sommes même pas encore certains qu'il s'agisse du corps de votre mère.

Helen se tourna vers lui.

— Combien de cadavres sont enterrés dans ce parc, à ton avis ?

— Bram a raison, intervint Gavin. Méfions-nous des conclusions trop hâtives.

— Eden le savait…, commença Leigh.

— Tu ne peux pas le prouver.

— Gavin, tu as bien vu sa réaction, protesta-t-elle. On ne poursuit pas un chien avec un couteau pour avoir gratté la terre. Et tout à l'heure, en s'enfuyant, elle avait l'air si terrifié.

— Son seul comportement ne peut faire office de preuves devant un tribunal.

— Qu'est-ce qu'il te faut ? éclata Helen d'un ton cinglant. Des photos d'Eden en train de creuser la tombe ?

Comprenant sa colère, Gavin répondit d'une voix douce :

— Rien ne sert de m'agresser, Helen. Je suis de ton côté ! Je mettrais moi-même ma main à couper qu'Eden a été la complice de Marcus. Hélas, la justice n'a que faire de nos certitudes.

— C'est profondément injuste, se plaignit Helen.

— Aimerais-tu être condamnée pour meurtre sur la base de tes réactions à une situation donnée ? Tout bon avocat alléguera qu'elle s'est enfuie, horrifiée par la découverte de Lucky et non parce qu'elle savait *qui* était enterré là.

— Serais-tu en train de dire qu'elle va s'en sortir ? vociféra Helen.

— Calme-toi, Helen, dit doucement Bram.

— Je comprends parfaitement sa frustration, Bram. C'est une des raisons qui m'a fait renoncer à devenir avocat criminel. On évite la prison à des coupables, pour y laisser moisir des innocents. C'est anormal, mais c'est ainsi.

— Comment prouver sa culpabilité, alors ? demanda Leigh.

Gavin couvrit sa main de la sienne.

— Avec des preuves solides et de la patience.

— La patience n'est pas mon fort, rétorqua Helen.

Bram emprisonna sa main et sourit :

— Cela, nous le savons.

— La police trouvera peut-être un indice en creusant la terre.

Helen renifla avec dédain.

— Après toutes ces années ? Cela m'étonnerait.

Au milieu du silence qui s'était abattu sur eux, Gavin les informa de l'accident de Livia Walsh. Il vit alors les yeux de Leigh s'emplir de larmes.

— On aurait donc profité qu'elle soit à l'hôpital pour la cambrioler ?

— Apparemment, concéda-t-il.

— Nous devons l'aider, affirma Helen.

Apercevant Wyatt par la fenêtre, qui se dirigeait vers la porte de la cuisine, Gavin alla lui ouvrir. Bram se leva à son tour et Gavin fit les présentations. Helen posa son regard sur les sachets en plastique que tenait à la main le jeune inspecteur.

— Je peux déjà vous dire, affirma-t-elle, que ma mère portait toujours une montre bracelet en or et un collier dans lequel étaient enchâssées deux grosses émeraudes, que grand-père lui avait offert à notre naissance.

— Notre mère détenait, à l'intention des assurances, des photographies et des estimations concernant chacun de ses bijoux, précisa Leigh.

— Cela pourra nous aider, affirma Wyatt en s'avançant vers la table. Mais comment avez-vous deviné qu'il s'agissait de bijoux ?

— Après tout ce temps, répliqua Helen, je doute qu'il reste grand-chose d'autre.

Wyatt ne répondit pas, mais repoussa la pile de livres laissés sur le plateau de la table par Eden.

— Je vais devoir vous demander de ne pas y toucher jusqu'à ce que mes hommes aient fini d'analyser ces indices.

A l'aide d'une pince, Wyatt sortit le contenu du premier sachet. Malgré la terre qui encrassait le détail du collier, ils distinguèrent deux grosses pierres serties d'or, qui avaient dû être vertes.

Leigh émit un petit son étouffé et ferma les yeux. Gavin enroula un bras autour de ses épaules. Elle tremblait.

— C'est bien le collier de maman, murmura Helen.

Sa voix se brisa et elle se détourna, enfouissant son visage contre le torse Bram. Après avoir pris une vive inspiration, Leigh rouvrit les yeux et examina les bijoux l'un après l'autre, confirmant à son tour leur provenance.

— Je suis désolé, bredouilla Wyatt.

Leigh essuya ses yeux du revers de la main.

— C'est mieux ainsi, dit-elle. Maintenant, nous savons que nous avions raison.

— Comment est-elle morte ? demanda Helen.

Wyatt secoua la tête.

— Nous l'ignorons encore. J'ai bien peur que le déterminer ne nous prenne un certain temps.

Helen lui rapporta le monologue de Marcus, après quoi Leigh lui relata le comportement hystérique d'Eden.

— Elle ne va tout de même pas s'en tirer sans payer pour son crime ? s'enquit Helen d'un ton sec.

Wyatt considéra le cercle de visages tendus vers de lui.

— Je ferai tout pour l'éviter, répliqua-t-il. Je sais que mon oncle n'a jamais voulu prendre vos accusations au sérieux. Mais cette fois, c'est *moi* qui mène l'enquête.

— Il demeure votre oncle et votre chef hiérarchique, fit remarquer Helen.

— De même que Marcus était votre père…

Un silence pesant s'abattit sur eux. Leigh et sa sœur échangèrent un regard. Sans comprendre ce qu'il avait exprimé, Gavin vit une part de la tension qui habitait Leigh s'estomper. Helen se tourna alors vers Wyatt.

— Comment pouvons-nous vous aider ?

— Nous devrons rouvrir le dossier. J'aurai besoin que

vous réunissiez tous vos souvenirs afin de vous rappeler les événements précis qui ont précédé le départ de votre mère pour New York et ceux qui ont suivi sa disparition.

— Nous l'avons fait tant de fois que nous pourrions les réciter en dormant, assura Helen.

Wyatt secoua la tête.

— Non. Je veux *tous* les détails — ce que vous avez mangé au petit déjeuner, comment était le temps, à quoi vous pensiez en partant pour l'école. Cela prendra du temps. J'irai jusqu'au bout. Je veux que vous commenciez à y réfléchir. Nous relèverons toutes les invraisemblances. Vous croyez tout vous rappeler, mais la mémoire est trompeuse. Il vaudrait mieux que vous n'échangiez pas vos souvenirs entre vous — ou avec qui que ce soit. Je vous appellerai pour organiser un interrogatoire. Mais surtout, je tiens à vous exprimer à quel point je suis navré.

— Merci, dit Leigh.

Lorsque Wyatt Crossley fut parti, elle se tourna vers Gavin.

— J'espère que ton ami est aussi capable qu'il le pense.

Gavin considéra cette pensée un moment.

— Je le crois.

— En tout cas, je l'aime bien, conclut Leigh.

— Moi aussi, renchérit Bram en commençant à ramasser les tasses vides et le pot de café sur la table.

Un livre, que Wyatt avait dangereusement rapproché du bord, tomba, laissant échapper une feuille de papier qui vola jusqu'au sol. Comme Leigh se penchait pour la ramasser, elle se figea.

— Gavin !

Tapé à la machine, un message — non signé et non daté — noircissait la page blanche. La taille des caractères permit à chacun d'en lire aisément le contenu.

Je sais ce que vous avez fait. Laissez vingt mille dollars derrière le lion en pierre à 21 heures, jeudi soir.

— N'y touchez pas ! Bram, va voir si tu peux rattraper Wyatt avant qu'il ne parte, ordonna Gavin. Ne touche pas non plus au livre, suggéra-t-il à Helen, qui s'apprêtait à le ramasser.

— Il y a une autre feuille qui pointe entre les pages. Plus d'une, en fait, corrigea Helen.

Gavin rencontra le regard de Leigh.

— Je crois que nous venons de découvrir ce qu'il est advenu des six cent mille dollars manquants, affirma-t-il.

— C'est donc cela qu'Eden cherchait ? s'exclama Leigh.

— Peut-être. Je n'en sais rien. Mais je crois plutôt que c'est l'argent qu'elle espérait trouver.

La porte de la cuisine s'ouvrit et Bram entra, suivi de Wyatt. Après avoir consulté la lettre anonyme, Wyatt les guida jusqu'à la bibliothèque. Ses hommes y avaient découvert sept autres messages du même style, réclamant différentes sommes d'argent. L'un d'eux faisait allusion à cinquante mille dollars.

— Pas étonnant que Marcus soit mort pauvre, dit Helen.

— Il serait intéressant de rapprocher ces sommes de celles retirées successivement du compte de Blackrose, pensa Gavin à haute voix.

Wyatt opina de la tête.

— Nous devrons l'éplucher ensemble, dit-il. Auriez-vous une idée de *qui* aurait pu faire chanter votre père ?

— Nous aurions l'embarras du choix, répondit Helen. Marcus n'était pas très apprécié dans la région.

— C'est ce que j'ai entendu dire.

— Et si c'était Eden ? demanda Leigh.

— Elle n'avait pas besoin de le faire chanter, contesta sa sœur. Elle l'avait épousé.

— Je sais, convint Leigh. Et Jacob nous a assuré qu'elle était bouleversée de savoir que Marcus n'avait rien laissé, mais ça pouvait être du cinéma. Quand je lui ai demandé si Eden avait besoin d'argent, il a dit qu'elle en mettait de côté depuis des années… tu t'en souviens, Gavin ? Sa hâte à récupérer ce qui se trouvait dans la maison pourrait s'expliquer par sa crainte que l'on ne découvre ces lettres.

Gavin chercha le regard de Wyatt.

— Je ne voudrais pas te compliquer davantage la tâche, Wyatt, mais imagine que Marcus les ait tapées lui-même ? Elles ne sont pas datées et peuvent être antérieures au décès d'Amy Hart. Qui dit que ce n'est pas Marcus lui-même, qui faisait chanter quelqu'un — Dennison Hart, peut-être.

Rompant le silence qui s'était installé autour de la table suite à ces propos, Wyatt marmonna dans sa barbe :

— Il n'y a qu'un homme de loi pour avoir l'esprit aussi tordu. Hum. Je garde ton hypothèse à l'esprit. En attendant, je crains que nous ne devions fouiller l'intégralité du manoir, ajouta-t-il à l'adresse de Leigh et de sa sœur.

— Faites comme chez vous, l'invita Helen. Mais si vous souhaitez inspecter les affaires de Marcus, il vous faudra en faire la demande à Eden. Les livres et les meubles qui se trouvent dans la chambre de notre père sont tout ce qu'elle a laissé.

— Mes services sont déjà en train de chercher à la localiser. Pourrait-il exister une relation entre ce qui se passe ici et l'explosion de cette teinturerie ? demanda Wyatt à l'adresse de Gavin.

— Quelle explosion ? s'enquit Helen.

— Je t'expliquerai, promit Leigh, avant de demander à Wyatt : ce n'était donc pas un accident ?

— Je n'en sais rien encore, mais Gavin semble curieusement attirer les problèmes autour de lui en ce moment…

Gavin leva les deux mains, paume ouverte.

— Hé, pas si vite. Je ne suis que l'avocat de la famille.

— C'est ce que tu dis, répliqua Wyatt d'un ton soupçonneux. Vous êtes bien certains de n'avoir aucune autre information à me communiquer ? ajouta-t-il en les dévisageant tour à tour.

Gavin regarda Leigh, qui secoua la tête.

— Bien…, conclut Wyatt. Vous savez où me joindre.

— Tu ne lui as pas parlé de la découverte de ce cabinet secret par Roger, fit remarquer Bram après le départ de Wyatt.

— C'est moi qui lui ai demandé de s'en abstenir, affirma Leigh. Je veux d'abord inspecter le contenu de ce classeur de documents.

— Tu as eu raison, approuva Helen. Allons-y tout de suite !

— Ne vaudrait-il pas mieux attendre le départ de la police ? s'inquiéta Leigh. S'ils nous trouvent tous les quatre dans ce réduit, nous aurons du mal à leur expliquer ce que nous y faisons.

— Il se fait tard. Allons plutôt passer un moment avec Emily et Georges. Nous reviendrons cette nuit, quand la police sera partie.

Bram leva un sourcil circonspect.

— Tu veux revenir ici, de nuit ?

— Roger n'a toujours pas branché l'électricité dans cette partie du manoir, rappela Leigh.

— Nous n'aurons qu'à utiliser des torches, suggéra Helen.

Gavin secoua la tête.

— Les policiers et les techniciens vont passer la nuit ici.

— Il était supposé pleuvoir.

— Ils installeront des bâches. Après sept ans, leur travail va relever de l'archéologie. Ils vont sans doute également passer toute cette partie du parc au crible en quête d'indices et inspecter le manoir dans ses moindres recoins. Connaissant Wyatt, je peux vous dire que la tâche sera minutieuse.

— Aurais-je dû refuser à Wyatt l'autorisation de tout fouiller ?

— Non, tu as bien fait, Helen, assura Gavin. Il serait revenu avec un avis de perquisition et il vaut toujours mieux coopérer aux efforts de l'enquête.

— La lecture de ces documents devra donc attendre à demain ? s'interrogea Helen.

Gavin acquiesça d'un signe de tête.

— Nous ne pouvons rien sortir de la maison, qui serait susceptible de représenter un indice.

— Wyatt ne va pas apprécier que nous lui dissimulions des renseignements, avança Bram d'une voix hésitante.

— Ce n'est pas notre but. Si nous trouvons quoi que ce soit d'intéressant, nous lui en ferons aussitôt part, affirma Gavin.

Mais il savait que Wyatt leur tiendrait rigueur de ne pas l'avoir informé de l'existence de ce cabinet secret. Surtout s'il s'avérait en exister d'autres à inspecter dans le manoir.

Helen et Bram se levèrent pour partir.

— Méfiez-vous. La presse doit déjà camper devant le portail, les avertit Gavin.

Helen grogna avant d'affirmer avec agacement :

— Je les avais complètement oubliés, ceux-là.

— Nous allons prendre mon camion et sortir par l'arrière de la propriété, suggéra Bram.

— J'ignore si l'on peut encore emprunter cet accès en voiture. La végétation a dû reprendre ses droits.

— Mon camion passe partout. Vous voulez profiter du voyage ?

Leigh interrogea Gavin du regard.

— Va avec eux, proposa-t-il. Je vais traîner un peu par ici, afin de voir ce que font les policiers.

— Je reste avec toi, affirma Leigh avant de se tourner vers sa sœur. Avant que tu ne l'apprennes de la bouche de quelqu'un d'autre, je dois t'annoncer quelque chose, Helen : Gavin et moi allons nous marier.

— Quoi !

— Emily, Georges et Nan sont déjà au courant, ajouta-t-elle sans regarder Gavin. C'est pourquoi j'ai tenu à te l'annoncer avant qu'ils ne le fassent. En dehors d'eux, nous n'en avons parlé à personne.

— Pas même à moi ! protesta Helen sans chercher à dissimuler son chagrin.

— Je suis désolée. Nous ne l'avons décidé que ce matin, après que je t'ai parlé au téléphone et…

— C'est ma faute, Helen, intervint Gavin. J'en ai fait part à Georges et Emily sans même avoir consulté Leigh. J'aurais dû la laisser t'en parler d'abord.

Helen toisa Gavin, avant de tourner un regard circonspect vers sa sœur.

— Es-tu sûre de ce que tu fais ? Je ne veux pas t'offenser, mais… tout cela est si soudain.

— Cela n'a rien de soudain, affirma Leigh. Nous avons attendu plus de sept ans.

La surprise fit s'entrouvrir les lèvres d'Helen. Gavin se figea.

— Tu n'as pas envie de me dire que tu es heureuse pour moi ? demanda Leigh.

— Oh, Leigh, si ! Bien sûr que si !

Helen étreignit sa sœur avec fermeté.

— C'est juste… que je ne m'attendais pas à cette nouvelle.

— Je sais.

— J'exige des détails, décréta Helen.

— Plus tard, promit Leigh. Je ne voulais juste pas que tu l'apprennes par Georges ou Emily.

— Je ne te l'aurais jamais pardonné.

Helen se tourna vers Gavin, qui recevait les félicitations de Bram.

— Je t'interdis de lui faire du mal, menaça-t-elle.

Il la regarda droit dans les yeux :

— Je ne le voudrais pour rien au monde, Helen.

A ces mots, Leigh sentit sa gorge se serrer. Visiblement impressionnée par l'intensité qu'avait mise Gavin dans cette déclaration, Helen lui rendit son regard.

— Je n'ai jamais eu de grand frère. Ce pourrait être intéressant. Bienvenue dans la famille.

— C'est un type bien, affirma Bram à l'oreille de Leigh.

— Je sais. Vous vous ressemblez beaucoup, tous les deux.

Bram eut l'air stupéfait.

— Je prends vraiment ça comme un compliment. Allez, viens, Helen, ajouta-t-il à voix plus haute. Tâchons de filer avant la pluie. A voir la couleur du ciel, elle ne doit pas être loin.

Tandis qu'ils regardaient Bram et Helen partir, Gavin posa une main sur l'épaule de Leigh.

— Dois-je prendre cette annonce faite à ta sœur pour ta réponse à ma proposition ?

Leigh le regarda dans les yeux.

— Non. C'était une ruse.

— Une ruse ? Tu veux dire que ta réponse est « non ? »

Elle secoua brièvement la tête.

— Les avocats ne sont-ils pas supposés saisir la subtilité des choses ? Tu m'as demandé de réfléchir. C'est ce que je fais.

Durant ce qui lui sembla une éternité, Gavin ne répondit pas.

— Très bien, acquiesça-t-il enfin.

A cet instant, on frappa un coup discret à la porte de la cuisine, qui s'ouvrit sur Wyatt.

— Je te croyais parti, dit Gavin.

— Non, je vais passer une bonne partie de la nuit ici. Nous nous efforçons de couvrir le site avant la pluie. J'ai vu Helen et Bram partir et je me demandais si vous étiez encore là.

— Cela ne te dérange pas si nous restons un peu ? Leigh voudrait récupérer des documents — que nous devons étudier ensemble. Nous pouvons te les soumettre auparavant, si tu veux.

Wyatt le dévisagea avec circonspection.

— Je ne peux pas te laisser emporter quoi que ce soit se rapportant à l'enquête, Gavin.

— Je tiens plus que quiconque à ce que le meurtre de ma mère soit résolu, intervint Leigh avec force. Jamais je ne dissimulerais des éléments pouvant faire office de preuves. Je veux simplement consulter ces dossiers ayant appartenu à mon grand-père. Etant donné qu'il est décédé avant la disparition de ma mère, je doute que ces documents puissent servir votre enquête, mais si c'était le cas, vous en seriez le premier informé.

Wyatt scruta longuement son visage, comme s'il devinait qu'elle lui cachait quelque chose, avant de conclure :

— D'accord, Leigh. N'oubliez pas de prévenir un de mes hommes lorsque vous repartirez.

Ces imbéciles s'étaient fait prendre !

Paniqué, Nolan émit un juron tandis qu'il quittait sur les chapeaux de roues son observatoire, en surplomb de la ferme des Pepperton. Ces imbéciles allaient parler, c'était sûr. A cette pensée, il se réjouit d'avoir engagé ces types par téléphone. Il avait dépensé dix mille dollars pour rien, mais au moins, ces idiots ne pourraient pas l'identifier.

Mais à présent, la police allait enquêter sur l'origine de cette jument, se dit-il avec l'impression qu'un piège invisible se refermait sur lui. Il aurait dû s'adresser à quelqu'un d'autre, mais il avait été pris par le temps. Ces deux amis, un lad et un jockey, renvoyé lui aussi par Martin parce qu'il avait pris trop de poids, connaissaient bien les chevaux et avaient tous deux une dent contre les écuries Pepperton — et contre Martin en particulier. Il avait eu de la chance de retrouver leur trace aussi vite. Mais comment aurait-il pu imaginer qu'ils se montreraient si incompétents ? S'il avait pu s'acquitter seul de cette tâche, il l'aurait fait, mais il avait trop peur des chevaux pour cela.

Jamais il n'oublierait le bruit des sabots frappant le corps inanimé de Martin le matin de sa mort. Ce souvenir le faisait frémir à tel point qu'il s'était juré de ne plus jamais approcher un cheval de sa vie.

La peur qui l'étreignait avait un goût amer. Il avait envie de hurler sa rage, sa frustration. Il n'arrivait plus ni à manger ni à dormir. Leigh Thomas était devenue une réelle menace pour lui.

Or le seul moyen d'affronter une menace était de l'éliminer. Ce qu'il aurait dû faire dès le début.

Tout en frottant ses yeux fatigués, Nolan pensa au revolver de Marcus. S'il abattait Leigh, puis dissimulait l'arme dans la voiture de Jarret la police croirait à un meurtre passionnel. Et même s'ils n'arrêtaient pas Gavin, ils ne remonteraient pas jusqu'à lui. C'était la seule chose à faire.

Sauf que cette seule pensée lui donnait des sueurs froides. N'était-ce pas ironique ? Il avait causé la mort de trois personnes, mais il avait peur d'assassiner ce petit bout de femme.

Parce que les autres morts avaient toutes été accidentelles, alors que tuer Leigh relèverait du meurtre prémédité.

Pourtant, il n'avait pas le choix ! C'était elle ou lui. Cette fois, la fortune et les relations de sa famille ne suffiraient pas à lui éviter la prison. Pas si la police découvrait qu'il avait abattu Martin et provoqué cette fuite de gaz dans le magasin de Keith. Leigh Thomas *devait* mourir.

Nolan tourna en direction de Blackrose. Il existait, depuis une départementale, un ancien chemin accédant à l'arrière de la propriété. L'entrée n'en était pas indiquée et il n'était pas certain de le retrouver, mais c'était le seul moyen de ne pas se faire repérer.

Sauf que le chemin, boueux et embroussaillé, devait être impraticable avec une voiture de sport comme la sienne. Il pourrait emprunter un camion ou un autre 4x4, dans le garage qu'il venait d'acquérir. Mais maintenant qu'il avait pris sa décision, il ne voulait pas perdre un instant. Chaque seconde qui passait le rapprochait un peu plus du désastre.

Si le chemin lui paraissait trop mauvais, il laisserait sa voiture et irait à pied. C'était même mieux ainsi. Il la garerait à l'abri des regards et marcherait jusqu'au manoir. Si Leigh ne s'y trouvait pas, il l'attendrait. Tôt ou tard, elle finirait par se montrer. Comme toujours.

Pourvu que la pluie torrentielle qui s'annonçait attende qu'il soit à l'abri avant de tomber.

12.

— Dire à Wyatt que les dossiers appartenaient à ton grand-père était fort astucieux de ta part, la félicita Gavin.

— C'est la simple vérité, répondit Leigh. Enfin, je crois.

— Nous allons avoir besoin d'une lampe torche.

— Il doit y en avoir une, suspendue au mur de la cuisine.

Sauf qu'elle ne s'y trouvait pas.

— J'en ai une autre dans ma chambre.

— Très bien.

Se rappelant sans doute son aversion pour cet accès aux étages, Gavin s'immobilisa au pied de l'escalier de service.

— Allons-y, déclara Leigh avec fermeté. Je surmonterai mon appréhension.

Surtout, pensa-t-elle, si Gavin était avec elle.

— Oh, je te sais capable de surmonter bien des situations.

A ces mots, Leigh sentit une onde de chaleur l'envelopper.

— Leigh, as-tu confiance en moi ? demanda Gavin à brûle-pourpoint.

— Bien sûr. Pourquoi ?

Il sourit.

— Moi aussi. Allons-y, avant que Wyatt ne revienne.

Tout en se demandant pourquoi il lui avait posé cette question, Leigh suivit Gavin dans l'escalier obscur. Arrivé sur le palier, il se figea et fit courir ses mains le long des panneaux de bois sombre.

— Qu'est-ce que tu fais ?

— Je cherche un deuxième passage qui mènerait aux coursives. Et je soupçonne… Ah, voilà. Il est là.

Fixant avec anxiété les panneaux boisés du couloir, Leigh vit un nouveau pan de mur s'effacer sous ses yeux.

— Te rends-tu compte que nous avons vécu ici toute notre vie sans connaître l'existence de ces ouvertures… Il faut vraiment être aveugle.

— Non. Tout a été prévu pour que vous n'en ayez pas connaissance.

— Je me sens tout de même idiote.

Sa curiosité supplantant sa répugnance, Leigh suivit Gavin sur le balcon et retint son souffle. Cinq mètres plus bas, s'étendait la vaste salle à manger, éclairée par la lueur déclinante des verrières.

Elle n'avait jamais cu peur du vide auparavant, mais se trouver là était si déconcertant, si étrange… Un frisson glacé s'installa au creux de son estomac.

— Fais attention à la marche, l'avertit Gavin.

Comme il s'éloignait le long des coursives, Leigh enfonça ses ongles dans la paume de ses mains pour s'empêcher de lui crier de revenir. A travers la verrière, la course folle des nuages continuait à assombrir le ciel.

— On aurait dû allumer le rez-de-chaussée.

N'ayant jamais été experte à dissimuler ses émotions, elle devinait que sa hâte à quitter cet endroit était inscrite sur son visage. Gavin fronça les sourcils.

— Ça va ?

— Nous devrions aller chercher cette torche dans ma chambre.

L'espace autour d'eux s'obscurcissait un peu plus chaque seconde. Au-dessus de leurs têtes, la couleur des nuages était passée du gris au noir.

— D'accord, mais laisse-moi juste te montrer comment on ouvre cette porte.

Etreinte par un sentiment de danger imminent, Leigh se mordit la lèvre pour ne pas dire qu'elle s'en moquait. C'était l'orage qui exacerbait, comme d'habitude, sa nervosité, se dit-elle dans le but de se rassurer.

Anxieuse et avec une envie désespérée de fuir ces coursives, elle examina le renflement quasi invisible qui commandait l'ouverture de la porte. Elle y appuya son index à deux reprises, afin de démontrer à Gavin qu'elle en avait compris le fonctionnement.

— Je parie que ce mécanisme a été mis en place bien après la construction du manoir.

Cela lui était complètement égal. Tout ce qu'elle voulait, c'était partir et trouver de la lumière. Mais continuant d'étudier le mur avec intérêt, Gavin en caressa le retour de sa main.

— Qu'est-ce que tu fabriques ?

Leigh ne parvenait plus à contenir son agitation.

— Le mur est trop large.

— Pardon ?

— Ce mur est anormalement épais à cet endroit-ci.

L'oreille tendue, Gavin en sonda longuement la résonance en cognant la surface du bois par petits à-coups. Enfin, il revint vers elle.

— Qu'avons-nous en dessous d'ici ? demanda-t-il.

— Gavin, il se fait tard.

Il fit courir ses doigts le long du panneau de bois avant de s'exclamer :

— Ah, voilà.

Leigh n'eut pas à demander ce qu'il avait découvert. Un nouveau pan de mur s'ouvrit en silence, révélant un escalier raide et étroit. Gavin n'entendait-il donc pas les battements affolés de son cœur dans sa poitrine ?

Avec un sourire satisfait, il descendit une marche.

— Que fais-tu ? s'exclama Leigh. Tu ne vas pas descendre !

— N'as-tu pas envie de voir où cela mène ?

Certainement pas ! Chaque fibre de son corps lui hurlait au contraire de se tenir à distance de cet escalier.

— Ah, ah.

Gavin appuya sur un interrupteur et une ampoule à l'éclairage poussif s'alluma au-dessus d'un minuscule palier en contrebas.

— Je me disais bien qu'il devait y avoir de l'électricité.

— Ma parole, c'est un escalier pour nains.

Gavin lui décocha un sourire sarcastique.

— Le terme correct est « personnes de petite taille ».

— D'accord. Tu as découvert un escalier pour personnes de petite taille. On peut s'en aller, maintenant ?

Comme dans le cabinet découvert par Roger, les murs, peu accueillants, n'avaient jamais été peints.

— Il faudra avancer en file indienne. Je parie que c'était l'escalier de service d'origine.

Elle n'avait aucune intention de descendre ces marches. Mais déjà Gavin s'enfonçait en direction de l'étroit palier. Ne sentait-il pas qu'il avait tort d'insister ?

— Très intéressant, dit-il en s'y immobilisant.

Se faisant violence, Leigh posa un pied sur la première marche. La tension de ces derniers jours commençait de toute évidence à l'affecter. Rassemblant son courage, elle descendit un degré de plus. A cet instant, la porte se referma silencieusement derrière elle.

— Gavin ! La porte !

— Ne t'inquiète pas. J'en vois une autre au bas de l'escalier. Hé, ça va ?

Paralysée par la panique, Leigh ne put que secouer la tête en signe de dénégation. Son cœur battait si fort qu'il semblait prêt à exploser.

— Leigh ? Serais-tu claustrophobe ?

Elle ne pouvait ni répondre ni même respirer. Gavin marmonna un juron et remonta dans sa direction.

— Prends ma main.

— Je ne peux pas.

Il riva son regard dans le sien.

— Regarde-moi.

Elle ne discernait que ses yeux dans la pénombre.

— N'as-tu pas dit que tu me faisais confiance ?

— Si…

Enfin, elle parvint à tendre la main vers lui.

— Parfait. Continue à me regarder. Tout va bien.

— Je n'arrive pas… à respirer.

— Mais si, tu y arrives. Tu respires tout à fait normalement. Allez, viens. Fais attention, l'escalier est encore plus sombre après ce palier. Je me demande vraiment à quoi il servait.

Leigh s'en fichait. S'il ne lui avait pas tenu la main, jamais elle n'aurait pu descendre ces marches. Gavin avait raison. Elle *était* claustrophobe. Elle avait en effet toujours détesté les endroits étroits et confinés.

Au bas de l'escalier, Gavin l'attira contre lui. Elle laissa aller sa tête contre son torse et ferma les yeux, respirant profondément son odeur rassurante.

— Je suis désolé, s'excusa-t-il, contrit. Je ne savais pas.

Leigh leva la tête et lui offrit un sourire tremblant.

— Ça va, dit-elle. Ça va aller.

— Mais oui, tout va bien. Regarde, il y a une porte, là. Elle doit donner près de la cheminée de la salle à manger.

Leigh se concentrait sur ses propos, heureuse qu'il l'ait gardée serrée contre lui tout en lui désignant la porte derrière elle.

— Il y a un mur d'étagères à cet endroit-là, parvint-elle à préciser.

— Exact. Dans les films d'horreur, le passage secret est toujours dissimulé derrière une bibliothèque.

— Et le héros le découvre toujours, juste avant l'apparition du méchant.

Lui redressant le menton du bout du doigt, Gavin déposa un baiser sur ses lèvres.

— Oui, mais nous ne sommes pas dans un film. Et tu es la femme la plus courageuse que j'aie jamais rencontrée.

— Ce qui tend à prouver que tu ne sors pas beaucoup, répliqua Leigh, qu'il gratifia d'un sourire ironique.

— Veux-tu voir où cela mène, ou préfères-tu qu'on sorte tout de suite par la salle à manger ?

Avec horreur, elle découvrit qu'un passage exigu partait sur leur gauche.

Gavin la lâcha afin d'examiner le mur à la recherche d'un nouvel interrupteur. Une ampoule vacillante s'alluma au bout de l'étroit couloir.

— Il y a une autre chambre secrète, au bout !

Il opina de la tête.

— Elle doit se trouver juste en dessous du palier du premier étage.

Comme il s'engageait dans cette direction, Leigh le suivit d'un pas mal assuré. Son cœur continuait à battre à tout rompre, mais la violente panique qui l'avait envahie tout à l'heure s'estompait peu à peu.

— Regarde, dit Gavin, arrivé au bout de l'étroit couloir. Des étagères. Un casier à bouteilles.

Il en souleva une et souffla sur la poussière de l'étiquette.

— C'est le vin de table que grand-père affectionnait.

Levant les yeux sur les étagères, Leigh reconnut le grand plat à viande et une paire de candélabres, ternis par le temps. Elles abritaient en fait *toute* l'argenterie familiale — soigneusement emballée dans du papier de soie.

— Au moins, nous savons qu'Eden n'est pas partie avec l'argenterie.

— Pas encore, convint Gavin. Ou tout du moins, pas dans son intégralité. Mais quelqu'un est entré ici récemment.

Il désigna le sol du doigt et Leigh remarqua des traces de pas dans la poussière, menant jusqu'à une autre porte.

— Elle doit donner sur la cuisine, affirma Gavin.

— Sur l'office, plutôt, dont Mme Norwhich avait vu la porte se refermer, alors qu'elle se croyait seule dans le manoir ? Tu t'en souviens ?

— Tu as raison.

Tandis que Gavin ouvrait la porte, qui donnait en effet sur l'office, le regard de Leigh fut attiré par la brillance d'un objet sur une des étagères.

— Ça alors.

Elle montra à Gavin ce qu'elle venait de découvrir.

— C'est la bonbonnière dont je t'ai parlé et dans laquelle grand-père conservait des sucreries à notre intention.

Leigh en caressa amoureusement la surface avant d'en ouvrir le couvercle. Sa doublure en velours était imprégnée d'une forte odeur de chocolat, mais ce n'était plus des friandises que contenait le coffret.

Gavin en retira un paquet en carton, expédié, d'après son libellé, à Dennison Hart, peu avant sa mort. Leigh reconnut aussitôt l'adresse de l'expéditeur.

— McGarvey. C'est un bijoutier de New York, chez qui grand-père faisait réaliser la plupart des bijoux de maman. Il aura commandé ceux-ci avant son décès. Je me demande pourquoi elle ne nous en a jamais rien dit.

— Peut-être n'en connaissait-elle pas l'existence, suggéra tranquillement Gavin.

— Pourtant, le paquet a été ouvert.

A la pensée que Marcus aurait pu le dissimuler à sa mère, Leigh ouvrit la boîte avec colère. Elle y découvrit quatre écrins de velours, surmontés de quatre minuscules étiquettes sur l'une desquelles figurait le prénom d'Amy.

Le souffle court, elle déposa le coffret et ouvrit l'écrin. Gavin produisit alors un sifflement admiratif. Un collier et des boucles d'oreilles d'un goût exquis scintillaient dans la pénombre. Très lourds, pour des pièces aussi délicates, ils devaient atteindre les vingt carats d'or. La facture élégante du collier était richement détaillée et rehaussée de trois belles émeraudes carrées, serties d'or. Quatre pierres précieuses plus petites étaient incrustées dans les boucles d'oreilles qui y étaient assorties.

— Si ces pierres sont vraies…

Leigh referma l'écrin et souleva le plus proche, dont l'étiquette mentionnait son prénom.

— Oh !

Le bijou qui lui était destiné était la réplique exacte, en plus modeste, de celui de sa mère. Ainsi que les boucles d'oreilles, celui-ci ne comportait qu'une seule émeraude.

Le chagrin brouilla sa vision. Seule la voix de Gavin l'empêcha de sombrer dans l'affreuse douleur qui menaçait de l'engloutir.

— Pourquoi y a-t-il *quatre* écrins ?

Ravalant ses larmes, Leigh referma la boîte et s'empara délicatement de la prochaine. Destinée à Helen, celle-ci contenait des bijoux identiques en tout point aux siens. Le prénom « Alexis » figurait sur l'étiquette du dernier écrin.

— *Qui* est Alexis ? questionna Gavin.

Leigh écarquilla les yeux en découvrant le même collier que les deux précédents. Et les mêmes boucles d'oreilles. Perplexe et, soudain effrayée, elle leva les yeux vers Gavin.

— Vous avez une autre sœur ? demanda-t-il.

— Non. Bien sûr que non.

— Ta mère en avait une, alors ?

— Non. Elle était fille unique.

— Dans ce cas, qui est cette Alexis ?

— Je n'en sais rien !

A cet instant, un coup de tonnerre ébranla le manoir et les lumières s'éteignirent avec une soudaineté terrifiante.

— C'est l'orage, expliqua Gavin. Arriveras-tu à replacer les bijoux, dans le noir ?

— Je… crois que oui.

Leigh tremblait comme une feuille.

— Mais on ne peut pas les laisser là.

— Certainement pas. Si Mme Norwhich a vu cette porte se refermer, c'est qu'Eden connaît l'existence de cette pièce. Je m'étonne même qu'elle n'ait pas encore emporté l'argenterie, mais sans doute n'en a-t-elle pas eu le temps. Elle ne devait pas imaginer que nous allions changer les serrures.

A tâtons, Leigh replaça les quatre écrins dans la boîte en carton, qu'elle referma.

— Gavin, je ne vois rien.

Elle détestait la peur qui pointait dans sa voix.

Il caressa son bras nu. Une vague de réconfort l'envahit à ce contact et leurs mains se rejoignirent.

— Ne t'inquiète pas. Je vais nous sortir de là.

— Si tu prétends voir quelque chose dans cette obscurité, je te frappe, menaça Leigh.

Ses lèvres étaient crispées et sa voix tremblait, mais elle avait tenté d'insérer une pointe d'humour dans ses propos, afin qu'il sache que, malgré sa peur, elle tiendrait le coup. Gavin la gratifia d'un rire sourd.

— Non. Je ne vois rien non plus, mais j'ai une bonne mémoire visuelle. Passe-moi le coffret et tiens ma main.

Leigh s'exécuta, étreignant avec force les doigts de Gavin.

— C'est bon, dit-elle.

— Je suis presque sûr qu'il n'y a aucun obstacle au sol jusqu'à la porte. Et nous savons que la porte de l'office n'est pas fermée à clé.

— Voilà qui est rassurant.

Gavin pressa légèrement ses doigts entre les siens et ils avancèrent avec prudence le long de l'étroit passage.

L'atmosphère se faisant soudain moins oppressante, Leigh comprit qu'ils avaient atteint l'office.

— Où se trouve la porte qui ouvre sur la cuisine ?

Elle réfléchit un instant.

— A l'angle opposé, me semble-t-il.

— Tu ne voudrais pas nous guider ? plaisanta Gavin.

— Pas vraiment. Non.

Il avança d'un pas prudent, trouva la porte et l'ouvrit. La lumière inonda l'office.

— Je ne comprends pas. L'électricité avait sauté ! s'inquiéta Leigh, malgré le soulagement qui l'envahissait.

— Ce sont sans doute ces vieilles ampoules qui étaient trop faibles pour supporter la baisse de tension. Attends-moi, le temps que je comprenne comment on referme ce passage.

Gavin mit quelques secondes à en découvrir le mécanisme dont, contrairement aux autres, le bouton était incrusté dans le bois d'une des étagères.

Ils pénétrèrent dans la cuisine, pour découvrir la pluie, qui battait furieusement aux vitres. Un violent coup de vent ouvrit la porte qui menait à la cour arrière. Comme Gavin se précipitait pour la refermer, il manqua glisser sur une flaque d'eau. Leigh concentra alors son attention sur les empreintes boueuses qui sillonnaient la pièce jusqu'à la porte menant à l'aile droite du manoir.

Gavin la rejoignit et elle désigna le sol du menton.

— Wyatt ? demanda-t-elle dans un souffle.

— Je vais vérifier. Si quoi que ce soit arrive, précipite-toi à l'extérieur et cours chercher un policier, ordonna Gavin en lui remettant le coffret de Dennison.

— Gavin, attends ! murmura Leigh.

C'était peine perdue.

Le problème, avec des hommes comme Gavin et Bram, était qu'ils se sentaient toujours en mesure d'affronter n'importe quelle situation. Tout en saluant son courage, Leigh maudit l'intrépidité de Gavin. Car si ces traces de pas n'appartenaient ni à Wyatt ni à un de ses hommes, cela signifiait que *quelqu'un d'autre* se trouvait à l'intérieur du manoir avec eux.

Elle déposa le coffret sur la table et avança à pas feutrés jusqu'à la porte par laquelle Gavin venait de disparaître. Les yeux écarquillés, elle tenta en vain de distinguer l'enfilade sombre du couloir.

Glacée par la peur, Leigh réfréna son premier instinct —

s'élancer à la recherche d'un policier en armes — de crainte que ce dernier ne tire par mégarde sur Gavin.

Elle perçut soudain un mouvement derrière elle et se retourna d'un bond.

— Salut, Leigh.

Le grincement triomphal de Nolan immobilisa un instant les battements de son cœur. Trempé par la pluie, il braquait un revolver sur elle. Leigh s'enfuit à toutes jambes le long du corridor, Nolan sur ses talons.

Heureusement, Gavin allait les entendre. Mais il ignorait que Ducort était armé, se dit soudain Leigh. A cette pensée, elle fit un quart de tour sur elle-même et coupa par la salle à manger en direction du hall d'entrée.

— Gavin, Nolan est là. Il a une arme, hurla-t-elle.

— Garce ! gronda ce dernier.

Leigh contourna l'angle d'un pilier. Jamais elle n'atteindrait la porte à temps. Sans ralentir sa course, elle s'engouffra dans l'escalier de service, éloignant farouchement Nolan de Gavin.

Elle gravissait les dernières marches quand les doigts de Ducort se refermèrent sur sa cheville. D'un violent coup de talon, elle parvint à se libérer de son étreinte, mais trébucha.

Leigh vit alors une main surgir de l'obscurité. Son hurlement mourut sur ses lèvres au moment où Gavin la releva sur ses pieds, avant de la pousser vers le passage ouvrant sur les coursives et de se positionner entre Nolan et elle.

— Il a un revolver !

S'élançant d'un bond sur Nolan, Gavin empoigna son bras dans le but de le désarmer. Ducort se débattit, le repoussant en arrière. Gavin trébucha alors sur la marche accédant au balcon et Nolan amplifia sa chute d'une violente poussée des bras.

Horrifiée à l'idée que Gavin allait basculer par-dessus la rambarde — qu'il heurta dans un affreux craquement — Leigh tendit une main désespérée dans sa direction. Au même instant, elle sentit celle de Nolan se refermer autour de son bras gauche et l'attirer violemment à lui. Déséquilibrée, elle n'eut aucun moyen de lui échapper avant qu'il n'applique le revolver sur son visage.

— N'approche pas ! hurla-t-il d'une voix aiguë à l'adresse de Gavin. Sinon je la tue !

Il pressa Leigh contre ses vêtements trempés, lui coupant la circulation du bras. Elle sentait l'odeur métallique de l'arme enfoncée dans sa joue.

— Lâche-la, Ducort, ordonna Gavin d'une voix rauque.

— Sûrement pas.

Ducort l'étreignait avec une telle brutalité qu'elle laissa échapper un gémissement de douleur. Elle vit alors la colère serrer les poings de Gavin.

— Tu vas mourir, ma petite.

Accusant le choc, Leigh comprit que Nolan était sérieux.

— J'ignore ce qui t'a retenue de me dénoncer jusqu'ici, mais tu es l'unique témoin de ce qui s'est passé. Et je n'ai aucune intention de moisir en prison pour le meurtre de Martin.

— Qu'est-ce que tu racontes ? demanda Gavin.

— Elle ne te l'a pas dit, Jarret ? Elle était là. Elle a tout vu. J'ignore ce qu'elle faisait dans cette écurie, mais moi aussi, je l'ai vue.

— Tu as tué Martin ?

— C'était un accident ! Ce cinglé m'a menacé avec un revolver ! La balle est partie pendant que j'essayais de le lui arracher. Ce n'est pas ma faute ! Dis-lui, toi !

— Je n'y étais pas, Nolan.

Il la secoua avec une violence qui l'aurait envoyée dans les airs, s'il ne l'avait ceinturée aussi sûrement contre lui.

— Espèce de menteuse ! Tu m'as regardé droit dans les yeux !

Gavin fit un pas vers eux, mais Nolan enfonça de nouveau le revolver dans la joue de Leigh.

— Ne bouge pas. Ce qu'elle dit n'a plus d'importance, à présent. Mon plan va marcher. Un banal crime passionnel. Elle tire sur toi, puis retourne l'arme contre elle.

A ces mots, Leigh sentit son corps prendre la rigidité de la pierre. Nolan était fou. Il allait *vraiment* les tuer.

Gavin abaissa un bref regard en direction de la salle à manger et secoua la tête.

— La police ne croira jamais à ce scénario, Ducort.

Comment pouvait-il avoir l'air si calme ?

— Bien sûr que si. Quelqu'un d'autre a dû la voir, à l'hippodrome. Quand les flics auront comparé ces balles à celle qui a tué Martin, ils comprendront qu'elles proviennent de la même arme. Peut-être même vous accuseront-ils tous les deux du crime d'Earlwood. Tout compte fait, tu aurais dû laisser Jarret croupir en prison pour le meurtre du vieux Wickert, Leigh.

— C'est toi qui l'as tué, lui aussi ? s'écria Leigh, stupéfaite.

— Pas intentionnellement. Nous voulions faire arrêter ton petit camarade pour vol, afin de lui rendre la monnaie de sa pièce pour nous avoir doublés, ce soir-là. Mais rien de tout cela n'a plus d'importance.

Il déplaça le canon du revolver de sa joue pour le pointer sur Gavin.

La situation bascula alors en un éclair.

— Police ! Abaissez votre arme, hurla Wyatt depuis le rez-de-chaussée.

Au même instant, Leigh se jeta de toutes ses forces sur Nolan et Gavin se lança dans la mêlée.

Plusieurs coups partirent.

Nolan poussa un hurlement. En tentant de se dégager d'elle, il manqua la marche et se rattrapa à Gavin. Il y eut un autre coup de feu. Gavin et lui vacillèrent en direction des balustres, dont le bois céda dans un violent craquement.

La rambarde bascula alors vers le vide, entraînant Nolan dans sa chute. Bandant tous ses muscles, Leigh retint Gavin de justesse et ils tombèrent à leur tour, à quelques centimètres du rebord de la galerie. Gavin atterrit sur elle, lui comprimant douloureusement la cage thoracique.

— Leigh ! Tu n'es pas blessée ? demanda-t-il en roulant sur lui-même avant de l'attirer à lui.

Elle lutta pour ramener l'air dans ses poumons, vaguement consciente des voix tendues et des faisceaux des torches qui montaient de la salle à manger.

— Leigh !

Gavin la serra contre sa poitrine.

— Je m'en veux ! Je m'en veux tant !

Des pas firent trembler le sol du balcon et la lumière d'une torche se braqua sur eux. Tandis qu'elle s'efforçait en vain de recouvrer sa respiration, Leigh vit le chagrin déformer les traits de Gavin, des larmes emplir ses yeux tandis qu'il la fixait d'un air égaré.

— Où es-tu blessée ?

Elle parvint à secouer la tête.

— Pas blessée. J'étouffe.

Wyatt et un autre officier de police s'agenouillèrent auprès d'eux.

— Tout va bien ? Je suis désolé, Gavin. Je n'ai pas osé tirer de peur de vous blesser.

— Ça va. Apparemment, nous n'avons rien, assura Gavin en serrant Leigh dans ses bras. Et Ducort ?

— Il est inconscient. Nous avons appelé une ambulance. Pouvez-vous vous lever ? Il faut s'éloigner de ce balcon au cas où il s'effondrerait à son tour.

— Je ne comprends rien, affirma Emily.

Le lendemain matin, Leigh était assise à la table de la cuisine de Georges et d'Emily Walken.

— Nolan Ducort, s'exclama cette dernière, aurait tué Martin Pepperton *à cause d'un cheval* ?

Leigh haussa les épaules.

— C'est apparemment à cela que l'histoire se résume. D'après Wyatt Crossley, c'est ce qu'aurait dit Nolan avant d'être admis en salle d'opération. Martin aurait échangé deux chevaux l'un contre l'autre. Une jument, appelée Sunset Pride, valant beaucoup d'argent et une autre, qui lui ressemblait comme deux gouttes d'eau, mais serait un tocard. Martin voulait que Nolan revende cet autre cheval à un dénommé Briggs, dont il cherchait à se venger.

— C'est une histoire de fous, s'exclama Emily.

— Une histoire stupide, qui plus est, fit observer Georges. Pepperton aurait dû se douter que son plan ne marcherait jamais.

Leigh opina de la tête.

— C'est apparemment ce que Nolan lui a dit. Mais d'après ce dernier, et ainsi que le confirme le rapport d'autopsie, Martin avait ingurgité de telles doses de drogue qu'il n'écoutait plus personne. Ils se sont battus et Nolan l'a tué avec son propre revolver.

Elle leva les yeux au son d'une série de bruits de pas dans le couloir, tandis qu'Emily secouait la tête d'un air perplexe.

— Cela n'explique toujours pas pourquoi Nolan pensait que tu avais assisté au meurtre de Martin.

— En effet.

— Je crois que nous avons trouvé la réponse à cette question, annonça Helen en pénétrant dans la cuisine, un dossier à la main.

Bram entra à son tour, accompagné de Gavin qui transportait la bonbonnière de son grand-père — dont elle avait oublié l'existence dans la tourmente.

Devant leurs expressions lugubres, Leigh sentit un frisson parcourir sa colonne vertébrale. Son regard chercha aussitôt celui de Gavin.

— Que se passe-t-il ?

Il déposa le coffret sur la table, qu'il contourna pour venir près d'elle et prit son visage dans ses mains.

— Tu te sens un peu mieux ? demanda-t-il avec une tendresse déchirante.

Il l'aimait. Elle le lisait au fond de son regard. Elle le sentait, à la douceur de ses mains. Rien d'autre n'importait.

— Bien mieux, oui.

— Ton bras ?

— Un simple hématome. Et toi ? Georges m'a dit que vous étiez tous trois retournés au manoir, ce matin.

A cette pensée, elle réprima un nouveau frisson.

Gavin repoussa tendrement une mèche de son front.

— Tu dormais si bien que je n'ai pas eu le cœur de te réveiller avant de partir. Etant donné l'heure à laquelle nous nous étions couchés, j'ai pensé que tu n'allais pas ouvrir l'œil de sitôt.

— Je viens seulement de me réveiller, avoua Leigh. Mais, que s'est-il passé ? Pourquoi faites-vous ces têtes ?

Le regard de Gavin s'assombrit et il le tourna vers Helen et Bram avant de répondre :

— Pendant que je distrayais Wyatt dans la cuisine du manoir, ta sœur et Bram se sont glissés à l'étage pour récupérer quelques dossiers dans le cabinet secret.

Emily émit un petit gémissement inquiet.

— Ne faudrait-il pas parler de cet endroit à Wyatt, Gavin ?

— Nous n'avons en effet plus d'autre choix que de le faire, affirma celui-ci.

— Tu te souviens de la photographie que j'avais trouvée dans le tiroir du bureau de grand-père ? demanda Helen. Celle dont Bram pensait que c'était une photo numérique de l'une de nous, retouchée par ordinateur.

— Je m'en souviens, oui. Nous voulions demander à Jacob si c'était lui qui l'avait prise et altérée. As-tu découvert d'où elle provient ?

Helen secoua la tête et s'assit à côté d'elle. Il y avait un profond chagrin dans son regard.

— Cette photo n'a pas été retouchée, Leigh, affirma-t-elle. J'ai jeté un coup d'œil au contenu des dossiers, en chemin.

Helen déposa une chemise cartonnée sur la table, qu'elle ouvrit. Gavin posa une main sur l'épaule de Leigh et ils fixèrent tous les photographies qui s'étalèrent sur la table — des clichés représentant Helen... Mais ce n'était pas tout à fait elle non plus.

— Je ne comprends pas. De qui s'agit-il ?

Emily, Georges et Nan vinrent refermer le cercle autour d'eux pour examiner les photos de plus près.

— Grand-père avait engagé un détective privé dont voici le rapport d'enquête. Nous n'étions pas des jumelles, Leigh. Mais des triplées. Marcus s'est débarrassé de notre autre sœur. Il l'a prise à notre mère et il l'a donnée à des inconnus.

Soudain glacée, Leigh dévisagea sa sœur avec incrédulité.

— Qu'est-ce que tu dis ?

— Il y a une copie de son extrait de naissance dans ce dossier. Regarde la date. L'heure. Il mentionne un accouchement à domicile, avec Marcus dans le rôle du médecin accoucheur. Cette femme est notre sœur, Leigh ! Marcus l'a donnée — ou plus probablement vendue.

— Oh, mon Dieu, s'exclama Emily dans un murmure étouffé.

L'horreur s'enracinant dans son esprit, Leigh dévisagea Gavin en quête d'une confirmation. Il hocha tristement la tête.

— Elle est sans doute née la première, à la maison, poursuivit Helen. Alors que maman a accouché de nous deux à la maternité de l'hôpital.

— Maman n'aurait jamais laissé faire une chose pareille !

— Elle n'en savait rien ! Ne comprends-tu pas, Leigh ? Il avait dû la droguer. Il a délivré le premier enfant, puis il l'a conduite à l'hôpital pour que nous naissions devant témoins. Maman n'en a jamais rien su.

Helen étouffa un sanglot. Leigh se rendit compte qu'elle pleurait aussi. Les larmes brouillant sa vision, elle souleva une photographie au hasard. Le portrait qui la fixait la surprit comme un reflet dans l'eau. Il ne s'agissait pas de quelqu'un qui leur aurait ressemblé. Cette jeune femme était leur réplique exacte. Seuls sa coupe de cheveux et son style vestimentaire la distinguaient d'elles.

Georges et Emily s'étaient mis à parler en même temps. Bram murmurait quelque chose à l'oreille d'Helen. Mais ce fut la voix de Gavin que Leigh entendit.

— Alexis.

Elle le regarda fixement, avant d'acquiescer lentement d'un hochement de tête.

— Oui. Alexis.

— Quoi ? demanda Helen.

— Elle s'appelle Alexis. C'est pour cela que grand-père avait commandé une nouvelle série de bijoux assortis. Avec une émeraude sur le collier d'Amy pour chacune de ses trois filles. Helen, Leigh et Alexis.

Leigh leva les yeux vers Gavin et ses larmes redoublèrent.

— Comment votre père a-t-il pu faire une chose pareille ? s'exclama soudain Nan d'un ton impérieux. Donner son propre enfant !

Georges retenait Emily serrée contre lui. Son visage exprimait l'horreur qu'ils ressentaient tous.

— Je l'ignore, répondit Bram avec dégoût.

— Il *faut* qu'on la retrouve ! décréta Helen.

— Je vais appeler Wyatt tout de suite, dit Gavin.

— Non ! protesta Helen avant qu'il n'ait le temps de sortir son portable de sa poche. Il ne faut surtout pas avertir la police. Nous devons la trouver nous-mêmes.

Leigh essuya ses larmes, luttant pour recouvrer son sang-froid.

— Helen a raison.

— Leigh, on ne peut pas faire ça, objecta Gavin. Nous devons en parler à Wyatt. Il y a fort à parier que l'existence d'Alexis soit à l'origine du meurtre de votre mère. Elle a dû découvrir ces dossiers après la mort de votre grand-père.

— C'est sans doute pourquoi elle semblait si bouleversée, les derniers temps, renchérit Helen. Et c'est pour cela qu'elle a cherché à se rendre à New York. Elle aura voulu voir Alexis de ses propres yeux.

Leigh savait que sa sœur avait raison.

— Une fois sa conviction acquise, elle sera revenue affronter Marcus.

C'était exactement ce qu'aurait fait leur mère, acquiesça Leigh en son for intérieur.

— Dieu du ciel, murmura Emily.

— Nous devons retrouver Alexis, avant qu'elle n'apprenne notre existence par les médias, ou je ne sais quel étranger, décréta Helen avec emphase. Nous allons contacter ce détective, obtenir l'adresse de notre sœur et la rencontrer.

— Le rapport d'enquête mentionnait une adresse, admit Gavin, mais il date de plus de sept ans.

— Helen a raison, affirma Leigh. Nous *devons* le faire. Je t'en prie, Gavin. Retenir cette information l'espace d'un ou deux jours n'entravera en rien l'enquête de Wyatt. Marcus est mort.

— Mais la police…, commença Emily.

— Non, Emily, intervint Georges. Ne te mêle pas de ça. C'est à Leigh et Helen de retrouver leur sœur et de lui apprendre la vérité.

— Accorde-nous trois jours, Gavin, implora Helen. Si nous ne l'avons pas localisée d'ici là, nous remettrons les dossiers à Wyatt.

— Je ne voudrais pas jouer les avocats du diable, répliqua doucement Gavin, mais vous n'avez pas songé à l'éventualité qu'Alexis connaisse *déjà* la vérité ?

Dans un silence stupéfait, tous les regards se tournèrent vers lui. Gavin scruta chacun des visages qui l'entouraient, avant d'arrêter le sien sur Leigh.

— Imagine, dit-il, que ce ne soit pas toi, mais Alexis, que Nolan ait vue devant l'écurie, après avoir tué Martin. Si ta mère s'est déplacée jusqu'à New York, elle a dû réussir à la rencontrer — ou tout du moins ses parents adoptifs.

Bram hocha la tête.

— C'est logique. Finalement, peut-être n'est-ce pas Marcus qui a tué votre mère. Peut-être a-t-elle été assassinée par ces gens.

— Ou peut-être a-t-il obtenu leur aide pour le faire, ajouta Georges d'un ton lugubre. Ce couple avait autant à perdre dans cette affaire que lui.

Tout le monde se mit à parler en même temps, sauf Leigh, qui soutint le regard de Gavin.

— Elle n'est *pas* au courant. Je ne peux expliquer pourquoi, mais j'en suis sûre. J'ignore ce qui s'est passé à New York, ou ici, au fond du parc, mais je sais qu'Alexis n'a pas connaissance de notre existence. Elle se croit fille unique.

Gavin la regarda longuement dans les yeux avant de caresser sa joue.

— Trois jours, concéda-t-il. Et si je suis rayé du barreau, tu devras m'entretenir.

Leigh lui sauta au cou.

— Je t'aime.

Elle l'aimait ! A cette pensée, Gavin sentit comme une porte s'ouvrir en lui, libérant le flot des émotions qu'il avait contenues depuis des années.

— Appelons le détective tout de suite, suggéra Helen.

— Nous sommes dimanche, fit remarquer Georges. Je doute qu'il vous réponde un dimanche après-midi. Et je pense que nous devrions d'abord achever la lecture de ce dossier.

Bien plus tard, Gavin entraîna Leigh jusqu'au porche où ils s'assirent sur la balancelle. Au loin, un nouvel orage balayait l'Hudson et des éclairs déchiraient le ciel.

— Comment prends-tu tout cela ? demanda-t-il.

— Du mieux que je peux. Je me demande comment elle est, comment nous allons réussir à lui dire ce qu'a fait Marcus.

— Helen et toi trouverez l'approche adéquate. J'en suis sûr.

— Notre propre père ! Quelle sorte de monstre était-il donc ?

Gavin ne répondit pas.

Elle chercha sa main et il l'attira contre lui. Ils demeurèrent assis là un long moment, à regarder la tempête approcher.

— J'ai discuté avec Georges, l'autre jour… il m'a parlé de nous deux et m'a dit des choses très sensées.

— Georges dit toujours des choses très sensées.

— Par exemple, qu'il ne peut y avoir d'amour sans confiance mutuelle.

— C'est pour cela qu'hier, tu m'as demandé si je te faisais confiance ?

Gavin acquiesça d'un hochement de tête.

— Tu as répondu « oui, » sans hésiter. Mais Georges affirmait que c'était en toi, que tu n'avais pas confiance. Que tu te compares toujours à ta sœur, avec l'impression ne pas être tout à fait à la hauteur.

— Est-ce ce que tu penses ?

— Non. Je pense que tu sais qui tu es et ce que tu vaux.

— A présent, oui. Quand je me compare à Helen, je vois bien sûr des différences entre nous et j'ai parfois envie de l'imiter, mais cela ne m'attire que des problèmes. Je ne sais si je suis bonne ou mauvaise, mais je suis moi et personne d'autre.

— Que dirais-tu de l'adjectif « extraordinaire ? »

— « Extraordinaire » ? Oui, c'est bien.

Elle lui sourit.

— Et qu'a dit Georges, te concernant ?

— Il m'a littéralement cloué sur place, avoua Gavin. Il a dit que ma culpabilité d'avoir survécu à ma famille entravait mon assurance et ma capacité à me fier aux autres.

— Ah. Mais ce n'est pas comme si tu étais *incapable* d'accorder ta confiance.

— C'est vrai.

Il sourit à son tour, heureux qu'elle ait dit cela au lieu d'affirmer qu'il n'avait aucune raison de se sentir coupable.

— Tout à l'heure, tu as déclaré que tu m'aimais ? Etait-ce seulement parce que j'avais consenti à vous accorder un délai pour retrouver Alexis ?

Leigh scruta son visage du regard. La poitrine de plus en plus oppressée, il attendait sa réponse.

— Je t'aime depuis l'âge de treize ans. Maman s'était arrêtée pour prendre de l'essence et je t'ai vu changer une roue. Ton regard me hantait. J'avait tellement envie de réparer la blessure que j'y lisais.

Gavin sentit sa bouche s'assécher.

— Maman disait toujours que de tous les adolescents recueillis par Georges et Emily, Roger et toi étiez des garçons à part. Elle affirmait que si seulement tu apprenais à ouvrir ton cœur, tu serais le genre d'homme sur lequel une femme pouvait compter sa vie durant.

— Elle a dit ça ?

— Oui. Ma mère possédait une sagesse particulière. Elle avait deviné ce que je ressentais à ton égard.

— Mais tu avais treize ans ! Tu n'étais qu'une enfant !

Elle sourit.

— Sans doute n'imaginait-elle pas que je nourrirais encore ces sentiments aujourd'hui. Je pense plutôt qu'elle essayait de m'apprendre à regarder le vrai visage qui se dissimule sous le masque des gens. Maman avait-elle raison, Gavin ?

— Suis-je devenu un homme sur qui une femme peut compter, veux-tu dire ?

— Cela, je le sais déjà.

— Alors, tu veux savoir si j'ai appris à aimer ? Je l'ignore, Leigh. Tout ce que je peux dire, c'est que les instants que j'ai passés hier soir, à me demander si tu étais mortellement blessée ou non, ont été les pires de mon existence. A l'idée que tu aies pu être touchée… Je…

Leigh ferma les yeux et Gavin sentit son estomac se nouer.

— Je m'exprime mal.

— Pas du tout.

Elle rouvrit les yeux. Ils débordaient d'amour.

— Je t'aime, Leigh, assura Gavin en la prenant dans ses bras.

— Je sais. Je crois que je l'ai su lorsque tu m'as parlé de ta famille. Tu ne te confies pas facilement, mais ce jour-là, tu m'as fait suffisamment confiance pour me livrer ce qui t'était le plus précieux.

— Je t'aime tant. Je sais que tu aurais préféré une demande en mariage dans les formes, mais…

— Non. Tout ce que je veux, c'est toi.

— Tu mérites un dîner au clair de lune, des chandelles, des fleurs.

Leigh éclata de rire.

— Et tu te mettras à genoux ? Il faudra prendre des photos, sinon Helen ne nous croira jamais.

— Sale gosse.

— C'est elle, la sale gosse. Moi, je suis sage et réservée, ne l'oublie pas.

— Tu ne me feras pas gober ça, rétorqua Gavin.

Durant un long moment, il la retint simplement dans ses bras, heureux de la sentir contre lui.

— Les gens vont dire que je t'épouse pour ton argent.

— Et alors ? Ils diront aussi que je t'achète pour ton physique. Laissons-les parler. Ça les occupe.

— Donc, tu acceptes de m'épouser ?

— Où et quand tu voudras.

Gavin enfonça une main dans sa poche et en ressortit la bague que lui avait remise Georges le matin même.

— Où as-tu eu ça ?

— Georges l'a récupérée dans un coffre pour moi hier. Elle appartenait à ma grand-mère. C'est une émeraude et non un diamant, mais tu peux la porter, le temps que nous trouvions un bijou plus à ton goût.

— Non, objecta Leigh en fixant le scintillement de la pierre précieuse. Le sort m'a destiné cette émeraude.

Ses yeux s'emplirent de larmes au moment où elle glissa la bague à son doigt. Elle était juste un peu trop large.

— Je ne veux rien d'autre. Tout ce que j'ai toujours désiré, c'est toi.

Une pluie battante commença à éclabousser le porche.

— Tu pleures ?

— Ce sont des larmes de bonheur, assura Leigh.

— Nous ferions mieux de rentrer avant d'être trempés.

— Je me moque d'être trempée.

Lui aussi. Rien ne lui avait jamais semblé plus juste que d'être assis là, sous la pluie, avec Leigh dans ses bras.

— Gavin ? demanda-t-elle après un long silence. Si Alexis est bien notre sœur, c'est elle qui héritera de Blackrose.

— Elle est en effet l'aînée des trois sœur Thomas, convint Gavin. L'héritière disparue.

Leigh le gratifia d'un sourire dont la mélancolie fit peu à peu place à une nouvelle détermination.

— Parfait. Il ne nous reste donc plus qu'à la retrouver.

— Nous la retrouverons. Je te le promets. En attendant, ma chérie, allons annoncer nos fiançailles… très officiellement et d'une seule voix, cette fois !

DANI SINCLAIR

Secret de famille

éditions HARLEQUIN

Cet ouvrage a été publié en langue anglaise
sous le titre :
THE THIRD TWIN

Traduction française de
KARINE GUERRE

Ce roman a déjà été publié en juin 2005

83-85, boulevard Vincent-Auriol, 75646 PARIS CEDEX 13.
Service Lectrices — Tél. : 01 45 82 47 47
www.harlequin.fr

1.

Dès qu'elle ouvrit la porte, une odeur répugnante l'assaillit. Puissante, écœurante. Une odeur à la fois si désagréable et si familière, depuis le décès de sa mère, qu'elle la reconnaissait entre toutes. L'odeur du whisky.

Alexis se raidit, partagée entre la peur et la colère. Que faisait son père ici ? Il n'était venu qu'une fois — et uniquement parce qu'elle s'était sentie obligée de l'inviter, lorsqu'elle avait emménagé six mois plus tôt. C'était son père, malgré tout. N'était-il pas normal qu'il voie son nouvel appartement ? Mais il était arrivé ivre mort, et s'était endormi sur le canapé du salon, sous le regard atterré de Linda, sa colocataire.

Pourquoi était-il revenu… et pourquoi ce soir ? Sa visite impromptue ne pouvait tomber plus mal : elle avait rendez-vous dans moins d'une heure avec Seth, le cousin de Linda !

— Papa ?

Aucune réponse. Comme elle déposait distraitement le courrier du jour sur la console de l'entrée, une enveloppe glissa à terre. Elle se pencha pour la ramasser, et s'immobilisa soudain, horrifiée.

Une tache de sang brillait sur la moquette.

Que s'était-il passé ? *Qui* était entré chez elle ? Ce n'était peut-être pas son père, après tout…

Elle se tourna vers la porte, prête à fuir… mais une seconde tache écarlate attira son attention, près de la cuisine. Un soupir lui échappa. Où avait-elle la tête ? L'odeur d'alcool aurait dû la rassurer. Les cambrioleurs prenaient rarement le temps de vider une bouteille de whisky avant de s'éclipser. Son père, en revanche, en avait la désagréable habitude. S'était-il blessé en voulant se servir un verre ?

Elle ferma les yeux, prise de nausée à l'idée du spectacle qui l'attendait. Pourquoi fallait-il qu'il vienne chez elle dans un état pareil, et pourquoi ce soir ?

— Papa ? répéta-t-elle, agacée.

Toujours pas de réponse. Il devait probablement s'être endormi, complètement soûl, dans le salon.

Elle fit un pas vers la cuisine. Les placards grands ouverts témoignaient du passage de son père : il avait jeté à terre plusieurs paquets de biscuits dans sa rage à trouver ce qu'il cherchait… Quant à l'unique bouteille d'alcool de l'appartement, un whisky bon marché, elle gisait sur le comptoir, vidée de son contenu par une main impatiente. Des morceaux de verre brisé jonchaient le sol dans une flaque d'alcool mordoré. Et de longues traces de sang rougissaient le plan de travail.

Alexis se raidit. Que s'était-il *vraiment* passé ? se demanda-t-elle, avec effroi, cette fois. Revenant sur ses pas, elle s'avança vers les pièces principales. Une série de taches vermillon, de plus en plus larges, maculaient la moquette du couloir. Sur la droite, une empreinte écarlate ornait le mur blanc, comme si le blessé s'était reposé un instant avant d'entrer dans la salle de bains.

La jeune femme sentit sa respiration se bloquer dans sa gorge. Elle poussa la porte d'une main tremblante. Brian était-il à l'intérieur ?

Non. La salle de bains était vide. Mais elle ressemblait au décor d'un film d'horreur. Un torchon ensanglanté gisait en boule dans le lavabo. Le carrelage jaune d'or disparaissait sous les traînées rougeâtres ; un paquet entier de disques à démaquiller semblait avoir été utilisé pour éponger les plaies du blessé, avant d'atterrir dans la baignoire, près d'un flacon d'antiseptique à demi brisé. Il avait manifestement tenté de se confectionner un bandage de fortune…

Mais pour soigner quelle blessure ?

Blême, elle ressortit de la salle de bains comme une automate. Un frisson lui parcourut l'échine, et elle se mit à trembler. Elle respirait vite, beaucoup trop vite ; elle suffoquait. Son regard se fixa sur la porte de sa chambre. Rougie de sang, elle aussi.

Il était là, comprit-elle. Mais dans quel état ? Brusquement, ses genoux fléchirent, refusant de la porter. Pourtant, il fallait qu'elle sache. Après tout, rien ne prouvait que le pire soit arrivé : Brian s'était peut-être simplement coupé en cassant un verre…

S'armant de courage, elle poussa le battant du bout du pied… Et crut que son cœur s'arrêtait de battre. Etendu de tout son long sur le lit, son père avait la rigidité d'une statue. Une serviette trempée de sang lui ceignait l'abdomen. Les traits figés dans un effroyable rictus de douleur, les mains crispées sur la serviette ensanglantée qu'il avait nouée autour de sa taille, il ne parut pas remarquer sa présence.

Etait-il seulement encore en vie ?

— Papa ! hurla-t-elle en s'élançant vers lui. Parle-moi, je t'en supplie !

L'entendait-il ? Elle n'avait aucun moyen de le savoir : il demeurait immobile… Alexis sentit une panique violente, incontrôlable l'envahir. Il fallait faire cesser ce cauchemar. Devait-elle appeler les secours ? Secouer son père pour le tirer de sa torpeur avant qu'il ne soit trop tard ? Si seulement elle avait essayé de le comprendre ! La mort de sa mère, survenue sept ans plus tôt sur une route inondée par la pluie, avait anéanti Brian. Incapable de surmonter la perte de celle qu'il aimait plus que tout au monde, son père s'était alors réfugié dans l'alcool. Démunie, Alexis n'avait pas cherché à l'en empêcher et…

Elle cessa de respirer. Son père venait d'ouvrir les yeux !

— Dieu soit loué ! Tu es vivant…, murmura-t-elle d'une voix secouée de sanglots. Tout va bien se passer maintenant. Je vais appeler une ambulance. Ne bouge…

— Ecoute-moi, articula-t-il, la mâchoire serrée.

Tendant la main, il lui agrippa le poignet avec force.

— Je t'écoute, assura-t-elle. Laisse-moi juste appeler…

— Non !

Sa voix s'était raffermie, l'enjoignant au silence. Elle se pencha vers lui. Son haleine empestait l'alcool, mais son regard vitreux, effroyablement lucide, trahissait la souffrance d'un homme au bord du gouffre.

— Va-t'en, ordonna-t-il. Tout de suite !

— Mais…

— Ne perds pas… de temps. Prends la… mallette. Ne la

donne à personne. Dépêche-toi ! Ils… te cherchent. Va-t'en, je t'en prie !

Il se tut, à bout de souffle, tandis qu'une grimace déformait ses lèvres pâles. Ses paupières s'abaissèrent… et Alexis cessa de réfléchir. Il voulait qu'elle parte ? Si cela pouvait le rassurer, elle était prête à lui promettre n'importe quoi !

— D'accord, je m'en vais, assura-t-elle. Et j'emporte la mallette avec moi. Personne ne la touchera, promis.

De quelle mallette parlait-il ? Elle n'en avait pas la moindre idée. Mais il relâcha la pression sur son poignet, comme si ses propos avaient suffi à l'apaiser.

— J'aurais… dû… te dire… la vérité.

Sa voix n'était plus qu'un murmure, à présent. Parler lui coûtait le peu d'énergie qui lui restait, comprit-elle avec désespoir.

— Tais-toi, papa. Ne bouge plus. Laisse-moi appeler l'hôpital !

Il ouvrit les yeux, chercha son regard. Et, l'espace d'un instant, elle reconnut le père qu'elle avait tant aimé.

— Reste avec moi, je t'en supplie, intima-t-elle, les joues baignées de larmes. J'ai besoin de toi !

Une lueur de bonheur traversa ses prunelles, et ses lèvres craquelées s'étirèrent en un sourire d'une tendresse infinie.

— Tu es… une grande fille, maintenant. Ta mère et moi… si fiers. La rendre heureuse… Tant voulu que tu… sois vraiment à nous.

Il parlait si bas qu'elle l'entendait à peine. Et ce qu'il disait n'avait aucun sens.

— Quoi ? Que dis-tu, papa ?

— Ne reste pas… ici. Va… Black… rose.

Un filet de sang apparut au coin de sa bouche. Il tourna la tête vers le mur, comme pour échapper à son regard suppliant. Puis sa main se détacha de la sienne, retombant sur les draps.

— Papa ! hurla-t-elle.

Elle le secoua violemment, mais son regard fixe ne cilla pas. Ses traits, convulsés de douleur un instant plus tôt, se détendirent peu à peu. Et sous sa chemise maculée de sang, son cœur cessa de battre.

Alexis abattit son visage en pleurs sur sa poitrine. Combien de temps resta-t-elle ainsi, la joue collée contre la peau encore chaude de son père ? Elle n'aurait su le dire. Mais elle était glacée au plus profond d'elle-même lorsqu'elle se redressa, hagarde de chagrin, incapable de rassembler ses pensées.

Elle traversait la pièce d'un pas incertain quand l'Interphone brisa le silence. Un soupir lui échappa. Seth… Elle avait complètement oublié leur rendez-vous ! Aucune importance. Il attendrait. Le reste aussi, d'ailleurs. Son père venait de mourir, et elle ne savait même pas ce qui l'avait tué.

La sonnerie retentit de nouveau, impérieuse, presque brutale. Alexis secoua la tête. Pas question de faire monter Seth dans son appartement. Elle lui expliquerait plus tard, bien plus tard… quand elle aurait enfin compris ce qui s'était passé.

Si elle comprenait un jour…

Mais Seth ne renonçait pas. L'Interphone résonnait sans discontinuer, la poursuivait de pièce en pièce. Ulcérée, elle s'approcha de l'appareil. Si elle lui demandait de partir, peut-être l'écouterait-il ?

Elle tendait la main vers le combiné quand la sonnerie cessa brusquement. Elle chancela, prise de nausée. Une migraine atroce lui déchirait les tempes… Il valait mieux appeler à l'aide. Mais qui ? Il était trop tard, de toute façon. Brian était mort.

« Va-t'en. Maintenant ! »

Elle sentit un frisson dans sa nuque, tandis que les paroles de son père lui revenaient à la mémoire. Il lui avait ordonné de fuir. Le plus vite possible. Mais pour aller où ? Et pour échapper à qui ? Soudain, elle revit ses mains pressées sur la serviette rouge de sang. Un cri se forma dans sa gorge. Brian n'avait pas été victime d'un stupide accident domestique. Il avait été *assassiné* !

Fuir, elle devait fuir ! Elle s'élança dans le salon. Une mallette noire trônait sur le tapis, près de la table basse. L'objet ne lui évoquait rien : Brian ne possédait qu'une seule valise, celle que lui avait offerte sa femme pour leurs dix ans de mariage. Il l'emportait partout avec lui, et ne s'en serait séparé pour rien au monde… D'où sortait cet attaché-case ? Alexis s'approcha. La poignée était luisante de sang. Une goutte de sueur perla à son front. Son père était donc déjà blessé lorsqu'il était arrivé chez elle… Il avait préféré risquer sa vie pour lui apporter cette mallette plutôt que d'aller se faire soigner !

Autrement dit, son contenu était assez important pour…

Un roulement métallique se fit entendre dans la cage d'escalier. La jeune femme se figea. L'ascenseur… L'appareil était si vieux qu'aucun habitant de l'immeuble ne se risquait plus à le prendre. Elle reconnut le claquement sec de la cabine lorsqu'elle s'arrêta sur le palier. Un bruit de pas résonna dans le couloir.

Alors seulement, elle se souvint : elle avait laissé la porte ouverte !

Il n'y avait plus une seconde à perdre. Mais puisqu'elle allait avoir de la visite, mieux valait conserver son sang-froid… Et dans ces circonstances, la méfiance s'imposait. N'écoutant que son instinct, elle s'empara de la mallette, saisit son sac à main et s'élança vers le placard de l'entrée.

Elle venait de s'y engouffrer quand l'intrus franchit le seuil de l'appartement. La moquette étouffait ses pas, mais elle entendit distinctement le bruit de sa respiration… Il était là, tout près. Tétanisée d'angoisse, elle retint son souffle. Il allait la trouver, c'était sûr ! Dans quelques instants, il ouvrirait la porte de la penderie et la tirerait sans ménagement de sa cachette. Mais les secondes s'égrenèrent sans que rien ne se produise. Que faisait-il ? Qu'attendait-il pour la tuer, comme il avait probablement tué son père ?

Enfin, un léger bruit signala qu'il se dirigeait vers le salon. Alexis se risqua à entrouvrir le placard… L'intrus avait disparu dans la chambre de Linda. C'était l'occasion ou jamais ! Les nerfs tendus à se rompre, elle se glissa hors de la penderie, franchit la distance qui la séparait de la porte d'entrée toujours ouverte, et sortit sur le palier désert.

Son soulagement fut de courte durée : quelqu'un montait l'escalier ! Un voisin, ou… un complice de son mystérieux visiteur ? Il n'était plus temps de s'interroger. Elle ouvrit la porte de l'ascenseur et se plaqua contre la paroi de la cabine. Déjà, les pas se rapprochaient dans le couloir… Avec effroi, elle vit une silhouette masculine s'immobiliser sur le seuil de son appartement.

— Alors ? Tu l'as trouvée ? s'enquit l'inconnu en poussant la porte.

— Non. Elle est déjà partie, grommela une voix féminine depuis l'intérieur de l'appartement. Inutile de…

Alexis n'entendit pas la suite : le chien du voisin, suivi de près par son propriétaire, grimpait les escaliers en jappant avec enthousiasme.

— … par la trouver, acheva la seconde voix. Entre.

L'inconnu obéit, refermant la porte derrière lui. Alexis hésita un instant, puis appuya sur le bouton du quatrième étage. La cabine s'éleva dans un grincement sinistre… et affreusement strident. Déjà, la jeune femme s'apprêtait à voir surgir les deux visiteurs sur le palier de son appartement, alertés par le bruit. Mais il n'en fut rien. Elle avait donc encore un peu de temps devant elle… Le palier du quatrième étage était désert, lui aussi. Elle envoya l'ascenseur au sixième pour brouiller les pistes, puis s'élança vers l'escalier de service, qu'elle descendit quatre à quatre, en prenant soin de ne pas faire claquer ses talons sur le béton. Sa voiture était garée à quelques rues de là, sur un parking privé qu'elle louait à l'année. Si elle y parvenait sans encombres, elle serait sauvée…

Jusqu'à la prochaine alerte.

« Ne cours pas », s'exhorta-t-elle en traversant le hall de l'immeuble. Ses poursuivants avaient peut-être posté des complices dans la rue. Si elle se mettait à courir, ils auraient tôt fait de la repérer, alors qu'en évitant toute précipitation, elle aurait une chance de se fondre dans la foule.

Tout en marchant vers le portail d'entrée, elle ôta sa veste en lin beige, qu'elle posa sur le dessus de la mallette, afin de la dissimuler aux regards indiscrets. Puis, un sourire crispé aux lèvres — le portier venait de la saluer avec sa bonhomie coutumière —, elle parvint sur le trottoir.

Une chaleur implacable s'était abattue sur la ville. Les passants, pressés de rentrer chez eux après leur journée de travail, jouaient des coudes au carrefour avant de s'engouffrer avec soulagement dans la fraîcheur artificielle de la station de métro voisine. L'humidité, comme toujours à New York, rendait l'atmosphère plus accablante encore. Mais Alexis, glacée au plus profond d'elle-même, ne sentit pas la brûlure du soleil sur sa peau. Les yeux braqués sur le bitume, elle luttait de toutes ses forces contre la panique qui l'envahissait.

Ne pas courir. Ne pas se retourner. Ne pas crier.

Sa vie en dépendait, se répétait-elle obstinément. Si elle suivait ces principes à la lettre, elle serait tirée d'affaire. Ainsi marchait-elle vers le parking, les membres raides, les doigts crispés sur la poignée de la mallette. A cette heure de la journée, la circulation était infernale, et le vacarme assourdissant. Lorsqu'elle s'engagea sur la chaussée pour traverser, un coup de klaxon impérieux la fit sursauter, mais elle poursuivit son chemin au même rythme faussement tranquille. Puis, comme le feu passait au vert, la longue file de voitures s'élança dans un vrombissement de moteurs, ajoutant au tintamarre.

De l'autre côté de la rue, la jeune femme ne les entendait plus. Seuls les battements effrénés de son cœur résonnaient à ses oreilles. Les nerfs tendus à se rompre, elle imaginait la terreur qui serait la sienne lorsqu'elle sentirait une main s'abattre sur son épaule…

Elle parvint pourtant au parking sans encombres. La vue du toit de sa petite voiture bleue, sagement garée à sa place habituelle, faillit la faire flancher… mais là encore, elle s'interdit de hâter le pas.

Arrivée devant la portière, elle sortit les clés de son sac et désarma la serrure automatique d'une main tremblante. Puis, jetant la mallette sur le siège passager, elle prit place derrière le volant, referma la portière et verrouilla toutes les issues. Alors seulement, elle s'affaissa sur elle-même comme une enfant terrifiée, et s'autorisa à laisser rouler les larmes de soulagement qui lui brûlaient les paupières.

Elle tremblait encore lorsqu'elle se redressa, de longues minutes plus tard. Mais elle était parvenue à maîtriser sa respiration. Et elle se sentait la force de conduire.

Pour aller où ? Elle n'en avait pas la moindre idée. Tout juste savait-elle qu'elle devait fuir. Mettre le plus de distance possible entre elle et ceux qui ne tarderaient pas à la poursuivre.

Elle fit marche arrière pour sortir du parking, puis s'engagea dans la longue file de véhicules qui remontaient l'avenue.

Elle conduisait peu, et rarement aux heures de pointe. Mais aujourd'hui, la prudence n'était pas de mise. Appuyant sur l'accélérateur chaque fois qu'elle le pouvait, elle quitta rapidement le centre-ville et traversa le fleuve qui la séparait du New Jersey en changeant de file comme une forcenée. Elle fut contrainte de ralentir sur l'autoroute, où l'attendaient les traditionnels encombrements de fin de journée. Coincée entre un camion frigorifique et une berline familiale, elle faillit de nouveau céder à la panique. Que ferait-elle, si les deux individus la rattrapaient ? Et que lui voulaient-ils, au juste ?

Tout cela n'avait aucun sens. Mieux valait appeler à l'aide… mais qui ? Plusieurs visages amis défilèrent devant ses yeux, sans qu'elle y trouve le moindre réconfort. A quoi bon alarmer ses proches ? Elle n'était même pas certaine de parvenir à s'exprimer de façon cohérente ! Non, vraiment, elle ne pouvait entraîner ses amis dans un tel bourbier… La famille ? Elle n'en avait pas. Sa mère n'avait jamais connu ses propres parents, décédés peu de temps après sa naissance. Fils unique, Brian avait perdu les siens quelques années plus tôt.

Elle était donc seule, à présent. Totalement seule.

Elle pouvait appeler la police, bien sûr. Mais son père ne lui avait pas demandé de le faire. Ses ordres avaient été clairs : elle devait fuir. Et emporter la mallette avec elle.

Elle jeta un regard à l'objet en question, posé bien droit sur le siège passager. Elle n'avait aucune envie de le toucher — et encore moins de l'ouvrir. Même fermée, cette valise ne lui avait causé que des ennuis. Une fois ouverte, elle serait certainement plus néfaste encore…

Un voyant rouge se mit à clignoter sur le tableau de bord, interrompant ses pensées. Alexis se mordit la lèvre. Le réservoir était pratiquement vide… Elle allait devoir s'arrêter pour refaire le plein. Etait-ce risqué ? Non : ses assaillants, quels qu'ils soient, ne l'avaient certainement pas suivie jusqu'ici. Par chance, la station-service la plus proche n'était qu'à dix kilomètres. Elle les franchit en modérant l'allure, de peur d'épuiser prématurément ses derniers litres d'essence.

A la pompe, une jeune femme renfrognée s'avança vers elle, et la servit sans un mot. Alexis paya, puis roula vers l'aire de repos attenante, où elle se gara le plus loin possible des autres véhicules. Il n'y avait pas foule, de toute façon. Ici, elle pourrait s'octroyer quelques minutes de repos. Et tenter de prendre les décisions qui s'imposaient.

Elle coupa le moteur et se renversa contre le dossier du fauteuil, trop épuisée pour lutter contre les images qui l'assaillaient. Le sang sur la moquette de l'entrée. Les traces écarlates sur le mur blanc. Le corps immobile de son père, en travers du lit. Et le dernier regard qu'il lui avait lancé avant de mourir… Pourquoi l'avait-elle écouté ? Elle aurait dû appeler les secours, au lieu de fuir avec cette maudite mallette !

Son regard, une fois de plus, se tourna vers le siège passager. A quoi bon attendre davantage ? Même si elle était terrifiée à cette idée, cette valise lui apporterait la réponse à ses questions. L'ouvrir était le seul moyen d'y voir un peu plus clair.

Détachant sa ceinture, elle posa l'attaché-case sur ses genoux, et lutta un instant avec la serrure maculée de sang. Puis, elle souleva le couvercle en retenant son souffle.

Le contenu lui arracha un cri de stupeur : sous une large enveloppe de papier kraft s'alignaient des liasses de billets de cinq cents dollars, sagement serrées les unes contre les autres.

Elle ferma les yeux, effarée. D'où venait cet argent ? Son père n'avait jamais été riche. Et la somme était bien trop colossale pour être légale…

Un gémissement lui échappa. Qu'avait donc fait Brian pour se procurer une telle fortune ? Il n'était pourtant pas trafiquant de drogue ! Trempait-il dans une affaire de blanchiment d'argent ? Avait-il escroqué la compagnie d'assurances pour laquelle il travaillait ? Mais dans quel but ? L'argent ne l'avait jamais intéressé… Et il avait toujours été un partisan de l'ordre établi !

Elle referma la mallette d'un geste sec. Que faire, à présent ? Jeter l'argent à la poubelle, songea-t-elle en posant les yeux sur le container métallique installé en bordure du parking. L'idée était tentante… mais parfaitement ridicule. Car ses poursuivants n'interrompraient pas leurs recherches pour autant. C'était la mallette qu'ils voulaient, comprit-elle. Et puisqu'elle était en sa possession, ils la suivraient, où qu'elle aille. Et quoi qu'elle fasse.

Restait l'enveloppe. Celle qui était posée sur les liasses de billets. Son contenu lui indiquerait peut-être la marche à suivre…

Elle la saisit d'une main encore hésitante. Puis, comme elle la retournait pour la décacheter, une inscription attira son attention. Elle se pencha. La mention « pour Alexis » avait été griffonnée au crayon noir — de la main de son père, reconnut-elle avec un violent serrement de cœur.

Les larmes lui manquèrent, cette fois : elle avait trop pleuré. Mais son désespoir n'en fut que plus violent. Ces trois mots écrits à la hâte lui rappelaient le caractère inéluctable des événements. Brian était *mort*. Cette lettre serait donc la dernière qu'elle recevrait de lui. Il n'y aurait plus de cartes postales, plus de petit message accroché aux cadeaux de Noël… Et lui, dans quelles conditions avait-il rédigé cette lettre ? Se sentait-il déjà menacé, traqué ?

Une chose était sûre : il avait risqué sa vie pour lui apporter la mallette. Quelle que soit la nature des révélations qu'elle contenait, Alexis devait respecter ses instructions. Et lire, avant quiconque, la missive qu'il lui avait destinée.

Elle déchira l'enveloppe avant de changer d'avis. Une longue lettre reposait sur un paquet de documents glissés dans une pochette transparente. Le cœur battant, elle s'empara des feuillets rédigés à l'encre noire. Elle aurait reconnu l'écriture entre toutes : c'était bien celle de son père.

« Alexis chérie,

» Je ne serai sans doute plus là quand tu liras ce message. J'aurais préféré t'en parler calmement, mais le temps me manque, hélas… Prends la mallette avec toi. Une certaine Kathy t'expliquera le reste. Je ne me souviens plus de son nom de famille, mais je suis certain qu'elle cherchera à te contacter. »

Un sourire douloureux étira les lèvres d'Alexis. Brian n'avait jamais eu la mémoire des noms, en effet. La Kathy en question pouvait tout aussi bien s'appeler Bethy ou Cindy.

« En attendant, ne dis à personne que tu as la mallette et les documents. Crois-moi, je suis navré de te mettre dans cette situation, ma chérie, mais je n'ai plus le choix. Je ne sais pas réellement d'où provient cet argent. J'ai accordé ma confiance aux mauvaises personnes il y a des années, et de nombreux innocents en ont payé le prix. J'aimerais tant pouvoir défaire ce qui a été fait… mais il est trop tard, à présent. Mes excuses ne changeront rien au désastre. Pourtant, j'aimerais que vous sachiez tous, toi comprise, à quel point je suis effaré de ce qui est arrivé par ma faute. Je sais que je n'ai pas toujours été un bon père. Ni un bon mari, d'ailleurs. J'avais si peu à offrir, et vous méritiez tellement mieux… »

Alexis sentit sa gorge se nouer. Brian avait ses défauts, certes. Mais il n'avait jamais cessé de les aimer, sa mère et elle.

« J'ai souvent manqué de courage, Alexis, et cela aussi je le regrette. Un autre que moi aurait trouvé la force de te dire la vérité il y a des années. »

D'hésitante, l'écriture s'était faite tremblante. Brian avait-il bu pour se donner le courage de poursuivre ? Ou était-il déjà soûl lorsqu'il avait entamé la rédaction de cette lettre ? Alexis ne le saurait jamais. Et cela n'avait plus guère d'importance. Elle lui pardonnait tout, à présent.

« Mais en ne disant rien, j'ai toujours cru faire au mieux… Et puis, je n'ai appris ce qui s'était réellement passé à l'époque que récemment. Même aujourd'hui, j'ignore encore la plupart des faits. Alors, le mieux est de te dire ce que je sais ; tu découvriras le reste par toi-même. Tout a commencé parce que… Mon Dieu ! J'aurais tellement voulu te le raconter en face, ma chérie !… Parce que ta mère et moi ne pouvions pas avoir d'enfants. »

Le cœur d'Alexis manqua un battement. Elle avait mal lu, sans doute… Mais non, la phrase était toujours là, sèche comme un couperet.

« Ta mère et moi ne pouvions pas avoir d'enfants, relut-elle, la gorgée nouée. Après plusieurs tentatives, les médecins nous ont recommandé de nous tourner vers l'adoption… mais la procédure risquait de prendre des années. Ta mère était désespérée… Les fausses-couches l'avaient profondément meurtrie, et je craignais qu'elle n'ait pas la force d'attendre indéfiniment un bébé qui ne viendrait peut-être jamais. Alors, je me suis renseigné… et j'ai fini par entrer en contact avec quelqu'un qui connaissait un docteur susceptible de nous aider. Bien sûr, je savais que cette adoption ne serait pas complètement légale, mais à l'époque, cela m'était égal. Tout ce qui comptait, c'était d'accélérer la procédure. »

La *procédure* ? Alexis se redressa, sous le choc. Elle avait donc été adoptée ? Impossible. Son père mentait, il avait trop bu, il… La voix de Brian lui revint brusquement à la mémoire. « J'aurais tant voulu que tu sois vraiment à nous », avait-il murmuré en plongeant son regard dans le sien.

Elle n'avait pas compris, alors. Mais sa déclaration prenait tout son sens, à présent.

Elle prit une aspiration. Et se força à reprendre sa lecture.

« Le médecin m'a parlé d'une de ses patientes, qui s'apprêtait à accoucher en secret. Elle était trop jeune pour garder le bébé, mais elle l'avait supplié de le confier à une famille aimante, afin que son enfant prenne *un bon départ dans la vie*. Ce sont les mots du médecin, Alexis, et je les entends comme si c'était hier. Nous devions payer les frais liés à l'accouchement, dédommager le docteur pour ses services et promettre de n'en parler à personne. Naturellement, nous avons tout accepté. J'aimerais pouvoir te dire que nous aurions agi autrement si nous avions connu la vérité… mais je n'en suis même pas certain. Parce que Loïs mettait tous ses espoirs dans ce bébé. Et que j'étais prêt à tout, absolument tout, pour lui rendre le sourire. »

De quelle « vérité » parlait-il ? Qu'avait-il fait ?

« Nous n'avons posé aucune question à personne. Nous n'avons jamais rencontré ta mère biologique. Tu n'avais que quelques heures quand l'assistante du docteur t'a amenée chez nous. Tu étais si jolie… Nous n'aurions pu rêver plus beau bébé ! Loïs t'a prise dans ses bras, et nous nous sommes installés sur le canapé, tous les trois. Jamais je n'oublierai cet instant, Alexis. Le bonheur de Loïs valait tout l'or du monde… Tu nous as rendus si heureux, ma chérie ! Ta présence illuminait notre existence. Nous t'aimions tant… Que tu ne sois pas notre fille biologique n'a jamais fait la moindre différence, à nos yeux. Je sais que je n'ai pas été très présent depuis la mort de Loïs, et tu as toutes les raisons de m'en vouloir. J'ai laissé mon chagrin me consumer, au lieu de m'occuper de toi comme j'aurais dû le faire. Quand j'ai compris mon erreur, il était trop tard… Ce qui est fait est fait, mais sache que je le regrette de tout mon cœur. »

Elle étouffa un sanglot. Si seulement elle avait essayé de l'aider, au lieu de le laisser sombrer dans l'alcool ! Il l'aurait peut-être écoutée, si elle avait insisté pour qu'il consulte un médecin… Mais elle l'avait lâchement abandonné à lui-même, préférant espacer leurs entrevues plutôt que d'affronter le spectacle de sa déchéance…

Son regard se posa sur les liasses de billets de banque. Il y en avait pour une fortune… Brian avait-il dérobé cet argent pour tenter de regagner son affection ? C'était absurde, bien sûr, mais cette idée folle lui avait peut-être traversé la tête un soir de beuverie ? Effarée, elle crispa les doigts sur la lettre, redoutant d'y trouver la réponse aux questions qui la hantaient.

« Nous aurions peut-être pu parler calmement de tout cela si j'en avais eu le temps. Mais les récents événements ont tout précipité : le médecin qui a falsifié ton acte de naissance est mort le mois dernier. Assassiné, apparemment. Je l'ai découvert par hasard, et cette nouvelle m'a tellement troublé que j'ai mené une petite enquête. C'est à ce moment-là que j'ai découvert l'atroce vérité. Ta mère biologique ne t'a pas abandonnée, Alexis. Elle n'a jamais souhaité ton adoption. Je crois même qu'elle ignorait ton existence. »

La femme qui l'avait mise au monde ignorait son existence ? Comment était-ce possible ? Cela n'avait aucun sens ! Soit Brian avait perdu la tête, soit il était tellement soûl qu'il ne savait plus ce qu'il écrivait. Dans tous les cas, il aurait dû lui parler, au lieu de garder de tels secrets pour lui ! Que devait-elle faire, à présent ? Le médecin qui avait accouché sa mère naturelle avait été assassiné. Brian aussi. Serait-elle la troisième sur la liste ?

« Le seul fait d'y penser me rend malade. Que cet homme,

qui se disait médecin, ait eu la cruauté de monnayer une enfant à peine sortie du ventre de sa mère… C'est l'un des pires crimes qui soit ! Si ce monstre n'avait pas été tué, je t'assure que j'aurais été tenté de le faire par moi-même. La honte d'avoir participé à ce drame barbare me poursuivra jusque dans la tombe… et Dieu sait que je m'en rapproche chaque jour davantage ! Car je t'ai menti sur ce point aussi, Alexis. Je sais que tu mets mon penchant pour le whisky sur le compte de mon chagrin, et tu n'as pas entièrement tort. Au début, en effet, j'ai bu pour oublier l'absence de Loïs. Puis les médecins ont découvert une tumeur, logée dans mon intestin. Après une opération et une longue période de rémission, le mal est revenu. Cette fois, le cancérologue m'a prévenu : je n'en ai plus pour longtemps. L'alcool m'aide à supporter la douleur, car la morphine ne suffit pas. Je ne voulais pas que tu le saches… »

Alexis ne lisait plus. Les mots se brouillaient sous ses yeux. Pourquoi n'avait-elle rien vu, rien compris ? Brian avait beaucoup maigri ces derniers temps. Elle aurait dû se douter de quelque chose ! Mais elle avait préféré éviter de l'interroger — par lâcheté, toujours. Et lui, pourquoi n'avait-il rien dit ? En cherchant à la protéger, il n'avait fait qu'élargir le gouffre qui les séparait. Loin de les rapprocher, le deuil et la maladie les avaient éloignés l'un de l'autre. Elle ferma les yeux, partagée entre colère et désespoir. Si seulement il lui avait confié ses soucis, au lieu de s'enfermer dans le silence ! Le pire aurait peut-être été évité…

Mais l'heure n'était pas aux récriminations. Elle ne pouvait rester indéfiniment sur ce parking, avec ces liasses de billets sur le siège passager ! Plus vite elle aurait achevé sa lecture, plus vite elle pourrait reprendre la route. Et se réfugier dans un endroit sûr pour tenter de recoller les morceaux de sa vie brisée.

« Depuis que j'ai découvert la vérité sur ta naissance, je fais tout mon possible pour arranger les choses. Mais les forces me manquent… Et je sais que je ne pourrai pas te rendre les années perdues. Ni l'enfance que tu aurais dû passer auprès de ta véritable famille. J'ai rassemblé assez de preuves pour que tu puisses les convaincre de ton identité si tu souhaites les rencontrer. Mais je t'en prie, méfie-toi : plus j'avance dans mon enquête, plus le mystère s'épaissit. La situation n'est vraiment pas claire, et ton arrivée ne sera sans doute pas vue d'un très bon œil par tout le monde. »

Elle avait donc une famille… Pourquoi ne lui en avait-il pas parlé plus tôt ? Il connaissait leur existence depuis des semaines, des mois peut-être, et il ne lui avait rien dit ?

Une vague de colère la submergea, plus puissante que la précédente. Mais elle s'exhorta au calme, une fois de plus. Elle ne parviendrait à rien — et surtout pas à mettre fin à ce cauchemar — si elle laissait ses émotions lui dicter sa conduite. Brian avait cru bien faire… et il n'était plus là pour se justifier, de toute façon.

« L'assistante du docteur, par exemple. Elle était à l'enterrement, ce jour-là. »

Elle haussa les sourcils. Quel enterrement ?

« Je suis presque sûr qu'elle m'a vu. Et cela m'inquiète terriblement, Alexis. Cette femme fera tout pour te barrer la route, c'est évident. Ce que le docteur et elle ont fait de toi n'est pas seulement monstrueux : c'est totalement illégal. Elle pourrait aller en prison pour cela. Car elle est aussi coupable que lui… Alors, fais très attention, ma chérie. L'argent rend fou. Et ces gens-là ont beaucoup d'argent… Ils ne seront pas tous ravis de devoir partager leur fortune avec toi, tu comprends ? »

Non, elle ne comprenait pas. Cette lettre ressemblait de plus en plus au scénario d'un mauvais film. Et elle avait de moins en moins envie d'y participer.

« Quoi qu'il arrive, la décision t'appartient. Les documents qui se trouvent dans la pochette plastique te permettront de prouver ta véritable identité. Remets-les à Ira Rosencroft, le notaire de Stony Ridge, un petit village au nord de l'Etat de New York. C'est là que se trouve Blackrose, la résidence familiale. D'après les informations que j'ai recueillies, ce Rosencroft est plutôt bien vu dans la région. Il t'aidera. Il n'a pas le choix, de toute façon : c'est lui qui gère le patrimoine de Blackrose. Mais reste sur tes gardes, surtout. Et ne fais confiance à personne. J'ignore de quoi ces gens sont capables, mais je redoute le pire. Je suis presque sûr qu'ils me surveillent depuis quelques jours… Cette histoire m'a peut-être rendu paranoïaque, mais je suis très inquiet. Pas pour moi : pour toi, ma chérie. Quand tu arriveras là-bas, ne dis à personne que tu as l'argent — pas même au notaire. Attends que Kathy prenne contact avec toi. A elle, tu peux faire confiance. Elle a remué ciel et terre pour nous retrouver, tu sais. Et c'est elle qui m'a tout révélé. »

Ici, le texte comportait plusieurs ratures, et l'écriture se faisait plus tremblante encore.

« J'espère de tout mon cœur que tu ne m'en voudras pas, ma chérie. Et que tu ne garderas pas une trop mauvaise image de moi quand tu auras retrouvé ta vraie famille. Quoi qu'il arrive, tu resteras toujours ma fille unique et adorée,

» Ton père qui t'aime,

Brian. »

C'en était trop. Alexis fondit en larmes, incapable de contenir plus longtemps le flot d'émotions qui l'envahissait. Elle avait l'impression de marcher sur un tas de ruines dans un paysage dévasté. Tout ce en quoi elle avait cru toute sa vie venait de s'effondrer. Tout ce qu'elle aimait lui avait été arraché. Ses parents n'étaient pas ses parents. Et elle ne savait même plus qui elle était…

Un éclat de voix la fit sursauter. Un jeune couple se disputait dans la voiture voisine… et le parking, vide un moment plus tôt, s'était rempli de monde, constata-t-elle avec effroi. Elle se redressa et referma la mallette. Impossible de rester ici plus longtemps : elle finirait par attirer l'attention des passants. Il fallait partir… pour aller où ?

Stony Ridge ? Elle n'en avait jamais entendu parler. Mais si Brian disait vrai, c'était là que son destin s'était joué. Elle y trouverait peut-être les réponses à ses questions.

A commencer par la plus déconcertante de toutes : comment une mère pouvait-elle ignorer l'existence de sa propre fille ?

2.

L'inspecteur Wyatt Crossley ne supportait pas l'inaction. Lorsqu'il ne travaillait pas, ce qui lui arrivait rarement, il tournait en rond comme un lion en cage. Aussi n'appréciait-il guère le repos forcé que son oncle, qui était aussi le shérif du village, lui avait imposé depuis le début de l'enquête sur la mort de Nolan Ducort. La déontologie l'exigeait, certes ; mais pendant ce temps, *son* enquête piétinait.

Franchement, il aurait donné cher pour retourner au commissariat... mais les ordres de son oncle avaient été formels : tant que les résultats de l'enquête balistique ne seraient pas parvenus au juge d'instruction, ni Wyatt ni les deux officiers de police qui avaient été mêlés à l'arrestation de Ducort ne pourraient reprendre leurs fonctions. Avec un peu de chance, cependant, ce n'était plus qu'une question de jours : dès que les enquêteurs auraient clairement établi que Wyatt et ses collègues avaient tiré sur Ducort *après* que ce dernier eut fait feu sur eux, le dossier serait classé. Et Wyatt pourrait se remettre au travail.

En attendant, il n'avait nullement l'intention de rester les bras croisés. S'il se montrait discret, rien ne l'empêchait de poursuivre ses recherches sur la mort d'Amy Thomas. C'était son dossier, après tout : son oncle le lui avait confié lorsque le corps de la malheureuse femme avait été retrouvé sous la roseraie de Blackrose, quelques jours plus tôt. Les médecins légistes n'avaient pas encore rendu leurs conclusions, mais ils étaient pratiquement certains que le squelette exhumé était bien celui d'Amy Thomas, portée disparue depuis sept ans.

La macabre découverte avait fait d'autant plus de bruit au village que personne n'avait jamais cru à la thèse de l'assassinat, bien que les filles d'Amy l'aient toujours soutenue. Le corps demeurant introuvable, chacun avait pensé à une fugue volontaire. L'oncle de Wyatt, en particulier, s'était montré inflexible : il n'y avait pas lieu, selon lui, d'ouvrir une enquête pour meurtre ; et malgré les demandes répétées des jumelles Thomas, qui persistaient à accuser leur père, il n'avait jamais consenti à enquêter sur les circonstances qui avaient précédé l'étrange disparition d'Amy. Sans doute avait-il cru bien faire... mais il s'était trompé : la mère d'Helen et de Leigh Thomas avait bel et bien été assassinée. Et il était possible que son meurtrier soit toujours en liberté.

Puisque Marcus Thomas, le père des jumelles, était maintenant décédé, il ne restait plus qu'une personne susceptible de connaître la vérité : Eden Voxx Thomas, la seconde épouse de Marcus. Infirmière en obstétrique, cette dernière était entrée au service du Dr Thomas plusieurs années avant la disparition d'Amy et s'était installée chez lui aussitôt après. Vus sous cet angle, les faits s'apparentaient donc à un schéma classique : passionnément épris l'un de l'autre, Eden et Marcus auraient éliminé Amy pour pouvoir s'aimer au grand jour... C'était plausible. Mais Wyatt n'y croyait pas : depuis qu'il connaissait la famille Thomas, les apparences lui semblaient plus trompeuses que jamais. A Blackrose, rien n'était simple.

Le mystère s'éclaircirait sans doute lorsqu'il aurait l'occasion d'interroger Eden. Mais l'infirmière demeurait introuvable. Elle avait pris la fuite lorsque le corps d'Amy avait été découvert dans le jardin, et n'avait pas reparu depuis.

Profitant de la confusion générale, Eden avait emporté tout ce qu'elle pouvait : vêtements, bijoux, documents compromettants... Sa chambre était vide quand son fils Jacob y était entré après son départ. Les tiroirs du bureau ne renfermaient plus qu'un épais livre de comptes, à l'intérieur duquel étaient glissées plusieurs lettres anonymes. Manifestement rédigées par un maître chanteur, les missives menaçaient leur destinataire de terribles représailles s'il ne payait pas rapidement les sommes indiquées...

Bien que capitale, la découverte de ces lettres n'avait guère fait progresser l'enquête. Si l'existence d'un maître chanteur était maintenant avérée, rien ne prouvait que Marcus en ait été la victime : les lettres, non signées, ne comportaient pas le nom de leur destinataire. Elles ne disaient rien non plus des raisons pour lesquelles le chantage avait eu lieu.

Que penser, alors ? Le Dr Thomas était mort ruiné, certes. Mal administrés, ses biens personnels avaient fondu comme neige au soleil. De plus, en tant que gestionnaire du patrimoine familial, il avait largement entamé la fortune de ses filles en détournant près de six cent mille dollars à son profit… Une somme rondelette, qui s'était totalement volatilisée. Avait-elle servi à acheter le silence du maître chanteur ? Les faits semblaient parler d'eux-mêmes, mais là encore, Wyatt se gardait de toute conclusion. Si les experts comptables recrutés par Gavin Jarret, l'avocat chargé de la succession, prouvaient que les fausses factures rédigées par Marcus sur le compte de Blackrose correspondaient aux sommes réclamées par les lettres anonymes, alors Wyatt se rendrait à l'évidence : le père des jumelles avait bel et bien distribué leur fortune à un maître chanteur. Mais pourquoi ? Quel terrible secret avait-il à cacher ? Personne ne le savait.

L'enquête s'annonçait donc trop complexe pour la petite équipe de Stony Ridge, plus habituée à arrêter des conducteurs en état d'ivresse qu'à rechercher des assassins. Appelés en renfort, les inspecteurs de la brigade criminelle de l'Etat de New York avaient pris la direction des opérations : leur médecin légiste s'était chargé d'exhumer et d'identifier le corps d'Amy, tandis que plusieurs officiers passaient le parc et le manoir au peigne fin. Fort d'un diplôme en criminologie, Wyatt avait accepté de leur servir d'agent de liaison avec l'administration et les forces de police locales.

La mission promettait d'être passionnante… dès qu'il aurait enfin réintégré son poste. Pour l'heure, il n'avait même pas le droit de se rendre à Blackrose ! Pourtant, Dieu savait qu'il aurait été utile sur place — ne serait-ce que pour superviser les fouilles de l'immense domaine, dont les multiples recoins donnaient le tournis à ses collègues new-yorkais. Mais les ordres étaient les ordres… et connaissant le tempérament de son oncle, mieux valait les respecter !

Ce matin, il avait donc sagement contourné la propriété des

Thomas pour se rendre chez leurs plus proches voisins, les Walker. Ces derniers, qui portaient aux jumelles une affection toute particulière, les hébergeaient depuis le décès de Marcus et l'incendie qui avait ravagé une partie du manoir. Wyatt espérait les trouver réunies et leur poser quelques questions… mais il avait fait chou blanc : George, Emily et les jumelles avaient quitté Stony Ridge pour échapper à la pression médiatique. Et Nan, la gouvernante qui lui avait ouvert la porte, ignorait quand ils seraient de retour…

Restait Gavin : visiblement très épris de Leigh Thomas, l'avocat saurait peut-être où les jeunes femmes avaient trouvé refuge. Refoulant sa déception, Wyatt avait donc repris sa voiture pour se rendre au village. Si Gavin était à son bureau, la journée ne serait peut-être pas *complètement* perdue !

Comme toujours à l'heure du déjeuner, Stony Ridge était pris d'assaut. Wyatt se gara sur la seule place de parking encore disponible, devant le bâtiment calciné qui avait abrité l'appartement de Gavin. Les murs noircis offraient un spectacle presque terrifiant, sous le soleil implacable de la mi-journée. Comment ne pas songer à la détermination de celui qui avait mis le feu à cet immeuble pour tenter de préserver son secret ?

Eden Thomas détenait un secret, elle aussi. Jusqu'où irait-elle pour le protéger ?

Ces pensées agitaient encore Wyatt tandis qu'il se dirigeait vers les bureaux de Gavin, installés un peu plus haut dans la rue principale. Bien qu'habitué aux fortes chaleurs qui marquaient toujours le début de l'été dans la région, il regrettait déjà la fraîcheur qui régnait dans sa voiture, un instant plus tôt. Le bitume semblait fondre sous ses pas. Et les quelques arbres qui bordaient la chaussée paraissaient figés dans une immobilité de statue. Déjà, de violents orages s'étaient abattus sur le sud de l'Etat. Nul doute qu'ils atteindraient Stony Ridge avant la fin de la journée, si…

Il se figea brusquement : la chance lui souriait-elle enfin ? Une des jumelles Thomas se tenait devant l'entrée de l'étude ! Une mallette à la main, elle promenait un regard désemparé autour d'elle. Il fit quelques pas supplémentaires, et décida qu'il s'agissait de Leigh. Mais une Leigh… différente de celle qu'il connaissait. Ses cheveux semblaient plus blonds ; plus courts, aussi. Et ses épaules fines ployaient sous le poids d'un invisible fardeau. Son regard se porta sur ses jambes — délicatement hâlées sous sa jupe bleu marine. Un chemisier vert pâle et blanc complétait sa tenue, suggérant, sans les révéler, les courbes sans doute parfaites de la jeune femme.

Troublé, Wyatt s'avança vers elle. Il la connaissait peu, certes… mais elle ne lui avait jamais paru aussi séduisante. Etait-ce parce qu'il ne s'était jamais trouvé seul avec elle ? Ou parce qu'il ne l'avait jamais *regardée* ainsi ? Il n'en savait rien. Mais une chose était sûre : Leigh était la compagne de Gavin. Et Wyatt n'avait aucune intention de la séduire.

Elle tourna la tête en l'entendant arriver, et il s'attendit à la voir sourire. Mais son regard bleu glissa sur lui sans s'arrêter. Comme si elle ne le reconnaissait pas.

Il décida pourtant de se jeter à l'eau : s'il s'agissait d'Helen, il en serait pour ses frais.

— Leigh ? Quelque chose ne va pas ?

Elle ne répondit pas tout de suite — ce qui le conforta dans son opinion. La jeune femme qui se tenait devant lui était bien celle qu'il croyait, et non sa sœur jumelle. Mais que faisait-elle sous un soleil de plomb avec cet étrange attaché-case ? Eraflé, taché, l'accessoire semblait droit sorti d'une décharge publique… Pourtant, Leigh s'y agrippait comme si sa vie en dépendait. Une infinie tristesse obscurcissait ses yeux clairs, et son visage portait la marque d'une grande fatigue. Sans doute était-elle encore sous le choc… et qui ne l'aurait été, à sa place ? Le corps de sa mère, qu'elle croyait disparue depuis sept ans, venait d'être retrouvé sous un tapis de roses, au milieu de la propriété familiale !

Il franchit la distance qui les séparait, avant de s'enquérir :

— Est-ce que Gavin est là ?

Elle lança un regard à la porte close qu'il venait de désigner, et secoua la tête d'un air désemparé.

— Les bureaux sont fermés.

Sa voix n'avait été qu'un murmure. Elle semblait si fragile… Emu, Wyatt faillit tendre la main vers son bras nu — mais se l'interdit fermement. S'il la touchait, elle risquait de mal interpréter son geste.

— Que se passe-t-il ? reprit-il doucement. Vous semblez bouleversée… Vous est-il arrivé quelque chose ?

Un éclair de terreur traversa son regard — si fugace que Wyatt crut l'avoir rêvé.

— Désolée. Je dois partir, annonça-t-elle subitement.

Il fronça les sourcils. Quelque chose ne tournait pas rond… mais quoi ? Où était Gavin ? Et Helen ? Leigh n'aurait pas dû se rendre en ville dans un état pareil. Elle paraissait au bord de la crise de nerfs.

— Que transportez-vous là-dedans ? demanda-t-il en montrant l'attaché-case. Les dossiers de votre grand-père ?

Elle fit un pas de côté, l'air effaré.

— Il faut vraiment que j'y aille.

Comme il tendait la main pour la retenir, elle lui décocha un regard interloqué.

— Que voulez-vous, au juste ?

D'apeurée, sa voix s'était faite presque agressive. Une lueur provocatrice brillait dans ses prunelles, comme si elle le mettait au défi de s'approcher davantage.

— Je ne suis pas votre ennemi, répliqua-t-il calmement.

— Ravie de l'apprendre. Maintenant, si vous voulez bien m'excuser…

— Attendez. Il faut que je vous parle.

— Une autre fois. Je dois y aller.

— Où ?

Elle le toisa avec étonnement, comme si sa question n'avait aucun sens. Et Wyatt sentit un étrange pressentiment le gagner. La situation, décidément, n'était pas normale.

— Laissez-moi passer, insista-t-elle d'une voix encore ferme.

— Pas question. Et ne m'obligez pas à employer les grands moyens.

— Que voulez-vous dire ?

Elle semblait sur la défensive, à présent. Et Wyatt regretta aussitôt ses propos. Il n'avait aucune intention de lui faire peur — tout ce qu'il voulait, c'était discuter un moment avec elle pour faire avancer l'enquête.

— Ecoutez, Leigh, nous ne nous sommes pas rencontrés dans les meilleures circonstances, mais je vous assure que je n'ai rien à voir avec mon oncle, plaida-t-il d'un ton qu'il espérait conciliant. Il a ses convictions, moi les miennes. Je suis de votre côté, croyez-moi.

La jeune femme prit une profonde inspiration. Sans doute hésitait-elle encore à lui faire confiance… mais elle ne se laisserait pas intimider, comprit Wyatt en observant la courte lutte qu'elle livrait contre elle-même. Même abattue, épuisée par les drames qui assombrissaient son existence, elle faisait front, quoi qu'il arrive. Sa détermination ne faisait aucun doute. N'avait-elle pas fait preuve d'une étonnante force de caractère, lorsque Ducort avait menacé de la tuer ? Wyatt avait alors été favorablement impressionné. Aujourd'hui, il était admiratif, d'autant plus qu'elle le défiait maintenant d'un regard plus bleu que jamais.

— Votre soutien m'honore. Mais êtes-vous sûr d'avoir fait le bon choix ? demanda-t-elle avec une pointe de sarcasme.

— Et si nous en discutions autour d'un café ?

— Il fait trop chaud pour ça, vous ne croyez pas ?

— Effectivement, concéda-t-il avec un sourire. Un thé glacé, alors ?

— C'est gentil, mais je dois rentrer… chez moi.

Son hésitation n'avait pas échappé à Wyatt, qui la dévisageait avec attention. Elle cherchait à lui échapper, c'était évident. Mais pour aller où ? Elle semblait l'ignorer elle-même.

— Vous savez sans doute que vous ne pouvez pas rentrer à Boston avant la fin des interrogatoires, répliqua-t-il. Quant à Blackrose, il vous faudra patienter un jour ou deux : la brigade criminelle n'a pas achevé les fouilles. Rien ne vous empêche de retourner chez les Walken, bien sûr, mais vous n'y trouverez plus personne : ils ont fui les journalistes qui campent nuit et jour devant la propriété. Et Nan n'a pas su me dire quand ils seront de retour…

Il s'interrompit, troublé. Elle s'était crispée à la mention de la brigade criminelle. Craignait-elle la police, à présent ? Mais pourquoi ? Elle n'avait rien fait de mal !

— Laissez-moi vous offrir un verre, reprit-il doucement. Ou une glace. Par cette chaleur, ce serait idéal, non ?

— Une glace ?

Elle paraissait ignorer le sens du mot. En proie à une panique manifeste, elle promenait un regard traqué autour d'elle. S'il n'intervenait pas *maintenant*, elle s'enfuirait en courant, comprit-il.

Et son enquête n'aurait pas avancé d'un pouce.

— Venez, Leigh. Il fait trop chaud pour rester en plein soleil, de toute façon. Et je vous promets que nous ne parlerons pas de l'affaire… J'aimerais juste que vous me teniez compagnie. Je n'ai pas l'habitude d'être désœuvré, vous savez !

Elle parut si perplexe qu'il faillit lui expliquer les raisons de son repos forcé. Mais il jugea préférable de s'abstenir : mieux valait éviter de lui rappeler les événements des jours précédents. Sa vie n'avait tenu qu'à un fil, alors… et elle ne souhaitait sans doute pas raviver le souvenir de son altercation avec Ducort.

— Le glacier n'est qu'à quelques minutes en voiture, plaida-t-il. Le temps d'y aller, d'acheter deux cornets et de revenir, nous serons de retour dans une demi-heure, pas plus !

Son enthousiasme n'eut aucun effet : elle secouait la tête avant même qu'il ait achevé sa phrase.

— Appelez Gavin. Il pourra peut-être se joindre à nous, ajouta-t-il en désespoir de cause.

— Non !

Sa réplique avait claqué comme un fouet. Et le ton de sa voix ne laissait aucun doute : elle était en froid avec Gavin. Ce qui expliquait peut-être son étrange comportement…

— Je n'ai pas envie de lui parler, expliqua-t-elle d'un air embarrassé. En fait, je… je n'ai pas envie de parler du tout.

— Eh bien, nous mangerons notre glace en silence, rétorqua-t-il sans se laisser démonter. Je suis très doué pour les silences, moi aussi.

Elle hésita encore un instant, puis hocha la tête. Wyatt réprima un soupir de soulagement. La bataille avait été rude, mais il venait de remporter la première manche. Restait à convaincre Leigh de lui révéler le contenu de son mystérieux attaché-case… Ce ne serait pas facile. Mais son métier lui avait appris à gagner la confiance des témoins les plus obstinés.

Avec un peu de chance, Leigh ne ferait pas exception à la règle.

Alexis se demanda si elle avait encore toute sa raison. Accepter l'invitation de cet inconnu relevait de la folie. Pourtant, il lui avait suffi de croiser son regard noisette pour sentir fondre ses résistances. Sans être d'une beauté renversante, il était le genre d'homme sur lequel les femmes se retournent dans la rue.

Etait-ce une raison pour partir Dieu sait où avec lui ?

Non. Bien sûr que non. Mais il l'avait prise pour une autre, et il lui avait paru plus simple, alors, de ne pas le détromper. Comment aurait-elle pu imaginer que la supercherie les entraînerait si loin ? Plus la discussion avançait, plus elle s'enferrait dans ses mensonges. Difficile, à présent, de lui avouer qu'elle n'avait rien à voir avec cette Leigh, qu'elle ne connaissait pas de Gavin, et qu'elle ignorait son prénom…

Elle brûlait de le lui demander, pourtant. Cette comédie ridicule n'avait que trop duré. Epuisée comme elle l'était, elle ne parviendrait plus à donner le change très longtemps. Elle était venue à Stony Ridge dans l'espoir d'y trouver des réponses à ses questions. Mais elle avait appris qu'Ira Rosencroft était mort. « Kathy » n'était nulle part en vue ; et la situation empirait de minute en minute.

Conformément aux conseils de son père, elle s'était rendue chez le notaire dès son arrivée à Stony Ridge, une heure plus tôt. Décochant son sourire le plus courtois à la réceptionniste, elle avait demandé à voir Me Rosencroft… et s'était heurtée à un refus.

Et pour cause : le notaire était décédé !

Effarée, Alexis n'avait même pas cherché à connaître les causes de sa mort. D'une voix blanche, elle avait demandé si une certaine Kathy travaillait dans les bureaux… La réponse avait été négative, là aussi.

Si bien qu'Alexis s'était retrouvée sur le trottoir, plus désemparée que jamais. Elle avait fait le tour du pâté de maisons dans un état second. Et lorsque ses pas l'avaient ramenée devant l'étude, elle avait trouvé porte close : les notaires étaient sortis déjeuner. Elle tentait encore de rassembler ses pensées, quand l'inconnu l'avait interpellée… et convaincue d'aller manger une glace avec lui.

« C'est de la folie pure », se répéta-t-elle en glissant un regard vers lui. Amical sans être pressant, le sourire franc, il n'avait rien de terrifiant. Mais tout de même…

— Attention ! s'écria-t-il comme elle manquait de trébucher sur une bouche d'égout mal refermée.

Il lui avait saisi le bras pour l'empêcher de tomber. Et ce simple contact lui sembla si érotique qu'elle se dégagea en rougissant.

— Voulez-vous que je porte la mallette ? suggéra-t-il. Vous serez moins embarrassée…

— Non !

Elle avait parlé trop vite. Trop fort. Déjà, il la couvait d'un regard interrogateur. Si elle n'apaisait pas sa curiosité, il chercherait à savoir pourquoi elle refusait de lâcher l'attaché-case. Elle frémit intérieurement. Pourvu qu'il ne devine rien…

— Désolée. Je n'aurais pas dû crier ainsi. Mais j'ai très mal dormi la nuit dernière, précisa-t-elle avec franchise. Et je crois que je me suis levée du pied gauche…

Bien que bancale, l'explication parut lui suffire. Et son regard s'emplit d'une telle compassion qu'elle sentit son cœur battre plus fort.

— Je comprends, assura-t-il. C'est parfaitement normal. Venez. La voiture est tout près.

Elle le suivit sans protester. Que faire d'autre, à présent ? Elle était trop épuisée, trop terrifiée pour faire demi-tour. Et la sympathie qu'il lui témoignait agissait comme un baume sur ses nerfs à vif. Il semblait si simple de lui faire confiance, de s'en remettre à lui… L'angoisse et le chagrin l'avaient tenue éveillée toute la nuit dans le petit motel où elle avait fait escale. Les images s'entrechoquaient dans son esprit, plus violentes, plus inquiétantes les unes que les autres, sans qu'elle parvienne à leur donner un sens. Une question la hantait, surtout : aurait-elle pu sauver son père ? Si elle avait agi différemment, serait-il encore en vie à cette heure-ci ?

Linda, sa colocataire, ne rentrerait pas de vacances avant la semaine suivante. En toute logique, personne n'avait encore découvert le corps.

Sauf les deux intrus qui s'étaient immiscés dans son appartement.

Elle leur avait échappé… mais pour combien de temps ?

Plus d'une fois au cours de la nuit, sa main s'était tendue vers le téléphone pour appeler la police. Mais la peur avait suspendu son geste. Son histoire était trop rocambolesque pour ne pas éveiller les soupçons. Les inspecteurs l'assailleraient de questions. Et elle n'aurait aucune réponse à leur fournir. De plus, tout cet argent faisait d'elle une suspecte… même si elle ignorait de quoi.

Au petit matin, elle s'était forcée à avaler une tasse de café avant de reprendre la route. Elle était pratiquement certaine de ne pas avoir été suivie. Et l'espoir de rencontrer Me Rosencroft l'avait guidée sans encombres jusqu'à Stony Ridge. Elle espérait tant de cet entretien !

Mais Ira Rosencroft était mort. Avait-il été assassiné, lui aussi ?

Le serait-elle, si elle tombait entre les mains de ceux qui avaient tué Brian ? Que voulaient-ils, au juste ? Et que devait-elle faire de tout cet argent ?

Et cette Leigh, qui était-elle ? Son sosie, indubitablement — mais encore ?

Des questions, toujours des questions. Et pas la moindre réponse. Le beau brun qui marchait devant elle lui en apporterait peut-être. Lui, en tout cas, semblait savoir où aller ! Son aisance, son charme tranquille avaient quelque chose de rassurant. Au pire, décida-t-elle, elle lui fausserait compagnie après qu'il l'eut ramenée en ville. Au mieux, il lui en apprendrait assez sur Stony Ridge pour l'aider à retrouver la mystérieuse Kathy.

Il s'arrêta devant une élégante voiture noire, ouvrit la portière passager, et entreprit de libérer le siège des piles de dossiers qui l'encombraient.

— Désolé, marmonna-t-il d'un air gêné, en entassant les dossiers sur la banquette arrière. Ma voiture me sert de bureau annexe, ces temps-ci.

Elle retint un sourire. Son embarras le rendait presque touchant.

— Voulez-vous que je mette l'attaché-case à l'arrière ? ajouta-t-il en se redressant.

Pouvait-elle *vraiment* lui faire confiance ? Elle hésitait encore… Il n'insista pas, ce dont elle lui fut reconnaissante. Il lui laissait le temps de décider. Le temps de partir, aussi, si elle le souhaitait encore. Mais pour aller où ? Elle ne connaissait rien ni personne ici ! Il était sa seule planche de salut.

Elle lui tendit la mallette, qu'il saisit sans faire de commentaire. Il la posa sur la banquette arrière, puis il lui tint la portière pendant qu'elle prenait place sur le siège passager. Sa jupe remonta un peu haut sur ses cuisses lorsqu'elle s'assit, et elle lutta un court instant pour la remettre en place. Là encore, il demeura silencieux : elle lui aurait faussé compagnie s'il s'était risqué à la moindre remarque déplacée. Aussi poussa-t-il la galanterie jusqu'à détourner les yeux.

Elle était parfaitement décente lorsqu'il s'installa au volant, quelques secondes plus tard. Et le sourire complice qu'il lui adressa acheva de la mettre à l'aise. Il avait le sourire le plus renversant qu'elle ait jamais vu.

— Je vous préviens : la climatisation est lente à démarrer. Jezzebelle n'a pas l'habitude des fortes chaleurs. La canicule ne lui réussit pas du tout !

— Jezzebelle ? répéta-t-elle, perplexe.

Son sourire s'élargit plus encore.

— C'est le nom de ma voiture. Ça lui va bien, non ?

— Vous avez baptisé votre voiture ?

— Eh oui ! Nous le faisons tous, dans la famille : ma mère, mes sœurs… Alors, je m'y suis mis, moi aussi.

— C'est… une idée sympathique, commenta-t-elle platement.

Un éclat de rire accueillit sa remarque.

— Vous n'êtes pas obligée de le penser ! Mes collègues me traitent de fou à longueur de journée… mais ce n'est pas contagieux, apparemment.

— Dommage. Le monde serait plus agréable si tout le monde était aussi « fou » que vous.

Ce fut à son tour de paraître incrédule.

— Merci, dit-il après un court silence.

Alexis détourna vivement les yeux. Où avait-elle la tête ? Ce n'était ni l'heure ni l'endroit pour flirter avec ce type ! Fallait-il qu'elle soit désemparée pour se laisser aller ainsi à ses émotions… Car il la troublait, bien sûr. Il était très séduisant. Presque parfait, même.

Ce qui était loin d'être son cas, constata-t-elle en croisant son reflet dans la vitre. Ses yeux cernés trahissaient sa fatigue, et ses vêtements auraient eu besoin d'un sérieux coup de fer. Ce matin, elle avait fait de son mieux pour avoir l'air présentable… mais le résultat n'était guère satisfaisant. Si elle décidait de prolonger son séjour à Stony Ridge, il lui faudrait d'autres vêtements. Et une trousse de toilette un peu plus fournie que celle qui se trouvait dans son sac à main. Heureusement, elle avait remarqué plusieurs boutiques de prêt-à-porter dans la rue principale. Avec un T-shirt, un pantalon et des sous-vêtements neufs, elle se sentirait déjà mieux !

— Leigh ?

Elle sursauta. Il venait de faire une remarque… mais laquelle ?

— Pardon ? marmonna-t-elle.

— Je disais que vous semblez vraiment fatiguée.

— Je le suis.

« Exténuée » aurait été plus juste. De sa vie, elle ne s'était jamais sentie aussi lasse.

— Je le serais aussi, à votre place. Ces derniers jours ont dû être un enfer… Mais tout va s'arranger, vous verrez.

Elle tressaillit, incrédule. Il *savait* ? La panique l'envahit — puis reflua aussitôt. C'était de Leigh qu'il parlait, pas d'Alexis. Sans doute avait-elle traversé une mauvaise passe, elle aussi… mais la coïncidence s'arrêtait là.

— D'ailleurs, il n'y a rien de tel qu'un milk-shake pour vous remettre d'aplomb ! poursuivit-il avec entrain. Avez-vous déjà fait votre choix ? Vanille, chocolat… ou un parfum plus exotique ?

Elle retint un soupir. Comment lui avouer qu'elle se désintéressait totalement de la question ? L'idée même d'avaler une gorgée du breuvage glacé lui donnait la nausée.

— Je vous laisse choisir à ma place, répondit-elle. J'aime les surprises.

— D'accord, mais je vous préviens : en ce moment, j'ai un faible pour les milk-shakes aux bonbons : Carambar, Fraises Tagada… On devient vite accro, vous savez !

Un sourire délicieusement sexy vint ponctuer son aveu. Alexis sentit son cœur s'accélérer. S'il continuait à la regarder ainsi, c'était à lui qu'elle deviendrait accro ! Dommage qu'elle ne l'ait pas rencontré plus tôt… Elle l'aurait volontiers troqué contre Seth, si l'histoire avait été à refaire !

Il freina pour obliquer sur une petite route de campagne, au bout de laquelle se dressait un café en plein air : tables et bancs étaient disposés à même la pelouse, près d'un bâtiment couvert de vigne vierge. Bien qu'excentré, l'endroit semblait recueillir les faveurs de la clientèle locale : le parking était bondé, et les tables prises d'assaut. Plusieurs enfants jouaient à l'ombre des arbres, tandis que leurs parents sirotaient leur milk-shake en discutant. Même écrasé de chaleur, l'établissement invitait à la détente. Sous le charme, Alexis ne bouda pas son plaisir, et ce fut avec sincérité qu'elle remercia son compagnon de l'y avoir accompagnée.

— Tout le plaisir était pour moi, répliqua-t-il galamment. Voulez-vous venir passer la commande, ou préférez-vous m'attendre ici ?

Il venait de se garer sur une place libre, près d'un pick-up couvert de poussière.

— Je préfère vous attendre.

Il coupa le contact, puis il ouvrit toutes les vitres.

— Tâchez de ne pas fondre avant mon retour, ironisa-t-il en descendant de voiture.

— Je ferai de mon mieux, répliqua-t-elle sur le même ton.

— A tout de suite.

Elle lui fit un petit signe de la main tandis qu'il se dirigeait vers l'entrée du café. A peine avait-il atteint les premières tables qu'un groupe de jeunes gens l'interpella.

— Wyatt ! Ça tient toujours pour demain ? s'enquit l'un d'eux.

— Le match de base-ball ? répondit-il. Ça dépendra du temps.

— T'as raison : si l'orage éclate, faudra prévoir les combinaison de plongée !

Ils éclatèrent de rire, et se promirent de se rappeler le lendemain pour en discuter. Alexis détourna la tête, reportant son attention sur la campagne environnante. Ainsi, cet homme aussi courtois que séduisant se prénommait Wyatt, et il jouait au base-ball. Elle sourit. Ce prénom lui allait comme un gant. Elle n'avait jamais connu de Wyatt avant lui, mais elle les avait toujours imaginés ainsi : énergiques et déterminés. Incapables de demeurer en place. Et très charismatiques.

Elle fronça les sourcils. Allons ! Elle connaissait cet homme depuis moins d'une heure… et ne serait sans doute jamais amenée à le revoir. Il était absolument charmant, certes. Mais elle avait d'autres chats à fouetter. Une question, surtout, la taraudait : que faire de la mallette ? Impossible de la remettre à Ira Rosencroft, comme elle l'avait espéré. Si seulement la mystérieuse Kathy se manifestait ! Mais comment lui faire savoir qu'elle était en ville ?

Elle renversa la tête contre le dossier du siège. Elle était si fatiguée qu'elle ne parvenait plus à réfléchir. De toute façon, la plupart des éléments lui manquaient. Les ténèbres l'environnaient. Des ténèbres de plus en plus opaques…

La lutte semblait inutile. Ses paupières tombèrent, elle s'endormit presque aussitôt.

— Leigh ? Réveillez-vous.

Elle sursauta. Où était-elle ? Et qui était ce bel inconnu, penché sur elle ?

— Désolé de vous réveiller, reprit-il. Mais il fait trop chaud, ici… Venez vous installer à l'ombre. J'ai trouvé une table sous les arbres.

Elle battit des cils. Tout lui revenait, à présent. Wyatt. Il s'appelait Wyatt.

— Hmm. Vous n'avez pas l'air très réveillée, constata-t-il avec un sourire.

— Je crois même que je dors encore.

— Venez.

Il ouvrit la portière et lui tendit la main. Lorsque ses doigts se refermèrent sur les siens, leurs regards se croisèrent. Cela ne dura qu'un instant, mais Alexis en fut bouleversée. Un désir puissant, inexplicable, l'avait envahie. Jamais elle n'avait éprouvé un tel… désir. Et surtout pas pour un inconnu.

Dégageant sa main, elle se leva en chancelant un peu.

— Allez vous asseoir, suggéra-t-il. La table est là-bas, près de la clôture. Je vais chercher la commande et je vous rejoins.

Dans ses yeux bruns brillait un trouble semblable au sien. Elle n'avait donc pas rêvé ce qui venait de se produire entre eux. Etait-ce de l'attirance, tout simplement ? Ou un sentiment plus profond, plus singulier ?

Elle se força à se ressaisir. Et se dirigea hâtivement vers la table qu'il lui avait indiquée. A quoi bon s'attarder sur ces fadaises ? Elle avait bien d'autres problèmes à régler !

A commencer par le plus urgent : comment continuer à se faire passer pour Leigh ? Que répondrait-elle si Wyatt ou une autre de ses connaissances lui posait des questions un peu trop précises ? Elle serait bien contrainte d'avouer la vérité, alors…

Avec découragement, elle se laissa tomber sur le banc. Cette comédie n'avait aucun sens. Plus vite elle révélerait sa véritable identité, mieux cela vaudrait. Et puis, rien ne l'obligeait à *tout* raconter à Wyatt : lui dire son nom suffirait.

Forte de ses bonnes résolutions, elle l'accueillit avec un sourire engageant lorsqu'il s'approcha, un imposant plateau à la main.

— Et voilà : madame est servie ! déclara-t-il.

Elle ouvrit des yeux ronds en apercevant le contenu du plateau : une énorme portion de frites et deux hamburgers se dressaient près des gobelets de milk-shakes.

— Vous étiez censé m'offrir une glace, pas un repas complet, protesta-t-elle.

— Je n'ai pas pu résister. Ils font les meilleurs hamburgers du coin, vous savez !

Elle réprima une grimace. Impossible de lui dire qu'elle était végétarienne : Leigh ne l'était peut-être pas, elle !

— A quand remonte votre dernier repas ? reprit Wyatt avec sollicitude.

Elle hésita. Aucune réponse sensée ne lui venait à l'esprit.

— Je ne…

— C'est bien ce que je pensais, interrompit-il. Vous allez tomber dans les pommes, si vous continuez comme ça. Forcez-vous à manger un peu : ça ne peut pas vous faire de mal.

A lire la détermination qui animait son regard, elle n'avait guère le choix.

— Puis-je commencer par les frites ? marmonna-t-elle faiblement.

Elle fut récompensée par un sourire dévastateur.

— Je vous en prie.

Tandis qu'il attaquait son hamburger avec appétit, Alexis avala une frite, puis une autre… et s'aperçut qu'elle avait faim. Très faim, même. Elle en était à sa cinquième bouchée quand il se redressa, l'air ennuyé.

— J'ai oublié les serviettes. Ne bougez pas. Je reviens tout de suite.

L'occasion était trop belle… Alexis le regarda s'éloigner, puis, saisissant le hamburger qu'il lui destinait, elle en sortit le steak haché, qu'elle jeta discrètement dans les buissons. Avec un peu de chance, Wyatt n'y verrait que du feu !

Il revenait déjà, d'ailleurs. Elle mordit dans le petit pain rond, en espérant que la salade et les tomates masqueraient l'absence de la viande.

— Je viens de croiser les Krolberths, annonça-t-il. Ils m'ont chargé de vous présenter leurs condoléances. Je leur ait dit que vous n'étiez pas en état de parler avec qui que ce soit aujourd'hui.

— Merci, bredouilla-t-elle, perplexe.

De quelles *condoléances* parlait-il ?

Elle l'observa du coin de l'œil. Pouvait-elle lui faire confiance ? Elle avait tant de questions à lui poser !

— Voulez-vous en parler ? s'enquit-il tout à trac.

Elle sentit son cœur s'accélérer. Avait-il lu dans ses pensées ?

— Parler de quoi ?

— De votre mère. Et de la raison pour laquelle elle a été tuée.

3.

Alexis crut que la Terre s'ouvrait sous ses pieds. Une peur panique la submergea. Dans quel cauchemar avait-elle basculé ? La veille, son père était mort sous ses yeux. Assassiné. Ce matin, elle avait appris la mort du notaire qu'il lui avait recommandé d'aller voir. Et maintenant, la mère de Leigh avait été tuée, elle aussi ?

Que se passait-il, bon sang ?

L'attaché-case !

Elle l'avait laissé dans la voiture. Et Wyatt n'avait pas verrouillé les portières, tout à l'heure… N'importe qui pouvait s'emparer de la mallette et partir avec !

Elle s'élança vers le parking, bousculant sans ménagement ceux qui se trouvaient sur son passage. Elle arrivait près de la voiture quand Wyatt la rattrapa.

— Leigh ! Attendez !

Son bras se referma sur son épaule, mais elle se dégagea d'un geste sec.

— Lâchez-moi !

Il promena un regard inquiet autour de lui.

— Calmez-vous, intima-t-il. Inutile de faire une scène.

Elle reprit son souffle. Il ne voulait pas d'esclandre ? Dommage, car c'était exactement ce qu'elle avait l'intention de provoquer. Si elle parvenait à le faire sortir de ses gonds, il cesserait peut-être de lui poser des questions.

— Je ne me calmerai pas, répliqua-t-elle. Vous l'avez bien cherché, de toute façon ! Vous m'avez attirée ici en me promettant de ne pas m'interroger et, à peine assis, vous me bombardez de questions !

Il parut si contrit qu'elle faillit renoncer à ses accusations

— d'autant qu'elle ne lui en voulait pas vraiment, en fait. Mais elle se força à poursuivre cette détestable comédie. Aussi sympathique était-il, elle ne pouvait lui révéler son identité. Et encore moins lui expliquer la raison de sa présence à Stony Ridge. Inutile de l'associer à ses ennuis — il pouvait y risquer sa vie, lui aussi.

— Je suis sincèrement désolé, affirma-t-il. Je ne mentionnerai plus l'affaire, c'est promis. Venez manger, maintenant. Il n'y a rien de plus mauvais que des frites froides !

— Je n'ai plus faim.

Lui décocher un regard glacial se révéla plus difficile qu'elle ne l'aurait cru, mais elle y parvint. Elle devait le congédier avant que sa curiosité ne les mette en danger.

Elle jeta un regard sur la banquette arrière de la voiture. L'attaché-case était toujours là, Dieu soit loué ! Elle s'apprêtait à ouvrir la portière, quand un homme les interpella.

— Wyatt ! Salut, mon vieux. J'avais reconnu ta voiture… Helen ? C'est toi ?

— Non. C'est Leigh, rectifia Wyatt avec lassitude.

Alexis prit la mallette et se tourna vers le nouvel arrivant : grand, brun, plutôt séduisant, il se dirigeait vers eux en souriant. Il tenait un cône de crème glacée dans la main gauche, et un énorme gobelet de milk-shake dans l'autre.

— Désolé, Leigh. Je n'arrive jamais à vous discerner, toi et ta sœur.

Elle se raidit. Leigh avait donc une sœur ? Bizarrement, cette découverte ne fit qu'accroître son malaise.

— Installez-vous dans la voiture, Leigh, ordonna Wyatt. Je vous ramène en ville.

— Non, merci. Je préfère marcher.

Il crispa les mâchoires.

— Je ne vous savais pas sujette aux caprices.

Elle le défia du regard. Il voulait la bagarre ? Il l'aurait.

— Et moi, j'ignorais à quel point vous ressemblez à votre oncle, répliqua-t-elle en se remémorant les propos qu'il lui avait tenus un moment plus tôt.

Sa remarque fit mouche : un éclair de colère traversa les prunelles de Wyatt. Il s'apprêtait à répondre, quand son téléphone portable se mit à sonner. Tournant les talons, il décrocha avec un soupir rageur.

— J'ai l'impression que je n'arrive pas au bon moment…, remarqua le nouveau venu d'un air gêné, quand Wyatt se fut éloigné de quelques pas. Mais tu te trompes, Leigh : il ne lui ressemble pas du tout.

— A son oncle ? Si tu le dis.

Tutoyer cet inconnu lui parut étrange, mais elle n'avait guère le choix : puisqu'il tutoyait Leigh, elle ne pouvait pas le vouvoyer ! Par chance, il ne l'intimidait pas : il lui était même très sympathique.

— Peux-tu me raccompagner en ville ? s'enquit-elle tout à trac. Je suis assez pressée.

Il esquissa un sourire d'excuse.

— C'est que… je ne rentre pas directement. Je dois passer à Blackrose pour chercher un de mes outils sur le chantier.

Blackrose ? Son père avait mentionné ce nom avant de mourir. Elle y trouverait peut-être des informations intéressantes…

— Je n'y vois aucun inconvénient, affirma-t-elle.

L'homme lança un regard embarrassé à Wyatt, mais ce dernier ne les écoutait pas. L'oreille rivée à son téléphone, il faisait les cent pas devant la voiture.

— Bon… Alors, allons-y, acquiesça-t-il à contrecœur. Je te préviens : Lucky m'attend de pied ferme. Il était fou de joie quand je lui ai promis une glace, tout à l'heure !

Alexis se garda de tout commentaire — elle ignorait qui était le « Lucky » en question — et le suivit jusqu'à son pick-up, stationné à quelques mètres de là. Un énorme chien noir jaillit de la remorque en les voyant arriver, et se jeta, toutes babines pendantes, sur l'assiette de glace que l'homme lui tendit en riant.

— Eh ! Doucement…, marmonna-t-il en lui tapotant le dos. Là, c'est bien.

Alexis, qui avait reculé en voyant l'animal bondir sur eux, se rapprocha aussitôt. C'était Lucky, manifestement. Et puis, un chien aussi gourmant ne pouvait pas être un mauvais bougre ! D'ailleurs, il vidait l'assiette à grands coups de langue sans plus se soucier de leur présence.

Son maître en profita pour reporter son attention sur la jeune femme.

— Je sais que ce ne sont pas mes affaires, mais… que s'est-il passé entre toi et Wyatt ? s'enquit-il. Vous semblez en froid, tous les deux…

Elle haussa les épaules.

— Wyatt m'avait promis de ne pas m'interroger. Mais il m'a harcelée de questions à peine étions-nous arrivés ici.

— C'est son métier, non ? Tu ne peux pas lui en vouloir de chercher à faire avancer l'enquête qui lui a été confiée !

Alexis retint un cri de surprise. Wyatt travaillait dans la police ? Pourquoi ne l'avait-elle pas compris plus tôt ?

Son interlocuteur lui lança un regard soucieux.

— Je savais bien que tu aurais dû lui parler du passage secret… Les types de la brigade criminelle ont tout découvert, c'est ça ?

Un passage secret ? Elle s'efforça de ne pas écarquiller les yeux. Dans quel guêpier s'était-elle encore fourrée ? Elle n'avait pas la moindre idée de ce à quoi il faisait allusion.

— Je ne vois pas comment ils l'auraient découvert, répliqua-t-elle en feignant une assurance qu'elle était loin d'éprouver.

Il eut un soupir désabusé.

— Ce ne serait pas étonnant, pourtant : ils fouillent la maison de fond en comble depuis que Lucky a découvert la tombe de ta mère. Ils finiront bien par tomber sur l'entrée du passage secret…

Alexis ne l'écoutait plus. Son chien avait découvert une tombe ? Quelle sorte de drame macabre s'était donc joué à Stony Ridge ?

— J'ai recouvert le mur adjacent d'une couche d'enduit, poursuivit son compagnon, mais le placard est assez grand pour éveiller les soupçons. Et le mécanisme d'ouverture n'est pas si difficile à repérer : il suffit de passer la main le long des lambris pour sentir un creux sous la paume. Le premier qui…

Il s'interrompit brusquement. Alexis n'eut pas besoin de se retourner pour deviner que Wyatt revenait vers eux.

— R.J., lança ce dernier, peux-tu raccompagner Leigh en ville ? On me demande à Blackrose.

Elle lui décocha un regard surpris.

— Je croyais que vous n'aviez rien à faire de la journée !

— En effet, mais je viens juste d'être réintégré dans mes fonctions. Le gars qui me remplaçait doit accompagner sa femme à la maternité. Et comme mon cher oncle n'a pas d'autre inspecteur sous la main, il est bien obligé de m'envoyer sur place !

S'il paraissait satisfait de reprendre ses fonctions, R.J., lui, l'était moins.

— On n'a plus qu'à trouver un autre capitaine pour le match de demain, marmonna-t-il d'un air dépité, avant de reprendre : je dois aller à Blackrose, moi aussi. J'ai oublié mon générateur portable sur le chantier. Crois-tu que tes collègues me laisseront entrer ?

— Je ne vois pas pourquoi ils t'en empêcheraient, assura Wyatt. Mais je viendrai avec toi, au cas où... Ensuite, pourras-tu ramener Leigh en ville ?

— Bien sûr.

— Merci.

Il tourna les talons et se dirigea vers sa voiture sans un regard pour Alexis. Il lui en voulait encore, manifestement. Elle aurait dû s'en réjouir : n'avait-elle pas cherché à se débarrasser de lui ? Mais, à sa propre surprise, ce fut tout le contraire qui se produisit : un violent désespoir lui noua l'estomac. Et elle se sentit plus seule, plus vulnérable que jamais.

A son côté, le chien jappa joyeusement pour attirer son attention. Elle esquissa un sourire : ses yeux bruns débordaient d'affection. Lui, au moins, ne lui voulait pas de mal...

— Allez, en voiture, tout le monde ! décréta R.J.

Lucky ne se fit pas prier : il bondit dans la remorque, tandis que son maître ouvrait la portière pour Leigh. Elle pensait garder l'attaché-case avec elle, mais R.J. s'en empara avant qu'elle ait eu le temps de protester, et le posa à l'arrière.

— Qu'est-ce que tu transportes, là-dedans ? maugréa-t-il. Ça pèse une tonne !

— Des papiers.

« Beaucoup de petits papiers verts », finit-elle intérieurement.

— Monte, dit-il sans autre forme de commentaire. Wyatt nous attend.

Elle lança un regard à l'inspecteur : installé au volant de sa voiture, il les observait du coin de l'œil.

Elle se hissa sur le marchepied et prit place à côté de R.J., qui démarra aussitôt. La banquette, maculée de peinture et de poussière, confirma ce qu'Alexis soupçonnait déjà : il était sans doute à la tête d'une petite entreprise de travaux publics.

— Au fait, comment va Gavin ? s'enquit-il d'un air détaché quand ils quittèrent le parking. Penses-tu qu'il pourra participer au match, demain ?

Alexis réprima un soupir. Ne connaissant pas Gavin, elle n'en avait pas la moindre idée… Le mieux était de répondre à cette embarrassante question par une autre question — en espérant que R.J. n'y verrait que du feu.

— S'il ne peut pas, crois-tu que tu pourras lui trouver un remplaçant ?

— Certainement, mais ce serait dommage.

— Ces matchs remportent un tel succès… On dirait que tout le village fait partie de l'équipe de Wyatt !

— C'est presque ça, acquiesça-t-il en riant. Ceux qui ne jouent pas avec lui sont dans l'équipe de Granger… mais nous sommes les meilleurs, bien sûr !

— Cela va sans dire.

Elle détourna les yeux, mal à l'aise. R.J. était manifestement un proche de Leigh et de Gavin… S'il continuait à l'interroger, elle serait incapable de donner le change !

Par chance, il ne chercha pas à poursuivre la conversation, et ce fut en silence qu'ils parcoururent les quelques kilomètres qui les séparaient de la route principale. Les champs de blés succédaient aux pâturages d'un vert éclatant, impeccablement entretenus. De part et d'autre de la chaussée, des allées tracées au cordeau, égrenées d'arbres centenaires, s'élançaient vers l'horizon. De simples panneaux de bois blanc indiquaient l'entrée des domaines qu'elles desservaient. La région vivait de l'élevage des pur-sang, dont la gloire faisait et défaisait les fortunes locales. Etait-ce le cas de Leigh ? Le simple fait qu'elle soit originaire de Stony Ridge l'incitait à le penser. Si sa famille possédait un haras, la jeune femme était sans doute riche. Très riche, même.

Et alors, songea Alexis en fermant les yeux. Quelle importance cela pouvait-il avoir ? Et quel rapport avec sa propre histoire ?

— Et si tu faisais un petit somme ? suggéra R.J. avec gentillesse. Tu sembles exténuée !

— Wyatt m'a dit la même chose, tout à l'heure.

Elle s'était exprimée sans réfléchir, mais le regretta aussitôt. Car R.J. semblait n'attendre que cette occasion pour relancer la conversation.

— Wyatt est un type bien, tu sais. Il est très ami avec Gavin.

Elle fronça les sourcils.

— Où veux-tu en venir, au juste ?

— J'essaie de te mettre en garde, répliqua-t-il avec franchise. Ils ont un sacré tempérament, tous les deux ! Je me souviendrai toujours du jour où Gavin est arrivé chez les Walken... On est tout de suite devenus très amis, lui et moi. Mais ce n'était pas un gamin facile, ça non ! Quand il y avait une bêtise à faire, il ne reculait devant rien. D'ailleurs, tu connais ses exploits aussi bien que moi... Vous étiez encore petites, à l'époque, mais je suis sûr que vous en avez entendu parler !

Une lueur d'espièglerie éclaira son regard.

— On a vraiment fait les quatre cents coups, tous les deux, poursuivit-il. L'oncle de Wyatt venait d'être promu commissaire, à l'époque. Il ne nous faisait pas de cadeaux, tu peux me croire ! A ses yeux, nous n'étions qu'une bande de vauriens — il n'a jamais compris pourquoi les Walken avaient accepté de s'occuper de nous. Il faisait tout pour que les services sociaux leur retirent leur agrément, et il nous arrêtait sous le moindre prétexte. Gavin passait la moitié de son temps au poste ! Mais il lui tenait tête, quoi qu'il arrive.

Alexis l'écoutait attentivement, à présent. Les pièces du puzzle commençaient à s'assembler dans son esprit. Leigh était manifestement la compagne de Gavin, lequel avait grandi avec R.J. dans une famille d'accueil. Wyatt, lui, était le neveu du commissaire de police... avec lequel les deux hommes avaient eu maille à partir dans leur jeunesse.

— Aujourd'hui, tout a changé, bien sûr. Gavin s'est assagi, le commissaire Crossley a mis de l'eau dans son vin... Je sais que vous avez une dent contre la police, ta sœur et toi. Mais ce n'est pas une raison pour faire tourner Wyatt en bourrique ! Il mérite mieux que ça, crois-moi. Gavin aussi, d'ailleurs.

— Je n'y comprends rien… Que veux-tu dire ?

— Je ne suis pas aveugle, Leigh. Il se passe quelque chose entre Wyatt et toi, c'est évident.

Elle tressaillit. L'attirance qu'elle éprouvait pour Wyatt était donc si manifeste ?

— Ce n'est pas un crime, bien sûr : tu es libre de mener ta vie comme tu l'entends, continua-t-il. Mais sois franche avec eux, je t'en prie. Vous iriez droit dans le mur, si tu tentais de les opposer l'un à l'autre.

— Je ne ferais jamais une chose pareille, affirma-t-elle.

Du moins, pas de son plein gré.

— Parfait. Me voilà rassuré ! confia R.J. d'un ton plus léger.

Rassurée ? Leigh ne l'était guère, elle. Mais elle était reconnaissante à son compagnon de l'avoir mise en garde : elle n'était pas venue à Stony Ridge pour perturber la vie sentimentale de son sosie ! La situation était déjà bien assez compliquée comme ça… Tant qu'elle n'aurait pas révélé sa véritable identité aux protagonistes de cette affaire, elle devrait se tenir à l'écart de Wyatt.

En espérant qu'il comprendrait le message.

— Baisse-toi ! ordonna soudain R.J. Les journalistes campés devant chez toi se jetteront sur nous s'ils te voient à l'intérieur.

Elle obéit sans protester. Dieu savait qu'elle n'était pas en état d'affronter une meute de journalistes ! Recroquevillée sur le plancher de la camionnette, elle rentra la tête dans les épaules en priant pour ne pas être aperçue…

Son vœu fut exaucé, apparemment : après un bref arrêt devant ce qui devait être le portail de la propriété, R.J. redémarra, et s'engagea sur la route la plus cahoteuse qu'Alexis ait jamais empruntée ; la camionnette se mit à tanguer comme un navire pris dans la tempête.

— Désolé, marmonna R.J. en donnant un énième coup de volant. Mon équipe devait commencer les travaux cette semaine, mais nous attendons toujours le feu vert des autorités pour faire livrer le gravier. Tu peux te relever : on vient de s'engager sous les arbres.

Elle reprit place sur la banquette. Et dut retenir une exclamation de stupeur : une maison se devinait entre les arbres… Mais une maison si vaste, si imposante, qu'elle échappait à tout qualificatif.

Leigh habitait *ici* ?

Il fallait être très riche pour s'offrir un domicile pareil. L'entretien devait se chiffrer en milliers de dollars à lui tout seul… Etait-ce pour cela qu'il laissait à désirer, d'ailleurs ? L'allée était si cabossée qu'elle ressemblait à une piste en pleine jungle amazonienne. Et une aile entière du « château » disparaissait sous les gravats.

Alexis plissa les yeux. En fait, le bâtiment semblait avoir pris feu : des pans de murs calcinés se dressaient encore à l'extrémité de l'aile endommagée. Un frisson d'appréhension lui parcourut la nuque. Que s'était-il passé, exactement ? La mort avait-elle frappé, ici aussi ?

Les lieux lui parurent menaçants, tout à coup. Et les paroles de son père lui revinrent à la mémoire… Ne lui avait-il pas affirmé qu'elle ne serait pas la bienvenue à Blackrose ? Pourtant, il lui avait recommandé de s'y rendre. Cette propriété était donc liée à son destin — mais de quelle manière ? C'était ce mystère qu'elle devait éclaircir. Alors, pas question de rebrousser chemin, décida-t-elle avec un regain de détermination. Quoi qu'il arrive, elle ne se laisserait pas intimider.

R.J. s'avança sur le terre-plein central, où plusieurs voitures de police stationnaient déjà. Il les contourna pour se garer près d'un pick-up surmonté d'un gyrophare.

— Je n'en aurai pas pour longtemps, déclara-t-il en coupant le contact.

Wyatt était arrivé, lui aussi. Il se dirigea vers eux, le visage grave. Et ce fut sans un sourire qu'il ouvrit la portière droite de la camionnette pour aider Alexis à descendre. Le cœur battant, elle prit la main qu'il lui tendait, et sauta à terre. Retenant ses doigts dans les siens, il la dévisagea avec une telle intensité qu'elle détourna les yeux, embarrassée.

Le silence menaçait de s'étirer, quand R.J. fit son apparition, flanqué de Lucky. Wyatt lâcha la main d'Alexis, et se tourna vers son ami.

— Va chercher ton générateur. Si les gars te posent le moindre problème, dis-leur que je t'ai donné l'autorisation d'entrer.

R.J. ne s'éloigna pas. Sourcils froncés, il les observait d'un air soucieux. La situation le perturbait, c'était clair. Il parut sur le point de faire une remarque, puis il se ravisa avec un haussement d'épaule.

— Merci, marmonna-t-il. A tout de suite.

Lucky sur ses talons, il gravit les marches du perron et s'engouffra dans le château.

Wyatt reporta son attention sur Alexis. Et, de nouveau, elle sentit sa détermination fléchir. Pourquoi fallait-il qu'il soit si séduisant ? Son attitude n'avait pourtant rien de particulièrement équivoque… mais elle devinait en lui un trouble semblable au sien. Et la certitude de ce désir partagé rendait leur échange plus érotique encore.

— Je vous dois des excuses, déclara-t-il sans préambule. Laissez-moi vous aider, et je vous promets de ne plus m'emporter. A nous deux, je suis sûr que nous y verrons plus clair !

Il semblait si sincère… L'espace d'un instant, elle faillit lui céder. Tout serait tellement plus simple si elle lui avouait qui elle était, et ce que contenait l'attaché-case !

— Tenez, dit-il en lui tendant une carte de visite. Appelez-moi quand vous serez prête à me parler.

Elle saisit le petit rectangle de papier d'une main tremblante. S'il savait à quel point elle brûlait de lui parler, justement… En auraient-ils jamais l'occasion ? Bouleversée, elle le regarda s'éloigner vers le perron, qu'il gravit sans se retourner. Il échangea quelques mots avec l'officier qui se tenait devant l'entrée, puis disparut à l'intérieur.

Alexis repoussa les doutes qui l'assaillaient. Et, n'écoutant que son instinct, elle prit la seule décision qui s'imposait. L'heure était venue de se jeter dans la gueule du loup.

Quelques secondes plus tard, l'attaché-case en main, elle franchit à son tour le seuil de la vaste demeure. L'officier de garde n'émit aucune objection, bien sûr : il la prenait pour la propriétaire des lieux…

Mais la jeune femme n'avait jamais rien possédé. Ni même visité d'endroit aussi grand, aussi vaste que celui qui s'offrait à son regard ébahi : le hall à lui seul était deux fois plus grand que son appartement new-yorkais ! Elle s'avança d'un pas incertain sous un gigantesque lustre en cristal, caressa des yeux le piano à queue qui se dressait près de l'escalier monumental, et pénétra dans une immense pièce en rotonde, qui semblait s'étirer dans toutes les directions. Richement meublée, décorée de tableaux et de bibelots de prix, elle faisait manifestement office de salon, mais l'atmosphère y était si glaciale qu'elle rebutait sans doute les visiteurs les plus enthousiastes. Plusieurs piliers de marbre soutenaient une galerie intérieure complétée d'un balcon joliment ouvragé, qui surplombait la pièce sur trois de ses côtés. Quant au plafond, il semblait inexistant… ou plutôt, constata-t-elle en levant la tête, il était si haut qu'il disparaissait dans la pénombre.

Les pièces qui s'étendaient à gauche du salon paraissaient en travaux : un cordon de sécurité en interdisait l'accès. Il s'agissait manifestement de l'aile détruite par l'incendie, comprit Alexis en se rappelant avoir vu le monceau de gravats calcinés qui s'entassait à l'extérieur. R.J. et ses hommes avaient été chargés du chantier, que la police avait interrompu pour mener des fouilles après la découverte d'un corps dans le jardin… C'était, du moins, ce qu'elle avait réussi à comprendre en assemblant les bribes d'information que lui avaient fournies R.J. et Wyatt. Maintenant qu'elle était sur place, ses hypothèses prenaient tout leur sens.

Elle revint prudemment sur ses pas et, poussant la double-porte qui perçait le mur de droite, elle s'avança dans ce qui semblait être une bibliothèque. Une belle cheminée de briques rouges occupait le mur du fond, tandis que les trois autres disparaissaient du sol au plafond sous des étagères remplies de livres.

Une vive excitation l'envahit, chassant la peur qui l'habitait encore. Ici, elle le pressentait, se trouvait la réponse à ses questions. Aménagée sous les bibliothèques, une petite porte paraissait l'inviter à poursuivre son exploration… Elle tourna la clenche et pénétra dans un bureau — de dimensions communes, cette fois. Une superbe table en chêne massif trônait au milieu d'un tapis persan d'un rouge profond, assorti aux tentures murales. Poussé dans un coin, un meuble à roulettes servait de support à l'équipement informatique des propriétaires : ordinateur, imprimante, scanner… rien ne manquait à l'appel. Quelques fauteuils club, un vaste canapé de cuir et plusieurs étagères garnies d'ouvrages d'art complétaient le mobilier de cette pièce étonnamment chaleureuse.

Leigh s'approcha du bureau et posa l'attaché-case sur le tapis. Une série de photographies se dressaient sur les étagères et le rebord de la cheminée, toutes soigneusement serties dans des cadres identiques. Curieuse, elle s'approcha…

Et crut que son cœur s'arrêtait de battre.

Sur la première d'entre elles, les jeunes filles qui souriaient à l'objectif lui ressemblaient comme deux sœurs. Agées d'une quinzaine d'années, elles étaient en tout point identiques à l'adolescente qu'Alexis avait été : mêmes yeux, même nez, même bouche… Seule leur coiffure était différente : leurs cheveux blonds cascadaient librement sur leurs épaules tandis qu'Alexis, sur les conseils de sa mère, les avait toujours portés courts. « C'est bien plus pratique », affirmait-elle chaque fois que sa fille songeait à les laisser pousser.

— Ah, tu es là ! s'exclama la voix de R.J. dans son dos. Je te cherchais partout…

Alexis reposa précipitamment la photo sur la cheminée, et se retourna d'un bond.

— Nous pouvons y aller, reprit son compagnon avec un sourire engageant. Et j'ai une bonne nouvelle à t'annoncer : d'après Wyatt, la brigade criminelle aura terminé les fouilles cet après-midi. Mon équipe peut se remettre au travail dès demain, si tu veux.

— C'est une… très bonne nouvelle, répliqua-t-elle nerveusement. Le plus tôt sera le mieux : il y a tant à faire !

— Je ne te le fais pas dire, acquiesça-t-il. Alors, tu es prête ? Lucky nous attend. J'ai déjà transporté le générateur dans la camionnette.

Elle esquissa une moue embarrassée.

— C'est gentil, mais… je vais rester ici, en fait.

— Ah bon ? La police est d'accord ? s'enquit-il.

— Je n'ai pas l'intention de leur demander la permission.

La fermeté de sa voix parut avoir raison de ses résistances.

— Bon… Tu es chez toi, de toute façon, marmonna-t-il. Ils ne peuvent pas t'empêcher de rester.

— Exactement, renchérit-elle. Mais ne t'inquiète pas : j'ai bien retenu la leçon, tout à l'heure. Pas de double jeu, promis !

Il fronça les sourcils, comme s'il ne comprenait pas l'allusion à Wyatt et Gavin. Puis son regard s'éclaira, et il hocha la tête avec approbation.

— Ravi de te l'entendre dire. Alors, tu restes, c'est sûr ?

— Sûr et certain.

— A demain, alors. Je serai là vers 10 heures.

— Merci. A demain.

Elle attendit qu'il ait refermé la porte derrière lui pour se tourner de nouveau vers les photographies. Celles qui ornaient les étagères montraient les jumelles à différentes époques de leur vie : bébés, puis petites filles, elles rivalisaient de gaieté et de bonne humeur. Sur l'étagère du milieu, un cliché un peu plus grand que les autres attira son attention : blonde, mince, les pommettes hautes, cette femme était forcément leur mère.

La sienne aussi, donc. Car il ne faisait maintenant plus de doute : les jeunes filles photographiées étaient ses sœurs.

Elle s'approcha, les yeux écarquillés. Combien de temps fixa-t-elle le visage de l'inconnue ? Elle n'aurait su le dire. Cette femme était sa mère — sa vraie mère… La phrase tournait et retournait en boucle dans son esprit sans qu'elle parvienne à en saisir le sens profond.

La vérité était là, pourtant. Comment avait-elle pu être aussi aveugle ? Bien sûr, elle avait toujours su qu'elle ne ressemblait ni à Loïs ni à Brian… mais elle ne s'était jamais interrogée sur les causes de ce mystère. Aujourd'hui, sa vie entière lui faisait l'effet d'une gigantesque farce. On l'avait trompée, trahie, dupée… Pourquoi ? Qui l'avait arrachée à sa véritable famille ?

Et si c'était *eux* qui l'avaient rejetée ? Peut-être n'avaient-ils pas voulu d'elle à sa naissance ?

Elle saisit la photographie, plongea ses yeux dans ceux de la femme qui lui avait donné la vie. Mais le regard de papier ne lui fournit aucune réponse. Ces traits si familiers demeuraient ceux d'une inconnue.

Elle traça le contour de son visage d'un doigt tremblant. Cette femme lui ressemblait tant… Leigh et Helen aussi, d'ailleurs, songea-t-elle en reportant son attention sur les portraits des jumelles. Elles avaient le même menton, toutes les quatre : un peu trop fort, il témoignait d'une même volonté farouche devant les épreuves de la vie.

Lentement, Alexis porta son regard du portrait de sa mère aux photographies de ses filles. Il n'y avait qu'une seule explication possible. Elle n'était ni plus jeune ni plus âgée que ses sœurs : toutes trois étaient nées le même jour. Des mêmes parents.

La gorge sèche, elle se força à respirer plus calmement. Pas question de céder à la panique : le temps lui était compté. Même sous le choc, elle devait poursuivre ses recherches. Tenter de rassembler le plus d'éléments possibles sur cette étrange famille avant de les affronter en chair et en os.

L'examen de cette pièce lui apporterait certainement quelques réponses… même si la police était passée avant elle, constata-t-elle en ouvrant les tiroirs du bureau : ils ne contenaient que des enveloppes vierges, des stylos et des cartouches d'encre ! Un peu dépitée, elle retourna quelques bibelots, feuilleta deux ou trois livres… Rien. Ou du moins, rien qui lui sautât aux yeux.

Une seule chose était sûre : cette famille, la sienne, désormais, disposait d'une grande fortune. Le moindre meuble devait coûter les yeux de la tête… Etait-ce leur argent qui se trouvait dans l'attaché-case ? Autrement dit : avaient-ils acheté le silence de son père adoptif ? Dans ce cas, qui était Kathy, et quel rôle avait-elle joué dans cette affaire ?

Elle ferma les yeux, trop épuisée pour continuer à réfléchir. Une terrible migraine lui battait les tempes. La vérité qu'elle venait de découvrir lui faisait l'effet d'un gouffre sans fond, dans lequel elle sombrait sans espoir d'interrompre sa chute… Combien d'autres terrifiantes révélations devrait-elle subir au cours des jours à venir ? La veille, celui qu'elle prenait pour son père était mort dans ses bras. Ce matin, elle s'était réveillée dans un motel, seule au monde, une valise pleine de billets de banque à ses pieds. Et cet après-midi, elle découvrait l'existence de sa véritable famille — des sœurs jumelles si riches qu'elles possédaient un château d'une cinquantaine de pièces !

Pas étonnant qu'elle fût si fatiguée, songea-t-elle avec lassitude en se redressant. A quoi bon rester ici ? Elle n'y trouverait plus rien d'utile, et risquait d'être surprise à tout moment par les officiers de police qui fouillaient la propriété. Ou par les jumelles…

Cette pensée la glaça. Et ce fut avec une détermination nouvelle qu'elle saisit l'attaché-case et se dirigea vers la porte. Son métier d'assistante sociale, qu'elle exerçait avec passion, lui avait appris à réagir vite et sans atermoiements aux drames de l'existence. L'heure était venue de mettre cet enseignement en pratique : « Les faits d'abord, les émotions ensuite », aimait-elle à se répéter lorsqu'elle recevait des adolescentes en fuite ou des femmes battues par leur mari. Etablir une liste des priorités était essentiel pour aider efficacement les victimes.

Aujourd'hui, bien sûr, la situation était différente. Mais une priorité s'imposait : elle devait cacher l'argent. Le mettre à l'abri des mains indiscrètes jusqu'à ce qu'elle y voie plus clair.

Elle jeta un regard dans le hall : personne. Impossible de savoir si Wyatt ou ses collègues était encore à l'intérieur. C'était peut-être mieux ainsi, d'ailleurs. Elle n'était pas encore prête à parler à Wyatt, même si cela devait arriver avant qu'il ne découvre lui-même ses mensonges.

Les doigts crispés sur la poignée de l'attaché-case, elle traversa le hall sur la pointe des pieds et gravit l'escalier aussi vite que possible. Le premier étage était plongé dans un silence de cathédrale — impression renforcée par la lumière dorée qui filtrait à travers les persiennes. Elle traversa le palier et ouvrit la première porte sur sa droite : c'était une chambre à coucher, agréable et fonctionnelle, mais sans touche personnelle. Destinée aux amis, sans doute.

Elle s'apprêtait à explorer la pièce voisine, quand une idée lui traversa l'esprit : si cette chambre n'était pas souvent utilisée, elle ferait une excellente cachette pour l'attaché-case !

Elle entra et referma la porte derrière elle. Puis elle tira une chaise jusqu'à la grande penderie qui occupait le mur de gauche. Le contenu se résumait à quelques vieilles vestes en tweed, du linge de maison et des oreillers supplémentaires, sagement empilés sur les étagères du haut — et suffisamment épais pour dissimuler l'attaché-case. Satisfaite, Alexis s'agenouilla et sortit son sac à main de la mallette. Elle voulait faire vite, mais quelques billets de cinq cents dollars glissèrent au sol…

Et soudain, sa main trembla. Elle hésitait. Cet argent ne lui appartenait pas, bien sûr… Mais elle n'avait que quarante dollars en liquide dans son porte-monnaie. Elle avait laissé son carnet de chèques à New York ; quant à sa carte de crédit, elle n'était pas certaine de pouvoir l'utiliser dans les distributeurs de Stony Ridge. Mieux valait « emprunter » un billet maintenant, plutôt que de se retrouver dans une situation embarrassante lorsqu'elle devrait s'acquitter de sa note d'hôtel, par exemple. D'autant qu'elle pourrait rembourser la somme plus tard, quand elle aurait enfin compris à qui appartenait la mallette…

Sa décision était prise. Elle glissa un billet de cinq cents dollars dans son portefeuille, saisit l'enveloppe et la lettre de son père, puis referma soigneusement l'attaché-case, qu'elle hissa sur la plus haute étagère de la penderie. Poussée dans le coin le plus sombre et recouverte d'une pile de draps et de deux traversins, elle était parfaitement invisible.

Alexis passa son sac en bandoulière et remit la chaise en place. Puis elle referma la penderie et saisit les documents de Brian avant de quitter la pièce.

Cette fois, un bruit de voix l'arrêta. Elle tendit l'oreille : on venait vers elle ! Elle s'engouffra dans la pièce voisine et referma doucement la porte. Inutile d'attirer l'attention de la police… Sa ressemblance avec Leigh ou Helen la protégerait des questions indiscrètes, bien sûr. Mais elle n'avait aucune envie de justifier sa présence — et encore moins de se retrouver nez à nez avec Wyatt.

Elle jeta un regard autour d'elle : elle se trouvait dans une chambre à coucher, là aussi. Décorée avec beaucoup de goût, elle était visiblement occupée par une femme. Leigh ou Helen, peut-être ? Intriguée, Alexis posa son sac et l'enveloppe au bout du lit, puis elle s'approcha des photographies accrochées près de la fenêtre. C'était une série en noir et blanc : juchée sur une chaise haute, une fillette blonde creusait avec application une énorme citrouille, sous le regard attentif et bienveillant d'un bel homme aux cheveux blancs.

Elle s'approcha, le cœur serré. L'enfant ne pouvait être que l'une de ses sœurs. Mais l'homme, qui était-il ? La ressemblance avec leur mère était trop frappante pour être fortuite : il s'agissait forcément de leur grand-père maternel. Mais pourquoi n'y avait-il pas de photos de leur père ? Etait-il mort lorsqu'elles étaient très jeunes ?

Elle ferma les yeux, prise de vertige. Des questions, encore… Elle n'était pas en état de les affronter. Pas maintenant, du moins : sa migraine avait encore empiré, et une violente fatigue la gagnait. Dire qu'elle se trouvait dans la chambre d'une de ses sœurs jumelles… Bouleversée, elle tourna sur elle-même, et se retrouva face à la penderie. Un rapide examen de la garde-robe qui s'alignait à l'intérieur lui confirma ce qu'elle pensait : elle faisait exactement la même taille que l'occupante des lieux. Autrement dit, ses vêtements lui iraient comme un gant.

Elle n'eut pas un instant d'hésitation, cette fois. Sa tenue de la veille, de plus en plus défraîchie, méritait un bon lavage. Et elle se sentirait nettement mieux dans des vêtements propres… qu'elle rendrait très vite à leur propriétaire, naturellement.

Elle opta pour un T-shirt jaune pâle, un pantalon de toile blanc et des sous-vêtements de coton pastel. Elle glissa l'ensemble sous son bras et gagna la salle de bains…

Mais la vue de cette pièce lui arracha un cri de surprise : la pièce était aussi vaste que la chambre ! La baignoire ressemblait à une petite piscine, et la douche aurait pu accueillir une équipe de footballeurs à elle seule.

Cette pensée la fit sourire. Et ce fut d'un cœur plus léger qu'elle se débarrassa de ses vêtements pour enfiler ceux de sa sœur. Ensuite, elle se lava les mains et le visage, « emprunta » une dose de crème hydratante, et se brossa les cheveux. Une fois prête, elle regagna la chambre, s'assit sur le bord du lit. Et dut lutter pour garder les yeux ouverts.

A quoi bon lutter, d'ailleurs ? Les émotions de la matinée l'avaient épuisée. Mieux valait s'octroyer un petit somme avant de poursuivre ses explorations… Elle glissa l'enveloppe sous l'oreiller et s'allongea avec un soupir de soulagement.

Dix secondes plus tard, elle dormait à poings fermés.

4.

— Comment cela, tu n'as pas ramené Leigh en ville ? tonna Wyatt dans son téléphone portable.

Il venait de regagner sa voiture après avoir effectué son rapport journalier au commissariat. Son oncle l'avait écouté d'une oreille distraite : les violents orages annoncés par la météo l'inquiétaient nettement plus que l'avancée des fouilles à Blackrose.

Son devoir accompli, Wyatt s'apprêtait à rentrer dîner chez lui, lorsque son téléphone avait sonné. C'était R.J.

— Que voulais-tu que je fasse ? marmonna ce dernier d'un air embarrassé. Elle m'a annoncé qu'elle préférait rester à Blackrose. Je ne pouvais tout de même pas l'emmener de force !

Wyatt laissa échapper un profond soupir.

— C'est juste, mon vieux. Désolé de m'être emporté… Merci de m'avoir mis au courant. Je vais m'assurer qu'elle n'a besoin de rien. Et pour ce qui est de la reprise des travaux, les collègues sont d'accord avec moi : tu peux te remettre au boulot dès demain matin.

— Merci. Je vais prévenir mes hommes. A plus tard.

Wyatt raccrocha et s'installa au volant de sa voiture. Son dîner attendrait. A moins que quelqu'un ne soit passé chercher Leigh à Blackrose, elle devait encore s'y trouver.

Totalement seule.

Nolan Ducort ne constituait plus une menace, certes. Mais la maison n'était pas sûre : l'aile qui avait pris feu pouvait s'effondrer. Et le balcon n'avait pas été réparé. La jeune femme connaissait la demeure par cœur, évidemment. Mais il ne pouvait s'empêcher de s'inquiéter. Par un temps pareil, les coupures d'électricité et de téléphone étaient fréquentes dans la région. Même téméraire, Leigh ne serait sans doute pas ravie de passer la nuit dans l'obscurité.

Il démarra sans plus attendre. La petite ville était calme, presque déserte. Il contourna la mairie et s'engagea dans la rue principale. Quelques rares piétons se hâtaient de rentrer chez eux avant l'orage ; les commerçants baissaient le rideau. Il salua quelques visages familiers, puis freina pour s'arrêter au feu qui venait de passer au rouge, devant l'immeuble de Gavin. Il n'y avait plus qu'une voiture sur le parking, constata-t-il machinalement. Une petite voiture bleue.

Il fronça les sourcils. Que faisait-elle là, justement ? Les employés des bureaux, qui se garaient sur cette aire de stationnement, étaient tous partis depuis longtemps. Et personne, à Stony Ridge, ne conduisait ce type de voiture : les habitants de la région étaient tous équipés de pick-ups ou de 4x4 rutilants. Or, la petite voiture bleue n'avait sans doute jamais été *rutilante*, et son état actuel laissait franchement à déplorer. Couverte de poussière, elle semblait étrangement abandonnée.

Wyatt se gara sur le bas-côté. Un étrange pressentiment le poussait à aller regarder cette voiture de plus près… Il perdrait son temps, sans doute. Mais il préférait en avoir le cœur net. Le numéro d'immatriculation était clairement lisible à la lueur de ses phares. Il appela le commissariat et demanda à l'officier de garde de vérifier l'identité du propriétaire. La réponse lui parvint quelques minutes plus tard : le véhicule était immatriculé au nom d'une certaine Alexis Ryder, domiciliée à New York. Assistante sociale, la demoiselle ne possédait pas de casier judiciaire, et la voiture n'avait jamais subi d'accident. Rien à signaler, donc. Et pourtant… Pourtant, il n'arrivait pas à se débarrasser de la certitude que quelque chose ne tournait pas rond.

Qu'est-ce qu'une assistante sociale new-yorkaise venait faire à Stony Ridge en pleine semaine ? La localité ne figurait dans aucun guide touristique, et il fallait rouler une bonne heure après avoir quitté l'autoroute pour y parvenir. Alexis Ryder n'était donc pas là par hasard. Mais où était-elle passée ?

Il prit sa torche électrique dans la boîte à gants et ouvrit la portière. Une violente bourrasque s'engouffra dans l'habitacle.

Décidément, le temps se gâtait… Il enfila son coupe-vent et s'approcha de la voiture bleue. Une carte de l'Etat de New York gisait sur le siège passager, à côté d'une veste blanche. Un joli foulard de soie bleue, un peu froissé, était drapé sur l'appuie-tête. Tout semblait indiquer que la conductrice s'était égarée dans la région. Peut-être avait-elle été victime d'une panne ? Dans ce cas, elle avait sans doute marché jusqu'à la station-service la plus proche. A moins qu'elle n'ait décidé d'aller se restaurer dans la rue principale… Rassuré, Wyatt s'apprêtait à rebrousser chemin quand un détail attira son attention. La poche de la veste était tachée.

Et cette tache ressemblait à du sang séché.

Il sortait sa radio de sa poche pour appeler le commissariat, quand une voiture de patrouille s'arrêta à sa hauteur. Il reconnut aussitôt Jim Lowe, un de ses collègues.

— Bonsoir, Wyatt, dit celui-ci en portant la main à son chapeau. Qu'est-ce que tu fais là ?

— Viens voir.

Jim claqua la porte du pick-up à l'instant précis où le premier éclair déchirait le ciel nocturne. Et Wyatt remercia le hasard de l'avoir mis sur sa route. Professionnel consciencieux, Jim avait toute son estime. Il mènerait l'enquête sur la mystérieuse Alexis Ryder.

Wyatt, lui, n'avait plus de temps à perdre. Dans quelques minutes, des pluies diluviennes s'abattraient sur la région. Et, seule à Blackrose, Leigh serait plus isolée que jamais.

Alexis avait toujours aimé l'odeur des roses. Ce fut leur parfum qui la tira lentement du sommeil, s'insinuant jusque dans ses rêves pour la ramener au temps présent. Elle battit des paupières. Sa chambre était plongée dans la pénombre. Pourtant, elle ne se souvenait pas d'avoir tiré les rideaux avant de se coucher… Elle se tourna, cherchant machinalement à tirer la couette sur ses épaules — mais sa main ne rencontra que du vide. Agacée, elle ouvrit les yeux.

Et tout lui revint à la mémoire : le visage tourmenté de son père, quelques secondes avant sa mort ; l'attaché-case bourré de billets verts ; la grande maison inconnue ; et les deux femmes qui lui ressemblaient comme des clones.

Elle n'était pas chez elle, à New York. Mais dans la chambre d'une de ses sœurs, à Blackrose.

Elle se redressa vivement. Quelle heure était-il ? Combien de temps avait-elle dormi ?

Un violent éclair zébra le ciel, déchirant les ténèbres qui l'environnaient. Le tonnerre résonna presque aussitôt, si proche qu'Alexis laissa échapper un cri de frayeur. Comme elle se tournait vers la lampe de chevet, son pied heurta son sac à main, qui glissa sous le lit. Aucune importance, décida-t-elle. Elle le récupérerait plus tard. Quand elle aurait allumé la lumière.

Sauf que la lampe refusait de fonctionner, justement. L'interrupteur, qu'elle pressa plusieurs fois, émit un petit clic… mais rien ne se produisit. La pièce demeura plongée dans l'obscurité la plus totale.

Elle repoussa fermement la peur qui l'envahissait. L'ampoule était probablement cassée. Ou la lampe était reliée à un interrupteur mural.

Un deuxième éclair, suivi d'un coup de tonnerre plus sonore que le précédent, éclaira la pièce à l'instant où elle se levait. Elle se hâta de gagner la salle de bains, et tâtonna le long du mur pour trouver l'interrupteur. Mais là encore, rien ne se produisit lorsqu'elle l'enclencha.

« Pas de panique », s'enjoignit-elle. Les orages et l'obscurité l'avaient toujours effrayée, certes. Mais elle n'était plus une enfant — il y avait belle lurette qu'elle ne croyait plus aux sorcières ! La panne d'électricité était probablement due à l'orage. Il n'y avait rien à craindre ; aucune raison de s'inquiéter. D'ailleurs, elle n'était pas seule : la police gardait les lieux. Il y avait forcément un ou deux agents en faction devant l'entrée…

Et s'il n'y avait personne, au contraire ? R.J. ne lui avait-il pas affirmé que la brigade criminelle avait terminé les fouilles ? Ils étaient peut-être déjà partis ! Et comme ils ignoraient sa présence, personne n'avait songé à la réveiller.

Elle était donc totalement seule dans la vaste demeure. Sans moyen d'en sortir… puisque sa voiture était restée en ville !

Déjà, les pensées les plus terrifiantes l'assaillaient… mais elle les repoussa vivement. Elle était seule, sans électricité, dans une maison inconnue. Et alors ? Ce n'était pas la fin du monde, tout de même ! D'autant qu'elle pouvait mettre cette solitude à profit pour explorer tranquillement les lieux — si la lumière consentait à revenir, bien sûr.

En attendant, elle pouvait toujours se servir de la petite torche électrique accrochée à son porte-clés, pour partir à la recherche d'une lampe de poche en état de marche. Si les coupures étaient fréquentes dans la région, ses sœurs en avaient forcément rangé une quelque part ! Elle prit une profonde inspiration. Tout ce qu'elle avait à faire, c'était attraper son sac sous le lit, l'ouvrir, en sortir son trousseau de clés et allumer la petite torche. Ensuite, elle ouvrirait le tiroir de la table de chevet et…

Un bruit de pas interrompit ses pensées. Elle n'était pas seule, finalement. Quel soulagement !

A moins que… ce ne fût pas la police ?

Un affreux pressentiment l'envahit. Le bruit de pas se rapprochait, à présent. Comme elle tournait instinctivement les yeux vers la porte, un éclair illumina la pièce. La jeune femme retint un cri d'horreur : la poignée pivotait doucement sur elle-même !

Quelqu'un s'apprêtait à entrer dans la chambre.

Elle ne prit pas le temps de réfléchir. Deux pas lui suffirent pour s'engouffrer dans la penderie entrouverte. Et ce fut en retenant sa respiration qu'elle se plaqua contre la paroi, derrière les pantalons de sa sœur, à l'instant où l'intrus franchissait le seuil de la pièce.

Etait-ce le même que celui qui s'était introduit dans son appartement la veille ?

Une faible lueur s'immisça dans la penderie : l'homme était équipé d'une lampe de poche, sans doute. Mais que faisait-il ? Elle tendit l'oreille, s'efforçant de comprendre… en vain. Les secondes s'écoulèrent, interminables. Enfin, elle entendit un petit bruit, comme un grognement de satisfaction. Et, presque aussitôt après, le crissement métallique d'une fermeture Eclair. Son cœur s'accéléra. Quelle torture s'apprêtait-il à lui faire subir ? Car il savait qu'elle était là : il avait forcément remarqué les creux qu'elle avait laissés sur la couette et l'oreiller ! Ce monstre jouait avec ses nerfs : il retardait à dessein le moment d'ouvrir la penderie et de…

« Du calme », s'intima-t-elle fermement. L'heure était venue de mettre en pratique les conseils qu'elle dispensait depuis des années aux femmes qui assistaient à ses cours d'autodéfense. Elle avait bien fait d'éviter la confrontation en se cachant dans la penderie. Mais s'il tentait de l'attaquer, elle riposterait sans états d'âme. Le plaquer au sol ne lui prendrait que quelques secondes : elle connaissait les prises par cœur.

Une lueur plus vive éclaira la penderie, signe qu'il braquait la lampe dans sa direction… puis le faisceau s'éloigna. Alexis attendit, retenant le cri qui enflait dans sa gorge. Etait-il parti ? Plusieurs secondes s'écoulèrent, insoutenables. Un tremblement nerveux agitait ses membres, elle brûlait de bouger, de sortir… mais elle demeura parfaitement immobile. L'homme avait-il regagné le couloir ? Ou était-il toujours là, tapi dans l'ombre ?

Et s'il attendait qu'elle sorte pour se jeter sur elle ?

Dans ce cas, autant prendre les devants. Tout, plutôt que de prolonger ce maudit suspense. Et s'il avait quitté la pièce, elle pouvait ramper jusqu'au lit et récupérer son sac à main. Son téléphone portable était à l'intérieur. Elle n'aurait plus qu'à appeler les secours pour être tirée d'affaire.

Cette perspective lui insuffla le courage qui lui manquait encore. Elle poussa le battant de la penderie et jeta un œil à l'extérieur. La voie lui parut libre.

Traversant la pièce à tâtons, elle s'approcha du lit. Son sac avait glissé près du pied droit. Elle s'agenouilla, tendit la main… Rien. Réprimant un soupir, elle se faufila sous le sommier pour atteindre le coin le plus près du mur. En pure perte : son sac avait disparu.

Alors, elle comprit. Pensant la débusquer sous le lit, l'homme avait soulevé la courtepointe… et aperçu son sac. Il l'avait ouvert — ce qui expliquait le bruit de fermeture Eclair — et l'avait emporté avec lui.

Elle repoussa le découragement qui l'envahissait. Il fallait agir, et vite ! L'homme pouvait revenir d'un instant à l'autre. Et la penderie, cette fois, ne constituerait pas le meilleur refuge : il prendrait sans doute le temps de vérifier qu'elle ne s'y trouvait pas. Mieux valait se cacher sous le lit, où il ne penserait pas à regarder puisqu'il venait de le faire. Oui, c'était le moyen le plus sûr de lui échapper.

L'autre solution consistait à prendre la fuite… mais pour aller où ? Elle n'avait pas de voiture, et plusieurs kilomètres la séparaient de Stony Ridge. Par temps sec, elle aurait tenté l'aventure. Mais l'orage qui se déchaînait au-dehors ne semblait pas près de s'arrêter : elle serait trempée jusqu'aux os avant d'atteindre la route principale.

Si elle n'était pas foudroyée avant, naturellement.

Elle se releva et s'adossa à la fenêtre. Que faire ? Partir ou rester ? Son instinct lui criait de s'enfuir. C'était la solution la plus risquée, certes… mais la perspective de rester des heures coincée sous le sommier ne la tentait guère. La maison était si grande… elle trouverait bien un moyen d'échapper à son agresseur !

Sa décision était prise. Elle se dirigea vers la porte en tentant d'éviter les meubles qui lui barraient le chemin. Son objectif était presque atteint lorsqu'un affreux craquement retentit dans son dos. Elle se retourna d'un bond, juste à temps pour voir une énorme branche d'arbre traverser la fenêtre, à l'endroit précis où elle se tenait quelques secondes plus tôt.

Elle n'eut pas le temps de s'appesantir sur son sort : alerté par le bruit, l'homme revenait en courant. Terrifiée, elle se précipita dans la salle de bains. Et remercia l'architecte d'avoir pourvu la pièce d'une seconde porte, qui ouvrait sur la chambre voisine. Elle s'y engouffra à l'instant où l'homme faisait irruption dans celle de sa sœur. Le faisceau de sa lampe éclaira la fenêtre brisée… mais Alexis ne s'attarda pas. La pièce où elle se trouvait donnait sur le couloir. Elle tira le battant et s'enfuit à toutes jambes vers l'escalier.

Le portail était ouvert quand Wyatt arriva devant l'entrée de Blackrose. Pourtant, il était certain que ses collègues l'avaient refermé en partant… Ou bien la tempête avait eu raison de la clenche métallique qui commandait l'ouverture de la grille, ou quelqu'un était passé chercher Leigh. Cette seconde option, la plus vraisemblable, lui arracha un soupir de soulagement : la jeune femme n'était donc pas seule ! Il s'engagea néanmoins dans l'allée qui menait au château, histoire d'en avoir le cœur net.

Les pluies torrentielles rendaient la conduite difficile, et il dut ralentir pour ne pas s'enliser. Les ornières, masquées par la boue et les branches mortes, étaient si profondes qu'il crut plus d'une fois le pire arrivé… mais Jezzebelle tint bon. Et ce fut en cahotant sur l'allée transformée en marécage qu'il s'avança vers le perron. Le terre-plein central était désert, mais Wyatt ne s'en étonna pas : si Gavin était venu chercher Leigh, il s'était sans doute garé à l'arrière de la maison, près de la cuisine.

Il coupa le moteur. Aucune lueur ne brillait aux fenêtres. La vaste bâtisse semblait plongée dans l'obscurité. Leigh était peut-être déjà partie ? Mais pour aller où ? Il n'avait croisé personne en chemin. Et personne n'avait répondu au téléphone quand il avait composé le numéro des Walken, quelques minutes plus tôt. Il n'avait pas essayé de joindre Blackrose : R.J. avait débranché la ligne pour échapper aux journalistes qui appelaient nuit et jour depuis la mort de Marcus, le père des jumelles.

Il saisit sa torche électrique, remonta la fermeture Eclair de son coupe-vent et courut jusqu'au perron. La porte d'entrée était verrouillée. Et la sonnette refusait de fonctionner. Manifestement, l'orage avait eu raison de l'électricité.

De nouveau, il leva les yeux vers la façade. La maison paraissait vide, mais ce n'était peut-être qu'une impression. Leigh était sans doute dans les étages ou à l'arrière du bâtiment…

Devait-il *vraiment* se lancer à sa recherche ? Les pires inondations étaient à craindre, et son oncle aurait besoin de son équipe au complet pour remédier aux situations les plus critiques. La nuit promettait d'être mouvementée… mais il ne pouvait se résoudre à quitter Blackrose sans s'être assuré que Leigh allait bien. Le portail ouvert n'était peut-être pas un bon signe, finalement…

Et puis, il n'en aurait pas pour longtemps. Il connaissait la maison par cœur, à force de l'explorer, de la cave au grenier !

Par chance, il avait pris soin de se munir de son arme de

service et de son émetteur radio, solidement accrochés à sa ceinture. Il descendit donc deux à deux les marches du perron, et contourna le manoir pour gagner l'entrée de service. La pluie s'abattait sur ses épaules avec férocité, mais il n'eut que quelques dizaines de mètres à franchir avant de s'abriter sous l'auvent de la cuisine.

Il se retourna, sondant l'obscurité des yeux. Pas de voiture ici non plus. A croire qu'il n'y avait réellement personne à Blackrose ! Il s'apprêtait à courir jusqu'à la porte de derrière, quand une faible lueur attira son regard, au premier étage. Il se figea, le cœur battant. Mais l'averse l'empêcha de distinguer clairement la façade, noyée sous des torrents de pluie. Il s'essuya le visage d'un revers de main, et reprit son chemin. Il avait sans doute été victime d'une illusion d'optique…

Le spectacle qui l'attendait devant l'entrée de service, en revanche, n'avait rien d'illusoire : la porte vitrée avait été fracturée !

Ivre d'inquiétude, il faillit se précipiter à l'intérieur, mais la raison l'en empêcha. Pas question de jouer avec le feu. Leigh était en danger, certes… mais il ne s'en sortirait pas tout seul. De toute façon, la procédure à respecter dans ce genre de situation lui interdisait d'agir sans en informer son équipe. Saisissant sa radio, il la porta à ses lèvres pour appeler du renfort, mais la ligne était si brouillée qu'il n'entendit rien. Après plusieurs tentatives infructueuses, il dut se contenter d'énoncer sa position, sans obtenir d'autre réponse qu'une série de grésillements inintelligibles.

Il remit la radio à sa ceinture avec un soupir de frustration. Au moins, son oncle ne pourrait pas lui reprocher d'avoir dérogé aux règles établies… Cette fois, il les avait respectées à la lettre. Et cela n'avait manifestement servi à rien !

Il ne pouvait s'en remettre qu'à son instinct, à présent. Poussant la porte que l'intrus venait de fracturer, il s'engouffra dans la cuisine. Le vent était si violent qu'il dut s'arc-bouter contre le battant pour le refermer, bousculant une chaise au passage. Il retint un juron. Si le « visiteur » se trouvait au rez-de-chaussée, il l'avait forcément entendu arriver ! Reprenant son souffle, il braqua le faisceau de sa lampe sur le carrelage : aucune trace de pas. L'intrus était arrivé avant l'orage.

Il éteignit sa lampe et traversa le hall d'entrée. Comme toujours, la maison lui parut menaçante et inhospitalière. Même en plein jour, il n'avait pas envie de s'attarder ; alors, ce soir… Plus vite il aurait tiré Leigh de cette sinistre demeure, mieux cela vaudrait !

Il gravit l'escalier sur la pointe des pieds. Ici, l'obscurité était presque totale, et il dut faire appel à sa mémoire pour ne pas heurter une console en arrivant sur le palier du premier étage. Il s'immobilisa, tous les sens en alerte.

La lueur qu'il avait aperçue du dehors provenait de la pièce qui faisait l'angle, au bout du couloir de droite. La chambre d'Eden.

Etait-elle revenue ? Dans ce cas, Wyatt avait deux mots à lui dire… mais comment l'intercepter avant qu'elle ne lui échappe ? Elle l'avait sans doute entendu arriver — alors qu'il n'était même pas certain, lui, de sa présence ! Un silence total, presque menaçant, régnait sur les lieux. Si Eden était là, elle se déplaçait avec la discrétion d'un fantôme…

Un terrible coup de tonnerre le fit sursauter, interrompant ses pensées. L'orage était au-dessus de leur tête, à présent… Les murs tremblaient encore quand un fracas assourdissant se fit entendre sur sa gauche, aussitôt suivi d'un bruit de pas. Quelqu'un courait vers lui ! Il s'élança dans le couloir, l'arme au poing… et heurta de plein fouet celle qui venait à sa rencontre.

— Police ! cria-t-il.

Mais il ne put en dire davantage : le sifflement d'une balle résonna à ses oreilles. On tirait sur eux ! Il plaqua la femme à terre et se retourna, prêt à faire feu à son tour. Mais leur agresseur tira de nouveau — sans rater sa cible, cette fois. Touché à la hanche, Wyatt perdit l'équilibre. L'homme en profita pour s'enfuir : ses pas résonnaient dans l'escalier quand il se redressa, le souffle court. Il s'élança à sa poursuite… En pure perte, hélas : la silhouette avait déjà disparu dans le hall quand il atteignit le palier.

Un bruit de pas résonna dans son dos. Il se retourna d'un bond, prêt à faire feu…

— Wyatt, c'est moi !

Il laissa échapper un cri de stupeur.

— Leigh ?

C'était donc elle, qu'il avait heurtée dans le couloir ? Inconsciente du danger, elle braqua sur lui le faisceau de sa lampe torche, qu'il avait laissée derrière lui.

— Reculez ! intima-t-il à voix basse. Il peut vous voir.

Il lui prit la torche des mains et l'éteignit d'un geste sec, avant de reporter son attention sur l'escalier. Cinq mètres plus bas, la porte d'entrée était grande ouverte : l'homme s'était échappé !

— Restez ici ! ordonna-t-il à la jeune femme.

Il dévala l'escalier, et se précipita sur le seuil… juste à temps pour voir Jezzebelle s'éloigner dans l'allée. Furieux, il laissa échapper un juron.

— Que se passe-t-il ? s'enquit une voix dans son dos.

Pivotant les talons, il se trouva nez à nez avec Leigh.

— Je vous avais dit de rester là-haut !

Elle haussa les épaules.

— Ça ne me tentait pas. C'est avec votre voiture qu'il est parti ?

Il leva les yeux au plafond.

— A votre avis ?

— Ne le prenez pas sur ce ton. Je n'y suis pour rien !

— Désolé, marmonna-t-il en refermant la porte. Je ne supporte pas qu'on emprunte ma voiture sans ma permission… Mais ce n'est pas si grave. Avec un peu de chance, ce salopard va s'embourber dans l'allée !

— J'espère que non : je n'ai aucune envie de le revoir.

Il baissa machinalement la main vers sa radio — et laissa échapper un cri de surprise : l'objet n'était plus qu'un amas de plastique éventré. Alors, il se souvint que, bien que son agresseur l'ait touché à la hanche, il n'avait éprouvé aucune douleur sur le moment. C'était sa radio qui avait subi l'impact !

— Vous êtes blessé ? s'exclama Leigh avec inquiétude.

— Non. Mais la radio ne s'en remettra pas, répondit-il en examinant l'objet à la lueur de la torche.

Par un heureux coup du sort, la balle avait traversé son coupe-vent et sa radio sans le blesser.

— Estimez-vous heureux d'être encore en vie, remarqua Leigh avec une pointe de cynisme.

— Je le suis. Où est le téléphone ?

— J'ai déjà essayé : il n'y a pas de tonalité.

— Je parlais du vôtre, rectifia-t-il d'un ton las. R.J. a coupé la ligne de Blackrose pour échapper aux journalistes.

— Mon portable ? Il était dans mon sac… Mais le type l'a emporté avec lui. Et le vôtre ?

— Je l'ai laissé dans ma voiture.

Elle baissa la tête.

— Dommage… Qu'est-ce qu'on fait, maintenant ?

— On attend. En espérant que les renforts finiront par arriver.

— Quels renforts ?

— J'ai appelé le commissariat tout à l'heure, mais la ligne était franchement mauvaise. Je ne suis pas sûr qu'ils m'aient entendu.

Un nouveau coup de tonnerre ponctua son propos, et il attendit que le silence soit revenu pour reprendre :

— Pensez-vous qu'il y ait quelqu'un d'autre dans la maison ?

Elle haussa les épaules.

— Aucune idée. Je n'ai vu que le type, mais rien ne prouve qu'il soit venu seul.

— Et vous ? Que faites-vous là ?

— Moi ? La maison m'appartient, il me semble.

— Ne faites pas la maligne : vous étiez censée repartir avec R.J., non ?

— J'ai changé d'avis. Je n'ai pas bien dormi la nuit dernière et j'avais envie de faire une sieste.

— Une sieste ? répéta-t-il, incrédule.

Elle le défia du regard.

— Et alors ? C'est interdit, peut-être ?

— C'est l'accès à la maison qui est interdit, et vous le savez pertinemment !

— R.J. m'a assuré que les fouilles seraient terminées dans la journée. Je vous aurais volontiers demandé l'autorisation de rester, mais vous n'étiez pas à l'étage quand je suis montée.

— Vous m'avez cherché longtemps ? insista-t-il avec raideur.

— Je ne vous ai pas cherché du tout, répliqua-t-elle du tac au tac.

Wyatt retint un soupir. Elle jouait la carte de la provocation, une fois de plus… mais il s'exhorta à la patience.

— Vous ne nous avez pas entendus partir non plus ?

— Je vous l'ai dit : j'étais épuisée. Je me suis endormie comme une souche. Il faisait déjà nuit quand je me suis réveillée, et ce type déambulait dans les couloirs.

— Qui était-ce ? s'enquit-il plus doucement.

— Désolée : je n'ai pas retenu son nom.

Sa mésaventure ne lui avait pas ôté son sens de la repartie, mais elle semblait embarrassée, comme si elle lui cachait quelque chose.

— C'était Jacob, n'est-ce pas ? reprit-il vivement.

5.

Alexis retint un soupir. Qui était ce Jacob ? Une connaissance de Leigh, probablement…

— J'ai d'abord cru qu'il s'agissait d'Eden, reprit pensivement Wyatt. Mais la silhouette était trop massive… C'était un homme, j'en suis sûr.

— Moi aussi, confirma-t-elle avec un frisson de terreur rétrospective.

— Il était dans la chambre d'Eden quand je suis arrivé.

— Je sais. Il me cherchait partout.

— En êtes-vous certaine ? Ce n'était peut-être qu'un cambrioleur !

— Non. Je me suis cachée dans le placard de la chambre pour lui échapper… Je l'entendais aller et venir. Et je peux vous assurer qu'il regardait sous les lits, pas dans les tiroirs !

— Vous étiez cachée dans le placard ?

Elle hocha la tête.

— Je venais juste de me réveiller, et j'ai fait glisser mon sac à main sous le lit. Je m'étais penchée pour le récupérer quand je l'ai entendu arriver… Alors j'ai bondi dans la penderie et j'ai refermé la porte sur moi au moment où il entrait dans la chambre.

Il écarquilla les yeux.

— Vous a-t-il trouvée ?

— Non. Mais il a trouvé mon sac… C'est ce qui m'a sauvée, d'ailleurs. Il était si content de sa découverte qu'il a oublié de regarder dans la penderie !

— Bon sang… Je ne pensais pas qu'il avait été si près de vous…

— Ne vous inquiétez pas, interrompit-elle vivement. Il ne m'a pas touchée.

— Je sais bien, Leigh. Mais vous avez dû être absolument terrifiée…

Il la contemplait avec une telle sollicitude qu'elle sentit le rouge lui monter aux joues. Loin de la réconforter, la sympathie qu'il lui témoignait l'emplissait de confusion.

Il leva la main et lui effleura la joue du bout des doigts.

— Vous tremblez, murmura-t-il.

La douceur de sa voix ne fit qu'accroître son malaise. Mais elle n'eut pas le loisir de s'interroger : déjà, il reculait d'un pas, manifestement gêné, lui aussi.

— Nous ferions mieux de partir, déclara-t-il tout à trac.

— En effet.

Un bruit étrange, comme un raclement assourdi, résonna dans l'escalier. Effrayée, Alexis leva les yeux vers le palier du premier étage. Y avait-il quelqu'un là-haut ?

— Attendez-moi ici, chuchota-t-il en éteignant la lampe torche.

— Pas question ! riposta-t-elle fermement. N'y allez pas.

— Il le faut.

Il n'avait pas l'intention de céder, manifestement.

— Dans ce cas, nous irons ensemble. Mais sachez que je n'approuve pas du tout cette initiative. Et je vous interdis de me laisser seule en bas ! ajouta-t-elle comme il ouvrait la bouche pour l'interrompre.

Il parut hésiter, mais le bruit déchira de nouveau le silence, emportant sa décision.

— Allons-y, marmonna-t-il à contrecœur. Restez derrière moi. Ne faites aucun bruit et suivez mes consignes à la lettre.

Il posa l'émetteur radio sur la première marche de l'escalier, puis il ôta son coupe-vent et son chapeau dégoulinant de pluie, qu'il déposa sur la tête de la rampe. Après avoir tendu la lampe torche à Alexis, il s'engagea dans l'escalier, l'arme au poing. Elle lui emboîta le pas, en veillant à ne pas le suivre de trop près. Elle avait eu raison d'insister pour l'accompagner : si le spectacle de son revolver chargé n'avait rien de rassurant, la perspective de l'attendre seule au rez-de-chaussée était plus terrifiante encore.

Ils gravirent les marches en silence, attentifs aux moindres déplacements de lumière dans l'obscurité. Mais seul un pâle rayon de lune filtrait sous les persiennes. Si quelqu'un se trouvait à l'étage, il n'avait ni lampe ni bougie — ou préférait s'en passer.

Lorsqu'ils arrivèrent sur le palier, Wyatt ordonna à la jeune femme de l'attendre. Le cœur battant, elle se plaqua contre le mur tandis qu'il s'engageait dans le couloir de gauche — celui d'où provenait le bruit. Elle le vit s'arrêter devant la porte de la chambre où elle avait dormi, et s'engouffrer à l'intérieur…

Il ressortit presque aussitôt, et lui fit signe de le rejoindre.

— Une branche d'arbre s'est abattue sur la fenêtre, annonça-t-il à voix basse.

Elle tressaillit. L'incident lui était complètement sorti de l'esprit.

— C'est vrai. J'étais dans la pièce quand elle a traversé la vitre ! dit-elle d'une voix étouffée.

Il lui saisit le bras et l'entraîna à l'intérieur, puis il referma la porte derrière eux. Une expression choquée assombrissait ses traits, et Alexis elle-même ne put retenir un cri d'effroi à la vue du spectacle qui s'offrait à eux.

Un vent glacé s'engouffrait par la fenêtre brisée, gonflant les rideaux lourds de pluie au rythme des bourrasques qui continuaient de s'abattre sur le parc. Epaisse comme un tronc d'arbre, la branche responsable de l'accident déployait ses rameaux à travers la pièce, sans souci des meubles et des objets qu'elle avait renversés sur son passage. Un rameau plus souple que les autres s'était enroulé autour de la table de nuit, qu'il martelait au gré du vent, produisant le bruit qui les avait alertés. La moquette gorgée d'eau était jonchée de verre brisé.

— Vous étiez là quand c'est arrivé ? reprit Wyatt d'une voix rauque.

Bouleversée, elle acquiesça en silence. Elle était plus effrayée maintenant qu'au moment de l'accident — qui lui avait d'ailleurs offert la possibilité de fuir son agresseur. Mais que se serait-il produit si elle n'avait pas quitté l'embrasure de la fenêtre ? Elle repoussa vivement les pensées morbides qui lui venaient à l'esprit. Pas question de flancher maintenant ! Wyatt avait besoin de son aide…

D'ailleurs, il avait traversé la pièce et tentait de soulever la branche foudroyée, qui ne bougea pas.

— Nous n'y arriverons pas seuls. Il faudra une tronçonneuse, remarqua-t-il.

Il la toisa d'un regard presque agressif, avant d'ajouter :

— Ce truc aurait pu vous tuer !

— Je sais, admit-elle en affrontant son regard.

Il haussa les sourcils.

— Vous m'impressionnez. J'en connais beaucoup qui auraient perdu leur sang-froid, à votre place.

— Je ne suis peut-être pas aussi calme qu'il y paraît, confia-t-elle d'une voix qui tremblait un peu.

Il lui tendit les bras, et elle se blottit contre lui comme s'ils se connaissaient depuis toujours. La joue contre sa chemise mouillée de pluie, elle n'entendit plus rien que le battement doux et régulier de son cœur. Ce n'était pas la première fois qu'un homme l'enlaçait ainsi, bien sûr. Mais elle n'avait jamais éprouvé un tel réconfort, un tel sentiment d'évidence. Elle était si bien qu'elle aurait voulu que le temps s'arrête…

Un coup de tonnerre les rappela à l'ordre. Ils sursautèrent, et Alexis se dégagea en chancelant un peu.

— Merci, dit-elle simplement.

Il inclina la tête, l'air étonné. Mais, comme elle, il ne paraissait pas regretter leur étreinte. Après tout, ils n'avaient rien fait de mal.

— De quoi me remerciez-vous ? s'enquit-il, un sourire légèrement ironique au coin des lèvres.

— D'être venu me chercher.

Son sourire s'élargit.

— Je n'ai pas franchement l'étoffe d'un héros : vous semblez oublier que nous sommes coincés ici !

— Au moins, je ne suis pas seule.

Elle parut si vulnérable, tout à coup, que Wyatt faillit la reprendre dans ses bras. Plus le temps passait, plus il lui était pénible de résister à l'attirance qu'il éprouvait pour elle. Il le fallait, pourtant. C'était Gavin, qu'elle aimait. Gavin, son ami… Oui, il devait se reprendre.

— Allons-y, déclara-t-il abruptement. Inutile de rester ici.

Elle fronça les sourcils.

— Si vous comptez me faire marcher sous cette pluie battante, je vous dis non tout de suite. Par un orage pareil, ce serait de la folie pure.

Il soupira. La remarque de sa compagne en appelait une autre, encore moins réjouissante, hélas.

— A propos… Notre mystérieux visiteur n'est certainement pas venu à pied, énonça-t-il pensivement. Il a dû emprunter l'allée secondaire et se garer près de la vieille forge, là où Bram avait installé son atelier.

Sa compagne ouvrit des yeux effrayés.

— S'il a laissé sa voiture dans le parc, il va forcément revenir…

— Pas dans la maison, affirma-t-il d'un ton qui se voulait rassurant.

Elle semblait réellement terrifiée. A tel point qu'il regrettait d'avoir abordé le sujet.

— Pourquoi pas ? insista-t-elle. Il sait que nous sommes coincés ici. Il pourra même passer par la porte, puisque nous ne l'avons pas refermée derrière lui ! Et il croit vous avoir blessé…

Elle avait raison. Si l'intrus voulait revenir, il n'aurait aucune difficulté à le faire.

— Que veut-il, au juste ? s'interrogea-t-il à voix haute.

— Aucune idée, répliqua Leigh, l'air sombre. Je ne sais même ce qu'il faisait ici, tout à l'heure.

Mentait-elle ? Il faillit le lui demander, puis il y renonça. Ils en discuteraient plus tard. Leur agresseur pouvait resurgir d'un instant à l'autre. En coupant par le bois, il pourrait peut-être l'intercepter avant qu'il ne…

— Non ! s'exclama Leigh en lui barrant le passage.

Il la dévisagea avec stupeur. Lisait-elle dans ses pensées, à présent ?

— N'y allez pas, reprit-elle. Il est armé.

— Moi aussi.

— Pas moi, fit-elle remarquer. Comment me défendrai-je,

s'il arrive ici en votre absence ? Et s'il ne revient pas seul ? Ou si quelqu'un d'autre se cache dans la maison ?

Une fois de plus, elle avait entièrement raison. Il ne pouvait la laisser seule au château. Et encore moins l'emmener avec lui dans le parc.

— Si seulement vous pouviez vous cacher quelque part en m'attendant, maugréa-t-il.

Elle baissa les yeux, l'air embarrassé.

— Ce n'est peut-être pas impossible, déclara-t-elle après un court silence.

— Que voulez-vous dire ?

— Il paraît qu'il y a une pièce cachée derrière la penderie de la chambre en travaux.

Il esquissa un sourire narquois.

— Vous l'avez lu dans un vieux grimoire ?

— Non. On m'en a parlé, mais je n'y suis jamais allée, répliqua-t-elle avec sérieux.

Il se raidit. Ce n'était donc pas une boutade ?

— *Qui* vous en a parlé ?

— Quelle différence cela fait-il ?

— Pourquoi ne m'en avez-vous pas informé plus tôt ?

Elle releva le menton.

— Je vous en informe maintenant.

— Il ne vous est pas venu à l'idée que cette « information » aurait pu intéresser la brigade chargée de fouiller la maison ?

Sa question était purement formelle : Leigh avait forcément eu conscience de retenir un élément important de l'enquête. Mais elle n'avait jamais fait confiance à la police. Et la sympathie qu'elle semblait éprouver à son égard n'y changeait rien.

Elle n'avait pas plus confiance en lui qu'en ses collègues, et cette certitude le blessait davantage qu'il n'était prêt à l'admettre.

Les bras croisés sur sa poitrine, elle paraissait le mettre au défi de poursuivre son interrogatoire. Il retint le juron qui lui montait aux lèvres. Quand donc comprendrait-elle qu'ils étaient du même côté, tous les deux ?

— Qu'y a-t-il dans cette pièce, Leigh ? demanda-t-il en s'efforçant de maîtriser l'amertume qui l'envahissait.

— Je n'en sais rien. Je vous l'ai dit : je ne l'ai jamais vue. Et je n'ai découvert son existence que récemment.

— Quand, exactement ?

Elle laissa échapper un soupir de frustration.

— Est-ce vraiment le moment de me poser toutes ces questions ? Je croyais que nous étions pressés, vous et moi...

— C'est vrai, admit-il à contrecœur. Allons-y.

— Parfait, répliqua-t-elle d'un ton sec. Je vous suis.

Elle était aussi fâchée que lui, apparemment. Mais il ne regrettait rien : il n'avait fait que son devoir en l'interrogeant. Et il reviendrait à la charge dès qu'ils seraient en sûreté.

— Nous passerons par l'escalier de service pour monter au deuxième étage. Restez derrière moi et ne faites aucun bruit, ordonna-t-il sur le même ton.

— Pas de problème. Voulez-vous la torche ?

— Non, je préfère avoir les mains libres. Gardez-la, mais ne l'allumez pas, surtout. Je connais bien le chemin jusqu'à la chambre de Jacob. Si je me trompe, vous me guiderez.

Alexis frémit intérieurement. Comment pourrait-elle le guider ? Elle n'avait jamais mis les pieds à l'étage supérieur ! Quant à la pièce dérobée, elle n'était pas même certaine de son existence ! R.J. lui en avait parlé, certes... mais elle avait peut-être mal interprété son propos. Et même si cette pièce se trouvait bien derrière la chambre de ce Jacob, parviendrait-elle à faire jouer le mécanisme d'ouverture ?

Seigneur, elle devait s'arrêter. Mieux valait chercher la cachette — au risque de ne pas la trouver —, que de rester à la merci de leur agresseur. Pour avoir déjà joué au chat et à la souris avec ce type, elle n'avait aucune envie de recommencer.

Ils se déplaçaient en silence, longeant les murs pour mieux se repérer dans l'obscurité. Wyatt semblait connaître la maison par cœur, et ce fut sans encombres qu'il la mena jusqu'à l'escalier de service, qu'ils gravirent en retenant leur souffle. Malgré tout, certaines marches craquaient sous leurs pas. Le son, pourtant guère plus aigu qu'un gémissement de souris, semblait se propager de la cave au grenier... Si quelqu'un les guettait dans l'ombre, *il* n'aurait aucun mal à les localiser !

Enfin, ils atteignirent le palier. Wyatt ouvrit la porte, jeta un regard dans le hall… Personne, apparemment. Il lui prit la main et l'entraîna vivement vers le couloir qui se dessinait sur leur droite. Le cœur battant, Alexis régla son pas sur le sien en priant pour qu'il ne lui pose pas d'autres questions.

Wyatt espérait que Leigh ne se trompait pas. Il voulait la mettre à l'abri, et vite. Si ses souvenirs étaient exacts, la chambre de Jacob n'était plus très loin, sur leur droite. Maintenant qu'il y pensait, il se souvenait aussi d'y avoir vu une lampe de poche, posée sur la commode. L'objet lui avait semblé incongru alors, mais il n'y avait pas accordé d'attention particulière. Il comprenait mieux son utilité, à présent : il fallait certainement une torche pour accéder à la cachette.

Combien d'autres secrets se dissimulaient dans l'ombre de Blackrose ?

La pluie martelait les toits sans discontinuer, mais le gros de la tempête semblait passé. Ils longèrent une fenêtre battue par les vents, et s'immobilisèrent devant la chambre de Jacob. Wyatt colla l'oreille au battant : rien. Aucun bruit ne filtrait sous la porte fermée.

La voie semblait libre.

Il prit la torche des mains de Leigh, qui se tenait derrière lui. Puis il tourna la clenche, et poussa le battant. La chambre était telle que dans son souvenir : méticuleusement rangée.

Et totalement vide.

Il entra le premier et vérifia que personne n'était dissimulé sous le lit, dans la penderie ou derrière le rideau de douche de la salle d'eau attenante… Mais les deux pièces étaient bel et bien désertes. Soulagé, il se tourna vers Leigh, qui le rejoignit en refermant doucement la porte derrière elle.

— Alors ? Où est cette fameuse cachette ? s'enquit-il à voix basse.

Elle lui lança un regard hésitant.

— Je ne suis pas certaine de la trouver… Tout ce que je sais, c'est que le mécanisme qui commande l'ouverture de la porte est dissimulé dans les parois de la penderie. Il faut effleurer les panneaux du plat de la main pour sentir un creux…

Cherchez avec moi. Nous irons plus vite, conclut-elle avec un regain de détermination.

Il fronça les sourcils, intrigué… puis obtempéra de bonne grâce. Ils ouvrirent les portes du placard et se glissèrent à l'intérieur. Par chance, Jacob avait emporté tous ses effets personnels : seuls quelques cintres abandonnés prenaient la poussière sur la tringle à vêtements.

Le cœur battant, Wyatt braqua le faisceau de la torche sur les lambris qui tapissaient les parois du fond… Tout semblait normal. La porte, si elle existait, était invisible à l'œil nu.

Il jeta un regard à sa compagne : armée de la lampe de poche qui se trouvait sur la commode, Leigh examinait la partie gauche de la penderie. Il se décala vers la droite, et se pencha vers la paroi qui lui faisait face. Aucune aspérité particulière, là non plus. Il se baissa et frôla les lambris du bout des doigts comme elle le lui avait indiqué, en remontant progressivement vers le haut.

Il était arrivé à mi-parcours, quand il sentit un creux sous sa paume.

— Leigh ! murmura-t-il. Je crois que j'ai trouvé.

— Vous en êtes sûr ? répliqua-t-elle, les yeux brillant d'excitation.

Il n'eut pas le temps de répondre : la paroi venait de céder sous la pression légère qu'il exerçait sur le lambris en creux. Manifestement installée sur un rail, elle s'enfonça de plusieurs centimètres, puis s'effaça en coulissant vers la droite, révélant une petite pièce nichée dans la pénombre.

Sa compagne paraissait aussi surprise que lui… Bouche bée, elle examinait les lieux avec une spontanéité non feinte ; à moins qu'elle ne jouât la comédie à la perfection. Il pointa le faisceau de sa lampe vers l'intérieur de la cachette, éclairant un mobilier succinct, composé d'une table et d'une chaise pliante, d'un classeur à tiroirs et d'une grosse lampe à pétrole.

Il se pencha pour braquer la lampe vers le sol de la cachette : les empreintes laissées dans la poussière indiquaient clairement qu'ils n'étaient pas les premiers à s'y rendre.

— Votre grand-père devait utiliser cet endroit pour y

cacher des documents importants. Qui en connaît l'existence, depuis sa mort ?

— Je ne sais pas très bien. R.J…

— *Il* est au courant ? interrompit-il vivement.

Pourquoi ne lui en avait-il pas parlé ? Si le silence de Leigh était compréhensible, celui de R.J. l'était nettement moins. N'étaient-ils pas censés être amis, tous les deux ?

— C'est lui qui a découvert la cachette, expliqua Leigh d'un air penaud. Il réparait les dégâts causés par l'incendie quand il a enclenché le mécanisme sans le vouloir. Il y avait deux issues, mais on lui a demandé d'en bloquer une.

Elle lui montra le mur du fond, qui avait été recouvert d'enduit, avant d'ajouter :

— On lui a aussi fait promettre de ne rien dire…

— Et alors ? Ça ne justifie pas son attitude ! rétorqua-t-il avec plus de mordant qu'il ne l'aurait voulu.

— Du calme… Je ne suis pas un punching-ball, d'accord ?

Wyatt se tut. Bien que cinglante, la remarque de la jeune femme était justifiée. Il avait été blessé dans son amour-propre, certes. Mais ce n'était ni l'heure ni le lieu pour en discuter. Il reporta son attention sur la pièce dérobée : R.J. n'avait pas seulement étalé une épaisse couche d'enduit sur le mur du fond, il y avait aussi cloué une lourde planche pour interdire l'usage de la porte qui permettait d'accéder de l'autre côté. Il n'y avait donc plus qu'un seul moyen d'entrer dans la cachette — celui qu'ils venaient d'emprunter, en se glissant dans la penderie de Jacob.

Les jumelles avaient-elles demandé à R.J. de bloquer l'autre issue pour s'assurer que la police ne découvrirait pas l'existence de cette pièce ? Il n'y avait pourtant rien d'extraordinaire à l'intérieur… Pourquoi tenaient-elles tant à la garder secrète ?

— A part R.J., qui est au courant ? insista-t-il en se tournant vers Leigh. Helen ?

Elle hésita un instant, puis hocha la tête.

— Dans ce cas, je suppose que Gavin et Bram sont dans la confidence, eux aussi ?

Comme elle demeurait silencieuse, il se résolut à abandonner la partie — pour le moment, seulement.

— Qu'avez-vous fait de l'ordinateur ? reprit-il d'un ton soupçonneux.

Elle lui lança un regard ébahi.

— Quel ordinateur ?

— Celui qui se trouvait sur la table, précisa-t-il en lui montrant le tracé poussiéreux que l'objet avait laissé sur le plateau métallique.

Elle haussa les épaules.

— Je ne savais même pas qu'il y en avait un ici.

Là encore, la sincérité qui teintait sa voix emporta son adhésion. Sur ce point au moins, il la croyait.

— Je préférerais poursuivre cette conversation à l'intérieur. Le type peut revenir, vous l'avez dit vous-même, remarqua-t-elle nerveusement.

— Un instant.

Il franchit le seuil de la cachette et braqua sa lampe sur la paroi. De ce côté, le bouton qui commandait l'ouverture de la porte dérobée était clairement visible. Il s'assura que le mécanisme fonctionnait correctement, puis, lorsqu'il fut certain de pouvoir quitter la cachette à sa guise, il fit signe à Leigh de le rejoindre, et pressa le bouton. La porte se referma sans un bruit.

— C'est vraiment bien fait, murmura-t-elle d'un ton admiratif.

— Oui, le système est assez ingénieux, acquiesça-t-il. Mais il n'est pas neuf : je suis prêt à parier qu'il a été construit en même temps que la maison.

— Dans quel but, à votre avis ?

— Sans doute pour y stocker des marchandises ou des objets de valeur, suggéra-t-il, avant d'ajouter : croyez-vous que Jacob en connaisse l'existence ? Répondez-moi, Leigh. C'est important.

Il semblait plus calme, à présent, mais Alexis n'était pas dupe. Il lui en voulait toujours. C'était justifié, d'ailleurs : elle-même ne comprenait pas pourquoi Leigh avait volontairement caché ce passage à la police.

Quant au mystérieux Jacob, elle n'avait aucune idée de l'étendue de ses connaissances en la matière.

— Je n'en sais rien, répondit-elle d'un air navré.

Le visage de son compagnon s'assombrit.

— Possède-t-il une arme ?

Elle laissa échapper un soupir. Cette conversation tournait en rond, décidément.

— Je n'en sais rien, répéta-t-elle en espérant que Wyatt finirait par se lasser de son ignorance.

C'était sans compter l'obstination dont il était capable : loin de renoncer, il poursuivit l'interrogatoire de plus belle. En tentant de lui expliquer son point de vue sur le fameux Jacob.

— Ecoutez, je sais que vous avez un faible pour Jacob, Helen et vous. C'est parfaitement normal, puisque vous avez grandi ensemble, tous les trois. Mais vous devriez essayer d'être plus objective à son égard.

Objective ? Elle pouvait difficilement l'être davantage… N'ayant jamais rencontré Jacob, elle n'avait aucune raison de lui sauver la mise !

Mais cela, Wyatt n'était pas supposé le savoir.

— N'avez-vous pas trouvé étrange qu'il disparaisse le même jour que sa mère ? poursuivit-il en cherchant son regard. Il n'est pas neutre dans cette affaire, admettez-le.

— Que voulez-vous dire ? s'enquit-elle pour gagner du temps.

— Je vais être franc, Leigh : je suis certain qu'il a profité, d'une manière ou d'une autre, de la fortune de votre père. Il roule en voiture de sport et…

— Et alors ? interrompit-elle. Ce n'est pas un crime, tout de même ?

— Tout dépend de la manière dont il a acheté cette voiture, argua-t-il patiemment. Il vous a dit qu'il travaillait pour une compagnie appelée Via-Tek, à New York. J'ai fait des recherches… et je n'ai rien trouvé sous ce nom au registre du commerce de la ville. En revanche, il n'a pas menti sur ses compétences en informatique : comme vous, il est assez doué en la matière. Et je ne serais pas étonné de découvrir qu'il est à l'origine des fausses factures que Marcus envoyait à Ira Rosencroft.

— Pourquoi aurait-il fait une chose pareille ?

— Pour aider sa mère ? Pour avoir une part du pactole ? Qui sait… Réfléchissez, Leigh. Il manque environ six cent mille dollars sur les comptes de Blackrose. Ils sont forcément quelque part…

Alexis fut prise de vertige. *Six cent mille dollars ?* C'était peut-être exactement la somme qui se trouvait dans l'attaché-case !

— Personnellement, je suis certain que cette somme a servi à payer le maître-chanteur, continua Wyatt. Or les lettres anonymes que vous avez trouvées dans le livre de comptes d'Eden avaient été tapées à l'ordinateur, elles aussi. Il est donc logique de soupçonner Jacob d'en être l'auteur, ne croyez-vous pas ?

— C'est logique, en effet, approuva-t-elle nerveusement.

— Ça l'est d'autant plus qu'il passait le plus clair de son temps à Blackrose, avant de s'installer à New York. Il avait donc accès à toutes les informations nécessaires… Attention : je ne suis pas en train d'accuser Jacob d'avoir trempé dans la disparition de votre mère, il y a sept ans…

Alexis retint un cri. Comment Wyatt savait-il que sa mère était morte sept ans plus tôt ?

— Mais je pense que lui ou Eden faisaient chanter votre père, acheva son compagnon. Ils savaient tous deux que Marcus perdrait l'usufruit du domaine lorsque le décès de votre mère serait légalement prononcé.

Alexis ne l'écoutait plus que d'une oreille. La mère de Leigh — qui était aussi la sienne — était morte sept ans auparavant, comme Loïs ? La coïncidence était troublante… et franchement inattendue. Depuis le début de la journée, elle pensait qu'Amy Thomas avait trouvé la mort quelques jours ou quelques semaines plus tôt, puisque son corps venait d'être retrouvé dans le jardin.

Ce n'était pas le cas, apparemment.

— Dans ces circonstances, Jacob ou sa mère ont peut-être paniqué, reprit Wyatt, sans remarquer le trouble qui l'avait saisie. Ils ont essayé de détourner le plus d'argent possible avant que votre père ne perde la mainmise sur la fortune de sa première femme. Cela expliquerait également pourquoi ils ont emporté avec eux tout ce qui appartenait à Marcus… Et puis, en emportant tout, ils réduisaient le risque de laisser des preuves de leur forfait derrière eux !

Alexis sentit la nausée l'envahir. Etait-ce là sa véritable *famille* ? Des monstres vils et dissimulateurs, prêts à s'entretuer pour de l'argent ? Dans ce cas, elle n'avait aucune envie de les rencontrer. Plus vite elle retrouverait sa vie, son cocon tranquille… Elle se raidit. Son cocon n'existait plus. Il avait volé en éclats deux jours plus tôt.

Le désespoir dut se lire sur son visage, car Wyatt s'interrompit, et lui effleura le bras avec sollicitude.

— Je sais que ce n'est pas facile pour vous, Leigh, mais les faits sont ce qu'ils sont. Jacob n'est sans doute pas aussi gentil que vous voulez le croire. D'ailleurs, c'est peut-être lui qui nous a tiré dessus ce soir.

— Pourquoi ?

— J'aimerais le savoir… mais je crois que la réponse se trouve dans la valise que vous transportiez ce matin.

Elle tressaillit. Il avait peut-être raison. Jacob, si c'était bien lui qui les avait agressés, cherchait probablement à s'emparer de l'attaché-case. Mais il était trop tôt pour en parler à Wyatt : elle ignorait encore où trouver Kathy… Ce dont elle était certaine, en revanche, c'était que l'homme qui l'avait adoptée avait d'excellentes raisons de faire chanter Marcus Thomas.

Elle fixa le classeur métallique d'un regard vide. Et si la lettre de Brian n'était qu'un tissu de mensonges ? Il ne valait peut-être pas mieux que les autres, en fin de compte…

— Leigh ? Qu'y avait-il dans cette mallette ? Des dossiers ?

Elle se ressaisit. Aussi sympathique et… séduisant fût-il, Wyatt n'aurait pas raison de ses résistances. Parce qu'il était flic. Et qu'elle ne pouvait *pas encore* lui faire confiance. Elle devait d'abord obtenir des éclaircissements sur sa nouvelle et inquiétante famille…

— Oubliez la mallette, Wyatt, intima-t-elle avec une assurance qu'elle était loin d'éprouver. Nous ferions mieux de fouiller cette pièce, vous ne croyez pas ? Nous y trouverons peut-être de quoi faire avancer l'enquête…

Visiblement piqué au vif, il fronça les sourcils. Et ses yeux sombres brillèrent de colère — d'amertume, aussi. Il était blessé, et ne s'en cachait pas. Troublée, elle détourna la tête. Il ne lui poserait plus de questions, à présent. Elle avait donc atteint son objectif. Mais à quel prix ? Combien de temps devrait-elle mentir à cet homme qui lui offrait pourtant un soutien sans faille ?

Wyatt lui en voulait, bien sûr. Mais il était surtout furieux contre lui-même. Fallait-il qu'il ait été idiot pour s'imaginer qu'elle lui ferait confiance ! Il lui plaisait, certes. Mais pas assez pour qu'elle consente à lui livrer ses secrets.

— J'ai l'impression que quelqu'un a emporté les dossiers, annonça-t-elle en lui désignant le tiroir supérieur du classeur métallique. Il n'y a plus rien là-dedans !

Il s'abstint de tout commentaire. Sa voix aurait sans doute trahi sa colère.

Elle s'attaqua au second tiroir — qui ne s'ouvrit qu'à moitié.

— Zut ! Il y a quelque chose qui coince…

Elle glissa une main dans l'interstice pour tenter de débloquer le tiroir. Sans succès, apparemment.

— Je crois que c'est un dossier, maugréa-t-elle. Si seulement j'arrivais à l'attraper…

Son calme apparent n'était qu'une façade, comprit-il en la regardant secouer le classeur d'un geste rageur. Ses mains tremblaient. Qu'avait-elle donc à cacher ? Ne souhaitait-elle pas, comme lui, découvrir l'assassin de sa mère ?

Son attitude était inexplicable… à moins qu'elle ne cherche à protéger quelqu'un.

Et ce quelqu'un, il en était persuadé, ne pouvait être que Jacob.

— Vous allez me regarder longtemps comme ça ? grommela-t-elle en se tournant vers lui. J'ai besoin d'aide, figurez-vous !

— Tôt ou tard, vous serez obligée de me parler, et vous le savez.

Un éclair de panique traversa ses yeux verts, mais elle se garda de tout commentaire.

Il s'agenouilla près d'elle et tenta d'ouvrir le tiroir. Sans plus de succès que Leigh. Il lui fallait un outil… mais lequel ? Il n'y avait rien d'approchant dans la cachette. Il se leva, fit coulisser la porte et s'empara d'un des cintres accrochés à la tringle de la penderie. Puis il referma soigneusement le battant et reprit place près de la jeune femme.

Le cintre était assez fin pour réussir là où leurs mains avaient échoué. En s'y mettant à deux, ils vinrent à bout du dossier coincé, dont le contenu s'éparpilla sur le sol lorsque Wyatt tira enfin sur le tiroir d'un coup sec.

Leigh saisit l'un des papiers froissés, et le lissa doucement du plat de la main. Comme elle inclinait la tête, ses cheveux glissèrent le long de sa joue, révélant la courbure délicate de sa nuque… Que Wyatt se surprit à dévorer du regard.

Il se força à détourner les yeux. Etait-il donc incapable de se contrôler ? Ce n'était pourtant pas la première fois qu'il se trouvait seul avec une jolie femme ! Il n'était pas si lascif, d'ordinaire… La situation devait jouer sur ses nerfs, voilà tout. Dès qu'ils seraient revenus à l'air libre, il cesserait de contempler Leigh comme une partenaire potentielle.

Ce qu'elle ne serait jamais, d'ailleurs.

Il s'apprêtait à ranger dans le classeur le document qu'il avait saisi d'une main distraite, quand le logo attira son attention.

Il se pencha, stupéfait… et sentit l'excitation lui nouer l'estomac.

— Pas possible…

Il s'était exprimé pour lui-même, mais Leigh leva les yeux.

— Qu'avez-vous trouvé ?

— Une lettre à en-tête de la clinique Marbury, destinée à votre père, et rédigée par le Dr Marbury lui-même ! énonça-t-il d'un ton triomphal en agitant la lettre en question comme un étendard.

Elle lui décocha un regard perplexe.

— Et alors ? Pardonnez-moi, mais… je ne comprends pas.

— Vous ne vous souvenez pas de cette affaire ? Elle a pourtant fait la une des journaux pendant des semaines il y a une dizaine d'années ! Une sombre histoire d'implants d'embryons… Ça ne vous dit rien ?

Elle secoua la tête.

— Il y a dix ans, j'avais quinze ans à peine : comment voulez-vous que je m'en souvienne ? Le nom de ce médecin me dit vaguement quelque chose, rien de plus.

— Moi, je m'en souviens parfaitement. Ça m'avait beaucoup frappé, à l'époque. Jackson Marbury avait fait fortune en promettant à des femmes stériles de les aider à concevoir un bébé.

— C'était donc un genre de charlatan ?

— Pire que cela. Il a commencé à se faire un nom en promettant le succès à toutes ses clientes. Evidemment, avec une publicité pareille, les femmes stériles se sont vite bousculées à la porte de sa clinique pour obtenir une consultation… et toutes celles qu'il acceptait de « soigner » ressortaient enceintes quelques mois plus tard !

— Tout le monde était gagnant, alors ?

— En apparence, seulement. Son trafic durait depuis quelques années, quand le mari d'une de ses clientes, persuadé que son épouse avait une liaison, a effectué un test de paternité pour s'assurer que leur enfant était bien de lui…

— Laissez-moi deviner : ils ont découvert que Marbury était le père ?

— Non. Le plaignant était bien le père de l'enfant. Mais sa femme n'était pas la mère.

Elle écarquilla les yeux.

— Comment est-ce possible ?

— Marbury implantait à ses clientes des œufs subtilisés à d'autres en leur faisant croire que c'étaient les leurs. Comme elles avaient suivi le traitement « hormonal » qu'il leur avait prescrit — la justice a découvert par la suite qu'il s'agissait de médicaments placebos —, elles étaient persuadées d'être de nouveau fertiles, et ne doutaient pas un instant d'être bien les mères de leur enfant. Quant aux pères, ils l'étaient effectivement, puisque les embryons avaient été fécondés avec leur sperme avant l'implantation. L'enquête a prouvé que la plupart des clientes de Marbury étaient toujours stériles : elles n'avaient fait que porter l'enfant d'une autre.

— Mais… Ces autres femmes, justement… a-t-on retrouvé leur trace ? s'enquit Leigh d'une voix frémissante d'indignation.

Il secoua la tête.

— Non. Marbury a eu le temps de détruire la plupart de ses fichiers avant l'arrivée de la police. Les multiples perquisitions que les enquêteurs ont effectuées à son domicile comme à la clinique n'ont jamais permis de savoir *qui* lui fournissait les œufs destinés à l'insémination. Les témoignages de son personnel et de ses clientes ont suffi à l'incriminer, bien sûr. Mais l'enquête s'est arrêtée là, faute de preuves… Or, cette lettre pourrait bien en constituer une, ajouta-t-il en lui désignant le document en question. Elle prouve que votre père était l'un des obstétriciens qui fournissait les œufs à Marbury !

La jeune femme le dévisagea avec horreur.

— Attendez… Etes-vous en train de m'annoncer que les patientes de mon père ont donné naissance à des enfants sans le savoir ?

— Exactement.

6.

Alexis sentit sa gorge s'assécher. D'après l'acte de naissance qu'elle avait trouvé à son nom dans l'enveloppe que Brian lui avait remise, Loïs Ryder avait accouché chez elle, avec l'assistance du Dr Marcus Thomas. Mais ce dernier était aussi son père biologique ! C'était à n'y rien comprendre… Toute cette histoire lui donnait la nausée. Plus elle en apprenait sur sa nouvelle famille, moins elle souhaitait les rencontrer.

— Décidément, le pauvre Gavin a des cheveux blancs à se faire…, déclara Wyatt en remettant la lettre de Jackson Marbury dans le classeur.

Elle lui lança un regard perplexe.

— Gavin ? Pourquoi ?

— Parce qu'il administre les biens de votre grand-père. Si Marcus a subtilisé les embryons de sa propre femme pour alimenter le trafic de Marbury, il y a bien plus de prétendants au trône de Blackrose qu'il n'y paraît !

Il s'était exprimé d'un ton pince-sans-rire qui ne laissait aucun doute sur la légèreté de son propos. Il cherchait manifestement à détendre l'atmosphère… mais sa remarque n'était que trop vraie, hélas. Puisque l'une des « prétendantes » qu'il évoquait lui faisait face en ce moment même.

L'ironie de la situation était insupportable. Alexis dut mobiliser toute son énergie pour ne pas céder à l'envie de hurler, ou de tout raconter à Wyatt.

Celui-ci paraissait pourtant loin d'imaginer le trouble qui l'avait saisie.

— Passez-moi les dossiers qui restent dans le tiroir, suggéra-t-il en reprenant son sérieux. Je suis sûr que nous ne sommes pas au bout de nos surprises…

Elle lui tendit plusieurs chemises cartonnées, et se pencha sur le document qu'elle venait de ramasser.

— C'est une copie de l'acte de naissance de Jacob Voxx, annonça-t-elle. Que fait-elle ici, à votre avis ?

— Aucune idée, mais il y a forcément anguille sous roche. Votre grand-père ne se serait pas donné la peine d'en faire une copie si…

Il s'interrompit, tandis que ses yeux se posaient sur un autre document officiel.

— Bon sang ! s'exclama-t-il. C'est incroyable… Quel est le nom du père de Jacob, sur l'acte de naissance que vous avez trouvé ?

Elle pointa sa lampe sur la feuille de papier jaunie par les années.

— Attendez… C'est difficile à lire. Mario… Silua ? énonça-t-elle en fronçant les sourcils.

Il hocha la tête, une lueur d'excitation au fond des yeux.

— Silva, rectifia-t-il. Mario Silva. Divorcé de Mme Eden Voxx après cinq ans de mariage, précisa-t-il en lui tendant la copie de l'acte de divorce qu'il avait en main. Quelle coïncidence ! Ou bien il existe deux Mario Silva, ou bien ce type est bel et bien l'homme qui s'est évadé de la prison du comté il y a deux semaines, pendant un transfert de prisonniers !

Effarée, elle fut incapable du moindre commentaire.

— Sa photo et son nom sont placardés dans tous les commissariats du comté, expliqua Wyatt. Il a pris la poudre d'escampette avec trois camarades de cellule.

— Pensez-vous que son évasion soit liée à ce qui s'est passé ici ?

— Disons que cela explique peut-être le départ précipité d'Eden…

— Je croyais qu'elle s'était enfuie parce que vous aviez retrouvé le corps dans le jardin.

— Justement ! L'un n'empêche pas l'autre. Je serais curieux de savoir ce que faisait Silva il y a sept ans…

Elle ferma les yeux, écœurée par cette avalanche de révélations.

— On dirait une mauvaise farce…, marmonna-t-elle avec lassitude.

— Quoi donc ?

— Ma vie. J'ai l'impression que tout s'effondre autour de moi. Je n'ai plus aucune certitude, j'ai perdu confiance en ceux que j'aimais et je ne suis même plus en sécurité…

Il lui prit doucement la main, et la serra dans la sienne comme l'aurait fait un vieil ami. Ou un proche parent.

— Je vous l'ai déjà dit, Leigh : je ne suis pas votre ennemi. Parlez-moi. Racontez-moi ce qui ne va pas.

— Si seulement je le pouvais… Mais vous en savez plus que moi, je vous assure ! J'ignore qui était dans la maison, tout à l'heure ; je ne sais pas ce qu'il était venu faire ; je ne comprends pas à quoi servait cette pièce…

Elle secoua la tête avec désespoir, avant de conclure :

— En fait, je n'ai que des questions. Une foule de questions sans réponse.

— Ne vous en faites pas. Ça va aller.

— Vraiment ? Je finirai par m'habituer à croiser des types qui veulent me tirer dessus, c'est ça ?

— Ce sont les risques du métier ! ironisa-t-il gentiment. Moi par exemple, j'ai fini par m'y habituer… Mais bizarrement, j'ai essuyé plus de coups de feu à Stony Ridge que dans les quartiers mal famés de mon ancien district !

— Vous étiez en poste à New York ?

— A Danbury, dans le Connecticut, rectifia-t-il.

Il entreprit de ramasser les documents encore épars sur le sol. Impossible de savoir s'il voulait clore la conversation… mais Alexis refusait d'en rester là. Elle était curieuse d'en apprendre davantage, bien sûr. Et l'interroger sur sa vie privée lui offrirait une diversion bienvenue.

— Est-ce là que vous êtes né ? s'enquit-elle. A Danbury ?

— Oui. Mes parents habitaient une petite banlieue des environs.

— Pourquoi avez-vous choisi de faire carrière dans la police ?

— J'ai l'impression d'entendre ma mère ! répliqua-t-il, un sourire moqueur au coin des lèvres, avant d'expliquer : C'est mon oncle Nestor, qui m'a mis l'idée dans la tête. Quand j'étais petit, il me faisait rêver avec le récit de ses missions… J'étais un gamin débordant d'énergie, et je ne me voyais pas rester assis dans un bureau toute la journée. Je me suis inscrit à l'Académie de police dès que j'ai eu mon bac en poche. Et j'ai débuté au commissariat de Danbury.

— Comment avez-vous été recruté à Stony Ridge ?

— Par Nestor, tout simplement. Il m'a contacté dès qu'un poste d'inspecteur s'est trouvé vacant au commissariat. Comme j'ai suivi des cours de droit et de criminologie à l'université, Nestor estimait que j'apporterais une valeur ajoutée à l'équipe. Moi, je ne voyais pas en quoi ma formation pourrait être utile à une petite communauté comme Stony Ridge… Mais je me suis laissé convaincre. Et je ne le regrette pas, d'ailleurs.

— Mais… pourquoi avoir accepté ce poste si vous pensiez être surqualifié ?

— Disons que l'offre de mon oncle est arrivée à point nommé… Mes sœurs aînées s'étaient mis en tête de me marier et ma vie était devenue infernale : j'étais contraint de rencontrer toutes leurs amies célibataires… et je peux vous assurer qu'elles étaient nombreuses !

Alexis ne put retenir un sourire : la situation qu'il décrivait était plutôt comique.

— Pauvre garçon : harcelé par des hordes de célibataires en furie…, ironisa-t-elle. Ce devait être atroce !

— Moquez-vous… Vous n'imaginez pas les trésors de diplomatie que j'ai dû déployer pour leur échapper ! rétorqua-t-il sur le même ton.

— Hmm. Vous avez toute mon admiration.

Elle lui tendit une chemise cartonnée à ranger dans le classeur. Et la lâcha malencontreusement lorsque leurs doigts se frôlèrent.

— Désolée. Je suis maladroite, ce soir.

Baissant les yeux, elle remarqua que ses mains tremblaient. Gênée, elle voulut les croiser sur ses genoux, mais Wyatt arrêta son geste.

— C'est normal, vous savez.

— De trembler ?

— Oui. N'importe qui serait remué, à votre place. Mais tout finira par rentrer dans l'ordre, vous verrez.

— Vous croyez ?

— J'en suis sûr.

Il passa un bras autour de son épaule et l'attira vers lui. Son geste était si naturel qu'elle ne songea même pas à lui résister. Lovée contre son torse, elle se laissa aller à l'infinie douceur de son étreinte. Elle était si bien dans ses bras… Si seulement la situation avait été différente !

Mais elle ne l'était pas. Et il n'était pas question de fantasmer à ce sujet.

Elle se dégagea sans un mot. S'il en fut blessé, il n'en laissa rien paraître. Et ce fut sans animosité qu'il reprit la parole :

— Je ferais mieux d'y aller, maintenant. Nous ne pouvons pas rester ici toute la nuit.

— Pourquoi pas ? objecta-t-elle. Ce n'est pas si mal… Nous sommes à l'abri, au moins !

— Je suis certain que le type est parti. D'ailleurs…

Il fut interrompu par un coup frappé contre la paroi.

— Leigh ? Wyatt ? Vous êtes là ? s'enquit une voix étouffée.

Mais délicieusement familière.

— R.J. ! s'exclamèrent-ils en chœur.

La porte s'entrouvrit, et Lucky s'élança vers eux avec son enthousiasme habituel.

— Ah ! Je savais bien que je vous trouverais ici, déclara R.J. en entrant à son tour.

— Tu joues les sauveteurs, à présent ? remarqua Wyatt, qui s'était levé pour l'accueillir.

— C'est un peu ça, oui. En fait, je n'étais pas tranquille depuis ton coup de fil, tout à l'heure… J'ai essayé de te rappeler, mais ton portable est sur messagerie. Et comme le temps ne cessait d'empirer, j'ai préféré venir m'assurer que vous n'aviez besoin de rien. Quand j'ai vu ta voiture écrasée sous un arbre, à la sortie du domaine, j'ai compris que quelque chose ne tournait pas rond.

— Sous un arbre ? marmonna Alexis, interloquée.

— As-tu appelé les secours ? intervint Wyatt. Tu n'aurais pas dû venir seul par un temps pareil !

Leur interlocuteur balaya sa remarque d'un revers de la main.

— Ma camionnette en a vu d'autres, ne t'inquiète pas… Mais sans roues motrices, impossible de s'en sortir : l'allée n'est plus qu'un torrent de boue. Sans parler du vent, qui balaye tout sur son passage… Ce n'était pas une partie de plaisir, je vous assure !

— Ce n'est guère mieux à l'intérieur, remarqua Wyatt d'un air sombre.

Les deux hommes échangèrent un regard soucieux, puis R.J. poursuivit son récit :

— J'ai vu ton émetteur radio dans l'escalier. Et l'érable qui a traversé la fenêtre, au premier étage… Vous n'êtes pas blessés, au moins ?

— Non. Mais Leigh l'a échappé belle : elle était dans sa chambre quand l'arbre s'est écrasé sur la maison, précisa Wyatt.

— Tu es née sous une bonne étoile, je l'ai toujours dit ! commenta R.J. en décochant un clin d'œil affectueux à la jeune femme.

— Tu as peut-être raison, renchérit Wyatt. Elle a aussi échappé au tireur fou qui se baladait dans les étages quand je suis arrivé… Il est peut-être encore dans les parages, d'ailleurs. C'est pour ça que nous nous sommes réfugiés ici.

— Tu n'as croisé personne dans l'allée ? s'enquit Alexis d'un ton pressant.

— Non. Et la maison est vide : nous avons passé toutes les pièces en revue, Lucky et moi, avant de vous trouver ici. Il n'a pas aboyé une seule fois.

Wyatt hocha la tête d'un air satisfait.

— Parfait. Et ma voiture ? Dans quel état est-elle, exactement ?

R.J. esquissa un sourire navré.

— Irrécupérable : l'arbre l'a littéralement pliée en deux.

Wyatt secoua la tête avec dépit, puis il se pencha pour ramasser les dossiers éparpillés sur le plancher.

— Inutile de moisir ici, déclara-t-il en se redressant. Peux-tu nous emmener, R.J. ?

— Bien sûr. C'est pour ça que je suis venu !

— Et les dossiers ? fit remarquer Alexis. On les laisse ici ?

— Oui, c'est encombrant, et avec cette pluie… Je viendrai les chercher demain, affirma Wyatt.

Ils quittèrent la pièce et refermèrent la paroi derrière eux. Lucky les précéda joyeusement dans les escaliers, qu'ils descendirent à la lueur des lampes torches. Leur agresseur semblait bel et bien parti… mais Wyatt ne rangea son arme de service que lorsqu'il fut installé dans la camionnette de R.J. Alexis, qui était la plus menue, insista pour prendre place à l'arrière, avec le chien.

— Je peux vous raccompagner chez les Walken, mais ce serait plus simple si vous veniez dormir chez moi, annonça R.J. en mettant le contact. Je n'habite pas loin d'ici. Avec un peu de chance, nous y serons dans dix minutes.

Wyatt fronça les sourcils.

— Es-tu sûr que ça ne te dérange pas ?

— Absolument. Mais je vous préviens : la maison n'a rien d'un palace ! Je suis encore en pleins travaux, et mon mobilier se limite à quelques chaises dépareillées…

— Ce sera parfait, assura Alexis. De toute façon, je suis tellement fatiguée que je pourrais dormir debout !

— Moi aussi. Et puis, je meurs d'impatience de voir la fameuse bicoque dont tu nous rebats les oreilles depuis des mois ! lança Wyatt d'un ton moqueur.

Ils plaisantèrent encore un moment sur le sujet, puis la conversation s'éteignit d'elle-même. La pluie s'abattait avec violence sur le pare-brise, obligeant R.J. à plisser les yeux pour louvoyer entre les branches d'arbres qui jonchaient l'allée noyée de boue. Alexis retenait son souffle, persuadée qu'ils finiraient par s'embourber… mais ils atteignirent la route principale sans trop d'encombres. Cinq cents mètres en amont, R.J. obliqua vers une autre allée — guère plus engageante que celle de Blackrose. Elle se cramponna à son siège pour ne pas heurter le toit de la camionnette, tandis qu'ils progressaient, cahin-caha, sous l'orage.

— Désolé, marmonna R.J. en croisant son regard dans le rétroviseur. Je n'ai pas encore fait poser le bitume.

— Les cordonniers sont les plus mal chaussés, n'est-ce pas ? ironisa Wyatt.

— Tu ne crois pas si bien dire : les chantiers de mes clients passent toujours avant le mien ! Résultat : je campe depuis des mois, et je sens que je vais y laisser toutes mes économies… mais je ne regrette rien. Cette maison m'a tapé dans l'œil dès que je l'ai vue… Je ne pouvais pas laisser passer une occasion pareille !

Il amorça un dernier virage, puis il s'avança vers une longue bâtisse couverte de vigne vierge — un ancien corps de ferme, sans doute. La façade aurait eu besoin d'un sérieux coup de peinture, mais l'ensemble avait fière allure.

— Alors, qu'en dites-vous ? s'enquit R.J. avec une pointe de nervosité. Dans cet état, ce n'est pas très engageant, mais quand j'aurai terminé les travaux…

— C'est magnifique, interrompit Alexis avec sincérité. J'ai hâte de la voir en plein jour !

— Merci. Descendez et mettez-vous à l'abri. Je vous rejoins tout de suite. Je vais remettre l'électricité en marche. Le gros de l'orage est passé, maintenant.

Wyatt acquiesça, et contourna la camionnette pour aider Alexis à sortir. Ils coururent jusqu'à la porte d'entrée, qui s'ouvrit sans difficulté — et pour cause : R.J. n'avait pas pris la peine de verrouiller en partant ! comprit Alexis avec stupeur. Une telle désinvolture était-elle monnaie courante à la campagne ? Sans doute, puisque Wyatt ne s'en formalisa pas. Elle se garda du moindre commentaire, et s'immisça à l'intérieur.

— Etes-vous sûre de vouloir rester ? s'enquit-il avec sollicitude.

— Oui. Et vous ?

— Moi aussi.

Il ponctua sa réponse d'un sourire si lumineux, si spontané qu'Alexis sentit renaître le désir qu'elle s'évertuait à réprimer depuis l'arrivée de R.J. Leurs regards se croisèrent, se rivèrent l'un à l'autre… et plus rien ne compta que la magie de cet instant. A quoi bon résister à l'appel du bonheur ? Cet appel sourd, mystérieux, qui la poussait vers ce presque inconnu… Alexis n'y résista plus. Et lui offrit ses lèvres lorsqu'il se pencha pour les embrasser.

« Un baiser, rien qu'un seul », songea-t-elle confusément.

Ils n'en eurent pas le temps. Derrière eux, la porte s'ouvrit à la volée, livrant passage à Lucky et à R.J. Wyatt recula vivement, l'air gêné… mais leur hôte fit mine de n'avoir rien vu. Il s'avança dans la pénombre et alluma la seule lampe de la pièce, juchée sur une table à tréteaux encombrée de pots de peinture. Quelques marches permettaient d'accéder dans le salon, sommairement meublé d'un canapé et d'un fauteuil en velours, d'un meuble hi-fi et d'un petit poste de télévision. De dimensions généreuses, la pièce était pourvue d'une splendide cheminée en briques rouges, que R.J. avait manifestement commencé à restaurer.

— Désolé, la déco n'est pas encore au point, lança le maître des lieux. Je ne m'attendais pas à recevoir des invités !

Alexis secoua la tête. Et fit de son mieux pour éviter le regard de Wyatt, comme elle affirmait :

— Ne t'excuse pas. Nous sommes ravis d'être là.

— C'est gentil… Installez-vous. Je vais jeter un œil dans la cuisine. Si mes souvenirs sont bons, j'ai un steak et des frites surgelées dans le congélateur.

— Tu n'es pas obligé de nous faire à manger, protesta-t-elle aussitôt. Un thé bien chaud me suffira…

— Parlez pour vous, intervint Wyatt. Je meurs de faim, moi ! Au cas où vous l'auriez oublié, nous n'avons même pas terminé de déjeuner, tout à l'heure.

Alexis esquissa une moue embarrassée. Inutile de mentir à leur hôte : elle était affamée, elle aussi. Mais comment ferait-elle si R.J. déposait un morceau de viande dans son assiette ? Impossible de la jeter dans les buissons, cette fois… Le mieux était de modifier discrètement le menu pour l'adapter à son régime végétarien… en espérant que les hommes n'y verraient que du feu !

— D'accord, acquiesça-t-elle. Mais laisse-nous te donner un coup de main.

Ils le suivirent dans la cuisine, royalement équipée d'une vieille gazinière, d'un réfrigérateur et d'une table en Formica vert pâle flanquée de deux chaises assorties.

— Côté boissons, vous êtes vernis : j'ai fait le plein hier, annonça R.J. en examinant le contenu de son réfrigérateur. Et j'ai même un paquet de cacahuètes pour aller avec !

— Parfait, commenta Alexis. Ouvrez une bouteille, prenez les cacahuètes, et allez vous installer dans le salon. Moi, je m'occupe du dîner !

— Tu sais cuisiner ? s'étonna R.J.

— Bien sûr.

— Pourtant, vous avez toujours employé des domestiques, à Blackrose !

— Oui, mais à Boston, elle est toute seule, fit remarquer Wyatt d'un air malicieux. Il a bien fallu qu'elle s'y mette !

— Exactement, acquiesça Alexis sans se démonter. Alors, c'est d'accord ? Je peux me mettre au travail ?

— Volontiers. N'hésite pas à te servir dans les placards. Il doit y avoir des pâtes, du riz et des soupes en boîte.

— Entendu. As-tu des épices ?

— Hmm. Ce n'est pas mon fort… mais j'ai du sel et du poivre !

— Je m'en contenterai. Et… pour s'asseoir, on fait comment ? ajouta-t-elle. As-tu une troisième chaise ?

Son hôte secoua la tête.

— Non, mais j'ai plusieurs plateaux. Je dîne souvent devant la télévision. Lucky adore les séries policières.

Elle sourit. Ils devaient former un charmant tableau, tous les deux !

— Bon. Passez dans le salon, messieurs, suggéra-t-elle avec une courtoisie un peu moqueuse. Je vais tâcher de me débrouiller avec les ingrédients du bord.

Ils prirent chacun une cannette de bière dans le réfrigérateur et se dirigèrent vers la pièce principale.

Quand Alexis les rejoignit vingt minutes plus tard, ils regardaient les informations télévisées. Elle posa trois bols de soupe fumante sur la table, qu'ils dégustèrent avec appétit, avant d'attaquer un gratin de macaronis doré à point. Ravis, les deux amis ne songèrent même pas à commenter l'absence de viande au menu !

— Merci, Leigh. C'est délicieux, déclara Wyatt. Je crois que notre hôte est prêt à vous embaucher…

— Tout à fait, renchérit R.J. J'ai toujours rêvé d'avoir une cuisinière à domicile !

Elle éclata de rire, et ce fut dans une ambiance détendue qu'ils passèrent au dessert, composé d'une salade de fruits et de biscuits sablés légèrement réchauffés au four. Ensuite, les hommes débarrassèrent la table et firent la vaisselle, tandis qu'Alexis se lançait dans une partie de cache-cache avec Lucky.

Lorsqu'elle déboucha dans la cuisine, le souffle court et le sourire aux lèvres, leur hôte expliquait à Wyatt comment ils s'arrangeraient pour la nuit.

— Leigh dormira dans ma chambre : c'est le seul lit de la maison. Toi, Wyatt, tu prendras le canapé du salon.

— Et toi ? intervint Alexis.

— Je me glisserai dans mon sac de couchage, aux pieds de Wyatt. Je suis sûr qu'il sera ravi ! conclut-il en gratifiant l'intéressé d'un clin d'œil goguenard.

Alexis protesta aussitôt, refusant d'occuper le lit de leur hôte, tandis que Wyatt insistait pour qu'il dorme sur le canapé à sa place. Mais R.J. se montra intraitable.

— Pas de discussion, décréta-t-il. Ici, c'est moi qui fixe les règles.

Peu après, Alexis se retrouva donc seule à l'étage, vêtue d'un des T-shirts du maître de maison en guise de chemise de nuit. Elle empila ses vêtements au bord du lit et gagna la salle de bains, où elle se doucha longuement, prolongeant le plaisir de laisser ruisseler l'eau brûlante sur ses membres engourdis.

Lorsqu'elle émergea de la petite pièce un bon quart d'heure plus tard, Wyatt l'attendait, adossé au mur du couloir.

Elle sursauta, étonnée de le trouver là.

— Désolé, marmonna-t-il. Je ne voulais pas vous faire peur.

— Ce n'est rien. Je ne savais pas que vous attendiez. Vous auriez dû frapper à la porte : je me serais dépêchée.

— C'est vous que j'attendais, rectifia-t-il doucement. Nous avons décidé de nous lever très tôt demain matin. R.J. me conduira en ville, puis il passera vous chercher avant d'aller à Blackrose. Comme ça, vous pourrez dormir un peu plus longtemps…

— Mais…

— Lucky restera avec vous. Et je vous retrouverai à Blackrose en milieu de journée.

Elle leva les mains pour protester, et se heurta à son torse nu. Les mots qu'elle allait prononcer se bloquèrent dans sa gorge. De nouveau, un désir puissant, irrépressible, monta en elle, l'envahissant tout entière, balayant toute résistance possible. Déjà, le regard brûlant que Wyatt posait sur elle l'enveloppait comme une étreinte... Elle n'osait bouger, de peur de se jeter dans ses bras. Le silence s'étira, plus sensuel qu'une déclaration.

Enfin, la voix rauque de son compagnon brisa le silence.

— Je m'étais pourtant juré de ne pas le faire.

— Quoi donc ? murmura-t-elle.

— Vous embrasser.

Il n'en fallut pas davantage pour emporter sa décision. Dressée sur la pointe des pieds, elle lui offrit sa bouche et s'offrit à son étreinte avec une passion qui la surprit elle-même. De lui, elle voulait tout : son torse puissant, plaqué contre le renflement de ses seins, ses épaules, si rondes sous sa chemise grande ouverte, son dos, si lisse sous ses doigts. Et elle voulait tout donner... Devinant l'urgence de son désir, il approfondit leur baiser, mêlant son souffle au sien avec un gémissement de plaisir. Ses mains s'enhardirent, effleurant la courbe de ses hanches ; s'arrêtant, un instant seulement, sur la rondeur d'une fesse...

— Lucky ! Ramène ça tout de suite !

Ils se figèrent. R.J. allait-il monter l'escalier ? Le risque de le voir surgir sur le palier, même minime, suffit à dégriser Wyatt, qui recula d'un pas.

— Allez vous coucher, ordonna-t-il à voix basse.

Une voix qui tremblait encore de désir.

— Venez avec moi, répliqua-t-elle, le cœur battant.

— Non. Ce ne serait pas raisonnable.

Bien sûr. Ils le savaient aussi bien l'un que l'autre. Mais cela ne diminuait en rien la vigueur de son désir.

— Dormez bien, dit-il encore, puis il s'éloigna sans se retourner.

Dormir ? Après ce qu'ils venaient de partager ? Impossible. Elle ne trouverait sans doute pas le sommeil. Lui non plus, d'ailleurs.

Il faisait grand jour quand Alexis s'éveilla, le lendemain matin. Un rayon de soleil oblique réchauffait doucement les draps froissés, souvenir d'une longue nuit d'insomnie. Elle se redressa contre la tête de lit, plissant les yeux pour apercevoir le jardin en contrebas. La pluie avait cessé. « Enfin une bonne nouvelle ! » songea-t-elle avec une pointe d'ironie. En amènerait-elle d'autres ? C'était à espérer… car la situation, loin de s'améliorer, s'était encore aggravée la veille.

Depuis qu'elle s'était jetée dans les bras de Wyatt. Le souvenir de leur baiser l'avait poursuivie jusqu'à l'aube. Fallait-il qu'elle soit troublée, pour s'abandonner ainsi aux caresses d'un inconnu ! Wyatt ne connaissait même pas son vrai nom !

Cette comédie ne pouvait pas durer, bien sûr. Tôt ou tard, elle devrait lui avouer *qui* elle était. La croirait-il, alors ? Comprendrait-il les raisons qui l'avaient poussée à mentir ? Rien n'était moins sûr, hélas. Trahi, blessé dans son amour-propre, il refuserait probablement de l'écouter. Et leur histoire s'achèverait avant même d'avoir commencé.

Elle laissa échapper un soupir. L'avenir n'était pas radieux, décidément. Difficile d'aborder la journée avec optimisme dans des conditions pareilles… mais elle n'arriverait à rien en ressassant ses idées noires ! Mieux valait se lever, avaler un bol de café et tenter de définir clairement la stratégie à adopter au cours des jours à venir.

Car elle avait toujours une mallette pleine de dollars sur les bras. Et une foule de questions à poser à sa « nouvelle » famille.

Lucky aboya joyeusement en la voyant surgir dans le couloir. Posté en haut de l'escalier, il attendait manifestement qu'elle daigne se réveiller.

— Bonjour ! lança-t-elle. Tu joues les sentinelles, maintenant ?

Il la gratifia d'un regard si affectueux qu'elle se sentit plus légère, tout à coup. Comment résister à un tel animal ? Il était un peu costaud, certes… mais tellement adorable ! Elle lui gratta la tête, avant de jeter un œil dans la cage d'escalier. La maison était plongée dans le silence. Quelle heure pouvait-il être ? Tard, sans doute. Elle gagna la salle de bains, Lucky sur ses talons, et dut insister pour y entrer seule : le chien, qui avait sans doute l'habitude de suivre son maître partout, se glissa dans la petite pièce en même temps qu'elle.

— Désolée, dit-elle en le poussant vers la sortie. Je n'ai

pas besoin de toi pour faire ma toilette. Mais je reviens tout de suite, promis !

Elle se doucha rapidement et se contenta de peigner ses cheveux encore mouillés avant de s'habiller. C'était l'avantage d'une coupe courte : pas besoin de sèche-cheveux ! La salle de bains de R.J. était moins pourvue en cosmétiques que celle de sa sœur, mais elle y trouva tout de même un tube de crème hydratante, dont elle appliqua une noisette sur ses joues et ses mains, très sensibles aux intempéries.

Lucky n'était plus dans le couloir lorsqu'elle ressortit, quelques instants plus tard. S'était-il vexé ? Elle l'avait repoussé un peu vivement, tout à l'heure…

— Lucky ? appela-t-elle en descendant l'escalier. Où es-tu passé ? Tu n'es pas fâché, tout de même ?

Le salon était désert. Elle gagna rapidement la cuisine — et se figea, stupéfaite.

Un homme s'était introduit dans la maison ! Grand, très blond, il la dévisageait en souriant.

— Lucky avait besoin de faire un tour. Je l'ai envoyé dans le jardin, annonça-t-il tranquillement. R.J. vous a laissé un petit mot.

Il ramassa la feuille de papier que le maître de maison avait posée bien en évidence sur la table, et la lui tendit. Mais elle ne fit pas un geste pour la saisir.

— Qui êtes-vous ?

Le sourire de l'homme s'élargit, et se fit presque charmeur.

— Jacob Voxx, pour vous servir.

Elle recula d'un pas. Que faisait-il ici ?

— On vous a parlé de moi, sans doute ? reprit-il d'un ton affable. Je suis certain que ce n'était pas en bien… Mais oubliez tout : les gens sont si médisants ! Nous allons enfin faire connaissance, vous et moi. Il y a si longtemps que je souhaite vous rencontrer, ma chère *Alexis* !

7.

La jeune femme tressaillit. Jacob connaissait son vrai nom ?

— Vous savez qui je suis ? s'enquit-elle en s'efforçant de maîtriser le tremblement de sa voix.

— Evidemment : vous êtes Alexis Mary Ryder, énonça-t-il sans cesser de sourire. Joli nom, au fait. Je vous cherche partout depuis une semaine. Les autres aussi, d'ailleurs.

— M… Mais quels autres ?

— Vos sœurs, voyons ! Bram, Gavin ! Même les Walken s'y sont mis, mais vous ignorez sans doute de qui il s'agit. En tout cas, je suis ravi de vous avoir trouvée avant eux !

Alexis s'exhorta au calme. Jacob n'avait eu aucun geste déplacé ni menaçant. Mais elle ne parvenait pas à se défaire de sa première impression : cet homme ne lui inspirait pas confiance. Et les quelques remarques que Wyatt avait faites à son sujet la veille l'incitaient à la prudence.

— Que faites-vous ici ? reprit-elle d'un ton raffermi. Comment êtes-vous entré ?

Il haussa les épaules avec nonchalance.

— En ouvrant la porte, tout simplement : elle n'était pas verrouillée. Je savais que vous seriez un peu surprise, mais… il fallait vraiment que je vous voie. Nous avons beaucoup de choses à nous dire, tous les deux.

— Vraiment ? Je vous écoute. De quoi voulez-vous me parler ?

— De l'argent que Kathy a remis à Brian Ryder.

Elle sentit sa gorge se nouer. Il *savait* qu'elle avait la mallette ? Mais alors… était-ce lui qui avait assassiné Brian ? Peut-être. Et peut-être pas. Dans tous les cas, il n'y avait qu'une seule stratégie possible : nier l'évidence. Et tenter de l'amener à dévoiler ses intentions.

— Quel argent ? répliqua-t-elle en soutenant son regard.

Qui se durcit imperceptiblement.

— Ne jouez pas au plus fin avec moi, Alexis. J'en sais trop pour tomber dans un piège aussi grossier. Mais vous avez des circonstances atténuantes : découvrir que vous avez été adoptée n'a pas dû être facile... Vous n'avez pas encore rencontré vos sœurs, j'imagine ?

Elle garda le silence, mais Jacob ne parut pas s'en formaliser.

— Préparez-vous à avoir un choc : vous êtes réellement identiques, toutes les trois. Comment Wyatt a-t-il réagi quand vous lui avez tout raconté ?

Valait-il mieux lui répondre franchement ou continuer à lui mentir ? Elle réfléchit un instant... offrant ainsi à son interlocuteur la réponse qu'il attendait.

— Je vois, dit-il d'un air entendu. Il ne sait pas encore qui vous êtes, n'est-ce pas ? Vous prend-il pour Leigh ou pour Helen ?

Et lui, pour qui se prenait-il ? songea-t-elle avec agacement. Quel prétentieux ! Etait-ce là l'homme que ses sœurs aimaient comme un frère ? Fallait-il qu'elles soient aveuglées par l'affection qu'elles lui portaient, pour ne pas le percer à jour ! Sa courtoisie, sa gentillesse n'étaient qu'une façade. Beau parleur, il jouait de son charme et de sa décontraction naturels pour parvenir à ses fins... Mais elle n'était pas dupe.

— Partez, dit-elle fermement. R.J. et Wyatt ne tarderont pas à revenir, et je doute qu'ils soient ravis de vous trouver ici.

Il secoua la tête, l'air navré.

— Désolé, Alexis. Si vous aviez lu le petit mot de R.J., vous sauriez qu'il ne reviendra pas avant la mi-journée. Il a préféré vous laisser dormir... Et comme le chantier a pris beaucoup de retard, il passera la matinée à Blackrose avant de venir vous chercher. Naturellement, il vous invite à vous servir dans les placards pour vous préparer à manger... Il a même laissé du café pour vous ! Je vous en sers une tasse ?

— Non. Partez, répéta-t-elle.

Un éclair de colère brilla dans les yeux noisette de son interlocuteur.

— C'est hors de question. De toute façon, les autres finiront par vous retrouver, eux aussi.

— Et vous ? Comment m'avez-vous trouvée, justement ?

La question ne servait qu'à gagner du temps. Puisque Jacob aimait s'écouter parler, autant l'interroger... Peut-être finirait-elle par mieux cerner ses intentions ? Il ne s'était toujours pas départi de son calme... mais comment réagirait-il, si elle continuait à lui résister ?

— J'étais en ville hier soir, quand j'ai reconnu la voix de Wyatt sur ma C.B, expliqua-t-il. Il appelait le standard du commissariat pour leur demander de faire une recherche sur une plaque d'immatriculation... Une petite voiture bleue, garée devant l'appartement de Gavin, ça vous dit quelque chose ? Quand les flics ont donné votre nom à Wyatt quelques minutes plus tard, j'ai compris que vous étiez dans les parages. J'ai fait un petit tour à Blackrose ce matin, persuadé de vous rencontrer... mais j'ai vite compris que vous n'y étiez pas. En revanche, j'ai surpris une conversation téléphonique entre R.J. et Wyatt. Et j'en ai déduit que vous les attendiez ici. Toute seule. Avouez que je ne pouvais pas laisser passer une occasion pareille !

Son sourire s'était fait carnassier. Et Alexis dut mobiliser toute sa détermination pour ne pas laisser paraître l'angoisse qui lui nouait l'estomac.

— Qu'attendez-vous de moi ?

— Je vous l'ai déjà dit. Je veux que vous me donniez ce que Kathy a donné à Brian Ryder avant sa mort.

— Comment savez-vous que mon... ce qui s'est passé à New York ? se reprit-elle vivement.

Trop tard. Jacob avait perçu son hésitation.

— Vous avez failli dire « mon père », n'est-ce pas, Alexis ? C'est normal, vous savez. Il vous faudra du temps pour vous habituer à la nouvelle donne familiale... d'autant que Ryder ne vous a sans doute pas tout raconté. Savez-vous que vous êtes la première née d'Amy Thomas, par exemple ?

Etait-ce une nouvelle tactique de déstabilisation ? Quoi qu'il en soit, elle ne mordrait pas à l'hameçon.

— Non, il ne m'en a rien dit, affirma-t-elle sans se démonter. Mais qui me prouve que vous avez raison ?

— J'en sais beaucoup plus que vous ne l'imaginez. J'ai mené ma petite enquête... Fort instructive, d'ailleurs. En fouillant un peu, j'ai même découvert que votre père et ma mère vous ont vendue aux Ryder pour cinquante mille dollars !

Cette fois, elle ne put retenir un cri de surprise.

— Eh oui, *seulement* cinquante mille dollars, souligna-t-il. Vous pensez sans doute que ce n'est pas cher payé… surtout pour l'héritière d'une telle fortune !

Elle se garda de relever l'allusion. Brian lui avait assuré tout ignorer de sa véritable famille. Elle n'avait aucune raison d'en douter.

— Je sais aussi que pendant que ma mère vous emmenait chez les Ryder, Marcus conduisait Amy à l'hôpital, où elle a donné naissance à deux ravissantes petites filles. Sous césarienne, bien sûr. Quand elle s'est réveillée, elle n'avait aucun souvenir d'avoir accouché de trois enfants au lieu de deux.

Une pointe de soulagement atténua le dégoût qui submergeait Alexis. Au moins, elle n'était pas issue d'un embryon volé pour la clinique Marbury !

— Ne faites pas cette tête, ironisa-t-il. Votre père n'était pas très recommandable, je vous l'accorde… mais il n'a pas passé la moitié de sa vie en prison, lui ! Il était bien trop malin pour ça : il a épousé Amy pour son argent, et quand il a découvert que Dennison l'avait déshéritée en faveur de son futur premier-né, il s'est arrangé pour faire disparaître l'enfant — vous, en l'occurrence. C'était son moyen de prendre sa revanche sur son beau-père… Démoniaque, vous ne trouvez pas ?

Elle réprima un frisson d'horreur. Pas question de flancher devant Jacob. Il y verrait sûrement une victoire personnelle.

— Et votre mère, dans tout ça ? rétorqua-t-elle sèchement. Pourquoi a-t-elle accepté de servir les plans de Marcus ?

— Par intérêt, bien sûr ! repartit-il d'un ton narquois. Vous comprendrez mieux quand vous l'aurez rencontrée. Ma mère est tout sauf sentimentale. Les gens ne l'intéressent que modérément : elle préfère les objets, les bijoux, les maisons… toutes choses que Marcus pouvait lui offrir. Ils ont dû se comprendre au premier regard, tous les deux. Et même s'ils ne se sont jamais vraiment aimés, leur couple était plus solide que beaucoup de mariages d'amour. En fait, ils ont toujours envisagé leur relation comme un partenariat commercial. Chacun y trouvait son intérêt, pour un investissement affectif minime. Même lorsqu'elle l'a épousé, il y a deux ans, ce n'était pas un geste romantique, mais la suite logique de ce qu'ils avaient mis en place des années plus tôt.

Il s'exprimait d'un ton détaché, presque badin, en rupture totale avec la dureté de son propos. Si bien qu'Alexis ne savait ce qu'elle trouvait le plus choquant, de la situation qu'il décrivait ou de la désinvolture avec laquelle il la présentait.

— Et votre père ? Continuez-vous à le voir ?

Cette fois, elle avait visé juste : une profonde amertume déforma le visage trop lisse de son interlocuteur.

— Mon père a passé la moitié de sa vie derrière les barreaux. Je n'avais que quelques mois quand ma mère l'a quitté, et j'ai vite pris l'habitude de raconter qu'il était mort avant ma naissance. C'était vrai, d'une certaine façon... et ma mère ne m'en a jamais voulu. Quand nous étions seuls, elle et moi, elle disait que je n'avais pas tout à fait tort... Je crois qu'il refaisait surface de temps en temps — chaque fois qu'il avait besoin d'une planque ou d'un peu d'argent —, mais maman lui interdisait de me voir. J'ai dû le rencontrer une fois ou deux, pas plus... et ça m'est bien égal. Ce type n'est rien pour moi. Absolument rien.

Il avait martelé ses derniers mots avec une telle rancœur qu'elle ne put retenir un élan de sympathie à son égard.

— Savez-vous qu'il s'est évadé la semaine dernière ? reprit-elle doucement.

Jacob tressaillit.

— Qui vous l'a dit ?

— Wyatt. L'avis de recherche est placardé dans tous les commissariats du comté.

— Bien sûr. Mais je ne pensais pas que Wyatt aurait fait le rapprochement..., commenta-t-il pensivement.

— Vous devriez peut-être avertir votre mère ?

— C'est déjà fait.

D'amère, son expression se fit inquiétante, presque farouche. A tel point qu'Alexis commença à regretter d'avoir mentionné son père... Mais la lueur vengeresse quitta son regard aussi vite qu'elle y était apparue. Et ce fut d'un ton parfaitement maîtrisé qu'il poursuivit la conversation :

— Vous voyez ? Notre formons une bonne équipe, tous les deux : en mettant nos connaissances bout à bout, nous y voyons nettement plus clair ! Alors, dites-moi : qu'avez-vous fait de la mallette que Kathy a donnée à Ryder ?

— Il y a donc bien une Kathy ? répliqua-t-elle pour gagner du temps.

— Evidemment ! Kathy Walsh et Livia, sa mère, étaient employées de maison à Blackrose, du temps de votre grand-père, qu'elles adoraient. Naturellement, elles n'ont pas vu l'arrivée de Marcus au château d'un très bon œil. Je dirais même qu'elles l'ont haï dès le premier jour…

Il haussa les épaules, avant de reprendre :

— Elles avaient bien raison : ce type n'avait que des défauts. Une vraie ordure, vous pouvez me croire ! Elles n'étaient pas tendres avec ma mère non plus, mais avec moi, elles ont toujours été correctes. Maman les a renvoyées le lendemain de son mariage avec Marcus. Elle ne pouvait plus les supporter… Elle les soupçonnait d'en savoir trop — sur la mort de Dennison, notamment. Cette histoire de crise cardiaque m'a toujours troublé, d'ailleurs. Elle s'est produite à un moment si opportun…

Il marqua une courte pause, comme tout orateur qui veut ménager son effet. Et ce fut d'un ton plus pensif encore qu'il acheva son récit :

— Marcus n'avait rien à gagner à faire mourir Dennison, puisqu'il ne figurait pas sur son testament. Mais je suis sûr qu'il en rêvait depuis des années… et, quelques mois plus tard, c'est Amy qui disparaissait à son tour ! Sacrée coïncidence, vous ne trouvez pas ? Leigh et Helen ont aussitôt accusé leur père de l'avoir assassinée, mais personne ne les a jamais crues. Le commissaire Crossley a refusé d'ouvrir une enquête pour meurtre — et l'affaire aurait été classée sans suite si Lucky n'avait pas retrouvé le corps d'Amy dans le jardin la semaine dernière.

La jeune femme le fixait en silence, trop choquée pour émettre le moindre commentaire.

— Vous n'en saviez rien ? devina Jacob. Ma pauvre Alexis… Je n'aimerais pas être à votre place !

Inclinant la tête, il la dévisagea avec attention.

— Vous n'avez pas confiance en moi, n'est-ce pas ? observa-t-il avec une moue de dépit.

— Comment le pourrais-je ? Je ne vous connais pas.

— C'est vrai. Et je le regrette… parce que si vous m'aviez rencontré plus tôt, j'aurai pu vous protéger, affirma-t-il avec suffisance.

— Me protéger de quoi ?

— Combien de fois faut-il vous le répéter ? Les autres vous cherchent, eux aussi.

— De qui parlez-vous, exactement ? De mes sœurs… ou de votre père ?

Elle était allée trop loin, cette fois : le regard de Jacob s'emplit d'une détermination glacée.

— Venez avec moi, Alexis. Le temps presse.

Il fit un pas vers elle, mais il n'eut pas le temps de lui agripper le bras. Prenant son élan, elle le plaqua au sol d'une violente bourrade et lui administra plusieurs coups de pieds pour l'immobiliser. Puis elle se précipita vers la porte d'entrée et s'enfuit sans se retourner.

Wyatt venait de quitter le bureau de son oncle quand Jim Lowe s'avança à sa rencontre dans le couloir du commissariat.

— Wyatt ! Où étais-tu passé ? Je t'ai cherché toute la matinée…

— Désolé, vieux. Les routes étaient dans un sale état, ce matin. Et le boss m'a réquisitionné dès mon arrivée. Tu voulais me parler ?

— Oui. J'ai du nouveau sur la propriétaire de la voiture bleue que tu as repérée hier.

Wyatt se figea.

— Je t'écoute.

— La police de New York m'a demandé de mettre la voiture sous scellés. Et de les aider à retrouver Alexis Ryder… Le corps de son père a été découvert chez elle hier midi. Tué par balles, apparemment.

Wyatt secoua la tête d'un air navré.

— Paix à son âme… Ont-ils lancé un mandat d'arrêt contre la fille ?

— Non. Rien ne prouve qu'elle aurait fait le coup. L'inspecteur à qui j'ai parlé pense plutôt qu'elle a été enlevée, ou qu'elle a pris la fuite pour échapper aux meurtriers de son père. Il ne s'est pas étendu sur le sujet, mais je crois qu'ils ont les moyens de prouver qu'elle se trouvait sur place au moment du meurtre.

— A quoi ressemble-t-elle ?

Jim sortit un bloc-notes de sa poche et tourna les pages du bout des doigts, avant de s'arrêter sur une liste griffonnée au stylo rouge.

— Type caucasien, vingt-quatre ans, cinquante-cinq kilos pour un mètre soixante-cinq, cheveux blonds mi-longs coupés au carré.

— Hmm. Ça ne nous aide pas beaucoup. Rien qu'à Stony Ridge, il doit y avoir des dizaines de femmes qui correspondent à cette description !

Y compris Leigh et Helen, d'ailleurs, songea-t-il.

— Ne m'en parle pas, fit Jim avec une moue dépitée. Autant chercher une aiguille dans une botte de foin ! Le gars de New York va me faxer une photo cet après-midi : ça pourra nous aider. Alexis Ryder est assistante sociale à Brooklyn. Un centre pour adolescentes en difficulté… Très impliquée, elle est bien notée par ses supérieurs, malgré une tendance à contourner le règlement quand ça l'arrange. Elle fait aussi quelques heures de bénévolat par semaine dans une association pour femmes battues : elle leur donne des cours d'autodéfense, ou quelque chose du genre.

— Une championne de karaté au grand cœur, si je comprends bien ! J'essayerai de la repérer dans la foule, mais je ne te promets rien, ironisa Wyatt. Mais dis-moi, tu n'aurais pas croisé les Walken ou Gavin Jarrett, par hasard ? J'ai besoin de leur parler.

— Non, mais je leur transmettrai le message si je les aperçois.

— Merci.

Ils échangèrent encore quelques propos, puis ils regagnèrent leurs bureaux respectifs. Wyatt se laissa tomber sur sa chaise avec lassitude. Il avait promis à son oncle de lui remettre dans la journée un rapport sur les événements de la nuit précédente. Or, il manquait cruellement d'éléments sur le sujet. Il fallait qu'il se rende à Blackrose pour relever le plus d'indices possible : empreintes digitales de leur agresseur, impacts de balles, traces de pas… Tout ce qui pourrait aider à identifier ce type serait bienvenu. D'ailleurs…

La sonnerie du téléphone interrompit ses pensées. Il décrocha machinalement. C'était Tony Raine, un de ses confrères. Basé à Saratoga Springs, il jouait dans la même ligue de base-ball que Wyatt, pour l'une des équipes adverses de Stony Ridge.

— Alors, tu ne te donnes plus la peine de rappeler les copains ? se plaignit gentiment Tony après l'avoir salué. Je t'ai laissé un message hier matin !

Wyatt soupira. Son oncle l'avait convoqué dans son bureau dès qu'il était arrivé au commissariat. Il n'avait même pas eu le temps d'enfiler son uniforme, et encore moins de relever les messages accumulés sur son répondeur depuis la semaine précédente.

— Désolé, Tony. J'étais en congé, et je viens juste de rentrer. De quoi voulais-tu me parler ?

— C'est au sujet de l'affaire Walsh… Livia Walsh a été victime d'une crise cardiaque. Elle est morte sans reprendre connaissance.

— Je suis navré de l'apprendre.

— Les docteurs n'ont pas pu faire grand-chose, apparemment. Il était trop tard quand ils sont arrivés sur place… Nous avons mené une enquête de voisinage, et retrouvé la trace de sa fille : elle s'est installée au Canada avec son compagnon, un certain Bernie Duquette. Sa mère n'était pas d'accord, mais Kathy était passée outre.

— Elle a bien fait… A quarante ans passés, il était temps qu'elle sorte du giron maternel, non ?

— Je serais d'accord avec toi si Duquette était un type recommandable. Ce qui est loin d'être le cas : de toute évidence, c'est lui qui a cambriolé la maison de Mme Walsh, et non une bande d'adolescents, comme nous le pensions au départ.

— Attends un peu, marmonna Wyatt, interloqué. Es-tu

en train de me dire que le compagnon de Kathy Walsh est un petit malfrat ?

— Exactement. Il a été fiché par la police canadienne après une descente dans un tripot clandestin, il y a quelques années. C'est comme ça que nous l'avons identifié, d'ailleurs : les empreintes que nous avons relevées chez Livia Walsh correspondent à celles de nos confères canadiens. Nous leur avons demandé d'aller interroger Bernie… mais l'oiseau s'était envolé. L'appartement qu'il partage avec Kathy à Toronto était vide.

— Ils sont partis sans laisser de traces ?

— L'appartement était sens dessus dessous, et il y avait des taches de sang sur la moquette… Les voisins que la police a interrogés ont affirmé que le couple était parti depuis une dizaine de jours ; trois d'entre eux ont été cambriolés dans l'intervalle. Les voleurs n'ont emporté que l'argent liquide, et des objets de petite taille — dont un revolver semi automatique de neuf millimètres, et plusieurs boîtes de cartouches.

— Notre homme est armé, si je comprends bien ?

— Ça m'en a tout l'air… Mais pour le moment, rien ne prouve que Duquette soit l'auteur des cambriolages. Il n'a pas de casier judiciaire, et son seul tort réside dans sa passion du jeu. A mon avis, il a été pris à la gorge par des types à qui il devait de l'argent, et il est passé à l'acte.

— Hmm… Ça pourrait expliquer les événements d'hier soir, commenta-t-il pensivement. Si Duquette est toujours dans la région, bien sûr…

— De quels événements parles-tu ?

— Quelqu'un s'est introduit à Blackrose la nuit dernière. Il m'a tiré dessus avant de s'enfuir. J'y ai laissé un imperméable quasi neuf et une radio en parfait état de marche.

— Tu vis des moments exaltants, dis-moi ! Quand je pense que la plupart d'entre nous se sont contentés de braver des pluies torrentielles pour aller déblayer les routes du comté…

— Je sais. Mais que veux-tu ? Quand on a l'étoffe d'un héros, pas moyen de se défiler, répliqua-t-il d'un ton faussement ampoulé.

Ils rirent de bon cœur, puis Tony reprit :

— Crois-tu vraiment que Duquette puisse être ton agresseur ?

— Ça vaut la peine d'être vérifié, en tout cas. Je dois retourner à Blackrose, cet après-midi. Si je trouve des douilles de neuf millimètres, nous serons fixés. Je te tiendrai au courant, de toute façon.

— Parfait.

— Et Kathy Walsh ? Tes confrères canadiens ont-ils la moindre idée de ce qu'elle est devenue ?

— Pas vraiment, mais le pire est à craindre… Soit Duquette l'a emmenée avec lui, soit il l'a sérieusement amochée avant de partir.

— Y avait-il des impacts de balle dans l'appartement ?

— Non.

— C'est plutôt bon signe… Passe-moi un coup de fil dès que tu en sauras plus.

— Pas de problème. Je serai content de la retrouver, moi aussi, car Gavin Jarrett est passé me voir avec sa fiancée pour me demander l'autoriser d'inhumer Livia Walsh à Blackrose ; mais nous ne pourrons rien faire tant que sa fille n'aura pas été informée de sa mort.

Avec sa fiancée ? Wyatt fronça les sourcils. Avait-il bien entendu ?

— J'ignorais que Gavin était fiancé…

— Oups. J'ai fait une gaffe, on dirait… Ne dis à personne que je t'en ai parlé, d'accord ? Il s'est fiancé avec une des sœurs Hart. Un beau brin de femme, d'ailleurs !

Wyatt dut retenir le cri de colère qui enflait dans sa gorge.

— Sont-ils restés longtemps ?

— Non. Ils voulaient pousser jusqu'à Toronto pour essayer de retrouver Kathy. Leigh se faisait un sang d'encre à son sujet… J'ai essayé de les dissuader en leur expliquant que la police locale était déjà sur l'affaire, mais elle n'en démordait pas. J'ai l'impression qu'elle et sa sœur n'ont pas beaucoup d'estime pour les forces de l'ordre…

— Tout juste, approuva-t-il entre ses dents. Quand sont-ils partis, exactement ?

— Hier matin, vers 10 h 30. Pourquoi ? Y a-t-il un problème ?

Oh, que oui : comment Leigh avait-elle pu se trouver vers midi à Stony Ridge, si elle était encore à Saratoga Springs *avec Gavin* deux heures plus tôt ? C'était possible, bien sûr. En admettant qu'elle ait roulé à tombeau ouvert et qu'elle se soit disputée avec son fiancé pendant le trajet…

Il se raidit. Cela expliquerait-il son expression éplorée et la façon dont elle s'était comportée envers lui toute la journée ? Avait-elle décidé de le séduire par dépit amoureux ?

A moins qu'elle n'ait voulu le détourner de l'enquête ?

L'horrible scénario lui donnait la nausée. Comment avait-il pu tomber dans un piège aussi grossier ? R.J. avait tenté de le mettre en garde, pourtant… Mais il n'avait rien voulu entendre.

— Wyatt ? Quelque chose ne va pas ? s'enquit Tony.

— Désolé, j'ai passé une mauvaise nuit, marmonna-t-il. Merci de m'avoir appelé. Je te revaudrai ça.

— Tâche de t'en souvenir la semaine prochaine, quand on se retrouvera sur le terrain…

— Dans tes rêves, mon vieux !

Tony partit d'un grand éclat de rire, qui tintait encore aux oreilles de Wyatt lorsqu'il raccrocha, quelques secondes plus tard.

Mais il n'avait plus l'humeur à rire. Le souvenir du baiser qu'il avait échangé avec Leigh tournait en boucle dans son esprit. Son regard brûlant de désir, la fougue avec laquelle elle l'avait embrassé, l'invitation à la rejoindre dans sa chambre… tout cela n'aurait été qu'une mauvaise comédie ?

Il laissa échapper un juron. Sincère ou non, la jeune femme était parvenue à ses fins. Sous le charme, il avait oublié les questions qu'il était venu lui poser…

Mais elle ne l'emporterait pas au paradis. Ils allaient tout reprendre de zéro, elle et lui. Et cette fois, il ne se laisserait pas distraire par le bleu de ses yeux.

Alexis arrivait au bout de l'allée quand elle buta sur un caillou et chuta de tout son long dans une flaque de boue. Elle se redressa aussitôt, et reprit sa course folle sans même se retourner. Elle n'avait qu'un objectif : mettre le plus de distance possible entre Jacob et elle. Bientôt, très bientôt, il surgirait de la maison. Et même s'il n'était pas armé, il serait assez furieux pour être dangereux.

Un aboiement résonna dans son dos : Lucky l'avait entendue

sortir. Persuadé qu'elle l'invitait à participer à un nouveau jeu, il se lança à sa poursuite avec enthousiasme. Et faillit la renverser lorsqu'il jaillit à sa hauteur, quelques secondes plus tard. Le souffle court, elle tenta de le repousser, mais il refusa de rebrousser chemin. Langue pendante, il la précéda de l'autre côté de la route, puis s'immobilisa, l'air interrogateur.

Alexis jeta un rapide coup d'œil autour d'elle. La route était déserte : aucune chance de héler une voiture. Le champ de blé qui la bordait n'offrait aucun refuge. Et le sol détrempé ne ferait que ralentir sa progression si elle s'y risquait. Valait-il mieux courir le long de la route, alors ? Elle pourrait se cacher sous les arbres, au moins… mais Jacob aurait vite fait de la retrouver. Il n'y avait qu'une solution : s'allonger dans le petit canal creusé sur le côté du champ, parallèlement à la voie de gauche. Oui, c'était le meilleur moyen d'échapper à Jacob — à condition que Lucky ne lui signale pas leur présence !

Elle n'eut pas le temps de réfléchir davantage : un bruit de moteur s'éleva dans le silence matinal. Le jeune homme serait là d'un instant à l'autre ! Elle se laissa glisser vers le fond du canal… et atterrit dans un demi-mètre d'eau glacée. Impossible de s'étendre là-dedans, jugea-t-elle avec dépit. Mais en s'accroupissant, elle passerait peut-être inaperçue…

— Lucky ! appela-t-elle. Viens ici ! Bien… Assis, maintenant. Assis, j'ai dit !

Avait-elle insufflé assez d'autorité à sa voix ? Ou Lucky s'imaginait-il qu'un nouveau jeu l'attendait dans le canal ? Toujours est-il qu'il consentit à obéir. Alexis noua un bras autour de son col pour l'empêcher de partir, et pria pour qu'il ne se mette pas à aboyer au passage de la voiture.

Cette dernière venait d'arriver en haut de l'allée. Jacob roulait au pas, fenêtre ouverte, pour mieux scruter les bas-côtés de la route.

— Alexis ! lança-t-il d'une voix sonore.

Elle se raidit, persuadée qu'il l'avait repérée… mais il tourna à droite, longeant les arbres et les buissons qui bordaient la chaussée.

— Assis, Lucky, murmura-t-elle fermement. Ne bouge pas.

Pourvu que Jacob ne tourne pas la tête vers eux… C'était la seule raison pour laquelle il ne les avait pas encore détectés.

— Tu te trompes, Alexis ! cria-t-il. Je suis là pour te protéger.

Elle serra les dents. La prenait-il pour une idiote ?

— Fais-moi confiance ! dit-il encore.

« Jamais ! » songea-t-elle avec détermination.

Lucky se mit à remuer : il commençait à se lasser de leur nouveau jeu. S'il cherchait à s'échapper, elle ne pourrait le retenir très longtemps. Elle s'efforçait malgré tout de lui imposer le silence, quand il dressa les oreilles et se mit à gronder.

Et pour cause : une camionnette ou un pick-up approchait !

— Reste ici ! ordonna-t-elle au chien, en priant pour qu'il ne se lance pas à la poursuite du véhicule.

Son vœu fut exaucé. Lucky demeura immobile, et gémit longuement pour signifier son mécontentement. Elle lui tapota le dos pour le calmer, tandis qu'à quelques mètres de là Jacob accélérait brusquement. Il avait aperçu la camionnette, sans doute. Le bruit de son moteur se fit plus lointain, bientôt remplacé par celui du nouvel arrivant, qui longea le canal à petite allure. Alexis attendit qu'il s'éloigne à son tour, puis elle libéra le chien, qui s'ébroua avec énergie.

Elle se redressa avec précaution : la voie était de nouveau déserte. Mais rien n'empêcherait Jacob de faire demi-tour quelques kilomètres plus loin pour venir examiner l'autre côté de la route.

Il n'y avait pas une seconde à perdre. Le mieux était de longer la route et d'arrêter la première voiture qui passerait à sa hauteur.

— Allez, Lucky. On s'en va.

Elle franchit les quelques mètres qui la séparaient de la chaussée et se hissa sur le bas-côté. Là, un gros caillou attira son attention. Elle se pencha pour le ramasser — au cas où Jacob deviendrait violent.

Le soleil, qui avait réussi une percée, réchauffait doucement l'atmosphère encore humide des orages de la veille. Alexis dut résister à l'envie d'ôter son T-shirt trempé pour mieux s'offrir à la caresse de ses rayons. Marcher le long de la route en soutien-gorge ne pourrait qu'aggraver ses ennuis !

Une moue ironique plissa ses lèvres comme elle baissait les yeux sur sa tenue. Le pantalon blanc de sa sœur n'était plus qu'un souvenir. De même que sa paire de tennis, couvertes de paille et de boue. Le teinturier le plus expérimenté de Stony Ridge n'en viendrait pas à bout…

Elle tressaillit. Un bruit de moteur résonnait au loin. Etait-ce Jacob ? Impossible de s'en assurer : la route disparaissait sous les arbres après un virage serré, presque à angle droit. Elle s'accroupit derrière un gros buisson, le cœur battant, et poussa un soupir de soulagement quand la voiture apparut au détour du virage. C'était Wyatt !

Elle se redressa et lui fit signe de s'arrêter, puis elle courut à sa rencontre, le sourire aux lèvres. Il ouvrit la portière, et la toisa de la tête aux pieds d'un air…

Absolument furieux.

Alexis sentit son estomac se nouer. Que s'était-il passé ? Elle força un sourire.

— Alors, je n'ai pas droit aux sirènes ? lança-t-elle d'un ton bravache.

— Pas aujourd'hui.

Il baissa les yeux vers Lucky, qui jappait joyeusement à son côté.

— En voiture, mon vieux, dit-il sans plus accorder d'attention à Alexis.

Il fit monter le chien à l'arrière, avant de se retourner vers elle.

— Vous aussi, ajouta-t-il d'un ton glacial.

Elle cilla. Il était *vraiment* fâché. Et il ne pouvait y avoir qu'une seule explication à sa colère : il avait découvert la vérité à son sujet.

Il savait qu'elle n'était pas Leigh.

Elle s'apprêtait à tenter de se justifier, quand il reprit :

— Avez-vous l'intention de m'envoyer ce caillou à la figure ?

La rudesse de sa voix lui insuffla le courage qui lui manquait. Carrant les épaules, elle s'efforça de faire taire l'angoisse qui l'envahissait. Si elle devait le perdre, que ce soit avec panache.

— Je le destinais à Jacob, mais si vous continuez à me parler sur ce ton, je pourrais bien vous prendre au mot.

8.

— Jacob ? s'exclama Wyatt avec stupeur.

Il la fixa avec sévérité, depuis ses chaussures maculées de boue jusqu'à ses cheveux dégoulinants de pluie. Comment avait-elle fait pour se mettre dans un état pareil ? Un jogging qui avait mal tourné ? Une partie de cache-cache avec Lucky dans les champs inondés ?

Ou bien une discussion un peu vive avec son cher Jacob ?

Dans tous les cas, elle devrait répondre de son emploi du temps. Et lui expliquer pourquoi elle avait passé la journée d'hier avec lui, au lieu de partir au Canada avec son *fiancé*.

— Il est toujours là ? reprit-il.

Elle haussa les épaules.

— Non. Vous avez dû le faire fuir.

Il se pencha pour saisir sa radio dans la voiture.

— Quel véhicule conduisait-il ?

— Un genre de coupé gris métallisé.

Le standard du commissariat répondit aussitôt, et Wyatt leur annonça que Voxx avait été aperçu sur la nationale, entre Stony Ridge et Blackrose. Bras croisés, Leigh ne fit pas un geste pour l'en empêcher, comme si le sort de Jacob était le dernier de ses soucis.

Il éteignit la radio et lui fit de nouveau face.

— Montez, ordonna-t-il plus sèchement qu'il ne l'aurait voulu.

— Je ne suis pas certaine d'en avoir envie, répliqua-t-elle en le défiant du regard. Il fait un temps superbe et ce serait dommage de ne pas en profiter pour marcher un peu.

— Vraiment ? Et vous comptez *marcher* jusqu'où comme ça ?

— Blackrose.

— Pour aller récupérer votre attaché-case ?

La jeune femme s'assombrit. Et Wyatt crut lire dans ses yeux clairs l'ombre d'un regret — d'un remords, peut-être ? — avant qu'elle ne reprenne l'offensive.

— Décidément, c'est une obsession chez vous ! commenta-t-elle d'un ton moqueur.

Il ne s'en offusqua pas. Elle poursuivait de toute évidence la même stratégie que la veille : l'exaspérer pour mieux esquiver ses questions. Mais le piège ne fonctionnerait plus : il l'avait percée à jour.

L'heure était venue de reprendre le contrôle de la situation.

— Oui, c'est une obsession, acquiesça-t-il en faisant un pas vers elle. Et je ne vous laisserai pas en paix tant que vous ne m'aurez pas répondu.

Elle recula.

— N'essayez pas de m'attraper, ou je vous fais subir le même sort qu'à Jacob.

Il se figea. Elle avait donc dû se défendre de Voxx ? Il aurait dû s'en douter ! Ce misérable play-boy ne lui avait jamais inspiré confiance.

— Vous a-t-il blessée ?

D'agressive, l'expression de Leigh se fit presque facétieuse. Et Wyatt ne put s'empêcher d'admirer l'aisance avec laquelle elle jouait avec ses propres émotions, passant de l'une à l'autre sans fausse note, comme un pianiste utilise toutes les nuances de son instrument pour mieux rendre l'infinie variété de son œuvre.

— Non. Il n'a même pas réussi à me toucher, précisa-t-elle avec un sourire mutin. Et je lui ai laissé quelques bleus en souvenir !

Wyatt sentit sa colère baisser d'un cran. Malgré ses griefs envers elle, il n'était pas fâché au point de se désintéresser de son sort.

— Et ensuite ? Vous êtes tombée la tête la première dans une flaque de boue ? s'enquit-il en réprimant un sourire.

— C'est à peu près ça, oui. Et vous ? Vous n'avez pas eu le temps de vous changer ?

— Non. Mon oncle m'a convoqué dans son bureau avant que je puisse atteindre les vestiaires… Maintenant que vous savez tout, auriez-vous l'amabilité de monter dans la voiture ? ajouta-t-il avec une politesse exagérée, mais qui se révéla efficace.

Sa compagne consentit à ouvrir la portière droite du véhicule, et s'installa sur le siège avec hésitation.

— Je vais tout salir, je vous préviens…

— Aucune importance. Ce pick-up en a vu d'autres.

Il démarra, et roula en silence pendant quelques instants. Leigh avait accepté de le suivre, ce qui était déjà un grand pas… Mais leur conversation ne lui avait rien appris. Et il ne pouvait repousser plus longtemps les doutes qui l'assaillaient.

— J'ai reçu un coup de fil de Tony Raine, ce matin, déclara-t-il sans préambule. Il m'a appris vos fiançailles avec Gavin.

Elle écarquilla les yeux, visiblement choquée.

— Croyez-vous toujours ce qu'on vous dit ?

— Je n'ai aucune raison de douter de Tony. Il m'a affirmé que vous étiez à Saratoga Springs avec Gavin hier matin, et je le crois sur parole. Avez-vous l'intention de nier les faits ? Méfiez-vous, il y a sans doute des témoins.

— Et alors ? Rien ne m'oblige à confirmer ou infirmer quoi que ce soit, répondit-elle avec superbe.

— Cessez ce petit jeu. Je n'aime pas les femmes qui les pratiquent. Et encore moins celles qui s'amusent à tester leur pouvoir de séduction sur plusieurs hommes à la fois.

— Vous me déclarez coupable sans me laisser une chance de me défendre ? Et moi qui croyais bénéficier de la présomption d'innocence…

Le grésillement de la radio l'interrompit. Wyatt saisit l'appareil et le porta à son oreille.

— Que se passe-t-il ? demanda Alexis lorsqu'il reposa le récepteur sur son socle.

— Un problème à Blackrose.

— Quel genre de problème ?

— Je n'ai pas eu de précision. Que voulait Jacob, tout à l'heure ?

— M'emmener avec lui.

— Où ?

Il tenta de croiser son regard, mais elle détourna les yeux.

— Il ne me l'a pas dit. Mais quand j'ai refusé, il a essayé d'employer la force.

— A ses dépens, si j'ai bien compris, renchérit-il. Vous avez pris des cours d'autodéfense ?

— Oui. On n'est jamais mieux servi que par soi-même, vous ne trouvez pas ?

Il ignora l'ironie dont elle avait teinté son propos, préférant aller à l'essentiel.

— Avez-vous compris ce qu'il voulait ?

— Non. Vous n'aurez qu'à le lui demander.

— C'est à *vous* que je pose la question. Et j'exige une réponse, cette fois.

Elle avait esquivé ses questions tant de fois depuis la veille qu'il fut presque surpris lorsqu'elle obtempéra.

— C'est l'argent qu'il veut.

— L'argent du chantage ? Pourquoi s'adresse-t-il à vous pour…

Il se tut. Ils arrivaient devant le portail de Blackrose. Et ils n'étaient pas les seuls : deux voitures de police et plusieurs camions de gravier bloquaient l'accès au domaine. Accoudé à la portière d'une des voitures, R.J. semblait en grande conversation avec les collègues de Wyatt.

— Attendez-moi ici, intima ce dernier à Leigh. Je vais voir ce qui se passe.

— Wyatt ! appela R.J. dès qu'il l'aperçut. Peux-tu expliquer à tes amis que je ne suis pas là pour leur compliquer la vie ? J'essaye simplement de faire mon travail… Ils peuvent utiliser l'entrée de derrière pour accéder à la maison, non ? Mes hommes n'arriveront jamais à réparer l'allée s'ils doivent s'interrompre toutes les cinq minutes pour laisser passer la police !

Alexis n'attendit pas la réponse de Wyatt. Elle avait mieux à faire que d'assister à leur discussion.

— Viens, Lucky, dit-elle en ouvrant la portière. Inutile de rester ici.

Le chien ne se le fit pas dire deux fois : il avait entendu R.J. et ne demandait qu'à le rejoindre… Il jaillit de la voiture et bondit vers son maître avec son énergie habituelle.

Alexis profita de la diversion pour se faufiler entre les camions et s'engager dans l'allée, à moitié recouverte de gravier neuf. Elle n'avait qu'une envie : se débarrasser de ses vêtements sales et prendre une longue douche chaude. Alors seulement, elle se sentirait prête à affronter les questions de Wyatt.

Les fiançailles de Leigh avec Gavin avaient changé la donne. Wyatt se sentait trahi, et elle comprenait sa colère. Quant à Leigh, elle pourrait apprendre ce qui se tramait en son absence, et se sentir blessée, elle aussi. L'heure était donc venue de mettre un terme à cette petite comédie.

Le temps pressait. Car Wyatt ne manquerait pas de comprendre la vérité par lui-même lorsqu'il découvrirait le contenu de son sac à main sur le siège de sa voiture, songea-t-elle avec un frisson d'anxiété. L'homme qui les avait agressés la veille l'avait peut-être emporté avec lui… Mais elle en doutait : il avait probablement abandonné l'objet sur la banquette après l'avoir vidé des billets de banque qu'elle y avait glissés. Ce qui signifiait que son portefeuille, avec sa carte d'identité, se trouvait chez le garagiste qui avait remorqué Jezzebelle. Et Wyatt découvrirait bientôt le pot aux roses.

Il mènerait alors une petite enquête sur Alexis Ryder, et aurait tôt fait de découvrir que son père avait été trouvé mort dans son appartement quarante-huit heures plus tôt. En toute logique, il serait alors contraint de l'arrêter. S'il ne s'apprêtait pas déjà à le faire en ce moment même…

Jetant un coup d'œil par-dessus son épaule, elle constata avec soulagement qu'il ne l'avait pas suivie. Elle gagna la maison sans encombres et gravit rapidement les marches du perron. La porte était ouverte, et plusieurs ouvriers se tenaient dans le hall, le visage couvert de poussière. Ils ne lui prêtèrent aucune attention lorsqu'elle se dirigea vers le grand escalier. Les yeux fixés au plafond, ils semblaient commenter le résultat de leur travail.

Intriguée, elle suivit leur regard. Et laissa échapper un cri de surprise.

Les ouvriers avaient abattu toutes les cloisons qui se dressaient entre le premier et le second étage. La galerie intérieure qui courait autour du grand salon avait été restaurée, débarrassée des parois de contreplaqué qui l'assombrissaient. Le résultat était stupéfiant : les pièces étaient plus lumineuses, l'atmosphère moins confinée. Et malgré la poussière et les gravats, la maison semblait enfin accueillante.

Sous le charme, Alexis gagna le premier étage d'un pas plus léger, et se rendit directement dans la chambre qu'elle avait occupée la veille. L'arbre qui s'était abattu sur la fenêtre avait été enlevé, mais des éclats de verre et quelques branches mortes jonchaient encore la moquette. Elle les contourna avec précaution, puis ouvrit la penderie et saisit le premier vêtement qui arrêta son regard, une robe d'été rouge et blanche, parfaite pour la saison. Une paire de sandales claires et des sous-vêtements blancs vinrent compléter sa sélection, qu'elle glissa sous son bras avant de gagner la salle de bains. Là, elle verrouilla soigneusement les deux portes et ouvrit en grand les robinets de la douche.

Au moins, quand Wyatt viendrait l'arrêter, elle serait présentable pour la photo officielle !

Wyatt vit Leigh descendre du camion et s'engager sur l'allée qui menait à Blackrose. Il s'efforça de faire taire sa déception : plus que lui, c'était la situation qu'elle fuyait. Elle rêvait sans doute de se débarrasser de ses vêtements trempés et de prendre une bonne douche.

— Wyatt, plaida R.J., quand tu m'as donné le feu vert pour reprendre les travaux, tu ne m'as pas dit qu'il faudrait laisser les murs intacts pour l'enquête balistique. Nous avons tout cassé ce matin !

Il soupira intérieurement. Son oncle serait furieux. Et avec raison : comment pourraient-ils en savoir plus sur l'agresseur de la veille si les ouvriers avaient effacé toute trace de son passage ?

— Tes hommes n'ont pas retrouvé des cartouches, par hasard ? demanda-t-il.

— Aucune idée. Je leur poserai la question.

— Le garagiste est-il venu remorquer ma voiture ? Je l'ai appelé ce matin pour le prévenir.

Son ami hocha la tête.

— Il l'avait déjà embarquée quand je suis arrivé ce matin.

— Parfait. Sais-tu s'il a retrouvé mon téléphone portable à l'intérieur ? Et le sac de Leigh ?

— Non, mais je suis sûr qu'il a tout mis de côté pour toi.

— C'est vrai. Je passerai au garage tout à l'heure.

Wyatt salua ses collègues et se dirigea vers Blackrose. Le hall était désert quand il poussa la porte d'entrée, mais des coups de marteau résonnaient à l'étage. Il s'avança vers la cage d'escalier — et se figea, stupéfait.

L'équipe de R.J. avait abattu les cloisons, comme prévu. Et la maison tout entière en était transformée : les pièces envahies de lumière semblaient encore plus spacieuses qu'auparavant. C'en était presque intimidant… mais nettement plus hospitalier.

Il gravit lentement les marches qui menaient à l'étage supérieur. Leigh appréciait-elle le changement ?

Où était-elle, d'ailleurs ?

Alexis jeta un regard inquiet au miroir de la salle de bains. Elle était nettement plus présentable, certes. Mais la robe qu'elle avait choisie était beaucoup plus… sexy qu'elle ne l'avait imaginé. Le corsage, très ajusté, lui donnait l'impression d'avoir gagné deux tailles de soutien-gorge, et la jupe en corolle dévoilait ses jambes nues jusqu'au-dessus des genoux. Non, vraiment, décida-t-elle, pas question de sortir comme ça ! Il y avait forcément un gilet ou une veste dans la penderie de sa sœur : si elle pouvait se couvrir les épaules, elle se sentirait mieux. Sinon, elle changerait de tenue.

Elle plia ses vêtements sales et les empila sous le lavabo. Avec un peu de chance, elle aurait le temps de les nettoyer avant le retour de ses sœurs. Elle ne perdrait rien à essayer, en tout cas. Après un séjour prolongé dans la machine, les taches finiraient peut-être par s'estomper !

Elle poussa distraitement le verrou et regagna la chambre. Elle y était toujours seule, bien sûr… mais une odeur mentholée flottait dans l'air. Une odeur de chewing-gum, plus précisément.

Quelqu'un était-il entré dans la pièce ?

Inutile de tergiverser. Elle se précipita vers la porte qui ouvrait sur le hall et l'ouvrit à toute volée. Le couloir était désert. Elle s'apprêtait à refermer le battant, quand un bruit de pas se fit entendre sur le palier.

— Leigh ? appela une voix familière.

— Wyatt ! Je suis ici, répondit-elle avec soulagement.

Il s'avança vers elle. Et sentit son cœur s'accélérer lorsqu'il vit sa silhouette se dessiner dans la pénombre du couloir. Il l'avait quittée en haillons boueux… et la retrouvait en robe bain de soleil et sandales à talons, les épaules et la gorge nue sous la caresse de son regard. Avait-elle délibérément choisi cette tenue sexy pour le séduire ?

Peu importait. Il ne mordrait plus à l'hameçon. Qu'elle règle ses problèmes de couple toute seule !

— Wyatt, reprit-elle d'un ton pressant. Quelqu'un est entré dans ma chambre !

Il oublia aussitôt les griefs qui l'agitaient.

— Vous l'avez vu ?

— Non. J'étais dans la salle de bains. Mais je suis sûre de ne pas me tromper : ça sentait le chewing-gum à la menthe quand j'ai ouvert la porte.

— C'était peut-être un des ouvriers de R.J. ? suggéra-t-il. Il ignorait que vous étiez dans la salle de bains, il est entré pour changer la vitre… et il est ressorti aussitôt.

— Peut-être. Mais les ouvriers sont au rez-de-chaussée, non ?

— Ecoutez… On ne peut rien faire pour le moment, de toute façon. Je dois repartir en ville. J'aimerais me changer et consulter mes messages…

— Eh bien, allez-y, puisque vous êtes si pressé ! interrompit-elle sèchement.

Elle était agacée, comprit-il. Lui aussi, mais il s'efforçait de ne pas le lui montrer.

Seule l'enquête comptait, à présent.

— Montrez-moi cette fichue mallette.

Leigh se raidit.

— Pourquoi ?

— A vous de me le dire. Qu'y a-t-il à l'intérieur ?

Elle l'observa en silence. Si elle s'entêtait dans son refus, il serait obligé de renoncer : il n'avait aucun moyen légal de la contraindre à lui montrer cette valise. Mais il avait la conviction qu'elle jouait un rôle essentiel dans les événements qui s'étaient déroulés à Blackrose.

— Si vous me jurez que le contenu de cet attaché-case n'a aucun lien avec l'enquête, je ne vous poserai plus la question.

Elle détourna les yeux, l'air embarrassé.

— Tout est lié d'une façon ou d'une autre, vous ne pensez pas ? dit-elle, avant d'avouer : je l'ai caché dans le placard d'une des chambres.

— Vous m'emmenez ? murmura-t-il avec un soupir de soulagement.

Ils longèrent le couloir en silence, puis Leigh le devança pour le guider vers une des chambres d'amis installées à droite du palier. Wyatt s'efforça de ne pas contempler la rondeur de ses hanches sous le tissu aérien de sa robe — en vain, naturellement.

Elle poussa la porte de la chambre et se retourna vers lui.

— Sous les couvertures, sur l'étagère du haut, indiqua-t-elle en pointant le doigt vers la penderie.

Elle ne s'était pas départie de sa moue boudeuse… ce qui la rendait encore plus irrésistible, hélas.

Mais il n'était pas là pour la contempler. Que cachait la mallette ? Il allait enfin le savoir… Il se dirigea vers la penderie et tendit la main vers l'étagère qu'elle lui avait indiquée.

L'attaché-case n'y était pas.

— Est-ce une mauvaise blague ? lança-t-il d'un ton rageur. Méfiez-vous : ma patience a des limites.

Elle blêmit.

— Je ne comprends pas… Je l'ai cachée là, je vous le jure ! J'étais persuadée que personne ne penserait à venir la chercher ici… mais le type d'hier soir a dû l'emporter !

La peur se lisait sur son visage. Mais était-elle feinte ou sincère ? Wyatt s'approcha et la saisit vivement par les épaules. Elle affronta son regard sans ciller.

— Je ne mens pas. La mallette a *vraiment* disparu.

— Je vous crois, dit-il après un silence.

Il la lâcha, mais elle retint sa main dans la sienne. Et la porta à ses lèvres. Lorsqu'elle les entrouvrit pour lui embrasser le bout des doigts, il se laissa faire. Un trouble délicieux l'envahissait, contre lequel il n'essaya pas de résister.

— Merci, dit-elle simplement. J'ai autre chose à vous dire : je ne suis pas fiancée avec Gavin. Nous n'avons jamais été ensemble, lui et moi. Je ne suis pas joueuse, Wyatt. Un seul homme me suffit amplement. Et je crois l'avoir trouvé.

Son regard brûlant de désir parlait pour elle. Il était cet homme, comprit-il avec une soudaine ivresse.

Un homme auquel elle brûlait de se donner. Il aurait été fou de refuser un tel cadeau…

Il se pencha vers elle et trouva ses lèvres aussi douces et fraîches que dans son souvenir. Elle semblait avoir attendu cet instant autant que lui, et lui rendit son baiser sans réticence. Avec une ardeur qu'il ne lui soupçonnait pas. Avait-il jamais été désiré ainsi ? Leigh paraissait tout vouloir de lui. Et lui, avait-il jamais éprouvé une envie aussi dévorante de faire l'amour ? Tout, dans cette première étreinte, indiquait que leur jeu amoureux n'aurait pas de limites. Leur baiser l'entraînait dans une spirale de plaisir inédite et troublante, balayant toute retenue, toute pensée rationnelle.

Comme elle s'écartait pour reprendre son souffle, il déposa un chapelet de baisers le long de sa joue, avant de descendre vers la ligne sensuelle de son cou, tandis que ses mains exploraient voluptueusement sa poitrine à travers le coton de sa robe.

Leigh frissonna, soupira contre sa bouche.

— Pas de promesses ? s'enquit-il dans un murmure.

Il pensait la choquer… mais elle lui offrit une moue langoureuse.

— Pas la moindre.

Et se hissa sur la pointe des pieds pour lui mordiller les lèvres.

— Pas d'engagement non plus, ajouta-t-elle.

Il la quitta, un instant seulement, pour pousser le verrou de la porte.

— Viens, murmura-t-il, passant soudain au tutoiement.

Elle s'approcha lentement, presque timidement. Comme si la pudeur, soudain, retenait son élan… mais la détermination qui animait son regard exprimait tout le contraire.

— Enlève ta robe, dit-il doucement. Je veux te voir.

Un lent sourire étira ses lèvres.

— Moi aussi. Qu'attends-tu pour enlever tout ça ?

D'un geste, elle désigna son pantalon et sa chemise froissés. Jamais une femme ne l'avait regardé ainsi… avec un désir aussi assumé, aussi puissant. Un désir qui décuplait le sien.

Il venait de défaire le premier bouton de sa chemise, quand la voix de R.J. résonna dans le couloir.

— Lucky, viens ici ! Ce n'est pas le moment de jouer. On va abattre la cloison, bon sang !

Leigh s'immobilisa. Et Wyatt reprit instantanément ses esprits.

— Je suis désolé, marmonna-t-il. Je ne sais pas ce qui m'a…

— Tais-toi. Je t'interdis de dire que tu n'en avais pas autant envie que moi.

— C'est vrai, admit-il. Mais c'est peut-être mieux comme ça, non ? Je me suis juré de ne jamais mélanger le plaisir et le travail. Et comme tu es témoin dans un de mes dossiers, il vaut mieux que nous en restions là.

Il s'était exprimé d'un ton volontairement léger, en espérant qu'elle partagerait son opinion.

Il se trompait, hélas.

— C'est vraiment ce que tu penses ? répliqua-t-elle d'une voix sourde de colère. Dans ce cas, nous avons un sérieux problème.

9.

Alexis s'efforça de reprendre le contrôle d'elle-même. En vain. Elle tremblait encore de désir... Comment Wyatt avait-il pu la repousser ainsi ?

Et où trouvait-il le culot de feindre l'innocence ? N'avait-il pas été sur le point de perdre la tête, lui aussi ?

— Quel problème ? s'enquit-il d'un ton affreusement poli.

Elle dut se retenir de ne pas le gifler.

— Tu tiens vraiment à ce que je te le dise ?

— Tu es impossible... Je n'ai jamais rencontré quelqu'un d'aussi têtu !

— Ravie de l'apprendre.

Il secoua la tête, l'air embarrassé.

— Ecoute... ce n'est pas raisonnable. Nous sommes fous. Il n'est même pas encore midi et nous sommes dans une maison pleine d'ouvriers !

— Tu as raison. Nous sommes fous. Le mieux est de tirer un trait sur ce malencontreux épisode... Nous n'aurons qu'à prétendre que rien ne s'est passé, la prochaine fois que nous nous croiserons en ville !

Son ironie fit mouche : il parut sincèrement navré, tout à coup.

— Pardonne-moi. Je ne voulais pas te vexer.

— Vexée ? Pourquoi le serais-je ? Après tout, tu t'es comporté en véritable gentleman, n'est-ce pas ? Je devrais te remercier de t'être arrêté à temps... mais je ne peux pas. Je suis en colère, Wyatt. Et plus je pense à ce qui vient de se passer, plus je t'en veux. Va-t'en, s'il te plaît.

— Leigh...

— Je ne plaisante pas. J'ai besoin d'être seule.

Il ouvrit la bouche pour protester, mais elle ne lui en laissa pas le temps.

— Si tu ne sors pas immédiatement, je crie.

Elle pensait obtenir gain de cause, mais ce fut tout le contraire qui se produisit. Sa menace semblait avoir balayé les scrupules de Wyatt, qui se campa devant elle en croisant les bras.

— Eh bien, je t'écoute : crie autant que tu veux, déclara-t-il posément. Je ne sortirai pas. Et je ne te laisserai pas me présenter comme un lâche. Tu as hésité en entendant R.J. derrière la porte, toi aussi.

— Peut-être, mais j'étais prête à poursuivre.

— Eh bien, j'avais mes raisons pour ne pas le faire. Mais je ne veux pas me disputer avec toi.

— Ah oui ? C'est ce que nous allons voir.

Son assurance commençait à l'horripiler. Il avait besoin d'une bonne leçon… Mise en confiance par sa victoire sur Jacob, elle appliqua la même tactique sur Wyatt.

Et le mit au tapis sans difficulté.

Etendu de tout son long sur le sol, il lui lança un regard hébété, comme s'il n'avait pas encore compris ce qui venait de lui arriver.

— Désolée, marmonna-t-elle, alarmée. Je t'ai fait mal ?

Il releva la tête en grimaçant.

— Sûrement.

— Allons… Je n'ai pas été si brutale que ça ! protesta-t-elle en lui tendant la main pour l'aider à se relever.

Il noua ses doigts aux siens… et l'attira vers lui au lieu de se redresser. Elle perdit l'équilibre et tomba entre ses bras. Vif comme l'éclair, il roula sur le tapis pour se retrouver au-dessus d'elle. Et l'immobiliser de tout son poids.

— Alors ? J'ai le droit de rester, maintenant ? demanda-t-il avec un sourire moqueur.

— Seulement si nous reprenons les choses là où *tu* les as laissées.

Elle s'était montrée délibérément provocante… mais ce fut lui qui la surprit en se penchant sur elle pour l'embrasser passionnément. Un gémissement sourd enfla dans sa gorge tandis qu'elle cédait à son impérieuse invasion, mêlant son souffle au sien, s'offrant de nouveau sans retenue au plaisir qu'il lui offrait. Jamais elle n'avait été embrassée ainsi. Et jamais elle n'avait éprouvé un tel désir. Violent, impudique, qui la plongeait dans un état second…

Mais, brusquement, Wyatt rompit le sceau de leurs lèvres.

— Restons-en là, si tu veux bien, chuchota-t-il contre son oreille. Je ne suis pas sûr de pouvoir me dominer plus longtemps… et ce n'est pas l'endroit idéal pour ce genre d'exercice.

Elle retint un sourire.

— Pourquoi as-tu recommencé, alors ?

— Franchement ? dit-il en se redressant. Je crois que tu m'as jeté un sort.

— Je suis une sorcière, alors ?

— Tout à fait. Une sorcière terriblement efficace.

Il illustra ces paroles d'un tendre baiser, puis l'aida à se relever. Sans tricher, cette fois.

Lorsqu'ils furent debout, il remit un peu d'ordre dans sa tenue, puis dans celle d'Alexis ; les bretelles de sa robe avaient glissé, révélant un sein encore gonflé de désir.

— Là, c'est mieux comme ça, dit-il en reculant d'un pas pour juger du résultat. Veux-tu que je te raccompagne à Stony Ridge ? Je dois retourner au commissariat, de toute façon.

— Volontiers, acquiesça-t-elle d'un ton mutin. J'ai quelques sorts à jeter sur les vendeuses du centre-ville… Avec un peu d'adresse, je devrais pouvoir renouveler ma garde-robe à moindres frais !

Il éclata de rire.

— Et moi qui croyais que tu étais la plus sage des jumelles Hart…

— Tu n'avais rien compris : en fait, je suis la troisième de la portée. Et comme j'étais la moins sage, ils m'ont vendue à un groupe de sorcières qui passaient par là.

Ce n'était pas complètement faux, bien sûr… mais Wyatt n'y vit qu'une plaisanterie.

— Quelle horreur ! ironisa-t-il, avant de lui tendre la main. Viens. Je suis déjà en retard. Tu m'indiqueras la composition de tes potions magiques en chemin.

Ils ne croisèrent personne dans l'escalier, ni dans le hall

d'entrée. Un petit groupe d'ouvriers discutaient avec R.J. sur le perron, mais Wyatt se contenta de les saluer, avant de se diriger à grands pas vers la pelouse. Alexis le suivit plus lentement, savourant l'ombre portée des arbres majestueux sur l'allée encore émaillée de flaques de pluie. Ils débouchèrent sur une vaste clairière que bordaient plusieurs bâtiments de ferme à moitié délabrés. La voiture de Wyatt était garée près d'une vieille forge, à côté du semi-remorque qui avait servi à transporter le gravier.

Il s'approcha de la portière, puis s'immobilisa, comme s'il avait entendu un bruit étrange. Il tourna la tête vers une des granges, et laissa échapper un juron.

— Attends-moi ici ! ordonna-t-il.

Il s'élança vers la grange sans plus d'explication. Effarée, Alexis le vit s'engouffrer dans le bâtiment, l'arme au poing. Qu'avait-il aperçu ? Etait-il en danger ? Elle faillit courir vers la maison pour appeler à l'aide, puis elle se ravisa. Wyatt lui avait demandé d'attendre… Le risque n'était peut-être pas bien grand, après tout. Elle demeura donc immobile quelques instants, mais céda bien vite à la panique. Plusieurs minutes s'étaient écoulées, à présent ; il aurait dû ressortir depuis longtemps. Ou l'appeler à la rejoindre.

Il y avait forcément un problème.

Elle s'approcha de la grange à pas de loup. Tout semblait normal.

— Wyatt ? lança-t-elle d'une voix forte.

Aucune réponse. Son instinct lui cria d'aller chercher du secours. Elle tournait les talons pour le faire, quand une voix l'arrêta.

— Wyatt ne peut pas vous répondre pour le moment.

Alexis poussa un cri : Jacob venait de surgir du bâtiment, un sourire victorieux aux lèvres. Et un petit revolver à la main.

— Ne bougez pas, intima-t-il en pointant l'arme vers elle. Donnez-moi l'argent. Pour vous, ce n'est pas grand-chose : vous allez hériter d'une fortune considérable… Vous n'êtes pas à quelques milliers de dollars près !

Il fit plusieurs pas vers elle, mais elle recula d'autant. Il n'avait plus rien d'un jeune homme bien élevé, à présent. Son regard brillait d'une détermination implacable, presque désespérée.

— Qu'avez-vous fait à Wyatt ?

— Rien. Il a été victime d'un accident.

Elle blêmit, horrifiée.

— Quel genre d'accident ?

— Il est tombé dans un trou. Un très grand trou, précisa-t-il avec un méchant sourire. Mais ne vous inquiétez pas : il ne s'est pas fait mal. Il va mettre un petit moment à en sortir, c'est tout. Ce qui nous laisse amplement le temps de discuter, vous et moi. Il me faut cet argent, Alexis.

— Pourquoi ?

Elle obliqua discrètement vers les véhicules garés à l'orée de la clairière. Si elle parvenait à s'en approcher suffisamment, elle pourrait peut-être s'échapper en se cachant entre les camions avant qu'il ait le temps de tirer.

— Avez-vous des problèmes de trésorerie ? reprit-elle avec une ironie délibérée.

— C'est à peu près ça, oui… Mais peu importe. Donnez-moi cette mallette. Je vous assure que plus personne ne viendra vous importuner.

— Je ne peux pas. Même si je le voulais, je ne pourrais pas vous la donner. Elle a disparu.

— Qu'est-ce que tu racontes ? explosa-t-il. Donne-moi cette mallette. Tout de suite !

Ce tutoiement hargneux déplut à la jeune femme, qui répliqua avec la même verve :

— Puisque je *te* dis que je ne l'ai plus !

Il s'immobilisa, l'air inquiet.

— Mais alors… Qui l'a ?

— Je ne sais pas. Le type qui m'a tiré dessus hier soir, sans doute.

— Quelqu'un t'a tiré dessus ? répéta-t-il.

Il semblait sincèrement étonné de l'apprendre — ce qui tendait à prouver qu'il n'était pas l'agresseur. Mais le connaissait-il ? Alexis en eut le pressentiment.

— Oui. Un homme s'est introduit dans la maison pendant la tempête. Je suis certaine que c'est lui qui a emporté la mallette.

C'est donc à lui que tu dois t'adresser, désormais. Maintenant, si tu veux bien m'excuser…

— Je te préviens, interrompit-il vivement. Si tu m'as menti…

— Lâche cette arme, Jacob, exigea une voix familière.

Alexis tourna la tête : Wyatt se tenait sur le seuil de la grange. Couvert de boue mais son arme en main, il fixait Jacob d'un regard lourd de menaces.

— Tu as fait vite ! lança ce dernier d'un ton goguenard. Je pensais que tu resterais coincé là-dedans beaucoup plus longtemps.

— Lâche cette arme, je te dis !

— J'aimerais bien, mais je n'ai pas le temps de t'accompagner en ville pour répondre à tes questions. Désolé.

Wyatt s'avança vers eux, mais Jacob lui fit signe de s'arrêter.

— Si tu fais un pas de plus, je serai obligé de tirer sur elle. Et ce ne sont pas des paroles en l'air, je t'assure. Ne me force pas à faire quelque chose que nous regretterions tous.

Un bref silence passa, puis Wyatt reprit la parole.

— Ne fais pas l'idiot, Jacob. Leigh ne t'a rien fait. Nous pouvons discuter, non ?

Un sourire presque enfantin plissa les lèvres de son interlocuteur.

— Désolé de te décevoir, mais je te l'ai dit : je n'ai pas le temps de discuter avec toi. Il faut que je parte, maintenant. Notre amie va m'accompagner jusqu'à ma voiture, n'est-ce pas, *Leigh* ?

Il fit signe à la jeune femme d'avancer vers le parking. Alexis jeta un regard à Wyatt : les traits tendus, la main crispée sur la détente de son arme de service, il était méconnaissable. Il tirerait sur Jacob s'il le fallait, devina-t-elle. Pour la protéger. Ou pour éviter qu'il ne s'attaque aux ouvriers restés sur le perron.

Il y aurait des blessés — des morts, peut-être. Elle ne pouvait pas le laisser prendre un tel risque. Quelle que soit l'issue de ce sinistre épisode, elle mettrait tout en œuvre pour que chacun s'en sorte sain et sauf. Même Jacob.

Car ce dernier la menaçait d'une arme, certes. Mais elle était sûre qu'il ne tirerait pas. Et puis, il ne l'avait pas trahie : alors qu'il avait eu tout loisir de révéler à Wyatt qu'elle n'était pas Leigh, il s'en était abstenu. Comment ne pas lui en être reconnaissante ?

— Ne t'inquiète pas, Wyatt, lança-t-elle d'une voix ferme. Je vais l'accompagner jusqu'à…

— Non ! hurla-t-il. Reste où tu es !

Jacob lâcha un juron. Il paraissait exaspéré, à présent. Il fallait agir vite — avant qu'il ne laisse libre cours à sa colère.

— Tout se passera bien, dit-elle en s'approchant d'un des camions. Laisse-le partir.

— Pas question. Il n'ira nulle part, et toi non plus !

Alexis glissa un regard prudent vers la pelouse, qui s'étendait derrière la rangée de véhicules stationnés sur le parking. Son cœur fit un bond : Lucky accourait vers eux ! Mais Wyatt ne l'avait pas encore aperçu. Les yeux rivés sur Jacob, il ne perdait pas un seul de ses mouvements. Et continuait d'avancer, lentement, presque imperceptiblement, vers lui.

Jacob n'avait pas vu le chien non plus. Un œil sur Alexis et l'autre sur Wyatt, il semblait indécis, presque hésitant.

Il n'en fallut pas davantage pour pousser Wyatt à l'action. Il se jeta sur Jacob et le heurta de tout son poids. Mais ils n'eurent pas le temps d'en venir aux mains : Lucky bondit sur eux avec un aboiement de joie. Surpris, Wyatt perdit l'équilibre…

Et Jacob en profita pour s'enfuir à toutes jambes.

Quand Wyatt se redressa, son adversaire avait déjà plusieurs secondes d'avance sur lui. Furieux, il s'élança à travers bois pour le rattraper, Lucky sur ses talons.

Alexis ne réfléchit pas, cette fois : le cœur battant, elle se précipita vers la maison. R.J., qui la vit surgir de la clairière, s'approcha rapidement.

— Que se passe-t-il ?

— Jacob s'est enfui dans le parc. Il est armé !

Un des policiers les rejoignit en courant, l'air soucieux.

— Officier Jim Lowe, dit-il en portant la main à son chapeau. Où est Wyatt ?

— Il s'est lancé à la poursuite de Jacob. Lucky est avec eux, ajouta-t-elle vivement. Il faut intervenir, vite ! Ils vont s'entretuer…

— Où sont-ils partis ?

— Par là, dit-elle en désignant le bois.

— Restez ici, ordonna Jim. Je vais lui prêter main-forte.

— On devrait aller avec lui, murmura Alexis avec anxiété.

R.J. secoua la tête.

— Pas question. Ce sont des professionnels, et ils sont armés. Pas nous. Ils nous ont demandé d'attendre ici, et nous ne bougerons pas.

— Tu as raison…, admit-elle dans un soupir. Mais nous devrions quand même appeler Lucky. Il n'est pas armé, lui !

Son compagnon hésita un instant, avant d'acquiescer.

— Lucky ! cria-t-il. Ici, mon grand ! Viens ici, Lucky !

Alexis se joignit à lui, priant pour que le chien les entende. Enfin, après une dizaine d'appels infructueux, Lucky jaillit brusquement de sous les arbres, et se jeta aux pieds de son maître, le souffle court.

R.J. le félicita, puis il l'attrapa par le collier pour l'empêcher de repartir.

— Raconte-moi ce qui s'est passé, dit-il en se tournant vers Alexis.

Elle lui fit un résumé des faits, soigneusement expurgé de toute référence à l'attaché-case. Malgré la sympathie qu'elle portait à R.J., elle ne pouvait se résoudre à lui faire confiance. Brian ne lui avait-il pas recommandé de se méfier de *tout le monde* à Stony Ridge ?

Si R.J. l'écouta patiemment, il n'en fut pas de même pour Lucky, qui manifesta rapidement des signes d'agacement. Il en avait assez d'être retenu prisonnier, et voulait de nouveau courir à sa guise.

Alexis se tut. Et sentit l'angoisse lui nouer la gorge : les hommes étaient partis depuis de longues minutes, maintenant. Que se passait-il ? Avaient-ils retrouvé Jacob ? Etaient-ils…

— Les voilà ! s'écria R.J.

Elle suivit son regard : Jim et Wyatt venaient de déboucher sur l'allée de graviers. Seuls. Jacob leur avait échappé, comprit-elle, partagée entre le soulagement et la déception. R.J. lâcha le chien, qui s'élança à leur rencontre. Ils s'approchèrent, l'air grave.

— Pourquoi ne m'as-tu pas écouté ? lança Wyatt en se

dirigeant droit sur Alexis. Si tu étais restée dans la clairière au lieu de l'accompagner vers sa voiture, j'aurais pu l'arrêter !

Alexis se raidit. La question lui était destinée, les reproches aussi. Mais elle ne se laisserait pas intimider.

— Jacob se sentait pris au piège. J'ai eu peur… J'ai cru qu'il allait tirer sur toi.

— C'était toi qu'il visait, pas moi.

— Oui, mais je ne suis pas sûre qu'il aurait tiré, argua-t-elle sans se démonter. Il aurait pu se retourner contre toi si tu l'avais poussé à bout.

Jim s'esclaffa, ce qui lui valut un regard noir de la part de Wyatt.

— Que faisait-il avec une arme, de toute façon ? intervint R.J.

— Aucune idée, répondit Wyatt. Ce qui est sûr, c'est que si Leigh avait suivi mes instructions, je l'aurais intercepté.

— Faux. Jacob aurait peut-être fait feu, et tout se serait encore plus mal terminé, objecta-t-elle. J'ai préféré l'accompagner jusqu'à sa voiture, comme il me le demandait, pour essayer de le raisonner.

— Ah oui ? Et qu'aurais-tu fait, s'il t'avait « demandé » de partir avec lui ?

— J'aurais refusé.

— Tu crois qu'il aurait acquiescé gentiment ?

Elle releva le menton.

— Pourquoi pas ? Je l'ai mis au tapis ce matin. Il savait très bien que j'étais capable de recommencer.

— Ce matin, tu t'en es tirée parce qu'il n'était pas armé. Ce qui n'était pas le cas il y a dix minutes.

— Puisque je te dis qu'il n'avait pas l'intention de s'en servir !

— Ecoutez… Il n'ira pas bien loin, de toute façon, tempéra Jim. Son signalement a été transmis à toutes les voitures de patrouille. Il sera appréhendé dès qu'il s'engagera sur la route principale. En attendant, tu ferais mieux d'aller te changer, Wyatt. Tu fais peur à voir, dans cet état…

L'intéressé baissa les yeux sur ses vêtements couverts de boue, et rit de bon cœur. Alexis se détendit : il avait retrouvé son sens de l'humour !

— Il y a des vêtements propres dans ma camionnette, si tu

veux, annonça R.J. Ils seront peut-être un peu grands pour toi, mais ça sera toujours mieux que ce que tu portes maintenant.

— Merci, acquiesça Wyatt. Je vais commencer par une bonne douche… Peux-tu rebrancher la ligne téléphonique ? Il faut que je raconte notre petite mésaventure au chef.

Son ami hocha la tête.

— C'est comme si c'était fait.

R.J., Wyatt, Alexis et Lucky se retrouvèrent dans la cuisine une heure plus tard, autour du déjeuner que la jeune femme avait improvisé en piochant dans les placards de la cuisine de Blackrose. Mieux fournis que ceux de R.J., ceux-ci lui avaient permis de préparer un savoureux plat de pâtes aux tomates séchées, qu'elle fit suivre d'une poêlée de légumes au basilic du jardin. Trois coupelles dc poires au chocolat et aux amandes grillées vinrent couronner ce repas amplement mérité.

Ils étaient seuls dans la maison : les deux policiers en faction et les hommes de R.J. avaient décidé de s'offrir une pizza en ville. Jim Lowe, quant à lui, avait dû répondre à un appel d'urgence. Wyatt, douché, vêtu et rasé de frais, semblait de meilleure humeur, bien que son oncle ne se soit pas privé de lui administrer un sermon à sa façon, lorsqu'il l'avait eu au téléphone quelques minutes plus tôt.

— Ce n'est pas ta faute, si Jacob s'est échappé ! protesta Alexis en apportant le dessert sur la table.

— En effet. Ce n'est pas *ma* faute, grommela-t-il. Le chef aurait préféré que je lui mette la main au collet, c'est tout. J'ai pris mon après-midi : ça nous évitera de nous croiser avant demain matin !

— Bonne idée, approuva R.J. La matinée a été mouvementée : un peu de repos ne te fera pas de mal.

— Hmm… Je ne suis pas encore grabataire, tout de même, maugréa l'intéressé d'un ton exagérément pincé.

Ils rirent de bon cœur, et le repas s'acheva dans une atmosphère détendue, rythmée par les aboiements enthousiastes de Lucky, qui les avait quittés pour chasser les papillons dans le jardin.

— Merci, Leigh, dit R.J. en achevant son dessert. C'était délicieux, une fois de plus ! Je commence à me demander si tu ne t'es pas trompée de destin : une femme comme toi aurait dû naître dans une famille modeste, et déployer des trésors d'ingéniosité pour régaler sa maisonnée. D'ailleurs, que dirais-tu d'échanger ton grand château et tes domestiques contre moi, Lucky et ma ferme délabrée ?

Elle pouffa, mais Wyatt ne sembla pas trouver la plaisanterie à son goût.

— Finis ton assiette, au lieu de débiter des âneries.

— Eh ! Tant que personne ne lui a passé la bague au doigt, rien ne m'empêche de tenter ma chance, non ? protesta R.J. Et puis, je ne l'épouserais pas pour son argent : ce sont ses talents culinaires qui m'intéressent, et rien d'autre.

— Ta proposition me va au droit au cœur… mais je ne peux pas accepter, déclara-t-elle avec un sourire mutin. Je préfère me réserver pour un autre candidat.

Son interlocuteur lui décocha un regard perplexe, tandis que Wyatt détournait les yeux d'un air embarrassé. Un silence gêné tomba entre eux, et Alexis cherchait le meilleur moyen d'orienter la conversation sur un sujet moins ambigu, quand R.J. reprit la parole.

— Je n'ai toujours pas compris ce que Jacob faisait avec un revolver… Il s'est découvert une passion pour les armes à feu, ou quoi ?

Elle ferma les yeux. Impossible d'esquiver la question, cette fois. L'heure des aveux avait sonné.

— Il voulait que je lui donne la valise.

10.

— Quelle valise ? demanda R.J. Celle que tu avais hier ?

Leigh n'eut pas le temps de répondre : le téléphone se mit à sonner, les faisant sursauter.

— Tu devrais décrocher, Wyatt, suggéra la jeune femme en évitant son regard. C'est peut-être pour toi.

— Ça peut attendre. Que contenait la valise ?

Le regard clair de sa compagne se voila de culpabilité.

— C'est une longue histoire.

La sonnerie du téléphone s'interrompit.

— Pas de problème. J'ai tout mon temps, assura-t-il.

Devait-il faire sortir R.J. ? Non, décida-t-il après un instant d'hésitation. Le jeune homme les avait beaucoup aidés, depuis la veille. Il avait le droit de savoir dans quelle galère il s'était embarqué, lui aussi.

— De l'argent. La valise était pleine d'argent, avoua enfin Leigh d'une voix blanche.

Wyatt sentit tous ses muscles se tendre.

— Combien d'argent ?

— Je ne sais pas. Je n'ai pas compté.

Le téléphone se remit à sonner. Agacé, Wyatt se tourna vers l'appareil et reconnut le numéro du portable de Jim Lowe sur l'écran d'affichage.

— C'est Jim, annonça-t-il. Je prends l'appel.

Il décrocha en retenant un soupir. Quelle que fut la raison pour laquelle son collègue l'appelait avec autant d'insistance, le moment était *vraiment* mal choisi.

— Wyatt ? C'est Jim. Je suis dans ma voiture. Attends-moi sur le perron. J'arrive.

Une vive excitation teintait sa voix. Que se passait-il de si extraordinaire ?

— Tout va bien ? s'enquit Wyatt, intrigué.

— On ne peut mieux. Retrouve-moi en bas dans dix secondes.

Il reposa le combiné sur son support et se tourna vers Leigh et R.J., qui l'observaient en silence.

— Il sera là dans un instant, annonça-t-il. Il veut que j'aille à sa rencontre… Combien y avait-il d'argent dans la valise, Leigh ?

— Je te l'ai dit : je n'ai pas compté. Mais elle était pleine de billets de cinq cents dollars.

— Mazette ! s'exclama R.J avec un sifflement admiratif. Ça doit faire une jolie somme…

— Exactement, renchérit-il froidement sans quitter Leigh des yeux. Comment est-elle entrée en ta possession ?

Elle se leva pour lui faire face.

— C'est là que ça se complique… Tu ferais mieux d'aller chercher ton collègue. Ne t'inquiète pas : je ne bougerai pas d'ici.

Il hocha lentement la tête.

— D'accord. R.J., peux-tu rester avec elle ? Jacob rôde peut-être encore dans les parages…

— Sois tranquille, interrompit son ami. Je veillerai sur elle !

— Merci. Je reviens tout de suite.

Il traversa le hall et sortit sur le perron. La voiture de Jim descendait l'allée, soulevant un nuage de poussière dans son sillage. Il n'était pas seul : quelqu'un se tenait sur la banquette arrière.

Sitôt garé, Jim ouvrit la portière et descendit de voiture, une feuille de papier à la main. Wyatt s'avança vers lui. Et, comme la poussière commençait à retomber, il reconnut la silhouette assise à l'arrière : c'était Helen.

— Que se passe-t-il, Jim ? Pourquoi es-tu venu avec Helen ?

— Commence par jeter un coup d'œil à cette photo, répliqua son collègue en lui tendant le document en question.

Wyatt s'exécuta. Et sentit son cœur s'accélérer. Le document représentait une femme qui ressemblait trait pour trait à Helen. Ou à Leigh.

— C'est une blague, j'espère ?

Jim secoua la tête avec gravité.

— Non. La police de New York nous l'a faxée tout à l'heure. C'est une photo d'Alexis Ryder.

— Qui est dans ta voiture, alors ? reprit-il d'une voix rauque.

— Je ne suis pas sûr. Elle affirme être Helen Thomas, mais elle n'a aucun moyen de le prouver : ni permis de conduire ni carte d'identité. Je l'ai arrêtée lors d'un contrôle de routine sur la nationale. Et comme je venais de recevoir le fax de New York, j'ai préféré lui demander de me suivre. Ça me semblait louche, tu comprends ? En plus, elle n'a même pas le contrat de location de la voiture qu'elle conduisait !

— Elle t'a forcément donné une explication ! s'exclama Wyatt, interloqué.

— Elle dit qu'elle a oublié son sac dans la camionnette de Bram.

— Mais tu ne la crois pas, acheva-t-il.

Jim haussa les épaules.

— Disons que je suis méfiant… mais c'est ton dossier, Wyatt. Tu seras bien mieux placé que moi pour décider qui elle est — et ce qu'il faut penser de cette photo.

Il acquiesça sans enthousiasme, et se dirigea vers la voiture. Son « dossier » prenait un tour surprenant. Et franchement déplaisant, hélas.

Il ouvrit la portière et se pencha pour saluer la jeune femme qui s'y trouvait.

Il fut accueilli par une bordée de noms d'oiseaux.

— Wyatt ! Ce n'est pas trop tôt ! Peux-tu demander à ce… à ce flic de me laisser partir ?

Il se tourna vers son collègue.

— Elle parle comme Helen, en tout cas, commenta-t-il platement.

La jeune femme leva les yeux au ciel.

— Evidemment, puisque je *suis* Helen, bande d'idiots ! Me direz-vous ce qui se passe, à la fin ? Ce type m'a arrêtée sans me donner la moindre explication !

— Wyatt, murmura Jim dans son dos. Le labo est formel : la veste qui était dans la voiture était bien tachée de sang.

Il acquiesça sans cesser de fixer la femme qui ressemblait à Leigh.

— Quelle veste? Quelle tache de sang? s'écria-t-elle, visiblement exaspérée.

— Pourquoi Bram n'est pas avec toi? s'enquit Wyatt d'un ton égal.

Si elle était bien Helen, elle répondrait sans se troubler. Sinon... il serait contraint de lui passer les menottes.

— Bram est parti à Murrett Township pour voir son père, déclara-t-elle en prenant une profonde inspiration. Tu sais qu'il est très malade? Son état a empiré ces derniers jours, et Bram passe beaucoup de temps auprès de lui. Comme nous étions à New York hier soir, j'ai loué une voiture pour rentrer seule, et permettre à Bram de repartir directement à Murrett Township. Seulement, j'ai oublié mon sac à main dans la camionnette... et ton collègue n'a rien trouvé de mieux que de m'arrêter sur la nationale! Alors, vas-tu enfin me dire ce qui se passe? Où est Leigh, au fait? Est-ce qu'elle va bien?

Wyatt respira plus librement. Ses deux dernières questions lui prouvaient, mieux que toute autre, que la jeune femme qui se tenait devant lui était bien Helen.

— Leigh va bien. Elle est dans la cuisine avec R.J.

Il se tourna vers Jim pour ajouter :

— C'est bon, mon vieux. C'est Helen.

— Je peux sortir, maintenant? reprit cette dernière avec agacement.

— Une minute. Qu'est-ce qu'on fait de ça? intervint Jim en désignant la photo d'Alexis Ryder d'un geste éloquent.

Wyatt s'en empara pour la montrer à Helen.

— Tu n'aurais pas une autre sœur, par hasard?

Il s'était exprimé sur le ton de la plaisanterie, mais la jeune femme blêmit, manifestement sous le choc.

— Il doit y avoir une erreur, balbutia-t-elle. Ils... Ils pensent qu'elle a tué quelqu'un?

— Oui. Son père, confirma Wyatt.

— Mon Dieu...

Elle paraissait sincère... Pourtant, Wyatt avait le sentiment qu'elle en savait plus qu'elle ne voulait le montrer.

— Tu dis que Leigh est ici ? Il faut que je la voie, dit-elle d'une voix qui tremblait encore.

— Je t'accompagne, annonça Wyatt. Jim, tu peux y aller. Je te tiendrai au courant.

— O.K. A plus tard.

L'officier remonta en voiture sous le regard encore rageur d'Helen, qui ne semblait pas près de lui pardonner son arrestation intempestive. Wyatt se garda du moindre commentaire : il avait bien d'autres questions en tête…

Des questions qu'il ne pouvait retenir plus longtemps, d'ailleurs.

— Helen ? dit-il en remontant les marches à son côté. J'ai l'impression que cette Alexis Ryder ne t'est pas inconnue… Je me trompe ?

Elle poussa un profond soupir.

— C'est une longue histoire… Mais je crois que Gavin préférerait attendre que nous soyons tous réunis pour te la raconter.

— S'il finit par répondre à mes appels…

Sa rancœur dut percer dans sa voix, car Helen éprouva le besoin de le rassurer.

— Il ne faut pas lui en vouloir, Wyatt. C'est nous qui l'avons convaincu de ne rien te dire. Nous voulions retrouver notre sœur d'abord, tu comprends ?

Il se figea, interdit.

— Es-tu en train de me dire qu'Alexis est ta sœur ?

Elle fut prise d'un léger tremblement.

— Oui. Enfin, je crois qu'elle l'est. Tout ça est… très compliqué.

— Je trouve aussi. Voyons si Leigh peut nous aider à y voir plus clair !

Il poussa la porte et s'effaça pour laisser entrer Helen.

— Oh !

La jeune femme s'était arrêtée au milieu du hall, manifestement stupéfaite par l'avancée des travaux.

— C'est fabuleux… Je n'arrive pas à y croire ! Toute cette lumière… !

Elle se dirigeait vers la salle à manger quand R.J. sortit de la cuisine, un large sourire aux lèvres.

— Je savais bien que j'avais reconnu ta voix, lança-t-il à l'adresse de la jeune femme. C'est réussi, non ?

— Réussi ? C'est bien mieux que ça, R.J. : c'est un véritable triomphe ! Je ne reconnais même pas la maison !

— Moi non plus, renchérit-il. Et toi, Leigh ? Tu ne m'as donné ton avis, au fait.

Wyatt tressaillit, saisi d'un sombre pressentiment. Alexis, qui venait de les rejoindre, posa un regard effaré sur sa sœur — puis très vite, elle reporta son attention sur lui, comme si la simple vue de sa jumelle la terrifiait.

Helen se retourna. Et poussa un cri de stupeur.

— Mais… ce n'est pas Leigh !

Alexis était tétanisée. Rien ne l'avait préparée au choc qu'elle éprouvait à se trouver face à une réplique d'elle-même. Incapable d'organiser le flot de ses pensées, elle fixa Wyatt d'un regard suppliant. Son visage familier, bien que crispé d'amertume, lui sembla un îlot de sécurité dans la tempête qui l'agitait.

— Pourquoi ne m'as-tu rien dit ? s'écria-t-il d'une voix vibrante de reproches.

Elle dut se faire violence pour retrouver l'usage de la parole.

— J'ai essayé.

— Ah oui ? Quand ? Il y a cinq minutes, dans la cuisine ? Tu aurais pu essayer plus tôt, non ? Quand on s'est rencontrés, par exemple ! Ou hier midi, quand je t'ai invitée à déjeuner. Ou même hier soir, chez R.J. !

Ses propos lui firent l'effet d'une gifle. Il ne lui pardonnerait jamais, comprit-elle brusquement. Elle aurait dû lui dire la vérité dès le début… Mais comment se défendre, à présent ? Elle avait tout gâché.

Il la fixait avec une telle insistance qu'elle se résolut à parler, malgré tout. A tenter de se justifier, plutôt.

— Ecoute, Wyatt… Quand tu m'as abordée dans la rue hier matin, j'ai compris que tu me prenais pour quelqu'un d'autre. Mais je ne te connaissais pas, moi !

— Et alors ? C'est une situation courante, non ? souligna-t-il avec aigreur. Tu aurais pu te contenter de me dire ton *vrai* nom, au lieu de me laisser dans l'erreur. Mais tu ne l'as pas fait, parce que tu savais que tu étais recherchée par la police !

— C'est faux ! Je n'en savais rien. Je ne savais même pas que tu étais flic… C'est R.J. qui me l'a dit. Quand tu m'as abordée, je venais d'apprendre que le notaire était mort. J'étais complètement désemparée…

— Quel notaire ? interrompit-il d'un ton abrupt. Rosencroft ? Pourquoi voulais-tu le voir ?

— Parce que mon père me l'avait conseillé dans sa lettre. Il m'avait recommandé de ne faire confiance à personne, sauf à Rosencroft et à une certaine Kathy.

— Kathy ? intervint Helen. Tu veux dire : Kathy Walsh ?

Alexis ne put se résoudre à la regarder. Elle n'était pas encore prête à affronter ce miroir vivant.

— Papa ne m'a pas donné son nom de famille, répondit-elle. Mais Jacob m'a parlé d'une Kathy Walsh, en effet.

La porte d'entrée s'ouvrit à la volée, livrant passage aux hommes de R.J., de retour de leur pause-déjeuner.

— Nous ferions mieux de poursuivre cette conversation dans la cuisine, suggéra Wyatt.

— Bonne idée, approuva R.J. Je vous laisse. Nous avons du travail à l'étage.

Leur petit groupe émigra donc vers la cuisine, où Helen se laissa tomber sur une chaise, tandis que Wyatt s'adossait à la porte du garde-manger d'un air peu amène.

— Venons-en aux faits, Alexis, déclara-t-il lorsqu'elle fut assise à son tour. Pourquoi as-tu tué ton père ?

Le souffle lui manqua. Etait-il devenu fou ?

— Comment ? Mais non ! Je ne l'ai pas tué, se défendit-elle, horrifiée.

— Ce n'est pas ce que pense la police de New York. Ils ont trouvé tes empreintes sur le corps. Et ta veste est tachée de sang. Tu étais sur les lieux du crime, ne le nie pas.

— Bien sûr que j'y étais ! explosa-t-elle, luttant pour ne pas se laisser envahir par les images du drame. Je suis rentrée chez moi, et il était là, dans ma chambre. Je l'ai vu mourir !

Elle refoula les larmes qui lui montaient aux yeux. Des larmes qu'elle aurait pu partager avec Wyatt. Mais pas avec l'inspecteur de police qui se tenait devant elle.

— Tu l'as regardé mourir sans appeler à l'aide, reprit-il d'une voix sans âme. Puis tu es sortie et tu as quitté la ville. Avoue que c'est troublant, non ?

— Arrête, Wyatt, protesta Helen. Tu vois bien qu'elle est bouleversée !

Alexis lui lança un regard reconnaissant.

— Merci, mais ça va aller, je t'assure. Wyatt a raison, de toute façon : j'ai regardé mon père mourir sans appeler à l'aide, et je suis partie sans me retourner.

Relevant le menton, elle le regarda droit dans les yeux, avant de reprendre :

— Tu oublies de mentionner l'attaché-case bourré de billets de banque. Il est encore plein de sang !

Elle se tut, tremblante d'indignation, et laissa le silence s'installer. Helen, manifestement troublée, ne fit aucun commentaire.

— Dis-moi *exactement* ce qui s'est passé, ordonna finalement Wyatt.

— Pourquoi t'ennuyer avec les détails ? railla-t-elle. Tu t'es déjà fait une opinion, il me semble. Il ne te reste plus qu'à m'envoyer en prison !

— Détrompe-toi. Je n'ai aucune opinion, puisque je ne sais même pas qui est Alexis Ryder, répliqua-t-il sèchement. Le sais-tu toi-même, d'ailleurs ?

Elle secoua la tête avec lassitude. Comment répondre à une telle question ? La présence d'Helen rendait la situation plus pénible encore. Exposer ses failles devant cette sœur inconnue était pire que de les livrer en pâture au monstre de froideur qui l'interrogeait.

— Non, je ne sais plus très bien qui est Alexis Ryder, confirma-t-elle dans un murmure. Tout a changé si vite… Il y a trois jours, je n'étais qu'une jeune femme parmi d'autres, locataire d'un petit appartement à New York et assistante sociale à Brooklyn. Je menais une vie ordinaire, avec des amis ordinaires et des parents ordinaires… L'événement majeur de ma vie, le plus douloureux aussi, avait été la mort de ma mère, il y a sept ans.

Helen laissa échapper un halètement de stupeur : la coïncidence ne lui avait pas échappé, à elle non plus.

— C'est étrange, n'est-ce pas ? reprit Alexis en croisant son regard. Nous avons connu le même drame, toi et moi… sauf que ma mère n'a pas été assassinée : elle est morte dans un accident de voiture. Mon père n'a pas supporté de la perdre, et il s'est mis à boire. Je me faisais beaucoup de souci pour lui… Mais je m'y prenais mal, et je n'arrivais pas à l'aider. Le soir de… sa mort, je suis rentrée un peu plus tôt que d'habitude, parce que j'avais rendez-vous avec le cousin de ma colocataire. Il avait insisté pour m'inviter à dîner, et j'avais fini par accepter, mais je… Je ne savais pas comment lui dire que je ne voulais pas aller plus loin.

Elle partit d'un rire amer, avant de reprendre :

— Alors, je m'en faisais une montagne, de ce dîner ! J'y ai pensé toute la semaine. Je ne voulais vraiment pas le blesser, et j'élaborais des stratégies compliquées pour lui expliquer les choses en douceur. C'est ironique, vous ne trouvez pas ? Parce que quand il a sonné à l'Interphone à l'heure prévue, je n'ai même pas décroché l'appareil. Mon père venait de mourir et je ne me suis pas levée pour aller répondre.

— Pourquoi n'as-tu pas appelé la police ? demanda Helen.

— Mon père m'avait dit de m'enfuir. Il n'arrêtait pas de répéter que les types allaient revenir… et il avait raison. Il venait de mourir quand j'ai entendu des bruits sur le palier.

— Ils sont entrés chez toi ? s'exclama Wyatt, l'air alarmé. Tu les as vus ?

— Non. Je me suis cachée dans le placard du couloir. Mais ils étaient deux : un homme et une femme.

— Et l'attaché-case, qui te l'a donné ?

— Mon père. Il m'a demandé de partir avec, et de ne le confier à personne — sauf au notaire et à Kathy. Il m'avait laissé une lettre à l'intérieur pour m'expliquer que…

— Qu'il n'était pas ton père ? acheva Helen d'une voix éraillée par l'émotion.

Alexis prit une profonde inspiration.

— Oui. C'est comme ça que j'ai découvert que j'étais adoptée. Je ne m'en étais jamais doutée.

— La lettre n'expliquait pas d'où venait l'argent ? reprit Wyatt d'un ton radouci.

Sa rancœur semblait moins vive, comme si le récit qu'elle lui avait offert l'avait aidé à prendre le recul nécessaire. Cela ne suffirait pas à tout arranger entre eux, bien sûr ; mais Alexis se sentit un peu plus légère, tout à coup.

— Ce n'était pas très clair… Il parlait d'erreurs qu'il regrettait et de personnes qu'il n'aurait pas dû rencontrer… Mais je n'ai toujours pas compris comment il était entré en possession d'une telle somme, expliqua-t-elle. D'après Jacob, c'est Kathy Walsh qui la lui aurait remise.

— Jacob ? répéta Helen, interloquée. Comment est-il au courant de cette histoire ?

— Aucune idée. Mais il est au courant de beaucoup de choses… Dommage qu'il m'ait menacée dès notre première rencontre ! acheva-t-elle avec amertume.

Sa sœur fronça les sourcils.

— Es-tu sûre qu'il s'agissait bien de lui ? Jacob est doux comme un agneau !

— Sûre et certaine. Et le pistolet qu'il a pointé sur moi tout à l'heure n'était pas un jouet, malheureusement.

— Désolé d'insister, Helen, mais Leigh et toi allez devoir réviser votre opinion, renchérit Wyatt. Jacob n'est pas le gentil grand frère que vous vous imaginiez, toutes les deux !

La jeune femme secoua la tête avec amertume.

— J'en ai assez de toutes ces révélations… Jacob était un des derniers en qui j'avais confiance. Il m'a sauvé la vie après l'incendie !

— C'est vrai, acquiesça Wyatt. Je crois qu'il tient sincèrement à vous… Mais il serait prêt à tout pour de l'argent. Et c'est là qu'il devient dangereux.

— Je ne comprends pas, reprit-elle d'une voix lasse. Comment connaissait-il l'existence d'Alexis, puisque nous ne l'avons découverte qu'il y a trois jours, en fouillant dans les papiers de mon grand-père ?

— Il avait peut-être trouvé ces papiers avant vous ? suggéra

Alexis. Surtout s'ils étaient cachés dans la pièce qui se trouve derrière la penderie de sa chambre…

— Mais… Comment le sais-tu ? s'écria Helen avec stupeur. Tu as découvert la cachette, toi aussi ?

— Oui, acquiesça-t-elle en s'empourprant. C'est R.J. qui m'en a parlé — puisque qu'il me prenait pour Leigh. Mais qu'y avait-il dans ces dossiers, au juste ?

— Un rapport d'enquête. Mon grand-père avait engagé un détective privé pour te retrouver, il y a plus de sept ans. Bram pense qu'il avait appris ton existence par hasard : quelqu'un lui aurait parlé d'une jeune fille qui nous ressemblait étrangement, par exemple… et grand-père aurait décidé de mener une enquête. Ce qui est sûr, en tout cas, c'est qu'il avait retrouvé ta trace avant de mourir. Il avait même commandé quatre pendentifs identiques chez un joaillier, pour nous les offrir, à maman et à nous trois. Il est mort avant d'en avoir eu l'occasion, hélas.

— Ses recherches n'ont pas été totalement inutiles, puisque vous avez fini par découvrir l'existence de votre sœur, vous aussi, souligna Wyatt. Vous avez essayé de la retrouver, c'est ça ?

— Oui. C'est pour ça que nous sommes partis à New York, Bram et moi. Nous voulions être les premiers à lui annoncer la vérité.

— C'est gentil… Je crois que mon père adoptif aurait aimé me le dire correctement, lui aussi, confia Alexis. Sa lettre était un peu brutale, mais je ne lui en veux pas : il n'avait pas le temps de s'épancher…

— As-tu gardé cette lettre ? interrompit Wyatt.

— Bien sûr. Je l'ai cachée sous l'oreiller, dans la chambre de Leigh. Pourquoi ? Tu veux l'inclure à mon dossier en vue du procès ? s'enquit-elle avec une pointe d'agressivité.

— Il n'y aura pas de procès, dit-il calmement. Tu n'as tué personne, *Alexis.*

Elle sentit l'émotion lui nouer la gorge. Il avait employé son prénom pour la première fois. Et dans sa bouche, le son lui avait semblé plus doux qu'une caresse.

— Tu le penses vraiment ?

— Oui. Je peux te signer une déclaration, si tu veux, ajouta-t-il avec un léger sourire.

— Tu peux lui faire confiance, assura Helen en se détendant à son tour. Moi qui ai une sainte horreur des flics, je le trouve plutôt sympathique. Bram et Gavin ne jurent que par lui, d'ailleurs. Ils ont sans doute raison !

— Je suis flatté, déclara l'intéressé. Tout le monde ne peut pas se vanter d'avoir gagné l'estime d'une demoiselle Hart !

— Puisque tu as gagné celle de Leigh en même temps que la mienne, il ne te reste plus qu'une sœur à conquérir…, commenta Helen d'un ton malicieux. Et mon petit doigt me dit que tu es bien parti !

11.

Wyatt avait convaincu les jeunes femmes de poursuivre la conversation dans la bibliothèque, plus confortable que la cuisine, où filtrait le martèlement des travaux en cours à l'étage supérieur. Alexis s'éclipsa quelques minutes pour aller chercher la lettre de son père adoptif, qu'elle lui tendit avant de prendre place près d'Helen sur le canapé. Cette dernière avait téléphoné à Leigh, qui se trouvait avec Gavin aux environs de Saratoga Springs, puis à Bram. Tous trois étaient maintenant en route pour Blackrose.

Mise en confiance par le chaleureux sourire de sa sœur, Alexis reprit son récit interrompu, et leur expliqua exactement ce qui s'était passé à New York : l'odeur de whisky qui flottait dans l'appartement quand elle était entrée, le sang sur la moquette du couloir, le verre brisé dans la cuisine, son cri d'horreur à la vue de son père étendu sur le lit, les dernières paroles qu'ils avaient échangées… Elle n'omit aucun détail, cette fois. Et lorsqu'elle se tut après leur avoir raconté sa course folle jusqu'à Stony Ridge, Wyatt dut se retenir de ne pas la prendre dans ses bras. Son courage forçait l'admiration. Et s'il lui en voulait encore — mais un peu seulement — de lui avoir menti sur son identité, il comprenait mieux les raisons de son geste. Pourquoi lui aurait-elle fait confiance ? Brian l'avait incitée à la plus grande prudence, mais en s'efforçant de la protéger, il l'avait aussi laissée dans l'ignorance de la situation et la crainte de se confier à quiconque.

Seule et sans alliés possibles, terrifiée par la mort incompréhensible de son père, bouleversée par ses révélations, elle avait suivi ses instructions à la lettre. Et s'en était plutôt bien tirée, d'ailleurs.

Helen paraissait de son avis : les yeux brillant d'émotion, elle prit la main d'Alexis dans la sienne et la serra fortement.

— La seule chose qui compte, à présent, c'est que nous soyons toutes réunies. L'argent n'a aucune importance… Pour être franche, je dois t'avouer que je suis soulagée de te laisser Blackrose. Leigh et moi n'avons pas vraiment envie de revenir !

— Je te comprends, acquiesça Alexis en promenant un regard autour d'elle. La maison n'est pas très accueillante…

— Elle n'a pas toujours été comme ça : quand nous étions petites, Leigh et moi, nous ne l'aurions échangée contre aucune autre. Je suis sûre que tu l'aurais aimée, toi aussi. Et puis… Maman et grand-père étaient merveilleux avec nous ! Il n'y avait qu'une ombre au tableau…

— Marcus ? avança Alexis.

— Tout juste. Côté père, tu n'as rien perdu au change, je t'assure ! affirma Helen d'une voix sourde. C'était l'homme le plus vil que j'ai jamais connu.

— Cela explique peut-être pourquoi il m'a…

Elle s'interrompit, incapable d'achever sa phrase. Mais les mots dansaient devant ses yeux : son père l'avait *vendue* à des étrangers, comme un petit chat dont il aurait voulu se débarrasser !

— Ça n'a rien à voir avec toi, affirma Helen. Tu as eu le malheur de naître la première, c'est tout ! Il aurait agi de même avec moi ou avec Leigh, si l'ordre de naissance avait été différent… Il avait découvert le testament de grand-père, et il voulait se venger d'avoir été dépossédé d'une fortune à laquelle il prétendait. Et, comme les circonstances le lui permettaient, il t'a fait disparaître sans que personne ici, hormis Eden, ne soupçonne ton existence. Je sais que tu te poses des questions, Alexis, mais je te jure qu'il n'y a rien d'autre à comprendre : cet homme était dépourvu d'humanité.

— Il devait bien avoir des qualités, tout de même ! Amy ne l'aurait pas épousé s'il n'avait pas fait preuve d'un minimum de charme !

— Je crois surtout qu'il était bon comédien. Il a dû la séduire en jouant l'honnête homme, comme il le faisait avec ses patientes, d'ailleurs. Maman était jeune et influençable…

Elle n'a compris son erreur que plus tard, une fois mariée. Marcus s'est complètement désintéressé d'elle ; et avec nous, il n'a jamais fait le moindre effort. Il n'y avait que l'argent qui le passionnait. Il n'en avait jamais assez…

— Tu as raison : je n'ai rien à regretter. J'adorais mes parents, et ils m'ont aimée comme leur propre fille.

Elle échangea un sourire douloureux avec Helen, qui reprit aussitôt la parole, comme pour mieux contrôler les émotions qui l'envahissaient.

— Il y a au moins un point positif dans cette histoire, déclara-t-elle avec un regain d'optimisme : tu n'as plus rien à craindre, maintenant !

— Qu'est-ce qui te fait penser ça ? s'étonna Wyatt.

Helen haussa les épaules.

— Eden a pris la mallette, non ? Elle a l'argent, maintenant. Et elle n'a plus aucune raison de chercher à supprimer Alexis, puisque nous avons découvert son existence. Nous pouvons prouver la responsabilité d'Eden et celle de Marcus dans la « disparition » de notre sœur…

— Je te suis sur ce point. Mais pour l'argent, je ne partage pas ton opinion. Franchement, je ne sais pas qui a pris la mallette.

— Je suis sûre que c'est l'homme qui nous a tiré dessus, avança Alexis. Ce n'est pas Jacob, en tout cas. Il avait l'air vraiment surpris, quand je lui ai annoncé que la valise avait disparu.

Helen se mordit la lèvre, l'air soucieux.

— Nous ne pouvons pas le rayer de la liste des suspects pour autant. J'ai encore du mal à l'admettre, mais c'est peut-être Jacob qui vous a agressés hier soir. Il cherchait Alexis, il l'a reconnu lui-même… Je pense qu'il espérait la trouver ici, et c'est pourquoi il s'est introduit dans la maison, sans savoir que sa mère était arrivée avant lui. Elle a récupéré l'attaché-case après que Jacob eut pris la fuite.

— Ça se tient, admit Wyatt. Mais là encore, nous n'avons pas de preuves. Jacob et Eden n'étaient peut-être pas les seuls à connaître l'existence de cette mallette… Nous y verrons plus clair dès que nous saurons d'où vient l'argent.

— Là, je n'ai aucun doute : c'est forcément l'argent du chantage ! observa Helen.

— Je n'en suis pas si sûr, tempéra-t-il. Six cent mille dollars en liquide, ça prend de la place. La mallette n'était pas assez grande pour contenir une somme pareille ! Seule Kathy Walsh pourra nous répondre… A votre avis, quel rôle a-t-elle joué dans cette histoire ? Si elle faisait chanter Marcus, pourquoi aurait-elle donné l'argent à Brian Ryder ?

— Aucune idée, répondit Helen. Et toi, Alexis ? Qu'en penses-tu ?

— La lettre de mon père n'était pas très explicite à ce sujet… J'espère seulement qu'il n'a rien fait de mal.

Elle baissa les yeux, l'air embarrassé. Wyatt comprit qu'elle n'était pas entièrement persuadée de l'innocence de son père adoptif — et qu'elle s'en voulait de le soupçonner.

— Je l'espère aussi, dit-il avec franchise. Mais pour le moment, ce qui me tracasse le plus, c'est toi, Alexis. En tant qu'inspecteur, je devrais informer mes collègues new-yorkais de ta présence ici.

— Tu ne peux pas faire ça ! s'insurgea Helen. Ils vont l'arrêter !

— Du calme, enjoignit-il. Ils veulent seulement lui parler : elle est la dernière personne à avoir vu Brian vivant. C'est normal qu'ils souhaitent recueillir son témoignage, tu ne crois pas ?

— Il a raison, affirma Alexis d'une voix un peu tremblante. Si je peux les aider à retrouver l'assassin de Brian, je le ferai.

— Les flics ne t'ont pas attendue pour commencer l'enquête : ils étaient chez ton père hier, quand nous sommes passés devant sa maison, Bram et moi, confia Helen. Nous avions trouvé son adresse dans le rapport du détective privé, et comme c'était la seule piste dont nous disposions pour te retrouver, nous avons décidé de nous rendre sur place. Mais nous avons changé d'avis en apercevant les voitures de police… Bram s'est garé un peu plus loin et nous avons appelé Gavin, qui nous a conseillé de revenir ici le plus vite possible. Il était persuadé que quelque chose était arrivé à Brian, et que nous devions rencontrer Alexis, avant de raconter quoi que ce soit à la police, ajouta-t-elle en rougissant.

— C'était louable de sa part, mais avoue que tout se serait mieux passé si vous m'aviez annoncé l'existence d'Alexis avant de partir à sa recherche, observa Wyatt avec une pointe d'amertume.

— Oui, c'est vrai, bougonna Helen. Nous aurions *dû* t'en parler. Mais…

— Ça n'a plus d'importance, à présent, interrompit doucement Alexis. Comment veux-tu procéder, Wyatt ? Faut-il que tu m'accompagnes à New York ?

— Bonne question. J'y pense depuis tout à l'heure… et je crois que le mieux est d'attendre encore un peu. Kathy Walsh risquerait de prendre peur si elle découvrait que tu t'es confiée à la police. Nous devons lui laisser une chance… Je suis persuadé qu'elle va te contacter. Ce n'est pas très réglementaire, mais je m'en arrangerai avec le chef. Si tu es d'accord, naturellement.

Elle l'observa avec hésitation.

— Ça me semble une bonne idée. Mais… que dira ton oncle ?

— J'en fais mon affaire, assura-t-il en se levant. Il s'en remettra, ne t'inquiète pas.

Elle se leva à son tour, et posa une main sur son bras.

— C'est pour toi que je m'inquiète.

Il ne put retenir un sourire. Où trouvait-elle l'énergie de s'inquiéter pour lui, alors qu'elle avait déjà tant de problèmes à régler ? Nouant brièvement ses doigts aux siens, il chercha son regard, sans se soucier de celui qu'Helen posait sur eux.

— Tout se passera bien, murmura-t-il. Je vais lui téléphoner et régler ça avec lui.

Elle acquiesça sans un mot, et reprit place auprès de sa sœur tandis qu'il quittait la pièce.

Il lui avait menti et n'en était pas fier. Car il y avait gros à parier que son oncle ne prendrait pas sa requête à la légère. Mais il finirait par accepter : n'avait-il pas une dette envers les sœurs Hart, depuis qu'il avait refusé d'enquêter sur la mort de leur mère, sept ans auparavant ?

Rencontrer Leigh se révéla moins éprouvant pour Alexis que ne l'avait été sa rencontre avec Helen — mais tout aussi émouvant. Si elle avait eu le temps de s'adapter au spectacle permanent que lui offrait cette vivante réplique d'elle-même, elle n'y était pas encore tout à fait habituée. Et l'arrivée de Leigh la replongea momentanément en état de choc.

Leigh et Helen, conscientes de son trouble, firent tout leur possible pour la mettre à l'aise. Rivalisant de gentillesse et de générosité, elles surent lui donner l'impression qu'elles se connaissaient depuis toujours. La conversation, qui roula d'abord sur des sujets anodins, permit à Alexis de se découvrir de nombreux points communs avec ses sœurs — y compris dans le choix de leurs fiancés respectifs. Elles aimaient le même genre d'homme, toutes les trois : calmes, sûrs d'eux et bien dans leur peau, ils dégageaient une force tranquille aussi virile que rassurante.

Alexis éprouva donc une sympathie immédiate pour Bram et Gavin, qui le lui rendirent bien, d'ailleurs. Mais elle ne put, aussi, s'empêcher d'envier le bonheur qu'ils partageaient avec ses sœurs. Les regards qu'ils s'échangeaient, les petits gestes tendres qu'ils avaient sans cesse l'un pour l'autre, leur façon de se taquiner mutuellement… tout cela témoignait d'un amour solide et déjà tourné vers l'avenir.

Comme celui qu'elle rêvait de partager avec Wyatt.

Aurait-elle cette chance ? Elle y travaillerait, en tout cas. Si seulement elle parvenait à lui faire oublier ses fichus principes ! Elle comprenait, bien sûr, qu'il souhaite établir une ligne claire entre sa vie privée et sa vie professionnelle. Mais l'affaire Blackrose ne serait peut-être pas classée avant des mois… Leur faudrait-il attendre jusque-là pour décider de leur destin ?

R.J. fit irruption dans la pièce, interrompant ses pensées. Bram et Gavin, qui s'étaient éclipsés le temps de commander des pizzas pour le dîner, le suivaient de près.

— Veux-tu te joindre à notre repas ? s'enquit Helen en se tournant vers leur ami.

— Non, je te remercie. Je voudrais terminer de décaper ma cheminée, ce soir…

— Charmant programme ! ironisa Leigh.

— Comme tu dis… Heureusement que Lucky me tiendra compagnie ! plaisanta-t-il, avant de reprendre : J'ai appelé la société de sécurité. Ils viendront demain matin remettre le système en marche. Et, Leigh, j'aimerais que tu réfléchisses à l'aménagement du rez-de-chaussée. Maintenant que nous avons déblayé les gravats de l'aile qui a brûlé, nous allons pouvoir commencer à reconstruire.

— Ce n'est plus à moi qu'il faut poser ce genre de questions, répondit la jeune femme d'un air malicieux. Adresse-toi à Alexis, puisque c'est elle qui héritera de Blackrose !

Six paires d'yeux se tournèrent vers l'intéressée... qui n'avait strictement aucune opinion sur le sujet.

— Que voulez-vous que je fasse d'un endroit pareil ! s'exclama-t-elle avec embarras. C'est beaucoup trop grand pour moi !

— Fais-en ce qui te plaît, assura Wyatt. Ce sera forcément mieux que maintenant.

— Tu pourrais en faire un hôtel, suggéra Gavin. Il y a déjà onze chambres, et rien ne t'empêche d'en aménager davantage.

— Ou de le transformer en décor de cinéma : j'ai toujours pensé que c'était l'endroit idéal pour tourner des films d'épouvante ! confia Bram avec un clin d'œil railleur à Helen.

— Ne t'inquiète pas, Alexis : ça peut attendre demain, assura R.J. Nous passerons les pièces en revue, et tu me donneras ton avis. Bon, je vais y aller, maintenant. Bonne soirée à tous !

— A demain, dit Helen, avant de se lever. Et si nous allions dîner ? Je meurs de faim, moi !

— Excellente idée, approuva Bram. Les pizzas n'ont même pas eu le temps de refroidir !

Ils se dirigèrent vers la cuisine, où Leigh et Helen dressèrent la table, pendant qu'Alexis préparait une salade verte en guise d'accompagnement. Les hommes déballèrent les pizzas encore chaudes... qui comportaient toutes de la viande, s'aperçut la jeune femme avec dépit : elle avait le choix entre des pepperoni, du bœuf haché épicé ou du jambon ! Après un rapide examen, elle opta pour celle qui en comportait le moins et tenta de faire disparaître les morceaux de viande dans sa serviette, dépliée sur ses genoux. Son stratagème n'échappa pas à Gavin, hélas :

— Tu n'aimes pas le pepperoni ? s'enquit-il innocemment. Essaye celle au bœuf, elle est délicieuse !

— Non merci. Ça ira, marmonna-t-elle, le rouge aux joues.

Wyatt lui lança un regard intrigué… et devina ce qu'elle cherchait à dissimuler.

— Tu te méfiais de moi au point de me cacher que tu es végétarienne ?

— Non. Mais je ne savais pas si Leigh l'était, répondit-elle avec une assurance forcée. J'ai préféré m'abstenir de commentaire quand tu as apporté les hamburgers, pour que tu ne te doutes de rien.

— Je t'admire, Alexis, s'exclama Helen. Je n'aurais jamais pensé à ce genre de détail !

— Ça n'a vraiment pas dû être facile, de te faire passer pour quelqu'un que tu ne connaissais pas, ajouta Leigh.

— Alexis est une excellente actrice, souligna Wyatt avec une pointe d'amertume.

— Merci, répliqua-t-elle avec un brin de malice. Mais avec toi, j'ai eu la partie facile : tu t'es montré particulièrement crédule !

Wyatt fut beau joueur : il consentit à sourire… puis à rire plus franchement, lorsque Leigh s'esclaffa, bientôt imitée par Helen, Gavin et Bram.

Alexis les observa, émue aux larmes. Elle avait perdu un père deux jours plus tôt… mais elle avait gagné une famille. Une *vraie* famille. Elle était si heureuse, soudain, qu'elle ne savait s'il fallait en rire ou en pleurer. Les émotions qu'elle s'était évertuée à dissimuler la submergeaient, menaçant le fragile équilibre qu'elle avait réussi à retrouver depuis la mort de Brian. Refoulant le sanglot qui enflait dans sa gorge, elle s'excusa discrètement et se dirigea vers les toilettes du rez-de-chaussée. Un peu d'eau froide sur le visage et cinq minutes de calme lui feraient du bien.

La vie de famille avait du bon… mais il lui faudrait encore quelques jours pour s'adapter à la situation !

12.

Alexis venait de s'engager dans le couloir qui menait aux toilettes, quand un murmure la fit sursauter.

— Alexis !

Elle tourna la tête, et retint un cri : une femme se tenait sur le seuil de la chambre d'amis !

— Qui êtes-vous ? marmonna-t-elle, stupéfaite.

La femme lui fit signe d'entrer. Vêtue d'un pantalon de toile beige et d'un T-shirt assorti, les cheveux mi-longs retenus par une barrette, elle semblait âgée d'une quarantaine d'années. Très menue, le sourire triste, elle ne paraissait pas dangereuse… Mais ce furent les traces de coups sur son visage et ses bras qui décidèrent Alexis à la suivre.

Combien de fois avait-elle observé des bleus similaires chez les jeunes qu'elle recevait à son bureau de Brooklyn ? Assez pour reconnaître une femme battue quand elle en voyait une, en tout cas.

Et celle qui se tenait dans l'embrasure de la porte en présentait tous les signes.

— Vite ! chuchota-t-elle. Suivez-moi.

Elle l'entraîna vers le fond de la pièce, entre la salle de bains et la penderie. Là, un espace béant se dessinait dans l'obscurité… Une autre pièce dérobée ? Alexis hésita.

— N'ayez pas peur, enjoignit la femme. Je veux simplement vous parler. Je suis Kathy Walsh. Vous êtes Alexis Ryder, n'est-ce pas ?

— Oui. Laissez-moi appeler Wyatt…

— Non ! Je vous en prie. Je ne veux voir personne d'autre que vous.

Elle secoua la tête, et ce simple mouvement lui arracha

une grimace de douleur. Alexis n'hésita plus. Cette femme avait besoin d'aide. Peut-être se laisserait-elle soigner si elle la suivait dans sa cachette ?

Courbant la tête, elle s'engouffra à l'intérieur. Le mécanisme était le même que celui qui commandait la porte de la cachette aménagée dans la penderie de Jacob : d'une pression de la main sur un bouton fiché dans la paroi, Kathy referma le battant. Une faible lueur permit à Alexis d'examiner les lieux : ce n'était pas une pièce, comme elle l'avait pensé, mais un simple palier entre une volée de marches qui descendaient vers la cave et une autre qui montaient vers les étages.

— Merci d'être venue, dit Kathy. Ne restons pas là : nous serons mieux là-haut.

— Pourquoi ? On ne peut pas parler, ici ?

Son interlocutrice s'engagea lentement dans l'escalier, comme si chaque marche lui coûtait un terrible effort.

— J'ai laissé la valise en haut, expliqua-t-elle d'une voix entrecoupée.

Alexis laissa échapper un cri de stupeur.

— C'est vous qui avez la valise ?

Kathy ne répondit pas. Une main plaquée sous sa poitrine, l'autre agrippée à la rampe, elle gravissait les marches avec une raideur inquiétante.

Le diagnostic ne faisait aucun doute : elle avait une ou plusieurs côtes cassées.

— Ça va ? demanda-t-elle doucement.

— Ça ira mieux là-haut.

Alexis retint un soupir. Kathy mobilisait toute son énergie pour atteindre le palier supérieur... Elles discuteraient plus tard. Quand elle aurait repris son souffle. Mais lorsqu'elles atteignirent le premier étage, Kathy se dirigea résolument vers les marches qui menaient au second.

— Où allons-nous ? demanda Alexis, intriguée.

— Au grenier. Nous y serons en sécurité.

Elle gravit vaillamment les marches restantes, puis s'immobilisa devant un panneau de contreplaqué, qui coulissa sur lui-même pour révéler une longue pièce mansardée. Sommairement meublée d'un matelas, d'une table de camping et de quelques fauteuils dépareillés, la chambre était de toute évidence occupée par Kathy. L'attaché-case avait été poussé dans le coin le plus sombre de la pièce, à côté d'un sac à dos rempli de vêtements.

— Depuis combien de temps vivez-vous ici ? demanda Alexis en s'approchant de la jeune femme, qui s'était laissée tomber dans un des fauteuils, l'air exténué.

— Pas longtemps.

— Avez-vous consulté un médecin ?

— Ce n'est pas la peine, objecta-t-elle en forçant un sourire. J'ai quelques côtes cassées… mais il n'y a pas de traitement pour ça. Il faut attendre, c'est tout.

— Vous devriez quand même passer une radio pour vous assurer que vous n'avez pas d'hémorragie interne.

— Il n'y a rien de grave, je vous assure, s'entêta Kathy. Les escaliers me donnent du mal, c'est tout.

— Est-ce votre mari, qui vous a frappée ?

Alexis avait posé la question avec toute la pudeur nécessaire… Mais la lueur rageuse qui s'alluma dans le regard de sa compagne lui prouva qu'elle avait vu juste.

— Oui… Mais, Dieu merci, nous ne sommes pas mariés ! Ma mère avait raison de me mettre en garde… Mais il était si gentil quand il voulait, si drôle. Je lui trouvais toujours une bonne excuse, vous comprenez ?

— Oui. Ils sont toujours « gentils » après vous avoir frappée, asséna-t-elle avec véhémence.

— C'est vrai : vous êtes assistance sociale ! J'avais oublié…

— Je travaille dans un centre pour femmes battues, à Brooklyn.

— Je sais. J'ai fait quelques recherches sur vous… Alexis Mary Ryder Hart, énonça-t-elle avec une pointe de tendresse. Vous ressemblez tellement à vos sœurs !

— Et vous, vous travailliez pour mon grand-père, n'est-ce pas ?

— Tout à fait. Mais asseyez-vous, je vous en prie. Je n'ai pas grand-chose à vous proposer, hormis un verre d'eau et une tablette de chewing-gum…

Glissant la main dans sa poche, elle en sortit un paquet de chewing-gum à la menthe, qu'elle lui tendit gentiment.

— Non, je vous remercie, dit Alexis en prenant place dans le fauteuil qui lui faisait face. Je viens de dîner.

— J'ai essayé de vous aborder un peu plus tôt dans la journée, pour vous prévenir que j'avais mis la valise à l'abri. Mais vous étiez sous la douche, et j'ai préféré faire demi-tour.

Alexis écarquilla les yeux.

— C'était vous ? Je savais bien que ça sentait le chewing-gum dans la chambre !

— Je suis désolée… Je ne voulais pas vous faire peur. J'ai failli vous attendre, mais j'ai entendu un bruit de pas, et je me suis enfuie.

— Pourquoi vous cachez-vous ? Votre compagnon a-t-il menacé de vous retrouver ?

— Oui. Et puis, la maison est pleine de flics, confia-t-elle d'un ton abrupt.

— Je ne comprends pas… Pourquoi craignez-vous la police ?

Kathy laissa échapper un soupir.

— Que vous a raconté Brian, exactement ?

— Presque rien. Il est mort dans mes bras sans avoir eu le temps de me parler.

Son interlocutrice blêmit, manifestement sous le choc.

— Il est *mort* ? Comment ? Quand ? C'est à cause de l'argent, n'est-ce pas ? Je savais que nous n'aurions pas dû le lui donner… J'ai dit à maman que nous ferions mieux de le remettre à Me Rosencroft, mais elle ne m'a pas écoutée… Elle ne voulait de mal à personne, Alexis. Vous devez me croire !

Sa mère ?

Alexis n'eut pas le temps de s'interroger : Kathy fut prise d'une affreuse quinte de toux. Pliée en deux, elle tira un mouchoir froissé de sa poche et le plaqua contre sa bouche en un geste si machinal qu'Alexis y vit la force de l'habitude. Sincèrement inquiète, elle s'empara de la bouteille d'eau posée sur la table et la lui tendit. Kathy la prit avec gratitude et avala quelques gorgées, qui finirent par la calmer.

— Merci, dit-elle en remettant le mouchoir dans son pantalon. Ça va aller, maintenant… Je vais essayer de vous raconter ce qui s'est passé. J'ai rendu visite à ma mère il a quelque temps pour lui annoncer mon désir de quitter Bernie. J'avais beaucoup réfléchi, et je savais qu'il n'y avait pas d'autre moyen d'en sortir… J'espérais que maman me laisserait vivre chez elle le temps que je trouve du travail. Mais elle ne m'a écoutée que d'une oreille : elle était complètement obnubilée par ce qui se passait à Blackrose. Elle venait d'apprendre qu'Amy avait donné naissance à des triplées, et elle était très agitée. Au début, j'ai refusé de la croire… Puis elle m'a montré le dossier qu'elle avait trouvé : c'étaient des photos de vous, prises à différentes…

Une autre quinte de toux l'interrompit, plus violente encore que la précédente.

— Kathy… Laissez-moi appeler Wyatt, supplia Alexis.

— Non ! Vous ne comprenez vraiment pas ? Ma mère le faisait chanter ! Ma propre mère ! Même quand elle m'a montré l'argent, je ne voulais toujours pas admettre qu'elle avait fait une chose pareille.

— Qui faisait-elle chanter ? Marcus ?

Kathy hocha la tête.

— Elle n'a rien d'un monstre, pourtant, affirma-t-elle. Elle ne le faisait même pas pour elle… L'argent, elle s'en fichait. Elle voulait le faire payer, c'est tout. Alors, elle l'a fait chanter pendant des années, et elle a caché l'argent, sans dépenser un centime. Elle ne l'avait jamais apprécié, mais quand Dennison est mort, elle s'est mis en tête que Marcus l'avait tué. Elle savait que Dennison avait le cœur fragile, mais… elle n'arrivait pas à s'ôter de la tête que Marcus avait provoqué sa crise cardiaque. Nous savions, elle et moi, qu'il puisait sur les biens de la propriété depuis son arrivée dans la famille, mais nous n'avions jamais rien dit à personne. Dennison le savait aussi, sans doute… Mais il voulait protéger Amy. C'était un homme formidable, vous savez…

Elle haussa les épaules avec une grimace de douleur, avant de poursuivre :

— J'ai cru que maman ne se remettrait jamais de sa mort. Elle a pleuré des journées entières, puis elle a décidé de se venger de Marcus. Et sans rien me dire, elle a laissé une vague lettre anonyme sur le bureau de celui-ci, en espérant lui faire peur. Et ça a marché.

Alexis fronça les sourcils.

— De quoi le menaçait-elle, exactement ?

— De révéler ses malversations financières, j'imagine. Le plus étrange, dans cette histoire, c'est qu'elle a coïncidé avec la mort d'Amy…

— Comment cela ?

— Maman avait laissé la lettre sur le bureau de Marcus avant d'aller faire des courses à Stony Ridge. Quand nous sommes rentrées, Amy venait de partir à New York, mais tout semblait normal. Ce n'est que le surlendemain soir que nous avons appris sa disparition : le gérant de l'hôtel nous a informés qu'elle n'avait pas reparu depuis la veille.

— Attendez… Marcus a payé le maître-chanteur *avant* la mort d'Amy ?

— Oui. Je pense que les deux événements n'étaient pas liés, mais le fait que Marcus paie sans discuter prouve qu'il avait effectivement détourné l'argent de son beau-père à des fins personnelles.

— Et il a continué à payer ? s'étonna Alexis.

— Oui. Jusqu'à sa mort.

— Eden était-elle au courant ?

— Pas au début. Mais je pense que Marcus a fini par le lui dire… La dernière fois que maman a réclamé de l'argent à Marcus, Eden l'a suivie pour essayer de la confondre. Ça se passait dans le jardin, et Marcus était à moitié fou de rage… Il criait qu'il ne paierait pas un sou de plus. Maman a pris peur, et elle s'est enfuie avant l'arrivée d'Eden.

Kathy s'exprimait de plus en plus vite, comme saisie d'un sentiment d'urgence. Et Alexis, qui connaissait à peine les protagonistes de cette histoire, peinait à en saisir les détails. Elle se garda de l'interrompre, pourtant. Son interlocutrice n'aurait peut-être pas la force de poursuivre la conversation très longtemps.

— Tout cela s'est passé très récemment, vous savez, reprit cette dernière en cherchant son regard. Maman a profité d'une des absences d'Eden et de Marcus pour fouiller son bureau.

Elle espérait trouver de nouvelles raisons de l'incriminer… Et c'est comme ça qu'elle a découvert votre existence : Marcus avait dissimulé les documents derrière une paroi amovible. Il y avait aussi une boîte à bijoux, avec quatre parures composées d'un collier et de boucles d'oreilles. Quatre émeraudes étaient incrustées sur le pendentif destiné à Amy, et une sur ceux qui vous étaient destinés… Maman était bouleversée… Elle a tout caché dans le passage secret, sous l'escalier de service et…

Elle fut reprise d'une quinte de toux, si déchirante qu'Alexis s'élança vers elle, prête à la transporter dans l'escalier s'il le fallait.

Mais Kathy la repoussa doucement.

— Ne vous inquiétez pas, dit-elle en reprenant son souffle. Je voulais seulement vous rendre la mallette et vous expliquer d'où venait l'argent. Je vais me reposer, maintenant. Mais vous devez me promettre de vous méfier d'Eden. Elle est capable de tout ! D'ailleurs, c'est peut-être elle qui a assassiné votre père… Je suis certaine qu'elle l'a vu à l'enterrement de Marcus.

Alexis tressaillit. Etait-ce l'enterrement que Brian avait mentionné dans sa lettre ? Oui, forcément. Et Eden était l'infirmière dont il lui avait demandé de se méfier.

— Pourquoi y est-il allé, au fait ? demanda-t-elle d'une voix pressante.

— C'est moi qui le lui avais suggéré. Quand j'ai pris contact avec lui pour lui annoncer que vous étiez la fille d'Amy Thomas, il a d'abord cru que je voulais le faire chanter.

— Pour quelle raison ?

— Votre adoption était illégale, et Brian le savait. Il a sans doute pensé que je cherchais à profiter de sa peur de vous perdre… Alors, pour lui prouver ma bonne foi, je lui ai demandé de venir à l'enterrement de Marcus. Je savais qu'il me croirait, alors… et c'est ce qui s'est passé. Quand il a vu Leigh et Helen, il a compris toute l'horreur de ce qui s'était joué à votre naissance. Et il a enfin accepté de me rencontrer.

— Pourquoi ne m'en a-t-il rien dit ?

— Je ne sais pas… J'ai demandé à vous voir pour vous donner l'argent, puisque c'était la raison de notre démarche, à maman et à moi. Mais votre père a refusé. Il disait qu'il préférait tout vous expliquer lui-même. Alors, je lui ai remis la mallette et je suis partie. Je ne pouvais pas la garder plus longtemps, de toute façon : Bernie aurait fini par la trouver et il me l'aurait volée.

Elle se remit à tousser. Cette fois, le mouchoir fut taché de sang lorsqu'elle l'écarta de sa bouche. Alexis se leva. Il n'y avait plus de temps à perdre.

— Je suis navrée, Kathy, mais je vais appeler les secours. Vous devez voir un médecin.

— Non… Je suis fatiguée, c'est tout.

— Vous êtes en train de mourir, asséna brutalement Alexis.

Elle aurait préféré s'abstenir de ce genre de déclaration, mais c'était le seul moyen de faire réagir son interlocutrice, qui s'obstinait à nier la gravité de son état.

— Ecoutez-moi, Kathy, reprit-elle en s'agenouillant à son côté. Vous souffrez d'hémorragie interne, et il faut agir vite. Je vais avertir les autres et nous vous conduirons à l'hôpital.

— Mais la police…

— Personne ne vous arrêtera. Je vous le promets.

— Et maman ? Elle sera accusée de chantage !

Alexis sentit son cœur se serrer. De toute évidence, la jeune femme ignorait le décès de sa mère… Mais il n'était pas question de le lui apprendre ce soir. La nouvelle risquait de compromettre ses chances de survie.

— Votre mère n'a aucune inquiétude à avoir, assura-t-elle d'une voix tremblante. Ecoutez-moi, Kathy : tout à l'heure, vous m'avez demandé de vous suivre, et je l'ai fait. Maintenant, c'est moi qui vous demande de me faire confiance. Je ne veux pas vous perdre. Leigh et Helen tiennent beaucoup à vous. Vous êtes de la famille. Nous allons prendre soin de vous, d'accord ?

Kathy hocha faiblement la tête. Soulagée, Alexis ne lui laissa pas le temps de changer d'avis. Elle s'élança vers la porte et dévala les escaliers sans reprendre son souffle. Elle arrivait sur le palier du premier étage, quand la voix de Wyatt lui parvint à travers la cloison.

— Alexis ! Où es-tu ?

— Wyatt ! s'écria-t-elle. Je suis là. Derrière le mur.

Elle s'approcha de la paroi pour mieux se faire entendre, avant de reprendre :

— J'ai trouvé Kathy. Elle est blessée. Il faut l'emmener à l'hôpital !

— Commence par sortir de là… Où est l'ouverture ?

— Sur ta droite. Entre le placard et la salle de bains, précisa-t-elle. J'arrive.

— Gavin, Bram ! cria-t-il tandis qu'elle s'approchait de la porte. Elle est dans la chambre de Leigh !

Tendant la main, elle appuya sur le bouton qui commandait le dispositif. La paroi coulissa sans bruit… mais Wyatt ne lui laissa pas le temps de sortir. Il s'engouffra dans le passage avant même que la porte ne soit complètement ouverte.

— Tu n'as rien ? s'exclama-t-il en la prenant dans ses bras. Je te cherchais partout… Tu es partie depuis vingt minutes !

— Je n'ai pas pu te prévenir : Kathy refusait que je vous appelle. Elle est vraiment mal en point. Son compagnon lui a fracturé plusieurs côtes.

— Où est-elle ?

— Au grenier, dit-elle en désignant l'escalier.

Bram et Gavin arrivèrent à cet instant et les trois hommes gravirent les marches en courant. Leigh survint quelques secondes plus tard, l'air alarmé.

— L'ambulance ne sera pas là avant vingt minutes. Kathy tiendra-t-elle jusque-là ?

— Ce n'est pas sûr. Elle tousse de plus en plus…

Elle s'interrompit : Bram revenait, Kathy dans ses bras. Les yeux clos, la jeune femme semblait avoir perdu connaissance.

— Prenons ma voiture, suggéra Wyatt. Nous croiserons l'ambulance en chemin.

Ils se dirigèrent vers le rez-de-chaussée, où Helen les attendait, blême d'inquiétude.

— Alexis, il vaut mieux que tu restes ici, reprit Wyatt. Ce serait trop compliqué d'expliquer maintenant que vous êtes trois. Tout le monde nous connaît, ici.

— Je reste avec elle, annonça Gavin. Ce sera plus sûr.

— Moi aussi, renchérit Leigh. Nous irons dormir chez les Walken.

— Parfait, acquiesça Wyatt. Gavin, je te les confie. Je vous appellerai dès que nous serons à l'hôpital.

— D'accord, acquiesça Gavin. Dépêchez-vous !

Bram était déjà sorti, Helen sur ses talons. Wyatt se retourna vers Alexis qui l'avait accompagné sur le seuil.

— A tout à l'heure, dit-il. Fais attention à toi.

Le baiser dont il ponctua ses propos la plongea dans une telle stupeur qu'elle mit plusieurs secondes à reprendre ses esprits.

13.

— Wyatt, ton oncle vient d'entrer, annonça Helen en baissant la voix.

Tournant la tête, il repéra sans mal les larges épaules de Nestor parmi la foule de patients et de visiteurs qui déambulaient dans le hall de l'hôpital.

— Attendez-moi ici, dit-il en se levant. Je reviens tout de suite.

Sous la froide lumière des néons, le visage pourtant familier du chef de la police lui sembla méconnaissable. Une profonde lassitude marquait ses traits, et ce fut sans enthousiasme qu'il serra la main de Wyatt.

— C'est elle ? demanda-t-il en inclinant la tête vers Bram et sa compagne.

— Alexis ? Non, c'est Helen.

Son oncle poussa un profond soupir.

— J'espère que tu sais ce que tu fais, Wyatt.

— J'essaye de résoudre l'enquête que tu m'as confiée, répliqua-t-il avec une pointe d'agressivité. As-tu réussi à en savoir plus ?

— Oui. Brian Ryder n'a pas été blessé chez sa fille : l'assassin l'a surpris chez lui, dans sa maison du New Jersey. Les enquêteurs ont relevé des traces de lutte et plusieurs taches de sang sur les murs et le parquet. La porte d'entrée avait été fracturée, et les pièces avaient été fouillées à la hâte, sans doute par l'agresseur lui-même. Il est probable que Ryder ait pris la fuite après avoir été blessé, pendant que le type était à l'étage. Il a réussi à monter dans sa voiture et à se rendre chez sa fille, où il est mort peu après.

Il lança un regard à Helen, avant de poursuivre :

— La police de New York a vérifié l'emploi du temps

d'Alexis : elle est hors de cause. Mais ils veulent recueillir sa déposition et savoir pourquoi elle s'est enfuie au lieu de les appeler à l'aide.

Wyatt hocha la tête.

— Loïs Ryder est-elle morte le même jour qu'Amy Thomas ?

Son oncle esquissa un sourire triste.

— C'est probable, mais nous n'avons aucun moyen de le prouver. Le médecin légiste ne peut pas déterminer la date de la mort d'Amy avec précision, tu le sais très bien.

— Nous ne sommes pas obligés de le *prouver*, Nestor. Ce qui compte, c'est de fournir une explication aux jumelles, pour qu'elles puissent enfin tourner la page… Et je me suis fait ma petite idée sur cette histoire. Quoi qu'il en soit, pour le moment, ma théorie en vaut une autre. Peu de temps après la mort de Dennison, Amy a reçu les quatre parures qu'il avait commandés à son joaillier. Il y en avait un pour elle, un pour Helen et Leigh et un pour Alexis. Les prénoms étaient inscrits sur les boîtes… Elle a cherché à comprendre, et à force de fouiller dans les papiers de son père, elle est tombée sur le rapport du détective privé. Bouleversée, elle a prétexté un voyage à New York pour se rendre dans le New Jersey. Là, elle a rencontré Loïs, qui lui a montré des photos d'Alexis… Il était évident que c'était bien sa fille. Nous ne saurons jamais ce qu'elles se sont dit, toutes les deux, mais Amy est repartie à Blackrose pour avoir une explication avec Marcus, tandis que Loïs se précipitait au bureau de son mari…

— Sous une pluie battante, précisa Nestor d'une voix grave. Cette nuit-là, un violent orage venait d'éclater, et Loïs Ryder était très agitée… Elle a accéléré plus que de raison. L'accident s'est produit à deux cents mètres du bureau de Brian. Lequel n'a donc jamais su ce que sa femme s'apprêtait à lui dire.

— Tu vois, commenta Wyatt avec satisfaction, tout se tient. Il ne nous reste plus qu'à trouver Eden Thomas, et la boucle sera bouclée !

— Je n'irais pas si vite en besogne, si j'étais toi. Tu n'as pas encore réglé le vol de la mallette. Qu'est-il arrivé à Kathy Walsh, exactement ?

Wyatt le mit au courant des derniers événements, en insistant sur le fait que Kathy n'avait pas été complice des actes de sa mère, qui faisait chanter Marcus depuis la mort de Dennison, sept ans plus tôt.

— Que comptes-tu faire, maintenant ? demanda Nestor lorsqu'il eut achevé son récit. Remettre Alexis à nos collègues new-yorkais ?

— Pas encore. En fait, je préférerais qu'elle reste ici. Je suis sûr que les masques vont tomber, argua-t-il comme son oncle fronçait les sourcils. Accorde-moi un peu de temps : je te promets que personne ne le regrettera.

Il s'attendait à une explosion de colère, mais Nestor se contenta de fermer les yeux avec lassitude.

— Prends tout le temps nécessaire, répondit-il finalement. Si tu peux réparer la dette que j'ai envers ces jeunes femmes, je partirai à la retraite le cœur plus léger. Je m'en veux beaucoup, tu sais. Quand leur mère a disparu, je me suis arrêté aux apparences : Marcus n'avait rien d'un assassin. Il était très respecté dans la région, et nous avions toujours entretenu de bons rapports, lui et moi. Leigh et Helen ont fait le siège de mon bureau pendant des mois pour que j'ouvre une enquête, mais je n'ai rien voulu entendre.

Il poussa un profond soupir, avant de conclure :

— Je leur dois des excuses. Puisque Helen est ici…

— Rien ne t'oblige à le faire, interrompit vivement Wyatt.

— Je sais. Mais je le ferai quand même.

La détermination du vieux commissaire lui alla droit au cœur. Et ce fut avec émotion qu'il se tourna vers le couple, toujours assis à quelques mètres de là.

— Bram ? appela-t-il. Je peux te voir une minute ?

Le forgeron s'approcha, l'air intrigué, tandis que Nestor se dirigeait vers sa compagne.

— Que se passe-t-il ? s'enquit Bram.

— Rien de particulier, avoua Wyatt. Mon oncle veut discuter avec Helen.

Un haussement de sourcils accueillit son propos.

— Je ne suis pas sûr que ce soit une bonne idée.

— Moi non plus. Mais il n'a pas voulu en démordre. Ne t'inquiète pas : Helen saura se défendre.

— Ce n'est pas pour elle que je m'inquiète. C'est pour lui !

Ils échangèrent un sourire amusé, et s'éloignèrent prudemment. Lorsqu'ils revinrent vers Helen, dix minutes plus tard, elle était seule. L'expression interloquée qui se lisait sur son visage ne laissait aucun doute sur l'issue de l'entretien.

— Je n'en reviens pas ! confirma-t-elle d'une voix émue en levant les yeux vers eux. Le commissaire Crossley vient de me présenter ses *excuses* !

Bram glissa un bras autour de sa taille, tandis qu'elle reprenait pensivement :

— Il voulait que je sache à quel point il regrette d'avoir refusé de nous croire quand maman a disparu.

— Qu'as-tu répondu ? se risqua à demander Wyatt.

— Qu'il n'est jamais trop tard pour bien faire, même si…, répondit-elle en ébauchant un sourire.

Il se détendit. Helen ne manquait ni de courage, ni de générosité. Et son oncle avait remonté dans son estime… La journée ne s'achevait pas si mal, finalement !

Après le départ de Bram, Helen, Wyatt et Kathy, Leigh avait rapidement débarrassé et rangé la cuisine, tandis que Gavin et Alexis retournaient au grenier pour prendre l'attaché-case et s'assurer que Kathy n'avait rien laissé d'important derrière elle. Puis ils avaient soigneusement verrouillé toutes les issues, et s'étaient installés dans la voiture de Gavin.

La propriété des Walken, qu'ils atteignirent dix minutes plus tard, semblait presque aussi grande que Blackrose. D'après Leigh, George et Emily étaient partis passer la nuit chez des amis. Pourtant, plusieurs lampes brillaient à l'intérieur, diffusant une lumière dorée sur les massifs de fleurs qui parsemaient la pelouse.

— Je croyais qu'ils ne devaient pas revenir avant demain ? s'étonna Leigh en se tournant vers Gavin, qui venait de se garer devant l'entrée.

— Moi aussi. Nan est peut-être revenue avant eux ?

— Qui est-ce ? demanda Alexis.

— Nan ? C'est la gouvernante. Elle travaille pour les Walken depuis trente ans.

— C'est surtout une cuisinière hors pair, ajouta Leigh en tendant la main vers la portière. Je me souviens de…

— Attends, interrompit Gavin. Ne sors pas tout de suite.

— Pourquoi ? Il y a un problème ?

— Comment expliques-tu que les lumières soient allumées, alors qu'il n'y a aucune voiture sur le parking ?

— Ils se sont peut-être garés de l'autre côté de la maison ?

Gavin ne répondit pas. Visiblement soucieux, il scruta la maison avec intensité.

— Ce n'est pas normal, dit-il finalement. Leigh, essaie de les appeler, s'il te plaît. Nous verrons bien si quelqu'un répond.

La jeune femme ouvrit son sac et sortit son téléphone portable. Mais l'appel demeura sans réponse.

— Il n'y a personne, murmura-t-elle en raccrochant.

Gavin remit le contact.

— Ne restons pas là.

Il faisait demi-tour quand un coup de feu résonna dans l'obscurité. On venait de leur tirer dessus ! Il accéléra brutalement et descendit l'allée à vive allure. Leigh, qui s'était cramponnée à la poignée de la portière, échangea un regard effaré avec Alexis dans le rétroviseur.

— Tu as vu quelqu'un ? demanda-t-elle d'une voix tremblante.

Alexis secoua la tête.

— Non, mais il m'a semblé que le coup venait de l'arrière de la maison. Où allons-nous, maintenant ?

Gavin réfléchit un instant, avant de répondre :

— Le mieux est d'essayer de dormir à l'Auberge de Stony Ridge. Il y a toujours beaucoup de monde… Nous y serons plus en sécurité qu'à Blackrose.

— Entendu, acquiesça Leigh. J'appelle Helen pour la prévenir.

Le téléphone de sa sœur étant sur répondeur, elle dut se contenter de laisser un message, expliquant les raisons de leur changement de destination. Elle conclut en affirmant qu'ils étaient sains et saufs, et qu'ils tâcheraient de retenir trois chambres à l'Auberge pour la nuit.

Ils n'eurent pas cette chance, hélas : l'Auberge, qui accueillait un anniversaire de mariage, était noire de monde. Ils durent patienter plusieurs minutes avant de pouvoir se garer sur le parking bondé, et n'obtinrent une table au bar que de haute lutte, après une longue attente dans la salle enfumée et bruyante. Alexis, qui avait accepté de se faire passer pour Helen, garda les yeux obstinément baissés dans l'espoir de ne pas attirer l'attention sur elle — mais sa robe s'en chargeait à sa place, hélas. Devinant son embarras, Leigh se mit à rire.

— Tu aurais mieux fait d'emprunter une tenue dans mon placard ! Helen avait un faible pour les décolletés plongeants, il y a quelques années…

Alexis s'empourpra.

— J'ai remarqué. Si je pouvais la troquer contre un jean et un col roulé, je me sentirais nettement mieux !

Gavin revint avec trois verres de soda et un bol de bretzels, qu'il déposa sur la table.

— Merci, dit Alexis. Je suis désolée de ne pas pouvoir vous inviter : mon sac à main est resté dans la voiture de Wyatt.

— Ne t'en fais pas, assura Leigh. Nous ne…

Elle s'interrompit brusquement, l'air effaré.

— Nous avons laissé la mallette dans la voiture ! chuchota-t-elle. Ce n'est pas très prudent…

— Tu as raison, confirma Gavin en se levant. Restez là. Je vais la chercher.

Tournant les talons, il se fraya un chemin parmi la foule.

— J'ai l'impression d'avoir amené les ennuis avec moi, déplora Alexis en esquissant un sourire navré.

— Détrompe-toi : nous étions *déjà* dans les ennuis jusqu'au cou avant de te connaître ! assura Leigh. Et quelque chose me dit que ce n'est pas fini…

Alexis fit de son mieux pour orienter la conversation sur un sujet plus léger, mais la nervosité de Leigh finit par la gagner. Le bar ne désemplissait pas. La foule semblait se presser plus encore qu'à leur arrivée. Gavin était parti depuis de longues minutes, maintenant.

— Il devrait être revenu, marmonna Leigh en tapotant nerveusement sur la table.

— Il est peut-être retourné à la réception pour voir si une chambre ne s'est pas libérée ? suggéra-t-elle d'un ton apaisant.

Mais Leigh secoua la tête avec obstination.

— Je ne crois pas. Ne bouge pas, je vais voir.

— Non, protesta Alexis en la retenant par la main. Nous devons rester ensemble. Je viens avec toi.

Sa sœur acquiesça après un instant d'hésitation.

— D'accord. Allons-y.

Elles se levèrent et se dirigèrent vers la porte, laissant leur table à un couple qui attendait au bar. Plusieurs clients, un verre à la main, discutaient à l'extérieur, profitant de la fraîcheur du soir. Mais Gavin, lui, n'était nulle part en vue.

Les deux jeunes femmes contournaient le bâtiment quand Leigh se raidit, manifestement troublée.

— Attends… Je crois que c'est la voiture d'Eden, là-bas !

— Où ?

— La grosse berline beige, au fond du parking, indiqua-t-elle en pointant le doigt vers la voiture en question.

Alexis sentit son estomac se nouer.

— Penses-tu qu'elle est ici ?

— Allons voir.

Il n'y avait personne au volant ni sur le siège passager. Mais un paquet de vêtements était posé sur la banquette arrière — un très gros paquet de vêtements, songea Alexis en se penchant, intriguée.

Elle se redressa, glacée d'horreur. Leigh avait blêmi, elle aussi.

— Tu crois que c'est elle ?

— J'en ai peur.

Alexis tendit une main hésitante vers la portière, mais Leigh arrêta son geste.

— Allons d'abord chercher Gavin. Eden s'est peut-être seulement endormie…

Elle acquiesça. Sa sœur avait raison. Mieux valait revenir avec du renfort : seules, elles ne seraient peut-être pas de taille à lutter contre Eden, si celle-ci était armée. Et si elle était blessée, ou pire encore… elles auraient besoin d'aide pour la transporter.

Elles traversèrent le parking en courant, et s'engouffrèrent dans le restaurant bondé. Alexis s'efforça de ne pas quitter Leigh des yeux tandis qu'elles progressaient vers la table qu'elles venaient d'abandonner, mais un homme s'interposa entre eux, et elle la perdit de vue.

Lorsqu'elle l'aperçut de nouveau, elle n'était plus seule : Jacob l'avait interceptée !

Surgi de nulle part, il avait saisi Leigh par le bras et l'entraînait vers la sortie de secours.

— Leigh ! s'écria Alexis, saisie de panique. Attends-moi !

Le brouhaha couvrit sa voix, et Leigh continua d'avancer vers la sortie. Alexis joua des coudes pour la rattraper — en vain.

— Leigh ! cria-t-elle encore. N'y va pas !

Cette fois, la jeune femme l'entendit.

— Gavin est blessé ! expliqua-t-elle en se retournant, un instant seulement, avant de pousser la porte qui ouvrait sur l'extérieur.

Alexis n'eut pas d'autre choix que de les suivre. La porte donnait sur une petite cour, faiblement éclairée par le signe lumineux de la sortie de secours. Jacob avait entraîné Leigh derrière trois grands containers métalliques, alignés sur la gauche. Le parking s'étendait à droite, et une rangée d'arbres bordait la cour face au restaurant. Alexis s'élançait vers les containers quand un objet attira son attention, près de la porte : c'était une tige métallique, un morceau de tuyau, peut-être… assez lourd, en tout cas, pour servir d'arme si cela se révélait nécessaire. Elle la ramassa et courut rejoindre sa sœur.

Et quelle ne fut pas sa surprise lorsqu'elle retrouva celle-ci agenouillée près de Jacob, étendu de tout son long dans la poussière !

— Je l'ai vu se précipiter dans la cour quand je suis arrivé sur le parking, expliquait Jacob d'un ton éploré. J'ai tenté de l'appeler, mais il ne m'a pas entendu… Le temps que je me gare et que j'arrive ici, il était déjà blessé. Je ne sais vraiment pas ce qui s'est passé !

Alexis s'avança, les doigts crispés sur la barre de métal qu'elle cachait derrière sa jupe.

— Gavin, c'est moi, dit Leigh en se penchant vers son fiancé. Tu m'entends ? Ne bouge surtout pas. Tu es blessé à l'épaule… Nous allons chercher les secours.

Elle se redressa et s'empara d'une des planches qui dépassaient du container le plus proche.

— Avec quoi l'as-tu frappé, Jacob ? s'écria-t-elle d'une voix vibrante de colère.

Stupéfait, le jeune homme recula d'un pas. Il ne s'attendait pas à une telle attaque… Alexis non plus, d'ailleurs. Elle avait sous-estimé sa sœur, apparemment.

Lentement, elle commença à s'approcher de Jacob tandis que Leigh faisait de même, les yeux brillant de rage.

— Eh, qu'est-ce que tu fais là ? marmonna-t-il en se retournant vers Alexis. Je n'ai rien fait, moi ! A quoi jouez-vous, toutes les deux ?

— Jette ton arme ! ordonna-t-elle sèchement.

— Quelle arme ?

— Le revolver que tu as braqué sur Alexis cet après-midi, précisa Leigh.

— Celui-là ?

Déjà, il baissait la main vers sa poche. Mais Alexis abattit la tige métallique sur son bras avant qu'il ait pu l'atteindre.

— Aïe ! hurla-t-il. Vous êtes dingues, ou quoi ? Qu'est-ce qui vous prend ? Ce truc n'est qu'un jouet !

Alexis entendit la porte du bar s'ouvrir dans son dos.

— Police ! s'écria une voix masculine. Lâchez vos armes !

— Méfiez-vous. Il a un revolver dans sa poche, déclara Alexis sans se retourner.

— Lâchez vos armes ! Maintenant !

Leigh s'exécuta la première, lâchant la planche qu'elle brandissait contre Jacob. Alexis l'imita, et Jacob jeta son revolver au sol d'un air furieux.

— Parfait. Maintenant, à plat ventre, les mains au-dessus de la tête, reprit le policier. Je veux voir vos mains, compris ?

Alexis s'apprêtait à obéir, quand l'homme la saisit violemment par le bras.

— Pas vous. Restez où vous êtes !

Elle se raidit. Son attitude n'était pas normale… Etait-ce *vraiment* un policier ? Elle voulut se tourner vers lui, mais il resserra son étreinte, lui tordant le bras dans le dos pour l'immobiliser.

Leigh et Jacob se couchèrent sur le sol. Ensuite, tout se passa très vite : l'homme braqua une arme contre la tempe d'Alexis et l'entraîna vers le parking avant qu'elle ait eu le temps de protester… Ni de lui asséner un des coups dont elle avait le secret. Plaquée contre lui, elle l'entendit hurler « pas un geste ou je la tue ! » à Jacob qui s'était redressé sur leur passage. Le canon de l'arme était glacé contre sa peau. Et l'odeur de l'homme, désagréablement familière.

C'était celui auquel elle avait échappé deux nuits plus tôt, à Blackrose. Il l'avait retrouvée.

Et cette fois, il ne la lâcherait pas.

14.

Wyatt s'engagea sur le parking de l'Auberge, le cœur battant. Pourvu qu'il ne soit pas trop tard… Il avait conduit comme un fou depuis l'hôpital, mais le message que Leigh lui avait laissé sur son répondeur remontait à plus d'une heure…

Le coup de feu qu'ils avaient entendu chez les Walken leur était-il destiné ? Et si oui, le tireur les avait-il suivis jusqu'à l'Auberge ? Ses questions le taraudaient tandis qu'il quittait l'hôpital du comté pour aller les rejoindre. Bram et Helen avaient, quant à eux, décidé de rester au chevet de Kathy, qui commençait à respirer plus librement. Wyatt avait effectué la première partie du trajet à vitesse raisonnable, en s'efforçant de réprimer l'anxiété qui le gagnait. Mais lorsqu'il avait entendu l'appel radio du commissariat, signalant des coups de feu à l'Auberge, son pressentiment s'était mué en certitude. Et c'était le pied au plancher qu'il avait franchi les derniers kilomètres qui le séparaient de Stony Ridge.

Le parking, rempli de voitures, était plongé dans la pénombre. Il s'arrêta dans un crissement de pneus et jaillit de l'habitacle à l'instant où deux silhouettes contournaient le bâtiment. La première, petite et menue, portait une courte robe d'été… Alexis ! comprit-il avec une décharge d'adrénaline. La seconde, un homme grand et massif, la poussait vers le parking en plaquant le canon de son arme sur sa gorge nue.

Il n'y avait plus une seconde à perdre.

— Police ! hurla-t-il. Lâchez-la !

L'homme tendit le bras vers lui et appuya sur la détente. La balle vint se ficher à quelques centimètres de Wyatt, dans la portière de la voiture qui lui avait servi de refuge. Il s'apprêtait à riposter, quand Alexis passa à l'attaque. Elle bondit sur son agresseur, qui avait sans doute relâché momentanément son emprise, et lui asséna un violent coup de tête en plein front, avant d'abattre son poing sur son plexus solaire pour bloquer sa respiration. Lâchant son arme, l'homme se plia en deux avec un cri de douleur.

— Alexis, baisse-toi ! ordonna Wyatt.

Elle plongea entre deux voitures, et il put tirer sur leur agresseur, qui se baissait déjà pour récupérer son arme. Touché à la cuisse, l'homme chancela, mais ne renonça pas. Il s'apprêtait à ramasser son pistolet quand quelqu'un se jeta sur lui, le plaquant au sol de tout son poids. Wyatt s'élança vers eux et s'empara du revolver avant même de reconnaître le nouvel arrivant : c'était Jacob.

Bien que désarmé, le tireur n'avait rien perdu de son agressivité, et les deux hommes ne furent pas de trop pour l'immobiliser avant l'arrivée des renforts. Bientôt, le patron et quelques clients du restaurant se pressèrent, alertés par le bruit. Puis, trente secondes plus tard, une voiture de patrouille s'arrêta à leur hauteur, et trois officiers en uniforme en surgirent. L'un d'eux passa les menottes à Mario Silva, tandis qu'un autre se chargeait d'interdire l'accès des lieux aux curieux.

Wyatt était en train de débarrasser Silva de son arsenal personnel — il trouva une arme de poing dans sa poche et un petit poignard attaché à sa jambe — quand Leigh s'avança vers eux, le bras solidement noué autour de la taille de Gavin, qui marchait avec difficulté.

Alexis se précipita à leur rencontre.

— Appelez une ambulance ! cria-t-elle. Gavin a besoin d'un médecin.

— C'est fait, annonça l'un des policiers. Je viens d'appeler les secours.

Jacob, qui s'était tenu en retrait depuis l'arrivée des collègues de Wyatt, profita de l'irruption de Leigh pour décocher une violente bourrade à Mario Silva.

— Qu'as-tu fait de ma mère, salopard ?

Mario, ceinturé et menotté, se contenta de lui décocher un sourire narquois.

— Réponds ! tonna Jacob, furieux. Où est-elle ?

— Arrête, intima Wyatt. Ce n'est pas le moment.

— Je n'arrêterai pas tant qu'il ne m'aura pas répondu.

— Et moi, je ne te le répéterai pas deux fois. Ne m'oblige pas à te passer les menottes, avertit Wyatt.

Sans doute avait-il insufflé assez d'autorité à sa voix, car Jacob consentit à reculer d'un pas. Mais la tension ne retomba pas pour autant : l'ambulance arriva à cet instant, et deux brancardiers s'approchèrent en courant pour emmener Gavin et Silva.

Alexis tira Wyatt par la manche.

— Jacob a raison : Eden est à l'arrière de la voiture, là-bas, annonça-t-elle. Elle ne bouge pas. Je ne sais pas si elle est encore consciente…

— Vas-y, Wyatt, suggéra l'un des officiers. Je prends la relève.

Il se tourna vers Alexis.

— Où est la voiture ?

Elle le saisit par la main et l'entraîna vers une berline beige, garée au fond du parking. Toutes les portières étaient verrouillées. Et la forme enroulée dans une couverture sur la banquette arrière ne bougeait pas. Il envoya Alexis chercher les infirmiers, tandis qu'il forçait la serrure à l'aide d'un pied-de-biche prêté par le patron de l'Auberge. Lorsqu'il en vint à bout, quelques minutes plus tard, Eden ne bougea pas. Il écarta vivement la couverture et chercha son pouls.

— Alors ? s'enquit Alexis d'une voix pressante.

— Elle est encore vivante, annonça-t-il. Mais il faut faire vite.

Ils s'effacèrent pour laisser l'équipe médicale administrer les premiers soins à la blessée.

— Et toi ? fit Wyatt en se retournant vers Alexis. Comment te sens-tu ?

— Pas trop mal.

Il lui prit le menton du bout des doigts pour examiner son visage tuméfié.

— Silva ne t'a pas ménagée, pourtant.

— C'est vrai… mais je lui ai cassé le nez et le poignet pour me venger, répliqua-t-elle avec un léger sourire. Merci d'être venu, au fait.

— Je n'aurais manqué ça pour rien au monde.

Il l'attira dans ses bras et elle se blottit contre lui sans plus retenir les larmes de soulagement qui lui brûlaient les paupières.

Dix jours s'étaient écoulés lorsque les sœurs Hart et leurs proches se réunirent dans la bibliothèque de Blackrose, après le service religieux qui avait suivi les funérailles d'Amy Thomas, enterrée dans le caveau familial au-dessus du fleuve Hudson, en même temps que Livia Walsh, sa fidèle gouvernante. Kathy, encore très faible, avait tenu à régler les détails nécessaires à l'inhumation de sa mère qui, disait-elle, ne trouverait le repos que sur les terres de Blackrose. Elle avait assisté à la cérémonie avec une dignité qui forçait l'admiration, rendant un vibrant hommage à cette femme intègre, fidèle à la famille Hart jusqu'à son dernier souffle.

Très émues, Leigh et Helen l'avaient longuement serrée dans leurs bras avant de regagner la maison, où Mme Norwhich, la gouvernante actuelle, avait dressé un buffet froid et préparé des rafraîchissements pour les quelques invités conviés à la cérémonie.

Les Walken étaient présents, naturellement. Comme ils l'avaient été tout au long de la semaine, offrant un soutien sans faille aux trois sœurs rudement éprouvées par les récents événements. Ils avaient même insisté pour accompagner Alexis et Wyatt aux funérailles de Brian Ryder, inhumé près de sa chère Loïs, dans le New Jersey.

Bien qu'inattendue, leur démarche n'avait guère surpris Wyatt : George et Emily étaient bien plus que de simples voisins pour les sœurs Hart. Ils aimaient Leigh et Helen d'un amour presque filial, et c'était sans la moindre hésitation qu'ils avaient ouvert leur cœur et leur maison à Alexis. D'abord un peu intimidée, cette dernière s'était vite réchauffée à leur sourire, et c'était maintenant sans réserve qu'elle leur témoignait une affection naissante.

Elle s'était d'ailleurs assise près d'Emily aujourd'hui, sur l'un des deux canapés qui faisaient face à la cheminée de la bibliothèque. Adossé aux étagères remplies de livres, Wyatt observait le petit groupe qu'elle formait avec ses sœurs, attendant le moment propice pour prendre la parole. Les révélations qu'il avait à leur faire constitueraient sans doute une épreuve supplémentaire, qu'il hésitait à leur infliger après une cérémonie déjà riche en émotions.

— Quelqu'un sait-il pourquoi Jacob n'est pas venu ici, après la messe ? demanda Helen à la cantonade. Il était là à l'enterrement, puis il a disparu. Nous lui avons pourtant bien dit que personne, ici, ne lui en veut de ce qui s'est passé la semaine dernière !

Wyatt s'éclaircit la gorge.

— Jacob a dû partir à l'hôpital, expliqua-t-il. Eden est retombée dans le coma ce matin. Les médecins pensent qu'elle ne passera pas la nuit.

Plusieurs commentaires fusèrent dans l'assemblée, mais ce fut Alexis qui posa la question que Wyatt attendait.

— Tu lui as parlé, n'est-ce pas ? remarqua-t-elle en cherchant son regard.

Le brouhaha se dissipa aussi vite qu'il était apparu et ce fut dans un profond silence que Wyatt reprit la parole.

— Oui. Je lui ai parlé hier, confirma-t-il. Elle m'a fait sa déposition. Comme vous le savez tous, Mario Silva l'a mortellement blessée après l'avoir entraînée chez les Walken. Il était persuadé qu'elle avait dissimulé la mallette chez eux après l'avoir récupérée à Blackrose. Comme elle continuait à dire qu'Alexis avait repris la valise, il s'est fâché et il lui a tiré dessus. C'est le coup de feu que Leigh, Gavin et Alexis ont entendu en arrivant sur place. Silva les a laissés partir sans intervenir, puis il a enroulé Eden dans une couverture et il s'est rendu à l'Auberge, où il était presque certain de retrouver Alexis.

— C'est bien joli, tout ça, commenta Helen avec sa verve habituelle, mais ça ne m'éclaire pas sur la seule question qui compte : est-ce Marcus qui a tué maman ?

Wyatt secoua la tête.

— D'après Eden, sa mort est un accident.

— Elle ment ! Maman avait une fracture du crâne… C'est un accident, peut-être ?

— Je lui ai posé la même question, assura-t-il d'un ton apaisant. Elle m'a raconté qu'Amy avait eu un accident de voiture en rentrant du New Jersey, après avoir rencontré Loïs

Ryder. Il pleuvait des cordes cette nuit-là, et Amy n'avait pas bouclé sa ceinture. Elle a dérapé sur une flaque d'eau un peu trop profonde, et sa tête a heurté le pare-prise. Comme la voiture n'avait rien, elle a repris la route quelques minutes plus tard, en se promettant d'appeler un médecin à Blackrose. Eden a entendu sa voiture remonter l'allée, et quand elle a vu le pare-brise fissuré, elle est sortie pour lui demander ce qui s'était passé. Comme vous l'imaginez, Amy, qui était encore sous le choc de son entrevue avec Loïs, l'a accueillie plutôt froidement. Eden affirme qu'elle l'a copieusement insultée en l'accusant de lui avoir volé son enfant.

— C'est sans doute vrai, murmura Leigh. La colère de maman était plus que légitime, et elle n'avait pas sa langue dans sa poche…

— Ensuite, toujours d'après Eden, Amy a tenté de la frapper, et Eden n'a eu d'autre choix que de se défendre… Amy est tombée et ne s'est pas relevée. Quand Eden s'est penchée pour prendre son pouls, elle était déjà morte.

— D'une hémorragie cérébrale ? conclut Helen d'un ton dubitatif. Je n'y crois pas.

— Et toi, Wyatt, qu'en penses-tu ? demanda calmement George Walken.

— Ça concorde avec le rapport du médecin légiste…

— Attends un peu, interrompit Bram. Si Marcus et Eden n'étaient pas responsables de la mort d'Amy, pourquoi se sont-ils donné tant de mal pour faire disparaître son corps et sa voiture ?

— Bonne question. Quand je l'ai interrogée sur ce point, Eden s'est contentée de me dire qu'elle n'avait pas les moyens de prouver son innocence. Marcus et elle auraient préféré mentir plutôt que d'affronter les questions de la police.

— Ça se comprend, renchérit Gavin. S'ils avaient avoué à la police qu'Amy était morte après une dispute avec Eden, les enquêteurs n'en seraient pas restés là. Et ils auraient fini par découvrir l'existence d'Alexis !

— Comment se sont-ils débarrassés de la voiture d'Amy ? intervint Emily.

— Ils l'ont d'abord cachée dans l'ancienne forge, puis ils

l'ont conduite en pleine nuit jusqu'à New York et l'ont abandonnée dans un des quartiers les plus mal famés du Bronx, en laissant les clés et le sac d'Amy sur le siège. Inutile de vous dire que personne n'a jamais retrouvé ni le sac ni la voiture !

— C'était assez malin de leur part, commenta Gavin. La voiture a sans doute été vendue en pièces détachées sur le marché noir… Et même si les flics avaient mis la main sur la carte d'identité ou le permis de conduire d'Amy, ils en auraient conclu qu'elle avait été tuée à New York, pas à Blackrose !

Wyatt hocha la tête.

— Exactement. C'est ce qui me fait dire qu'Eden ne m'a pas menti : sa version des faits est plus que vraisemblable… et nous devrons nous en contenter, je le crains. A ce stade de l'enquête, il est impossible de découvrir ce qui s'est réellement passé cette nuit-là.

— Et pour Dennison, as-tu pu en savoir plus ? s'enquit Bram en glissant un bras autour des épaules d'Helen.

— Non. Sur ce point, Eden n'a pas changé d'attitude : elle continue d'imputer la mort de Dennison à une crise cardiaque. A moins d'exhumer le corps pour procéder à une autopsie, nous n'en saurons pas davantage. Et même si l'autopsie révélait qu'il y a bien eu crime, elle n'en désignera pas le coupable. Personnellement, je pense qu'il vaut mieux en rester là… mais la décision revient à Leigh et Helen, bien sûr.

— Wyatt a raison : à quoi bon faire un procès ? Tous les protagonistes sont morts, ou hors d'état de nuire.

— Tous, sauf Mario Silva, tempéra Wyatt. L'enquête balistique a prouvé que c'est bien lui qui a tiré sur Brian Ryder et sur Eden. Ce sont également les cartouches de son arme qui ont été retrouvées à Blackrose après l'orage, quand R.J. a abattu les cloisons.

— Je ne comprends pas, marmonna Emily. Comment Brian Ryder a-t-il pu se rendre chez Alexis, alors qu'il était grièvement blessé ?

— Les enquêteurs pensent que Silva l'a blessé au rez-de-chaussée, avant de fouiller la maison pour trouver l'argent. Comme Brian ne bougeait plus, il l'a cru mort et s'est dirigé vers le premier étage. Ryder en a profité pour s'enfuir. La valise était déjà dans sa voiture et il s'est rendu directement chez Alexis pour la mettre en garde contre Silva.

— Il aurait mieux fait d'aller à l'hôpital, murmura Alexis d'une voix si douloureuse que Wyatt sentit sa gorge se nouer.

— Cela n'aurait rien changé, affirma-t-il doucement. Il était sans doute déjà trop tard… Ton père savait qu'il allait mourir, et il a préféré t'avertir du danger plutôt que de risquer votre mort à tous les deux.

— Mais… comment Silva connaissait-il l'existence de la mallette ? s'enquit Bram avec un froncement de sourcils. Ce n'est tout de même pas Jacob qui lui en a parlé !

— Non. C'est Eden. Elle avait appris qu'il s'était de nouveau évadé, et elle savait qu'il n'allait pas tarder à venir frapper à sa porte pour lui réclamer de l'argent, comme il le faisait chaque fois. Sauf que cette fois, la situation était différente : Marcus venait de mourir, et il ne restait quasiment rien de sa fortune personnelle. Elle n'aurait donc pas eu grand-chose à donner à Silva… Or, elle le craignait comme la peste. Depuis qu'elle l'avait quitté pour Marcus, des années plus tôt, il cherchait à se venger. Il a d'abord menacé de s'en prendre à Jacob, puis il a découvert à quel genre de trafic elle se livrait avec Marcus et le Dr Marbury, et il a commencé à la faire chanter.

— Jacob n'en a jamais rien su ? demanda Gavin.

— Non. J'ai l'impression qu'elle l'a toujours protégé.

— C'est vrai, acquiesça Helen. Sur ce point au moins, Eden est irréprochable. Jacob m'a souvent dit qu'elle était une bonne mère.

— Et moi, je ne comprends toujours pas ce que Silva faisait chez Brian Ryder ! observa Bram en se frottant le menton.

— Quand il est arrivé chez Eden après s'être évadé, il y a deux semaines, elle a commencé par lui dire qu'elle n'avait plus rien, ce qui était vrai. Mais elle a ajouté qu'elle savait où se procurer une jolie somme, qu'ils pourraient partager pour leurs vieux jours…

— Ils ont monté le coup ensemble, alors ?

— Oui. Eden avait découvert l'identité du maître-chanteur par hasard, en suivant Livia dans le labyrinthe alors qu'elle tentait d'extorquer un dernier paiement à Marcus. Livia s'était enfuie ce jour-là, mais Eden s'est arrangée pour retrouver son adresse et lui rendre une petite visite après l'enterrement de Marcus. Elle était persuadée que la vieille dame serait terrifiée d'avoir été démasquée et lui rendrait l'argent sans discuter.

— Sauf que maman jubilait, au contraire, intervint Kathy, l'air sombre. Nous avions remis l'argent quelques jours plus tôt à Brian, qui devait le donner à Alexis. Maman avait toujours eu cette idée en tête : c'était sa façon à elle de rendre justice, j'imagine. Et comme elle haïssait Eden autant que Marcus, elle a remisé sa prudence aux orties et lui a tout raconté. Elle aurait dû se méfier, bien sûr, mais elle était trop heureuse de narguer Eden en lui annonçant qu'elle avait donné l'argent à la jeune fille que Marcus et elle avaient vendue à sa naissance. Tout est sa faute, en quelque sorte… C'est elle qui a lancé Eden et Silva à la poursuite de Brian et d'Alexis !

— Ne dis pas ça, Kathy, protesta Leigh. Ta mère a toujours voulu bien faire, et tu le sais. Eden aurait fini par retrouver Brian, de toute façon.

— Eden a donc accompagné Silva dans le New Jersey, et l'a attendu dans sa voiture pendant qu'il se rendait chez Brian, continua Wyatt. Quand il est ressorti bredouille vingt minutes plus tard, le sang de Brian sur les mains, elle a pris peur et s'est enfuie. Jacob, lui, est arrivé peu de temps après sur les lieux. Il avait découvert ce que tramait sa mère et voulait tenter d'intervenir…

— Pas possible ! ironisa Bram. Quel altruisme ! La mallette pleine d'argent ne l'intéressait pas du tout ?

Wyatt sourit.

— Je ne fais que vous livrer *sa* version des faits. A vous de juger de sa vraisemblance…

— Et comment comptait-il *intervenir*, au juste ? demanda George d'un ton railleur.

— Il voulait s'assurer que son père partirait pour de bon avec sa part du pactole en promettant de ne plus jamais venir les importuner, sa mère et lui. Alors, quand il a compris que Brian avait échappé à Silva, il a fouillé la maison pour chercher l'adresse d'Alexis, il a rappelé sa mère et ils se sont rendus chez elle ensemble. Ce sont donc Jacob et Eden qu'Alexis a entendus entrer dans son appartement, quelques minutes après la mort de son père.

— Ensuite, tout le monde a suivi la pauvre Alexis jusqu'à Blackrose pour essayer de lui voler cette fameuse mallette, conclut Emily avec un regard affectueux vers l'intéressée.

— Dommage que nous n'ayons pas été là pour l'accueillir, observa Helen avec ironie. Nous la cherchions à New York alors qu'elle était ici !

Un bref silence tomba sur l'assemblée, tandis que chacun méditait les informations que Wyatt venait de leur communiquer.

— Il ne reste plus qu'un mystère à élucider, murmura Leigh. Mais je doute que Wyatt ait la réponse, cette fois : pourquoi maman a-t-elle épousé ce monstre de Marcus ?

— Et pourquoi n'a-t-elle jamais demandé le divorce ? ajouta Helen.

George échangea un regard ému avec son épouse, qui hocha la tête en signe d'assentiment.

— Parce que Marcus n'était pas votre père, déclara-t-il tout à trac.

— Comment ? s'écrièrent les deux sœurs à l'unisson. Mais qui est-ce, alors ?

Un silence pesa quelques instants sur l'assemblée. Enfin, Emily baissa les yeux et se racla la gorge.

— C'est… C'est George, répondit-elle dans un murmure.

— Mon Dieu, balbutia Leigh.

— Non… Non, je n'y crois pas, articula Helen, bouleversée.

Alexis tourna un regard stupéfait vers le vieux monsieur qui lui avait si gentiment offert son amitié. Cet homme était son vrai père ? Elle l'appréciait beaucoup, certes… mais elle avait le sentiment de perdre Brian Ryder une seconde fois.

— Ecoutez-moi, plaida-t-il en s'adressant à ses filles. Je vais tout vous expliquer. Cela s'est passé il y a vingt-cinq ans…

— Je venais juste d'apprendre que je ne pouvais pas avoir d'enfants, enchaîna Emily. J'étais effondrée, et notre couple en a beaucoup souffert. Je ne supportais plus de vivre auprès de George, qui tentait pourtant de me consoler de son mieux. Finalement, j'ai quitté la maison et j'ai demandé le divorce.

— Tu as été l'amant de ma mère ? s'exclama Helen en se tournant vers George d'un air accusateur.

Ce dernier secoua la tête d'un air sincèrement navré.

— Pas du tout. Nous n'avons jamais formé un couple, elle et moi… J'étais le meilleur ami de son père, ne l'oublie pas. Mais elle avait un faible pour moi depuis l'adolescence. Naturellement, c'était le dernier de mes soucis : jusqu'au départ d'Emily, j'étais parfaitement heureux en ménage, et je n'avais jamais regardé Amy autrement que comme une charmante gamine. Jusqu'à ce soir où… elle est venue m'apporter un livre que j'avais demandé à Dennison. J'avais noyé ma solitude dans l'alcool toute la journée et Amy était en colère contre son petit ami, un étudiant en médecine…

— Nommé Marcus ? interrompit Leigh.

— Oui. Nous avons commencé à discuter, puis je lui ai offert un verre et…

— Inutile d'en dire plus, protesta Helen. C'est tout vu : maman et toi avez passé la nuit ensemble et elle est tombée enceinte. Elle s'est quand même mariée avec Marcus, qui a vite compris de quoi il retournait. Ce qui explique qu'il ne nous ait jamais aimées, d'ailleurs !

— Oui… sa froideur, son hostilité… Nous n'étions pas ses filles, et il l'avait toujours su. Et lorsqu'il a compris que, de surcroît, Blackrose ne lui reviendrait jamais, il nous a certainement haïes… Après tout, c'était pour la fortune de notre grand-père, pour ce domaine qu'il avait épousé maman ! Pourquoi ne nous en as-tu jamais parlé ? conclut Leigh en se tournant vers George.

— Parce que je l'ignorais, répondit-il sans se troubler. Amy a nié catégoriquement, la seule fois où je lui en ai parlé, et je n'ai plus jamais abordé le sujet. J'ai même complètement cessé d'y penser.

— Je n'y pensais pas non plus, confia Emily. George et moi nous étions retrouvés et je n'avais aucune envie de savoir ce qui s'était passé en mon absence. Et puis, vous ressembliez tellement à votre mère, toutes les deux, que je n'ai jamais vu George en vous…

— Comment l'avez-vous découvert, alors ? demanda Alexis.

— J'ai retrouvé de vieilles photos des jumelles après l'incendie du bureau de Marcus, quand R.J. a commencé à déblayer les gravats, reprit Emily. C'est en les regardant que leur ressemblance avec George m'a frappée. Je lui en ai parlé et il m'a avoué qu'il avait eu une aventure avec Amy, vingt-cinq ans plus tôt… Dès lors, je n'ai pas cessé d'y penser. Il fallait que je sache… J'ai profité de la présence d'Helen à la maison pour ramasser un de ses cheveux dans la salle de bains et je l'ai envoyé au laboratoire pour qu'ils effectuent une recherche d'ADN. J'ai reçu les résultats quand vous étiez parties chercher Alexis à New York. Je peux vous les montrer, si vous le souhaitez.

— Je te crois sur parole, assura Helen d'un ton presque sec.

— Je comprends que ce soit un choc pour toi, pour Leigh, pour Alexis aussi, observa Emily d'une voix tremblante. C'est un choc pour nous tous. George ne voulait pas vous en parler, mais j'ai pensé que vous deviez savoir. Votre mère a préféré rester avec Marcus plutôt que de briser nos deux familles, et c'est ce geste-là dont nous devons nous souvenir.

— Je ne suis pas d'accord ! s'insurgea Helen. Maman a fichu sa vie en l'air, et nous avons grandi en pensant que ce monstre était notre père !

La jeune femme était blême de colère. Quant à Leigh, recroquevillée sur elle-même, elle semblait prête à fondre en larmes. Alexis se leva et traversa la pièce pour rejoindre Wyatt. Lorsqu'elle se retourna vers l'assemblée, tous les regards avaient convergé vers elle.

Elle prit une profonde inspiration, s'efforçant d'ordonner ses pensées avant de les confier à ses sœurs.

— Je comprends votre amertume, votre rancœur aussi, dit-elle enfin. Mais je ne la partage pas. En fait, je suis plutôt soulagée d'apprendre que Marcus n'était pas notre père biologique. Ce qu'il m'a fait — ce qu'il nous a fait à toutes les trois — est innommable. Un père incapable d'aimer ses enfants, soit, mais… Il a vendu sa première née à des inconnus ! Quel père vend son enfant ? Et il a refusé son amour à ses deux autres filles… Il n'était qu'un misérable escroc, assoiffé de vengeance. Et nous n'avons *rien* en commun avec lui.

Elle les observa tour à tour, avant de poursuivre :

— La colère ne sert à rien. Si nous n'acceptons pas ce qui ne peut pas être changé, nous resterons prisonnières du passé. Je n'ai pas connu Amy. Et je n'ai jamais eu à faire un choix aussi difficile que le sien. Je ne peux donc pas me mettre à sa place. Ce qui est fait est fait, et ce n'est pas à nous d'en juger.

— Alexis a raison, observa Kathy en se levant. Amy et moi, nous nous connaissions depuis toujours. Je sais à quel point elle a souffert d'avoir épousé Marcus... Mais je sais aussi qu'elle aurait plus souffert encore d'avoir séparé George et Emily, qui avaient retrouvé le bonheur après une période difficile. Pensez-y. Amy a fait ce qu'elle pensait être le mieux pour tout le monde. Et même s'il est encore difficile pour vous de l'admettre, n'oubliez pas que vous avez gagné un père et une belle-mère dans cette histoire. George et Emily vous ont toujours aimées et soutenues, avant même de connaître la vérité. Ce sont les meilleurs parents dont vous pouviez rêver.

La pièce sembla soudain trop petite pour contenir les émotions, les mots de réconfort, les sanglots ou les protestations de chacun. Prenant la main de Wyatt, Alexis l'entraîna dehors. Elle avait besoin d'air.

— Où m'emmènes-tu ? demanda-t-il lorsqu'ils débouchèrent sur le perron ensoleillé.

— Près de la fontaine.

Il se laissa guider vers ce havre de paix, qu'elle avait récemment découvert au cours d'une de ses nombreuses promenades dans le parc de Blackrose. La fontaine, récemment remise à neuf, était entourée d'un petit massif de buis en couronne, qui l'isolait du reste du parc. Un banc avait été installé près de l'eau, et Alexis s'y installa tandis que Wyatt ôtait sa veste de ce geste souple dont il avait le secret.

Ils ne s'étaient pratiquement pas quittés depuis l'arrestation de Mario Silva, dix jours plus tôt. Wyatt l'avait même accompagnée aux funérailles de Brian, ce dont elle lui était infiniment reconnaissante : elle n'aurait sans doute pas tenu le choc, s'il n'avait pas été à son côté pendant cette ultime épreuve.

Même alors, pourtant, ils n'avaient pas été seuls. Et si Alexis avait d'abord apprécié la présence constante de ses sœurs et de leurs proches, elle éprouvait maintenant le besoin de s'isoler avec l'homme qu'elle aimait.

— Comment te sens-tu ? demanda-t-il en s'asseyant près d'elle. Pas trop secouée ?

— Par les révélations de George et d'Emily ? Je ne m'y attendais pas, bien sûr… mais je ne suis pas aussi choquée que Leigh et Helen. C'est encore un peu abstrait pour moi, tu comprends ? Après tout, je ne connais George que depuis une semaine ! Il nous faudra du temps, lui et moi… et même avec le temps, je sais que Brian restera le seul père que j'aie jamais eu.

Wyatt la couva d'un regard si tendre qu'elle sentit son cœur s'emballer.

— Je suis heureux de te l'entendre dire. Et je suis certain que George serait d'accord avec toi. Il n'aura jamais la prétention de remplacer Brian… La transition risque d'être plus difficile pour tes sœurs, en revanche.

— Là encore, ce n'est qu'une question de temps, assura-t-elle. Elles ont toujours aimé George comme un père : elles finiront par s'habituer à l'idée qu'il fait vraiment partie de la famille !

Comme il acquiesçait pensivement, Alexis se tourna pour s'adosser contre lui et étendre ses jambes sur le banc chauffé par le soleil. Wyatt l'enlaça sans un mot et ils demeurèrent ainsi, heureux de savourer la douceur de cet instant après les émotions de la journée. La tête nichée au creux de son épaule, Alexis ferma les yeux. Qu'il était bon de ne penser à rien… Ou plutôt, de ne plus penser aux drames de la famille Hart ! rectifia-t-elle intérieurement avec un brin d'ironie. Ce tête-à-tête avec Wyatt, elle le désirait depuis quelques jours déjà. Et elle entendait en profiter pleinement.

Ils avaient beaucoup avancé l'un vers l'autre ces derniers temps, apprenant à mieux se connaître, à apprécier leurs qualités respectives, à découvrir leurs points communs — leurs pierres d'achoppement, aussi. Leurs relations, faites d'estime et d'humour, s'enrichissaient de jour en jour… mais rien n'était *dit*. Pourtant, les regards, les gestes de Wyatt ne trompaient pas : « Il est fou de toi ! » claironnaient Leigh et Helen à longueur de soirée. Amoureux, donc, mais obstinément silencieux, l'inspecteur ne semblait pas décidé à passer aux aveux… Aussi Alexis avait-elle résolu de prendre les devants.

En priant pour ne pas y perdre son cœur.

— As-tu appris la nouvelle, pour Bernie Duquette ? s'enquit-il soudain.

— Quelle nouvelle ?

Intriguée, elle se redressa pour lui faire face.

— Il s'est écrasé contre un arbre la semaine dernière, après une partie de poker trop arrosée. Les secours sont arrivés trop tard : il était déjà mort.

Alexis haussa les épaules.

— En voilà un que je ne pleurerai pas… En as-tu informé Kathy ?

— Oui. Elle ne s'est pas épanchée, mais j'ai l'impression qu'elle était soulagée.

— Je le suis aussi. Kathy mérite tellement mieux… Sais-tu qu'elle a accepté de travailler pour moi ?

— A Brooklyn ? s'enquit-il, manifestement perplexe.

Elle secoua la tête, un éclair de malice au coin des yeux.

— Non. Ici, à Blackrose. J'ai décidé de transformer la maison en centre d'accueil pour femmes battues. Kathy assurera la gestion quotidienne ; Mme Norwhich, avec laquelle je m'entends plutôt bien, prendra la direction de la cuisine, et mes sœurs me prêteront main-forte : Leigh s'occupera de la gestion et de l'informatique tandis qu'Helen mettra ses compétences marketing à mon service… Même Gavin et Bram ont accepté de m'aider. Gavin, pour les questions juridiques, et Bram, pour tout ce qui concerne la décoration intérieure et les gros travaux.

— C'est formidable, Alexis ! s'exclama-t-il avec sincérité. Tu y as déjà beaucoup réfléchi, dis-moi…

— C'est vrai, admit-elle. J'ai beaucoup réfléchi, ces derniers temps. A Blackrose, bien sûr. Et à ce que nous allons devenir, toi et moi.

Il se raidit, mais ses yeux ne quittèrent pas les siens comme il répliquait :

— Ce n'est peut-être pas une bonne chose. Après ce que tu as vécu depuis quinze jours, comment…

— Je t'arrête tout de suite, interrompit-elle. Je ne suis pas tombée amoureuse de toi *parce que* tu es venu à mon secours. Tu t'en es brillamment tiré, bien sûr… Mais je n'ai pas besoin d'un héros, Wyatt, je suis assez grande pour me défendre toute seule. Simplement… C'est avec toi que je veux mener mes combats, désormais.

— Nous nous connaissons depuis quinze jours, protesta-t-il. C'est un peu court pour…

Elle posa un doigt sur ses lèvres pour le réduire au silence.

— Je ne suis pas pressée. Nous avons tout le temps devant nous.

— Tu n'es pas *pressée* ? répéta-t-il, interloqué, en prenant sa main dans la sienne.

— Pas le moins du monde. Maintenant que ma décision est prise, ça ne me dérange pas d'attendre… Pas trop longtemps, quand même ! ajouta-t-elle avec un sourire forcé.

Les nerfs tendus à se rompre, elle n'osait affronter le regard de son interlocuteur, de peur d'y lire un refus.

— C'est joli ici, tu ne trouves pas ? reprit-elle en promenant les yeux autour d'elle. Nous pourrions revenir un peu plus tard, quand tout le monde sera couché… Avec une bouteille de champagne et quelques bougies, ce serait l'endroit idéal pour…

— Une proposition ? acheva-t-il avec un soupçon d'ironie.

Elle ferma les yeux, prise de panique. Avait-elle été trop loin ? Allait-il éclater de rire ou lui signifier gentiment qu'il « valait mieux en rester là » ?

Son calvaire fut de courte durée. Le souffle de Wyatt balaya sa joue, et ses lèvres cherchèrent les siennes.

— Revenons ce soir, alors, murmura-t-il, avant de sceller sa promesse du plus doux des baisers.

— Oui, dit Bram. Je le veux.

— Oui, répéta Gavin en écho. Je le veux.

— Oui, affirma à son tour Wyatt, les yeux rivés à ceux d'Alexis, radieuse dans sa robe de soie ivoire. Je le veux.

— Vous pouvez embrasser les mariées, annonça le prêtre d'un ton solennel.

Wyatt s'exécuta sous les applaudissements enthousiastes de leurs invités. A sa gauche, Bram venait de saisir Helen par la taille pour la faire tournoyer dans ses bras ; Gavin, plus discret, avait relevé le voile de Leigh pour unir ses lèvres aux siennes.

— Je t'aime, murmura Alexis, les yeux embués de larmes.

— Ne pleure pas, chuchota-t-il. Je t'aime aussi.

— Je sais.

Nouant ses doigts aux siens, elle se tourna vers la petite assemblée réunie près de la fontaine. Au premier rang, George rayonnait de bonheur, tandis qu'Emily, ravissante sous une capeline bleu pâle, portait pudiquement un mouchoir à ses paupières.

Derrière eux, la maison se dressait dans le ciel de juin, imposante et tranquille, telle une aïeule venue donner sa bénédiction aux jeunes mariés. Elle avait retrouvé la paix, elle aussi. Et semblait attendre les générations futures avec impatience. Après tout, il y avait largement assez de place sous son toit pour abriter plusieurs générations de Hart !

A paraître le 1er mars

Best-Sellers n°551 • suspense

La demeure maudite - Heather Graham

Comme chaque année, Ashley se réjouit d'accueillir dans sa superbe et majestueuse demeure de Louisiane — la plantation Donegal, au cœur du bayou — un festival historique qui rend hommage au passé de sa famille. Mais cette fois, rien ne se passe comme prévu : la fête tourne au cauchemar lorsqu'un cadavre est découvert, suspendu à l'ange de pierre qui surplombe le mausolée familial. Profondément choquée, et inquiète face à l'inaction de la police locale, Ashley décide de faire appel à une équipe d'enquêteurs du FBI, des spécialistes réputés pour avoir résolu les affaires les plus étranges. Une unité à laquelle appartient Jake Mallory, son premier amour, un homme atypique et pourvu d'un talent troublant pour communiquer avec l'au-delà. Mais aussi celui qui lui donnera le courage de dévoiler des secrets de famille que même la mort n'a pu ensevelir…

Best-Sellers n°552 • suspense

Ciel de feu - Karen Harper

Quand elle découvre que l'une des granges de la communauté Amish où elle vit vient de brûler, Sarah Kauffman est bouleversée. Non seulement elle est profondément touchée par la détresse des propriétaires, dont elle est proche, mais elle avait récemment obtenu d'eux l'autorisation de peindre une fresque sur le mur de la maison : tout le travail qu'elle a réalisé avec passion a été consumé dans les flammes. Mais lorsqu'un second, puis un troisième incendie se déclarent dans d'autres bâtiments également ornés de ses peintures, Sarah, stupéfaite, comprend qu'il s'agit bel et bien d'incendies criminels. Et que ces incendies ont un lien avec son propre travail. Décidée à découvrir la vérité, elle accepte alors sans hésiter de collaborer avec le troublant et charismatique Nate MacKenzie, l'inspecteur chargé de l'enquête. Très vite, les langues se délient, les secrets de familles se dévoilent, tandis que ses propres convictions commencent à vaciller. Se pourrait-il qu'elle soit la cible, la seule et unique cible, d'un criminel dépourvu de tous scrupules ?

Best-Sellers n°553 • suspense

Epiée - Leslie Tentler

« Je n'ai pas l'intention de vous tuer. A moins, bien sûr, que vous ne m'y forciez… »

Psychologue et animatrice d'une émission de radio, Rain Sommers a l'habitude des déséquilibrés qui l'appellent depuis les quartiers sombres de La Nouvelle-Orléans, pour donner libre cours à leurs fantasmes. Mais lorsqu'un auditeur commence à témoigner d'une obsession terrifiante pour elle et pour sa mère — une chanteuse emblématique assassinée trente ans plus tôt —, Rain prend peur. Qui peut bien être cet homme à la fois cynique et malsain qui semble très bien la connaître ? Près de basculer dans la panique, Rain n'a d'autre choix que d'accorder sa confiance à Trevor Rivette, un agent du FBI apparemment convaincu que l'auteur des coups de fil et le tueur en série sur lequel il enquête en ce moment ne sont qu'une seule et même personne. Mais en se plongeant dans l'enquête aux côtés de Trevor, Rain ignore encore qu'elle va se retrouver entraînée dans une spirale infernale où les secrets du passé et les événements récents sont inextricablement liés…

Best-Sellers n°554 • thriller

La signature écarlate - Andrea Ellison

A Nashville, personne n'a oublié la série de crimes qui ont terrifié la ville : dix jeunes femmes victimes d'un meurtrier sadique. Dix jeunes femmes au teint d'albâtre et aux cheveux de jais, aux lèvres outrageusement maquillées de rouge.
Vingt ans plus tard, la ville est de nouveau plongée dans la peur tandis que quatre nouvelles victimes sont découvertes, tuées exactement selon le même rituel. Pour les enquêteurs, il n'y a aucun doute : ces crimes portent la signature sanglante du même tueur. Mais pour Taylor Jackson, le lieutenant chargé de l'enquête, l'affaire va prendre une tournure plus personnelle : un détail dans le profil de l'assassin a en effet réveillé des souvenirs enfouis au plus profond d'elle-même. Des souvenirs qui lui font croire qu'elle a fréquenté de près le tueur. Pire encore : le portrait du suspect correspond point pour point à celui d'un notable de Nashville. Un homme qu'elle connaît bien…

Best-Sellers n°555 • suspense

N'oublie pas que je t'attends - Amanda Stevens

« Maman, je reviens bientôt. » Quand ce message est découvert sur le pare-brise d'une voiture garée devant chez elle, Tess Campbell reprend espoir. Car l'enfant qui a écrit ces mots ne peut être que sa petite Emily, kidnappée trois semaines plus tôt, et qui, elle en a la certitude, est toujours vivante. Mais à Eden, petite ville tranquille du Mississippi, Tess n'est pas seule à vivre dans l'angoisse de ne plus jamais revoir son enfant. Tout près d'elle, une autre mère, Naomi, endure ce calvaire depuis dix ans déjà. Depuis que sa fille Sadie a été enlevée dix ans plus tôt, dans la même école qu'Emily, et dans des circonstances étrangement similaires. Y a-t-il un lien entre ces deux enlèvements ? Et si oui, quels sont les mobiles des ravisseurs, qui n'ont fait aucune demande de rançon ?
Devant l'inertie de la police, Tess et Naomi décident d'unir leurs forces et de continuer à se battre. C'est alors qu'un nouveau drame se produit, qui vient relancer l'enquête : dans la petite école d'Emilie et de Sadie, une troisième fillette, Sara Beth, manque à l'appel…

Best-Sellers n°556 • roman

La fille du New Hampshire - Shannon Stacey

Quand sa rédactrice en chef découvre qu'elle a autrefois été la petite amie de Joe Kowalski, un auteur de bestsellers jaloux de son intimité, Keri Daniels se retrouve confrontée à un ultimatum : obtenir une interview exclusive avec Joe ou trouver un nouvel emploi. Furieuse mais désireuse de promouvoir sa carrière de journaliste qu'elle adore, Keri accepte de tenter sa chance auprès de Joe, quelle n'a pas revu depuis dix ans. Mais elle n'est pas au bout de ses surprises, car Joe lui propose bientôt un marché aussi surprenant qu'audacieux : si elle vient camper avec lui dans le New Hampshire, elle aura le droit de lui poser chaque jour une question pour son interview. Si c'est le prix à payer pour rédiger l'article de sa vie, qu'à cela ne tienne ! En revanche, pas question de céder à nouveau au charme ravageur de son ancien amant. Même si Keri a bien remarqué l'étincelle de désir qui illumine le regard de Joe quand il pose ses yeux d'azur sur elle…

BestSellers

Best-Sellers n°557 • historique

L'héritage scandaleux - Nicola Cornick

Londres, 1811

Après la disparition de son cruel époux, lady Joanna Ware est bouleversée par l'ultime humiliation que lui réserve le testament de celui-ci. En effet, non content de la déposséder de tous ses biens, son mari a fait d'elle la tutrice d'une petite Nina, fruit de l'une de ses innombrables liaisons. Pis encore : il a abandonné la fillette dans un monastère à l'autre bout du monde et exige que Joanna la récupère en personne. Malgré sa colère, Joanna est déterminée à sauver l'enfant, même s'il lui faut pour cela partir à l'autre bout du monde. Mais sa détermination vacille lorsqu'elle découvre qu'elle devra partager la garde de Nina avec le meilleur ami de son époux, Alex Grant. Car entre l'arrogant Alex et elle, la haine est palpable… tout autant que le désir.

Best-Sellers n°558 • historique

La fausse mariée - Margaret Moore

Midlands, 1204.

Pour remercier l'ombrageux inconnu qui lui a sauvé la vie alors qu'elle était attaquée par une bande de brigands, lady Elizabeth d'Averette est prête à tout… ou presque. Car lorsque le prétendu sir Oliver lui demande son aide pour infiltrer le château de Wimarc, l'une des forteresses les mieux gardées de la région, Elizabeth hésite. Certes, Oliver défend une noble cause : il veut libérer son frère retenu prisonnier injustement par le cruel Wimarc, mais son plan est aussi risqué qu'indécent. Comment pourraient-ils se faire passer pour mari et femme alors qu'ils se connaissent à peine ? D'autant qu'un tel mensonge les obligerait à une intimité intolérable pour une lady de son rang…

Composé et édité par les

éditions HARLEQUIN

Achevé d'imprimer en février 2013

BRODARD & TAUPIN

La Flèche

Dépôt légal : mars 2013

N° d'imprimeur : 71171

Imprimé en France